Heinrich Adelbert von Keller
Altfranzösische Sagen.
Von mittelalterlichen Schlachten und heroischen Heldenliedern

SEVERUS Verlag

Keller, Heinrich Adelbert von: Altfranzösische Sagen. Von mittelalterlichen Schlachten und heroischen Heldenliedern. 2018
Neuauflage der Ausgabe von 1876
ISBN: 978-3-95801-751-1

Korrektorat: Xenia Pfeifer
Satz: Xenia Pfeifer
Lektorat: Lea Mitterhammer

Umschlaggestaltung: Annelie Lamers, SEVERUS Verlag
Umschlagmotiv: www.pixabay.com

Bibliografische Information der Deutschen Nationalbibliothek: Die Deutsche Nationalbibliothek verzeichnet diese Publikation in der Deutschen Nationalbibliografie; detaillierte bibliografische Daten sind im Internet über https://dnb.de abrufbar.

Der SEVERUS Verlag ist ein Imprint der Bedey & Thoms Media GmbH, Hermannstal 119k, 22119 Hamburg

SEVERUS Verlag, 2018
http://www.severus-verlag.de
Gedruckt in Deutschland
Der SEVERUS Verlag übernimmt keine juristische Verantwortung oder irgendeine Haftung für evtl. fehlerhafte Angaben und deren Folgen.

Heinrich Adelbert von Keller

Altfranzösische Sagen
Von mittelalterlichen Schlachten und heroischen Heldenliedern

Inhalt

Havelok der Däne

Zur Zeit, als Artus König in Britannien war, machte er einst einen Zug über das Meer nach Dänemark, um das Land sich zu unterwerfen und seinen König Günther sich zinspflichtig zu machen. Auch war er wirklich in dem Kampfe mit den Dänen siegreich; der König selbst und viele andere des Landes wurden getötet. Doch fiel Günther nur durch Verrat, welchen der stets treulose Hodulf an ihm übte. Als Artus den Krieg beendet hatte, übergab er Hodulf das ganze Land, überließ ihm auch die Huldigungen der Barone und fuhr mit seinen Briten heim. Teils weil sie keinen bessern wussten, teils aus Furcht waren die meisten Hodulf untertan; doch gab es auch manche, welche ihm übel wollten und auf Sigars Rat hörten, der ein reicher biederer Mann war und sich auf das Kriegführen wohl verstand. Dieser hatte das Horn in seiner Verwahrung, auf welchem keiner blasen konnte, wenn er nicht der rechtmäßige angestammte Erbe des Thrones war, die Dänen zu beherrschen. Noch ehe der König Artus herangekommen war, um mit den Dänen zu kämpfen, hatte Günther ein schönes festes Schloss, das er an der Meeresküste besaß, mit Mundvorrat gut versehen, und sein Weib und seinen Sohn dahin geschickt mit einem Ritter des Landes, in dessen Schutz er sie befahl. Sein Name war Grim, und er setzte großes Vertrauen in ihn, da er ihm alle Zeit redlich gedient hatte. Vor allem empfahl er ihm seinen Sohn, den er wie sein Leben liebte. Er befahl dem Ritter, wenn es ihm selbst übel erginge und er in der Schlacht umkäme, solle er über die Rechte seines Sohnes wachen und ihn aus dem Lande bringen, damit er nicht gefangen genommen werde und seinen Feinden in die Hände falle. Der Knabe war gar jung und hatte die Eigenschaft, dass, so lange er schlief, eine Flamme ihm aus dem Munde ausging von dem heftigen Feuer, das er im Leibe hatte, und diese Flamme gab einen so lieblichen Duft von sich, dass man an keinem Menschen einen bessern finden konnte. Darüber waren alle

3

Leute des Landes, die es sahen, billig verwundert. Da nun der König Günther tot und seine Barone und seine Macht gefallen war, verfolgte Hodulf alle diejenigen, von denen er wusste, dass sie bei ihm in Gunst gestanden, und trieb sie aus dem Lande.

Die Königin war in großer Furcht und ebenso der Biedermann, unter dessen Schutze sie stand, Hodulf möchte ihnen das Kastell nehmen und den Sohn des Königs umbringen. Da sie nun nicht Macht hatten, sich daselbst zu verteidigen, und kein anderes Mittel wussten, ließ Grim ein Schiff zurüsten und wohl mit Lebensmitteln versehen, denn er gedachte aus dem Lande zu fliehen, um den echten Erben vom Tode zu erretten. Auch wollte er die Königin mit sich führen, aus Furcht vor dem eidbrüchigen König, der seinen Herrn ermordet hatte und vielleicht auch bald ihr Schande antun würde. Als das Schiff gerüstet war, ließ er sein Gesinde, seine Ritter und Knechte dasselbe besteigen und führte sein Weib und seine Kinder dahin; die Königin brachte er selbst auf das Boot und hielt Havelok unter seinem Mantel verdeckt. Er selbst trat zuletzt hinein und empfahl sich dem Herrn im Himmel. Sobald sich ein günstiger Wind erhob, lichteten sie die Anker und fuhren geradeaus in's Meer hinein, ohne zu wissen, wohin sie steuern sollen und wo sie ihren Herrn in Sicherheit bringen können. Aber sie waren am bösen Tage ausgefahren, denn sie stießen auf Seeräuber, welche ihnen laut zuriefen und sie hart anfielen. Sie leisteten tapfere Gegenwehr, aber ihre Kraft war zu schwach und die Seeräuber brachten fast alle um's Leben; das Schiff wurde geplündert und zerstört und die Königin getötet. Von allen blieb nur Grim über, welcher die Räuber von früher kannte, und sein Weib und seine kleinen Kinder; doch war auch Havelok unter den Geretteten.

Nachdem sie ihnen nun entkommen waren, fuhren sie so lange weiter, bis sie einen Hafen erreichten, wo sie aus dem Schiffe an's Land stiegen. Es war dies im Norden, bei Grimesbi. Zu damaliger Zeit aber war diese Gegend noch nicht von Menschen bewohnt, noch dieser Hafen besucht. Grim war der erste, welcher dort Wohnungen errichtete, und daher nannte man auch den Ort nach seinem Namen Grimesbi. Sobald Grim daselbst angelangt war, schnitt er sein Schiff in zwei Stücke, richtete sie auf, und bereitete ihnen darin ihre Wohnung. Dann ging er auf den Fischfang, kaufte und verkaufte Salz, was man in der Umgegend bald erfuhr, und so wurde er den Leuten im Lande wohl bekannt, und mehrere derselben gesellten sich zu ihm, um sich an dem Hafen anzusiedeln. Der Biedermann zog seinen Herrn auf und seine Frau war ihm in allen dienstlich. Jedermann hielt ihn für ihr eigenes Kind, denn sie wussten von nichts anderem; auch hatte ihm Grim einen andern Namen beigelegt, damit ihn niemand erkenne. Das Kind wuchs und wurd wacker und stark an Körper und Gliedern. Noch ehe es recht groß geworden war, fand sich kein Erwachsener, den, wenn er mit ihn ringen wollte, der Junge nicht zu Boden geworfen hätte. So stark und kräftig war er und dabei unternehmend und hitzig. Der treffliche Grim, der ihn aufzog, freute sich dessen aus der Maßen sehr, aber darüber war sein Herz betrübt, dass der Knabe nicht unter Leuten aufwachse, wo er etwas Tüchtiges hören und lernen könne, denn er dachte noch immer in seinem Sinne, er werde dereinst das ererbte Königreich erhalten.

Eines Tages rief ihn Grim zu sich und sagte zu ihm: „Lieber Sohn, höre mir zu! Wir wohnen hier ganz in der Stille unter Fischern, bei armen Leuten, die von ihrem täglichen Fange leben, du verstehst nichts von diesem Gewerb, hier kannst du nichts Gutes erfahren und wirst niemals etwas gewinnen. Geh hin, lieber Sohn, nach England, um Klugheit zu lernen und dir etwas zu erwerben! Nimm deine Brüder mit dir! Begib dich an den Hof eines mächtigen Königs unter seine Diener! Du bist groß, gerad und stark und kannst große Lasten tragen. Mache dich bei alle Leuten beliebt, und wenn Gelegenheit kommt, verlass den Dienst. Verleihe dir Gott ein solches Geschäft, dass du dabei gewinnen magst!"

Als der Biedermann ihn also unterwiesen, versah er ihn reichlich mit Kleidern und hieß ihn in großem Leide von dannen gehen. Havelok nahm die zwei Jungen mit sich, und alle drei glaubten Brüder zu sein, wie ihnen ihr Vater gesagt hatte. So reisten sie denn auf geradem Wege fort, bis sie nach Nichole kamen.

Um diese Zeit hatte ein König namens Alsi das ganze Land in seinem Besitz, Nichole und die ganze Lindesie. Diese Gegend im Norden und dazu Rotelande und Stanford besaß dieser Alsi als Erbe, aber er war ein Brite von Geschlecht. Das Königreich der Surer hatte ein anderer König, Ekenbrecht geheißen, und hatte unter sich viele edle

Barone. Er war Alsis Geselle und Freund und hatte seine Schwester Orewen zur Ehe, ein tüchtiges Weib; doch bekamen sie keine Kinder, außer einem gar schönen Mägdlein, das sie Argentille hießen. König Ekenbrecht war krank und litt an einem heftigen Siechtum, von dein er wohl wusste, dass er nicht davon kommen würde. Darum ließ er Alsi zu sich bescheiden, empfahl ihm seine Tochter und übergab ihm sein ganzes Land. Zuerst ließ er ihn vor den Augen seines Gesindes schwören und geloben, dass er sie gebührend erziehen und ihr Land ihr ohne Gefährde erhalten wolle, bis sie in das Alter komme, wo sie sich vermählen könne. Wenn dann die Jungfrau groß geworden, soll er den Rat ihrer Lehensleute einholen und sie dem stärksten Manne geben, den er im Königreiche finde. Diesem soll er auch seine Städte, Schlösser und Festen, seine Nichte und seine Schwester und all ihr Hofgesind übermachen. Aber die Königin wurde krank und starb auch bald nach dem Tode des Königs Ekenbrecht und wurde neben ihrem Herrn beigesetzt.

So hatte der König Alsi nun zwei Reiche zu beherrschen, hielt guten Hof und großes Gesinde und wohnte oft zu Nichole. Dahin kam nun Havelok an den Hof und ein Koch des Königs behielt ihn bei sich, weil er ihn so stark und groß sah und sein Äußeres ihm wohl gefiel. Auch konnte er große Lasten heben, Holz spalten und Wasser tragen; er bekam die Schüsseln nach dem Essen, um sie zu reinigen; und was er dabei erhaschen kannte, ein Stück Fleisch oder ein Brot, das gab er gerne den Dienern und Knappen. Dabei war er so offen und treuherzig, dass alle gern ihre Lust mit ihm hatten, und wegen dieser Einfältigkeit hielten sie ihn unter sich für einen Dummbart, hatten ihn zum Narren und nannten ihn nicht anders als Cuaran, was in der Sprache der Briten Küchenputtel bedeutet. Oft brachten sie ihn vor die Ritter und Knappen wegen der Stärke, die er besaß, und sobald sie seine große Kraft bemerkten, ließen sie ihn vor ihren Augen mit den stärksten Männern ringen, die sie kannten, und er warf sie alle zu Boden. Wenn dann einer auf ihn schimpfte, band er ihn mit großer Geschicklichkeit und hielt ihn zur Strafe so lange, bis er ihm alles vergeben und sie sich ausgesöhnt hatten. Der König selbst verwunderte sich sehr über die Kraft, die er an ihm bemerkte. Zehn der stärksten aus seinem Gesinde konnten nichts gegen ihn ausrichten, und zwölf Männer vermochten die Last nicht zu heben, die er hob und wegtrug.

6

Lange nachher war an dem Hofe eine Versammlung von den Baronen, welche von Ekenbrecht ihr Land zum Lehen hatten, deren Herrin aber nun Jungfrau Argentille war, seine Tochter, welche jetzt Alter und Größe erreicht hatte und wohl in die Ehe treten konnte. Sie gingen den König an und verlangten von ihm, dass er seiner Nichte einen solchen Mann zum Gemahl gebe, der sie recht regierte und für sie sorgte, und dass er seinen Eid halten und ohne Gefährde vollbringen möge. Als der König ihre Worte und ihr Begehr gehört hatte, verlangte er von ihnen eine Frist, um die Sache in Erwägung zu ziehen. Er wollte sich auf Kundschaft legen und bedenken, wen er ihr zum Manne geben könne. Sodann setzte er ihnen einen Tag fest und befahl ihnen wieder zu kommen, wenn er sich besonnen hätte. Aber er dachte unterdessen auf eine List. Er sprach davon mit seinen Vertrauten, offenbarte ihnen seine ganze Willensmeinung und fragte sie um ihren Rat wegen der Männer, welche von ihm verlangten, dass er seiner Nichte einen Gemahl gebe, der ihre Ehre aufrecht erhalte. Denn lieber wollte er einen Krieg wagen, als sich ihres Landes entäußern.

Da sprachen seine Räte also: „Lasst sie weit wegführen nach Britannien jenseits des Meeres und befehlt sie euren Vettern, dass sie Nonne werde in einem Kloster und Gott diene ihr Leben lang!"

„Ihr Herren", entgegnete der König, „an das alles habe ich auch gedacht, aber ich will auf eine andere Weise mich ihrer entledigen. Als König Ekenbrecht starb und mir seine Tochter empfahl, ließ er vor euer aller Augen mich einen Eid schwören und geloben, dass ich sie dem stärksten Manne geben wolle, den ich im Lande finde, und ich will diesen Schwur getreulich erfüllen. Ich gebe sie Cuaran, der in meiner Küche ist; da kann sie Königin von den Schüsseln sein! Wenn nun die Barone wieder kommen und ihr Begehr wieder vortragen, so will ich ihnen offen sagen, dass ich sie dem Küchenjungen geben will, der stark ist und von großer Kraft, wie sie wohl wissen und selbst gesehen haben. Widerspricht aber einer unter ihnen und legt es mir als Schlechtigkeit aus, so werfe ich ihn in's Gefängnis und gebe sie doch dem Küchenjungen."

Dies war die Absicht des Königs, und an dem Tag, den er den Baronen festgesetzt hatte, ließ er hundert und vierzig Bewaffnete von seinen Vertrauten in seinem Gemache bereit stehen, denn er fürchtete, es möchte ein Handgemenge geben, wo sein Leben in Gefahr käme. Die Barone kamen an den Hof und der König offenbarte ihnen seinen Sinn.

„Ihr Herren", sprach er, „hört mich an, da ihr nun hier versammelt seid! Ihr habt vor kurzem ein Begehr an mich gestellt, als ihr zu mir kamt, dass ich meiner Nichte einen Gemahl gebe und ihr Land ihm überlasse. Ihr wisst noch wohl, dass, als Ekenbrecht der König starb und meiner Obhut seine Tochter empfahl, er mich einen Eid schwören ließ, dass ich sie dem stärksten Manne geben wolle, den ich im Königreiche finden könne. Ich habe zur Genüge gesucht und nachgeforscht, wer wohl der stärkste sei, und fand, dass es ein Junge ist in meiner Küche, und den will ich dem Mägdlein zum Manne geben. Sein Name ist Cuaran. Die zehn stärksten meines Gesindes halten ihm nicht stand und müssen seiner Kraft im Kampfspiele und Ringen weichen. In Wahrheit, von hier bis Rom gibt es keinen Mann von solchem Mut. Darum, wenn ich meinen Eid halten will, kann ich sie keinem andern zum Weibe geben."

Als die Barone diese seine Willensmeinung vernahmen, sprachen sie offen unter sich, dass sie dies nicht zugeben können, und es wäre zu heftigen Streichen gekommen, wenn nicht Alsi seine Bewaffnete hätte eintreten lassen. Er ließ hieraus seine Nichte herführen und mit Cuaran vermählen, und um sie recht zu schänden und zu erniedrigen, musste in derselben Nacht das Beilager statthaben. Als nun die beiden beisammen allein waren, schämte sie sich sehr vor ihm und er noch mehr vor ihr. Er legte sich auf das Gesicht, um zu schlafen, denn er wollte nicht, dass sie die Flamme sehe, die von ihm ausging. Nachher aber wurden sie durch Worte und Gebärden dreister und hatten einander lieb, wie es Mann und Weib geziemt. Auch war er in jener Nacht so erfreut von ihrer Liebe, dass er unbedachtsam einschlief und das Gesicht gegen sie gekehrt hatte. Auch dar Mägdlein schlief ein und hatte den Arm um den Hals ihres Freundes geschlungen. Da kam es ihr im Traum, sie sei mit ihrem Herrn über das Meer gegangen und befinde sich in einem Walde. Dort sahen sie einen wilden Bären, der so viel Füchse in seiner Gesellschaft hatte, dass die ganze Gegend davon voll war. Sie wollten Cuaran anfallen, aber von der andern Seite sahen sie Hunde und Eber herbeikommen, welche ihn verteidigten und viele von den Füchsen umbrachten. Einer der Eber ging auf den Bären zu, fiel ihn gewaltig an und schlug ihn alsbald tot zu Boden. Die Füchse, welche sich zu ihm hielten, kamen allesamt zu Cuaran heran und warfen sich vor ihm auf die Erde, als ob sie um Gnade flehten. Cuaran ließ sie binden und wollte dann an's Meer zurückkehren, aber die Bäume im Walde neigten sich von allen Seiten vor ihm, das Meer schwoll an und die Flut ging hoch, bis an seine Füße, worüber sie sehr in Angst geriet. Da kamen zwei stolze Löwen in großer Hast auf ihn heran und verschlangen die Tiere des Waldes, die sie im Wege fanden. Cuaran war sehr in Furcht, mehr um seiner Freundin als um seinetwillen. Die stiegen aus einen hohen Baum, um sich vor den Bären zu retten; aber die Bären kamen näher und knieten unter dem Baum nieder, als wollten sie die Liebe dartun, die sie zu ihrem Herrn hatten. Dabei erhob sich in dem Walde ein solches Geschrei, dass Argentille davon erwachte. Wie große Furcht sie aber auch vor dem Traume haben mochte, so hatte sie doch noch eine weit größere vor ihrem Herrn wegen der Flamme, die sie ihm aus dem Munde gehen sah. Sie fuhr auf und tat einen so heftigen Schrei, dass er erwachte.

„Herr", rief sie, „Ihr brennt! Wehe, Ihr steht ganz in Flammen!" Er aber umarmte sie und drückte sie an sich. „Liebe Freundin", sagte er, „warum seid Ihr so erschrocken? Wer hat Euch hier in Angst gejagt?"

„Herr", sagte sie, „ich war im Traume; ich will Euch meine Geschichte erzählen."

Darauf berichtete sie ihm, was sie geträumt und wie sie Feuer in seinem Munde habe kommen sehen. Sie habe gemeint, sein ganzer Leib sei in Flammen und darum sei ihr der Schrei entfahren. Cuaran aber tröstete sie und sagte: „Fürchtet Euch nicht! denn das alles sind nur gute Zeichen. Der Traum, den Ihr gesehen habt, kann morgen in Erfüllung gehen. Der König hält morgen ein Fest und hat alle seine Barone dazu geladen. Wildbret gibt es da in Hülle und Fülle und ich kann den Knappen und Dienern, die mir gut gewesen sind, Braten und Speck in Menge geben. Die Knappen und die gemeinen Jungen sind die Füchse, und der Bär wurde schon gestern getötet und in unsere Küche gebracht. Gestern ließ der König zwei Ochsen schlachten und diese können wir unter den Löwen verstehen. Das brausende Meer ist das Wasser, das die Hitze des Feuers in den Kesseln zum Sieden bringt. Da habe ich Euch

9

den ganzen Traum gedeutet und Ihr dürft nun nicht weiter in Furcht sein. Das Feuer aber, das aus meinem Munde kam, was das bedeutet, will ich Euch nun auch sagen. Unsere Küche wird in hellen Flammen stehen und das Feuer wird zwischen Kesseln, Schüsseln und Tiegeln hervordringen. Doch kann und will ich Euch nicht verhalten, dass aus meinem Munde Feuer zu gehen pflegt, ich weiß nicht warum. „

Nach diesen Gesprächen schliefen die jungen Leute wieder ein; aber am andern Morgen, als Argentille aufgestanden war, ging sie zu einem Kämmerling, den ihr Vater aufgezogen und der sie in ihrer Erniedrigung nicht verlassen hatte, und erzählte auch ihm ihr Traumgesicht. Dieser deutete es besser und riet ihr, zu einem Einsiedler zu gehen, einem Mann von unbeflecktem Wandel, der im Walde wohne. Ihm solle sie von dem Traum erzählen, und er werde ihr sicher auslegen, was davon zu halten sei, denn er sei ein Priester und erfreue sich besonderer Gnade Gottes.

„Lieber Freund", sagte sie, „ich will dir wohl glauben, und ich bitte dich: geh mit mir! denn ich möchte gerne mit diesem Einsiedler sprechen, wenn du mich begleiten wolltest."

Er gewährte ihr freundlich diese Bitte und versprach, sie im Stillen hinzuführen. In einem Mantel verhüllt trat sie mit ihrem treuen Begleiter den Weg an, der sie dann auch zu dem heiligen Manne brachte. Sie eröffnete ihm auch ihr Anliegen, erzählte ihm von dem Traum, der sie geängstigt, und von dem Feuer, das ihren Herrn zum Munde ausgehe, und bat ihn, ihr zu raten und seine Meinung darüber mitzuteilen. Der Eremit seufzte, verrichtete ein Gebet zu Gott und deutete ihr hierauf ihren Traum.

„Liebe Tochter", sagte er, „was du geträumt hast von deinen Herrn, wird sich bald offenbaren. Er ist aus königlichem Stand, ein großes Erbe wird ihm zufallen, viel Volks wird sich vor ihm beugen, er wird König sein und du Königin. Frage ihn, wer sein Vater war, und ob er Bruder oder Schwester hat! Dann soll er dich in ihr Land führen, und dein Geschick wird sich erfüllen; Gott verleihe dir Kraft und lasse dich Dinge vernehmen, die zu deinen Wohl ausschlagen!" Darauf nahm Argentille Abschied und der heilige Mann gab ihr seinen Segen. Sie ging zu ihrem Herrn und bat ihn im Stillen und um ihrer Liebe willen, ihr zu sagen, wo er geboren und wer seine Verwandten seien.

„Zu Grimesbi", antwortete er, „habe ich sie verlassen, als ich hierher kam. Grim der Fischer ist mein Vater, und meine Mutter heißt Saburg."

„Herr", sagte sie, „gehen wir, sie aufzusuchen! Lassen wir dem König sein Land, aus dem er mich ungerechterweise vertrieben! Besser ist es, ich bin in der Fremde eine Bettlerin, als unter den Meinen verworfen."

Cuaran antwortete: „Liebe Frau, wir wollen bald dort sein, und ich führe Euch gerne mit mir. Lasst uns Abschied nehmen von dem Könige!"

Also taten sie am Morgen und machten sich sodann aus den Weg nach Grimesbi, wohin sie die beiden Söhne Grims begleiteten; aber den Alten fanden sie nicht wieder. Er war gestorben, so wie auch seine Frau, welche sie erzogen hatte; und ihre Tochter Kellok war noch übrig und hatte einen Kaufmann geheiratet. Sie begrüßten den Herrn und sprachen mit ihrer Schwester, die ihnen zu ihrer großen Betrübnis den Tod der Eltern berichtete.

Als sie die Frau sah, welche mit ihnen ankam, fragte sie Cuaran lächelnd: „Nun sag mir! Wer ist denn die Frau, die du hier bei dir hast? Sie ist so schön. Ist sie Frau oder Jungfrau?"

„Eine Frau", sagte er. „Der König Alsi, dem ich lange gedient habe, hat sie mir vor kurzem vermählt; sie ist seiner Schwester Tochter, die Tochter eines edlen Königs, aber Alsi hat ihr Erbe für sich behalten."

Als Kellok seine Worte hörte, erfasste sie großes Mitleid mit ihm, der ja auch ein Königssohn war, und mit seinem unglücklichen Weibe. Sie nahm Havelok auf die Seite und fragte ihn ernstlich, ob er wisse, wessen Sohn er sei, und ob er seine Abstammung kenne.

Er antwortete ihr: „Grim war mein Vater, du bist meine Schwester und die, die mit mir kamen, sind meine Brüder."

„Nein", antwortete Kellok. „Merke wohl, was ich dir sage! Lass dein Weib herbeikommen und ich will euch beiden offenbaren, wessen Sohn du bist. Dein Vater war der König Günther und herrschte über die Dänen; aber Hodulf, der Verräter, brachte ihn um und der König Artus gab ihm Dänemark zum Leben, und unser Vater Grim entfloh, um dich dem Lande zu erhalten; deine Mutter kam auf dem Meere um, als wir von Seeräubern angefallen wurden, die meisten unserer Leute gingen zugrunde und wir, die dem Tode entkamen, gelangten an die-

11

sen Hafen, wo sich mein Vater niederließ. Er gab sich viele Mühe, dich zu erhalten und zu verbergen, und kleidete dich armselig, damit man dich nicht kenne. Niemand im Hause wagte dich beim wahren Namen zu nennen. Du heißest Havelok. Wenn du in dein Land zurückkehren willst, wird mein Mann dich dahin geleiten und in seinem Schiffe überführen. Es ist noch kein Monat her, seit er von dort gekommen und oft gehört hat, dass die Dänen dich bei sich haben möchten, denn ihr König macht sich sehr verhasst. Ein Biedermann ist in dem Lande, der beständig mit ihm Krieg führt. Sigar ist sein Name, zu ihm musst du gehen, und bei ihm ist deine Base, die sich viel grämt, dass sie nichts von dir erfahren kann. Nimm diese zwei Jungen mit dir! Dort magst du dein Reich wieder gewinnen."

Als Argentille diese Worte hörte, war sie hoch erfreut und sicherte ihnen ihre Liebe und Treue zu; auch versprach sie, wenn Gott sie zu Ehren bringe, ihnen alles Gute zu erweisen. Sie säumten nun nicht lange, rüsteten ihr Schiff und fuhren nach Dänemark über. Als sie dort angekommen und an's Land gestiegen waren, gab ihnen der Kaufmann, welcher sie übergeführt hat, schöne Gewande und zeigte ihnen den Weg, welchen sie zu machen haben, um nach der Stadt Sigars, des Seneschalls, zu gelangen.

„Havelok", sprach er, „mein Freund, wenn du dahin kommst, so verlange Herberge in seinem Schloss und speise an seinem Tische! Nimm auch dein Weib mit dir! Denn um ihrer Schönheit willen werden sie dich alsbald fragen, wer du bist und von welchem Lande du kommst und wer dir dieses Weib gegeben hat."

Damit schieden sie von dem Kaufmann und gingen ihres Wegs weiter, bis sie zur Stadt kamen, wo der Seneschall wohnte. Sie gingen gleich auf das Schloss zu, wo sie den reichen Mann bei seinem Hofe fanden, und baten ihn um Speisung und Herberge auf die Nacht. Der Seneschall gewährte ihnen alles und führte sie in den Saal. Als nun die Essenszeit kam und alle sich gewaschen hatten, setzte sich der Seneschall an die Tafel und hieß die drei Jünglinge auch sitzen und Argentille ihrem Herrn zur Seite, worauf sie reichlich bedient wurden. Die Jungen und die Knappen, welche beim Essen auftrugen, fassten das schöne Weib in's Auge und lobten sehr ihre Gestalt. Sechs von ihnen rotteten sich zusammen und beratschlagten, dem Jüngling sein

Weib zu nehmen, und ihn zu schlagen, wenn er darüber erbose. Als sie vom Essen aufstanden, sah man sich nach der Herberge um und der Seneschall ließ die Gäste in ein Haus führen, um daselbst zu schlafen. Die aber, welche eine Lust zu dem Weibe gefasst hatten, gingen ihnen nach und ergriffen sie auf der Gasse, um sie wegzuführen. Havelok aber ergriff eine schwere, schneidende Axt, die einer von ihnen bei sich hatte, lief ihnen nach und ermordete fünf von den Gesellen und dem sechsten schlug er den Daumen ab, aber dieser entfloh und lief mit großem Geschrei durch die Stadt. Die Gäste flohen auch und eilten nach einer Kirche, deren Türe sie, sobald sie eingetreten waren, hinter sich zuschlossen. Havelok stieg auf den Turm. Die Leute von der Stadt belagerten ihn ringsumher, fielen ihn von allen Seiten an, aber er verteidigte sich gut, indem er einen Stein um den andern von der Mauer ablöste und herniederschleuderte. Die Nachricht kam auf das Schloss zum Seneschall, der nicht sehr erfreut darüber war, dass der, den er beherbergte, fünf von seinen Leuten getötet und den sechsten verwundet habe. Er machte sich auch nach dem Turm der Kirche auf, den das Volk belagerte. Er verlangt ein Pferd und befiehlt allen seinen Rittern, ihm in dem Kampfe beizustehen, der sich in der Stadt erhoben. Als er aber selbst an dem Münster angekommen war, und den Gast seine Sache so gut führen sah, befahl er allen, sich zurückzuziehen. Er trat vor und fasste Havelok in's Auge, der ihm nun größer und stärker vorkam, als da er an seinem Tisch gesessen hatte. Er betrachtete seinen edlen Körper, sein schönes Gesicht, seine langen Arme und seine kräftige Faust, und eine Erinnerung ging in ihm auf an König Günther, seinen Herrn, den er so sehr geliebt hatte, und ein tiefer Seufzer drang aus seiner Brust, denn dieser glich ihm an Gesicht, Größe und Körperbau.

Als der Angriff zur Ruhe gebracht war, rief er dem Jüngling zu: „Wirf nicht, wirf nicht mehr, Freund! Ich gebe Waffenruhe. Rede mit mir und sage, warum du meine Leute hier erschlagen hast! Wer von euch beiden hat Unrecht?"

„Herr", sprach Havelok, „ich will Euch die reine Wahrheit sagen. Als wir vom Essen in unsere Herberge gingen, verfolgten mich die Jungen aus Eurem Gesinde und wollten mir mein Weib nehmen, um sie vor meinen Augen zu schänden. Da ergriff ich eine ihrer Äxte, um uns beide zu verteidigen. Freilich habe ich jene getötet, aber nur zu meiner Verteidigung habe ich es getan."

Als der Seneschall die Untat der Seinigen hörte, sprach er zu ihm: „Freund, kommt herbei! Besorget nichts! Sprecht offen mit mir und sagt, wo ihr geboren seid!"

„Herr", antwortete Havelok, „hier in diesem Lande; dies erzählte mir einer meiner Freunde, ein mächtiger Mann, Grim mit Namen, der mich in seinem Hause erzog, nachdem das Reich erobert und mein Vater getötet war. Er floh mit mir und meiner Mutter, mir reichen Schätzen versehen. Lange Zeit irrten wir auf dem Meer umher und wurden von Seeräubern angefallen, ich aber und Grim kamen davon und gelangten in unserem Schiffe an eine wilde Gegend, wo der Alte mich auszog. Als ich nun groß geworden war, verließ ich ihn und ging unter das Gesinde des Königs Alsi, dem ich als Koch diente und der mir am Ende diese seine Base zum Weibe gab, wiewohl ich nicht weiß, warum er uns beide gerade vermählt hat. Ich führte sie aus dem Lande und bin nun hier, um meine Freunde aufzusuchen, kann aber keine derselben finden, da ich ihre Namen nicht weiß."

Der Seneschall erwiderte: „Lieber Freund, sage mir deinen Namen!"

„Herr, ich heiße Havelok; aber Cuaran nannten sie mich, als in an dem Hofe des Königs in der Küche diente."

Der Seneschall sann nach und erinnerte sich, dass der Sohn des Königs, welchen Grim weggeführt, so geheißen habe. Doch war ihm noch nicht aller Zweifel gehoben. Indes sicherte er ihm Waffenruhe zu, führte ihn, sein Weib und seine Genossen auf das Schloss und nannte sie seine Gefangenen, aber er ließ sie gut bedienen und des Nachts in seinem Zimmer schlafen. Als sie nun zu Bette gegangen waren, sandte er einen seiner Vertrauten ab, um zu erfahren, ob jenem, wenn er schliefe, eine Flamme aus dem Munde gehe; denn dies war, wie er wusste, bei dem Sohn des Königs der Fall, welcher Grim in die Fremde genommen hatte. Havelok war sehr ermüdet, schlief alsbald ein und die Flamme kam aus seinem Munde. Der Kämmerling war darüber ganz erschreckt und eilte, es seinem Herrn zu berichten. Dieser aber dankte Gott, dass er den echten Thronerben wieder gefunden, er ließ seine Kaplane kommen, Briefe schreiben und siegeln, und sandte sie durch Boten an seine Freunde, seine Mannen und Magen. So versammelte er viel Volks von allen denen, die im Lande waren, und den König Hodulf hassten. Am Morgen aber ließ er warme Bäder bereiten, damit Havelok sich bade und wasche, und er tat ihn und sein Weib, das er bei sich hatte, mit reichen Gewanden an und führte sie in den Saal. Havelok war ganz erschrocken über das viele Volk, das er sah, und fürchtete sich wegen der Männer, die er erschlagen hatte, denn es war Sitte in diesem Lande, dass man einen Missetäter, ehe man ihn verurteilte, reichlich bewirtete, badete, wusch und anzog und dann erst zum Gerichte schritt. Deshalb ergriff er eine große Streitaxt, die an einem Haken an der Wand hing, mit beiden Händen, um sich kräftig zu verteidigen, wenn sie ihn hinrichten wollten.

Der Seneschall sah ihn an, trat zu ihm, umarmte ihn und sprach: „Fürchtet Euch nicht, Herr, und gebt mir diese Axt zurück! Ihr habt nichts zu besorgen. Ich sage es Euch und verpfände Euch dafür mein Wort."

Havelok gab ihm die Axt zurück und Sigar hängte sie wieder an die Wand. Er hieß ihn sodann an einer Stelle niedersitzen, wo ihn alle gut sehen konnten, und ließ nun aus seiner Schatzkammer das Horn herbeibringen, auf dem keiner blasen kannte, der nicht aus dem echten Königsstamme war und das erbliche Herrscherrecht über die Dänen besaß. Um zu ersehen, wem dies gehöre, ließ er alle versuchen, auf dem Horn zu blasen, und versprach dem, der es zu tun im Stande wäre, seinen Goldring zu geben. Da war nun kein Ritter, Knappe und Diener in dem Saale, der es nicht an den Mund gebracht hätte; aber keiner vermochte ihm einen Ton zu entlocken.

Da nahm der Seneschall das Horn, gab es Havelok in die Hand und sprach zu ihm: „Versuchet, mein Freund, ob Ihr das Horn blasen könnt!"

„Wahrlich, Herr," sagte er, „ich kann es nicht, auch habe ich nie ein Horn geblasen, und ich möchte nicht gerne verspottet sein; aber da Ihr es befehlt, will ich das Horn an den Mund nehmen und versuchen, ob ich blasen kann."

Havelok stand auf und schickte sich an. Er segnete und bekreuzte das Horn und fing an laut und vernehmlich zu blasen. Alle Herren im

Saale waren darüber sehr erstaunt, der Seneschall aber rief sie herbei und zeigte ihnen allen den Jüngling.

„Ihr Herren", sprach er, „darum habe ich euch herbeschieden, weil Gott uns heimgesucht hat. Seht hier unsern echten König und lasst uns fröhlich sein!"

Hierauf nahm er zuerst den Hut ab, kniete vor ihm nieder, wurde sein Lehensmann und schwur ihm treu und ohne Gefährde zu dienen. Die anderen folgten ihm nach und wurden alle freudig ihm untertan. Die Nachricht von dem Geschehenen aber verbreitete sich schnell und lockte von allen Seiten Reiche und Arme herbei, die sich von ihm belehnen ließen. Der Seneschall schlug ihn zum Ritter und war in seiner Treue unermüdlich, bis er ein gewaltiges Heer gesammelt hatte, worauf er den König Hodulf durch einen Brief aufforderte, dass er ihm das Land überlasse und sich eilig davon mache.

Als der König Hodulf dieses hörte, scherzte und spottete er darüber und ließ ihm entbieten, dass er mit ihm kämpfen werde, und sammelte von allen Seiten sein Volk. Der Tag, der zum Kampfe festgesetzt war, kam heran, und da Havelok die kleine Schaar sah, die mit seinem Feinde heranrückte, wollte er nicht, dass sie zugrunde gehe und ließ dem König Hodulf durch seine Freunde entbieten, dass er Mann gegen Mann mit ihm kämpfen wolle und dass, wer den Sieg erringe, auch Reich und Volk besitzen solle. Der König wagte es nicht zu verweigern, ließ all sein Volk sich entwaffnen und Havelok tat gleich also. Dieser konnte es kaum erwarten, bis sie zusammen kämen und bis sich entschieden hätte, wer gewonnen und wer verloren. Die Barone traten zusammen und der kühne Havelok fuhr auf König Hodulf los und schlug ihn mit seiner Streitaxt so heftig, dass er zu Boden fiel und nicht wieder aufstand. Hier tötete er ihn vor seinem ganzen Volke, welches laut um Gnade rief und ihm treulich und gern zu dienen versprach. Havelok vergab allen und erhielt das Reich, das seinem Vater gehört hatte. Im Lande ließ er einen Frieden ausrufen und hielt Gericht über die Treubrüchigen. Sein Weib diente ihm mit Liebe und Sorgfalt, und so unglücklich sie zuvor gewesen war, so sehr hatte sie nun Gott getröstet, da Havelok ein mächtiger König geworden war. Nachdem er über vier Jahre also regiert und einen großen Schatz gesammelt hatte, empfahl ihm Argentille, nach England überzufahren und ihr Erbe zu gewinnen, um das sie ihr Oheim schändlich beeinträchtigt hatte. Der König erfüllte ihren Willen, ließ seine Flotte ausrüsten, seine Leute und sein Heer sich bereithalten und stach bei günstigem Winde in die See und die Königin begleitete ihn. Seine Flotte bestand aus vierhundert und achtzig Schiffen und alle waren stark bemannt. Nach einer langen Fahrt kamen sie in Carleflure an, ließen sich im Hafen nieder und holten Lebensmittel im Lande. Darauf schickte der edle König auf den Rat seiner Dänen an Alsi, dass er ihm das Land zurückgebe, das er von Ekenbrecht habe und das seiner von ihm enterbten Nichte gehöre. Wolle er es aber nicht zurückgeben, so werde er selbst kommen und es ihm abnehmen.

Die Boten kamen zum König, aber er empfing sie stolz und antwortete höhnend: „Ist das nicht wunderbar, dass Cuaran, mein Küchenjunge, den ich in meinem Hause aufgezogen, zu mir kommt und mein Land verlangt? Ich will meine Köche aussenden mit ihm zu fechten, mit ihren Kesseln und Dreifüßen, Pfannen und Tiegeln."

Mit diesem Bescheid kehrten die Boten zu ihrem Herrn zurück und meldeten ihm zugleich den Tag, den der König mit ihnen zum Kampfe festgesetzt. Alsi bot unterdessen alle seine Freunde und Manne auf, und durfte nicht einer zurückbleiben. Zu Theford versammelten sich die Herren und ordneten das Treffen an. Der König Alsi wappnete sich zuerst und bestieg sein Barberross, um auf die Warte anzugehen und zu erkunden, wie stark die Macht des Feindes sein möge. Aber als er die Dänen sah mit ihren Fahnen und Schildern, da gedachte er nicht mehr an die Kessel, Pfannen und Tiegel, womit er sie bedroht hatte, sondern zog sich eilends zurück, und unterwies sein Heer, wie sie die Schlacht einrichten sollen. Der Kampf war hitzig und dauerte bis an den Abend, ohne dass es zu eine Entscheidung kam. Erst die dunkle Nacht brachte sie auseinander, nachdem viele von beiden Seiten getötet oder verwundet waren. Havelok war sehr bestürzt über die vielen Leute, die er verloren hatte, und er wäre mit seinen Dänen lieber wieder abgezogen und auf die Schiffe zurückgekehrt, wenn die Königin es geduldet hätte. Sie aber unterwies ihn eine List, durch die er seine Feinde besiegte. Er ließ die ganze Nacht hindurch große Pfähle schneiden, welche dazu dienten, die Gefallenen auf dem Schlachtfelde Lebenden ähnlich aufrecht hinzustellen. Aus diesen bildeten sie dann zwei lange Reihen und gaben jedem die Streitaxt in die Hände, als schwinge er sie über dem Haupte. Als es nun Tag geworden war, waffnete sich König Alsi und mit ihm alle seine Ritter, um die Schlacht von neuem zu beginnen. Aber als sie die Schaar der Dänen sahen, standen ihnen allen vor Grausen die Haare zu Berge, so grässlich war das Totenheer anzuschauen, das die ganze Ebene einnahm, und gegen einen Mann auf ihrer Seite hatten die Dänen sieben. Darum rieten sie dem König, die Schlacht zu unterlassen, da er viele von den Seinen verloren, die Macht der Dänen zugenommen habe. Deshalb soll er der Frau ihr Recht lassen und Frieden machen, ehe es ihnen noch schlimmer ergehe. Auf diesen Rat seiner Vertrauten verständigte er sich mit dem Dänenkönige, gab ihm sein Wort und Geisel, und versprach ihm das ganze Land zurückzugeben, das Ekenbrecht bei seinen Lebzeiten besessen habe. So waren von Holland bis Glocester die Dänen Herren und Meister. Havelok aber feierte ein großes Fest, als er in seine Hauptstadt kam, empfing die Huldigungen der Barone und gab ihnen ihre Lehen zurück. Nachdem dies geschehen lebte Alsi nur noch vierzehn Tage und hinterließ keinen Erben, als Havelok und seine Frau. Die Barone holten sie ein übergaben ihnen Städte und Schlösser. So hatte Havelok unter seiner Herrschaft Nichole und die ganze Lindesie und war zwei Jahre König über die Lande, die er durch seine Dänen gewonnen hatte. Als er aber gestorben war, machten die Alten zu seinem Gedächtnis ein Lied von seinem Siege und im Liede lebt noch bis unsere Tage Havelok der Däne.

Kaiser Karl im Morgenlande

Eines Tags war Karl in der Kirche von Saint – Denys. Er hatte seine Krone aufgesetzt, bekreuzte sein Haupt und umgürtete sein Schwert, dessen Knauf von purem Golde war. Rings um ihn her standen Herzoge und Herren, Barone und Ritter. Da blickte der Kaiser die Königin an, sein Gemahl, die auch auf's schönste gekrönt und geschmückt war, fasste sie an der Hand, führte sie unter einen Ölbaum und sprach zu ihr mit seiner vollen Stimme also: „Frau, saht Ihr je einen Mann unter dem Himmel, dem so gut das Schwert stand und die Krone auf dem Haupt? Noch manche Stadt soll dies mein Schwert gewinnen!"

Unbedacht antwortete diese und sprach: „Mein Kaiser, Ihr schätzt Euch allzu hoch! Wohl kenne ich einen, der noch rüstiger ist, wenn er Krone trägt unter seinen Rittern, und dem sie noch zierlicher sitzt, wenn er sie auf dem Haupte hat."

Als Karl das hörte, war er sehr erzürnt und ganz beschämt von wegen der Franken, die solches auch vernommen hatten, und fragte: „Nun, wo ist denn dieser König? Sagt mir ihn! und wir wollen neben einander Krone tragen und Eure Freunde und Eure Räte alle sollen dabei sein. Ich nehme die Hofhaltung meiner guten Ritter mit mir, und wenn die Franken mir es sagen, so gebe ich mich überwunden. Habt Ihr mir aber gelogen, so sollt Ihr mir es teuer bezahlen, ich schlage Euch den Kopf ab mit meines Schwertes Stahl."

„Mein Kaiser", sprach sie, „erzürnet Euch nicht! Zwar ist er reicher an Habe, an Gold und Geld, aber nicht ist er ein so biederer und wackerer Ritter, die Feinde zu schlagen im Kampf, noch sie in die Flucht zu treiben."

So bereute sie ihre Worte, als sie Karls Zorn bemerkte, und wollte ihm zu Füßen fallen und sprach: „Seid gnädig, mein Kaiser, um Gottes Liebe willen! Ich bin ja Euer Weib und meinte nur zu scherzen. Ich will mich verteidigen, wenn Ihr es befehlt, einen Eid schwören und vor

Gericht mich stellen, ja von dem höchsten Turm der Stadt Paris will ich mich herabstürzen, um darzutun, dass ich weder in Worten, noch in Gedanken Eure Schmach wollte."

„Nein, das sollt Ihr nicht, sagte Karl, aber nennt mir den König!"

„Mein Kaiser", sprach sie, „kann ich ihn doch nicht finden!"

„Bei meinem Haupt!" erwiderte Karl, „entweder sagt Ihr mir ihn oder ich lass' Euch den Kopf abschlagen!"

Da nun die Königin merkte, dass sie nicht ausweichen könne, so sprach sie, so schwer es ihr wurde, aber aus Furcht vor dem Tode: „Kaiser, haltet mich nicht für töricht! Viel hörte ich sagen von König Hugo dem Starken. Er ist Kaiser von Griechenland und Konstantinopel und besitzt ganz Persien bis nach Kappadokien zu; kein Ritter kommt ihm an Schönheit gleich von hier bis Antiochien, und keines Mannes Ritterlichkeit, außer der Euern, vergleicht sich mit der seinigen."

„Bei meinem Haupt!" sprach Karl, „das will ich wohl erfahren. Habt Ihr dess gelogen, so seid Ihr sicher des Todes. Wahrhaftig, Ihr habt mich schwer erzürnt und meine Freundschaft und Huld ganz und gar verloren. Nicht dachte ich mir, dass Ihr solches denket von meiner Kraft. Doch will ich nicht ablassen, bis ich ihn gesehen habe."

Nachdem der Franken Kaiser gekrönt war und seine Gabe auf dem Hochaltar dargebracht hatte, kehrte er zurück in seinen Saal zu Paris und nahm mit sich Roland und Olivier, Wilhelm von Orange und Naimes den Starken, Oger von Dänemark, Berin und Beranger, den Erzbischof Turpin, Ernalz und Haimer, Bernand von Brusban und den starken Bertram und viele tausend Ritter aus Frankreich gebürtig.

„Ihr Herren", sprach der Kaiser, „hört mir eine Weile zu! Wir wollen in ein fernes Königreich ziehen, wenn es Gott gefällt. Wir besuchen Jerusalem und die Mutter Gottes; und das Kreuz und das Heilige Grab will ich anbeten. Drei Mal hat mir's geträumt, darum muss ich dahin. Zugleich auch will ich einen König aufsuchen, von dem ich sprechen gehört. Führt mit uns siebenhundert Kamele, mit Gold und Silber beladen, damit wir sieben Jahre in dem Lande wohnen und bleiben mögen! Denn ich kehre nicht zurück, bis ich ihn gefunden habe."

Der Kaiser von Frankreich ließ seine Leute sich bereiten und gab denen, die mit ihm gingen, treffliche Gewänder, auch feines Gold und Silber in Menge. Schilde und Speere nahmen sie nicht mit, noch schneidende Schwerter, aber Stäbe aus Eschenholz mit Eisen beschlagen und hängende Schärpen, und die Streitrosse waren bepanzert von vorn und von hinten. Die Knechte schirrten die Maultiere und Saumrosse an und füllten die Kisten mit feinem Gold und Silber, mit Gesäßen und Geld und anderem Geräte. Auch trugen sie goldene Lehnssessel mit sich und drei von weißer Seide. Zu Saint – Denys in Frankreich nahm der Kaiser seine Schärpe, Turpin der Erzbischof gab ihm seinen Segen, nahm auch seine Schärpe und die Franken ebenfalls. Sie bestiegen ihre starken, rüstigen Maultiere, verließen die Stadt und ritten eilig von dannen. So fuhr der Kaiser Karl auf des Herrn Geheiß dahin und trauernd und in Tränen blieb die Kaiserin zurück.

So lange ritt der König weiter, bis er an eine Ebene kam; da wandte er sich zur Seite und rief Bertram zu: „Seht die artigen Züge von wallenden Pilgern! Wohl achtzigtausend sind die vornen gehen. Wer diese anführt und beherrscht, der muss wohl mächtig sein."

Darauf zog der Kaiser mit seinen Scharen dahin. Sie verließen Frankreich und Burgund, zogen durch Lothringen, Bayern und Ungarn und durch das verhasste Volk der Türken und Perser und setzten allesammt über einen großen wasserreichen Strom. Der Kaiser ritt in ihrer Mitte durch Wald und Gehölz, und so kamen sie nach Griechenland und sahen die Berge und Hügel in Romanien; dann eilten sie zu dem Lande, wo Gott den Martertod erlitten hatte, und sahen die alte Stadt Jerusalem. Es war ein schöner sonniger Tag, als sie daselbst anlangten. Kaum hatten sie ihre Herbergen eingenommen, so gingen sie zum Münster und legten ihre Gaben darin nieder. Darauf kehrten die stolzen Scharen nach den Herbergen zurück. Gar schön war das Geschenk, das Karl darbrachte. Als er in das marmorne gewölbte Münster trat mit seinen reichen Bildern, bemerkte er den Altar des heiligen Vaterunsers. Hier hatte Gott selbst die Messe gesungen und die Apostel, und noch stehen ihre zwölf Stühle an ihrer Stelle. Der dreizehnte ist in der Mitte, wohl versiegelt und verwahrt. Hocherfreut in seinem Herzen trat Kaiser Karl hinein, und wie er den Stuhl sah, näherte er sich jener Seite, ließ sich nieder und ruhte ein wenig, die zwölf Fürsten aber saßen in den Stühlen um ihn her. Nie saß zuvor hier ein Mensch, noch auch nachher. Karl war sehr erfreut über alle Schönheit, die er sah, über die hellen Farben, in denen das Münster gemalt war, über die Bilder der Märtyrer und Jungfrauen und ihre große Pracht, über den Lauf des Monds und die Feste des Jahrs, das Strömen der Flüsse und die Fische im Meere.

Da trat ein Jude herein, und sobald er den Kaiser erblickt hatte, begann er zu zittern, denn Karls Gesicht war furchtbar, wenn er das Haupt aufrecht hielt. Er wagte ihm nicht in's Auge zu sehen, fast wäre er niedergefallen; aber er ergriff die Flucht und flog die marmornen Stufen hinauf zu dem Patriarchen, den er also anredete: „Gehet, Herr, ins Münster, um das Wasser zu bereiten, denn ich will mich alsbald taufen lassen! Zwölf Grafen sah ich in das Münster treten, und noch einen, der ist so trefflich, und so wahr ich bei Verstand bin, Gott selbst, der Euch mit seinen zwölf Aposteln besucht."

Als dies der Patriarch vernommen, beschied er alsbald seine Geistlichen, ließ sie sich anziehen und ihre Mäntel umtun, und ging in feierlichem Zuge zum Kaiser.

Als dieser ihn erblickte, stand er auf, zog seinen Hut ab und neigte sich tief vor ihm. Sie küssten einander und der Patriarch fragte: „Woher seid Ihr gebürtig, Herr? Wagte doch nie ein Mensch in dieses Münster treten, dem ich es nicht befahl oder den ich darum bat!"

„Herr, ich heiße Karl, bin in Franken geboren und habe zwölf Könige besiegt durch Kraft und Rittertum; um den dreizehnten zu suchen, von dem ich habe reden hören, bin ich nach Jerusalem gekommen; auch um das Kreuz und Grab des Heilandes anbetend zu verehren."

Der Patriarch sprach: „Herr, Ihr seid hochgeehrt, denn Ihr seid auf dem Stuhle gesessen, auf dem Gott selbst saß. So sei denn König Karl über alle Könige gekrönt!"

Der Kaiser erwiderte: „Habt tausend Dank dafür! Noch bitte ich Euch, dass Ihr mir von Euren Heiltümern mitteilt, damit ich sie nach Frankreich bringe und mein Land dadurch verherrliche."

Der Patriarch antwortete: „Ihr sollt deren die Menge haben. Ich gebe Euch den rechten Arm Sankt Simeons, das Haupt des heiligen Lazarus, und von dem Blute Sankt Stephans, der den Märtyrertod erlitt."

Dafür wünschte ihm Karl Glück und Heil; der Patriarch aber fuhr fort: „Da Ihr, um Gott hier zu finden, gekommen seid, so sollt Ihr auch von dem Besten bekommen, das wir haben. Ich will Euch Heiltümer schenken, die besten, die es unter der Sonne gibt, vom Schweißtuch

Jesu, das er auf dem Haupte hatte, als er im Grabe ruhte, wo die Juden ihn bewachten mit ihren scharfen Schwertern und von wo er sich erhob am dritten Tag, wie er vorausgesagt hatte, und zu den Aposteln kam, um sie zu erfreuen. Einen Nagel sollt Ihr haben, der ihm durch den Fuß ging, und die heilige Krone, die Gott aus dem Kopfe trug, und den Kelch, den er segnete.

Auch die silberne Schale gebe ich Euch gerne; die mit Gold und köstlichen Steinen eingelegt ist, und das Messer sollt Ihr haben, das Gott zum Essen gebrauchte, und Haare von Sankt Peters Bart und Haupt."

Dafür wünschte ihm Karl Glück und Heil und sein ganzer Leib bebte vor frommer Wonne. Da sprach der Patriarch: „Es ist Euch wohl ergangen. Gewiss Gott selbst hat Euch hergeführt. Darum will ich Euch Heiltümer geben von großer Kraft, von der Milch der heiligen Maria, mit der sie Jesum tränkte, als er ein Kindlein auf Erden zu uns kam, und von dem heiligen Hemde, das sie trug."

Karl wünschte ihm dafür Glück und Heil und der Patriarch ließ sie herkommen und dem König übermachen. Von großer Kraft waren diese Heiltümer, wie Gott also bald bewährte. Denn ein Lahmer lag in der Nähe, der sieben Jahre sich nicht rühren konnte, aber als man die Heiltümer vorübertrug, krachten alle seine Knochen zusammen, seine Nerven zogen sich an und er sprang auf die Füße und war gesünder als zuvor. Als nun der Patriarch das große Wunder sah, das Gott vollbrachte, ließ er es durch die ganze Stadt laut verkünden. Der Kaiser aber ließ einen Schrein bereiten, so schön, wie man nie einen bessern sah; vom feinsten arabischen Golde waren tausend Mark darein verschmolzen. In diesen legte er die Heiltümer, ließ ihn sodann stark und fest siegeln, mit dicken Silberbändern oft umbinden und befahl dem Erzbischof Turpin, ihn zu geleiten. Doch blieben auch Karl und alle, die er bei sich hatte, dem Schatze zur Seite. Vier Monate verweilte der Kaiser mit seinen Fürsten in der Stadt Jerusalem. Die werte Genossenschaft verrichtete groß Rittertum, und der Kaiser tat seine Schätze auf und erbaute ein Münster für die heilige Maria. Die Leute von der Stadt kamen zu ihnen und verkauften ihnen Tücher, Leinwand und Seide, auch Zimt, Pfeffer und anderes gutes Gewürz und allerlei gute Kräuter, die ich nicht nennen will, und wofür ihnen Gottes Lohn zu teil ward.

Nachdem der Kaiser so lange daselbst geblieben war, nahm er Urlaub von dem Patriarchen und sagte: „Edler Herr, ich muss nun heim nach Frankreich kehren. Lange bin ich weg gewesen und es ist Zeit, dass ich nach meinen Baronen sehe, denn sie werden nicht wissen, wo ich so lange bleibe. Nehmt von mir hundert Maultiere mit Gold und Silber beladen!"

Der Patriarch sprach: „Lasst mir das! Vielmehr seien euch alle meine großen Schätze offen! Die Franken mögen sich davon nehmen, so viel sie tragen können! Doch hütet euch vor den heidnischen Sarazenen, welche uns und der heiligen Christenheit unaufhörlich nachstellen! Aber," fuhr er fort, „um eines bitte ich euch, gerade darum, dass ihr die Sarazenen vertilget, die uns immer verfolgen."

„Gerne", sprach Karl und gab ihm darauf sein Wort; „ich sende meine Leute nach Spanien, so viel ich auftreiben kann, und ich will selbst hinziehen, um das Heidenvolk zu vertreiben."

Auch hielt er sein Wort und tat was er versprochen hatte, denn Roland fiel daselbst und mit ihm die zwölf Fürsten.

Nachdem der Frankenkaiser so lange daselbst verblieben war, gedachte er an das Wort, das sein Weib zu ihm gesprochen hatte, und machte sich nun auf, um den König zu suchen, den sie so sehr gelobt, und wollte nicht aufhören, ihn zu suchen, bis er ihn gefunden hätte. Noch in der Nacht ließ er es den Franken ansagen in ihren Herbergen. Als sie das hörten, waren ihre Herzen sehr erfreut. Am frühen Morgen, als kaum der Tag anbrach, wurden die Maulesel und Lasttiere gesattelt und bepackt, die Barone saßen auf und machten sich auf den Weg.

Als sie nach Jericho kamen, brachen sie Palmzweige von den Bäumen und riefen laut und mit heller Stimme: „Gott steh uns bei!"

Der Patriarch war auf ein kräftiges Maultier gestiegen und begleitete sie einen ganzen Tag auf ihrer Fahrt. Als aber die Nacht kam, traten die Barone zusammen in ihre Herberge, und nichts, was sie verlangten, ward ihnen abgeschlagen. Am frühen Morgen, als kaum der Tag anbrach, stiegen die Barone wieder auf ihre Tiere und machten sich wieder auf den Weg. Der Patriarch aber bat Karl um Urlaub und der Kaiser empfahl ihn Gottes Schutz. Darauf küssten sie sich und schieden voneinander, und der Kaiser zog weiter mit seinen rüstigen Baronen. Die Heiltümer bewährten unterwegs vielfach ihre Kraft, und

Gott verrichtete durch sie große Wunder: denn wenn sie an ein Wasser kamen, so teilten sich die Wellen und sie zogen trockenes Fußes hindurch; die Blinden aber, denen sie begegneten, erhielten ihr Augenlicht wider, die Lahmen richteten sich auf und die Stummen sprachen.

So ritt der Kaiser mit seinem Gesinde weiter, und sie zogen über die Berge und Hügel von Abilant, über den Felsen von Guitum und im Flachlande fort. Da erblickten sie Türme und Kirchen und glänzende Brücken, und es war dies die stolze Stadt Konstantinopel. Rechts von derselben waren große schöne Gärten, mit Fichten und Lorbeeren bepflanzt. Dort blühten Rosen, Flieder und Lilien in Menge. In diesen Gärten sahen sie wohl zwanzigtausend Ritter in Mänteln aus Marderfellen, die bis auf den Boden herabhingen und mit weißem Hermelin verbrämt waren. Die einen spielten Schach und Brett, die andern trugen ihre Falken und Stoßvögel auf der Hand. Auch waren wohl dreitausend Jungfrauen daselbst, deren Kleider in rotem Golde glänzten. Ihre zarten Leiber waren in Mäntel gehüllt und gaben ihren Freunden, die mit ihnen umhergingen, süße Augenweide.

Als Karl, der auf seinem Zelter einherritt, solches sah, wandte sich zu Roland und sprach: „Ich weiß in der Tat unter dieser großen Schaar von Herren den König nicht auszufinden."

Da rief er einem der Ritter und fragte ihn lächelnd: „Freund, wo ist der König, den ich allenthalben suche?"

Dieser antwortete ihm: „Reitet nur fürbass! Unter diesem Schirme werdet Ihr den König finden."

Der Kaiser tat also ohne Verweilen und fand den König Hugo, wie er mit einem Pfluge ackerte. Der ganze Pflug leuchtete von Golde, die Stangen und Axen, die Räder und die Messer. Und dabei ging der König nicht zu Fuß, sondern er saß auf einem goldenen Stuhle, den rechts und links ein stattlicher Zelter trug. Da saß der König auf einem prächtigen Kissen, das mit Federn von Goldammern gefüllt und mit glänzendem Stoffe überzogen war. Zu seinen Füßen stand ein Schemel mit weißen, silbernen Nägeln. Auf dem Haupte aber trug er einen Hut und schöne Handschuhe an der Hand. Auch war über ihn ein grauer Teppich gebreitet, der auf vier Pfählen ruhte. In der Hand hielt der König eine goldene Gerte und führte so seinen Pflug mit solcher Geschicklichkeit, dass die Furchen, die er zog, gerade liefen, als wären sie gemessen. Während der König so am Pflug sein Tagewerk verrichtete, näherte sich ihm Karl auf seinem Zelter; er sah den Teppich über ihn ausgespannt und das Gold schimmern und willig grüßte er den König Hugo den Starken. Dieser sah Karl an, und als er sein stolzes Wesen bemerkte und die dicken und kräftigen Arme neben dem magern schlanken Leib, entbot er ihm seinen Gruß und fragte ihn, wer er sei.

Der Kaiser antwortete ihm: „Ich bin in Frankreich geboren und heiße Karl, und dieser hier ist Roland, mein Neffe. Wir kommen von Jerusalem; doch wollte ich nicht eher heimkehren, bis ich Euch und Eure Barone gesehen hätte."

Darauf sprach der Recke Hugo: „Wohl ist es sieben Jahre oder mehr, dass ich fremde Kriegsleute von Euch sprechen hörte, und dass kein König unter dem Himmel so viele Ritterschaft habe, wie Ihr. Ich will Euch ein Jahr bei mir behalten, wenn Ihr bleiben wollt; und wenn Ihr geht, sollt ihr so viel Gold, Silber und Geräte mitnehmen, als Eure Franken aufpacken können. Jetzt aber will ich Euch zuliebe meine Ochsen ausspannen."

Der König tat also, schirrte die Ochsen ab und verließ den Pflug. Diese aber weideten auf den Wiesen und in den Gärten bergan.

Als nun der König zu Pferd stieg und fürbass ritt, sprach Kaiser Karl zu ihm: „Herr, an diesem Eurem Pflug ist feines Goldes aus der Maßen viel. Wenn er unbewacht zurückbleibt, fürchte ich, er sei verloren."

Aber der König Hugo antwortete ihm: „Dafür seid ohne Sorgen! Denn so weit mein Land reicht, gibt es keinen Dieb, und er könnte wohl sieben Jahre hier stehen, ohne dass er von der Stelle gerückt würde."

Da sprach Wilhelm von Orange: „Hilf, Heiliger Vater! Hätte ich ihn in Frankreich und Bertram wäre dabei, so würde er zu Pfählen und Hämmern zerschlagen."

Sodann spornten sie ihre Tiere und ritten weiter, bis sie zu dem Palast kamen, wo sie des Königs Gemahl sahen, die schön angetan, und wo alles bereitet war, denn Palast und Saal war mit ausgebreiteten Decken belegt. Dahin kam Karl mit seinem Gesinde, und stieg ab vor den marmornen Stufen des Saals, und ging auf den Palast zu, wo sie wohl siebentausend Ritter fanden in Mänteln von Hermelin und schimmernden Röcken, wie sie Brett spielten und Schach zu ihrer Ergötzung. Viele aber von ihnen liefen heraus und nahmen ihnen die Rosse und Maultiere ab und führten sie an die Herberge, um ihrer zu pflegen. Karl beschaute den Palast und seine große Pracht. Tische, Stühle und Bänke waren von feinem Golde.

Der Palast war blau gestreift und lieblich anzusehen durch kostbare Bilderwerke von Vögeln und Schlangen und allerlei Getier. Auch war er regelrecht gebaut und durch eine gewölbte Decke verschlossen. Der Pfeiler in der Mitte war mit weißer silberner Arbeit überzogen. Hundert marmorne Säulen standen in dem Saal, alle mit feinem Gold verziert, und an ihnen je zwei Kinder, aus Erz und Kupfer geschmiedet. Jedes derselben hielt im Munde ein Horn aus weißem Elfenbein, und wenn ein frischer Wind vom Meere her wehte, so setzten sich die Bilder in lebhafte Bewegung und die Hörner bliesen und pfiffen und tönten alle zusammen wie Trommelschlag oder Donner oder Glocken auf dem Turme. Dabei sahen die Kinder einander an, wie wenn sie lachten, und wer sie beschaute, musste glauben, sie seien lebendig. Als Karl diesen Palast und alle seine Pracht sah, da schätzte er freilich seinen eigenen Besitz gar gering dagegen, und er gedachte seines Weibs, die er so heftig bedroht hatte.

„Ihr Herren", sprach Karl, „gar schön ist dieser Palast und einen solchen besaß weder Alexander, noch der alte Constantin, noch Crassus der Reiche, der so viele Prachtgebäude in Rom errichtet hat."

Kaum hatte der Kaiser diese Worte gesprochen, so erhub sich ein Wind vom Hafen her und warf sich brausend in den Palast, der ihn auf der Vorderseite einließ, und alsbald geriet alles in sanfte und heitere Bewegung, und der Palast drehte sich auf die andere Seite, wie ein Baum in der Mühle. Die Bilder lächelten einander an und bliesen, die einen hoch, die andern in tiefen Tönen, so dass es gar lieblich zu hören war, und jeder, der es sah, meinte, sie seien lebendig. Es war nicht anders, als wäre man im Paradies und die Engelein sängen sanft und in seliger Wonne. Der Sturm wurde heftiger und führte Schnee und Hagel mit sich, und heulte drohend um das Schloss. Doch schützten davor köstliche Fenster aus Kristal und blauem Glase, kunstreich geschnitten und gebildet, und innen war heitere sanfte Ruhe, wie in den holden Tagen des Mais, wenn die Sonne scheint.

Als Karl bei dem grässlichen Sturme den Palast erbeben und sich drehen sah, da wusste er nicht und konnte nicht von ferne sich einbilden, was das war; er konnte sich nicht auf den Füßen halten und setzte sich nieder auf den Marmor; die Franken aber fielen alle zu Boden, bedeckten ihr Haupt und hüllten sich in ihre Mäntel, und der eine sprach zu dem andern: „Wir sind übel beraten; die Türen stehen offen und wir können nicht hinaus."

Karl sah den Palast sich sachte bewegen, die Franken aber bedeckten ihr Gesicht und wagten nicht aufzuschauen. Da trat König Hugo der Starke zu den Franken und bat sie, nicht mutlos zu werden.

„Das soll nie geschehen!", sprach Kaiser Karl.

Und König Hugo sprach: „Wartet mein eine Weile!"

Und er verließ sie.

Als der Abend herankam, ließ der Sturm nach, die Franken sprangen auf die Beine und das Abendessen war bereit. Karl und seine starken Recken ließen sich nieder und neben sie König Hugo und sein Weib und seine Tochter. Die selbige hatte schöne, blonde Haare und ein feines klares Angesicht und ihre Haut war weiß wie eine Lilie im Sommer.

Sobald Oliver sie sah, fasste er Liebe für sie und sprach bei sich, ohne dass jemand es hören konnte: „Möchte es dem allmächtigen Gott gefallen, dass ich sie in Frankeich hätte und in der Stadt Dun und dass ich allen meinen Willen mit ihr vollbringen könnte!"

Was sie beim Essen verlangten, das wurde ihnen gewährt. Wildbret war da in Menge, von Hirschen und von Schweinen, Kraniche und wilde Gänse und Pfauen mit Pfeffer. Auch trug man ihnen Wein auf und süßen Met, und Spielleute sangen, fiedelten und harften. Dabei betrugen sich die Franken mit edler Rittersitte, und als sie nun in dem königlichen Palaste gespeist und die Seneschälle die Tischtücher abgenommen hatten, da sprangen die Knappen von allen Seiten nach den Herbergen, um die Pferde der Gäste zu pflegen. König Hugo der Starke aber rief Karl und seine zwölf Fürsten auf die Seite, fasste den König bei der Hand und führte ihn mit seinem Gesinde in sein Gemach, das schön gewölbt, mit Blumen bemalt und aus kristallhellen Steinen erbaut war. Ein Karfunkel leuchtete daselbst klar und helle und war an einem Pfeiler befestigt aus der Zeit des Königs Goliat. Zwölf gute Betten standen hier bereit, aus Erz gearbeitet, mit

Kissen aus Pelz und Bettlacken von Zendel. An dem Ganzen hätten wohl zwanzig Ochsen auf vier Wägen zu ziehen gehabt. Das dreizehnte Bette stand in der Mitte und war mit künstlichem Bildwerk versehen; die Füße waren von Silber, das Gerüste von Schmelz, die Decke aber war von Masenz gewirkt, einer kunstreichen Fee, welche dem König damit ein Geschenk machte. Hier sollten sie übernachten, und wohl war der König der großen Liebe schuldig, der ihm das Beste, was er hatte, übergab und ihm so treffliche Pflege und Herberge zuteilwerden ließ. Als die Franken in dem Gemache waren und die Betten erblickten, nahm jeder von den zwölf Fürsten eines derselben. Auch ließ ihnen König Hugo, der Starke, Wein bringen; aber er war klug und vorsichtig, und voll Misstrauens, deshalb legte er in das Gemach in eine Höhlung unter der Marmortreppe einen Mann, der sie durch ein kleines Loch die ganze Nacht durch bewachen musste. Und der Karfunkel brannte so hell, dass jedermann sehen konnte, wie draußen am Maitage, wenn die Sonne scheint. So ging König Hugo der Starke zu seinem Weibe, und Karl und die Franken legten sich schlafen.

Doch scherzten noch die Grafen und Herren viel mit einander, sie gingen im Zimmer umher und tranken von dem Wein, und sprachen unter sich: Seht doch, welche Pracht und wie schön der Palast, und wie er von Reichtum glänzt! Gefiele es doch dem allmächtigen Gott, dass Karl unser Herr ihn eroberte in offener Feldschlacht, und für uns gewänne!

Da sprach der Kaiser Karl: „Jetzt will ich erst scherzen! König Hugo der Starke soll den kräftigsten Gesellen aus seinem Gesinde mir herbringen, derselbe soll zwei Halsberge und zwei geschlossene Helme anlegen und sich auf ein rüstiges Schlachtross setzen. Dann soll mir der König sein Schwert leihen mit dem goldenen Knaufe und ich will damit auf die Helme schlagen, wo sie am festesten sind, und die Halsberge und Helme mit ihren Edelsteinen zerspalten samt dem Filz und dem Sattel des starken Rosses. Und wenn ich das Schwert noch auf die Erde fallen lasse, so soll es so tief einsinken, dass kein Mensch bei seines Leibes Leben es wieder herausgraben mag."

„Bei Gott", sprach der Horcher in seinem Sinn, „Ihr seid stark und stämmig genug dazu, aber der König Hugo war ein rechter Tor, dass er

Euch Herberge verlieh. Höre ich Euch diese Nacht noch mehr solcher Tollheiten reden, so sollt Ihr mir morgen vor Tag von hinnen!"

Darauf sprach der Kaiser: „Jetzt sag du einen Scherz, schöner Neffe Roland!"

„Gerne, Herr, ganz wie Ihr befehlt", sprach dieser. „So saget denn dem König Hugo, dass er mir sein Hifthorn leihe! Damit will ich hinausgehen auf die Heide und darein stoßen. Und mein Atem ist so stark und mein Hauch so gewaltig, dass in der ganzen großen und weiten Stadt kein Tor noch Pfosten aufrecht bleiben, und Stahl und Eisen, so fest und schwer es auch sein mag, aneinander klappern soll. König Hugo ist zwar ein starker Recke, aber wenn er sich mir entgegen stellt, so mag er Acht haben, dass ich ihm nicht die Haare seines Bartes wegblase und die großen Marderfelle, die er um den Hals gehängt hat, samt dem Hermelinpelz, der ihm über den Rücken hinabfällt."

„Bei Gott", sagte der Horcher, „das ist ein schlimmer Spaß. Wie töricht war doch König Hugo, solche Leute aufzunehmen!"

„Nun kommt die Reihe an Euch, Herr Oliver", sagte Roland freundlich.

„Gerne", erwiderte der Graf, „wenn Kaiser Karl es gut heißt. So soll mir der König seine blondhaarige Tochter geben und uns in ihrer Kammer in einem Bette ruhen lassen; so will ich ihr in einer Nacht wohl hundertmal beweisen, dass ich ein Mann bin; wo nicht, so will ich morgen den Kopf verlieren."

„Bei Gott", sagte der Horcher, „Ihr werdet früher müde werden. Ihr habt große Schmach geredet, aber der König soll es wissen, und um seine Liebe wird es für Euch geschehen sein."

„Nun, Herr Erzbischof, wollt Ihr nicht auch einen Teil haben an unserm Scherz?"

„O wohl", sprach Turpin, „wenn der Kaiser es befiehlt. Mir soll morgen der König drei der besten Rosse, die in der Stadt sind, herführen, und sie da draußen auf der Heide umherjagen. Wenn sie dann im vollsten Rennen sind, komme ich eilig daher geritten, springe über zwei von den Rossen hin und setze mich auf das dritte. Dabei will ich vier große Äpfel in der Hand halten und sie in die Höhe werfen, während die Rosse immer weiter rennen; und wenn ich einen einzigen nicht wieder auffange, so mag Kaiser Karl mein Herr mir die Augen aus der Stirne bohren lassen!" „Nun", sprach der Horcher, „solch ein Scherz ist gut und schön; er hat doch meinen Herrn nicht beschimpft." Darauf sprach Wilhelm von Orange: „Ihr Herren, nun höret mich! Seht diese Kugel hier aus feinem Gold und Silber! Tag meines Lebens sah ich keine größere. Wohl dreißig Männer möchten umsonst versuchen, sie zu heben, und mögen sie nicht von der Stelle rücken; aber morgendes Tages will ich sie mit meiner einen Hand aufnehmen und mitten durch den Palast hinrollen, so dass das Gemäuer auf mehr als vierzig Ruten weit zugrunde geht."

„Bei Gott", sprach der Horcher, „das werdet Ihr nicht tun! Aber möge den König alle Schmach treffen, wenn er Euch nicht den Besuch machen lässt! Ehe ihr morgen in eure Kleider kriecht, soll er alles erfahren."

Darauf sprach der Kaiser: „Nun mag Oger der Dänenherzog seinen Scherz losgeben, ob er so viel ausrichten kann!"

„Gerne", sprach der Baron, "wenn Ihr es erlaubt. Wisst ihr jenen Pfeiler, auf dem der Palast ruht, der heute früh vor euren Augen sich hin und wieder drehte? Morgen sollt ihr mich ihn in meine kräftigen Arme fassen sehen, und er ist nicht so stark, dass ich ihn nicht zerbrechen, den Palast umstürzen und zu Boden schmeißen sollte. Wer sich dabei betressen lässt, dem stehe ich nicht für sein Leben, und wenn der König kein Narr ist, so macht er sich davon und versteckt sich."

„Bei Gott", sprach der Horcher, „dieser Mann ist verrückt. Möge der Himmel Euch bewahren, diesen Scherz zu beginnen! Aber der König war nicht klug, Euch zu beherbergen."

Da sprach der Kaiser: „Nun redet Ihr, Herzog Naimes!"

„Gerne", sprach der Baron mit dem grauen Haare. „Saget zu dem König Hugo, dass er mir morgen seinen braunen Halsberg leihe, den will ich anziehen und so eilends davon laufen, dass die stählernen Maschen eine um die andere herabfallen, als wären sie von Stroh."

„Bei Gott", sprach der Horcher, „der Alte hat noch starke Nerven zu seinem grauen Haar."

Da sprach der Kaiser: „Nun redet Ihr, Herr Beranger!"

„Gerne", sprach der Graf, „wenn Ihr es gebietet. Der König soll von allen Rittern Schwerter entleihen und sie in den Boden graben lassen bis an das goldene Gefäß, die Spitzen aber sollen aufwärts hervorschauen. Sodann will ich auf den höchsten Turm hinaussteigen und mich auf die Schwerter herabstürzen. Da sollt ihr Eisen rasseln und Degen brechen hören. Einer soll am andern zerschellen, aber Ihr sollt nicht finden, dass eine einzige Spitze mein Fleisch berührt, meine Haut geritzt oder gar verwundet habe."

„Bei Gott", sprach der Horcher, „dieser Mensch ist verrückt. Wenn er solchen Scherz ausführt, muss er von Stahl und Eisen sein."

Da sprach der Kaiser: „Herr Bernhard, nun redet Ihr!"

„Gerne", sprach der Graf, „wenn Ihr es befehlet. Wisst Ihr das große Wasser, das in jener Furt tobt? Morgen will ich es ganz aus seinem Bette leiten und die Felder damit überschwemmen. Ihr möget es alle mit ansehen! Alle Keller in der Stadt will ich füllen und das Volk des Königs Hugo baden und ersäufen, so dass er selbst sich auf den höchsten Turm flüchten muss und nicht eher wieder herab kann, als ich es ihm erlaube."

„Bei Gott", sprach der Horcher, „dieser Mann ist verrückt, und König Hugo war nicht klug, dass er euch Herberge gewährte. Aber morgen vor Tag sollt ihr alle euren Abschied haben!"

Da sprach der Graf Bertram: „Nun soll auch mein Oheim seinen Scherz sagen!"

„Von Herzen gerne", sprach Ernalz von Girunde. „Der König soll vier Lasten Blei nehmen und alles in Kesseln schmelzen lassen, sodann in eine große, tiefe Kufe schütten, so dass sie voll wird bis an den Rand. Da will ich hineinspringen. Wenn dann das Blei gestanden und fest geworden ist, so sollt ihr mich herausspringen und die Masse zerteilen und zerbrechen sehen. In der Kufe aber soll nicht eines Strohhalms schwer übrig bleiben."

„Das ist ein wunderlicher Scherz", sagte der Horcher; „nie in meinem Leben hörte ich von einem Menschen mit so hartem Fleisch. Wahrlich, der muss auch von Stahl und Eisen sein, wenn er diesen Scherz ausführt."

Da sprach der Kaiser: „Nun redet Ihr, Herr Aimer!"

„Gerne", sprach der Graf, „wenn Ihr es befehlet. Ich besitze einen Hehlmantel, der aus einem großen Seefische gearbeitet ist; den will ich morgen über mich anziehen, wenn König Hugo zu Tische sitzt, und ihm seine Fische und seinen Meth vor den Augen verzehren.

Dann komme ich hinter ihm her und gebe ihm einen solchen Schlag auf dem Kopf, dass er vorwärts auf den Tisch fährt; auch sollt Ihr sehen, wie ich ihn beim Bart zupfe und raufe."

„Bei Gott", sprach der Horcher, „dieser Mensch ist verrückt, und der König Hugo war nicht klug, euch Herberge zu verleihen."

„Nun redet Ihr, Herr Bertram!" sprach der Kaiser sofort.

„Gerne," sprach der Graf, „wenn es Euch gefällt. Entlehnt mir morgen früh drei starke feste Schilde! und ich will draußen auf eine alte hohe Fichte steigen. Da sollt ihr dann sehen, wie ich sie alle zugleich in die Luft werfe und fliegen lasse und dabei so laut schreie, dass ich vier Meilen in der Runde alle Hirsche und Rehe in dem Walde aufscheuche und keine Hindin, kein Fuchs oder Damhirsch auf der Stelle bleibt."

„Bei Gott", sprach der Horcher, „das ist ein schlechter Spaß. Wenn den König Hugo erfährt, wird er wenig davon erfreut sein."

„Nun redet Ihr, Herr Genin!" sprach der Kaiser Karl.

„Gerne", erwiderte der Graf. „Bringt mir morgen, dass jedermann es sehe, einen starken und geraden Wurfspieß auf den Platz, groß und schwer! Ein gemeiner Mann soll ihn herbeischleppen! Der Schaft soll von Apfelholz und das Eisen daran eine Elle lang sein! Dann legt mir ganz oben auf den Turm, auf den marmornen Pfeiler, zwei Pfennige, den einen auf den andern! So will ich eine Meile weit weggehen und den Speer schleudern. Da gebt denn wohl Acht! Denn einen der Pfennige will ich vom Turme sacht und sanft herabschießen, ohne dass der andere sich bewegt. Zu gleicher Zeit will ich so schnell und gewandt herbeirennen, dass ich mit beiden Füßen wieder auf der Schwelle des Saales stehe, ehe der Pfennig auf den Boden gelangt."

„Bei Gott", sprach der Horcher, „dieser Scherz ist so viel wert, als drei von den andern, zumal da er meinen Herrn den König nicht verunehrt."

Als die Grafen sich so in Scherzen überboten hatten, schliefen sie ein; der Horcher aber, der alles vernommen, schlich sich aus dem Gemache und kam an die Türe des Zimmers, in welchem König Hugo lag. Er fand sie angelehnt und trat zu ihm vor das Bette.

Sobald der König ihn erblickte, sprach er eilends zu ihm: „Nun wie geht es mit den Franken und dem wildblickenden Karl? Hörtest du sie sprechen, ob sie bei mir bleiben wollen?"

„Bei Gott", sprach der Horcher, „daran haben sie nicht gedacht. Aber über Euch haben sie diese Nacht genug gescherzt und gespottet." Und damit erzählte er ihm alles, was er gehört hatte.

Als der König Hugo das vernommen, ward er sehr zornig und entrüstet und sprach: „Meiner Treu, Karl hat sehr töricht gehandelt, leichtsinnig über mich zu spotten, da ich sie doch heute Nacht in meinem marmornen Gemach beherbergte. Wahrlich, wenn sie nicht alle die Scherze ausführen, wie sie gesprochen, so will ich ihnen die Köpfe abschlagen mit meinem blanken Schwert."

Da bot er von seinen Mannen wohl hunderttausend auf und befahl ihnen, wohl bepanzert, in Mäntel gehüllt und mit dem blanken Schwerte umgürtet, im Palaste zu erscheinen und sich ihm zur Seite zu stellen. Als die Messe zu Ende war, kam Karl aus dem Münster und mit ihm die zwölf Fürsten, sein stolzes Gesinde. Der Kaiser, der als der mächtigste voranschritt, trug einen Ölzweig in der Hand.

Aber als König Hugo ihn erblickte, rief er ihm schon von weitem tadelnd zu: „Karl, warum habt ihr über mich gespottet und gehöhnt? Herbergte ich euch doch in meinen köstlichen Gemächern, und war solcher Leichtfertigkeit von euch nicht gewärtig! Wahrlich, wenn ihr jetzt die Scherze nicht ausführt, wie ihr sie gesprochen, so schlage ich euch die Köpfe ab mit meinem blanken Schwert."

Als der Kaiser solches hörte, war er in Besorgnis, blickte um nach den Franken, seinem stolzen Gesinde, und sprach: „Vom Wein und Meth waren wir heute Nacht alle trunken. Mich dünkt: der König hatte einen Lauscher in dem Zimmer verborgen. So sprach er auch zu dem König: Ihr habt uns heute Nacht beherbergt und uns viel Meth und süßen Wein eingeschenkt. Nun ist es Brauch in Frankreich, zu Paris und zu Chartres, wenn die Männer zu Bette gehen, dass sie unter sich scherzen und spaßen und allerlei Torheit und Narrentscheidungen vorbringen. Doch seid Ihr mit diesen Worten nicht zufrieden, so lasst mich Rücksprache nehmen mit meinen tapfer Baronen! Und ich will Euch sogleich Antwort erteilen zu Eurer Genugtuung."

„Bei meinem Worte", sprach der König Hugo, „und bei meinem weißen Bart! Die Schmach, die ihr über mich ergossen, ist allzu groß, und bis ihr von mir scheidet, will ich euch das Scherzen vertreiben."

Kaiser Karl wandte sich um, und mit ihm die zwölf Fürsten, und sie gingen auf die Seite unter eine alte Halle, um Rat zu halten.

Ihr Herren, sprach der Kaiser, uns ist Unheil widerfahren, der Meth und süße Wein hat uns trunken gemacht, und wir schwatzten mancherlei Dinge, die nicht hätten sein sollen.

Darauf ließ er die Heiltümer herbeibringen. Alle warfen sich in Gebeten vor denselben nieder, schlugen an ihre Brust und sprachen: *„Mea culpa, mea culpa!"* und baten Gott den allmächtigen im Himmel, dass er sie heute errette von König Hugo dem Starken, der ihnen so grimmig zürnte.

Alsbald erschien ein Engel, von Gott gesandt, trat zu dem Kaiser, hob ihn auf und sprach: „Fürchte dich nicht, Karl! Das gebietet dir der Heilige Christ. Die Scherze, die ihr heute Nacht gesprochen, waren freventlicher Übermut, und ihr sollt hinfort nicht mehr über irgendeinen Menschen spotten. Aber für diesmal lasst sie kühnlich beginnen, was sie geredet, und keinem soll sein Werk misslingen."

Als der Kaiser solches vernommen, war er fröhlich und guter Dinge; er richtete sich auf, reckte die Hand ans, bekreuzte sein Haupt und sprach zu den Franken: „Seid ohne Furcht und kommt mit mir vor König Hugo in den Palast!"

Als sie daselbst angekommen waren, sprach Karl zu dem König: „Herr, ich kann nicht verhalten, Euch zu sagen, was ich denke. Ihr habt uns heute Nacht in Eurer Kammer beherbergt und manche von uns durch Wein und Meth trunken gemacht, und als Ihr von uns schiedet, uns große Schmach angetan, denn Ihr habt in unserm Gemach einen Aufpasser zurückgelassen. Wir aber wissen ein Land, dessen Brauch Euch ob solcher Tat mit der Strafe des Treubruchs belegen würde. Doch, wie dem auch sei, wir wollen ausführen, was wir gesprochen, und keiner soll zurückbleiben! Ihr mögt nur auswählen, wer beginnen soll!"

Da sprach Hugo der Starke, und er traf keine schlechte Wahl: „Hier steht Oliver, der sich großer Schmach vermessen wider meine Tochter. Wahrlich, ich will sie ihm übergeben, dass er versuche, wie er sein tollkühnes Wort erfülle. Doch wenn es ihm nicht gelingt, so schlage ich ihm den Kopf ab mit meinem blanken Schwert, und auch Eure andern Mannen sollen der Strafe nicht entgehen."

Kaiser Karl lachte und vertraute auf die wunderbare Hilfe. Sie überließen sich nun den Tag über allerlei Freude, Spiel und Ergötzung; auch wurde ihnen nichts versagt, was sie verlangten. Als aber die Nacht kam und alles zur Ruhe gegangen war, ließ der König seine Tochter in sein Gemach bringen, das mit Teppichen und Vorhängen reich ausgestattet war, und des Mägdleins weiße Haut glänzte dagegen, wie eine Lilie im Sommer.

Wie nun Oliver lächelnd eintrat, zitterte die Jungfrau, doch war sie artig gegen ihn und sprach freundlich: „Herr, seid Ihr aus Frankreich gekommen, um uns Weiber zu töten?"

Oliver aber entgegnete: „Fürchtet Euch nicht, schöne Freundin! Wenn Ihr mir trauen wollt, so soll Euch kein Unheil widerfahren."

Darauf bat sie ihn inständig, dass er ihr keine Schmach antue und all ihre Freude vernichte. Aber er beruhigte das Mägdlein, und küsste und herzte sie vielfach bis an den Morgen. Davon war sie so erfreut, dass sie seine Küsse zu zählen vergaß, und, als des andern Tages ihr Vater sie zu sich rief und nach der Zahl derselben fragte, antwortete, dass er ihr deren wohl hundert gegeben; und man frage nicht, ob der König darüber erzürnt war!

Er kam in den Palast, wo Kaiser Karl saß, und sprach zu ihm: „Der erste ist gerettet, aber bei Gott! Das muss ein Zauberer sein. Doch lass mich nun auch von den andern erfahren, ob sie Lüge gesprochen oder Wahrheit!"

Also redete der König, schmerzlich betrübt über die Ausführung des Scherzes, und Karl sprach zu ihm: „Ist der erste gerettet, und wollt Ihr von den andern erfahren, ob sie ebenso tun werden, so mag der beginnen, den Ihr auswählen wollt. So komme denn Wilhelm, der Sohn des Grafen Ameri!" sprach König Hugo. „Er nehme die Kugel, die in dem Gemache liegt, und rolle sie weg, wie er gestern Nacht gesprochen! Wo nicht, so schneide ich ihm den Kopf ab mit meines Schwertes Stahl; und die zwölf Fürsten sind allesamt verloren."

Sobald Graf Wilhelm bemerkte, dass die Reihe an ihm sei, warf er den Mantel von Biberpelz, den er um den Hals gehängt hatte, von sich, und ging nach dem Gemache, wo die Kugel lag. Mit einer Hand hob er sie auf, schleuderte sie kräftig und sie rollte dahin vor aller Augen und warf das Gemäuer auf mehr als vierzig Ruten weit nieder. Doch geschah das nicht durch seine Kraft, sondern durch die Kraft Gottes und aus Liebe zu Kaiser Karl, der sie hierher geführt hatte.

König Hugo aber blickte betrübt auf seinen zerstörten Palast hin und sprach zu seinen Mannen: „Das ist ein schlimmer Spaß. Meiner Treu! Das ist weder hübsch noch artig. Es müssen Zauberer sein, die zu uns gekommen sind, um mein Land und alle meine Lehen an sich zu reißen. Doch will ich auch noch von den andern erfahren, ob sie so tun werden, und wenn einer fehlt, bei dem allmächtigen! So lasse ich sie an diese Fichte aufknüpfen, allesamt an einen starken Ast; da mögen sie denn im Winde baumeln!"

„Wollt Ihr noch mehr solcher Scherze, Herr?" sprach Karl. „Ihr dürft nur wählen, wer beginnen soll."

Da sprach Hugo der Starke: „Seht hier Bernhard, den Sohn des Grafen Aimer, der sich berühmte, das große Wasser, das dort im Tale braust, aus seinem Bette zu treiben und in die Stadt nach allen Seiten hin zu leiten, so dass ich selbst auf den höchsten Palast steigen müsse und nicht eher herunter könne, bis er es erlaube."

Als nun der Graf Bernhard vernahm, dass er sein Werk beginnen müsse, sprach er zu Karl: „Herr, bittet Gott für mich!"

Damit lief er an das Wasser und bekreuzte die Wellen. Und der allmächtige Gott im Himmel tat ein seltenes Wunder und ließ die große Flut aus ihrem Bette treten, die Felder überströmen und in die Stadt dringen, wo sie alle Gewölbe und Keller füllte, und das Volk des Königs Hugo badete und ersäufte; der König selbst floh eiligst auf den höchsten Turm. Karl aber und die zwölf Fürsten hatten eine alte Fichte erklettert, schauten ruhig zu, was geschah und baten Gott, dass er Erbarmen mit ihnen habe. Da hörten sie den König Hugo auf dem Turme klagen und jammern; er versprach, dem Kaiser alle seine Schätze zu geben, ihn nach Frankreich zu geleiten, sein Dienstmann zu werden und sein Reich von ihm als Lehen zu nehmen. Als solches der Kaiser vernahm, er barmte ihn desselben, denn gegen Demut ziemt sich Erbarmen zu und er bat den heiligen Christ, das Gewässer zurückzutreiben. Das tat denn auch Gott der Allmächtige aus Liebe für den großen Karl. Das Wasser trat aus der Stadt zurück, lief über die Ebene hin und strömte wieder in seinem Bette, so dass die Ufer voll wurden.

Nun konnte der König wieder vom Turme herabsteigen, er kam zu Karl unter den Baum und sprach: „In Wahrheit, mein echter Kaiser, ich weiß, dass Gott dich liebt. So will ich denn dein Dienstmann werden und mein Reich von dir zum Lehen nehmen, meine Schätze will ich dir geben und dich hin geleiten nach Frankreich."

„Wollt Ihr noch mehr der Scherze, Herr?" sprach Kaiser Karl.

Aber Hugo der Starke entgegnete: „Für diese Woche nicht, denn wenn alle vorgeführt werden, so bleibt mir kein Tag mehr übrig, um mich zu beklagen."

„So seid Ihr denn", sprach Kaiser Karl zu König Hugo dem Starken, „von nun an mein Dienstmann und alle unsere Leute sind dessen Zeugen. Aber heute lasst uns große Feste veranstalten und Ritterspiel und Ergötzung und mit einander Goldkronen auf dem Haupte tragen! Euch zu Liebe bin ich bereit, die meinige aufzusetzen."

„Und ich die meinige", sprach Hugo, „wenn Ihr es begehrt. So wollen wir feierlichen Umzug halten in dem Kloster."

Dies geschah und Karl trug seine große goldene Krone, die um einen vollen Fuß und drei Zoll höher war, als die des Königs Hugo.

Als die Franken solches sahen, so sprachen sie alle mit Einer Stimme: „Unsere Frau, die Königin, hat unrecht und töricht geredet. Kaiser Karl ist ein tapferer Herr und führt große Taten aus und wir kommen in kein Land, das nicht uns untertan würde."

So trug Kaiser Karl Krone in Konstantinopel und König Hugos Krone war niederer, als die seine, und die Franken, die solches sahen, konnten nicht aufhören über das Unrecht der Königin zu sprechen, die irgend einen Ritter so hoch schätzen mochte, als ihren Gemahl. Bei dem Umzug, den sie in dem ganzen Kloster hielten, hatte auch die Frau des Königs Hugo ihre Krone auf und führte an der Hand ihre Tochter, die blonde. Sobald Oliver diese erblickte, trat er an ihre Seite, sprach gerne mit ihr, betrug sich höflich und freundlich gegen sie und hätte sie gerne geküsst; doch wagte er es nicht von ihres Vaters wegen. Nachdem sie durch das Kloster gegangen waren, traten sie in die Kirche. Der Erzbischof Turpin, als Ordensmeister, sang daselbst die Messe und die Barone brachten ihre Gaben dar.

Hierauf gingen sie in den Palast und waren sehr erfreut. Bald wurde das Essen bereitet, die Tafeln gedeckt und alles ging zum Mahle.

Nichts, was sie verlangten, wurde ihnen verweigert, und Speise fand sich in Menge, Wildbret von Hirschen und Schweinen, Kraniche und wilde Gänse und Pfauen mit Pfeffer. Auch brachte man ihnen Meth und süßen Wein, und Spielleute sangen, fiedelten und harften.

Bei dem Essen sprach König Hugo der Starke zu Kaiser Karl: „Alle meine Schätze sind Euch überlassen. Mögen die Franken davon nehmen, so viel sie tragen können!"

Der Kaiser aber entgegnete: „Lasst mir alles das! Ich will von Euren Schätzen auch nicht einen Heller nehmen. Meine Leute haben schon so viel von meinem Eigenen, dass sie kaum es zu tragen vermögen. Doch jetzt lasst uns Abschied nehmen! Denn wir müssen scheiden."

Hugo der Starke sprach: „Ich wage nicht, Euch aufzuhalten."

Man führte ihnen sofort ihre Tiere vor die marmornen Treppen, wie der Kaiser befohlen hatte. Darauf küssten sie sich und befahlen sich Gott. Noch saßen die Franken bei Tisch, doch dachten sie an die Abfahrt, denn die Tiere waren schon für sie bereit. Daran saßen sie auf und schieden frohen Mut von dannen. Nun eilte die Tochter des Königs Hugo in vollem Laufe auf Oliver zu, ergriff den Schoss seines Mantels und rief: „Euch habe ich mein Herz und meine Liebe zugewandt. Nehmt mich mit nach Frankreich! Ich will Euch begleiten."

„Schöne Jungfrau", sprach Oliver, „meine Liebe lasse ich Euch hier, aber ich muss jetzt fort nach Frankreich mit Karl, meinem Herrn."

So schieden die Barone von dannen, hocherfreut, dass Karl ohne Feldschlacht ein solches Reich gewonnen hatte. Sie zogen durch viele fremde Reiche und Lande und kamen nach Paris, der guten Stadt.

Darauf gingen sie nach Saint – Denys und traten in die Kirche, wo Karl sich betend niederwarf. Als er sein Gebet vollendet hatte und wieder aufgestanden war, legte er den Nagel und die Dornenkrone auf den Altar nieder, die anderen Heiltümer aber verteilte er in seinem Reiche. Nun kam auch die Königin und fiel ihm zu Füßen. Aber der Kaiser hatte seinen Groll gegen sie vergessen dem Heiligen Grab zu liebe, vor dem er in Anbetung niedergesunken war.

Roland

König Karl, der große Kaiser, war sieben volle Jahre in Hispanien und eroberte bis an das Meer das stolze Reich. Keine Feste hielt vor ihm Stand, keine Mauer noch Stadt war, deren Tore er nicht erbrochen hätte, außer Saragossa, das hoch auf einem Berge liegt. König Marsilies hatte diese Stadt inne, der Heide, der den wahren Gott nicht kannte, sondern Mahomet und Apollin anbetete, weshalb er denn auch das Unheil nicht von sich abwehren konnte. Als Karl sich dieser Stadt näherte, ging König Marsilies in einen schattigen Baumgarten, ließ sich auf eine Treppe von weißem Marmor nieder, und versammelte um sich mehr als zwanzigtausend Mann. Da sprach er zu seinen Herzogen und Grafen: „Ihr wisst, ihr Herren, welche Plage des Himmels auf uns lastet. Kaiser Karl ist aus dem holden Frankreich in unser Land gekommen, um uns zu beschämen. Ich habe kein Heer, um ihm eine Schlacht zu liefern, und keine Scharen, die die Reihen seines Kriegsvolks durchbrechen. Ratet mir als meine treuen Mannen, und helfet mir vor Schmach und Tod!"

Auf die Rede waren ringsum alle stumm, bis Blancandrin von Valfunde sich vernehmen ließ. Er war einer der tapfersten Heiden, ein treuer wackerer Dienstmann, dem daran gelegen war, seinem Herrn zu helfen, und er sprach zum König: „Seid ohne Sorgen, Herr! Entbietet dem stolzen übermütigen Karl Eure Freundschaft und Eure Dienste! Sendet ihm Bären, Löwen und Hunde, siebenhundert Kamele und tausend abgerichtete Falken! Lasst für ihn vierhundert Maultiere mit Gold und Silber beladen und außerdem fünfzig Wägen; damit kann er seine Krieger bezahlen; und da er ohne dies schon lange in diesem Lande verweilt hat, wird er gern nach Achen in Frankreich zurückkehren. Ihr versprecht ihm, auf das Fest Sankt Michaels zu folgen, das Gesetz der Christen anzunehmen und sein Dienstmann zu werden aufrichtig und in Ehren. Will er Geisel, so sendet Ihr ihm, um ihn zu versichern, zehn bis zwanzig; schicken wir ihm die Söhne unserer Weiber! Gleich biete ich Euch dazu meinen eigenen Sohn an, und wäre er auch des Todes. Weit besser ist es doch, sie verlieren ihre Köpfe, als dass wir Ehren und Würden verlieren und uns gezwungen sehen, unser Brot zu betteln. Bei dieser meiner Rechten und bei dem Barte, der mir auf die Füße herabfällt, Ihr werdet das Frankenheer in kurzem verschwinden sehen und sie werden heimziehen in ihr Land. Dort zerstreuen sie sich, jeder nach seiner Behausung. Karl geht nach Achen und hält auf Sankt Michael ein großes Fest. Der Tag wird kommen und die Frist verstreichen und er wird keine weitere Kunde von uns erhalten. Der König ist stolz und wildes Gemüts und wird unsern Geiseln die Köpfe abschlagen lassen. Aber weit besser ist es doch, dass sie ihre Köpfe, als dass wir das schöne sonnenhelle Hispanien verlieren und nichts als Leid und Ungemach erdulden."

Da sprachen die Heiden: „Das mag wohl geschehen!"

Damit schloss König Marsilies seine Ratsversammlung und rief zehn der schlimmsten seiner Barone zu sich, um weiter mit ihnen zu verhandeln, Clarun von Balaguet, Estamarin und Eudropin, Priomus und Guarlan im Bart, Machiner und seinen Oheim Maheu, Jouner und Malbien aus Morgenland, dazu Blancandrin, und sprach zu ihnen: Ihr Herren, geht zu Kaiser Karl vor die Stadt Cordoba, die er belagert, nehmt Ölzweige in eure Hand, zum Zeichen des Friedens und der Unterwürfigkeit, und sucht mir in Erfahrung zu bringen, ob ihr ihn beschwichtigen könnt! Dafür will ich euch Gold und Silber in Menge geben, auch Land und Lehen, so viel ihr wollt."

Da sprachen die Heiden: „Dessen haben wir genug."

„Nun so geht hin, sprach König Marsilies zu seinen Mannen, traget Ölzweige in eurer Hand, und sagt zu Kaiser Karl in meinem Namen, dass er Erbarmen habe mit mir, und dass ich, ehe ein Monat vergeht, mit tausend meiner Getreuen ihm folgen, den christlichen Glauben annehmen und sein Dienstmann werden will in Liebe und Treue. Verlangt er Geisel, so soll er sie haben."

Da sprach Blancandrin: „Auf solche Weise wird es Euch gelingen."

Hierauf ließ Marsilies zehn weiße Maultiere herführen, welche ihm der König von Suatilien übermacht hatte. Die Zügel derselben waren mit Gold, die Sattel mit Silber belegt. Diese Tiere bestiegen die, welche die Botschaft ausführen sollten, sie trugen Ölzweige in der Hand und kamen zu König Karl, dem Beherrscher der Franken, der sich nicht ganz vor ihrer List zu behüten wusste. Der Kaiser war eben hoch erfreut, denn er hatte Cordobas Mauern gesprengt und seine Türme mit den Sturmböcken niedergeworfen. Die fränkischen Ritter hatten große Beute gemacht an Gold und Silber und reichen Gewanden und in der Stadt war kein Heide mehr, der nicht erschlagen oder Christ geworden wäre. Der Kaiser saß in einem großen Garten und bei ihm Roland und Oliver, der Herzog Samson und Anseis der stolze, Gottfried von Anjou, der königliche Bannerträger, auch Gerin und Gerard. Außerdem waren noch wohl fünfzehntausend ritterliche Söhne des holden Frankreichs bei ihnen, die auf weißen Teppichen umhersaßen. Die Alten und Gesetzten spielten Brett oder Schach zu ihrer Ergötzung und die munteren Jungen erfreuten sich an Kampfspielen. Unter einer großen Fichte, zur Seite eines blühenden Rosenstrauchs hatten sie einen Lehnstuhl aus purem Golde aufgestellt. Da saß der König, der das holde Frankreich beherrschte, mit seinem weißen Bart und weißen Haupt, dem edlen Körper und der stolzen Haltung, so dass, wer ihn suchte, ihn, ohne lang zu fragen, alsbald erkannte. Hier stiegen die Boten von ihren Tieren und grüßten ihn freundlich und wohlwollend. Blancandrin redete zuerst und sprach also: „Möge der glorreiche Herr im Himmel Euch segnen, den Ihr anbetet! Das wünscht Euch König Marsilies, der tapfere Held. Er hat das Gesetz des Heils vielfach erforscht und will Euch nun von seiner Habe geben, was Ihr wollt, Bären und Löwen und Jagdhunde an der Koppel, siebenhundert Kamele und tausend abgerichtete Falken, vierhundert Maultiere mit Gold und Silber bepackt, dazu fünfzig Wägen, die Ihr wegführen lassen könnt. Darunter sollen so viele köstliche Münzen sein, dass Ihr Eure Kriegsleute reichlich belohnen möget. Lange seid Ihr in diesem Lande gewesen; nun mögt Ihr wohl nach Achen in Frankreich zurückkehren. Dahin will er Euch folgen, so spricht mein Gebieter."

Der Kaiser erhob seine Hände zu Gott, senkte darauf sein Haupt und begann nachzusinnen. So hielt er lange sein Haupt geneigt, denn er war nicht vorschnell mit seinen Worten, vielmehr war seine Gewohnheit, nur langsam und bedächtig zu reden. Endlich richtete er sich mit finsterer Miene auf und sagte zu den Boten: „Ihr habt gar wohl gesprochen, aber der König Marsilies ist mein heftiger Feind, und wie weit darf ich den Worten trauen, die Ihr geredet habt?"

„Er sichert es Euch durch Geisel zu", sprach der Sarazene. „Ihr sollt deren zehn, fünfzehn, ja zwanzig haben, und ich will Euch meinen eigenen Sohn darunter geben; einen edleren werdet Ihr nicht finden. Seid Ihr zu Achen in Eurem kaiserlichen Palaste am großen Feste Sankt Michaels, so wird Euch mein Gebieter daselbst heimsuchen und will durch das Bad, das Gott für Euch bereitet hat, ein Christ werden."

Karl antwortete: „Noch ist für ihn Heil."

Es war ein schöner Abend und die Sonne leuchtete hell. Da ließ Karl die zehn Tiere der Boten in den Stall bringen; aber in dem großen Garten wurde ein Zelt aufgeschlagen, wo die Gäste beherbergt und von zwölf Knechten gut bedient wurden. Daselbst blieben sie bis der Tag anbrach. Der Kaiser stand frühe auf, hörte das heilige Amt und die Frühmesse und begab sich dann unter eine Fichte, wohin er auch seine Barone zur Beratung beschieden hatte; denn mit seinen Franken mochte er gern alles verhandeln. Dahin kamen denn der Herzog Oger und die Erzbischof Turpin, Richard der alte und sein Neffe Heinrich, der biedere Graf Acelin von Gascogne, Tedbald von Rheims und Milun, sein Vetter, auch Gerard und Gerin, mit ihnen der Graf Roland und der artige Oliver und außerdem noch mehr als tausend edle Franken. Auch Ganelon war unter ihnen, der Verräter, dessen frevle Tat jetzt bald zutage kommen wird.

„Ihr Herren", sprach Kaiser Karl, „der König Marsilies hat mir Boten gesandt, und verspricht mir reiche Gaben zu geben, Bären und Löwen und Jagdhunde, siebenhundert Kamele und tausend abgerichtete Falken, vierhundert Maultiere, mit arabischem Golde beladen, und mehr als fünfzig Wägen; aber er heißt mich nach Frankreich heimkehren und will mir nach meiner Stadt Achen folgen, unsern seligmachenden Glauben annehmen und als Christ sein Reich von mir als Lehen tragen. Doch weiß ich nicht, was seines Herzens Meinung ist. „

Die Franken sprachen: „Da müssen wir wohl Acht haben."

Als der Kaiser seine Rede vollendet hatte, erhob sich der Graf Roland und entgegnete dem König also: „Trauet nicht dem Heiden Marsilies! Sieben volle Jahre sind es, seit wir nach Spanien kamen, ich eroberte Euch Neapel und Commibles, ich habe Valterne und das Land Pine und Balasgued und Tuele und Sizilien in Besitz genommen. Der König Marsilies aber betrug sich stets als Verräter. Er schickte von seinen Heiden fünfzehntausend; jeder trug einen Ölzweig in der Hand und sie meldeten Euch dieselben Worte. Ihr zoget Eure Franken darüber zu Rate und einige stimmten Euch leichtgläubig bei. Ihr übergabet zwei Eurer Grafen dem Heiden, Basan war der eine und der andere Basilies; aber er schlug ihnen bei Haltilie die Köpfe ab. Darum bringt ihm Krieg, wie Ihr es unternommen! Führet Euren Heerbann gen Saragossa und belagert die Stadt Euer Leben lang! So rächet Ihr würdig die, die er verräterisch umgebracht."

Der Kaiser hielt sein Haupt gesenkt und strich sich langsam seinen Bart und entgegnete seinem Neffen weder Gutes noch Böses. Die Franken schwiegen alle, bis Ganelon aufstand, vor den Kaiser trat und stolz seine Rede also begann: „Glaubt nicht trügerischen Worten, weder von mir noch von andern, sondern hört auf Euren Vorteil! Wenn König Marsilies Euch dieses entbietet, dass er unterwürfig Euer Dienstmann werden, ganz Spanien von Euch als Lehen nehmen und unsern Glauben bekennen will und einer Euch auffordert, diesen Antrag zu verwerfen, dem, Herr, ist es gleich, welches Todes wir sterben. Dem Rat des Übermütigen zu folgen, ist nicht recht. Lassen wir die Toren und halten uns an die Verständigen!"

Nach ihnen kam Naimes, einer der besten Vasallen des Hofes, und sprach zum König: „Ihr sehet selbst ein, ob wahr ist, was Euch Graf Ganelon geantwortet hat. Drum merkt auf seine Rede! Der König Marsilies ist im Kriege besiegt. Ihr habt ihm alle seine Schlösser genommen, mit Euren Sturmböcken seine Mauern zerbrochen, seine Städte verbrannt und seine Leute unterworfen. Wenn er Euch bittet Erbarmen mit ihm zu haben, so wäre es Sünde, ihm mehr zu tun, da er Euch durch Geisel sicherstellen will. Man darf diesen großen Krieg nicht weiter treiben."

Die Franken sprachen: „Der Herzog hat recht geredet."

„Ihr Herren Barone", sprach der Kaiser, „wen senden wir nach Saragossa zu König Marsilies?"

Herzog Naimes antwortete: „Ich gehe, wenn es Euch gefällt. Gebt mir nur den Handschuh und den Stab! „

Der König entgegnete: „Ihr seid ein weiser Mann, bei meinem Bart! Ihr sollt dieses Jahr nicht so weit von mir gehen! Setzt Euch, bis man Euch zu reden auffordert!"

Da fragte er wiederum: „Ihr Herren Barone, wen können wir hinsenden zu dem Sarazenen, der Saragossa beherrscht?"

Roland antwortete: „Ich kann wohl hingehen."

„Das sollt Ihr nicht tun", sprach Oliver. „Euer Sinn ist zu stolz und übermütig. Ich trüge Bedenken, wenn man Euch erwählte. Doch wenn der König will, so kann ich wohl hingehen."

Der König antwortete: „Schweigt ihr beide! Ihr sollt den Fuß nicht auf seine Schwelle setzen. Bei diesem Barte, den ihr ergrauen seht, die zwölf Fürsten kämen dort übel weg."

Da schwiegen die Franken und alles umher war stille. Doch Turpin von Rheims erhob sich aus der Schaar und sprach zum König: „Lass Eure edlen Franken gehen! Sieben Jahre seid Ihr in diesem Lande gewesen und wir haben viel Ungemach und Mühsal erduldet. Nun gebet mir, Herr, den Stab und den Handschuh! Und ich will zu dem Sarazenen in Hispanien gehen und seine Willensmeinung erforschen."

Unwillig erwiderte der Kaiser: „Setzt Euch auf Euren weißen Teppich und sprecht nicht mehr, bis ich es Euch befehle!"

„Edle fränkische Ritter", fuhr Kaiser Karl, nach einer Weile fort, „erwählet mir einen Baron meiner Mark, der zu Marsilies meine Botschaft bringe!"

Da sprach Roland: „Das sei Ganelon, mein Stiefvater!"

Die Franken sprachen: „Der kann es wohl ausrichten. Lasst ihn gehen! Ihr könnt es keinem verständigeren übertragen."

Graf Ganelon war darüber heftig aufgebracht, er warf seinen großen Mantel von Marderfell vom Hals und stand im tuchenen Rocke da. Er hatte ein leuchtendes graues Auge, ein stolzes Aussehen und sein Leib war edel und breit gebaut. Wie er so dastand, betrachteten alle verwundert seine Schönheit; er aber sprach zu Roland: „Du Tor, was wütest du? Wohl weiß es jedermann, dass ich dein Stiefvater bin. Ja und du hast die Schuld, dass ich zu Marsilies gehen muss. Doch wenn mir Gott verleiht, dass ich von ihm wider heimkehre, so will ich dir so kräftig Widerpart halten, dass du es all dein Leben spüren sollst!"

45

Roland antwortete: „Was ich höre, ist Übermut und Tollheit. Das weiß wohl jeder, dass ich Drohung nicht achte. Aber ein verständiger Mann muss diese Botschaft ausführen; und wenn der König will, tue ich es an Eurer Statt."

Ganelon antwortete: „An meiner Statt sollst du nicht gehen. Du bist nicht mein Dienstmann, noch bin ich dein Herr. Karl gebietet, dass ich sein Geschäft ausführe, und so will ich nach Saragossa gehen zu Marsilies und eher meinen Grimm bei Seite setzen, als zu des Kaisers Schaden ihn jetzt auslassen."

Über diese Worte begann Roland zu lachen, und als Ganelon solches sah, schmerzte es ihn so tief, dass er bersten wollte vor Zorn und nahe daran war, den Verstand zu verlieren. Und er sprach zu dem Grafen: „Ich liebe Euch nicht. Ihr habt Unheil auf mich gewälzt. Gerechter Kaiser, seht mich hier vor Euch! Ich bin bereit, Euren Befehl zu vollziehen. Ich weiß, dass ich nach Saragossa gehen soll und dass, wer dahin geht, nicht wieder heimkehren wird. Aber wie dem auch sei! Ich habe Eure Schwester zum Weibe und von ihr einen schönen Sohn, den wackeren Balduin. Ihm lass' ich meine Ehren und meine Lehen; habt wohl auf ihn Acht! Denn ich werde ihn nicht mehr mit Augen sehen."

Karl antwortete: „Ihr habt ein allzu weiches Herz. Ich befehle es und Ihr sollt die Botschaft übernehmen."

Nach einer Weile fuhr der Kaiser fort: „Ganelon, tretet heran! Empfanget hier den Stab und den Handschuh. Ihr habt es gehört, dass die edlen Franken Euch dazu bestimmen."

„Herr", sprach Ganelon, „das alles kommt von Roland. Meine Liebe zu ihm ist dahin für mein ganzes Leben und auch zu Oliver, seinem Gesellen. Die zwölf Fürsten fordre ich hiermit vor Euren Augen, Herr, heraus, weil sie ihn lieben."

Da sprach der Kaiser: „Euer Unwille ist zu heftig. Ihr müsst nun gehen, da ich es gebiete."

„Ich kann wohl gehen, aber ich habe keinen Bürgen, so wenig als Basilies und sein Bruder Basan."

Der Kaiser reichte ihm hierauf seinen rechten Handschuh, aber Graf Ganelon wollte ihn anfangs nicht annehmen, und als er dazu gezwungen wurde, fiel er ihm alsbald zur Erde. Da sprachen die Franken: „Gott, was mag das sein? Diese Botschaft wird uns zu großem Unheil ausschlagen."

„Ihr Herren", sprach Ganelon, „ihr sollt Kunde von mir erhalten."

„Herr", fuhr er zum Kaiser gewendet fort, „gebt mir Urlaub! Wenn ich gehen muss, so ist hier nichts zu zaudern."

Der König nahm sodann Abschied von ihm und befahl ihn Gott, reichte ihm seine Rechte und bekreuzte ihn und ließ ihm nachher Stab und Brief überliefern. Der Graf Ganelon aber ging in seine Herberge, nahm die besten Kleider, die er auffinden konnte, befestigte goldene Sporen an seinen Füßen, gürtete sein gutes Schwert Murglies um und bestieg sein Schlachtross Tachebrun, wobei ihm sein Oheim Guinemer den Stegreif hielt. Da sah man alle Ritter weinen und alle sprachen: „Weh Euch, edler Herr! Lange Zeit seid Ihr am Hofe des Königs gewesen und jeder nannte Euch einen biedern Lehensmann. Wer das verschuldet hat, dass Ihr gehen müsst, der wird vor dem Kaiser Karl nicht lange bestehen. Graf Roland hätte solchen Gedanken nicht haben sollen, da er durch so enge Verwandtschaft mit Euch verbunden ist."

Dann sprachen sie: „Herr, führt uns mit Euch!"

Ganelon aber antwortete: „Da sei Gott vor! Besser ist es, dass ich allein sterbe, als so viele gute Ritter mit mir. Ihr werdet heimkehren, ihr Herren, in das holde Frankreich. Grüßet von mir mein Weib und Pinabel, meinen Freund und Verwandten, und Balduin meinen Sohn, den ihr kennt! Steht ihm bei und nehmet ihn zu eurem Herrn an!"

Damit schied er von ihnen und machte sich auf den Weg. Er ritt unter einen hohen Ölbaum, wo er mit den sarazenischen Boten zusammen traf. Blancandrin blieb einige Zeit hinter ihm zurück, doch sprachen sie bald mit großer Klugheit und List mit einander.

„Ein wunderbarer Mann ist Kaiser Karl", begann Blancandrin. Apulien und ganz Kalabrien hat er erobert; dann fuhr er nach England über das Salzmeer und machte mit Sankt Peters Willen sich unser Land zinsbar, was bisher noch keiner zu verlangen wagte."

Ganelon erwiderte: „Das ist nun sein Sinn und kein Mensch hält gegen seinen Willen Stand."

„Und die Franken sind sonst so edle Männer", fuhr Blancandrin fort; „aber groß Unrecht tun diese Herzoge und Grafen an ihrem Herrn, dass sie solchen Rat ihm erteilen und ihm und andern dadurch Unheil und Schmach bereiten."

„Keiner von allen ist daran schuld", erwiderte Ganelon, „als Roland, und diesen wird noch Schmach dafür treffen. Gestern frühe saß der Kaiser im Schatten zu Rate, da kam sein Neffe in seinem Panzerhemd, nachdem er bei Carcassonne gebetet hatte, und hielt in der Hand einen frischen Apfel. Nehmt, lieber Herr! sprach er zu seinem Oheim; ich biete Euch die Krone aller Könige der Welt.

Sein stolzer Mut hätte ihn schon lange in Schmach und Schande setzen sollen, denn täglich gibt er sich der Gefahr des Todes preis. Wäre einer, der ihn umbrächte, so hätten wir auf immer Ruhe und Friede."

Blancandrin sprach hierauf: „Roland ist ein toller Geselle, der alle Welt in schmähliche Kraftlosigkeit und Land und Leute in Streit bringen will. Durch wen gedenkt er denn solches alles auszuführen?"

„Durch das Frankenvolk", antwortete Ganelon. „Sie lieben ihn so sehr, dass keiner von ihm lässt. Denn er gibt ihnen Gold und Silber, Maultiere und Rosse, Teppiche und Kleider zum Geschenk und lenkt sogar den Kaiser selbst ganz nach seinem Willen, so dass er imstande wäre, alle Lande vom Ausgang der Sonne bis zum Untergang zu gewinnen."

So ritten Ganelon und Blancandrin weiter und verpfändeten sich am Ende gegenseitig ihr Wort, dass sie Roland nach dem Leben trachten wollten. Als sie in Saragossa angelangt waren, gingen sie zu einem Gerüste, das im Schatten einer Fichte aufgeschlagen war. Daselbst stand ein Lehnstuhl, mit einem Teppich von Alexandria bedeckt. Auf diesem saß der König von Hispanien und um ihn her standen wohl zwanzigtausend Sarazenen. Keiner von ihnen sprach ein Wort und alle harrten stumm der Kunde, die sie vernehmen sollten, als Ganelon und Blancandrin herankamen. Blancandrin trat vor den Kaiser, hielt den Grafen Ganelon bei der Hand und sprach zu seinem Gebieter: „Mögen Mahomed und Apollin, unsere heiligen Propheten, Euch Heil verleihen! Als wir Eure Botschaft an Kaiser Karl brachten, hub er beide Hände gen Himmel, pries seinen Gott und sprach sonst nichts. Hier schickt er Euch aber seinen edlen Baron, der ein gewaltiger Herr in Frankreich ist. Von ihm werdet Ihr vernehmen, ob Ihr Friede haben werdet oder nicht."

Marsilies antwortete: „So spreche er! und wir wollen hören."

Aber der Graf Ganelon hatte seine Rede wohl überdacht und begann, was er sehr gut verstand, klüglich also zum König zu sprechen:

„Heil widerfahre Euch von dem Gott, den wir anbeten! Karl der starke Held entbietet Euch, Ihr sollt den heiligen Christenglauben annehmen, und will dafür Euch halb Hispanien als Lehen überlassen. Wollt Ihr auf diesen Vorschlag nicht eingehen, so werdet Ihr mit Gewalt gefangen und gebunden, in die Kaiserstadt Achen geführt, wo ihr gerichtet und eines schmählichen Todes sterben werdet."

Der König Marsilies war darüber gar sehr erzürnt. Er hielt einen Wurfpfeil in der Hand, der mit Goldfäden befiedert war, und mit diesem hätte er ihn geschlagen, wäre er nicht zur Seite gewichen. Da wechselte der König Marsilies die Farbe und zerschmetterte den Schaft seines Pfeils. Als Ganelon solches sah, fuhr er mit der Hand an sein Schwert, zog es zwei Finger weit aus der Scheide und rief: „Schönes blankes Schwert, lange habe ich dich am Hofe des Kaisers getragen. So lange ich dich habe, soll der Kaiser der Franken nicht sagen, dass ich allein gestorben sei, ohne dass mein Blut mit dem Blute der Besten erkauft wäre!"

Die Heiden riefen: „Trennen wir den Streit!"

Da baten alle edle Sarazenen den König Marsilies, dass er sich in seinen Lehnstuhl setze. Der Kalif sprach: „Ihr macht uns schlimme Händel, dass Ihr dem Franken nach dem Leben trachtet; Ihr solltet ihn anhören und auf seine Botschaft merken."

„Lasst ihn nur gewähren, Herr!" sprach Ganelon. „Um alles Gold, das Gott geschaffen hat, und um alles Gut, das in diesem Lande ist, würde ich es doch nicht unterlassen, wenn mir irgend möglich ist, die Botschaft auszurichten, die mir Karl, der gewaltige König, an Euch aufgegeben hat."

Ganelon trug einen Mantel aus Zobelpelz und darüber ein Gewebe aus Alexandrien. Das warf er zur Erde und Blancandrin nahm es auf; aber sein Schwert wollte er nicht aus der Hand geben und hielt das goldene Gefäß kräftig in der Faust. Da riefen die Heiden: „Hierher, edle Barone!"

Ganelon aber trat gegen den König vor und sprach zu ihm: „Ihr tut nicht wohl, zu zürnen, denn Kaiser Karl entbietet Euch, dass er die Hälfte Hispaniens Euch geben will, sofern Ihr den Christenglauben annehmt. Die andere Hälfte soll Roland bekommen, sein stolzer, schmutziger und habsüchtiger Neffe. Wollt Ihr diesen Antrag nicht annehmen, so kommt er, Euch in Saragossa zu belagern. Siegt seine Macht, so werdet Ihr gefangen und gebunden und gerades Wegs nach Achen gebracht. Ihr bekommet keinen Zelter oder Schlachtross, kein Maultier oder einen Esel, darauf Ihr reiten könntet. Man wirft Euch auf ein schlechtes Saumtier und in unserer Heimat werdet Ihr durch Urteilsspruch den Kopf verlieren. Unser Kaiser schickt Euch diesen Brief."

Damit reichte er ihn dem Heiden hin. Marsilies war glutrot vor Zorn, erbrach das Siegel und warf es weg und sprach, nachdem er den Brief durchlesen: „Der Frankenkaiser Karl entbietet mir, dass ich des Zorns und der Schmerzen gedenke, die ich ihm durch Basan und durch seinen Bruder Basilies verursacht habe, deren Köpfe ich auf den Höhen von Haltolie abschlagen ließ. Wenn ich mit eigenem Blut ihr Leben bezahlen wolle, so soll ich ihm meinen Oheim, den Kalifen, senden, sonst habe ich seine Liebe aus immer verloren."

Da sprach Marsilies' Sohn zum Könige: „Ganelon hat Torheit geredet; seine Worte sind so falsch, dass er nicht mehr zu leben verdient. Überlasst mir ihn, dass ich Gerechtigkeit an ihm übe!"

Als Ganelon das vernahm, zog er sein Schwert, sprang an die Fichte und lehnte sich an ihren Stamm, um seinen Rücken zu decken. Der König aber ging weg in den Baumgarten und seine besten Männer begleiteten ihn dahin. Auch Blancandrin mit dem weißen Haar war unter ihnen und Jurfaret, sein Sohn und Erbe, auch der Kalif, des Königs Oheim, und alle seine Getreuen. Blancandrin sprach: Ruft den Franken herbei! Denn er hat mir sein Wort gegeben, auf unsern Vorteil bedacht zu sein."

„So führt ihn denn selbst her!" erwiderte der König.

Er tat also, nahm Ganelon bei der Rechten und führte ihn in den Garten vor den König. Dort wurde dann der schändliche Verrat besprochen.

„Lieber Herr", sprach König Marsilies zu Ganelon, „ich habe übereilt gehandelt, da ich Euch zu ermorden suchte. Hüllt Euch alsbald in diesen Zobelpelz! Das Gold darin allein ist mehr wert, als fünfhundert Pfund. Vor morgen Nacht sollt Ihr volle Entschädigung haben."

Ganelon erwiderte: „Ich nehme es an. Gott möge es Euch gnädig vergelten!"

Darauf fuhr Marsilies fort: „Ganelon, seid überzeugt, dass ich Euch aufrichtig wohl will, und lasst mich nun Weiteres über Kaiser Karl vernehmen! Er ist sehr betagt und hat seine Zeit gelebt; wenn ich recht weiß, ist er über zweihundert Jahre alt, hat durch so viele Lande seinen Leib geschleppt und so viele Stöße auf seinen Schild erhalten, so viele reiche Könige an den Bettelstab gebracht, dass er doch bald der Wanderung müde sein muss."

Ganelon antwortete: „So ist es nicht. Kein Mensch, der ihn gesehen hat und ihn zu erforschen versteht, hat etwas anderes über ihn gesagt, als dass der Kaiser noch immer ein tüchtiger Held ist. Sollte ich ihn Euch, wie er verdient, preisen und loben, so müsste ich alle Ehre und Trefflichkeit aufbieten. Wer wollte seinen großen Wert vollsagen? Und lieber ginge er in den Tod, als dass er von der Ritterehre ließe, mit der ihn Gott erleuchtet hat."

Der Heide aber konnte nicht ablassen, sich zu verwundern über den eisgrauen Karl, dem er zweihundert Altersjahre zuschrieb, der durch so viele Lande gezogen war, so manchen Schwerthieb und Lanzenstich mit seines Schildes Rand aufgefangen und so manchen reichen König zum Bettler gemacht habe und noch nicht müde sei. „Er wird des Kampfes nicht müde werden", sprach Ganelon weiter, „so lange Roland, sein Neffe, lebt, der eifrigste Vasall unter dem Himmelszelt. Auch Oliver, sein Geselle, ist ein wackerer Degen. Die zwölf Fürsten auch sind dem Kaiser über alles teuer und diese bilden die Vorhut einer Schaar von zwanzigtausend Rittern. Durch die ist Karl gesichert und fürchtet keines Menschen Kraft."

„Lieber Herr", sprach König Marsilies zu Ganelon, „ich habe so viele Leute, dass Ihr nirgends deren mehre sehen werdet. Viermalhunderttausend Ritter kann ich aufbieten zum Kampfe gegen Karl und die Franken."

Ganelon aber antwortete: „Vertrauet nicht auf sie! Eure Heiden würden schimpflich niedergemetzelt. Lasst die törichte Zuversicht und hört auf die Stimme der Klugheit! Gebt dem Kaiser Gut und Geld in Menge, dass alle Franken darüber erstaunen und jubeln! Sendet ihm zwanzig Geisel, dass er nach dem holden Frankreich zurückkehre! Er wird seine Hinterhut durch den Grafen Roland, seinen Neffen, anführen lassen, wie ich denke, und den wackeren, höflichen Oliver. Fallt über diese Grafen her und bringt sie um! Und glaubt mir: Karls Stolz und Übermut wird sinken und er wird die Lust verlieren, Euch je wieder mit Krieg zu beunruhigen."

„Lieber Herr", sprach der König zu Ganelon, „aber wie soll ich Roland umbringen?"

Ganelon antwortete: „Das will ich Euch wohl sagen. Der König zieht durch die Engpässe von Fizer mit seinem Hauptheere voran. Seine Hinterhut wird seinem gewaltigen Neffen Roland übergeben und Oliver, aus den er großes Vertrauen setzt. Sie werden zwanzigtausend Franken bei sich haben. Schickt hunderttausend Eurer Heiden gegen sie und liefert ihnen eine Schlacht! Das Frankenvolk wird schmählich niedergemetzelt werden; doch stehe ich Euch nicht dafür, dass nicht auch die Eurigen großen Verlust erleiden. Aber Ihr liefert ihnen sogleich eine zweite Schlacht und Roland wird dabei nicht entkommen. So habt Ihr große Rittertat vollbracht und Euer Leben lang Ruhe und Friede. Denn könntet Ihr es dahin bringen, dass Roland umkäme, so hätte Kaiser Karl seinen rechten Arm verloren; und blieben ihm auch noch unendliche HeerScharen übrig, so könnte er doch nie wieder solche Macht zusammenbringen und alle Welt bliebe im Frieden."

Als Marsilies solches hörte, neigte er beifällig das Haupt und sie begannen nun wieder von den Schätzen zu reden, über die Marsilies später des Weiteren zu verhandeln versprach.

„Nun aber", fuhr er fort, „ein Rat ist nichts nütze, wenn man nicht dessen sicher ist. Wollt Ihr mir eidlich geloben, Roland zu verraten, wenn es an dem ist?"

Ganelon antwortete: „Es sei, wie es Euch gefällt!"

Darauf schwur er auf das Heiltum seines guten Schwerts Murgleis den Verrat, den er auch nachmals vollbrachte. Dagegen ließ König Marsilies einen Lehnstuhl aus Elfenbein herbeibringen, auf welchem ein Buch lag, das Gesetz Mahomeds und Tervagans. Auf dieses schwur der hispanische Sarazenenkönig, wenn er Roland bei der Hinterhut fände, ihn mit all seinem Volk zu bekämpfen und wo möglich ihn umzubringen. Ganelon sprach darauf: „Euer Wille geschehe!"

Hierauf kam der Heide Valdabrun heran, trat zu dem König Marsilies und sprach freundlich lächelnd zu Ganelon: „Nehmt dieses mein

Schwert! Ein besseres besitzt kein Mensch. In der Scheide findet Ihr mehr denn hundert Goldmünzen. Aus Freundschaft, lieber Herr, schenken wir Euch dies, damit Ihr uns von dem edlen Roland helfet und wir ihn bei der Hinterhut treffen mögen."

„Das mag wohl geschehen", sprach Graf Ganelon und sie küssten sich auf Wangen und Kinn.

Sodann kam der Heide Elimorin heran und sprach freundlich lächelnd zu Ganelon: „Nehmt meinen guten Helm, wie Ihr nie einen besseren saht, wenn Ihr uns helft, dass wir den Markgrafen Roland zu Schanden bringen mögen!"

„Das soll wohl geschehen!" antwortete Ganelon, und sie küssten sich auf Mund und Wangen.

Hierauf kam die Königin Bramimunde und sprach zu dem Grafen: „Ich liebe Euch sehr, Herr, da mein Gemahl und alle seine Mannen Euch so hoch achten. Darum sende ich hier Eurem Weibe zwei Ohrgehänge mit Gold, Perlen und Granaten. Sie sind mehr wert, als alle Schätze Roms, und Euer Kaiser hat nie solche besessen."

Ganelon nahm sie und steckte sie in den Stiefel. Sodann rief der König seinem Schatzmeister Malduiz und sprach: „Sind die Geschenke für Karl bereit?"

Dieser erwiderte: „Ja, Herr, vollkommen, siebenhundert Kamele mit Gold und Silber beladen und zwanzig Geisel aus den edelsten Häusern unter dem Himmel."

Da legte Marsilies seine Hand Ganelon auf die Schulter und sprach zu ihm: „Ihr seid ein wackerer und kluger Mann; aber bei dem Glauben, den Ihr für seligmachend haltet, hütet Euch, Eure Gesinnung von uns abzukehren! Von meinen Schätzen sollt Ihr die Fülle haben, zehn Maulesel mit dem feinsten arabischen Golde beladen. Zu anderer Zeit wäre solches Euch nie geglückt. Nehmt die Schlüssel dieser weiten Stadt und bietet alle ihre Schätze dem König Karl dar! Aber dann macht, dass Roland der Hinterhut zugeteilt werde! Kann ich ihn nur in dem Engpass treffen, so liefere ich ihm eine tödliche Schlacht."

Ganelon antwortete: „Mir ist, als könnte ich es nicht erwarten."

Dann stieg er auf sein Pferd und machte sich auf den Weg. Der Kaiser rückte indes mit seinem Lager näher und kam in die Stadt Galne, die ihm der Graf Roland erstürmt und zerstört hatte, von welchem

Tage an sie hundert Jahre öde lag. Der König erwartete hier, Nachricht von Ganelon, und die Geschenke des Königs von Hispanien. Und am frühen Morgen, als der Tag anbrach, kam Ganelon bei ihm an. Der Kaiser war früh ausgestanden und hatte die heilige Messe gehört. Dann setzte er sich in das grüne Gras vor seinem Zelt und bei ihm war Roland und Oliver und der Herzog Naimes und viele der andern. Dahin kam Ganelon der Verräter und begann listig also zum König zu sprechen: „Gott verleihe Euch Heil! Ich bringe Euch hier die Schlüssel von Saragossa, auch werden Euch große Schätze herbeigeführt nebst zwanzig Geiseln. Das alles sendet Euch der König Marsilies. Lasst die Jünglinge wohl bewachen, und gebt Euch damit zufrieden! Über den Kalifen dürft Ihr ihn nicht schelten, denn mit meinen Augen sah ich viermalhunderttausend Bewaffnete, mit Halsbergen angetan, meist mit geschlossenen Helmen und mit Schwertern mit goldverziertem Gefäß umgürtet, die ihn bis an das Meer begleiteten. Von Marcilie fuhren sie aus, die das Christentum nicht annehmen wollten, und ehe sie vier Meilen vom Lande gesegelt waren, überfiel sie ein Sturm und alle ertranken, so dass Ihr keinen derselben je wieder sehen werdet. Lebte er noch, ich hätte Euch ihn hergeführt. Vertrauet, o Herr, auf den heidnischen König! Es wird kein Monat vergehen, so folgt er uns nach Frankreich und nimmt den Glauben an, den wir bekennen. Mit gefalteten Händen wird er Eures Befehls harren und Hispanien von Euch zum Lehen nehmen."

Da sprach der König: „Gott sei dafür gepriesen! Ihr habt Eure Sache gut vollbracht und sollt reichlich dafür belohnt werden."

Darauf ließ er tausend Trompeter durch das Heer blasen, die Franken brachen auf und bepackten ihre Saumtiere und alle machten sich auf den Weg nach dem holden Frankreich. So hatte Karl Hispanien verwüstet, seine Burgen genommen, die Städte erbrochen, und konnte den Krieg für beendigt ansehen und getrost nach dem holden Frankreich zurückkehren. Graf Roland riss die Fahne aus dem Boden und schwang sie hoch in die Lüfte und die Franken zogen allmählich weiter der Heimat zu. Aber hinter ihnen her kamen durch Schluchten und Tale die heidnischen Scharen, mit wohlverschlossenen Halsbergen angetan und festgebundenen Helmen, das Schwert an der Seite, den Schild am Hals hängend und die Lanze in der Hand. Auf einem Berggipfel, der mit einem dichten Walde bewachsen war, machten sie Halt, wohl viermalhunderttausend an der Zahl, und warteten des Tags, der den Franken so unheilvoll werden sollte. Als die Sonne hinunter und die Nacht gekommen war, sank Kaiser Karl in tiefen Schlaf und sah einen seltsamen Traum. Es war ihm, als stehe er an dem Engpass von Sizer und halte seine eschene Lanze mit beiden Händen. Da kam Graf Ganelon zu ihm heran, riss ihm die Lanze aus der Hand und schwang sie so heftig in der Luft, dass die Splitter gen Himmel flogen. Nach einer Weile kam ihm ein anderes Gesicht, als sei er in seiner Burg zu Achen. Da biss ihn ein wilder Eber in den rechten Arm und von den Ardennen her kam ein Leopard auf ihn zugerannt. Aber von seinem Saale eilte ein Jagdhund herbei, dem Kaiser zu Hilfe, riss dem Eber das rechte Ohr ab und kämpfte grimmig mit dem Leoparden. Die Franken schauten verwundert diesem grässlichen Kampfe zu und waren neugierig, wer obsiegen werde. Nach diesem Traume schlief der Kaiser noch lange, ohne zu erwachen. Als aber der helle Morgen heranbrach, ritt er stolz durch sein Heer und beschaute alle oft und genau. „Ihr Herren", sprach Karl zu den Baronen, „seht hier den Engpass, durch den wir gehen müssen, vor Euch! Nun sagt mir, wer soll die Hinterhut führen?"

Alsbald rief Ganelon: „Hier mein Stiefsohn. Er ist der getreueste unter Euren Fürsten."

Als Karl dieses hörte, blickte er ihm ernst in's Auge und sprach: „Du scheinst mir der leibhaftige Satan. Wie ist solche Wut dir in den Leib gefahren? Und wer zieht vor mir her und leitet die Vorhut?"

Da sprach Ganelon: „Oger von Dänemark. Ihr habt keinen unter Euren Baronen, der besser dazu taugt."

Als Graf Roland sich solches Geschäft zugeteilt sah, sprach er in ritterlichem Mute also: „Mein Stiefvater, ich muss Euch gar sehr danken, dass Ihr die Hinterhut mir ausgetragen habt. Ich nehme sie an und wahrlich! Mit meinem Wissen soll der mächtige Kaiser Karl auch keinen Zelter noch Schlachtross, keinen Esel noch Maultier, noch auch nur einen Klepper oder Lastesel verlieren, der nicht mit Blut erkauft wäre."

Ganelon entgegnete: „Das glaube ich gerne."

In seinem Herzen aber ahnte Roland wohl, warum ihn sein Stiefvater auf die Hinterhut gestellt wünschte, und er sprach bei sich: „Ha, treuloser, hinterlistiger Verräter! Ich gedenke wohl noch des Handschuhs, den du vor Karl zu Boden fallen ließest, und des Stabs, den du anzunehmen dich weigertest."

„Mein teurer Kaiser", sprach sodann Roland zu Karl, „gebt mir den Bogen, den Ihr in der Hand haltet! Nie soll man mir vorwerfen können, dass er mir aus der Hand gefallen, wie jüngst Ganelon der Stab aus der Hand fiel, den Ihr ihm übergeben hattet."

Der Kaiser aber hielt sein Haupt gesenkt, strich lange seinen Bart und konnte nicht hindern, dass ihm eine Träne über die Wangen rollte. Da trat aber Naimes, der treue Vasall seines Hofes, zu ihm heran und sprach: „Habt Ihr es wohl vernommen? Dem rüstigen Roland ist die Hinterhut übertragen und alle Eure Barone sind damit einverstanden. So gebt ihm auch den Bogen, den Ihr gespannt haltet, und Ihr werdet sehen, dass er ihm trefflich ansteht."

Da sprach denn der Kaiser zu Roland, seinem Neffen: „So will ich Euch, schöner Neffe, die Hälfte meines Heeres überlassen. Nehmt sie und seid glücklich damit!"

„Das soll nicht geschehen", antwortete der Graf. „Gott sende mir Schmach, wenn ich bei dieser Sache Furcht zeige! Zwanzigtausend rüstige Franken will ich bei mir behalten und mehr nicht. Ziehet getrost durch den Engpass und fürchtet nichts, so lange ich lebe!"

Damit stieg Gras Roland auf sein Ross und zu ihm heran kam Oliver, sein Geselle, und Gerin und der biedere Graf Gerars, auch Joces und Berenger, Jastor und der alte Anseis, der stolze Gerart von Rossillon und der mächtige Herzog Gaisiers und wollten alle zu ihm halten. Auch Turpin, der Erzbischof, sprach: „Ich gehe mit Euch!"

„Und ich auch", sprach Gras Walther. „Ich bin Rolands Dienstmann und darf ihn nicht verlassen."

So wählten sie sich gegen zwanzigtausend Ritter aus zur Hinterhut. Graf Roland aber rief Walther auf die Seite und sprach zu ihm: „Nehmt tausend vertraute Franken aus unserer Gegend zu Euch und streift mit ihnen durch die Heiden und über die Berge, damit Kaiser Karl ohne Sorgen seines Wegs ziehen könne"!

Walther entgegnete: „Wenn Ihr es wünscht, so tue ich es gerne."

Da nahm er tausend vertraute Franken aus seiner Heimat und durchstreifte mit ihnen Täler und Schluchten. Aber er sollte nur um schlimme Kunde zu bringen zurückkehren, denn ehe siebenhundert derselben ihre Schwerter gezogen hatten, lieferte ihnen an jenem Tage König Almaris von Belferne eine Schlacht. Die Franken zogen indes über hohe Berge, durch finstere Täler, über schwarze Felsen und durch wunderliche Schluchten dahin und man konnte das Geräusch ihrer Waffen auf fünfzehn Meilen weit hören. Aber als sie das Hochland erreicht hatten und nach der Gascogne, ihrer Heimat, hinab schauten, überfiel sie schmerzliche Wehmut, denn sie gedachten an ihren häuslichen Herd und an ihre Kinder, an die minniglichen Jungfrauen und an ihre edlen Weiber, und es war keiner, der nicht vor Schmerz und Freude weinte. Vor allen andern aber war Kaiser Karl beklommen, denn er gedachte an Hispanien und an den Engpass, wo er seinen Neffen zurückgelassen, und es ergriff ihn eine solche Wehmut, dass er sich der Tränen nicht erwehren konnte. So waren denn die meisten der zwölf Fürsten in Hispanien zurückgeblieben und mit ihnen wohl zwanzigtausend Franken und keiner hatte Furcht oder Ahnung des Todes, der Kaiser aber ritt gen Frankreich zurück und hüllte sich tief in seinen Mantel. Da kam der Herzog Naimes zu ihm heran und sprach: „Was kümmert Euch?"

Karl antwortete: „Man tut Unrecht, mich zu fragen. Ein so großer Schmerz liegt auf mir, dass ich nicht umhin kann, zu jammern. Durch Ganelon wird Frankreich zu Fall gebracht. Diese Nacht ward mir ein Gesicht vom Himmel zuteil, als ob er meinen Speer, den ich in der Faust hielt, zerschmetterte. Er war Ursache, dass mein Neffe die Hinterhut bekam und dass ich ihm die schwere Stellung überwies. Gott! Wenn ich ihn verlöre, wer sollte ihn mir ersetzen?"

Darob konnte der große Karl sich des Weinens nicht enthalten. Hunderttausende von Franken waren mit ihm tief bewegt, weil sie Roland wunderbar achteten und liebten. Ganelon aber hatte ihn verraten an den heidnischen König für seine reichen Gaben, für sein Gold und Silber, Tücher und Seide, Maultiere und Pferde, Kamele und Löwen. Marsilies bot indes alle Edlen Hispaniens auf, Grafen und Vizegrafen, Herzoge und Almakure, Emire und alle edle Jugend, und rief innerhalb drei Tagen wohl viermalhunderttausend Mannen auf die Beine. Durch Saragossa tönten die Trommeln und Mahomeds Bild wurde auf dem höchsten Turme aufgestellt, vor dem alle Heiden niederfielen und beteten. Dann brachen sie eilig auf, zogen durch Certeine über Berge und Täler, bis sie die Fahnen der Franken erblickten, die mit den zwölf edlen Fürsten die Hinterhut bildeten und denen sie eine Schlacht liefern wollten. Da ritt der Neffe des Königs Marsilies aus seinem Maultiere und mit seinem Stabe in der Hand zu seinem Oheim heran und sagte freundlich: „Lieber Herr und König, ich habe Euch lange gedient und viele Mühsal und Not für Euch ausgestanden, auch in mancher Schlacht gekämpft und manchen Sieg erfochten. Übertragt mir zum Lohn dafür das Amt, dass ich Roland erschlage mit meines Schwertes Schärfe. Wenn Mahomed mir gnädig ist, so will ich an ihm Hispanien rächen und es von ihm befreien von den Gebirgspässen an bis hinab gen Durestant. Karl wird sodann des Krieges müde werden und die Franken werden von uns ablassen, und Ihr habt Friede Euer Leben lang."

Der König Marsilies winkte ihm Beifall und gab ihm seinen Handschuh. Sein Neffe aber nahm ihn an und sprach stolz und hoch erfreut zu seinem Oheim: „Lieber Herr und König, Ihr habt mir ein teures Geschenk gemacht. Nun wählt mir noch zwölf Eurer Barone aus, dass wir mit den zwölf Frankenfürsten kämpfen."

Alsbald erhob sich Falsaron, der Bruder des Königs Marsilies, und sprach: „Lieber Herr und Neffe, ich gehe mit Euch und wir fechten diesen Kampf zusammen. Es sei beschlossen, dass wir die Hinterhut des großen Frankenheers auf das Haupt schlagen. Von der andern Seite kam König Corsalis heran, ein schlimmer Mann aus der Barbarei, der um alles Gold der Welt nicht für feige gelten wollte, und sprach sich aus wie ein treuer Vasall. Auch Malprimis von Brigant sprengte heran, der kleine Ritter, der, wenn er auf dem Boden stand, nicht auf seines Pferdes Sattel sehen kannte, und rief laut Marsilies entgegen: „Auch ich gehe mit nach Ronceval, und wenn ich Roland finde, lasse ich nicht ab, bis er auf der Erde liegt."

Sodann war daselbst ein Emir von Balaguez, ein schöner Mann mit scharfem stolzem Blick, dessen höchste Freude war, sein Schlachtross zu besteigen und in glänzenden Waffen zu prunken; auch war er ein gar treuer Vasall und hätte, wäre er Christ gewesen, dem Ritterstand Ehre gemacht. Der trat vor Marsilies und sprach: „Auch ich setze meinen Leib daran bei Ronceval, und wenn ich Roland finde, muss er des Todes sein und mit ihm Oliver und die zwölf Fürsten insgesamt. Die

Franken sollen erbärmlich und schmachvoll umkommen, dass der alte sonst so gefürchtete Karl die Lust verliert, seinen Krieg fortzusetzen, und unser Hispanien in Ruhe bleibt."

Dafür dankte ihm König Marsilies. Bald kam auch ein Almakur von Moriane heran, um sich vor dem König seines Mutes zu rühmen; er war aber einer der treulosesten Heiden des Landes.

„Ich führe", sprach er, „nach Ronceval meine Schaar, die aus zwanzigtausend Schilden und Lanzen besteht. Finde ich Roland, so darf er seines Todes gewiss sein und Kaiser Karl soll alle Tage seines Lebens ihn beweinen."

Von der andern Seite kam Turgis von Turteluse, ein reicher Graf, der diese Stadt beherrschte, und der es kaum erwarten kannte, in die Scharen der Christen einzubrechen. Er reihte sich zu den anderen und sprach zum König Marsilies: „Seid ohne Furcht! Mahomed ist gewaltiger, als Sankt Peter zu Rom. Wenn Ihr ihm dienet, kann es nicht fehlen, dass das Feld unser bleibt. Ich gehe mit nach Ronceval, Roland zu suchen, und kein Mensch soll ihn vor dem Tode bewahren. Seht dieses gute lange Schwert! Das will ich Rolands Durendal entgegenhalten, und Ihr sollt bald sehen, welches besser ist. Die Franken sollen umkommen, wenn sie nicht vorher uns entfliehen, und der alte Karl soll Kummer und Schande mit nach Hause nehmen und nie mehr in diesem Lande Krone tragen."

Zu ihnen kam der Sarazene Escremiz, der den Bezirk von Valterne besaß, mischte sich in das Gedränge um Marsilies und rief: „Bei Ronceval will ich der Franken Hochmut dämpfen. Wenn ich Roland finde, so soll er nicht mit dem Kopfe davon kommen, noch auch Oliver, der die Scharen führt. Den Zwölfen ist ihr Urteil unwiderruflich gesprochen, die Franken sollen umkommen und tüchtige Vasallen sollen in Frankreich selten werden."

Von der andern Seite kam ein Heide Esturganz und Estramariz sein Geselle, beides schändliche listige Verräter. Zu diesen sprach Marsilies: „Ihr Herren, tretet heran! Auch ihr sollt mit gen Ronceval ziehen nach den Engpässen und mir helfen mein Volk anzuführen."

„Herr", antworteten sie, „wie Ihr es befehlt. Wir wollen Oliver und Roland angreifen und die zwölf Fürsten wird nichts vom Tode erretten. Unsere Schwerter sind gut und scharf, wir röten sie bald in heißem

Blute. Die Franken sind des Todes und Karl verzehre sein Schmerz! Wir bringen das Hochland wieder in Eure Gewalt. Kommt mit uns, König, und Ihr sollt sehen, dass wir Wahrheit geredet haben. Ja, den Kaiser selbst wollen wir Euch herbeischaffen."

Eilendes Laufs kam Margariz von Sibilie daher, dem ob seiner Schönheit alle Frauen hold waren, und keine sah ihn, deren Antlitz sich nicht aufhellte und die ihm nicht freundlich entgegen lächelte; auch kam ihm kein Heide gleich an Rittertum. Er mischte sich in das Gedränge und rief dem König zu: „Seid ohne Furcht! Ich gehe gen Ronceval, Roland umzubringen, Oliver das Leben zu nehmen und die zwölf Fürsten niederzumetzeln. Seht hier mein Schwert mit dem goldenen Gefäß, das mir der Emir von Primes übergab!

Ich verspreche Euch; es bald in rotes Frankenblut zu tauchen. Die Franken sollen sterben und Frankreich soll Schmach treffen! Der alte Karl aber mit seinem weißen Barte soll seine Tage in Schmerz und Grämen verzehren! Im Lauf eines Jahrs haben wir Frankreich erobert und wir können in der Stadt Saint – Denys ausruhen."

Auf diese Worte neigte sich der Heidenkönig tief. Von der andern Seite her kam Chernubles von Munigre, dem die Haupthaare bis zur Erde hingen und der größere Lasten trug zum Scherz, als womit vier Maultiere bepackt werden könnten. In dem Lande, sagt man, in dem er wohnt, scheint keine Sonne, kein Korn sprosst aus der Erde, kein Regen fällt aus den Wolken, kein Tau senkt sich auf die Felder und alle Steine sind von schwarzer Farbe; ja einige wollen behaupten, es hausen daselbst Teufel. Chernubles sprach: „Ich habe mein gutes Schwert umgürtet, um es in Ronceval rot zu färben. Kommt mir der rüstige Roland in den Weg, so falle ich ihn an und will mir Durendal mit meinem Schwert gewinnen. Die Franken sollen umkommen und Frankreich verlassen stehen."

Nach diesen Worten machten sich die zwölfe auf und führten mit sich die hunderttausend Sarazenen, die es vornehmlich nach der Schlacht gelüstete, und alle waffneten sich in einem Tannenwald. Die Heiden taten ihre sarazenischen Halsberge an, deren meiste in Saragossa gefertigt waren, dann setzten sie ihre dreifach gefütterten guten saragossischen Helme auf und gürteten die Schwerter von Stahl aus Viane um. Dabei hatten sie artige Schilde und Dolche von Valencia und weiße, blaue und rote Fahnen. Sie ließen ihre Maultiere und Zelter, bestiegen die Schlachtrosse und ritten gerades Wegs fürbass. Es war ein heller Tag, die Sonne schien in vollem Glanz und spiegelte sich in den schimmernden Gewanden der Heiden. Wohl tausend Trompeten ließen sie ertönen, dass es lustig durch Wald und Tal widerhallte und das Frankenheer das laute Schmettern vernahm. Da sprach Oliver: „Lieber Herr und Genosse, mich dünkt, wir sollen mit den Sarazenen eine Schlacht haben."

„Gebe Gott!" antwortete Roland. „So wollen wir uns wacker halten für unsern König. Einem braven Manne ziemt es wohl, für seinen Herrn zu dulden und Hitze und Kälte zu ertragen, sollte er auch dabei Haut und Haar einbüßen. Sehe jeder zu, dass er tüchtig drein schlage, damit man kein Spottliedlein auf uns singe! Die Heiden haben Unrecht und die Christen Recht. Man soll nicht sagen, dass ich ein schlimmes Beispiel gegeben habe!"

Oliver stieg sodann aus einen hohen Baum, schaute über ein schönes frisch begrastes Tal hin und sah das Heidenvolk heran kommen. Da rief er Roland, seinem Genossen, hinab: „Ich sehe von Hispanien her ein großes Getümmel von Leuten, weiße Halsberge und schimmernde Helme. Die werden uns Franken genug zu schaffen machen. Sicher hat Ganelon, der verräterische Schurke, davon gewusst, als er durch den Kaiser uns diesen Platz zuteilen ließ."

„Schweig, Oliver!" erwiderte der Graf Roland. „Es ist mein Vater, und ich will nicht, dass du Böses von ihm redest."

Wie aber Oliver so auf dem Baume saß und in das Königreich Hispanien hinabschaute, gewahrte er immer deutlicher die großen Scharen der Sarazenen. Ihre Helme leuchteten von Gold und Edelsteinen, ihre Schilde und ihre geschmückten Halsberge und köstlichen Schwerter schimmerten in der Sonne und ihre Fahnen flatterten im Winde. Er vermochte nicht ihre Geschwader zu zählen, so groß war ihre Menge, und nachdem er genug ausgeschaut, stieg er so schnell er konnte von dem Baume herab und eilte zu den Franken, um ihnen alles zu berichten. „Ich habe so viele Heiden gesehen", sprach er, „wie nie ein Mann in seinem Leben beisammen sah. Die Vordern sind wohl hunderttausend mit starken Schilden, festgebundenen Helmen und glänzenden Halsbergen angetan. Sie sind mit geraden Speeren und braunen glänzenden Dolchen bewaffnet. Das gibt eine Schlacht, wie wir nie eine hatten. Gott gebe euch Kraft, ihr edlen Herren! Macht euch in's Feld, damit der Sieg unser werde!"

Da sprachen die Franken: „Schmach über den, der flieht! Nicht einer soll Euch fehlen, und ginge es in den Tod!"

Da sprach Oliver: „Der Heiden Heeresmacht ist groß und unsre Zahl ist gering. Geselle Roland, stoßt in Euer Horn! Wenn Kaiser Karl es vernimmt, wird er mit seinem Heere und zu Hilfe eilen."

Aber Roland antwortete: „Das wäre Torheit und ich verdiente im holden Frankreich mein Besitztum zu verlieren. Nein, aber mit meinem guten Schwert Durendal will ich tüchtige Streiche führen und den Stahl bis an das goldene Gefäß in Blut tauchen. Wehe über die niederträchtigen Heiden, dass sie uns an den Engpass nacheilen! Ich verspreche Euch, es soll keiner dem Tode entgehen."

„Geselle Roland", begann Oliver von neuem, „blast den Olifant! Wenn Karl es hört, kommt er mit seinen Scharen zurück und der König mit allen seinen Baronen eilt uns zu Hilfe."

Aber Roland erwiderte: „Das verhüte Gott, dass meine Sippschaft mir Zagheit nachsage und das holde Frankreich den Schimpf unsres feigen Sinnes auf sich nehmen müsse! Viel lieber will ich mit Durendal ausrichten, was in meiner Kraft sieht, und das gute Schwert, das ich an meiner Seite trage, mit Blut färben. Die schurkischen Heiden haben sich zur bösen Stunde versammelt, und ich verspreche Euch, dass ich sie alle in den Tod senden werde."

„Geselle Roland", sprach Oliver zum dritten Mal, „blast Euren Olifant! Wenn Karl es hört, der eben durch den Engpass zieht, gewiss so kehren die Franken zu uns zurück."

„Da sei Gott vor", antwortete ihm Roland, „dass ein Mensch von mir sage, ich habe wegen der Heiden um Hilfe geblasen! Meine Mannen und Magen würden mich mein Leben lang darüber schmähen. Lasst nur die große Schlacht herankommen! Und ich will unzählige Streiche führen mit Durendal und sein Eisen lustiglich im Heidenblute baden. Die Franken sind brav und werden treulich einhauen und die Hispanier sollen keine Rettung finden vor dem Tod."

Da sprach Oliver: „Hier sehe ich keine Schmach, aber die Sarazenen habe ich gesehen, wie Berg und Tal und Feld und Heide von ihnen voll ist. Die Heeresmacht der Fremden ist groß, wir aber haben nur eine kleine Schaar."

„So ist mein Mut umso größer", entgegnete Roland. „Das verhüte unser Herr Gott und seine heiligen Engel, dass Frankreichs Ruhm durch mich geschmälert werde! Lieber will ich sterben, als dass mich Schmach treffe. Wenn wir brav fechten, liebt uns der Kaiser nur umso mehr."

Also sprachen der wackere Roland und der kluge Oliver, die treuen Vasallen. Dann stiegen sie auf ihre Pferde, legten ihre Waffen an und wollten der Schlacht entgegen gehen, sollten sie auch darin umkommen. Während aber so die edlen Grasen stolze Worte mit einander sprachen, rückten die verräterischen Heiden grimmig heran. „Seht, Roland, sprach Oliver, hier kommen uns einige näher. Ach, Kaiser Karl ist allzu weit von uns entfernt und Ihr wollet Euer Horn nicht blasen. Wäre der König hier, so träfe uns kein Schaden. Blicket hinauf nach den Engpässen von Hispanien und seht, wie die ganze Hinterhut traurig und verzagt ist! Wer zu dieser hält, wird nie mehr an einer andern Teil haben."

Aber Roland antwortete: „Redet nicht solche Schmach! Schande über das Herz, das jetzt in der Brust feige wird! Wir bleiben hier und halten Stand und teilen Schläge und Wunden aus."

Als Roland sah, dass es zur Schlacht kam, wurde er wild wie ein Löwe oder ein grimmiger Leopard. Er rief den Franken heran und sprach zu Oliver: „Lieber Herr und Geselle, redet nicht mehr von jenem! Als Kaiser Karl uns zwanzigtausend Franken übergab, da dachte er nicht, dass ein Feigling darunter sein möchte. Für seinen Herrn muss ein Mann großes Ungemach erdulden und Kälte und Hitze ertragen, auch Blut und Leben auf's Spiel sehen. Stoß du mit deiner Lanze! Und ich haue mit Durendal ein, dem guten Schwerte, das der König mir gegeben hat. Sterbe ich, so kann der, der es nach mir erhält, und alle können sagen, dass es einem edlen Vasallen angehörte."

Aus der andern Seite spornte der Erzbischof Turpin sein Pferd, stieg auf eine Höhe, rief die Franken zu sich und predigte ihnen also: „Ihr Herren Barone, Kaiser Karl hat uns hier gelassen und für unsern König müssen wir wohl sterben. Helft die Christenheit aufrechterhalten! Ihr werdet eine Schlacht haben; das kann niemand abwenden, denn vor euren Augen seht ihr die Sarazenen. Bekennet eure Sünden, bittet Gott um Gnade! Und ich will euch eurer Schuld entledigen, auf dass eure Seelen selig werden. Wenn ihr sterbet, sollt ihr heilige Märtyrer sein und einen Sitz bekommen im Paradies."

Da stiegen die Franken von ihren Rossen und fielen zur Erde. Der Erzbischof aber segnete sie im Namen Gottes, und legte ihnen als Büßung auf, rüstig zu kämpfen. Ihrer Sündenschuld entbunden richteten sich die Franken auf, der fromme Erzbischof segnete sie nochmals und dann stiegen sie auf ihre schnellen Rosse, ritterlich gerüstet und zum Kampfe bereit. Graf Roland rief Oliver zu sich heran und sprach: „Lieber Herr und Geselle, glaubt mir, dass Ganelon uns alle verraten hat! Sie haben ihm Gold und Gut gegeben; König Martilies hat uns um Münze erhandelt, statt uns durch seinen Arm und sein Schwert zu gewinnen. Aber Kaiser Karl wird uns wohl an dem Verräter rächen." Sodann eilte Roland auf seinem schnellen Rosse Veillantif nach den Engpässen von Hispanien, mit seinen schönen Waffen angetan. Sein Schwert schwang der Held in der Rechten und hob es jauchzend gen Himmel, er entfaltete seine weiße Fahne, das Schwertgehänge flatterte empor bis zu den Händen, seine Gestalt war schön und edel, sein Antlitz klar und heiter. Erfolgte seinem Gesellen und die Franken riefen ihn zu ihrem Schutze heran. Er warf einen stolzen Blick nach den Sarazenen hin und einen sanften und demütigen nach den Franken und sprach höflich zu ihnen also: „Ihr edlen Barone, schreitet gemach fürbass! Die Heiden sollen einen blutigen Tod finden. Heute werden wir ein schönes artiges Schlachtspiel bekommen, wie kein Frankenkönig je eines hatte."

Auf diese Worte versammelten sich die Scharen. Oliver sprach: „Ich mag nicht mehr reden. Ihr wolltet Euern Olifant nicht blasen und habt nun keine Hilfe vom Kaiser. Er weiß nicht, was hier geschieht, und trägt keine Schuld davon; die aber, so hier sind, tragen eben so wenig die Schuld, wenn es übel ergeht. So reitet denn hin, so weit Ihr könnt! Edle Barone, haltet euch rüstig im Feld! Ich bitte euch um Gottes Liebe willen: habt Acht darauf, tüchtige Schläge zu führen und kräftig einzuhauen! Die Fahne Kaiser Karls dürfen wir nicht verlassen."

Bei diesen Worten riefen die Franken laut Munjoie, und wer diesen Schlachtruf hörte, der spürte, wie groß ihre treue Ergebenheit sein mochte. Dann ritten sie stolzen Mutes fürbass und spornten ihre Rosse, um ihren Lauf zu beschleunigen. Sie drangen vor, denn sie konnten anders nicht, da die Sarazenen furchtlos heranrückten. Da standen nun Franken und Heiden einander gegenüber. Der Neffe des Königs Marsilies, Aelroth mit Namen, ritt zuerst aus den Reihen heraus und führte schlimme Reden gegen die Franken. „Ihr Schurken", rief er, „heute sollt ihr mit uns fechten, denn der, der eurer pflegen sollte, hat euch verraten. Der König war ein Narr, euch hier am Engpass zurückzulassen. Darum soll er denn auch Frankreich, sein Besitztum, verlieren, denn wir wollen ihm seinen rechten Arm abschlagen."

Als Roland solches hörte, ward er heftig ergrimmt, spornte sein Pferd und ließ es in vollem Laufe auf ihn losrennen. Der Graf schlug mit aller seiner Kraft auf ihn ein, zerbrach ihm den Schild, riss ihm den Halsberg ab, spaltete die Brust, zermalmte ihm die Knochen und riss ihm den Rückgrat vom Leibe. So entfloh seine Seele, Roland aber fasste ihn gut mit dem Schwert, hob ihn aus dem Sattel und schwang ihn herab auf den Boden. Da schlug er ihm den Kopf ab und sprach: „Wohlan, Feigling! Kaiser Karl ist kein Narr und dem Verrat ist es stets übel bei ihm ergangen. Er tat wohl recht daran, uns an den Engpässen zurück zu lassen und heute soll er Frankreich, sein Besitztum, nicht verlieren. Haut ein, Franken! Der erste Streich ist unser. Wir haben Recht und diese Schlemmer Unrecht."

Da war ein Herzog, Falsaron geheißen, ein Bruder des Königs Marsilies, der ihm die Bezirke Albiun und Balbiun gegeben hatte. Er war ein ausgemachter Schurke und seine zwei Augen standen wohl einen guten halben Schuh voneinander auf der Stirn. Über den Tod seines Neffen war er gar sehr betrübt, daher drängte er sich aus dem Getümmel, sprengte vor und rief den Franken das heidnische Schlachtgeschrei entgegen: „Heut ist es aus mit des holden Frankreichs Ehre."

Als Oliver dies vernahm, ward er sehr ergrimmt, gab seinem Pferde die goldenen Sporen und schlug ritterlich auf ihn ein. Er zerhieb ihm den Schild, riss ihm den Halsberg ab, stieß ihm mit der Fahne den Brustharnisch in den Leib und hob ihn tot aus dem Sattel. Als er so den Schlemmer auf der Erde liegen sah, rief er stolz: „Um Eure Drohworte, Feigling, kümmre ich mich nicht. Hauet ein, Franken! Denn wir werden siegen."

Damit schrie er Munjoie, denn dies war der Schlachtruf Kaiser Karls. Bei den Heiden war auch ein König mit Namen Corsablix, der kein Sarazene, sondern aus einem fernen Lande war. Dieser rief: „In dieser Schlacht mögen wir wohl standhalten, denn die Zahl der Franken ist sehr gering. Alle, die hier sind, können wir nur sehr niedrig anschlagen, da Kaiser Karl keinem einzigen zur Hilfe sein wird. Heute ist der Tag, an dem sie sterben müssen."

Der Erzbischof Turpin hörte diese Rede wohl, und obschon er keinen Menschen unter der Sonne gerne hassen mochte, spornte er doch sein Ross mit seinen feingoldenen Sporen und fiel kräftig auf den Heiden ein, zerschmetterte seinen Schild, brachte den Halsberg in Verwirrung und stieß ihm sein großes Schwert mitten durch den Leib. Er packte ihn gut, schwang ihn aus dem Stegreif und warf ihn tot zu Boden. Dann wandte er sich um, schaute auf den Schlemmer über die Schulter hin und konnte sich nicht enthalten, zu sagen: „Feiger Heide, Ihr habt des gelogen. Karl, unser Herr, ist unser Schutz alle Tage, und unsere Franken denken nicht daran, zu fliehen, vielmehr werden wir eure Genossen alle starr und unbeweglich zu Boden werfen. Die Kunde sage ich euch, dass ihr alle den Tod leiden müsst. Haut ein, Franken! Keiner von euch vergesse seine Pflicht! Der erste Streich ist unser, Gott sei es gedankt!" Dabei rief er Munjoie, dass es durch das ganze Land hin ertönte. Engelers fiel sodann über Malprimis von Brigal her und sein guter Schild half ihm nicht eines Hellers wert. Er brach ihm den kristallenen Knauf in Stücke und die eine Hälfte fiel ihm auf den Boden; auch hieb er ihm den Halsberg durch bis auf das Fleisch, stieß ihm sein gutes Schwert durch den Leib, und der Heide fiel zu Boden, aber seine Seele führte Satanas von dannen. Sein Genosse Gerard fiel über den Emir her, zerbrach ihm den Schild, zerriss die Maschen seines Halsberges und stieß ihm sein gutes Schwert durch das Herz. Er fasste ihn gut, stach ihn mitten durch den Leib und warf ihn tot zu Boden. Da sprach Oliver: „Unsre Schlacht geht lustig."

Der Herzog Samson griff den Almakur an, zerbrach ihm den Schild, der mit Blumen und Gold geziert war, und sein guter Halsberg war ihm nicht Schutz genug. Er zerschnitt ihm Herz, Leber und Lunge und warf ihn zu Boden, wer sich auch darob grämen mochte. Da sprach der Erzbischof: „Das war der Streich eines Helden."

Anseis trieb sein Pferd an und fiel über Turgis von Turteluse her, zerbrach ihm den Schild über dem vergoldeten Knauf, zerriss das Futter seines Halsbergs und stieß ihm sein gutes Schwert in den Leib. Er fasste ihn recht, so dass das Eisen auf der andern Seite des Körpers hervordrang, und warf ihn tot auf das Schlachtfeld nieder. Da sprach Roland: „Das war der Streich eines Wackern."

Engelers, der Gascogner von Burdele, spornte sein Pferd und ließ ihm den Zügel schießen. Er fiel auf Escremiz von Valterne ein, zerbrach seinen Schild in Stücke und riss den Vorderhelm ihm von dem Halsberg los. Darauf stach er ihn mitten in die Brust, hob ihn tot aus dem Sattel und sprach: „Nun hat es sich mit dir zum Untergang gewendet."

Walter hieb dem Heiden Estorganz das Fell von seinem Schilde ab und die roten und weißen Felder, zerbrach ihm den Brustharnisch und stieß ihm sein gutes Schwert in den Leib, dass er von seinem flüchtigen Rosse tot niederfiel. Darauf sprach er: „Um Eure Rettung ist es geschehen."

Berenger fiel über Astramariz her, zerbrach ihm den Schild und verwirrte seinen Halsberg; auch stieß er ihm sein starkes Schwert durch den Leib, dass er ihn tot niederwarf, mitten unter tausend Sarazenen. So wurden von den zwölf Fürsten der Heiden zehn erschlagen und nur noch zwei blieben am Leben, Chernubles und der Graf Margariz. Margariz war ein wackerer Ritter, schön und stark, schnell und gewandt. Er spornte sein Pferd, sprengte auf Oliver los, zerbrach ihm den Schild über dem Knauf von reinem Golde und fuhr mit dem Schwert ihm an der Seite vorüber. Aber Gott beschirmte ihn, dass er seinen Leib nicht berührte. Er zerbrach ihm den Speer und erschlug ihn nicht und eilte weiter, ohne sich aufzuhalten. Zugleich stieß er in sein Horn, um die Seinigen um sich zu versammeln. Nun wurde die Schlacht heftig und allgemein. Graf Roland scheute keine Gefahr und stieß mit seinem Speere zu, so lange es ging. Er erprobte ihn wohl an fünfzehn Hälsen, bis er zerbrach. Dann aber zog er sein gutes Schwert Durendal aus der Scheide, spornte sein Pferd und fiel auf Chernubles ein. Er zerbrach ihm den Helm an der Stelle, wo die Karfunkel schimmerten, spaltete den Schädel samt dem Haar, schnitt ihm durch Augen und Gesicht, durch den blanken Halsberg mit den feinen Maschen, durch die Brust und den ganzen Körper herab bis auf den Sattel, der aus Gold geschmiedet war. In dem Pferde blieb das Schwert stecken, nachdem es ihm den Rückgrat gespalten. So streckte er ihn tot zu Boden in das grüne Gras und sprach: „Zagherziger, du bist zur schlimmen Stunde hierhergekommen und Mahomed wird dir jetzt nichts helfen. Ein solcher Schlemmer gewinnt keine Schlacht."

Graf Roland ritt mitten durch das Feld und richtete mit Durendal, seinem scharfen, schneidenden Schwert, großes Blutbad an unter den Sarazenen. „Hei!" Wer ihn da sah, wie er einen über den andern tot hinwarf, wie das rote Blut in Strömen floss auf dem Boden und sein Halsberg und sein Hemd davon gefärbt war und wie sein gutes Ross an Hals und Rücken troff! Aber auch Oliver war nicht lässig einzuhauen. Die zwölf Fürsten verdienten großen Ruhm und die Franken fochten und kämpften wie Helden. Die Heiden starben dahin und einige sanken um vor Furcht. Da sprach der Erzbischof: „Wohlauf, fränkische Heldenschaar!" und rief Munjoie, das Schlachtgeschrei des Kaisers Karl.

Oliver ritt kämpfend umher, und wiewohl sein Speer zerbrochen war und er nur noch ein Stück davon in der Hand hatte, griff er den Heiden Malun an, zerbrach ihm den Schild, der mit Gold und Blumen verziert war, schlug ihm beide Augen aus dem Kopfe und das Gehirn floss ihm vor die Füße. Er streckte ihn tot zu Boden mit wohl siebenhundert der Seinigen. Darauf erschlug er Turgis und Estragus und zerbrach vollends seinen Speer, dass er ihm in Stücken auf die Erde fiel. Da sprach Roland: „Geselle, was treibet Ihr? In solcher Schlacht kämpft man nicht mit einem Stecken. Hier ist Stahl und Eisen am Platze. Wo ist Halteclere, Euer Schwert mit der goldnen Scheide und mit dem kristallenen Knauf?"

„Ich kann es nicht ziehen", antwortete Oliver, „denn das Stoßen lässt mir keine Zeit."

Doch musste Herr Oliver sein gutes Schwert ziehen, denn sein Geselle Roland ließ nicht ab, ihn zu bitten, und zeigte ihm selbst, wie ein Ritter tun soll. Er schlug einen Heiden, Justin von Val – Ferre, spaltete ihm den ganzen Kopf in der Mitte, zerschnitt ihm den Leib und die feingearbeitete Brunne, dazu den Sattel, der mit Gold und Edelsteinen geschmückt war, und hieb noch dem Rosse den Rückgrat ab. Der Heide aber fiel tot vor ihm in das Gras. Da sprach Roland: „Tut mir nach, Bruder! Für solche Schläge liebt uns der Kaiser."

68

Da riefen sie von allen Seiten Munjoie. Graf Gerins saß auf seinem roten Ross und sein Geselle Gerers aus Passecerf. Sie ließen ihnen die Zügel schießen und spornten mit Macht und fielen beide über den Heiden Timozel her. Der eine packte ihn am Schild, der andere am Halsberg an, und beide stießen ihm ihre Schwerter in den Leib, so dass er tot auf den Rasen niederfiel. Man hat nichts gehört, welcher von den beiden Gesellen rüstiger und schneller gewesen sei und dem Heiden den Todesstoß gegeben habe. Es war aber derselbe ein Sohn des Burdel. Unterdessen brachte der Erzbischof den Zauberer Siglorel um, der gerades Weges zur Hölle fuhr, wohin ihn Jupiter um seiner Hexenkünste willen abholte. Da sprach Turpin: „Dem haben wir übel gebettet."

Roland erwiderte: „Der Schurke ist besiegt. Bruder Oliver, solche Schläge gefallen mir wohl."

Die Schlacht ging immer fort und Franken und Heiden teilten sich gegenseitig kräftige Schläge aus; die einen griffen an, die andern verteidigten sich. Da ward mancher Speer gebrochen und in Blut getaucht, manche Fahnen und Feldzeichen zerschlagen, mancher brave Franke verlor sein junges Leben, um nie wieder Mutter oder Weib zu sehen, noch diejenigen, welche jenseits des Engpasses ihrer harrten. Der große Karl hörte indessen nicht auf zu weinen, denn es lag ihm schwer auf dem Herzen, dass jene hilflos zurückgelassen waren. Ja einen schlechten Dienst leistete ihm Ganelon an jenem Tage, als er in Saragossa seine Genossenschaft verkaufte. Doch büßte er dafür hernachmals Leib und Leben ein, da er vor dem Gericht in Achen verurteilt ward, gehangen zu werden, und mit ihm etliche und dreißig seiner Magen, die nicht gedachten, dass sie sterben müssten. Die Schlacht ging schwer und fürchterlich weiter, und Roland und Oliver hielten sich wacker. Auch der Erzbischof führte wohl mehr denn tausend kräftige Streiche. Die zwölf Fürsten waren sämtlich nicht lässig und die Franken alle schlugen heftig drein. Die Heiden starben hin zu Hunderten und Tausenden. Wer nicht sah, für den war keine Rettung vor dem Tode. Ob er wollte oder nicht, seine Zeit war zu Ende. Die Franken verloren daselbst ihr bestes Gewand und manche durften nicht mehr ihre Eltern und Magen sehen, noch den großen Karl, der jenseits des Passes ihrer harrte. In Frankreich war unterdessen ein fürchterliches Gewitter mit Sturm, Wind und Donner, auch kam Regen und Hagel aus der Maßen viel. Die Blitze schossen in Menge herab und die Erde schien in Wahrheit zu erbeben. Von Sankt Michael in Paris bis nach Seinz und von Besentun bis an die Pässe von Guitsand war keine Burg, deren Mauern nicht geborsten wären. Gegen Mittag lag eine große Finsternis, und nur wenn der Himmel sich zum Blitzen spaltete, wurde es helle. Jedermann, der solches sah, war in großer Angst und viele sprachen: „Nun ist es aus. Das Ende der Welt ist gekommen."

Aber ihre Rede war falsch und sie wussten nicht, was das bedeutete, denn es war der Schmerz um den Tod des braven Roland. Die Franken schlugen mutig und kräftig drein und die Heiden starben zu Tausenden und in Scharen dahin. Von hunderttausend mochten nicht zwei davonkommen. Roland sprach: „Unsere Mannen halten sich wacker. Aus der ganzen Welt ist keiner, der bessere in seinem Dienste hätte."

Sie zogen durch das Feld und suchten die Ihrigen zusammen und weinten vor Schmerz und Rührung um ihre Eltern und Verwandten. Da kam der König Marsilies mit seinem großen Heere gegen sie heran. In zwanzig endlosen Scharen zogen sie das Tal heraus; ihre Helme waren mit Gold und Edelsteinen gebunden, auch ihre Schilde und Brunnen reich verziert. Siebentausend Hörner bliesen bei dem Zug, so dass es durch die ganze Gegend wiederhallte. Da sprach Roland: „Bruder Oliver, mein trauter Geselle, der Schurke Ganelon hat uns den Tod geschworen, aber der Verrat kann nicht verborgen bleiben und der Kaiser wird blutige Rache dafür nehmen. Wir werden eine heftige langedauernde Schlacht haben, wie noch nie ein Mensch eine ähnliche gesehen hat. Ich will einhauen mit Durendal, meinem guten Schwert, und Ihr, Geselle, haltet Euch gut mit Halteclere! In manchem Kampf haben wir sie getragen und mancher Schlacht damit ein Ende gemacht. Nun soll man in Zukunft kein Spottliedlein auf uns singen."

Als Marsilies seine Leute so schimpflich niedergemetzelt sah, ließ er seine Hörner und Trompeten blasen und ritt mit seinem gewaltigen Heerbann vorwärts. An der Spitze derselben ritt ein Sarazene, Abisme der schlimmste Schurke, den er bei sich hatte. Er war ganz und gar von schlechter Art und glaubte nicht an Gott, den die heilige Jungfrau geboren. Seine Hautfarbe war schwarz wie ein dunkler Pelz, und sein Herz liebte Verrat und Mord mehr als alles Gold von

Galizien. Nie sah ihn ein Mensch scherzen oder lachen. Dabei war er ein treuer Dienstmann und voll unerschrockenes Mutes, weshalb ihn auch der Heidenkönig Marsilies gar lieb hatte und ihn die Heerfahne tragen ließ, um welche all sein Volk sich versammelte.

Der Erzbischof hatte solche Liebe nicht für ihn; denn sobald er ihn sah, wünschte er, mit ihm zusammenzutreffen, und sprach leise bei sich selber: „Dieser Sarazene scheint mir ein ganzer Ketzer. Das Beste ist wohl: ich gehe und bringe ihn um; denn Feigheit war nie das, was mir gefiel."

Der Erzbischof begann den Kampf und saß auf dem Rosse, das er einst dem König Grossaille in Dänemark, den er erschlug, genommen hatte. Es war ein schneller und gewandter Renner, seine Hufe waren wohl beschlagen, die Beine legten sich beim eilenden Lauf platt auf den Boden, die Schenkel waren kurz, das Hinterteil breit, die Seiten lang und der Rücken hoch. Der Schweif war weiß, die Mähne gelb, die Ohren klein und der Kopf rotfahl. Es gab kein Tier, das mit ihm in die Wette laufen konnte. Der Erzbischof gab ihm ritterlich die Sporen und ließ nicht ab, bis er Abisme erreicht hatte. Er schlug ihn auf seinen Emirschild, der mit edlem Gestein, mit Amethisten und Topasen und leuchtenden Karfunkeln besetzt war. In Val – Metas hatte ihn ein Teufel dem Emir Calafes gegeben und dieser ihn Abisme überliefert. Turpin schlug darauf und schonte seiner nicht, und nach diesem Schlag sprach der Heide kein Wort weiter, denn Turpin spaltete ihm den Leib von einer Seite zur andern und warf ihn tot nieder auf das Feld. Da sprachen die Franken: „Das war ritterlich gefochten. Durch den Erzbischof bewahrt das Kreuz seine Ehre."

Als sie aber sahen, dass der Heiden so viele waren und sie das ganze Land rings umher überdeckten, da sehnten sie sich sehr nach Oliver und Roland und nach der Hilfe der zwölf Fürsten. Der Erzbischof aber sagte ihnen, was er dachte, und sprach: „Ihr Herren Barone, sinnet nicht lange nach! Ich bitte euch um Gott, dass ihr nicht von dannen fliehet, damit kein Biedermann ein Schandlied auf uns singe. Weit besser ist es doch, wir sterben im Kampfe. Ist es uns gesetzt, so nehmen wir jetzt ein Ende und wir werden nicht mehr leben über diesen Tag. Aber eines Dings bin ich versichert, dass das heilige Paradies uns offen steht und dass ihr sitzen werdet unter den Frommen."

Auf diese Worte jubelten die Franken, und keiner war, der nicht Munjoie rief.

Es war daselbst ein Sarazene aus Saragossa, dem die Hälfte dieser Stadt gehörte. Er hieß Elimborin, aber er war kein Biedermann, denn er stand im Bunde mit dem Grafen Ganelon, hatte ihn aus Freundschaft auf den Mund geküsst und ihm sein Schwert und seinen Karfunkel geschenkt. Dieser sprach, er wolle das Hochland in Schande bringen und dem Kaiser seine Krone nehmen. Das Pferd, auf dem er saß, hieß Barbamusche und war behender als ein Sperber oder eine Schwalbe. Er spornte es gut, ließ ihm den Zügel und fiel über Engeler von Gascogne her. Nicht konnte diesen sein Schild noch seine Brünne retten, sondern des Heiden Schaft ging ihm in den Leib; er fasste ihn gut, so dass das Eisen hinten hervordrang und er ihn tot aus das Feld niederwarf. Dann rief er: „Euch wollen wir noch beschämen. Haut ein, ihr Heiden, um das Gedränge zu durchbrechen!"

Die Franken aber sprachen: „Gott, welcher Schmerz!" Roland rief Oliver herbei und sagte: „Lieber Herr und Geselle, schon ist Engeler gefallen. Wir hatten keinen tapferern Ritter. Verleihe mir Gott, antwortete der Graf, ihn zu rächen!"

Damit gab er seinem Rosse die goldenen Sporen und fiel mit seinem Schwert Halteclere, das schon in Blut getaucht war, auf den Heiden ein. Er schwang es kräftig und der Sarazene sank zu Boden und die Bösen trugen seine Seele von dannen. Darauf erschlug er den Herzog Alphaien, hieb Escababi das Haupt ab und warf sieben Araber aus dem Sattel, so dass sie auf immer zum Kampfe untauglich waren. Da sprach Roland: „Mein Geselle ist ergrimmt und verrichtet preiswürdige Taten, mehr denn ich. Für solche Schläge wird Karl uns immer lieber haben."

Aucaz rief: „Haut ein, ihr Ritter!"

Von der andern Seite kam der Heide Waldabrun. Er war der Lehrer des Königs Marsilies gewesen und besaß nun auf dem Meere vierhundert Schiffe. Es gab kein Fahrzeug, das er nicht für sich in Anspruch genommen hätte. Verräterisch hatte er einst Jerusalem erobert, den Tempel Salomons entweiht und den Patriarchen vor dem heiligen Taufwasser erschlagen. Auch dieser stand im Bunde mit Ganelon und hatte ihm sein Schwert mit tausend Gulden geschenkt. Das Pferd, aus dem er saß, hieß Gramimund und war behender als ein Falke. Er spornte es gut mit seinen scharfen Sporen, fiel über den reichen Herzog Samson her, zerschmetterte seinen Schild, zerbrach ihm den Halsberg, rieß ihm den Brustharnisch mit der Fahne in den Leib und hob ihn tot aus dem Sattel. „Haut ein, ihr Heiden!" rief er, „denn wir werden sie gar wohl besiegen."

Die Franken aber sprachen: „Gott, welch ein Schmerz!" Als Gras Roland sah, dass Samson tot war, da mögt ihr wohl denken, wie sehr er sich betrübte. Er spornte sein Pferd und rannte gewaltig vorwärts. Er hielt sein Schwert Durendal in der Hand, das mehr wert war als feines Gold, und fiel damit über den Degen her, so stark er kannte, zerschlug ihm den Helm, der mit Gold und Edelgestein verziert war, spaltete ihm den Kopf, Will den Leib samt der Brünne, auch beide mit Gold und Edelsteinen verzierte Sattelbügen, und hieb noch dem Pferd tief in den Rücken. So tötete er Ross und Mann, und niemand mag ihn schmähen, der solches höret. Da sprachen die Heiden: „Das war ein harter Schlag für uns!"

Roland aber antwortete: „Ich kann die Euren nicht lieben, denn auf Eurer Seite ist Übermut und Unrecht." Dahin kam auch ein Mann aus Afrika mit Namen Malquiant, der Sohn des Königs Malcud. Sein Gewand war ganz aus geschlagenem Golde und überstrahlte alle andern im Glanze der Sonne. Das Pferd, worauf er saß, hieß Salt-perdut, und kein anderes Tier kam ihm an Schnelligkeit gleich. Er fiel über Anseis her, zerschmetterte ihm die roten und blauen Felder seines Schildes, zerschlug ihm den Brustharnisch und stieß ihm das Eisen mit samt dem Schaft in den Leib. So starb der Held und endete seine Tage. Die Franken aber sprachen: „Wehe dir, edler Herr!"

Da ritt der Erzbischof Turpin kühnlich durch das Feld. Kein Mönch mit einer Platte sang je die Messe, der auch mit seinem Leib solche Heldentaten vollbrachte. Er sprach zu dem Heiden: „Gott lasse dir Übles widerfahren, denn du hast einen Mann getötet, um den mir das Herz blutet."

Er ließ sofort sein Ross sich bäumen und hieb ihm so gewaltig auf seinen toledanischen Schild, dass er ihn tot niederwarf auf das grüne Gras. Von der andern Seite kam ein Heide Grandonies, ein Sohn des Königs Capuel, aus Kappadocien gebürtig. Das Pferd, auf dem er saß, hieß Marinorie und war behender, als der Vogel in der Luft. Er ließ die Zügel schießen, gab ihm die Sporen und fiel mit großer Kraft auf Gerin ein. Er zerbrach seinen roten Schild, schlug ihm denselben vom Hals, zerriss ihm seine Brünne und stieß ihm seine ganze blaue Fahne in den Leib, dass er ihn tot niederwarf auf einen hohen Stein. Auch erschlug er noch seinen Gesellen Geres und Berenger und Gniun von Sankt – Anton. Darauf fiel er über den reichen Herzog Austorie her, welcher Valeri und Enders an der Rhone besaß, und warf ihn tot nieder, worüber die Heiden sehr erfreut waren. Die Franken aber sprachen: „Den Unsern ergeht es übel."

Graf Roland hielt sein blutiges Schwert in der Hand und hörte wohl, wie der Franken Mut zu sinken begann. Darüber ward er so schmerzlich betrübt, dass er gedachte, das Herz zerspringe ihm in seinem Leibe, und sprach zu dem Heiden: „Gott sende dir Schmach! Du hast einen Mann erschlagen, den ich dir teuer verkaufen werde."

Damit spornte er sein Ross, das sich mutig unter ihm bäumte, und bald waren die Gegner bei einander. Grandonie war ein mutiger und starker Held. Er kam Roland aus halbem Wege entgegen, und obwohl er ihn zuvor nie gesehen hatte, erkannte er ihn alsbald an seinem ernsten Aussehen, seinem edlen Körper, an Blick und Haltung. Wie er ihn so anschaute, konnte er sich des Grausens nicht erwehren und wäre gerne geflohen, wenn es nicht zu spät gewesen wäre. Der Held Roland hieb so wacker ein, dass er ihm den Helm spaltete bis auf die Nase; auch schlug er ihm dieselbe durch und durch, dazu den Mund und die Zähne, den Kettenpanzer und den ganzen Leib, sodann die beiden silbernen Sattelbogen und noch tief in den Rücken des Pferdes hinein. Als er so Ross und Reiter mit einem Schlag vernichtet hatte, erhub sich ein Wehruf unter den Hispaniern. Aber die Franken schrieen: „Unser Retter hält sich gut!"

Dabei schwangen sie ihre Schwerter und das Getümmel der Schlacht dauerte fort. Hei, wer da das Ach und Wehe hörte und so viel Volkes tot, verwundet und im Blute schwimmen sah! Die einen lagen auf dem Gesicht, die andern aus dem Rücken, alles bunt durcheinander. Nicht länger konnten die Sarazenen Stand halten, sie mussten das Feld räumen, ob sie wollten oder nicht. Mit gewaltiger Kraft trieben sie die Franken zurück. Die Schlacht aber schwankte hin und her. Die

Franken hieben mutig und grimmig ein, schlugen Hände, Rippen, Schultern entzwei und schlitzten die Kleider auf bis in das Fleisch, so, dass das Blut in Strömen über das grüne Gras hinfloss. Aber das Volk des Hochlands war kühn und unverzagt und alle schrieen: „König Marsilies, reit voran! Wir haben deine Hilfe nötig."

Graf Roland rief Oliver heran und sprach: „Lieber Herr und Geselle, ist es Euch genehm, so eilen wir dem Erzbischof zu Hilfe. Er ist ein wackerer Ritter und einer der besten unter dem Himmel, der wohl das Schwert und den Speer zu führen weiß."

„So kommt!" antwortete der Held.

Und auf dieses Wort begannen die Franken von neuem den Kampf. Es fielen unzählige Hiebe und Streiche, aber auch die Christen traf mancher Schmerz. Roland, Oliver und der Erzbischof hielten sich tapfer und in den alten Büchern und Rollen sind mehr denn viermal hunderttausend verzeichnet, welche daselbst den Tod fanden. Viermal wandte sich das Glück auf ihre Seite, aber das fünfte Mal war es ihnen ungünstig, so dass alle jene fränkischen Ritter erschlagen wurden und Gott nicht mehr als sechzig derselben verschonte. Doch ehe sie starben, erkauften sie teuer ihren Tod. Als Graf Roland so viele der Seinigen umkommen sah, rief er seinen Genossen Oliver heran und sprach: „Edler Herr, teurer Geselle, sehet um Gott, der Euch Freude schenke, wie viele brave Mannen tot aus der Erde liegen! Wir müssen unser holdes Frankreich beweinen, dass es so viele edle Helden eingebüßt hat. Ach lieber Herr und König, dass Ihr nicht hier seid! Bruder Oliver, wie greifen wir es an, um ihm Kunde von uns zu bringen?"

„Ich weiß nicht", sprach Oliver, „wie das zu machen ist. Aber lieber will ich sterben, als dass uns Schmach daraus erwachse."

Da sprach Roland: „Ich will mein Horn blasen, und wenn es Karl vernimmt, der durch den Engpass zieht, so kehren gewiss die Franken zu uns zurück."

Aber Oliver erwiderte: „Das wäre ja eine große Schande und Eure ganze Sippschaft würde Euch darob tadeln, so dass diese Schmach Euer Leben lang Euch nicht abgewaschen werden könnte.

Als ich es Euch sagte, wolltet Ihr es nicht tun. Tut Ihr es jetzt, so soll es nicht auf meinen Antrieb geschehen, und ich will nicht sagen, dass es kühn getan sein. Aber seht doch, wie Euch beide Arme von Blut triefen!"

„Ja", entgegnete der Graf, „ich habe artige Streiche geführt, aber die Schlacht ist schwer, und ich will blasen, dass der Kaiser Karl es höre."

„Es wäre nicht ritterlich, antwortete Oliver von neuem. Als ich es Euch riet, Geselle, wolltet Ihr nichts hören. Und doch, wäre der König hier, so litten wir keinen Schaden, und die, die bei uns sind, träfe keine Schmach. Bei diesem meinem Bart! Wenn ich meine edle Schwester Alda wieder sehe, ich sag' es ihr, dass Ihr nie in ihren Armen liegen sollt. „

„Warum seid Ihr auf mich ergrimmt?" sprach Roland.

„Geselle", versetzte dieser, „Ihr seid schuld daran, denn Euer Rittersinn ist Torheit, und besser ist ein rechtes Maß, als Aberwitz.

Durch Euren Leichtsinn sind so viele Franken gefallen und nimmermehr werden wir Kaiser Karl dienen können. Hättet Ihr mir gefolgt, so wäre unser Heer jetzt hier, wir hätten diese Schlacht gewonnen und rühmlich beendet und den König Marsilies gefangen genommen oder erschlagen, aber durch Eure Lässigkeit, Roland, trifft uns jetzt Unheil. Der große Karl wird nun unserer Hilfe verlustig. Ihr werdet fallen und nimmermehr findet er einen Dienstmann, wie Ihr, bis an den jüngsten Tag. Sterbt Ihr, so ist Frankreich geschändet. Heute sinkt unsre edle Genossenschaft dahin, und ehe der Abend kommt, wird es an ein bitteres Scheiden gehen."

Als der Erzbischof sie so zanken hörte, gab er seinem Pferd die goldenen Sporen, eilte zu ihnen hin und begann sie also zu schelten: „Herr Roland, und Ihr, Herr Oliver, ich bitte euch um Gott, dass ihr nicht zankt. Schon wäre Euer Blasen für uns zu spät, aber dennoch ist es weit besser, wenn der König kommt, damit er uns räche. Die Hispanier sollen nicht freudig heimkehren, und unsere Franken mögen hier absteigen von ihren Rossen, wenn sie uns tot und zerschlagen finden, sie mögen uns auf Bahren durch ihre Lasttiere wegbringen, redlich beweinen und in den Vorhöfen unserer Kirchen beisetzen, damit nicht Wölfe, Schweine oder Hunde unsere Leiber auffressen."

Da antwortete Roland: „Herr, Ihr habt wohl gesprochen."

Darauf setzte er sein Horn an den Mund, fasste es gut und blies es mit großer Kraft; und wie hoch auch die Berge, wie weit der Weg war, so hörte man es doch auf dreißig Meilen widerhallen und Karl und seine Genossen vernahmen es alle. Da sprach der Kaiser: „Unsere Mannen sind im Kampf."

Ganelon widersprach ihm; aber was er redete, war lauter Trug und Lüge. Mit großer Kraft und Mühe und mit großem Schmerz; blies Graf Roland sein Horn. Das helle Blut spritzte ihm aus dem Munde und sein Gehirn drohte ihm die Schläfe zu zersprengen, aber der Schall des Horns erklang weit und Kaiser Karl, der durch den Engpass zog, vernahm es wohl, auch Herzog Naimes und die andern Franken. Da sprach der König: „Ich höre Rolands Horn und er blies es noch nie, als wenn er im Kampf war."

Aber Ganelon antwortete: „Von einer Schlacht ist nicht die Rede. Ihr seid ein alter greiser Mann und sprechet Worte wie ein Kind. Ihr wisst doch den großen Übermut Rolands, mit welchem Gott zum Wunder so lange Nachsicht hat. Jüngst nahm er Neapel weg ohne Euer Geheiß und vertrieb daraus die Sarazenen. Vielleicht hat ihn eine Wespe gestochen, während er im Grase lag, oder läuft er einem Hasen nach. Um deswillen kann er einen ganzen Tag lang blasen. Er richtet nur Scherze an mit seinen Fürsten. Was haltet ihr inne, ihr Ritter? Kein Mensch auf der Welt würde hier an den Rückzug denken, und das Hochland, wo sie geblieben sin , ist gar ferne."

Rolands Mund troff von Blut, und sein Gehirn drohte ihm die Schläfe zu zerbrechen, aber dennoch fuhr er fort, trotz Anstrengung und Schmerz, den Olifant zu blasen, und als Karl und die Franken solches vernahmen sprach der König: „Das Blasen dauert lang."

Herzog Naimes versetzte: „Ihr Herren, das Blasen muss ihn Mühe kosten, und wahrlich, er ist in der Schlacht. Rüstet euch und lasst das Schlachtgeschrei ertönen! Eilt euren edlen Genossen zu Hilfe! Ihr hört ja wohl, wie Roland sich abmüht."

Der Kaiser ließ seine Hörner blasen, die Franken stiegen ab, legten eilig ihre Halsberge, Helme und goldenen Schwerter an und hatten artige Schilde, große und starke Speere und weiße, rote und blaue Fahnen. Darauf bestiegen alle Barone des Heeres ihre Rosse und ritten in eilendem Lauf durch den Engpass zurück. Da war keiner, der nicht zu dem andern sprach: „Wenn wir Roland noch sehen, ehe er stirbt, so wollen wir wacker mit ihm einhauen."

Doch was half das? Sie hatten zu lange gezaudert. Es war ein klarer Abend und ihre Rüstungen glänzten in der Sonne, und die Helme und Halsberge, die Speere, die vergoldeten Fahnen und die mit schönen Blumen bemalten Schilde schimmerten helle. Der Kaiser ritt umher in wildem Grimm und die Franken waren voll Schmerz und Sorge. Da war nicht einer, der nicht bitterlich weinte, denn sie waren alle sehr bekümmert um Roland. Den Grafen Ganelon aber ließ der König greifen und überantwortete ihn den Köchen seines Haushalts zur Bewachung. Er rief den Meister derselben, Besgun mit Namen, und sprach zu ihm: „Bewahre mir ihn gut! Denn der Schurke hat mich und meine Mannen verraten."

Dieser nahm ihn in Empfang und nahm hundert seiner Küchengesellen, von den oberen und den niedereren, zu sich, um auf ihn Acht zu haben. Sie rauften ihm sodann den Bart aus und gaben ihm Feder vier Faustschläge, auch peinigten sie ihn mit Stricken und Stäben und legten ihm eine Kette an den Hals, wie man einen Bären anfesselt. Sodann legten sie ihn auf ein Saumtier und führten ihn gebunden von dannen, um ihn seiner Zeit dem Kaiser überliefern zu können. So zog das Heer dahin auf den hohen finstern Gebirgen, durch tiefe Täler und über reißende Ströme. Die Trompeten ertönten von allen Seiten, um dem Olifant zu antworten. Der Kaiser ritt dahin in wildem Grimm und die Franken waren voll Sorge und Schmerz, denn da war keiner, der nicht weinte und klagte und Gott bat, dass er Rolands Leben friste, bis dass auch sie auf dem Schlachtfeld ankämen und mit ihm rüstig kämpfen möchten. Aber was half es? Es war umsonst. Sie zögerten zu lange und konnten nicht zur Zeit auf der Stelle sein. In großem Grimm ritt König Karl weiter und sein weißer Bart floss ihm herab über seine Brünne. Alle Barone von Frankreich spornten ihre Pferde zur Eile und konnten nicht erwarten, bis sie bei Roland dem Hauptmann wären, der dort kämpfte mit den hispanischen Sarazenen. Würde er verwundet, wer sollte seine Seele fristen? Und doch, was waren das für sechzig Mannen, die er bei sich hatte! Nie besaß ein König oder Hauptmann bessere. Roland schaute hinauf nach den Bergen und Heiden. So viele Franken sah er tot auf dem Boden liegen und beweinte sie wie ein braver Ritter. „Ihr edle Barone, Gott möge euch gnädig sein! Er verleihe allen euren Seelen das Paradies und lasse euch ruhen auf heiligen Blumen! Nie sah ich bessere Dienstmannen, als ihr. So lange Zeit habt ihr mir gedient, ihr habt dem Kaiser so manches große Reich gewonnen und nun ist euch eine so böse Stunde gekommen. O holdes Frankreich, heute wirst du verwaist, denn deine Söhne sterben im fernen Elend. Fränkische Barone, für mich muss ich euch sterben sehen und kann euch nicht schützen, noch euer Leben fristen! Möge der treue Gott euch beistehen! Bruder Oliver, Euch bleibe ich zugetan; aber wenn nicht ein andrer mich erschlägt, so sterbe ich vor Kummer. Trauter Geselle, lass uns wieder an das Werk gehen!"

Damit ging Graf Roland in die Schlacht zurück und führte Durendal wie ein wackerer Held. Faldrun von Pin spaltete er mitten entzwei und nach ihm vierundzwanzig von den wertesten Helden. Nie war ein Mann, den also nach Rache gelüstete, und wie der Hirsch vor den Hunden davon läuft, gleich also flohen die Heiden vor dem schnellen Roland. Da sprach der Erzbischof: „Ihr macht es gut! Solch eine Tugend ziemt dem Ritter. Wer Waffen führt und auf einem guten Rosse sitzt, der muss stark und stolz daher fahren in der Schlacht, sonst ist er nicht vier Pfennige wert, und ihm wäre besser, er säße als Mönch in einem Kloster und bäte Gott alle Tage für unsere Sünden."

Darauf rief Roland: „Hauet ein und schont sie nicht!" Auf dieses Wort begannen die Franken von neuem, aber auch die Christen litten großen Schaden. Ein Mann, der weiß, dass keine Rettung ist, verrichtet in der Schlacht große Wunder und darum fochten auch die Franken wie grimmige Löwen. Da kam Marsilies ritterlich einher. Er saß auf einem Ross, Gaignun geheißen. Er spornte es gut und fiel auf Bevon los, welcher ein Herr war von Belne und von Digun. Er zerschmetterte ihm den Schild, zerriss ihm den Halsberg und warf ihn tot nieder, ohne ihn weiter zu verletzen. Darauf erschlug er Yvoeries und Ivon und mit ihnen Gerard von Russillun. Nicht weit von ihm stand Graf Roland und rief dem Heiden zu: „Gott unser Herr verdamme dich! Schnöde tötest du meine Gesellen; aber du sollst einen Schlag von mir erhalten, ehe wir scheiden, und den Namen meines Schwertes erfahren."

Damit fiel er ihn ritterlich an und hieb ihm die rechte Hand ab und dem blonden Jurfalen den Kopf und dieser war ein Sohn des Königs Marsilies. Da schrien die Heiden: „Hilf uns, Mahomed! Herr, unser

Gott, räche uns an Karl! Er hat uns solche Schurken in das Land gebracht, die auch auf Gefahr des Todes nicht weichen wollen."

Da sprach einer zum andern: „So! lass uns denn von hinnen eilen!"

Und damit ergriffen wohl hunderttausend die Flucht, und wer sie auch zurückrufen mochte, sie wollten nicht wiederkehren. Doch was half das? König Marsilies war geflohen, aber sein Oheim Marganices war geblieben, welcher Cartagena beherrschte und das verwünschte Land Äthiopien, wo mehr denn fünfzigtausend schwarze Leute wohnen mit langen Nasen und breiten Ohren. Sie ritten stolz und grimmig heran und riefen das heidnische Feldgeschrei aus. Da sprach Roland: „Nun wird es schlimm ergehen, und ich sehe wohl, dass wir nicht mehr lange zu leben haben; aber Schmach treffe den, der sein Blut nicht teuer verkauft! Hauet ein, ihr Herren, mit euren blanken Schwertern! Kämpft auf Tod und Lehen, auf dass das holde Frankreich nicht durch uns in Schande komme; und wenn Kaiser Karl, mein Herr, auf diesem Felde anlangt, er gegen einen von uns fünfzehn Sarazenen tot finde! So wird er nicht unterlassen uns zu segnen."

Als Roland die Schaar der Feinde erblickte, welche schwärzer waren als Tinte, aber weiße Zähne hervorblickten, da sprach der Graf mit Grausen: „Nun sehe ich in Wahrheit, dass wir heute sterben werden. Hauet ein, ihr Franken! Ich befehle es euch."

Auf dieses Wort schlugen die Franken tüchtig drein. Als aber die Heiden sahen, dass der Franken Schaar klein wurde, da wuchs ihr Mut und Stolz und einer sprach zu dem andern: „Der Kaiser hat Unrecht."

Marganices saß auf einem fahlen Ross, spornte es gut mit seinen goldenen Sporen und traf Oliver von hinten, mitten in den Rücken, riss ihm den blanken Halsberg vom Leibe, stieß ihm seinen Speer mitten durch die Brust und rief: „Zur bösen Stunde hat der große Karl Euch hierher gewiesen an den Engpass. Er hat uns Unrecht getan und soll sich dessen nicht berühmen! An Euch allein habe ich die Unsrigen würdig gerächt."

Da Oliver fühlte, dass er zum Tode wund war, fasste er Halteclere, sein blankes Schwert, und schlug Marganices auf den spitzigen goldenen Helm, zerschmetterte die Blumen und Kristalle auf demselben, spaltete ihm den Kopf bis herab auf die Zähne und warf ihn unter der

Wucht seines Schlages tot nieder, wobei er ausrief: „Verwünscht seist du, Heide! Nicht will ich sagen, dass Karl nicht verloren habe; aber vor keinem Weib oder Frauen in dem Lande, woher du gekommen bist, sollst du ein Wörtlein prahlen, dass du mich hier niedergemacht und mir oder einem andern Schaden getan hast."

Darauf rief er Roland zu Hilfe, und wiewohl er fühlte, dass er zum Tod verwundet sei, war er doch nicht lässig in der Rache.

Er hieb in dem großen Getümmel mannlich um sich, zerschmetterte Speere und gebogene Schilde, Füße und Hände, Sättel und Rippen. Wer ihn da sah, wie er die Sarazenen verstümmelte und einen um den andern tot niederwarf, der achtete ihn wohl für einen treuen Vasallen. Er wollte die Fahne des Kaisers nicht verlassen, schrie laut und mit heller Stimme Munjoie und rief seinem Freund und Genossen Roland zu: „Trauter Geselle, haltet zu mir! Denn heute noch geht es bei uns an ein schmerzliches Scheiden."

Als Roland seinem Freund Oliver in's Gesicht sah, bemerkte er, dass es blass wurde und seine Farbe schwand. Das helle Blut rieselte ihm über den Leib herab und fiel in großen Tropfen auf die Erde. „Gott!", sprach der Graf, „nun weiß ich nicht, was ich beginne. Wehe um Euer Rittertum, trauter Geselle! Nirgend ist ein Mann, der dich ersetzte. Ach, holdes Frankreich, wie wirst du heute verödet und verwaist, und deine besten Vasallen schmählich niedergeworfen! Wie wird dem Kaiser solcher Schaden ersetzt?"

Nach diesen Worten sank er ohnmächtig auf seinem Pferde zusammen. Oliver aber, der totwunde, hatte so viel geblutet, dass sein Blick sich verdunkelte und er weder nah noch fern einen Menschen mehr erkennen konnte. Da stieß er auf seinen Gesellen und hieb ihn auf den goldgeschmückten Helm, den er ihm abschlug bis an die Nase, ohne ihn jedoch am Haupte zu beschädigen. Bei diesem Schlag blickte Roland auf und fragte ihn sanft und freundlich: „Trauter Geselle, tut Ihr das mit Willen? Das ist ja Roland, der Euch so sehr geliebt und dem auch Ihr nie ein Leides zugefügt."

„Ich höre Euch wohl reden", versetzte Oliver, „aber ich sehe Euch nicht. Möge unser Herr Gott sein Auge nicht von Euch lassen! Habe ich Euch geschlagen, so vergebet es mir!" Roland entgegnete: „Es tut nichts und ich verzeihe es Euch hier vor Gott." Bei diesen Worten neigten sie sich gegen einander und nahmen mit herzlicher Liebe Abschied. Oliver fühlte das Bangen des Todes immer deutlicher, die Augen drehten sich ihm krampfhaft im Kopfe und Hören und Sehen war ihm vergangen. Da stieg er vom Pferde, legte sich auf die Erde, hob seine beiden Hände gefaltet gen Himmel und beklagte laut seine Sünden. Dann bat er Gott, dass er ihm das Paradies verleihe und Karl und dem holden Frankreich und vor allen seinem Gesellen Roland seinen Segen schenke. Darauf brach ihm das Herz, der Helm fiel ihm herab und sein Leib streckte sich leblos auf die Erde aus. Als aber der Held Roland sah, dass Graf Oliver gestorben war, weinte und klagte er so laut, wie man nie auf Erden einen Mann klagen gehört. Wie er seinen Freund mit dem Gesicht zur Erde gekehrt so daliegen sah, ergriff ihn der Schmerz in tiefster Seele und er rief: „Trauter Geselle, wehe über deine Kühnheit! Manches Jahr sind wir beisammen gewesen und manchen Tag und du tatest mir nichts Leides, noch ich dir. Nun du aber gestorben bist, ist das Leben für mich nur ein Schmerz."

Nach diesen Worten verließ den edlen Helden seine Kraft; doch saß er fest in den goldenen Stegreifen seines Rosses Veillantif, so dass er nicht fallen konnte, wohin es auch ging. Ehe Roland sich von seiner Ohnmacht erholt hatte und wieder zu sich gekommen war, widerfuhr den Franken großer Schaden. Alle Edlen waren umgekommen, er hatte sie alle verloren bis auf den Erzbischof und Walther von Hum, der sich nach langem Kampfe nach den Bergen zurückgeflüchtet hatte. Alle seine Mannen waren tot und von den siegreichen Heiden erschlagen. So musste er, ob er wollte oder nicht, sich hinter den Berg zurückziehen. Er rief Roland zu Hilfe und sprach: „Ach, edler Graf, tapfrer Ritter, wo bist du? Nirgend fürchtete ich mich, wo du weiltest. Ich bin ja Walther, der Maelgut gewann, des alten greisen Droun Neffe, den du um seines Rittertums willen so geliebt hast. Mein Speer ist zerbrochen, mein Schild durchbohrt, mein Halsberg verwirrt und zerrissen und mein Leib von einer Lanze durchstochen. Bald werde ich sterben, aber ich habe mein Leben teuer verkauft."

Als Roland diese Worte hörte, spornte er sein Pferd und kam eilendes Laufs zu ihm. Mit traurigem Herzen begann er in dem Getümmel einzuhauen und warf zwanzig von den Hispaniern tot nieder, Walther aber sechs und der Erzbischof fünf. Da sprachen die Heiden: „Wir haben hier schlimme Schurken. Habt Acht, ihr Herren, dass sie nicht lebendig davonkommen! Verwünscht sei, wer nicht auf sie losgeht und sie unversehrt entschlüpfen lässt!"

Da begann das Rufen und Schreien von neuem und von allen Seiten stürmten sie auf die Franken ein. Graf Roland aber war ein edler Held, Walther von Hums ein braver Ritter und der Erzbischof wacker und tüchtig. Keiner wollte den andern verlassen und sie hieben alle in dem Gedränge auf die Heiden los. Tausend Sarazenen stiegen von ihren Pferden und vierzigtausend waren beritten; aber sie wagten nicht, ihnen nahe zu kommen, sondern warfen nur ihre Speere, Lanzen, Spieße, Pfeile und Gere nach ihnen und töteten Walther mit dem ersten Schlag. Turpin von Rheims durchbohrten sie den Schild und verwundeten ihn durch den Helm am Kopfe. Sein Halsberg wurde verwirrt und zerrissen und vier Wurfpfeile verwundeten ihn am Leibe. Auch wurde sein Ross unter ihm erschossen, und zum großen Jammer der Christen siel der Erzbischof zu Boden. Aber wiewohl Turpin von Rheims bemerkte, dass er zum Tode wund war durch die vier Pfeile, welche seinen Leib getroffen hatten, sprang doch der Held wider schnell auf die Beine, schaute nach Roland um, eilte zu ihm und sprach: „Noch bin ich nicht besiegt. Ein guter Vasall ergibt sich nicht, solange er lebt."

Er fiel über Almace her mit seinem braunen Stahl und teilte wohl mehr denn tausend Hiebe noch aus in dem Getümmel. Der Kaiser selbst erzählte hernachmals, dass er keinen um sich her geschont habe, und man fand vierhundert um ihn herliegen, die er teils verwundet, teils mitten durchgehauen oder denen er die Köpfe abgeschlagen hatte. Das erzählten solche, die auf dem Schlachtfeld waren, und Ägidius, durch den Gott große Wunder vollbracht und der hierüber eine Urkunde geschrieben hat im Kloster von Loum. Der Graf Roland kämpfte wacker, wiewohl sein Leib in Schweiß gebadet war und sein Kopf ihn schmerzte, weil die Schläfe ihm vom Hornblasen zu zerspringen drohte. Aber dennoch wollte er wissen, ob Karl herankomme. Er nahm den Olifant und blies ihn mit schwacher Kraft. Der Kaiser stand still, um zu lauschen, und sprach: „Ihr Herren, heute ergeht es uns schlimm. Mein Neffe Roland kommt um. Ich höre es an seinem Blasen, dass sein Leben nicht mehr lange dauern wird. Wer noch dabei sein will, der reite schnell! Blast eure Trompeten, so viel es in diesem Heere gibt!"

Da bliesen sechzigtausend so laut, dass Berg und Tal widerhallte. Da die Heiden das hörten, verging ihnen der Scherz, und der eine sprach zum andern: „Nun haben wir es mit Karl zu tun und der Kaiser kehrt zurück. Hört ihr die Trompeten? Wenn Roland noch lebt, so beginnt unser Krieg von neuem und wir haben unser Land Hispanien verloren."

Darum versammelten sich gegen vierhundert Mannen mit guten Helmen und von den Besten, die auf dem Platze waren, und lieferten Roland einen heftigen Kampf, so dass der Held genug mit sich zu tun hatte. Als Graf Roland sie herankommen sah, raffte er alle Kraft und seinen hohen Mut zusammen, um ihnen keine Hand breit zu weichen, so lange er am Leben wäre. Er saß auf sein Pferd Veillantif, spornte es gut mit seinen goldenen Sporen und sprengte mitten unter sie in das Getümmel hinein. Mit ihm aber war der Erzbischof Turpin. Da sprach einer der Heiden zum andern: „Zieht Euch zurück, Freund! Wir haben die Hörner der Franken gehört. Der gewaltige König Karl kehrt zurück."

Graf Roland aber mochte keinen Feigling leiden, noch einen übermütigen, schlechtgesinnten Mann, noch auch einen Ritter, der nicht seinem Herrn treu diente. Da rief er dem Erzbischof Turpin und sprach: „Herr, Ihr seid zu Fuß und ich bin zu Pferd. Um Euretwillen mache ich hier Halt und so wollen wir mit einander Gutes und Schlimmes ertragen und ich will nicht von Euch weichen um keinen Preis. Hier wollen wir den Heiden standhalten und Durendal soll seine besten Schläge führen."

Der Erzbischof entgegnete: „Schmach treffe den, der nicht wacker einhaut! Karl kehrt ja zurück und wird uns rächen."

Die Heiden aber sprachen: „Zur bösen Stunde sind wir geboren und der schlimmste Tag ist uns heute angebrochen. Unsere Edlen und Fürsten haben wir verloren und nun kommt Karl der starke Held mit seinem großen Heere zu uns zurück. Die Hörner der Franken lassen sich deutlich vernehmen und großen Lärm macht der Ruf Munjoie. Graf Roland aber ist ein Mann von unbezwinglichem Übermute und nie hat ein sterblicher Mensch ihn im Kampfe überwunden. Schießen wir auf ihn und lassen ihn dann stehen!"

Darauf schossen sie Speere und Lanzen, Spieße und befiederte Pfeile ab, zerbrachen Roland den Schild und beschädigten seinen Halsberg, ohne ihn jedoch am Leibe zu verletzen. Dagegen wurde Veillantif an dreißig Stellen verwundet und fiel tot unter seinem Reiter nieder. Daraus flohen die Heiden von dannen und ließen Roland stehen. Der Held aber sprang schnell auf die Füße. Als die Heiden so in ihrem heftigen Grimm davon liefen und nach Hispanien zueilten, blieb Graf Roland ruhig und verfolgte sie nicht. Er hatte sein Ross Veillantif verloren und musste wohl oder übel nun zu Fuß gehen. Da eilte er dem Erzbischof Turpin zu Hilfe, band ihm seinen goldenen Helm vom Kopfe, zog ihm den leichten blanken Halsberg ab, riss ihm seinen Rock vom Leibe und stopfte seine großen Wunden mit den Lappen des Gewandes. Darauf drückte er ihn an seine Brust, legte ihn sanft auf das grüne Gras nieder und sprach freundlich also zu ihm: „Ach, edler Mann, lasst uns nun Abschied nehmen! Unsere trauten Gesellen, die wir so lieb hatten, sind nun alle gestorben. Wir dürfen sie nicht verlassen. Ich will hingehen und nach ihnen suchen und sie alle vor Euch zusammenlegen."

Da sprach der Erzbischof: „Geht und kehret bald zurück! Das Feld ist Euer, Gott sei Dank! Es ist unser."

Darauf wandte sich der Graf Roland von ihm und ging allein durch das Schlachtfeld hin. Er suchte auf und ab, hin und wieder, und fand Gerin und Gerer seinen Gesellen, Berenger und Atuin, Anseis und Samson und den alten Gerard von Russilun. Einen um den andern nahm er die Helden auf, trug sie zu dem Erzbischof hin und legte sie vor ihn in eine Reihe. Der Erzbischof konnte sich der Tränen nicht enthalten, hob seine Hand auf und segnete sie. Darauf aber sprach er: „Wehe euch, ihr edlen Helden! Gott der allmächtige nehme eure Seelen zu sich und lasse euch in seinem Paradies auf heiligen Blumen ruhen! Ach, der Tod bedrängt auch mich gar hart und ich werde den gewaltigen Kaiser nicht mehr sehen."

Roland wandte sich wieder um und ging durch das Feld, um zu suchen. Da fand er seinen Gesellen Oliver. Er drückte ihn an seine Brust, brachte ihn, so schnell er konnte, zu dem Erzbischof und legte ihn auf seinen Schild neben den andern nieder. Der Erzbischof berührte ihn mit der Hand und segnete ihn ein. Darauf aber erhob sich der Schmerz und die Klage von neuem und Roland sprach: „Trauter Geselle Oliver, wehe um dein edles Geschlecht! Du warst der Sohn des Herzogs Reiner, der die Mark des Tals Runers besaß, und kein Ritter auf Erden kam dir gleich im Speerzerbrechen und Schilddurchbohren, Stolze zu besiegen und in Schrecken zu sehen, Wackere aufrecht zu halten und zu beraten, Schlemmern aber Furcht und Entsetzen einzujagen."

Als so der Graf Roland die Fürsten tot liegen sah und Oliver, den er so sehr geliebt hatte, da fasste ihn bittere Wehmut und er begann zu weinen und sein Gesicht entfärbte sich. Er war so sehr betrübt, dass er sich nicht mehr aufrecht halten konnte, sondern er musste wohl oder übel erschöpft zu Boden sinken. Da sprach der Erzbischof: „Wehe dir, starker Held!"

Als er aber Roland dergestalt erblassen sah, war er bis in den Tod betrübt, streckte seine Hand aus und ergriff Rolands Horn. Er wollte damit zu dem Wasser hingehen, das bei Ronceval fließt, und dem Ritter davon zu trinken bringen. Wankend machte er einige Schritte, da ward er aber zu schwach und konnte nicht weiter, denn seine Kraft hatte ihn verlassen mit dem vielen Blute, das er verloren. Ehe er nur eine Hufe weit kam, brach ihm das Herz, er fiel vorwärts auf das Gesicht und der Tod bedrängte ihn hart. Als nun der Graf Roland sich von seiner Ohnmacht erholt hatte, richtete er sich empor in seinem großen Schmerz, schaute auf und ab, auf dem grünen Gras über seine Gesellen hin und sah daselbst einen edlen Helden liegen. Es war der Erzbischof, der den Blick und beide Hände gefaltet gen Himmel hob, seine Sünden bekannte, Gott um Gnade anrief und ihn bat, dass er ihm das Paradies verleihe. In großen Schlachten und gar schönen Predigten war er allzeit ein Kämpfer gegen die Heiden gewesen, und Gott mochte ihm wohl seinen gnädigen Segen verleihen. Der Graf Roland sah den Erzbischof zu Boden liegen, seine Eingeweide lagen ausgeschüttet neben ihm und aus der Stirn sprudelte das Gehirn hervor, über die Brust aber hatte er seine schönen weißen Hände gekreuzt. Da sprach er in geziemender Klage also: „Ach, edler Mann, frommer Ritter! Ich befehle dich dem glorreichen Herrn im Himmel. Nie diente ihm ein Mensch williger, denn du, und von der Apostel Zeiten au war keiner ein solcher Prophet, dein Gesetz zu halten und ihm die Menschen zu gewinnen. Möge darum deiner Seele es wohl ergehen und ihr die Pforten des Paradieses sich auftun!"

Bald aber fühlte auch Roland, dass ihm der Tod nahe war, denn das Blut drang ihm rieselnd aus den Ohren. Darum bat er Gott, dass er seine Fürsten aufnehme; für sich aber betete er zu dem Engel Gabriel. Dann nahm er sein untadeliges Horn in die Hand und in die andere sein Schwert Durendal. Er war aber so schwach, dass er nicht einen Bolzen hätte von der Armbrust schießen können. Darum ging er nach Hispanien zu auf ein Gefild und stieg auf einen erhöhten Platz unter einen schönen Baum, zu dem vier marmorne Freitreppen führten. Auf dem grünen Gras fiel er nieder auf sein Angesicht und seine Kraft verließ ihn, denn der Tod kam ihm nahe. Es war eine hohe Stelle und die Bäume ragten weit in die Lüfte und vier glänzende marmorne Stufen führten dahin, wo Graf Roland auf dem grünen Grase ohnmächtig lag. Ein Sarazene aber hatte ihn beständig beobachtet, der unter den andern lag und sich tot gestellt und seinen Leib und Gesicht mit Blut gewaschen hatte. Nun aber richtete er sich auf und schickte sich an eilends hinzu laufen. Er war schön und stark und ein treuer Dienstmann; in seinem Übermut aber begann er eine Tollheit, die ihm das Leben kostete. Er fasste Roland an am Leibe und an seiner Rüstung und sprach: Besiegt ist der Neffe des Kaisers Karl. Dieses Schwert bringe ich heim nach Arabien.

Während er ihn aber so zog, kam der Gras wieder etwas zur Besinnung, und als er merkte, dass man ihm sein Schwert nahm, schlug er die Augen auf und sprach zu ihm: „Wenn ich recht verstehe, bist du keiner von den Unsern."

Damit nahm er sein Horn, das er nie verlieren mochte, und hieb ihn damit auf den Helm, der mit Gold und Edelsteinen verziert war, zermalmte den Stahl, dazu das Haupt und die Knochen, schlug ihm beide Augen aus dem Kopf und warf ihn tot zu seinen Füßen nieder. Darauf sprach er: „Feiger Heide, wie warst du so dumm, mich anzutasten auf Recht oder Unrecht? Das soll kein Mensch wissen, noch von deiner Torheit erfahren. Aber mein dickes Horn ist dabei gesprungen und Kristalle und Gold habe ich davon herabgeschlagen."

Danach fühlte Roland, dass sein Gesicht ihm schwand, er raffte sich mit aller Kraft auf, um zu stehen; sein Antlitz aber hatte alle Farbe verloren. Vor ihm lag ein grauer Stein, auf diesen schlug er zehnmal mit großer Kraft vor Grimm und Schmerz. Der Stahl klirrte, er aber brach nicht, noch wurde er schartig. Da sprach der Graf: „Heilige Maria, hilf! Ach, gutes Schwert Durendal, wehe dir! Wenn ich dich nicht mehr gebrauchen kann, so wird mir nichts mehr helfen. So viele Feldschlachten habe ich gewonnen durch dich, so viele weite Reiche durch dich erfochten, die der greise Karl nun innehat! Kein Mensch soll dich besitzen, der vor einem andern flieht! Ein guter Dienstmann besaß dich lange Zeit, nimmermehr wird das verwaiste Frankreich einen solchen wieder gewinnen."

Darauf hieb Roland auf die Freitreppe von Sardonyx. Der Stahl klirrte, aber er brach nicht, noch wurde er schartig. Als er das sah, dass er ihn gar nicht zerbrechen konnte, begann er bei sich selbst also zu klagen: „Ach, Durendal, wie bist du schönhell und blank und leuchtest und schimmerst in der Sonne! Kaiser Karl war in den Tälern von Moriane, als Gott dich ihm herabsandte durch seiner Engel einen, dass er dich einem ritterlichen Hauptmann schenke. So gürtete der große edle König mir das Schwert um und ich gewann ihm damit Namon und Britannien, ich gewann Poitou und Maine, ich gewann die freie Normandie, die Provence und Aquitanien, die Lombardi und ganz Romanien, Bayern und Flandern, Burgund und ganz Apulien, Konstantinopel, das ihm zinspflichtig wurde, und Sachsenland, wo er tut, was ihm beliebt, auch Schottland, Gaules, Island und England, das seine Kammer ward, ja alle Lande, die der greise Karl besitzt. Um dieses Schwert tut es mir leid und wehe, und lieber will ich sterben, als dass es unter den Heiden bleibe. Gott Vater, lass Frankreich nicht dadurch zu Schanden werden!"

Daraus schlug Roland von neuem auf einen Stein und hieb mehr davon ab, als zu sagen ist. Das Schwert klirrte, aber zerbrach nicht, noch wurde es beschädigt, und fuhr unverletzt wieder zurück. Als der Graf bemerkte, dass es nicht zerbrechen würde, da beklagte er es wieder gar sehr und sprach: „Ach, Durendal, schönes, hochheiliges Schwert! An deinem vergoldeten Knauf sind Heiltümer in Menge, der Zahn des heiligen Peter und vom Blut des heiligen Basilius und von den Haaren meines heiligen Gebieters Dionys und von dem Kleid der heiligen Maria. Es ist nicht recht, dass Heiden dich besitzen; von

Christen musst du gebraucht werden. Kein Mann soll dich tragen, der feige Schmach begehen kann! Weite Lande habe ich durch dich gewonnen, welche der greise Kaiser besitzt, und durch dich ist Karl reich und gewaltig."

Als Roland fühlte, dass der Tod ihn ganz übermannte und ihm vom Kopfe nach dem Herzen herabstieg, eilte er zu einer hohen Fichte hin und warf sich vorwärts auf das grüne Gras. Zu seinen Füßen legte er sein Schwert nieder und an sein Haupt das Horn, den Kopf aber lehrte er gegen die Heiden zu. Solches tat er, weil ihm sehr viel daran lag, dass Karl und all sein Volk sage, dass der edle Held als Sieger gestorben sei. Darauf bekannte er vor Gott seine Sünden oft und viel und rief ihn um Gnade an und bot ihm seinen Handschuh dar. So lag er auf einem hohen Berge, gegen Hispanien zugekehrt, und schlug, da er fühlte, dass seine Zeit aus sei, mit der Hand an seine Brust und sprach: „Gott, schenke mir deine Gnade für die Schuld meiner Sünden, der großen und kleinen, so ich begangen habe seit der Stunde, in der ich geboren ward, bis zu diesem Tag, an dem ich hier sterben muss!"

Da streckte er seinen rechten Handschuh gen Himmel und Engel Gottes stiegen zu ihm herab. Als Roland so unter dem Baume lag und sein Gesicht gegen Hispanien gekehrt hatte, da gedachte er noch an mancherlei Dinge, an die vielen Lande, die der Held gewonnen hatte, an das holde Frankreich, an die Männer seines Geschlechts und an den großen Karl, seinen Herrn, der ihn erzogen, und er konnte sich nicht erwehren, zu weinen und zu seufzen. Vor allem aber dachte er an sein eigen Heil, bekannte seine Schuld, bat Gott um Gnade und sprach: „Treuer Vater, dessen Wort Wahrheit ist, der du Sankt Lazarus vom Tode erweckt und Daniel von den Löwen gerettet hast, rette auch meine Seele aus allen Gefahren, so ihr von wegen der Sünden drohen, die ich in meinem Leben getan habe!"

Darauf bot er seinen rechten Handschuh gen Himmel und Sanct Gabriel nahm ihm denselben aus der Hand. Sodann faltete er die Hände und legte das Haupt auf den Arm. Gott aber sandte seinen Engel Cherubim und Sankt Michael und mit ihnen Sankt Gabriel dahin, um die Seele des Helden in das Paradies zu tragen. So starb Roland und Gott nahm seine Seele auf in den Himmel. Als aber der Kaiser gen Ronceval kam, war daselbst kein Weg und kein Steg und

89

keine Elle breit leeres Land, wo nicht Franken oder Heiden umherlagen. Da rief er: „Wo seid Ihr, trauter Neffe? Wo ist der Erzbischof und der Graf Oliver? Wo ist Gerin und sein Geselle Gerers? Wo ist Otte und der Graf Berenger, Ive und Ivorie, die ich so sehr geliebt habe? Was ist aus dem Gascogner Engeler geworden? Was aus Samson dem Herzog und dem Helden Anseis? Wo ist Gerard von Russilun, der alte, und die zwölf Fürsten alle, so ich hier gelassen?"

Doch was half es? Niemand antwortete ihm.

„Gott", sprach der König, „welch ein Schreck für mich, dass ich nicht beim Beginn des Kampfes war!"

Dabei zerraufte er sich den Bart wie ein Mann in heftigem Grimm, seinen edlen Rittern fielen Tränen aus den Augen, kraftlos sanken wohl zwanzigtausend zu Boden und Herzog Naimes war betrübt in seinem Herzen. Da war kein Ritter oder Baron, der nicht kläglich weinte. Sie beweinten ihre Söhne, ihre Brüder, ihre Neffen, Freunde und Lehensherren und viele sanken ohnmächtig nieder. Herzog Naimes aber hielt sich männlich und sprach zuerst zum Kaiser also: „Schauet hin zwei Meilen weit von uns! Da könnt Ihr große Staubwolken sehen. Die kommen von dem Heidenvolk, das davon eilt. Lasst uns reiten und für diesen Schmerz Rache nehmen!"

„Ach, Gott!" sprach Karl, „schon sind sie ja so weit! Ratet mir nach Recht und Ehre, was zu tun sei, da sie die Blume des holden Frankreichs dahingenommen haben!"

Sofort befahl der König Geluun und Otten, Tedbalt von Reins und dem Grafen Milun: „Bewachet das Feld, Berg und Tal! Lasst alle Tote liegen, wie sie sind, doch habt Acht, dass kein Löwe oder wildes Tier sie verletze, noch auch nur einen Jungen oder Knappen auffresse! Kein Mensch soll diesen Ort betreten, bis es Gottes Wille ist, dass wir zurückkehren zu diesem Felde!"

Sie aber antworteten freundlich und willig: „Lieber Herr, gerechter Kaiser, so soll es geschehen!"

So blieben sie mit tausend Rittern zurück, der Kaiser aber ließ die Trompeten blasen und der Held ritt sodann mit seinem großen Heere von dannen hart hinter den Hispaniern her, die sie allesamt verfolgten. Als aber der König sah, dass der Tag sich zum Abend neigte, stieg er auf einer grünen Wiese vom Pferd, warf sich nieder und bat den

Herrn Gott, dass er die Sonne um seinetwillen Stille halten, die Nacht verschieben und den Tag fortdauern lasse. Da kam alsbald ein Engel, der oft mit ihm zu sprechen pflegte, und gebot ihm also: „Karl, reit! An Tageslicht soll es dir nicht fehlen. Gott weiß es wohl, dass du die Blume von Frankreich verloren hast, und du kannst dich rächen an dem verräterischen Volke."

Nach dieser Rede bestieg Karl wieder sein Schlachtross und Gott verrichtete auch wirklich für den Kaiser große Wunder, denn die Sonne stand stille. Die Heiden flohen, die Franken aber ritten gut und erreichten sie an dem Orte, der das finstere Tal geheißen war.

Auf dem Wege nach Saragossa wollten sie sie überfallen und umbringen mit kräftigen Schlägen, darum schnitten sie ihnen die Straße ab. Vor ihnen war ein Wasser, Sebre benannt, das gar tief und reißend war, aber sie fanden darauf weder Schiff, Nachen oder Kahn mehr. Deshalb riefen sie zu ihrem Gott Tervagant um Hilfe und sprangen hinein, aber es war da keine Rettung für sie, denn die Bewaffneten waren zu schwer und manche sanken auf den Grund, die meisten jedoch schwammen mit dem Flusse zu Tal, so dass allesamt erbärmlich ertranken. Als der Kaiser sah, dass alle Heiden tot waren, einige erschlagen, die meisten aber im Strome ertrunken, da war er und seine Ritter gar sehr zufrieden. Der edle König stieg vom Pferde, warf sich zu Boden und dankte Gott für seine Hilfe. Als er aber wieder ausgestanden war, siehe da war die Sonne hinunter gesunken. Da sprach der Kaiser: „Es ist Zeit, Herberge zu halten. Es ist zu spät, nach Ronceval zurückzukehren, und unsere Pferde sind müde und erschöpft. Nehmt ihnen darum Sattel und Zaum ab und lasset sie auf diesen Wiesen sich erholen!"

Da sprachen die Franken: „Herr, Eure Rede ist gut."

So schlug der Kaiser hier seine Herberge auf, die Franken schufen sich ihr Gemach in dem verlassenen Land, nahmen den Rossen die Sättel und goldenen Zäume ab und legten sie ihnen über den Kopf, worauf sie sie auf die grünen Wiesen trieben, wo viel frisches Gras wuchs, denn andere Bewirtung konnten sie ihnen nicht reichen. Die Müden schliefen auf der Erde und niemand hielt in jener Nacht Wache. Auch der Kaiser legte sich auf die Wiese nieder und neben sich seinen großen Speer. Er wollte sich nicht entwaffnen in jener Nacht, er hatte seinen schönen blanken Halsberg angetan, seinen goldverzierten Helm aus dem Kopf und Joiuse um die Lenden gegürtet, das unvergleichliche Schwert, das jeden Tag dreißigmal blitzte. Viel wäre von diesem Schwert zu erzählen, als mit welchem unser Herr am Kreuze verwundet worden. Durch Gottes Gnade hatte Karl dasselbe von ihm erhalten und ließ ein goldenes Gefäß daran fügen. Um dieser Ehre und um seiner Tugend willen erhielt das Schwert den Namen Joiuse. Die fränkischen Barone durften solches nicht vergessen und mussten darum als Feldgeschrei Munjoie rufen, wo ihnen dann niemand ein Leides zufügen konnte. Es war eine schöne Nacht und der Mond schien hell, als Kaiser Karl dalag, tiefbetrübt über Roland und Oliver, über die zwölf Fürsten und über alles Volk, das ihm bei Ronceval erschlagen worden war. Er konnte nicht umhin zu weinen und zu klagen und bat Gott um das Heil ihrer Seelen. Der König war müde, denn er hatte viel Arbeit ausgestanden. Darum schlief er ein und rings um ihn her auf der ganzen Wiese schliefen die Franken. Auch die Pferde hielten sich nicht auf den Beinen, und die, so Gras fressen wollten, nahmen es liegend zu sich. Der hat viel gelernt, der Mühe und Arbeit kennt. Während nun der Kaiser schlief, wie ein ermüdeter Mann, schickte ihm Gott Sankt Gabriel zu und befahl ihm, den Kaiser zu bewachen. So stand der Engel die ganze Nacht zu seinen Häupten und verkündete ihm durch ein Gesicht eine Schlacht, die er zu bestehen habe, und machte ihm davon ein gräuliches Vorzeichen. Karl schaute empor gen Himmel und sah daselbst Donner und Sturmwinde, Eis und Hagel, Feuer und Flammen bereitet, die sich alle plötzlich über all sein Volk entluden. Die Speere von Eschen – und Apfelbaumholz verbrannten und ebenso die Schilde bis auf die Knäufe von lauterem Gold, es zerbrachen die Klingen ihrer scharfen Schwerter und die Halsberge und stählernen Helme klirrten. Er sah seine Ritter alle in großem Schmerz. Darauf wollten Bären und Leoparden sie fressen, auch Schlangen, Nattern, Drachen und Kobolde, Greise waren daselbst mehr denn dreißigtausend, und alle fielen über die Franken her, so dass diese den Kaiser um Hilfe anriefen. Karl hatte Mitleid mit ihnen und wollte ihnen zu Hilfe eilen, aber er wurde daran gehindert, denn über das Feld her kam ein großer stolzer Löwe auf ihn zu und wollte auf ihn selbst eindringen. Darauf fielen sie sich beide in die Arme, um mit einander zu ringen, und es entschied sich nicht, wer den andern zu Boden werfen würde. Nachdem Karl eine Weile so fortgeschlafen, kam ihm ein anderes Gesicht. Es war ihm, als stehe er in Achen in Frankreich auf einer Freitreppe und hielt ein wildes Tier an zwei Ketten. Da sah er dreißig Bären von den Ardennen her kommen, die redeten alle in menschlicher Zunge und sprachen zu ihm: „Herr, gebt ihn uns zurück! Es ist nicht recht, dass er länger bei Euch sei. Wir müssen unserm Vetter zu Hilfe kommen."

Darauf sprang aus seinem Palaste auch ein Bär hervor, lief zu den andern hin und fiel den größten derselben auf dem grünen Grase neben seinen Genossen an. Der König schaute lange dem wunderseltsamen Kampfe zu, wusste aber nicht, wer siegen und wer besiegt werden würde. Solche Gesichte zeigte der Engel Gottes dem Helden. Karl aber schlief fort bis an den hellen Morgen. König Marsilies kam indes fliehend in Saragossa an und stieg unter dem Schatten eines Ölbaums von seinem Rosse, legte sein Schwert, seinen Helm und seine Brünne von sich und sank schmählich auf das grüne Gras nieder. Er hatte die rechte Hand ganz verloren, und wurde von dem Blut, das dabei ausgeströmt war, beengt und schwach. Vor ihm stand sein Weib Bramimunde, die klagte und heulte laut und war gar heftig betrübt. Bei ihr waren mehr als zwanzigtausend Menschen, welche auf Karl und das holde Frankreich fluchten und zu ihrem Gott Apolin eilten in eine Höhle, wo sie sich gegen ihn beklagten, ihn schmähten und sprachen: „Schlechter Gott, warum tust du uns solche Schmach an? Hier ist unser König. Warum ließest du ihn also zu Schanden werden? Du gibst denen, so dir dienen, schlechten Lohn. „

Darauf nahmen sie ihrem Abgott Zepter und Krone; hängten ihn neben sich an einer Säule auf, traten ihn mit Füßen zu Boden, schlugen und zerschmetterten ihn mit großen Stöcken, nahmen Tervagan seinen Karfunkel und warfen Mahomed in eine Grube, wo ihn Schweine und Hunde zerbissen und mit Füßen traten. Als sich Marsilies von seiner Ohnmacht erholt hatte, ließ er sich in sein gewölbtes Gemach tragen, das in mehreren Farben bemalt und beschrieben war. Auch Bramimunde die Königin war daselbst und beweinte ihren Gemahl, zerraufte sich das Haar und beklagte ihr schlimmes Geschick. Dann aber beklagte sie auch Saragossa und sprach: „Ach, wie bist du nun beraubt des edlen Königs, der deiner sorgfältig pflegte! Unsere Götter haben treulos gehandelt, dass sie ihn diesen Morgen in der Schlacht zu Fall kommen ließen. Der Emir ist ein Feigling, wenn er nicht mit dem kühnen Volke kämpft, das so übermütig ist und sich nicht um sein Leben kümmert. Und ihr Kaiser mit dem weißen Bart ist ein so starker Held, dass er in keiner Schlacht flieht. Wehe mir, dass ich keinen Mann weiß, der ihn erschlüge."

Sieben volle Jahre war nun der Kaiser mit seiner großen Heeresmacht in Hispanien, er hatte Burgen und Städte genommen. Der König Marsilies aber verfolgte ihn stets eifrig. Schon im ersten Jahre ließ er gesiegelte Briefe nach Babylonien abgehen zu Baligant, dem uralten Emir, der schon vor Virgilius und Homerus Zeiten lebte, dass er nach Saragossa komme, dem König zu helfen, und sofern er es nicht tue, so wolle er seinen Glauben und seine Götzen verlassen, so er bisher angebetet, und das heilige Christentum annehmen und sich dem Kaiser Karl übergeben. Da aber Baligant weit entfernt war, blieb er lange aus; jedoch beschickte er sein Kriegsvolk aus vierzig Königreichen und ließ seine großen Schiffe und Fahrzeuge aller Art in Stand setzen. Zu Alexandria am Meer besaß er einen Hafen, wo seine Flotte ausgerüstet wurde. Im Monat Mai aber, am ersten Tag des Sommers, stach er mit seiner ganzen Heeresmacht in die See. Groß war die Zahl des heidnischen Kriegsvolks und sie segelten und ruderten gewaltig voran. An den Spitzen ihrer Masten und hohen Segelstangen waren Karfunkel und Laternen in Menge, die ihren Schein weit hin warfen und in der Nacht das Meer erhellten, und wie sie bei Hispanien an das Land kamen, glänzte das ganze Ufer von solchem Schimmer, dass die Kunde davon bis zu Marsilies drang. Noch wollten die heidnischen Scharen nicht ruhen, sie verließen das Meer und liefen in das süße Wasser der Flüsse ein, fuhren an Marbrose und Marbrise vorüber, steuerten mit allen ihren Schiffen in der Sebre aufwärts und erhellten mit dem Scheine ihrer Laternen und Karfunkel die Nacht und kamen gerade an selbigem Tage zu Saragossa an. Als der Tag gekommen war und die Sonne das Ufer erleuchtete, stieg der Emir aus dem Schiffe an das Land, wo hispanische Krieger ihn begrüßten. Siebzehn Könige kamen hinter ihm her und Grafen und Herzoge in Menge. Unter einem Lorbeerbaum, mitten auf einer weiten Ebene ward auf das grüne Gras ein weißer Teppich gebreitet und ein elfenbeinerner

Lehnstuhl darauf gestellt, allwo sich der Heide Baligant niederließ, und die andern standen um ihn her. Da redete sie der Gebieter also an: „Nun hört, ihr wackere freie Ritter! Der Frankenkaiser Karl soll von nun an nicht mehr essen, wenn ich es ihm nicht gebiete. In ganz Hispanien hat er mir einen großen Krieg angerichtet; darum will ich ihn jetzt aufsuchen in dem holden Frankreich und nicht ablassen mein Leben lang, bis er tot oder gänzlich besiegt ist."

Damit schlug er mit seinem rechten Handschuh auf sein Knie, und wie er gesprochen hatte, so war er fest entschlossen, um alles Gold unter dem Himmel nicht abzulassen, bis dass er zu Achen mit Kaiser Karl gerechtet. Seine Mannen lobten ihn darum und stimmten seinem Rate bei. Sodann rief er zwei seiner Ritter, mit Namen Clarifan und Clarien, und sprach zu ihnen: „Ihr seid die Söhne des Königs Maltraien, der mir sonst gerne Botschaften ausführte. So befehle ich denn auch euch, dass ihr gen Saragossa gehet und dem König Marsilies von mir vermeldet, dass ich gekommen bin, ihm gegen die Franken beizustehen und, wo ich sie finde, ihnen eine große Schlacht zu liefern. Gebt ihm zum Pfande diesen aus Gold gewirkten Handschuh und ziehet ihm denselben an au die rechte Hand! Bringt ihm auch dieses Loth puren Goldes und heißt ihn zu mir kommen, dass er seine Lehenspflicht anerkenne! So will ich mit ihm gehen nach Frankreich, um Karl zu bekriegen. Wirft er sich aber nicht um Gnade flehend mir zu Füßen und verlässt den Glauben der Christen, so nehme ich ihm die Krone vom Haupt."

Da antworteten die Heiden: „Herr, Ihr habt wohl gesprochen.

So reitet, Barone!", versetzte Baligant. „Der eine trage den Handschuh und der andere den Stab!"

„Lieber Herr", antworteten diese, „so soll es geschehen!" Darauf ritten sie von dannen bis sie gen Saragossa kamen. Sie zogen durch zehn Tore, über vier Brücken und durch alle Gassen hin, in welchen die Bürger wohnten. Als sie sich aber der oberen Stadt näherten, vernahmen sie bei dem Palaste großes Getümmel. Viele Leute von dem Heidenvolke waren daselbst, weinten und schrien und äußerten großen Schmerz. Sie klagten über ihre Götter Tervagan, Mahomed und Apollin, deren Bilder sie zerstört hatten, und sprachen einer zum andern: „Wir Elende! Was soll aus uns werden? Schande und Schmach ist über uns gekommen, dass wir unsern König Marsilies verloren haben, denn der Graf Roland schlug ihm gestern die rechte Hand ab. Auch Jurfalen der Blonde ist nicht mehr und ganz Hispanien ist ihnen von heute an bloßgestellt."

Unterdessen stiegen die Boten an der Freitreppe ab und ließen ihre Pferde unter einem Ölbaum stehen, wo zwei Sarazenen sie an den Zügeln hielten. Die Boten fassten sich an ihren Gewändern und stiegen mit einander empor in den hohen Palast, traten in das gewölbte Gemach und boten wohlmeinend einen schlimmen Gruß, indem sie sprachen: „Mahomed, der über uns waltet, und Tervagan und Apollin unser Herr seien dem König gnädig und beschirmen die Königin!"

Bramimunde aber sprach: „Es ist große Torheit, was ich da höre. Diese unsere Götter sind gefallen, zu Ronceval haben sie schlecht ihre Kraft erprobt, sie ließen unsere Ritter erschlagen und brachten meinen Herrn und Gemahl in der Schlacht zu Fall, denn er hat seine rechte Hand verloren, die ihm der gewaltige Graf Roland abgeschlagen hat. Ganz Hispanien wird der Macht des Kaisers Karl anheimfallen. Ich Elende, was soll aus mir werden in meinen Schmerzen? Wehe mir! Ich habe nicht einen Mann, der mich erschlägt! „

Da sprach Clarie: „Frau, sprechet nicht also! Wir sind Boten des Heiden Baligant, der Marsilies zu helfen verspricht, und er sendet ihm zum Pfande dessen seinen Stab und seinen Handschuh. In der Sebre haben wir viertausend Schiffe und schnelle Fahrzeuge und Bote ohne Zahl. Der Emir ist gewaltig und mächtig und verspricht, den Kaiser Karl in Frankreich aufzusuchen, um ihn zu töten oder zu erschlagen."

Bramimunde aber versetzte: „Wehe, er braucht nicht so weit zu gehen. Ganz hier in der Nähe könnt ihr die Franken finden, denn sie sind schon seit sieben Jahren in diesem Lande, und der Kaiser ist ein wackerer Held, der lieber sterben will, als das Feld fliehend verlassen; ja, kein König ist unter dem Himmel, den er nicht einem Kinde gleich achtete. Karl fürchtet keinen Mann unter den Lebenden."

„Lasst das sein!" sprach der König Marsilies zu seiner Frau, und fuhr zu den Boten gewendet fort: „Ihr Herren, sprechet mit mir! Ihr seht, dass ich zum Tode wund bin, und lasse keinem Sohn noch einer Tochter mein Erbe. Einen einzigen hatte ich, aber er wurde mir gestern Abend erschlagen. Sagt eurem Herrn, dass er komme, nach mir zu sehen! Der Emir hat das erste Recht aus Hispanien; ich will es ihm überantworten, wenn er damit zufrieden ist; dann mag er es gegen die Franken verteidigen. Und über Karl will ich ihm einen guten Rat erteilen. Befolgt er den, so kann er ihn besiegen, ehe ein Monat vergangen ist. Bringt ihm die Schlüssel von Saragossa und sagt ihm, er solle nicht weichen, wenn er mir glaubt!"

Diese erwiderten: „Herr, Ihr redet recht."

Darauf sprach Marsilies: „Der Kaiser Karl hat meine Mannen erschlagen, mein Land verwüstet, meine Städte erbrochen und zerstört und heute Nacht lag er am Ufer der Sebre. Er kann nicht mehr als sieben Meilen entfernt sein. Saget dem Emir, dass er sein Heer dahin führe! Ich trage ihm auf durch euch, dass er ihm daselbst eine Schlacht liefere."

Darauf übergab er ihnen die Schlüssel von Saragossa. Die zwei Boten verneigten sich, nahmen Urlaub und kehrten von dannen. Darauf bestiegen sie ihre Rosse, verließen eilends die Stadt und gingen so schnell sie konnten zu dem Emir, dem sie die Schlüssel von Saragossa überreichten. Da sprach Baligant: „Was habt ihr gesunden? Wo ist Marsilies, den ich durch euch besandt habe?"

Clarien versetzte: „Er ist tötlich verwundet. Der Kaiser zog gestern durch die Engpässe und wollte nach Frankreich zurückkehren; aber er bestellte eine treffliche Hinterhut, welche dem Grafen Roland, seinem Neffen, und Oliver und allen zwölf Fürsten übertragen wurde, und diesen waren zwanzigtausend wohlbewaffnete Franken beigegeben. Der König Marsilies griff sie heldenmütig an und geriet in der Schlacht mit Roland zusammen. Dieser aber gab ihm mit Durendal einen solchen Schlag, dass er ihm die rechte Hand vom Leibe trennte. Auch brachte er seinen Sohn um, den er so sehr geliebt, und alle Barone, die er mitgebracht hatte. Fliehend kehrte Marsilies zurück, denn er konnte nicht mehr Stand halten, und der Kaiser verfolgte ihn weit. Darum entbietet Euch der König, dass Ihr ihm zu Hilfe kommt, und überlässt Euch das Reich Hispanien."

Auf solche Botschaft begann Baligant nachzusinnen und war sehr betrübt, und wenig fehlte, so hätte er den Verstand verloren.

„Herr Emir", sprach Clarien weiter, „in der Schlacht, die gestern zu Ronceval geschlagen ward, ist auch Roland gefallen und der Graf Oliver und die zwölf Fürsten, welche dem Kaiser so teuer waren, dazu zwanzigtausend Franken; aber der König Marsilies hat die rechte Hand verloren; und da der Kaiser ihn so weit verfolgte, kam kein Ritter von den Sarazenen zurück; denn wer nicht erschlagen war, ertrank in der Sebre. So stehen uns die Franken sehr nahe, sie haben ihr Lager am Ufer dieses Flusses aufgeschlagen, und wenn Ihr wollt, wird die Rückkehr ihnen schwer werden."

Baligant blickte wild um sich, in seinem Herzen aber war er heiter und froh, sprang schnell von seinem Lehnstuhl aus und rief: „Ihr Herren, zaudert nicht! Eilet aus den Schiffen, besteiget eure Rosse und reitet! Wenn heute der alte Karl nicht flieht, so soll Marsilies würdig gerächt werden und ich will für seine Hand ihm des Kaisers Kopf überlieferte."

Da verließen die arabischen Heiden eilends ihre Schiffe, stiegen auf ihre Pferde und Maultiere und ritten ohne Zaudern von dannen. Der Emir aber, nachdem er sie also angefeuert, sprach zu Gemalsin, seinem Treuen: Ich empfehle dir mein ganzes Heer.

Darauf bestieg er sein Ross Bestrun, nahm vier Herzoge mit sich und ritt so lange, bis er in Saragossa war. Daselbst stieg er vor einer marmornen Treppe ab, wobei ihm die vier Fürsten den Stegreif hielten. Während sie in den Palast hinaufgingen, kam ihnen Bramidame entgegen gelaufen unter lauten Klagen über die Schmach, die ihren Herrn betroffen hatte. Sie fiel dem Emir zu Füßen, er aber hob sie auf und stieg mit ihr empor in das Gemach.

Als König Marsilies Baligant erblickte, rief er zwei hispanische Sarazenen zu sich und sprach: „Fasst mich unter den Armen, dass ich mich aufrichtet!"

Sodann nahm er mit der linken Hand einen seiner Handschuhe und sprach: „Herr und Emir, alle diese Reiche geben wir Euch zurück und Saragossa und seine Ehre. Die meinige habe ich verloren und dazu all mein Volk."

Und dieser versetzte: „umso mehr tut es mir wehe; ich kann nicht länger Rede mit Euch pflegen, da ich wohl weiß, dass Karl gerade jetzt mich nicht erwartet; jedoch nehme ich Euren Handschuh an."

Damit kehrte er sich weinend und tief betrübt von ihm, stieg die Stufen des Palastes hinab, schwang sich aus sein Ross und kam spornend zu seinen Leuten. Eilig ritt er an allen vorüber, bis er an der Spitze des Heeres stand, und rief ihnen zu: „Herbei, ihr Heiden: denn schon fliehen die Franken."

Am Morgen, als die erste Röte des Tages hervorbrach, erwachte der Kaiser Karl aus dem Schlafe. Sankt Gabriel; den ihm Gott zu seiner Hut her gesandt hatte, hob seine Hand auf und machte über ihm ein Zeichen. Der Kaiser aber legte seine Waffen von sich und auch die andern in seinem Heere entledigten sich dieser Last, stiegen auf ihre Rosse und ritten rüstig die weiten Straßen und Steige dahin, um den furchtbaren Schaden näher zu betrachten, den sie zu Ronceval in der Schlacht erlitten hatten. Da nun Karl daselbst angekommen war, begann er bitterlich zu weinen über die Toten, die er daselbst fand, und sprach zu den Franken: „Ihr Herren, haltet eure Schritte ein, denn ich selbst will allein vorangehen, um meinen Neffen zu suchen. Zu Achen, als ich ein Jahresfest feierte, berühmten sich meine wackern Ritter großer Schlachten und gewaltiger Kämpfe, und damals hörte ich Roland das Wort reden, nie werde er in fremden Reichen sterben und seine Mannen und Fürsten umkommen, er habe denn sein Gesicht gegen des Feindes Land gekehrt, so dass er als siegreicher Held ende."

Darauf entfernte sich der Kaiser auf eines Bogenschusses Weite von den andern und stieg auf eine Anhöhe. Als er aber so über das Schlachtfeld hinschaute, seinen Neffen zu suchen, siehe, da waren alle die Blumen und Kräuter der Wiese rot vom Blute der fränkischen Barone; das erbarmte den Kaiser und er konnte sich der Tränen nicht erwehren. Er kam auch unter die zwei Bäume, erkannte alsbald auf drei von den Stufen Rolands Schläge und sah seinen Neffen ans dem grünen Grase liegen. Da ist nun kein Wunder, dass den Kaiser heftiger Grimm erfasste; er stieg von seinem Rosse, eilte in vollem Laufe auf Roland zu, nahm seine beiden Hände in die seinigen und sank ohnmächtig über ihm zusammen, so sehr war sein Herz beklommen. Als der Kaiser etwas von seiner Ohnmacht zurückkam, da nahmen ihn der Herzog Naimes und der Graf Acelin, Gottfried von Anjou und sein Bruder Heinrich, und setzten ihn auf eine Erderhöhung nieder. Sowie er aber zu Boden und seinen Neffen daliegen sah, erfasste ihn im Herzen so bitterliche Wehmut, dass er kläglich ausrief: „Gott sei dir gnädig, Freund Roland! Nie lebte auf Erden ein Mann, der so stark war, große Schlachten zu schlagen und zu Ende zu führen. Der Tag meiner Ehre hat sich geneigt."

Darauf sank Karl von neuem kraftlos zusammen; er konnte sich nicht erwehren; und als er von der Ohnmacht sich erholte, hielten ihn drei seiner Barone bei der Hand, aber er schaute zu Boden und sah seinen Neffen tot liegen; sein Leib war frisch und schön, aber seine Farbe war verschwunden, seine Augen sahen starr und ihr Glanz war entflohen. Da begann Karl von neuem, ihn treulich und liebevoll zu beklagen. „Freund Roland", sprach er, „Gott bette deine Seele auf Blumen im Paradiese unter den Glorreichen! Wehe, dass du nach Hispanien gekommen bist, edler Held! Kein Tag wird sein, da ich nicht um dich klage. Wie wird meine Kraft und Kühnheit dahinsinken! Ich habe keinen mehr, der meine Ehre aufrechterhält. Soweit die Erde unter dem Himmel ist, weiß ich mir keinen Freund wie dich, und unter allen meinen Magen ist keiner so wacker."

Dabei raufte der Kaiser mit beiden Händen sich die grauen Locken aus und unter allen den hunderttausend Franken herrschte so schmerzliche Trauer, dass keiner war, der nicht bitterlich weinte.

„Freund Roland", begann der Kaiser wieder, „ich ziehe heim nach Frankreich, und wenn ich nun zu Loun bin in meinem Saal, werden von vielen Königreichen fremde Männer herankommen und mich fragen: „Wo ist der Graf, unser Hauptmann? Da werde ich ihnen sagen: Er ist gestorben in Hispanien; in großer Trauer muss ich fürder mein Reich verwalten und kein Tag wird mehr kommen, wo ich nicht weine und klage. Freund Roland, wackerer Held, süßer Junge, wenn ich nun bald in Achen bin in meinem Palast, werden die Leute kommen und Nachricht von mir verlangen, und da will ich ihnen die wunderbare und traurige Kunde geben: Gestorben ist mein Neffe, der mir so viele Lande gewann. Da werden gegen mich aufstehen die Sachsen und die Ungarn, die Bulgaren und allerlei Volk, Römer und Apulier und alle von Palermo und Afrika und Californe, und meine Drangsal und Leiden vermehren. Wer wird meine Scharen mit solcher Kraft führen, wenn der dahin ist, der uns alle Tage geführt hat? Ach, Frankreich, wie bist du verwaist! Mein Schmerz ist so groß, dass ich nicht mehr bleiben mag."

Dabei begann er seinen weißen Bart auszureißen und zerraufte mit beiden Händen die Locken seines Haupts und wohl hunderttausend Franken sanken mutlos zu Boden.

„Gott sei dir gnädig, Freund Roland", fuhr der Kaiser fort. „Er bringe deine Seele in's Paradies! Wer dich erschlagen, der hat Frankreich in's Elend gebracht. Mein Schmerz ist so groß, dass ich nicht mehr leben möchte, denn meine edle Ritterschaft ist um meinetwillen getötet. O dass mir Gott gäbe, der Heiligen Jungfrau Sohn, dass die Seele mir heute, ehe ich in die teuren Pässe zurückkomme, die in die Heimat führen, vom Leibe sich scheide und unter die Schaar der gefallenen Helden versetzt, mein Leichnam aber neben ihnen eingescharrt würde!"

Dabei weinten seine Augen und er zerraufte sich den weißen Bart. Da sprach der Herzog Naimes: „Der Kaiser ist tief bewegt."

„Mein Herr und Kaiser", sprach Gottfried von Anjou, „hänget Eurem Schmerz nicht allzu viel nach! Lasst aus dem ganzen Felde die Unsern aufsuchen, die von den Hispaniern in der Schlacht sind erschlagen worden, und befehlt, dass man sie zusammentrage zu einer Begräbnisstätte!"

Da sprach der Kaiser Karl: „So blaset Euer Horn!" Gottfried von Anjou blies seine Trompete und die Franken stiegen ab und taten, wie ihnen der Kaiser befohlen hatte. Sie trugen alle ihre Freunde, die sie tot fanden, zusammen auf eine Stelle. Da waren auch Bischöfe und Äbte, Mönche, Dompfaffen und Priester mit der Platte genug, die sie in Gottes Namen bekreuzten und segneten; Weihrauch und Myrrhen ließ man anzünden, alle anmutig einräuchern und mit großen Ehren sofort zur Erde bestatten. So ließen sie sie; was wollten sie sonst beginnen? Der Kaiser aber ließ Roland, Oliver und den Erzbischof Turpin neben einander legen, alle drei vor seinen Augen öffnen und ihre Herzen in feine Tücher wickeln und in einen weißen marmornen Sarg verwahren. Sodann nahmen sie die Leiber der Barone, waschen sie mit Wein und köstlichen Salben und legten sie in Hirschfelle. Der Kaiser empfahl sie Tedbalt und Gebuin, dem Grafen Milun und dem Markgrafen Otto, dass sie sie wegführten auf drei guten Wägen.

Sie waren aber wohl bedeckt mit seinem galizischen Tuche. Kaiser Karl wollte eben weiter ziehen, als die Vorposten der Heiden ihnen näher kamen. Von diesen langten zwei Boten bei ihnen an und verkündeten ihnen eine Schlacht mit dem Emir.

„Stolzer König", sprachen sie, „es ist nicht Zeit, dass du so von dannen eilest. Siehe Baligant, der hinter dir herreitet! Groß ist die Macht, die er von Arabien bringt. Nun lass uns sehen, ob du wackere Ritter hast!"

Als Karl diese Rede vernommen, begann er zorniglich den Bart zu streichen, er gedachte an seinen Schmerz und den erlittenen Verlust, blickte grimmig all sein Volk rings um sich an und rief mit heller lauter Stimme: „Fränkische Barone, auf die Rosse und zu den Waffen!"

Der Kaiser selbst waffnete sich zuerst, warf schnell seine Brünne um, band den Helm fest, umgürtete sich sein Schwert Joiuse, das hell glänzte wie die Sonne, hängte den Schild von Biterne um den Hals, fasste seinen Speer und schwang ihn in der Luft und bestieg sodann Tencendur, sein gutes Ross, das er in den Furten bei Marsune gewonnen, nachdem er Malpalin von Nerbone davon herabgeworfen hatte. Er ließ ihm die Zügel schießen, spornte es oft und sprengte vor den Augen der hunderttausend voran, indem er Gott und den Apostel von Rom um Hilfe anrief. Zugleich stiegen alle Franken auf dem ganzen Felde von den Rossen und rüsteten sich, mehr als hunderttausend an der Zahl. Sie besaßen Kriegsgewänder genug, die ihnen gut passten, auch schnelle Rosse und zierliche Waffen. Als sie diese angelegt hatten, stiegen sie wieder auf und waren dessen sicher, dass, wenn sie heute eine Schlacht fänden, sie ihr nicht ausweichen würden. Die Fahnen aber flatterten über ihre Helme hin. Als Karl sie in so guter Haltung sah, rief er Jozeran von Provence, den Herzog Naimes und Antelme von Mainz (denn auf solche Vasallen durfte er bauen, und töricht wäre es, unter ihnen nicht offen zu reden) und sprach: „Wenn die Araber es sich nicht wieder reuen lassen zu kommen, so will ich ihnen Rolands Tod teuer vergelten."

Darauf antwortete der Herzog Naimes: „Gott gebe dazu seinen Segen!"

Der Kaiser aber rief Rabe und Guineman und sprach zu ihnen: „Ihr Herren, ich gebiete euch: seid heut an Rolands und Olivers Statt! Der eine trage sein Schwert, der andere den Olifant! Mit diesen reitet in der ersten Reihe voran und nehmet fünfzehntausend Franken zu euch von unsern wackersten Gesellen! Sodann soll ebenso viele Gibuin bekommen und Guineman, um sie anzuführen, auch Naimes der Herzog und der Graf Jozeran."

Diese Scharen brachten sie in gute Ordnung, und wenn sie heute eine fänden, gedachten sie eine große Schlacht zu schlagen. In den zwei ersten Reihen standen die Franken; nach den zweien kam die dritte, welche die Dienstmannen aus Bayern einnahmen und die sie auf zwanzigtausend Ritter schätzten. Nie flohen sie in einer Schlacht; doch hielt Karl kein Volk so hoch, als die Franken, die ihm seine Reiche gewannen. Graf Oger, der dänische Recke, ward bestellt die stolze Schaar zu führen. Zu diesen drei Reihen des Kaisers Karl ordnete der Herzog Naimes die vierte aus tüchtigen Kämpfern aus Schwaben. Es waren zwanzigtausend, wie die Sage berichtet. Sie waren wohl versehen mit Pferden und mit Waffen und auf Leben oder Tod verließen sie keine Schlacht. Herman, der Herzog von Trace, sollte sie führen, der eher sterben mochte, als ein Feigling heißen. Der Herzog Naimes und der Graf Jozeran bildete die fünfte Reihe aus Normannen, deren auch zwanzigtausend waren, mit schönen Waffen und mutigen Rennern und die um keinen Preis nachgeben mochten. Kein Volk war unter dem Himmel, das mehr vermochte auf dem Schlachtfelde. Richard der alte führte sie im Kampfe und war bereit, mit seinem scharfen Speer sich kräftig zu zeigen. Die sechste Reihe bildeten dreitausend britische Ritter, die männlich einher trabten. Ihre Speere waren bunt bemalt und ihre Fahnen festgesteckt und ihr Herr hieß Oedun. Es führte sie aber der Graf Nevelun, Tedbald von Rheims und der Markgraf Otto, denn Oedun sprach zu ihnen: „Führet mein Volk! Ich überlasse es euch."

So hatte der Kaiser sechs Scharen. Der Herzog Naimes ordnete sofort die siebente von Leuten aus Poiton und Baronen aus Alverne. Es mochten wohl vierzigtausend Ritter sein, mit guten Rossen und schönen Waffen versehen. Sie standen aus einem Erdrande im Tal, und Kaiser Karl segnete sie mit seiner ausgereckten Rechten. Ihre Führer sollten Jozeran und Godeselmes werden. Die achte Reihe, welche Naimes ordnete, bestand aus Flamändern und Baronen von Friesland. Es waren ihrer mehr denn achtzigtausend Ritter und nie waren sie in einer Schlacht geflohen. Zu diesen sprach der Kaiser: „Diese werden mir gute Dienste leisten Rembalt und Hamon von Galizien mögen sie ritterlich führen."

Naimes und Jozeran der Graf bildeten darauf die neunte Reihe aus kühnen Helden von Lothringen und Burgund. Fünfzigtausend Ritter

hatten sie wohlgezählt, mit festgebundenen Helmen und mit Ring-
panzern angetan; auch führten sie scharfe Speere mit kurzem Schaft.
Freilich, wenn die Araber kämen (und diese zauderten nicht zu kommen), waren sie deren Hieben ausgesetzt, wenn sie sie erwarteten.
Ihr Führer sollte Dietrich sein, der Herzog von Argone. Die zehnte
Schaar bestand aus Baronen von Frankreich; es waren hunderttausend
der besten Hauptleute, mit frischen Leibern und stolzer Haltung, die
Köpfe weiß und die Bärte gebleicht, mit Halsbergen angetan und
gefütterten Kettenpanzern und mit fränkischen oder hispanischen
Schwertern umgürtet; ihre Schilde aber waren zierlich und voll von
bunten Wappen. So gerüstet bestiegen sie ihre Rosse, verlangten nach
der Schlacht und riefen laut Munjoie! Bei diesen stand der Kaiser, und
Gottfried von Anjou trug den Oriflamm, der einst Sankt Peter gehörte
und einen römischen Namen hatte, den sie aber alsbald gegen Munjoie umtauschten. Der Kaiser stieg noch vom Pferde, fiel auf dem grünen Gras auf sein Angesicht nieder, wandte darauf seinen Blick gegen
die aufgehende Sonne und flehte mit vollem Herzen Gott um Hilfe an.
„Getreuer Vater", heute stehe mir bei, „wie du einst Jonas getreulich
gerettet hast aus dem Wallfische, der ihn im Leibe hatte, wie du des
Königs von Ninive spartest und Daniel aus der großen Not rettetest in
der Löwengrube und die drei Jungen im feurigen Ofen! Deine Gütig-
keit sei heute bei mir und deine Gnade verleihe, wenn es dir gut dünkt,
dass ich meinen Neffen Roland räche!"
    Nachdem er also gebetet hatte, richtete er sich auf, bekreuzte sein
gewaltiges Haupt und bestieg dann sein schnelles Ross, wobei Naimes und Jozeran ihm den Stegreif hielten. Dann nahm er seinen Schild
und scharfen Speer in die Hand. So saß er schön und rüstig im Sattel,
sein Gesicht glänzte und seine Haltung war gut. Darauf ritt er kräftig voran; die Trompeten schmetterten vor und hinter ihm; alle aber
übertönte der Olifant, wobei die Franken an Roland gedachten und
vor Bekümmernis weinten. Gar rüstig ritt der Kaiser einher. Über
seinen Panzer ließ er seinen weißen Bart herabwallen und die andern
taten ihm zu liebe ebenso, woran man die hunderttausend Franken
erkannte. So zogen sie über die Berge und die höchsten Felsen durch
tiefe Talgründe und enge Schluchten, kamen aus den Engpässen und
dem Brachfeld hervor und rückten weiter gen Hispanien. Auf einer

Ebene aber stellten sie sich auf, und die Vorposten Baligants kehrten zu ihm zurück und ein Sulier brachte ihm die Botschaft: „Wir haben den übermütigen Kaiser Karl gesehen. Seine Mannen sind stolz und gedenken nicht ihn im Stiche zu lassen· Darum rüstet Euch! Denn Ihr werdet bald eine Schlacht haben."

Baligant versetzte: „Ich habe große Ritterschaft; drum blaset eure Hörner, auf dass meine Heiden es erfahren!"

Durch das ganze Heer ertönten die Trommeln, die Hörner und die Trompeten mit Macht. Die Heiden stiegen von ihren Rossen, um sich zu bewaffnen. Auch der Emir wollte nicht zögern, er zog einen feingearbeiteten Panzer an, befestigte seinen in Gold getriebenen Helm und gürtete sein Schwert an die linke Seite, dem er aus Übermut einen Namen erfunden hatte nach Art des Schwertes des Kaisers, von welchem er hatte sagen hören; dies war sein Waffenruf in der Feldschlacht und er befahl seinen Rittern, sich in demselben zu vereinigen. Darauf hängte er an den Hals seinen großen breiten Schild, dessen Knauf von Golde war, mit Kristallstreifen umgeben, der Halter aber war aus schönem rotem Tuch; in der Hand hielt er seinen Speer, den er Maltet hieß; der Schaft war so dick, wie ein starker Ast und mit dem Eisen hätte man ein Maultier beladen können. Als Baligant auf sein Schlachtross stieg, hielt ihm Marcules aus dem heiligen Lande den Bügel. Der Held hatte einen starken Oberleib, er war schlank um den Gürtel und breit in den Seiten; seine Brust war kräftig und hoch gewölbt, der Rücken breit und das Auge klar, das Gesicht stolz und das Haupt aufrecht und seine Haut so weiß wie eine Lilie im Sommer. Seine Ritterlichkeit hatte er vielfach erprobt und es wäre ein vortrefflicher Held gewesen, wenn er den Christenglauben gehabt hätte. Er spornte sein Ross, dass das helle Blut hervorrieselte; er sprengte voran und setzte über einen Graben, wohl fünfzig Schuh weit auf einmal. Da riefen die Heiden: „Dieser macht keine gemeinen Sprünge. Wahrlich, wenn ein Franke mit ihm kämpfen will, sei er wer er wolle, er muss wohl oder übel sein Leben verlieren. Kaiser Karl ist ein Tor, dass er nicht davon gegangen."

In der Tat hatte der Emir ein ritterliches Aussehen und dabei war sein Bart so weiß, wie eine Lilie, und in seinem Gesetz war er ebenso gelehrt, als im Gefechte stolz und übermütig. Sein Sohn Malpramis war gleicherweise ein tüchtiger Ritter, groß und stark und seiner Ahnen würdig. Der sprach zu seinem Vater: „Herr, lasst uns reiten! Mich wundert sehr, wenn wir je Karl erblicken."

Baligant versetzte: „Ja doch, denn er ist ein wackerer Held und in vielen Geschichten wird von seinem Preise gesagt. Aber er hat seinen Neffen Roland nicht mehr und so hat er keine Kraft, gegen uns standzuhalten. Lieber Sohn Malpramis", fuhr Baligant fort, „vorgestern erst wurde der treffliche Kämpfer Roland erschlagen und der wackere und gewaltige Oliver und die zwölf Fürsten, welche Karl so sehr liebte, dazu zwanzigtausend von den edlen Franken; die übrigen alle schätze ich keines Handschuhs wert. Aber der Kaiser kehrt wirklich zurück, wie mir mein Neffe der Sulier gemeldet hat. Zehn große Scharren ziehen mit ihm. Ein wackerer Held bläst den Olifant, mit einem helltönenden Horn antwortet sein Geselle; an der Spitze vor allen reiten sie und mit ihnen fünfzehntausend Franken, brave Gesellen, die Karl seine Kinder nennt, und hinter ihnen wohl ebenso viele andere, die stolz dreinschlagen werden."

Malpramis sprach: „Ich bitte Euch, auf sie einhauen zu dürfen."

„Mein Sohn Malpramis", sprach daraus Baligant, „ich gewähre Euch, um was Ihr mich bittet. Gehet hin, die Franken zu treffen, und führet mit Euch Torleu, den Perserkönig, und Dapamort, den König von der Lausiz! Könnt Ihr den großen Hochmut beugen, so gebe ich Euch einen Fleck von meinem Land von Cheriant bis zu Val – Marchis."

Dieser entgegnete: „Herr, ich danke Euch."

Damit trat er vor und empfing die Schenkung des Landes, das dem König Flurit gehörte; doch sah er es fürder nicht mehr, noch wurde er je in den Besitz davon gesetzt. Der Emir ritt durch seine Scharen hin und hinter ihm sein hoher kräftiger Sohn, der König Torleus und der König Dapamort. Bald hatten sie dreißig Scharen gebildet aus Rittern von wunderbarer Kraft und bei der kleinsten waren hunderttausend Mann. Die erste bestand aus Leuten von Butentrot, in der zweiten waren Männer aus Micenes mit den dicken Köpfen auf dem Halse, die wie mit Eberhäuten bedeckt waren, in der dritten standen Nubler und Leute aus Blos, in der vierten Brunen und Esclavonen, in der fünften Sorbrer und Soren, in der sechsten Erminen und Mohren, in der siebenten Männer von Jericho, in der achten Neger, in der neunten Groer, in der zehnten

Leute aus dem starken Balide, ein Volk, das nie auf Gutes bedacht war. Der Emir schwur und fluchte, was er konnte, bei aller Tugend und Kraft Mahomeds. „Karl von Frankreich", sprach er, „ist ein Thor, so einherzureiten. Aber er soll eine Schlacht haben, wenn er nicht davonläuft, und soll nie mehr eine Goldkrone tragen auf seinem Haupte!"

Außerdem ordneten sich noch weitere zehn Scharen. Die erste bestand aus Caneliern, die gerades Weges aus Val – Fuit gekommen waren, die zweite aus Türken, die dritte aus Persern, die vierte aus Piecenern und Persern, die fünfte aus Solteren und Avaren, die sechste aus Ormalern und Eugiern, die siebente aus dem Volke Samuel, die achte aus Leuten von Bruise, die neunte von Clavers und die zehnte aus der Wüste Occiant; dies war ein Volk, das Gott verdammet und das ihm nicht dient, die schlimmsten Leute, von denen man irgend hören kann; ihre Haut war so hart wie Eisen weshalb sie weder Halsberge noch Helme brauchten; in der Schlacht aber waren sie hartnäckig und böse. Noch richtete der Emir zehn andere Scharen zusammen. Die erste bestand aus den Jaianen von Malperse, die zweite aus Humen, die dritte aus Ungarn, die vierte war von dem langen Baldise, die fünfte bestand aus Leuten von Val – Penuse, die sechste aus dem Volke von Maruse, die siebente aus Jouern und Astrimoniern, die achte aus Argoillern, die neunte war aus Clarbone, die zehnte bestand aus den Bärtigen von Fronde, einem Volk, das Gott nie liebte. Diese dreißig Scharen zählen die Geschichten der Franken auf. Die Hörner ertönten durch die großen Scharen und die Heiden ritten männlich einher. Der Emir war ein gar gewaltiger Mann. Vor sich her ließ er seinen Drachen tragen und das Banner Tervagans und Mahomeds und ein Bild des bösen Apolin. Zwei Canelier ritten umher und riefen laut predigend aus: „Wer von unsern Göttern Erlösung will, der bete zu ihnen und diene ihnen in großer Zerknirschung!"

Da beugten die Heiden ihr Haupt und ihr Kinn und senkten ihre glänzenden Helme. Die Franken aber sprachen: „Bald sollt ihr sterben, ihr Schlemmer! Heute treffe euch noch schwere Schmach!"

„Herr, unser Gott, rette den Kaiser! Diese Schlacht soll in deinem Namen geführt sein!"

Der Emir war ein sehr weiser Mann und rief seinen Sohn und die zwei Könige zu sich und sprach zu ihnen: „Ihr Herren Barone, reitet voran und führet meine Scharen allesamt! Aber drei der besten will ich zurückbehalten, erstens die der Türken, sodann die der Ormalen und endlich die von den Jaianen von Malpreis. Die von Ociant sollen bei mir bleiben und mit Karl und den edlen Franken streiten. Wenn der Kaiser mit mir zu fechten wagt, so soll er den Kopf vom Rumpfe verlieren. Dessen seid sicher, dass er kein anderes Recht erhalten soll."

So standen die großen Scharen in schönen Reihen einander gegenüber. Zwischen ihnen lag weder Berg, noch Tal, noch Erdhügel, weder Wald noch Gehölz, und man konnte sich nicht verborgen bleiben, vielmehr sahen sie sich ganz gut auf der weiten Ebene. Da sprach Baligant: „Mein Volk, reitet voran, um Kampf zu suchen!"

Amboires von Oluferne trug das Feldzeichen, die Heiden riefen laut und nannten es Preciuse. Die Franken sprachen: „Euer Verlust soll heute groß sein!"

Dabei riefen sie mit heller Stimme Munjoie und der Kaiser ließ seine Hörner blasen und den Olifant, der sie alle übertönte. Da sprachen die Heiden: „Karls Volk ist schön und wir werden wohl einen hitzigen und harten Kampf bekommen."

Groß war die Ebene und weit das Feld. Darüber hin leuchteten die Helme mit dem Gold und edlen Gestein, die Schilde und die feinen Kettenpanzer, die Speere und die festen Banner. Die Hörner tönten laut darüber hin, am hellsten aber die Töne des Olifants. Da rief der Emir seinen Bruder Canabeus, den König von Floredee, der das Land besaß bis Val – Severee, und zeigte ihm die Scharen des Kaisers. „Seht", sprach er, „noch ist der hochmütige Franke nur eine Meile weit von uns. Gar stolz reitet der Kaiser einher; er ist unter den Hintern bei jenem bärtigen Haufen, dem die Bärte über die Panzer herabfallen, weiß wie frisch auf Eis gefallener Schnee. Die werden nicht übel angreifen mit Speeren und mit Schwertern und wir werden eine starke und gewaltige Schlacht bekommen; nie sah ein Mensch eine solche angeordnet."

Darauf ritt Baligant mehr als einen Pfeilschuss weit vor seinen Genossen voran und sprach zu ihnen: „Kommet heran, ihr Heiden! Denn ich gehe in den Kampf."

Damit schwang er heftig seines Speeres Schaft und kehrte die Spitze gegen Karl. Dieser aber, als er den Emir, das Zeichen des Drachen und das Banner erblickte, bemerkte zugleich, wie große Gewalt die von

Arabien hatten, und wie sie die Gegend ringsum überdeckten. Da rief der Frankenkönig laut: „Fränkische Barone, ihr meine guten Vasallen, die ihr so viele Feldschlachten gewonnen habt, seht hier die schurkischen und falschen Heiden, deren Glaube keinen Pfennig wert ist! Was tut es auch, ihr Herren, wenn ihre Zahl groß ist? Wer brav ist, folge mir nach!" Damit gab er seinem Pferde die Sporen, Tencendur machte vier gewaltige Sprünge und die Franken sprachen: „Das ist ein wackerer König. Reitet voran, o Held! Keiner von uns soll zurückbleiben."

Der Tag war klar, und die Sonne schien hell, die großen Scharen aber standen schön und in Reihen geordnet einander gegenüber. Da ließen der Graf Rabel und der Graf Guineman ihren schnellen Rossen die Zügel schießen und spornten sie zur Eile. Darauf sprengten auch die Franken voran, um mit ihren starken Speeren anzugreifen. Der Graf Rabel war ein kühner Ritter, er stach sein Pferd mit den feinen goldenen Sporen und fiel auf Torleu, den Perserkönig, ein. Weder Schild noch Kettenpanzer konnte seinen Stoß aushalten, er stach ihm den vergoldeten Speer mitten in den Leib, dass er ihn tot niederwarf auf ein Gebüsch. Da sprachen die Franken: „Unser Herr Gott steht uns bei. Der Kaiser Karl hat Recht: wir dürfen nicht von ihm lassen."

Zugleich kämpfte Guineman mit einem Könige, zerbrach ihm die mit Blumen bemalte Tartsche in Stücke, zerriss ihm darauf den Panzer und stieß ihm sein Fähnlein ganz in den Leib, so dass er tot niederfiel, mochte man darüber weinen oder lachen. Bei diesem Stoß riefen die Franken: „Hauet ein, ihr Helden, zögert nicht! Kaiser Karl hat Recht gegen das ungläubige Volk. Gott bereitet ihnen durch uns ein gerechtes Gericht."

Malpramis saß aus einem weißen Ross und machte sich mitten in das Getümmel der Franken. Da tat er es den andern in kräftigen Schlägen zuvor und warf einen über den andern tot nieder. Baligant aber rief aus: „Meine Barone, ich habe euch lange Zeit ernährt. Seht meinen Sohn, wie er den Kaiser Karl aufsucht und mit seinen Waffen so viele Barone bekämpft! Einen bessern Vasallen als ihn weiß ich nicht. Helft ihm mit euren scharfen Speeren."

Auf diese Worte drangen die Heiden vor und teilten gewaltige Schläge aus. Das Getümmel wurde groß und die Schlacht so schwer und erstaunlich, dass weder vor noch nach dieser Zeit eine so gewaltige geschehen. Es waren große stolze Scharen, alle gut in Reihen geordnet, und die Heiden hieben ein, dass es zum Verwundern war. Hei! Wie viel Speere wurden da mitten entzwei gebrochen, Schilde zerschmettert und Ringpanzer zerrissen! Der ganze Boden war davon übersäet und das zarte grüne Gras zerdrückt.

Der Emir ermunterte seine Genossen und rief: „Hauet ein, Barone, auf das Christenvolk!"

Die Schlacht war schwer und hartnäckig; weder vor noch hernachmals war eine so gewaltig gerüstet und es war ihr kein Ende gesetzt, als mit dem Tode. Der Emir rief seinem Volke zu: „Hauet ein, ihr Heiden! Zu anderem seid ihr nicht gekommen. Wenn ihr sieget, so will ich euch edle, schöne Weiber geben, dazu Ehren und Lehen, Grund und Boden."

Die Heiden versetzten: „Das wollen wir wohl tun."

Mit fester Hand führten sie gewaltige Stöße mit ihren Speeren und mehr als hunderttausend Schwerter wurden da gezückt. Das war ein schmerzenreiches und gefahrvolles Getümmel, und wer unter ihnen sein mochte, der konnte sehen, was eine Schlacht ist. Der Kaiser ermunterte auch seine Franken und sprach: „Ihr Herren Barone, ich liebe euch und ich traue auf euch. So viele Schlachten habt ihr für mich gefochten, Reiche erobert und Könige entthront.

Wohl erkenne ich es, dass ich euch mein Leben, meine Lande und meine Habe verdanke. Rächet eure Söhne, eure Brüder und eure Erben, die vorgestern abends in Ronceval gefallen sind! Ihr wisst ja, dass ich Recht habe gegen die Heiden."

Die Franken versetzten: „Herr, Ihr redet wahr. "

Die zwanzigtausend, die er bei sich hatte, verpfändeten ihm allesamt ihr Wort, dass sie ihn nicht verlassen wollen in Not und Tod. Da war keiner, der nicht seine Lanze weg warf und alsbald sein Schwert aus der Scheide riss, und nun begann erst die wunderbare Not der Schlacht. Malpramis ritt mitten durch das Feld und richtete großen Schaden an unter den Franken. Aber Naimes der Herzog fasste ihn stolz in's Auge, ging auf ihn los, wie ein tugendlicher Held, stieß ihm das obere Fell von seinem Schilde ab, riss die zwei Teile seines Halsbergs los und stach ihm das ganze Fähnlein in den Leib, dass er ihn tot niederwarf, mitten zwischen siebenhundert der Seinen. Da spornte König Canabeus, des Emirs Bruder, kräftig sein Ross, zog sein Schwert mit dem kristallenen Gefäß, hieb Naimes oben auf die Spitze des Helms, schlug ihm die eine Hälfte ab und zerschnitt ihm mit der Schärfe seines Stahls fünf von den Riemen, so dass der Hut ihm zu nichts mehr taugte; auch schnitt er ihm die Haube durch und durch bis auf das Fleisch und warf ein Stück davon zur Erde. Es war ein gewaltiger Schlag, ob dem der Herzog erstaunte und bald zu Boden gefallen wäre, hätte ihm Gott nicht geholfen. Er umfasste den Hals seines Pferdes, und hätte der Heide nochmals ausgeholt, so hätte er bald den edelsten Vasallen erschlagen. Aber der Frankenkaiser Karl kam ihm zu Hilfe. Der Herzog Naimes war sehr bange und der Heide wollte eilends aus ihn eindringen, aber Kaiser Karl sprach zu ihm: „Schurke, du hast ihn übel zugerichtet."

Zugleich fiel er mit seiner großen Gewalt auf ihn ein, zerschmetterte ihm den Schild, drückte ihm denselben gegen das Herz und zerbrach ihm seinen Halsberg, so dass er ihn tot niederwarf und sein Sattel leer blieb. Kaiser Karl war sehr betrübt, als er Naimes verwundet vor sich sah und wie sein helles Blut auf das grüne Gras herniedertroff. Da sprach er tröstend zu ihm: „Lieber Herr Naimes, nun reitet mit mir, denn der Schurke ist des Todes, der Euch in solche Not versetzte; ich habe ihm meinen Speer in den Leib gestochen."

Da antwortete der Herzog: „Herr, ich traue auf Euch. So lange noch Leben in mir ist, soll es zu Eurem Nutzen verwandt sein."

Darauf kämpften sie wieder in Liebe und Treue, und mit ihnen gegen zwanzigtausend Franken, bei denen keiner war, der nicht kräftig hieb und stach. Wie der Emir durch das Feld ritt, ging er auf den Grafen Guineman los, zerschmetterte ihm am Herzen den blanken Schild, riss ihm die Lappen seines Halsbergs ab, trennte ihm zwei Rippen vom Leibe und warf ihn tot von seinem schnellen Rosse nieder. Dann erschlug er Gebuin den Lothringer und Richard den alten, den Herrn der Normannen. Die Heiden riefen: „Preciuse hält sich wacker. Hauet ein, Barone! wir haben einen Schützer."

„Hei!" Wer nun die Ritter von Arabien sah und von Occiant und von Argoillie und von Bascle! Sie stachen kräftig zu mit ihren Speeren und tummelten sich. Aber die Franken hatten nicht Lust, sich zurückzuziehen; denn auf beiden Seiten starben viele. So dauerte die Schlacht gewaltig bis zum Abend; von den edlen Franken kamen viele um, so dass noch große Klage sich erheben musste, ehe sie von hinnen schieden. Franken und Araber hieben kräftig ein und viele Speere wurden gebrochen. Wer da die zerschmetterten Schilde sah, wer die blanken Halsberge rasseln hörte und die Schilde lärmend über die Helme hinfliegen, wer die Ritter fallen sah und die Helden schreien, stöhnen und auf der Erde verscheiden, der konnte wohl immer des herben Leides gedenken, denn es war eine schwere Schlacht. Der Emir rief Apolin an und Tervagan und Mahomed. „Mein Herr und Gott", sprach er, „ich habe dir lange gedient. Hilf mir! Und ich will dir alle deine Bilder aus feinem Golde fertigen lassen."

Da kam sein Freund Gemalsin zu ihm heran, brachte ihm schlimme Botschaft und sprach: „Baligant, mein Herr, Ihr seid übel beraten. Ihr habt Malpramis Euren Sohn verloren und auch Canabeus Euer Bruder ist erschlagen. Er traf leider auf zwei Franken; einer derselben war der Kaiser, wie mich dünkt; sein Leib ist groß und er hat das Aussehen wie ein tüchtiger Markgraf, sein Bart aber ist so weiß, wie eine Blume im Frühling."

Da neigte der Emir seinen Helm und senkte sein Gesicht zur Erde, denn er war so betrübt, dass er alsbald zu sterben gedachte. Er rief sodann Jangleu aus dem heiligen Lande und sprach zu ihm: „Jangleu, kommt heran! Ihr seid wacker, und Euer Wissen ist groß, auch habe ich Euren Rat alle Zeit hochgehalten. Nun saget an! Was dünkt Euch von den Arabern und Franken? Werden wir Sieger sein in der Feldschlacht?"

Dieser antwortete: „Ihr seid des Todes, Baligant, und Eure Götter sind Euch nicht Schutzes genug. Karl ist ein großer gewaltiger Held, und nie sah ich ein Volk, das also kämpfte. Aber ruft die Barone von Occiant zusammen, Türken und Enfruner, Araber und Jaianer! Was einmal kommen soll, verzögert es nicht!"

Der Emir zog über den Panzer seinen Bart hervor, der so weiß war, wie die Blüte im Dorngebüsch. Was er wusste, wollte er nicht verbergen. Er setzte sein lauttönendes Horn an den Mund und stieß kräftig darein, dass alle seine Heiden es hörten. Darauf vereinigten sich alle seine Genossen auf dem Schlachtfelde: die von Occiant brüllten und wieherten und die von Arguille bellten wie die Hunde und fielen in so törichtem Mute auf die Franken ein, dass sie den dicksten Kern derselben zerbrachen und sprengten und bei diesem Andringen siebentausend derselben niederwarfen. Der Graf Oger war nicht feige und ein besserer Vasall, als er, trug nie eine Brünne. Als er nun die Reihen der Franken gesprengt sah, rief er Dieterich, den Herzog von Agone, Gottfried von Anjou und den Grafen Jozeran zu sich und sprach stolz zum Kaiser also: „Seht Ihr die Heiden, wie sie Eure Mannen erschlagen? Nimmermehr soll der Kaiser Krone tragen auf seinem Haupte, wenn ihr nicht jetzt einhauet, um eure Schmach zu rächen."

Nicht einer war, der darauf nur ein Wort erwiderte, aber sie spornten ihre Rosse und ließen ihnen freien Lauf, um den Feinden zu begegnen, wo sie sie immer träfen. Der Kaiser Karl hieb kräftig ein, dazu der Herzog Naimes und Oger der Däne, auch Gottfried von Aniou, der die Heerfahne trug. Herr Oger von Dänemark war ein wackerer Held, er stach sein Pferd mit den Sporen und ließ es eilends dahin rennen. Da traf er auf den, der den Drachen trug, und warf beide vor sich nieder, den Drachen und die Heerfahne des Königs. Als aber Baligant seine Fahne sinken und das Banner Mahomeds weichen sah, da begann er einzusehen, dass er Unrecht habe und Karl Recht; auch wandten sich alsbald über hundert arabische Heiden zur Flucht. Der Kaiser aber rief seine Magen herbei und sprach: „Sagt an, Barone, um Gott, ob ihr mir helfen wollt!"

Die Franken versetzten: „Wehe, dass ihr es fragt! Der sei ein Schurke, der nicht männlich einhaut!"

Der Tag ging zu Ende und neigte sich zum Abend, die Franken aber und Heiden feierten noch nicht mit ihren Schwertern. Wackere Helden ordneten die Scharen und sie verließen ihre Fahnen nicht. Der Emir rief mit lauter Stimme Preciuse und Karl sein ruhmreiches Schlachtgeschrei Munjoie. So kannte einer den andern an der hellen Stimme. Sie begegneten sich mitten auf dem Felde; hieben auf einander ein, gaben sich gewaltige Stöße mit den Speeren auf die roten Tartschen, zerschmetterten die breiten Schilde, zerbrachen ihre Halsberge, ohne jedoch am Leibe sich zu erreichen, zerrissen die Gürtel, so dass die Sättel herabfielen und die Könige zu Boden stürzten; sie erhoben sich jedoch plötzlich wieder und zogen männlich ihre Schwerter. Das war ein Kampf, der nicht geschlichtet noch beendet werden konnte ohne eines Mannes Tod. Aber Karl, des holden Frankreichs Kaiser, war ein starker Held, und der Emir glaubte und vermutete es nicht. Sie zeigten sich ihre bloßen Schwerter und teilten auf ihre Schilde gewaltige Schläge aus, so dass das Leder und das doppelte Holz durchschnitten war, die Nägel herausfielen und die Knäufe in Stücke gingen. Da hieben sie nun unbewehrt auf ihre Brünne los, und aus ihren blanken Helmen sprühten Feuerfunken. Das war ein Kampf, der nicht aufhören konnte, bis dass einer sein Unrecht erkannt hatte. Der Emir sprach: „Besinne dich, Karl, höre meinen Rat und bezeuge mir deine Reue! Du hast meinen Sohn erschlagen. Wahrlich großes Unrecht tust du, mein Land mir streitig zu machen. Werde mein Dienstmann und ergib dich, dass du mir dienest von hier bis zum Morgenland!"

Karl antwortete: „Das scheint mir große Schmach. Ich darf nicht Friede und Liebe halten mit einem Heiden. Nimm das Gesetz an, das Gott allein uns dargeboten, das Christentum! Dann will ich sogleich dich lieben, und dann diene dem allmächtigen Gott und glaube an ihn!"

Baligant aber versetzte: „Du beginnest eine schlimme Rede."

Darauf fielen sie mit den Schwertern auf einander ein. Der Emir war von großer Kraft, er schlug den Kaiser Karl auf seinen Helm von braunem Stahl, zerschmetterte und spaltete ihm denselben auf dem Kopf, fuhr mit dem Schwert durch seine dünnen Haare und hieb ihm eine starke volle Hand breit und mehr vom Fleische ab, so dass daselbst der bloße Knochen übrig blieb. Karl wankte und es fehlte wenig, so wäre er gefallen; aber Gott wollte nicht, dass er erschlagen und besiegt werde; darum erschien ihm Sankt Gabriel und fragte ihn: „Was beginnst du, großer König?"

Als Karl die heilige Stimme des Engels vernahm, da schwand ihm alle Furcht und die Angst vor dem Tode; Kraft und Besinnung kehrte ihm zurück, er hieb auf den Emir ein mit dem Schwerte von Frankreich, zerschmetterte ihm den Helm, auf dem die Edelsteine blitzten, spaltete ihm das Haupt, so dass das Gehirn ausströmte, dazu das ganze Gesicht bis auf den weißen Bart herab, und der Emir fiel tot nieder ohne Rettung. Karl aber rief Munjoie zum Zeichen für die Seinen. Auf dieses Wort kam der Herzog Naimes heran und nahm Tencendur und der große König stieg darauf. Die Heiden wandten sich zur Flucht, denn Gott wollte nicht, dass sie zurück blieben, und die Franken waren Meister des Feldes. Die Heiden flohen nach dem Willen Gottes und die Franken verfolgten sie und der Kaiser mit ihnen. „Ihr Herren", sprach er, „nehmt Rache für eure Trauer! Heitert eure Herzen und Sinne auf! Denn heute früh sah ich eure Augen weinen."

Die Franken antworteten: „Ja, Herr, das ziemt uns."

Jeder hieb so kräftig ein, wie er konnte, und wenige entkamen von denen, so daselbst waren. Die Hitze war groß und ein heftiger Sturm wirbelte auf; die Heiden flohen und die Franken setzten ihnen auf dem Fuße nach und die Verfolgung dauerte von dort bis Saragossa. Bramidonie war auf den höchsten Turm gestiegen und hatte bei sich ihre Schriftgelehrten und Pfaffen des falschen Gesetzes, das Gott stets verdammte; aber sie hatten keine Weihe und auf dem Haupt keine Platte. Als sie die Araber in so verwirrter Flucht hereilen sah, rief sie mit lauter Stimme: „Hilf uns, Mahomed! Ach, edler König, nun sind unsere Mannen besiegt und der Emir geschlagen mit großer Macht."

Als Marsilies diese Worte hörte, kehrte er sich gegen die Wand, Tränen fielen aus seinen Augen, sein Angesicht verfinsterte sich und er starb vor Schmerz; und, mit Sünden belastet wie er war, übergab er seine Seele den lebendigen Teufeln. So waren die Heiden getötet oder gedemütigt und Karl hatte gesiegt in der Schlacht. Er brach das Tor von Saragossa ab und wusste nun, dass es sich nicht mehr verteidigen werde; er nahm von der Stadt Besitz und zog mit seinem Volke in dieselbe ein, wo sie dem Übermächtigen noch in der nämlichen Nacht huldigten. Stolz schritt der König in dem weißen Barte näher und Bramidonie übergab ihm alle Türme der Stadt, zehn große und fünfzig kleine. So ergeht es dem wohl, dem Gott der Herr beisteht. Als der Tag dahin und die Nacht gekommen war, der Mond hell schien und die Sterne flimmerten, nahm der Kaiser Saragossa weg. Tausend Franken mussten die Stadt wohl durchsuchen, die Synagogen und Moscheen vornehmlich, allwo sie mit ihren eisernen Hämmern und Äxten die Bilder und Götzen zertrümmerten, so dass keine Spur übrig blieb von dem Hexenwesen und der Abgötterei. Der König glaubte an den wahren Gott und wollte ihm dienen in alle Wege; darum ließ er von seinen Bischöfen Wasser einsegnen und die Heiden wurden herbeigetrieben zu der Taufe; war aber einer, der sich solchem Willen des Kaisers widersetzte, den ließ er ergreifen und verbrennen oder erschlagen. So wurden mehr denn hunderttausend zu wahren Christen getauft, nicht aber die Königin; sie wurde vielmehr gefangen weggeführt nach dem holden Frankreich, um dort nach des Königs Willen in Liebe bekehrt zu werden.

Als die Nacht vergangen war und der helle Tag erschienen, besetzte Karl die Türme von Saragossa und ließ daselbst tausend tapfere Ritter zurück, die die Stadt für den Kaiser bewahrten. Darauf bot der Kaiser alle seine Mannen zum Heimzug auf und nahm Bramidonie mit als Gefangene, der er indes nichts Leides tun wollte. So zogen sie freudig und hochgemut weiter, kamen rüstig durch Nerbone und gelangten in die gewaltige Stadt Burdeles, wo der Held auf dem Altar Sankt Severins den mit Gold und Kostbarkeiten besetzten Olifant niederlegte und wo die Pilger, so dahin kommen, ihn noch sehen können. Darauf zog der Kaiser in großen Schiffen über die Girunde und begleitete seinen Neffen und dessen edlen Gesellen Oliver und den weisen und wackeren Erzbischof Turpin bis nach Blaive, wo die edlen Herren in weiße Särge gelegt wurden. Zu Sankt Romain wurden die Helden beigesetzt und die Franken empfahlen sie Gott und seiner Gnade. Darauf ritt Kaiser Karl weiter über Berg und Tal und wollte er nicht Rast halten, bis er in Achen war und an der Freitreppe seines Schlosses abstieg.

Als er aber in seinem hohen Palaste war, da beschied er durch Boten seine Ritter aus Bayern und Sachsen, Lotharingen und Friesland, aus Schwaben, Burgund und Poitou, dazu Normannen und Briten und von den Franken die weisesten, die er wusste; nun begann Ganelons Anklage. Als der Kaiser von Hispanien zurück in seinen liebsten Wohnort Achen kam und in den Saal seines Palastes trat, da kam Alde die schöne Jungfrau auf ihn zu und sprach zu ihm: „Wo ist Roland der kühne Hauptmann, der mir schwur, mich zum ehelichen Gemahl zu nehmen?"

Da wurde Karl tief betrübt und sein Herz wurde ihm schwer; er weinte, zerraufte sich den weißen Bart und sprach: „Liebe Schwester, du fragst mich nach einem toten Mann; aber ich will dir dafür teuren Ersatz geben, du sollst Loewis haben; einen besseren weiß ich dir nicht zu nennen. Er ist mein Sohn und wird meine Lande erben."

Alde aber versetzte: „Das Wort klingt mir fremd. Verhüte Gott und seine Heiligen und alle Engel, dass ich, nachdem Roland dahin ist, leben bleibe!"

Mit diesen Worten verlor sie die Farbe, sank vor des Kaisers Füßen nieder und starb gleich darauf. Die fränkischen Barone aber weinten und klagten und empfahlen ihre Seele Gott. So war die schöne Alde zu ihrem Ende gekommen. Der König aber gedachte, sie liege in Ohnmacht, worüber er sie sehr beklagte und weinte. Er fasste sie bei den Händen und hob sie auf, aber ihr Haupt sank kraftlos zurück. Als Karl sah, dass sie tot war, beschied er vier Gräfinnen zu ihr und ließ sie in ein Nonnenkloster bringen; daselbst bewachten sie sie die Nacht über, bis es Tag wurde, und setzten sie sodann neben einem Altar bei und der König ließ ihr große Ehre erweisen. Als Kaiser Karl nach Achen zurückkam, war der falsche Ganelon in eisernen Ketten in der Stadt vor dem Palaste. Seine Knechte hatten ihn an einen Pfahl gebunden, fesselten ihm die Hände mit hirschledernen Riemen und peitschten ihn heftig mit Stricken und Jochstöcken (denn Besseres hatte er nicht verdient) und mit bangem Herzen erwartete er hier sein Urteil. Zu diesem beschied also Karl, wie die alte Sage berichtet, Leute aus mehreren Ländern, dass sie sich zu Achen versammelten an dem hohen Feste des wackeren Sankt Silvester. Da begann das Urteil Ganelons des Verräters. Der Kaiser ließ ihn vor sich schleppen und sprach: „Ihr Herren Barone, urteilt mir über Ganelon, wie das Recht verlangt! Er folgte meinem Heerzug bis Hispanien, da aber brachte er mich um zwanzigtausend meiner Franken und meinen Neffen, den ihr nun nie wieder sehen werdet, und den wackeren edlen Oliver und die zwölf Fürsten hat er verraten um Geldgewinn."

Da sprach Ganelon: „Schmach über mich, wenn ich etwas verhehle! Roland brachte mich um Geld und Gut und darum sann ich auf seinen Tod und seinen Untergang; aber dass ich Verrat geübt, gebe ich nicht zu."

Die Franken sprachen: „Hören wir nun den Rat!"

Ganelon trat vor den Kaiser mit rüstigem Leibe und freundlich rotem Antlitz. Ja, wenn er redlich gewesen wäre, er hätte wie ein edler Ritter ausgesehen. Da erblickte er die Franken und seine Richter alle, von seinen Magen aber waren dreißig bei ihm und er rief laut und mit heller Stimme: „Um Gottes Liebe willen, Barone, hört mich an! Ihr Herren wisst, dass ich mit dem Kaiser bei dem Heere war, und daselbst diente ich ihm treu und ergeben. Sein Neffe aber fasste Hass

und Feindschaft gegen mich und bestimmte mich zum Tod und Verderben. Durch ihn wurde ich als Bote an König Marsilies geschickt,
wo ich mich nur durch meine Klugheit retten konnte. Darum forderte
ich Roland den Kämpfer heraus und mit ihm Oliver und alle ihre
Gesellen, was Karl und alle seine edlen Barone mit anhörten. So habe
ich wohl mich gerächt, aber das ist kein Verrat."

Da antworteten die Franken: „Gehen wir nun zu Rate!"

Als Ganelon erfuhr, dass sein großer Rechtsstreit beginnen sollte,
nahm er dreißig seiner Verwandten zu sich, und darunter war einer, auf
den die andern gerne hörten, nämlich Pinabel vom Schlosse Sorence,
der war ein guter Redner und verstand wohl, Spruch und Recht zu
erteilen, und ein wackerer Vasall, seine Waffen zu verteidigen. Zu ihm
sprach Ganelon: „Auf Euch vertraue ich, mein Freund, dass Ihr mich
heute befreiet von Schmach und Tod."

„Ihr sollt bald gerettet sein", sprach Pinabel; „kein Franke wird Euch
zum Hängen verurteilen, und sofern ich ihn nicht enttäusche, soll eher
der Kaiser unser beider Leiber zusammen dem Tod überliefern."

Auf diese Worte fiel ihm Ganelon zu Füßen. In den Rat kamen
Richter aus Bayern und Sachsen und Poitou, Normannen und Franken und Schwaben und Deutsche in Menge. Die artigsten waren die
von Alverne; sie hielten sich ruhiger um Pinabels willen und einer
sprach zum andern: „Das Beste ist, wir bleiben zurück. Verlassen wir
diesen Streit und bitten den König, dass er Ganelon für diesmal los-
spreche! Dann wird er ihm treu und ergeben dienen. Roland ist tot,
nie werdet ihr ihn widersehen und er ist nicht mehr herbeizuschaffen
um Gold und Gut. Ein Thor wäre, wer sich um ihn abkämpfen wollte."

Damit waren alle einverstanden und zufrieden außer allein Dieterich, der Bruder des Herrn Gottfried. Die Barone des Kaisers begaben
sich zu ihm und sprachen: „Herr, wir bitten Euch, dass Ihr den Grafen
Ganelon freisprechet, denn er hat Euch treu und redlich gedient. Lasst
ihn leben! Denn er ist ein edler Mann, und wenn er auch stirbt, werden
wir jenen doch nicht wieder erhalten, der um kein Gut zu ersetzen ist."

Der Kaiser aber sprach: „Ihr alle seid treulos."

Als er sah, dass alle so von ihm abfielen, da verfinsterte sich sein
Gesicht und er beklagte sein Elend. Aber ein edler Ritter trat vor ihn
hin, der Bruder Gottfrieds, eines Herzogs von Anjou, ein Mann von

hagerem Körperbau mit schwarzen, etwas ins Bräunliche stechenden Haaren, nicht eben groß, doch auch nicht allzu klein; der sprach höflich zum Kaiser: „Edler Herr und König, klaget nicht also! Ihr wisst, dass ich Euch viel gedient habe. Um meiner Ahnen willen schon muss ich solchen Streit übernehmen. Was auch Roland dem Ganelon zu leide getan habe, er musste dennoch Euren Dienst getreulich ausführen und darum ist Ganelon ein Schurke, weil er ihn verriet; er hat sich meineidig und schlecht gegen Euch gezeigt, und darum schwöre ich, ihn zu hassen oder zu sterben und seinem Leibe das anzutun, was einem treubrüchigen Verräter gebührt. Hat er nun einen Vetter, der mich Lügen strafen will, so will ich mit diesem Schwerte, das ich umgürtet habe, mein Urteil stets vertreten."

Da sprachen die Franken: „So habt Ihr wohl geredet."

Und vor den König trat Pinabel, ein großer gerader und starker Held, und wen er mit seinem Schlage traf, der hatte wenig mehr zu leben. Der sprach zum Könige: „Herr, Euer ist der Spruch. So befehlt denn, dass der Lärm schweige! Ich sehe hier Dieterich, der ein Urteil getan hat; aber ich will mit ihm streiten."

Damit bot er ihm den hirschledernen Handschuh seiner Rechten und der Kaiser sprach: „Ich verlange dazu gute Bürgen."

Es wurden ihm dreißig Heiden gegeben; und der König sprach: „Ich bin damit zufrieden."

Diese befahl er zu bewachen, bis das Recht sich entschieden habe. Als nun Dieterich sah, dass der Kampf beginnen werde, und er dem Kaiser seinen rechten Handschuh dargeboten, den er auch zur Bürgschaft angenommen hatte, ließ dieser vier Bänke auf den Platz bringen. Auf diese sollten sich die bestimmten Kämpfer sehen, die sehr unzufrieden waren, jeder mit dem Urteil des andern. Oger von Dänemark unterhandelte mit ihnen; sie verlangten ihre Pferde und Waffen und rüsteten sich gut zum Kampfe; zuvor aber beichteten sie, ließen sich einsegnen, hörten die Messe, empfingen den Leib des Herrn und legten große Gaben nieder in den Kirchen. Darauf begaben sich beide zu dem König, schnallten ihre Sporen an die Füße, zogen ihre blanken starken und leichten Halsberge an, schlossen ihre schimmernden Helme auf dem Kopf, umgürteten ihre mit lauterem Golde eingelegten Schwerter, hängten ihre viereckigen Schilde um den Hals, fassten die spitzigen Speere in die Faust und bestiegen sofort ihre schnellen Kampfrosse. Da weinten wohl hunderttausend Ritter, und klagten um Roland und um Dieterich, denn nur Gott wusste, wie dieser Kampf enden werde. Bei Achen lag eine weite Wiese, auf welcher der Kampf der beiden Barone ausgefochten wurde. Es waren wackere ritterliche Helden, und ihre Rosse waren schnell und behände. Sie spornten sie gut, ließen ihnen die Zügel schießen und hieben beide mit großer Gewalt auf einander los, zerschmetterten und zerbrachen sich die Schilde, zerrissen ihre Halsberge und zerstückten die Gürtel, so dass die Sättel umstülpten und zu Boden fielen. Da weinten wohl hunderttausend Männer, welche zuschauten, denn beide Ritter lagen auf der Erde, aber sie richteten sich schnell wieder auf, denn Pinabel war gewandt und behände. Einer rief dem andern, und da sie keine Rosse mehr hatten, schlugen sie mit ihren goldverzierten Schwertern los und hieben auf die stählernen Helme ein. Mit gewaltigen Hieben zerstückten sie dieselben und die fränkischen Ritter klagten laut und sprachen: Ach Gott, lass dem Kaiser Recht werden!

Pinabel aber rief: „Dieterich, steh ab, ich will dein treuer und ergebener Dienstmann werden, und alle meine Habe zu deinem Wohlgefallen dir überlassen; aber verschaffe Ganelon wieder die Gnade des Königs!"

Dieterich versetzte: „Darum kümmre ich mich nicht; ich will ein Schurke sein, wenn ich es eingehe. Gott soll heute zwischen uns beiden Recht sprechen! Du bist ein starker Held, Pinabel", fuhr Dieterich, „fort, groß und wohlgebildet, und die Fürsten kennen deine Ritterlichkeit. So lass denn diesen Kampf! Und ich will dir wieder Gnade verschaffen bei dem Kaiser. Über Ganelon aber soll Gericht gehalten werden und man soll nie wieder von ihm reden."

Pinabel sprach: „Das verhüte Gott! Ich will meiner ganzen Sippschaft Recht wahren und nicht davon abstehen um keines sterblichen Mannes willen, sondern lieber selbst umkommen, als dass man mir solches verwerfe."

Da begannen sie von neuem mit ihren Schwertern auf die goldverzierten Helme einzuhauen, so dass das helle Feuer gen Himmel sprühte; und sie konnten nicht getrennt, noch dieser Streit beendet werden, ohne dass ein Mann umkam. Pinabel von Sorence war ein wackerer Held, er schlug Dieterich von Provence auf den Helm, so dass die Funken hervorsprühten und das Gras Feuer fing; er fuhr ihm mit der stählernen Klinge über die Stirne durch das Gesicht herab, so dass die ganze rechte Wange blutete und der Halsberg ihm herabfiel bis auf den Bauch. Gott aber schützte ihn, dass er ihn nicht erschlug. Als Dieterich sah, dass er im Gesicht verwundet war und das helle Blut auf das Gras der Wiese herabsiel, schlug er Pinabel auf den braunen stählernen Helm, zerschmetterte und zerspaltete ihm denselben bis auf die Nase, so dass das Gehirn ihm ausströmte, und warf ihn unter der Wucht seines Schlages tot nieder. Mit diesem Hiebe war der Kampf entschieden, und die Franken riefen: „Gott hat seine Kraft bewiesen. Es ist wohl recht, dass Ganelon gehangen werde samt seinen Magen, die für ihn gesprochen haben."

Als Dieterich so im Kampfe gesiegt hatte, trat der Kaiser Karl hinzu und mit ihm vierzig seiner Barone, der Herzog Naimes, Oger von Dänemark, Gottfried von Anjou und Wilhelm von Blaive. Der König fasste Dieterich in die Arme, wischte ihm das Gesicht ab mit seinen großen Marderfellen, legte sodann dieselben von sich und ließ sich andere umtun. Darauf entwaffneten sie sanft den Ritter, setzten ihn auf ein arabisches Maultier und führten ihn in Freude und Ritterlichkeit nach Achen zurück, wo sie aus dem Platze abstiegen. Dort begann nun das Gericht über die andern. Karl rief seine Grafen und Herzoge und sprach: „Was sagt ihr mir von denen, die ich zurückgehalten habe? Sie sind für Ganelons Sache zum Gerichte gekommen und für Pinabel als Geisel gestellt."

Die Franken riefen: „Fort mit ihnen! Es soll keiner leben."

Da befahl der König feinem Vogte Basbrun und sprach: „Geh, hänge sie alle an den Unglücksbaum! Bei diesem Barte, dessen Haare ergraut sind, wenn einer entwischt, so trifft dich Schmach und Tod."

Dieser aber sprach: „Was sollt' ich sonst mit ihnen tun?"

So führte er sie mit hundert Knechten weg und hängte sie alle auf, dreißig an der Zahl. So ward den Verrätern ihr gerechter Lohn. Darauf kehrten Bayern und Schwaben und die aus Poiton, Britannien und Normannenland wieder in die Heimat und überall behaupteten die Franken, dass Ganelon eines schimpflichen und schmerzhaften Todes sterben solle. Darum ließen sie vier Schlachtrosse herbeiführen, banden sie ihm an Hände und Füße fest und vier Knechte nahmen die stolzen und schnellen Pferde, und trieben sie nach einem Wasser, das mitten durch das Feld floss. So wurde Ganelon zu großer Pein dahin geschleppt, alle Gelenke ihm ausgespannt, und die Glieder seines Leibes zerrissen, so dass das helle Blut aus das grüne Gras herabfloss, und er starb wie es einem treulosen Verräter geübt, denn es ist nicht recht, dass ein solcher sich berühme. Nach dem der Kaiser also Rache geübt, berief er die Bischöffe von Franken, Bayern und Schwaben und sprach zu ihnen: „Ich habe in meinem Hause eine edle Gefangene. Sie hat so viele Predigten und Beispiele gehört, dass sie an Gott glauben und das Christentum annehmen will. Taufet sie, auf dass ihre Seele Gottes werde!"

Die Bischöffe antworteten: „Es sei und sie soll edle glaubige Frauen zu Patinnen haben!"

Darauf versammelte sich zu Achen viel Volks, und sie tauften die Königin von Hispanien, welche durch wahre Erkenntnis eine Christin geworden war, und schöpften ihr den Namen Juliane. So hatte der König Gerechtigkeit geübt, sein großer Grimm hatte sich gelegt und Bramidonie war Christin geworden. Als aber der Tag vorüber und die Nacht gekommen war, legte sich der König in seinem gewölbten Gemache schlafen und Sankt Gabriel erschien ihm im Namen Gottes und sprach zu ihm: „Karl, berufe die Heere deines Reichs und zeuch mit deiner Macht nach dem Lande des Ebre, dem König Vivien zu Hilfe, den die Heiden in der Stadt Imphe belagert haben! Die Christen rufen und seufzen nach dir."

Der Kaiser aber wollte nicht gehen, er raufte seinen weißen Bart, weinte laut und sprach: „Gott, wie ist mein Leben voll Arbeit und Ungemach!"

König Wilhelm von England

In England lebte vor Zeiten ein König, welcher Gott und seinem heiligen Gesetze gar sehr ergeben war und besonders die Kirche hoch in Ehren hielt. Darum besuchte er jeden Tag den Gottesdienst, und wie wenn er ein Versprechen oder Gelübde getan hätte, versäumte er, solange er gesund war und dahin gehen konnte, weder Frühmesse noch Hochamt. Auch war der selbige König voll Menschenliebe und Demut und hielt sein Reich im Frieden, und sein Name hieß Wilhelm. Der König hatte eine schöne und verständige Frau aus königlichem Geschlecht, mit Namen Gratiana, und selbige war nicht minder eine gute Christin als der König. Darum liebte sie denn auch dieser herzinnig, und mit derselben, ja vielleicht mit noch heftigerer Liebe liebte sie ihn. Wenn der König Gott liebte und an ihn glaubte, so blieb die Königin nicht hinter ihm zurück; war er voll von Mitleid, so war das ihrige nicht geringer; war er mit Demut geziert, so war die Königin ebenso reich mit dieser Zierde ausgestattet; wenn er endlich keine Frühmesse vergaß, so lange er im Glücke lebte, so ging auch die Königin, so lange sie konnte, immer dahin; und so lebten die beiden gar freundlich und beglückt sechs Jahre lang beisammen und waren nur darum betrübt, dass sie kein Kind bekamen. Im Laufe des sechsten aber empfing die Königin, und als der König es bemerkte, ließ er sie sorgfältig bedienen und auf sie Acht haben und er selbst hatte ein wachsames Auge über sie, denn er besaß nichts, was ihm teurer war. Am Anfang ihrer Schwangerschaft, so lange ihr dieselbe noch nicht allzu beschwerlich ward, ging sie täglich wie bisher in die Frühmesse und stand wie gewöhnlich mit dem König auf. Als aber dieser bemerkte, dass die Zeit nahe herankam, in welcher sie gebären sollte, befürchtete er, es möchte ihr schädlich sein, wenn er sie noch fürder dahingehen ließe, und befahl ihr, daheim zu bleiben. So blieb sie denn zuhause, während er nach der Kirche ging, denn er wollte keine einzige Messe versäumen. Als er aber in einer Nacht wie gewöhnlich und um die rechte Stunde erwachte, war er sehr verwundert, warum er nicht zur Messe läuten hörte; dagegen vernahm er ein Krachen, wie von einem Donner, er fuhr im Bette auf, hub sein Haupt empor und schaute in dem Gemache umher. Da bemerkte er plötzlich eine so große Helle, dass ihr Schein ihn ganz verblendete, und mit derselben vernahm er eine Stimme, die sprach zu ihm: „König, geh aus deinem Lande! Im Namen Gottes und seines Sohnes sage ich dir dies. Der Herr ist es, der dir dies durch mich befiehlt."

Der König war darob sehr verwundert, beriet sich deshalb des andern Tags nach der Frühmesse mit seinem Kaplan, und dieser gab ihm einen gerechten und verständigen Rat, ganz wie er von der Sache dachte.

„Herr", sprach er, „von dem Gesicht, das Ihr gesehen habt, weiß ich nicht, ob es von Gott gekommen ist, und Ihr könnt es auch nicht wissen. Das aber weiß ich wohl, dass Ihr manches besitzt, worauf Ihr kein Recht habt. Darum lasset alsbald im ganzen Lande ausrufen, wenn einer etwas von Euch zu fordern habe, dass Ihr bereit seid, ihm Ersatz zu geben! Das ist mein Rat, dass Ihr kein fremdes Gut behaltet, sondern allenthalben Euch desselbigen entlediget. Von dem Gesichte aber befürchte ich, es möchte von irgendeinem Gespenste herrühren."

Der König mochte dem, was er ihm empfahl und verordnete, nicht widersprechen. Darum ließ er auch alsbald alle diejenigen an seinen Hof berufen, von denen er wusste, dass er etwas von ihrem Eigentum ungerechter Weise im Besitz habe. Er gab jedem das Seine zurück, so viel er ihm schuldig war, so gut er vermochte und wie man es nur von ihm verlangen konnte. Als aber der König des Nachts im Bette lag, hörte er genau um dieselbe Stunde das Geräusch, sah die Helle und vernahm die Stimme wie früher. Da schlug er ein Kreuz über sein Gesicht ob dem Wunder, das er vernahm, und war gar sehr erstaunt. Er stand auf, sobald er konnte, und ging unter mancherlei Gedanken über das Ereignis wieder in die Kirche, um zu beten, seine Sünden-schuld zu bekennen und Gott um Gnade anzuflehen. Nachdem der König aber die Frühmesse bis zu Ende gehört hatte, rief er den Kaplan ganz allein auf die Seite, und fragte ihn nochmals um Rat, da Gott ihm wiederholt geboten habe, unverweilt in das Elend zu gehen. Der

Kaplan wagte nicht, es ihm auszureden, doch sagte er zu ihm: „Herr, wenn es Euch nicht zu viel ist, so wartet doch bis heute Nacht! Kommt die Stimme und der Schein nochmals, so wisst, dass sie von Gott kommen. Dessen seid alsdann versichert! Für jetzt aber bleibet hier und wartet noch die dritte Erscheinung ab! Ergeht dann zum dritten Mal der Aufruf an Euch, so fraget nicht mehr um meinen Rat, sondern leistet Verzicht auf die Welt und achtet Euch selber gering, haltet fest an der Liebe Gottes und am Gebet, achtet alles gering gegen Gott und scheidet ohne Widerrede von dannen! Euer Gold und Silber verteilet an die armen Leute, an die Gotteshäuser und Kirchen! Denn dort sind Almosen wohl verwahrt. Gebet Eure Becher und Ringe, Röcke und Mäntel, Unterröcke und Gürtel, Jagdhunde und Geier, Schlachtrosse und Zelter, gebet alles auf einmal hin, so dass von allem Eurem Geräte auch nicht der Wert einer Nuss übrig bleibe! Auch nehmet nicht einen Pfennig mit Euch und nichts als die Kleider, die Ihr auf dem Leibe traget! Denn Gott wird, wenn die Zeit kommt, Euch alles zwiefach und hundertfach vergelten, wie Ihr es verdient habt, und Euer Gut wird nicht geringer sein."

Der König hörte an, was dieser zu ihm sprach, und glaubte seinen Worten. Er verbot ihm aber bei der Liebe Gottes im Himmel und sprach: „Lieber Herr, haltet diese Sache geheim und es werde davon auch nicht ein Wort laut, so wenig als wäre es meine Beichte!"

„Nie werden mir meine Sünden vergeben", sprach der Priester, „wenn durch mich etwas kund wird, was verschwiegen werden sollte."

Damit verließ der König die Kirche und der Priester wandte sich nach der andern Seite heimwärts. Der König aber vergaß nicht, was er zu tun hatte. Er befahl alsbald seine Schätze vor ihn zu bringen, beschickte Äbte und Prioren, Äbtissinnen und Priorinnen von Gutleuthäusern, dazu Arme und Bedürftige, und entledigte sich seines Schatzes und seiner fahrenden Habe. Er gab alles dahin um Gottes Liebe willen, und auch die Königin verschenkte ihre bunten und dunklen Kleider, ihr köstliches Pelzwerk, ihre Ringe und alle Kostbarkeiten, die sonst ihre Lust gewesen waren, denn auch sie hatte die beiden Nächte wieder die Stimme und den Donner gehört; darum behielt sie von allem ihrem Geräte nicht bei sich, was eines hölzernen Bechers Wert gewesen wäre. Damit ging der Tag hin und sie hatten am Abend alles weggegeben. In jener Nacht aber schliefen sie nicht, denn beide lauschten und wagten sich nicht zu rühren, bis sie das Getöse und das Krachen hörten und den Glanz wieder erblickten. Genau zu der selbigen Stunde hörten sie auch wirklich das Getöse und erblickten die Helle, worüber beide Gott den Herrn anbeteten und priesen, und die Stimme sprach: „König, nun geh von hinnen, so schnell du kannst! Denn wisse, dass ich dir ein Bote von Gott gesendet bin, der den Willen hat, dass du in die Fremde gehest, und er ist schwer ergrimmt und beleidigt, dass du so lange zögerst."

Alsbald stand der König auf, bekreuzte sich auf den bloßen Leib und unterzog sich dem gnädigen Willen Gottes mit Freuden. Er erhob sich leise und bekleidete sich in aller Eile. Die Königin aber richtete sich auch auf, und als sie den König sah, war sie sehr betrübt, dass er von ihr sich zu entfernen gedachte, da es ihr doch zukäme, ihm sich anzuschließen und ihm Gesellschaft zu leisten, was auch daraus werden möchte; auch wollte sie sich jetzt nicht von ihm trennen und nirgends hingehen ohne ihn. Als aber der König sie sich erheben sah, fragte er sie, was sie habe.

„Liebe Frau", sprach er, „was steht Ihr auf? Bei der Treue, die Ihr mir schuldig seid, beschwöre ich Euch, mir zu sagen, was Ihr vorhabt."

„Und was habt Ihr vor?"

„Nun, edle Frau, ich muss zur Frühmesse gehen, und darum stehe ich auf, weil ich dahin gehen will, wie ich es sonst zu tun gewohnt war."

„Zur Frühmesse? Das ist Euer Scherz."

„Nein, edle Frau", sprach der König.

„Und doch, Herr! Aber so wahr mir Gott helfe, soll Euch das Verhehlen nichts nützen. Ihr sollt nicht hingehen, wohin Ihr im Sinne habt. Und wenn Ihr mir Eure wahre Absicht nicht gesteht, so will ich sie Euch sagen."

„So sprecht, wenn Ihr es wisst!"

„Gerne, Herr! Ihr habt diese Nacht nichts gesehen, was ich nicht auch bemerkt hätte. Ich hörte den Donner und sah den Strahl und vernahm die Stimme, die mich so sehr erschreckte, da sie Euch befahl, ohne Widerrede von hinnen zu gehen und im Elend Euer Leben zu vernützen."

„Liebe Frau, ich wage nicht, mich dessen zu weigern; ich kann und darf es nicht tun. Gott tue mit mir, was ihm gefällt! Und ich will, so gut ich kann, bis zur Stunde meines Todes die Last tragen, die er mir auflegt."

„Herr, lasse Gott es Euch gelingen, sprach die fromme Königin, und tut immerhin seinen Willen! Aber große Torheit habt Ihr unternommen, dass Ihr weggehen wolltet, ohne dass ich es hörte oder darum wusste. Ihr seid einem schlechten Rat gefolgt, und wisst, dass ich sehr verwundert bin, dass Ihr, ohne meinen Rat zu hören, daran denken mochtet, in das Elend zu gehen!"

„Da wäre ich in meiner Verwunderung allein zurückgeblieben; ja Ihr hättet mich verraten und getötet, wenn Ihr mich allein gelassen hättet. Wahrlich ich wäre nie mehr froh geworden."

„Warum denn nicht? Was wäre Euch das so schwer, da auch, wenn ich weg bin, es Euch an nichts fehlen wird?"

„Ohne Euch, lieber Herr, wäre wahrlich diese Buße allzu hart, Euer Scheiden fiele mir allzu schwer, und eher mag sich meine Seele von meinem Leibe scheiden, als ich mich von Euch scheide."

Der König bat sie wieder und immer wieder, dass sie ihn in's Elend ziehen lasse.

„Liebe Frau", sprach er, „lasst mich ohne Zwist mit Eurem Urlaub scheiden und sagt niemand davon, dass die Leute nicht davon reden weder in der Nähe noch in der Ferne, wenn ich dem Willen Gottes folge!"

„Herr, ich brauche es nicht zu verschweigen", sprach die edle Frau, denn wir werden diese Reise mit einander machen. Es ist wohl billig, wie mich dünkt, nachdem wir viel Freuden und Ehren, Reichtum und Wohlergehen mit einander genossen haben, dass wir auch Kummer und Armut, Schmach und Unglück mit einander erdulden. Nach bestem Wissen und Gewissen will ich mit Euch Freude und Schmerz, Wohl und Weh gleich teilen."

„Ach", rief der König, „liebe Frau, tut mir die Gnade und bleibt hier! Denn wie Ihr seht, ist Eure Schwangerschaft weit vorgerückt, und ich möchte nicht um hunderttausend Mark Besanten, dass Euch in diesen Wäldern ein Unfall widerführe. Die Stunde ist nahe und die Zeit wird bald kommen, wo Ihr gebären sollt. Wer sollte Euch aber Eures Kindes entbinden? Wo fändet Ihr Wärterinnen und Ammen für dasselbe? Und Ihr selbst, welche Pflege und welche Gemächlichkeit könnte man

Euch bereiten? Euer Leben hätte am längsten gedauert und vor Mühsal und Kummer ginget Ihr sicher bald zur ewigen Ruhe ein. Ja gewiss, Ihr wäret in kurzem des Todes, und wenn Euer Sinn dahin steht, auf Euch selbst nicht Bedacht zu haben und kein Begegnis zu fürchten und vor nichts zurückzubeben, so habt doch Erbarmen mit Eurem Kinde, von dem Ihr bald könnt entbunden werden, und lasst wenigstens Euer Kind leben! Denn wenn es stirbt durch Eure Beharrlichkeit, so lastet die Schuld seines Todes auf Euch. Und was bliebe dann mir zu tun übrig? Wenn ihr beide dahin wäret, so müsste ich auch umkommen, ich könnte solchen Schmerz nicht überstehen. Darum bedenket wohl! Ihr hättet so uns alle drei ums Leben gebracht. Und warum wollt Ihr Euch töten? Es steht Euch besser, Eure Betten und Zimmer mit Gold zu schmücken und mit Myrrhen zu räuchern, Eurem Leibe gut Gemach zu schaffen. Der tut Unrecht, der gutem Rate nicht folgen will, wenn er ihn haben kann, und wenn ich Euch nicht recht geraten habe, so sollt Ihr nimmermehr mir etwas glauben."

„Herr, Eure Rede ist gut; aber ich habe den festen Glauben, dass, wer auf Gott vertraut, nie ratlos sein wird; und darum trennt Euch nicht von mir und meiner Gesellschaft! Gott wird Euch nie vergessen, sondern mich und Euch und das Kind, das Ihr gezeugt habt, in seiner Obhut behalten. Lasst uns in dieser Zuversicht mit einander nach dem Befehle Gottes hinziehen, damit er uns in seine Vorsorge aufnehme!"

„Liebe Frau, was nun auch daraus entspringen mag, ich muss Eurem Willen folgen, und da Ihr durchaus Euch nicht bewegen lasst, zurückzubleiben, so wollen wir denn mit einander von hinnen fahren."

In dem Gemache waren mehrere Fenster, und durch eines derselben stiegen sie hinaus. Es war eine finstere Nacht und der Mond leuchtete nicht am Himmel. Sie liefen aber eilig von ihrer Wohnung weg und wandten sich nach einem Walde. Der König hatte sein Schwert umgürtet und neben ihm ging die Königin mit dem Kinde unter ihrem Herzen; sonst nahmen sie nichts mit sich; aber sie waren vergnügt in ihrem frommen Sinne. Mit Absicht wichen sie von den Straßen und Wegen ab, damit nicht ihre Leute hinter ihnen herkämen, und sie zurückhielten, oder damit ihnen nicht jemand begegnete. Darum hielten sie weder Weg noch Bahn, sondern streiften durch den Wald hin, gerade wo er am dicksten war. So flohen sie die ganze Nacht weiter, und so schlimm es ihnen erging, waren sie doch frohes Mutes; denn wen der Geist Gottes treibet und erleuchtet, dem scheint alles süß und lieblich, was solchen bitter wäre, deren Herz nicht Gott zu lieben versteht.

Am Morgen, als die Leute erwachten, waren die Höflinge sehr verwundert, was doch das sein möchte, dass der König nicht ausstehe, da er doch sonst so früh sich zu erheben pflegte. Viele waren sehr bekümmert, und ihre Sorge wäre nicht geringer gewesen, wenn sie den Hergang der Sache gewusst hätten. Sie dachten jedoch nicht, wie groß ihr Unglück war, und warteten noch immer bis er aufstehe. Als aber Mittag vorüber war und sie noch immer vergeblich gewartet hatten, bis er aufstehe, gingen sie an die Türe des Gemaches und fanden sie verschlossen. Sie standen eine gute Weile davor stille und horchten; dann riefen sie und pochten an. Als sie aber auf vielfaches Klopfen und nach langem Warten nichts innen vernahmen, stießen sie so heftig an die Türe, dass sie mit großem Krachen einbrach. Da sie nun eintraten, waren sie sehr verwundert, weder den König noch die Königin zuf. Sie sahen jedoch das Fenster offen stehen, durch welches sie hinausgestiegen waren, und dachten somit, sie seien davon gegangen. Ehe sie aber ein Wort darüber äußerten, untersuchten sie alles, was sie in dem Gemache fanden, Kisten, Schränke, Büchsen und Säcke, auch alle übrigen Gemächer und Säle, um alles auszuleeren, was sie daselbst fänden. Aber es war nichts von alle dem daselbst, was sie dachten; es war nichts dort und sie fanden nichts, außer ein kleiner Junge erspähte unter dem Bette ein Horn von Elfenbein, das der König alle Tage im Walde zu tragen pflegte. Der Knabe nahm es zu seiner Ergötzung mit sich nach Hause und bewahrte es lange Zeit. Nun war das Ereignis nicht länger zu verhehlen und das Gerücht verbreitete sich schnell überallhin, dass der König Wilhelm verloren sei. Das ganze Reich geriet darüber in Bestürzung und gleicher Weise war man allgemein um die Königin besorgt; alles suchte sie und ließ sie suchen zu Land und auf dem Meere, aber dahin, wo sie waren, kam man nicht, denn die Fliehenden vermieden alle Wege und lebten wie wilde Tiere von Eicheln und Bucheln und von den Früchten des Waldes, von wilden Äpfeln und Birnen, Maulbeeren und Schlehen, und was sie sonst fanden. Ihr Getränk war das Wasser, das aus den Wolken regnete, und Besseres hatten sie nicht; aber sie ertrugen all ihr Ungemach und

Mühsal in Geduld und gingen auf's Geratewohl dahin einen Tag um den andern, wie der Zufall sie führte, ohne einen Weg oder Fußpfad aufzusuchen. Endlich kamen sie in der Nähe des Meeres vor den Wald heraus, wo sie einen Felsen fanden, welcher gespalten und hohl war. In diesen Felsen traten sie ein und herbergten daselbst die Nacht über. Es war keine gemächliche Herberge, das Bette darin war hart und die Küche kalt, aber die Königin war sehr ermüdet, und darum war es nicht zu verwundern, dass sie einschlief, sobald sie sich auf die Seite gelegt hatte. Bald aber erwachte sie wieder, und merkte, dass die Zeit ihrer Entbindung gekommen war mit viel Angst und Wehen. Da rief sie in ihrer Bedrängnis zu Gott und zu der glorreichen Jungfrau, zu allen Heiligen und zu allen Jungfrauen im Paradiese und flehte zur heiligen Margarete, dass sie den allmächtigen Gott um ihre glückliche Entbindung bitten mögen. Aber darüber war sie sehr in Sorge, dass sie keine Frau hatte, welche ihr beistand und welche ihr in ihrer Not weit eher, als ein Mann, hätte hilfreich sein können. Indes waren sie so weit von allen Leuten entfernt, dass keine Frau für dieses Geschäft noch zeitig genug herbeigebracht werden konnte, und so musste sich der König dazu verstehen. Derselbige tat auch in großer Demut und frommer Ergebenheit alles, was sie von ihm verlangte, und scheute keine Mühe und Arbeit, bis er ein gar schönes Knäblein bekam. Der König liebkoste das Kind und bedachte sich, wo er es niederlegen möchte; darum zog er sein Schwert aus der Scheide und schnitt von dem Rocke, den er anhatte, den rechten Schoß ab, wickelte das Kind darein und legte es auf die Erde. Darauf setzte er sich selbst nieder und legte, um der Königin ihre Schmerzen zu erleichtern, ihren Kopf sanft und mitleidig auf seinen Schoß, wo sie bald erschöpft von ihrer Anstrengung einschlief. Aber in kurzem erwachte sie wieder, denn ihre Wehen begannen von neuem und sie rief laut: „Glorreiche Jungfrau, heilige Maria, die du als Tochter und Mutter deinen Sohn und Vater geboren hast, schaue gnädig von dem Thron deiner Herrlichkeit herab auf deine Magd!"

Die Frau rief so lange um Hilfe, bis sie noch eines Kindleins genas. Da zog der König zum andern Mal sein Schwert und schnitt auch den andern Schoß seines Rockes ab, wickelte das Kind darein und legte es nieder. Er selbst aber setzte sich von neuem zu Boden und legte den

Kopf seiner Frau auf seinen Schoß, welche sofort einschlummerte und schlief bis an den Morgen. Als sie aber erwachte, fühlte sie so heftigen Hunger, wie sie nie zuvor empfunden hatte, und sprach zu ihrem Gemahl: Herr, wenn ich nicht schnell zu essen bekomme, so werdet Ihr bald meine Augen sich schließen sehen. Mein Hunger ist so groß und heftig, dass ich wenigstens eines meiner Kinder essen muss, um ihn zu stillen.

Der König war über diesen Hunger sehr bekümmert, denn er wusste nicht, was er anfangen sollte; aber er gedachte ihr lieber von seinem eigenen Leibe zu essen zu geben, zückte auch sein Schwert und wollte sich ein Stück Fleisch abschneiden. Die Frau aber, als sie seine Ergebenheit und seinen Entschluss bemerkte, wurde trotz ihres heftigen Hungers so von Mitleid ergriffen, dass sie ausrief: „Was wollt Ihr beginnen? Bei Sankt Peter von Rom, zu dem so viele pilgern, mein Fleisch soll nicht das Eure essen."

„Und bei dem heiligen Paternoster", sprach er, „Ihr sollt es tun. Ich will den Tod meines Sohnes abkaufen mit meinem eigenen Fleisch und Blut; denn so lange Leben in mir ist und ich Fleisch auf den Knochen habe, beteure ich Euch, dass Ihr meine Kinder nicht essen sollt, es wäre denn mein Sinn verwirrt. Esst, von meinem Fleisch, so viel Ihr wollt! Denn Gott wird mir wieder Gesundheit schenken und meine Wunde wird wohl heilen, aber für mein Kind ist mir bange; denn da wäre keine Rettung mehr möglich und Gott würde es Euch zur Sünde anrechnen, wenn Ihr Eure Kinder aufäßet. Ihr selbst würdet bald vor Erbarmen umkommen."

„Herr", sprach sie, „nun schweiget und beruhigt Euch! Ich will essen so gut ich kann, und meinen Hunger ertragen. Ihr aber gehet hin und schauet aus, ob Ihr nicht jemand findet, der um Gottes willen Euch Gutes tun möchte, und bringet mir bald hierher, was Ihr erhaltet!"

„Gerne", sprach der König, „ich will sobald als möglich zurück sein". Damit machte er sich sogleich auf den Weg und bat Gott, seine Schritte zu lenken. Wie er nun gegen das Meer hin schaute, bemerkte er Kaufleute im Hafen, welche ein Schiff mit allerlei Gütern beluden in großer Freude und Festlichkeit. Das Schiff war schon nahe daran, abzustoßen, als der König zu ihnen kam; er sah aber so arm und bloß aus, dass sie ihn für einen Bettler hielten. Er grüßte sie freundlich und bat sie um ein kleines Gehör, bis er sein Gewerbe angebracht habe.

„Ihr Herren", sprach er zu den Kaufleuten, „Gott lasse euch euer Unternehmen gelingen und verleihe euch Gewinn! Habt ihr Speise, so teilet mir davon mit! Gott möge es euch vergelten, er behüte euch vor Schaden und gebe euch allen reichen Gewinn!"

Einer von ihnen aber sprach zornig zu ihm: „Packt Euch eilends von hinnen, Bettler! Sonst sollt Ihr geprügelt und in das Meer geworfen werden, wenn man meinem Rate folgt, zum Lohn für unsern schlechten Markt."

„Ei", sprach ein anderer, „begebt Euch zur Ruhe! Lasst doch diesen zerlumpten Bettler und fangt keinen Streit mit ihm an! Die armen Unglücklichen müssen auch leben, so gut sie können. Lasst sie bitten und um das nachsuchen, was gute Leute ihnen reichen mögen! Sein Beruf ist nun einmal, zu betteln durch das ganze Land von einem Ort zum andern. Er hat es hier nicht angefangen, hier wird er es auch nicht aufgeben, denn er weiß kein anderes Gewerbe."

„Ach, ich danke Euch, edler Mann", sprach der König. „Freilich habe ich es erst hier angefangen, aber aufhören wird es damit nicht. So ist es mir nun zugeteilt und bestimmt und ich muss meine Bestimmung erfüllen. Aber doch wäre mein Bettlerberuf mit diesem Mal zu ende, wenn ich nicht unglücklicher wäre durch fremdes Missgeschick, als durch mein eigenes. So wisset denn, dass heute Nacht mein Weib von zwei Kindern ist entbunden worden, und da fürchte ich sehr, es möchte mir schlimm ergehen, denn sie ist von einem so großen Hunger befallen worden, dass ihre Gier sich fast auf die Kinder geworfen hat, die sie eben geboren."

„Ei, Herr Bettler, nun lügt Ihr aber, riefen die Kaufleute von neuem in ihrer Bosheit; Ihr erzählt uns da eine grässliche Mähre, denn nie gab es einen so eingefleischten Teufel von Weib, die ihre eigenen Kinder gefressen hätte. Das ist nie gewesen und wird nie sein. Aber dennoch führt uns zu ihr hin (nur sei es nicht zu weit!)! Und wir wollen sehen, wo die Kinder liegen."

Damit wählten sie fünfzehn unter sich aus, welche alle sagten, sie wollen hingehen; und sie folgten wirklich dem Könige, welcher sie schnell und gerades Weges dahin führte, wo die Königin lag. Einer von ihnen aber sprach in seinem Übermut, als er die Königin erblickte: „Diese Frau hat gar kein Geräte und keine Kleider. Woher habt Ihr sie genommen, Bettler? Wo fandet Ihr ein so schönes Weib?"

„In Wahrheit, Freund, wisst, dass ich ihr Mann bin."

„Ei, gewiss? Nun jetzt bin ich im Reinen, denn Ihr habt mich da nochmals belogen. Ihr werdet es aber zu spät bereuen, wenn Ihr nicht alsbald Eure Rede ändert. Diese Frau ist weiter nichts, als Eure Gefangene."

Und sie verlangt nichts anders.

„Allzulange ist sie mit Euch Bettlern gewesen und durch das Land geschleppt worden. Wohl ist eine solche Frau anders vermählt, als an einen gemeinen Landstreicher, wie Ihr seid. Nun geht mir nicht länger mit Vorspiegelungen um, sondern sagt an, was wahr ist! Denn wahrlich dabei war kein Priester, als Ihr zuerst mit ihr zusammengetroffen seid; und so sagt uns, wo Ihr sie geraubt habt!"

„Ach, ihr Herren", versetzte der König, „sprecht nicht also! Wollte Gott, ich wäre sonst so rein von Sünden, wie ich dieser Sünde mich rein weiß! Ich habe in keiner Weise der Wahrheit Eintrag getan. Haltet mich nicht im Verdachte des Raubes! Ihr tut nicht wohl daran, solches zu glauben. Doch was entschuldige ich mich, da ich doch nie Glauben bei euch finde? Die lebendigen Teufel kämen euch ja auf den Hals, wenn sie euch bei einer solchen Schönheit sähen, die nur durch Raub in einer solchen Gesellschaft sich befände."

Und das Nämliche sagte die Frau selbst aus.

„Ihr Herren", sprach sie, „gewiss bin ich seine Frau und eines Priesters Hand hat uns verbunden. Ihr seid sehr in der Irre, also zu lügen. Schämt euch! Was kümmert es euch denn?"

„In Wahrheit er hat Euch nie geheiratet, und wehe, wenn er es hat! Hat er Euch aber auch noch so lange in seiner Gewalt gehabt, so seid Ihr jetzt aus seiner Hand gefallen, denn wir werden Euch sogleich mit größter Schonung in unser Schiff bringen, und dort sollt Ihr in allem Gemache erhalten werden, ob es dem Thoren, der Euch hierher brachte, gefalle oder nicht, denn von nun an hat er kein Recht mehr auf Euch. Die beiden Kinder aber sollen ihm gehören; sie sind ihm recht nützlich zum Betteln. Er wache gut über sie wenn er klug ist! Denn sie können ihm seine Pfänder wieder einlösen helfen; so lange er sie bewachen kann, wird er nicht verhungern oder verdursten."

Als der König solchen Schimpf vernahm, verlor er alle seine Besinnung, sein Blut brauste aus vor Grimm und er fuhr nach seinem Schwert, das vor ihm auf dem Boden lag. Die Kaufleute aber traten herzu, als sie ihn die Hand darnach ausstrecken sahen; der eine stieß ihn zurück, der andere schlug ihn in das Gesicht, der dritte nahm das Schwert und der vierte gab ihnen den Rat und die Unterweisung, zwei Pfähle abzuschlagen, um die Frau darauf weiter zu schaffen. Darauf machte sich alsbald ein Teil nach dem Walde auf und hatten in kurzem die Äste abgeschlagen und gefällt und mit starken Zweigen verbunden. Sofort legten sie darauf eine Art Bette oder Sänfte von Zweigen und Flechtwerk, und kehrten, als sie alles fertig hatten, nach dem hohlen Felsen zurück und brachten die Bahre mit. Auf diese legten sie die Frau ganz nach ihrem Gefallen und Gutdünken gegen des Königs und ihren eigenen Willen. Der König war in der größten Bedrängnis, aber er stand allzu sehr allein unter ihnen, als dass er gegen sie hätte zu kämpfen vermocht; dennoch unterließ er nicht, zu schlagen und zu stoßen und sich mit tollkühnem Mute zu wehren, und er tat alles, um sie zu begleiten. Da sprach endlich einer von den Fremden, welcher ein ehrlicher Mann war, zu ihm: „Lieber guter Freund, hört meinen Rat! Ich will Euch fünf Besanten feines rotes Gold geben, wenn Ihr zurückbleibt; seid damit zufrieden! Denn uns nachkommen werdet Ihr doch nicht. Nehmt, mein Freund! Ich bitte Euch, die Besanten von mir als Almosen, deren Ihr werdet doch wohl brauchen können!"

„Herr", versetzte der König entrüstet, „ich kümmere mich nicht um Euer Eigentum und Euer Gold geht mich nichts an und ich nehme davon um keinen Preis."

„Braver Mann, Ihr seid allzu hochmütig; entweder seid Ihr stolz oder gar nicht klug, da Ihr doch des Geldes bedürft und fünf Besanten nicht annehmen wollt. Doch Euer Grimm wird bald abnehmen, darum will ich sie hier lassen; Ihr möget dann wieder hierher kommen und sie holen, wann Ihr wollt."

Damit warf der Kaufmann den Beutel mit den fünf Gulden, so gut er konnte, nach der Höhle zu; er blieb aber in den Zweigen der Bäume vor derselben hängen. Die Fremden zögerten nun nicht länger, sie brachten die Frau auf das Schiff, während der König, vom gerechten Zorne entflammt, allein am Lande blieb; und er musste mit ansehen,

wie sie den Mast ausrichteten, wie die Schiffsjungen das Segel ausspannten und alle eilig davon fuhren. Da begann er denn zu klagen
und sich wie wahnsinnig zu gebärden und um alle seine Lust war es
geschehen. Aber er kehrte nach dem Felsen zurück und war sehr nachdenklich, was er beginnen solle. Blieb er in England, so war zu vermuten, dass alle seine Barone ihn suchen ließen, bis sie ihn fänden. Das
sollte aber nicht geschehen. Da fielen ihm zwei Kähne ein, die er am
Ufer gesehen hatte, und er gedachte bei sich, in einen derselben wolle
er mit seinen Zwillingskindern treten, damit in die hohe See stoßen
und es dem Zufall der Wogen überlassen, wohin Gott sie führen wolle.
So nahm er denn eines der Kinder fort und ließ das andere noch in
der Höhle liegen. An das Meer gekommen fand er daselbst ein ganz
ausgerüstetes Boot, legte das Kind darin nieder und ging sofort eilig,
den andern Bruder zu holen, nach dem Felsen zurück, ohne sich eine
Rast zu gönnen. Aber er fand daselbst ein wildes Tier in der Größe
eines Wolfs (und das war es auch) und er sah, wie das wilde Tier sein
Kind im Rachen hielt. Ach, wie war darüber der König betrübt, als
er sein Kind in der Gewalt des Wolfes sah und nicht wusste, was aus
demselben werden möchte. Sein Schmerz war so groß, dass er gar
nicht wusste, was er beginnen solle, besonders da der Wolf mitsamt
dem Kinde davon lief. Der König eilte ihm zwar nach, so schnell er
konnte, aber all sein Bemühen war vergebens, denn er sah selbst wohl,
dass er ihn nicht einholen würde. Aber dessen ungeachtet wollte er
nicht zurückbleiben, sondern er bemühte sich so lange, den Wolf zu
erreichen, bis er ihn aus dem Gesicht verloren hatte. Da wusste er nun
nicht, sollte er vorwärts oder zurückgehen. Er stand an einem Felsen
und musste sich vor Ermattung niedersetzen; bald sank er ganz zusammen und fiel in Schlaf. Der Wolf hatte indes das Kind immer im Maule,
ohne es jedoch zu beißen oder zu verletzen, und lief auf einen Weg hin,
auf welchem Kaufleute vorübergingen. Sobald diese ihn erblickten,
erhoben sie ein grässliches Geschrei und machten sich mit Stöcken
und Steinwürfen so gewaltig über ihn her, dass der Wolf seine Beute
mitten auf dem Wege niederwarf und sie eilig davon fliehend im Stiche
ließ. Die Kaufleute liefen alsbald hinzu, und wie sie das Kind erblickten, wickelten sie es aus dem Tuche, waren auch sehr erfreut darüber,
es so gesund und heiter lächelnd zu sehen, ja sie erkannten es als ein

großes Wunder, und einer von ihnen sagte sogleich vor allen, das Kind gehöre ihm, denn jeder schätzte sich glücklich, es zu besitzen.

„Wenn das Kind Euch gehört", sprachen die andern, „so wollen wir es Euch denn überlassen."

„Und ich, ihr Herren, mache es zu meinem Sohn."

Sofort nahm es der Kaufmann zu sich, und sie kamen gerade zu dem Boote, in welchem der König das andere Kind niedergelegt hatte. Der erste, der es fand und ansichtig wurde, bat alle andern, dass keiner Teil daran verlangen möchte, da er ihnen sehr dankbar sein würde, wenn sie es ihm überließen. Er sagte, er wolle es so lieb haben, wenn es am Leben bleibe und sich brav halte, als wäre es sein Vetter und sein Neffe. Alle sprachen: „So behaltet es denn! Das Geschenk ist an einen guten Herrn gekommen. Wir überlassen es ganz Eurer Sorge und wünschen, dass es Euch kein Leid zufügen möge."

So hatten die beiden Kinder gute Väter, ohne dass dieselben sie für Brüder hielten; doch bemerkten sie, dass sie einander so sehr glichen, dass sie, waren sie nicht neben einander, nicht zu unterscheiden waren. Die Kaufleute machten sich aber gleich auf den Weg und mochten so schnell wie möglich von hier weiter kommen. Auch verweilten sie wirklich nicht lange mehr im Hafen und hatten bald alles zur Abfahrt bereit. Als aber nun der ergrimmte König erwachte, war er gar sehr bestürzt.

„Ha", rief er, „wie haben mich die garstigen Kaufleute verraten, die mir meine Königin geraubt haben! Dann kam der schlimme Wolf, mich trostlos zu machen, und trug mir mein Kind davon. Wehe dir, dass du geboren bist, böses Tier! Du hast nun ein feines Frühstück eingenommen mit meinem Kinde, das du verspeist hast, und bist nun noch so stark und fett davon geworden. Verhasstes garstiges Tier, du hast einen reichen Raub begangen an einem unschuldigen Kindlein, das du getötet hast. So will ich mich denn an dem andern erheitern, das ich im Hafen gelassen habe, denn, was auch für Unglück mich betroffen habe, wenn nur dieses noch lebt, so halte ich mein Geschick für günstig, wenn Gott nur dieses mich wieder finden lässt."

Damit eilte er so schnell er konnte nach dem Meere, wo er sein Kind zu finden gedachte; aber sein Herz wollte ihm zerspringen, als er nirgends etwas von dem Kinde sah. Da wurde auch all sein alter Schmerz wieder neu, er kehrte mit doppelter Gewalt zurück, sein Herz schien still zu stehen, das Blut verwirrte ihm seine Sinne; aber so weit ließ ihn sein Unglück nicht sinken, dass er in verdammliche Verzweiflung verfiel, sondern er betete zu Gott und dankte ihm für alles Gute, das er zuvor genossen, und für alles Unglück, das er ihm gesandt hatte, bis er zuletzt sich an das Almosen des Kaufmanns erinnerte und in seinem Sinne dachte, nun komme es ihm ganz gelegen, er wolle es doch nehmen und behalten. Er ging daher nach der Stelle hin; sowie er aber das Geld nehmen wollte und die Hand darnach ausstreckte, stieß wunderbarerweise ein Adler herab, welcher den roten Beutel von ferne bemerkt hatte, nahm ihm denselben aus den Händen und gab ihm mit beiden Flügeln einen solchen Schlag in's Gesicht, dass er vorwärts hinfiel. Als er sich aber wieder aufgerichtet hatte, sprach er: Gott ist über mich erzürnt, das merke ich nun wohl, und ich verstehe auch, weshalb, denn ich habe eine große Ärmlichkeit begangen, dass ich Ehren und Würden des Königtums Gott zuliebe verlassen konnte und nun mich doch von der Sünde fangen ließ, da mich die Lust nach ein wenig Geld verführte, die mich leicht ganz und gar ums Leben gebracht hätte. Ach, böser Geiz, du bist die Wurzel alles Übels. Der Geiz ist ein schlimmes Ding, und wen er anfällt und fasst, der verlangt, so viel er hat, doch immer mehr, und in solcher Qual schwebt der Geizige, dass er auch im Überfluss nicht ersättigt wird, wie von Tantalus gesagt wird, der in der Hölle so viel Pein erduldet, da der süße reife Apfel, nach dem ihn gelüstet, ihm immer so nahe kommt, dass er ihm aus die Nase stößt und manchmal am Munde vorüberstreicht; dabei aber verschmachtet er vor Durst und stirbt vor Hunger, er ringt und windet sich umher, er dehnt seinen Kopf, um den Apfel zu fassen, aber seine Kraft reicht nicht so weit, dass er verhindern könnte, dass stets weiter der Apfel vor ihm fliehe, und mit jedem vergeblichen Kraftaufwand wächst sein Unmut.

In solche Folter und Pein geraten alle durch Geiz, alle, die mehr als ihnen Not wäre, nach Korn und Früchten streben; und doch hat der weniger, als nichts, der die Ehre nicht kennt, der hat kein Gut, der es im Schranke gefangen hält, nur der hat es und soll es haben, der es ausgibt und verteilt, und seine Freunde damit ehrt und beglückt. Darum auch bereute der König seinen Geiz so tief und klagte sich selbst an; aber um sein Weib und um seine Kinder war er also sehr betrübt, dass er bald ohnmächtig zu Boden sank, bald wie unsinnig umherrannte, als wäre er nicht mehr im Stande, seinen schnellen Lauf einzuhalten; bald saß er nieder, bald fuhr er wieder auf; er lief in den Wald hinein und wieder zurück, und so verstrich der ganze Tag. Aber auch die Nacht schenkte ihm keine Ruhe, denn er hatte keinen Ort, wo er sein Haupt hinlegte, und konnte nirgends eine gemächliche Lagerstätte erschauen. So ging er denn bald umher, bald setzte er sich nieder und lief planlos da und dorthin, da er sich gar nicht zu fassen wusste, bis er endlich bei seinem Umherschweifen wieder eine Schar von Kaufleuten auf einer Wiese antraf, welche auf reinlichen weißen Tüchern ihr Mahl hielten, nachdem sie sich aus ihrem Gepäcke und ihren Mänteln Tische aufgerichtet hatten. Der König, von Schmerz und Kummer leichenblass, ging auf die Stelle zu, wo er sie versammelt sah; der Unglückliche! Ihm wäre besser gewesen, er wäre unter eine Schar bissiger Hunde gefallen; denn hier kam er nicht wieder ohne Schläge von dannen. Er hatte sie nicht sobald gegrüßt, als sie alle aus-riefen: Schlagt ihn tot, schlagt ihn tot, diesen eingefleischten Teufel, diesen Gaudieb! Spare keiner seinen Stock, ehe er ihn tüchtig durch-gewalt und ihm Arme und Beine zerschmettert hat! Lasst ihn nicht entwischen! Das ist gewiss der Ordensmeister der Mörder und Diebe. Er ist ihr Abt oder Bischof, der Hauptmann der ehrenwerten Rotte, der unserem Gold und Silber nachspürt, und gelänge es ihm, zu uns heranzukommen, so wäre er gleich darauf bedacht, uns zu berauben.

Damit gingen die Bursche alsbald auf ihn los, und der König, den es nicht eben gelüstete, von ihnen gefasst zu werden, floh, so weit seine Füße ihn trugen, die ganze Nacht, und kehrte auch nicht eher zu ihnen zurück, als am Morgen, da es Tag wurde. Als nun alle gerüs-tet waren, dass sie nur noch vom Lande stoßen mussten, fiel ihnen der König zu Füßen und bat sie um Gottes Treu und Liebe willen, dass sie ihn doch aufnehmen möchten in ihr Schiff. Sie gaben seinem langen Flehen nach und nahmen ihn um Gottes willen, an den sie ja auch glaubten, in ihr Schiff auf. Gleich darauf stießen sie vom Lande und übergaben sich der hohen See, bis dass sie sicher in einem Hafen in Galinde einliefen. Ein begüterter Bürger, der seine Habe nicht im Würfelspiel verschleuderte, behielt daselbst den König als seinen Diener bei sich. Der Bürger wollte weiteres von ihm erfahren und der

König versprach ihm auch, die Wahrheit zu sagen; aber wohlbedacht sagte er ihm nur den Anfang seines Namens und verhehlte ihm die andere Hälfte.

„Herr", sprach er, „um Euch die Wahrheit zu gestehen, man heißt mich in meinem Lande Wil."

„So sag mir denn, Wil, was du zu tun verstehst? Kannst du Wasser aus dem Brunnen holen, meine Aale abhäuten, meine Pferde striegeln, mein Geflügel mästen und mein Haus in Obhut halten? Wenn du das alles hübsch ordentlich zu tun, auch je zuweilen meinen Wagen zu leiten verstehst, so kannst du dir viel bei mir verdienen, denn ich will dich reichlich belohnen mit aller meiner Habe."

„Herr", sprach Wil, „ich werde mich nicht weigern, alles dies zu tun und noch weit mehr, und Ihr sollt nie in Eurem Dienste mich ungetreu erfinden."

So diente denn der König bei dem Bürger williglich als Knecht und er weigerte sich keiner Sache, die ihm zu tun befohlen ward; vielmehr tat er alles ohne Groll und Widerwillen und ohne Widerrede. Auch war keiner so gering und so verachtet, von dem er nicht Schmach und Schimpf ohne Murren ertrug, und er war darum nicht minder bereit, ihm zu dienen, vielmehr neigte er sich und löste ihm die Schuhe von seinen Füßen. Denn das Wort der Wahrheit spricht: Wer sich selbst erniedrigt, der soll erhöhet werden. Auf diese Weise diente der König lange Zeit, bis er das ganze Hauswesen unter sich bekam und weder Brot noch Wein noch etwas anderes daselbst war, das nicht unter seinem Befehl stand. Auch übergab ihm der Bürger alle seine Schlüssel und ließ ihn damit schalten nach seinem Gutdünken. Doch lassen wir jetzt den König! Denn ich muss nun von der Königin weiter erzählen und von dem, was ihr begegnete.

Die Kaufleute, welche sie von hinnen führten, hielten nicht an bis sie in Surelin waren; dort liefen sie in den Hafen ein und legten das Schiff vor Anker. Als nun aber die Frau sich wieder erholt hatte, erhob sich Streit und Zank unter den Kaufleuten um ihretwillen, denn sie gefiel einem jeden und däuchte ihnen schön, so dass jeder sich ihrer bemeistern wollte, sei es nun um Geld und Gut oder durch Gewalt. Aber keiner von ihnen wusste einen triftigen Grund anzuführen, weshalb er mehr als die andern ein Recht auf sie habe.

So ging denn der Streit unter ihnen so weit, dass die Sache dem Herrn des Landes berichtet wurde, welcher Gliolas hieß. Er war weder König noch Herzog noch Graf, sondern ein einfacher wackrer Ritter, den man dem braven Roland an die Seite stellen konnte; aber er war schon so alt und krank, dass man nicht viel mehr von ihm sprach. So geht des Menschen Stärke, Kraft und Schönheit schnell dahin und wird zunichte, wenn das Alter herankommt. Als Gliolas die ganze Sache vernommen hatte, stiftete er Eintracht unter ihnen, aber so, dass sie nicht sehr damit zufrieden waren, denn keiner von allen erhielt, was er wünschte. Und damit kamen sie noch nicht los, sondern er ließ das Beste von allem, was sie mit sich führten, wegnehmen und dazu auch die Königin, die er in sein Gemach zu seiner Frau brachte. Der Ritter und seine Frau waren beide betagt, die Königin aber war jung und schön und verschämt wie ein Mägdlein. Der Frau aber wurde sie bald sehr teuer um ihrer Einfalt willen und der Ritter liebte sie auch sehr in seinem Herzen, weil sie so schön und keusch war. Doch hielt Gliolas ihre Anwesenheit geheim, so dass niemand sie von dort abrief. Nachdem sie so einige Zeit mit einander gelebt hatten, starb die Frau vor ihrem Gemahl, und er blieb ganz ohne Kinder zurück. Darum hielt er es für eine gute Schickung, dass die Fremde in sein Haus gekommen sei, und er gedachte diese zu seinem Weibe zu nehmen. Er bewegte dies lange Zeit in seinem Sinne und dachte viel und gerne daran, ohne dass er es ihr gesagt hätte. Da aber Liebe nicht auf die Dauer verborgen bleibt, so berief er sie einstmals zu sich und bat sie, dass sie sein Weib und seine Freundin sein wolle alle Tage seines Lebens und er wolle sie lieben und ihr Freund sein.

„Edle Frau", sprach er, „all mein Land und mich selbst gebe ich Euch. Mein Land ist mehr Euer Eigentum, als das meine, und nach meinem Tode soll Euch auch nicht eine Furche davon entgehen, denn ich habe niemand, der mich beerben und Euch darum Übles zufügen könnte. Ich will es Euch gültig verschreiben und von meinen Leuten zusichern lassen, so dass niemand eine Änderung damit vornehmen kann. Ich wüsste nicht, was ich Euch noch weiter versprechen könnte; aber wenn Ihr damit zufrieden seid, so seht mich an! Und ich stehe hier vor Euch als Euer Gemahl und Euer Freund."

Die Frau bückte sich tief, aber sie gedachte, dass sie eine Königin war, und dass sie nun, wenn sie eines Ritters Frau würde, ihren Namen allzu tief erniedrigte, darum bedachte sie sich, was sie antworten könne; denn eher wollte sie sich verbrennen und schmählich zu Tode martern lassen, als auf solche Art, durch Gewalt oder Bitte, um Geld oder Gut sich dazu verstehen, einen andern Mann zum Freund und Gemahl zu nehmen, als ihren eigenen, obwohl sie nicht wusste, ob sie ihn je wieder finden werde. Aber dennoch, wenn sie es auch kaum hoffte, dachte sie jetzt darauf, den Antrag des Ritters anzunehmen.

„Edler Herr", sagte sie, „höre mich ein wenig geduldig an, auf dass auch Gott einst dein Gebet erhöre und er dir das Gute vergelte, was du mir in deinem Hause getan hast! Edler Herr, besinne dich, ob man aus einer gemeinen niedrigen Dirne eine Burgfrau machen darf! Du bist ein edler Burgherr und mein Vater war ein gemeiner Mann, und ich bin so einfältig und schlechter Art, dass ich gar nicht verdiene, zu leben. Mein Leben hat weder Wert noch Freude, und wenn Ihr Euch dessen versichern wollt, so höret an, was ich Euch sage! Doch müsst Ihr es verborgen halten. Ich habe das Gelübde der Nonnen getan, darauf aber verließ ich mein Kloster und führte ein sehr ungerechtes Leben. Ich suchte mein Glück im Lande umher und lebte wie eine niedrige Metze, welche keinen unerhört von sich gehen ließ. Aber um Gottes willen bitte ich Euch, dass Ihr mich darum nicht anklaget, dass ich Euch meine Schande gebeichtet habe. Ich bin eine niedrige, verachtete Dirne und darf nicht einen so hohen Herrn zum Gemahl bekommen. Ja, es spricht noch ein wichtigerer Grund dagegen, wenn ich ihn Euch sagen dürfte; aber dieser muss Euch wohl hinreichen."

„Schweiget doch davon, liebe Freundin, und wisset, dass Ihr mir so wohl gefallet um Eurer Schönheit und um Eures Verstandes willen, dass ich Euch dennoch zur Frau haben will, was Ihr auch zuvor getan haben möget! Seid darum nicht bekümmert! Denn auch ich bin vielfach befleckt von Sünden und Torheiten der Welt, auch ich habe oftmals nach meinem Eigenwillen gehandelt. Trotz aller Eurer Sünden und trotz Eurer niedrigen Abkunft will ich darum nicht davon absehen, Euch zum Weibe zu nehmen. Wisst Ihr nicht, dass die süße liebliche Kastanie aus einer rauhen stachlichten Hülle hervorspringt? Ich weiß nicht, wer Euer Vater war, aber wäre er auch König oder Kaiser gewesen, so könnte Euer Wert nicht höher sein. Nicht selten lässt sich am Sohne erkennen, wer sein Vater gewesen; mancher Schlechte ist von einem Guten entsprossen und der Schlechten Söhne werden wieder Gute. Süße Freundin, sieh hier deinen Freund! Du bist meine holde Schwester und ich bin ganz dein mit aufrichtigem Herzen. Es braucht hier kein Gerede weiter und ich habe dich um jener Dinge willen nicht weniger lieb; denn der hat seine Ehre wider, der sich los macht vom bösen Tun und von der Torheit, und nur der muss tief beschämt sein, der seine Fehler nicht ablegt und seine Begierden bändigt. Um deiner Keuschheit und deiner Tugend willen hat dich nun Gott so hoch erhoben, dass er dich zu meinem Weibe machen will."

Der Königin strömten die hellen Tränen über das Gesicht, da sie gar nicht wusste, was sie sagen und was sie tun sollte, wenn sie ihn jetzt nicht täuschen könnte. Ihn ganz abweisen und sein Anerbieten ablehnen durfte sie nach Weiber Art nicht, denn es deuchte ihr doch schön, wenn sie für alle Fälle Herrin dieses Landes würde, so dass sie nach seinem Tode in dessen völligen Besitz käme; und der Ritter war ja schon alt und betagt. Anderseits aber wollte sie viel lieber Schmach und Not erdulden, als sich ihm schimpflich zu eigen geben. Eine peinigende Ungewissheit bemächtigte sich ihrer Seele; bald wollte sie das eine, bald das andere, und das, was sie wirklich wollte, zu erlangen, dafür wusste sie kein Mittel. Doch fasste sie sich bald und bat ihn, dass er ihr ein Jahr Frist gewähre, um die Sache so viel möglich in die Länge zu ziehen. Während dieses Jahres möge er ihr sein Land versichern und huldigen lassen.

„Lieber Herr", sprach sie, „wenn Ihr mich so aufrichtig liebet, wie Ihr mir zu vorhin versprochen habt, so gönnet mir dieses Jahr Frist! Denn mein Beichtiger hat mir anbefohlen, dass ich drei Jahre Buße tue für meine Sünden, und dass ich drei Jahre lang alle Gemeinschaft mit Männern vermeide. Und diese Buße, welche mir der heilige Apostel in Rom selbst auferlegt hat, will ich auch unverbrüchlich halten. Zwei Jahre von den dreien sind bereits vorüber, und lasst Ihr mich nun noch das dritte unangefochten, so will ich Euch darum nachher zehn Mal mehr lieben. Ist Eure Liebe eine rechte, so könnt Ihr wohl so lange Euch gedulden; würde ich aber Gottes Zorn auf mich laden und an meiner Seele Schaden nehmen durch Übertretung meines Gelübdes, so würdet Ihr mich am Ende gar nicht zum Weibe erhalten. Aber ich sehe: Ihr treibet Scherz mit mir. Ich Törin, dass ich Euch glaubte! Sollte Euer Antrag ein Scherz sein, so sagt mir's nun offen! Es ist nicht wohlgetan, mit einem armen törichten Weibe solchen Spaß zu treiben."

„Wie?" rief er, „meine süße Freundin, was sagt Ihr? Ich beschwöre Euch, verschmäht mich nicht! Wie mögt Ihr doch Euch einbilden, dass ich im Scherze zu Euch redete? Nein, nein, es ist mein vollster Ernst, und ob ich wahr rede, oder nicht, das sollt Ihr bald erfahren."

„Ist es so, mein Gebieter, so vergönnt mir, um was ich Euch gebeten habe, die Frist von einem Jahre, die ich verlangte, denn anders soll es nimmermehr geschehen."

„Es sei Euch gewährt, antwortete er. Aber denkt darum nicht, dass ich von der Heirat ablasse!"

„Wenn es Euch denn so gefällt, edler Herr", antwortete sie verständig nachgebend, „so mag es sein."

So war sie zufrieden, wenigstens Aufschub gewonnen zu haben, und sorgte noch nicht dafür, denselben einst noch weiter auszudehnen. Der Ritter aber entbot unterweilen durch sein ganzes Land, dass er mit einem Weibe sich verlobt habe, und es sei seine Willensmeinung, dass sie Krone trage und dass alle ihr dienstbar seien. Auch vermahnte er alle, Gemeine und Ritter, dass sie sich einfinden bei der Hochzeit, die er zu veranstalten gedenke. Da versammelten sich denn alsobald an seinem Hofe die verschiedensten Arten von Leuten, Ritter, Knappen, fahrende Sänger, Falkner, Jäger, Ordensbrüder und Dompfaffen. Er stellte ihnen allen Gratiana vor, mit der er verlobt war; aber wer sie sah, war mit der Wahl des Herrn unzufrieden und konnte sich nicht enthalten, bei sich zu sprechen: „Die ist keine Törin! Aber mein Herr scheint alt und kindisch zu werden, denn wahrlich, man braucht die Weiber nur wenig zu kennen, um einzusehen, dass diese nicht ihn, sondern das Land heiratet, während er sie plutt und bloß nimmt. Freilich hat sie eine volle schöne Gestalt, eine Haut, weiß wie Schnee, glänzendes Gesicht und lauter frische Farbe, und das hat dem Herrn sein Herz entzündet. So ist er seinen Gelüsten gefolgt, wiewohl diese ihn schlecht beraten haben, wenn er sich bestimmen lässt, dieses Mädchen zu heiraten. Sie wird gewiss sehr genusssüchtig werden und hochfärtig und uns alle geringschätzen. Wie lässt sich dies anders erwarten, da sie nicht einmal sechs und zwanzig Jahre alt ist? Da sorgt sie immer nur für sich und unser Herr wird sein Eigentum wenig zu genießen haben und ihn selbst wird man so wenig mehr achten, als den Hund, der tot auf der Straße niedergeworfen wurde. Doch was kümmert's mich, dass er nach seinem Gefallen tue? Ist er ja doch schon so alt, dass seine Augen die Wolken des nächsten Jahres nicht mehr sehen werden!"

So ungefähr sprachen die einen der Gäste in ihrem Herzen, andere aber tanzten und sprangen und die Freude wogte laut durch den Palast. Der Herr aber erhielt darauf sein Gemahl aus den Händen eines Abts zur Ehe. Darauf begann die Hochzeit mit ihrer Feier, mit Scherzen und Lachen, so dass der ganze Hof ertönte. Die ganze Nacht hindurch währte das Tanzen und der Freudeschall, der Herr aber und die Frau berührten sich nicht, zu seiner großen Pein, zu ihrer Freude. Ehe die Leute aus einander gingen, verlangte er, dass alle der Frau den Lehenseid schwören sollten, was diese denn auch taten, und sie gelobten, ihr treu und hold zu sein ihr Leben lang und, wenn es ihr genehm wäre, sie zu lieben. Sie wollte solches wohl und war darum sorgfältig bemüht; auch betrug sie sich so verständig und sanft, dass alle sie lieben mussten. Durch ihre Sanftmut und Offenheit erwarb sie sich somit die Liebe aller, so dass alle ihre Geschäfte jeder gerne übernahm und alle sich um die Wette bemühten, ihr Dienst und Ehre zu bezeugen.

Um nun aber von den Kindern zu reden, so lagen die Kaufleute, welche sie aufgenommen hatten, in Catenaise im Hafen. Daselbst errichteten sie sich eine Kapelle und die Kleinen wurden zu Christen geweiht. Den einen derselben nannten sie Louel, das ist Wölflein, von wegen des Wolfs, der ihn wegtragen wollte und dem sie ihn abgejagt hatten. Dem wurde also der Wolf zum Paten. Den andern ließen sie Marin nennen, dieweil er im Meere gefunden ward. Als die Knaben getauft waren, nahmen sie schnell zu an Kräften und wurden groß, und als sie zehn Jahre alt waren, gab es nirgends so schöne, anmutige, wohlgebildete Kinder. Das alles aber hatten sie von ihrer eigenen Natur gelernt und es zeigt sich deutlich, dass nicht die Erziehung den Kern des Menschen ausmacht, sondern die angeborene Natur. Hätten die Knaben den beiden gemeinen Leuten gefolgt, die sie erzogen, so hätten auch sie in die Gemeinheit versinken müssen, aber ihr gutes Wesen verhinderte sie daran und leitete sie zu einem edlen Benehmen.

Darüber hatten sie ihr Los zu preisen, dass sie zusammen erzogen wurden. Sie konnten einander von Kindheit an, ohne jedoch näher ihr Verhältnis zu kennen. Sie wussten nicht, dass sie Brüder seien, sondern sie nahmen es so, dass ihre Väter diejenigen seien, bei welchen sie wohnten, und dachten nicht daran, einem andern anzugehören. Aber sehr viel Freude machte es ihnen, stets gute Kameradschaft zu halten. Man sah sie immer beisammen, und die Leute verwunderten sich, dass sie einander so ähnlich sehen.

„Seht doch", sagten sie, „wie sie durchaus gleich sind! Dieselben Haare, Augen, Nase, Mund und Kinn. Es ist, als wären beide nach demselben Model geformt. Und auch ihre Stimme ist so gleich, dass, wenn man sie beide reden hört, ohne sie zu sehen, man nicht meinen sollte, es seien beide, sondern es ist, als spräche einer alles. Dabei lieben sie sich so inniglich, dass sie sich fast Brüder nennen, und es ist wirklich wunderbar, dass einer nur zum andern hält und um andere Kinder sich nicht kümmert. Mir scheint es: das ist ein geheimer Trieb der Natur und sie verschmähen es darum, sich zu andern zu gesellen. Ich will nicht klug sein, wenn diese Kinder von Meister Gosselin oder Meister Foukier herrühren. Jeder hat allerdings das Seine lieb. Aber wenn sie diese Kinder lieb haben, ist es ein Wunder, da sie so schön und gewandt sind? Wahrlich sie sehen gerade aus, wie Zwillinge, und es sind wohl Kinder eines freien edlen Mannes."

So errieten manche, wie es mit den beiden Knaben beschaffen war, und sie hatten ganz recht, wenn sie behaupteten, dass sie Meister Foukier oder Meister Gosselin so wenig gleichen, als der Morgen dem Abend. Was aber auch die Leute sagen mochten, so erklärten die Kaufleute, sie wollen sie ein Handwerk lernen lassen, denn sie würden sich nachher besser zum Handeltreiben eignen, wenn sie erst ein Handwerk verstehen. Meister Gosselin wollte Louel zu einem Kürschner in die Lehre tun. Dieser aber widersetzte sich kräftig und schwur, nie hinzugehen, wenn nicht Marin, sein Geselle, auch hinginge. Auf dieselbe Weise erklärte Marin gegen Meister Foukier, dass er nicht das Tischlerhandwerk lernen möge, wenn nicht Louel es mit ihm lerne. So weigerten sich die beiden Knaben mit aller Macht, aber die Männer, bei welchen sie waren, als sie alle ihre Bemühung vergeblich angewandt sahen, schlugen sie beide zu Boden, traten sie mit Füßen und gaben ihnen Faustschläge. Solches geschah einem jeden in seiner Wohnung. Die Knaben aber wagten es nicht, zu weinen oder um Hilfe zu rufen, denn die gemeinen Männer hätten ihre tierische Wut nur noch heftiger über sie ergossen. Meister Foukier erboste sich so sehr über Marin, weil er sich ihm widersetzte und nicht in seine Absichten eingehen wollte, dass er ihn einen ärmlichen hilflosen Jungen nannte, den er am Wege gefunden, wohin ihn einer, in den Lappen eines alten Rockes gewickelt, hingelegt habe, nämlich in einem Boote, im Angesicht des Waldes von Grenemue. Als Marin solche Vorwürfe vernahm, war er sehr beschämt und beängstigt, der Alte aber schlug ihn noch mehr und lief darauf zu seiner Lade, in der er den Tuchlappen aufbewahrt hatte, brachte ihn her und gab ihn dem Knaben.

Marin nahm ihn gar gerne zu sich und versteckte ihn in seinen Mantel, den er umlegte, denn er wollte noch heute von diesem Manne weggehen, dem er nicht verzeihen konnte, dass er seine Augen und sein Gesicht von Tränen, die er weinen musste, gerötet hatte; von Louel aber, seinem lieben Freund und Gesellen, wusste er nichts. Diesen hatte Meister Gosselin nicht besser behandelt und ihm die übelsten Reden gegeben, die er wusste. Auch hatte er ihm veroffenbart, dass er ihn dem Wolfe abgenommen, dass er in den Lappen eines alten Kleides eingehüllt gewesen sei, den er ihm dann ebenfalls zurückgab. Aber der böse Wille dieses Mannes sollte dem Knaben nur zum Guten ausschlagen. Louel weinte so heftig, dass sein ganzes Gesicht gebadet war, er fiel vor dem Manne auf die Knie und sprach schluchzend: „Lieber Herr, Ihr habt mich auferzogen und Gott wolle es Euch vergelten mit seinem vielfältigen Lohne. Nun aber bitte ich Euch, dass Ihr mir erlaubt, von hinnen zu gehen, denn ich muss hinaus, um ein Geschäft zu besorgen. Nun lasset mich scheiden ohne Groll! Denn freilich bin ich ganz Euer Eigentum, ich bin es und will es bleiben, und da ich es bleiben muss, darf ich Euch auch als meinen Meister nicht hassen noch geringschätzen. Ihr habt mich geschlagen, um mich zu züchtigen und zu bessern, und es verriete eine schlechte Art, wenn man dem, der einem so viel Gutes erwiesen hat, dafür gram sein wollte, dass er ihn einmal beleidigt. Ja, Ihr seid mein Vater, Ihr habt mich mir selbst wiedergeschenkt, Ihr habt mir das Leben neu gegeben, dadurch, dass Ihr mich der Gewalt des Wolfes entrissen habt; dass ich lebe und bin, das ist ganz Eure Gabe. Indem Ihr mich aus solcher Gefahr befreitet, habt Ihr so viel für mich getan, als nur irgendein Vater für seinen Sohn tun kann. Und darum fällt es mir nun so schwer, dass ich Euch verlassen soll; aber glaubet mir! Auf allen meinen Wegen und wo ich auch weilen mag, werde ich mit meinen Gedanken immer bei Euch sein. Es ist mir, als müsste man gerade die Freunde, auf deren Wohlwollen man kein besonderes Recht hat, mehr lieben, als jene, deren Liebe und Treue man aus Gründen der Natur in Anspruch nehmen kann; und oft tut ja auch der, der nicht dazu verpflichtet ist, mehr, als einer, der es zu tun schuldig wäre."

Als der Mann bemerkte, dass der Knabe seine Wohltaten so zart anerkenne, sprach er zu ihm: „Seid ruhig, lieber Sohn! Ich habe Euch belogen, und es gereut mich nun, dass ich Euch solche Unwahrheit berichtet. Aber Ihr dürft mir auch nicht verargen, dass ich Euch böse war; es ist Euch darum nichts Schlimmes widerfahren, was ich auch zu Euch sprechen mochte. Schläge mit der Zunge, heißt es im Sprichwort, tun nicht wehe. Seid ruhig und bleibet bei mir, und lernet einen gewinnreichen Handel, wie ich ihn betreibe! Wer reich ist, der bekommt viele Freunde; wer aber alt wird und sich nichts erwirbt, um den kümmert sich niemand und kein Mensch schätzt und liebt ihn. Wenn du in einen andern Dienst gehest, so werden dich, arm wie du bist, alle, die dich sehen, gering schätzen; denn wisse! Wer arm ist, den hält man heutiges Tages für einen Toren, während ein reicher Narr für einen Weisen gilt. So ist es jetzt der Welt Brauch und darum will ich dich ernstlich mahnen, dass du nur darauf bedacht seiest, ein eigenes Gut dir zu sammeln."

Der Jüngling aber kümmerte sich nichts um diese Zusprüche; Geldwucher war ihm in der Seele zuwider und sein ganzes Wesen sträubte sich dagegen.

„Lieber Herr", sprach er, für mich passt nun einmal das alles nicht, wenn es auch noch so wahr sein mag, was Ihr sagt, und ich will es Euch auch immerdar danken. Aber das muss ich Euch jetzt auch sagen: entweder gebt Ihr mir jetzt unverzüglich meinen Abschied, oder gehe ich von hinnen ohne Abschied zu nehmen. Wollt Ihr mich nicht gutwillig entlassen, so zwingt Ihr mich, eines Morgens heimlich und wie ein Dieb von Euch mich zu trennen."

„Lieber, guter Sohn, aber du bleibst doch noch diese Nacht bis zum nächsten Morgen?"

„Ich kann Euern Wunsch nicht erfüllen. Es drängt mich fort und leidet keinen Aufschub. Noch diese Nacht ginge ich weit hinaus und ließe mich nicht davon abbringen, wenn ich zur Reise gerüstet und nach meinem Wunsche ausgestattet wäre. Alle Eure Worte sind umsonst. Ich brauche weiter nichts, als ein Paar lederne Stiefeln mit Sporen, einen Regenmantel und zwei Rosse."

„So? soll ich denn auch das noch an dir verlieren?"

„Ach, lieber Herr", sprach der Jüngling, „Gott verhüte, dass Ihr durch mich noch weiter in Schaden kommt! Er wird mir schon Kraft verleihen, dass ich es Euch erstatte, ehe denn ich sterbe."

Da gab ihm der Mann wirklich einen Mantel, worüber der Jüngling sehr erfreut war, dazu ein Paar Stiefeln mit alten Sporen, ließ ihm zwei gut beschlagene große und starke Pferde satteln und zäumen und gab ihm einen Jungen, mit Namen Rodain, zum Schildträger. Das alles versetzte Louel in die höchste Wonne. Er hatte Bogen und Pfeile, die befahl er dem Knaben zu nehmen und der Knabe musste sie ihm tragen. Auch Geld, bis aus den Wert einer Mark, lieh ihnen Meister Gosselin und schärfte ihnen dabei angelegentlich ein, nirgends davon etwas auszuleihen, wo sie nicht ihren Gewinn bei der Sache haben; mit der Zeit aber sollen sie es ihm zurückstellen. So war Louel nun vollkommen gerüstet, nahm Abschied von seinem Pfleger und wandte sich von dorten. Sehr unangenehm aber war es ihm beim Weggehen, Marin nicht zu sehen. Er dachte, er werde wohl in der Stadt sein, genau, wie Marin es von ihm gedacht hatte, und so waren sie auch eins in ihren Gedanken, obschon wohl keiner von beiden wusste, welche Abenteuer dem andern zugestoßen waren. Beide verfolgten einen und denselben Weg, und Louel ritt so schnell, dass er bald in einem Talgrunde Marin vor sich sah. Er kannte ihn aber nicht, weil er sich seiner hier nicht versah; darum gab er seinem Rosse die Sporen, dass das Blut hervordrang, und sprengte rasch auf ihn heran. Marin sah seinen Gespielen das Tal herabkommen und Rodain, welcher ihm nachfolgte, und verwunderte sich sehr, was da für Leute in so eiligem Laufe sich nähern. Er fürchtete, sie möchten in der Absicht kommen, ihn zu strafen oder um ihn einzufangen und zurückzuführen. Darum, gedachte er, müsse er sich bemühen, so schnell als möglich von hinnen zu kommen und zu fliehen, bis er einen Schlupfwinkel fände. Nicht weit von sich sah er einen Wald; konnte er vor den Verfolgern dahin gelangen, so hatten sie ihn auf immer und ewig verloren, denn er war so klein und unscheinbar, dass, wenn er sich in den Gebüschen versteckt hätte, kein Mensch ihn bemerken konnte. So war der unbedachte Maria auf dem Punkte, sich in sein eigenes Unglück zu stürzen, indem er sich in dem Dunkel des Waldes verstecken wollte, damit ihn sein Verfolger nicht sehe und zurückführe. Louel aber auf seinem Rosse eilte so schnell herbei, dass er ihn in kurzem erreicht hatte. Marin erkannte ihn, sobald er herankam, und war ganz beschämt in dem Gedanken, er wisse die Veranlassung und den Hergang seiner Flucht. Louel aber war höchst erfreut, als er sah, dass es sein Geselle war, er stieg nicht vom Pferde, sondern er sprang herab, fiel ihm um den Hals und küsste ihn und sprach: „Lieber Geselle, gar ungerne ging ich von Hause weg, ohne dich bei mir zu haben, denn ich meinte wahrlich, du seiest bei deinem Vater. Nun sage mir doch, lieber, teurer Freund, ist denn Herr Foukier, dein Vater, über dich erzürnt?"

Da hob Marin die Augen wieder auf, die er beschämt niedergeschlagen hatte, als er verstand, dass Louel von dem Vorgefallenen nichts wusste. Die reine Wahrheit ihm darüber zu sagen, wagte er nicht, weil er sich der Sache zu sehr schämte. Doch sagte er ihm so viel, dass er ihn geschlagen, aus seinem Hause gewiesen und ihm beide Augen aus dem Kopfe habe reißen wollen, weil er sich geweigert habe, die verwünschte Kürschnerei zu erlernen, zu der ihn der Alte bestimmt hatte.

„Dasselbe", sagte Louel, „verlangte Herr Gosselin von mir; Kürschner sollte ich werden und Katzen und Marder abziehen; und weil ich es wagte, ihm zu widersprechen, schlug er mich so heftig, dass ich es noch spüre. Aber trotz dem bin ich auf meinem Willen bestanden und bin von ihm gegangen in dem Aufzuge, wie du mich hier siehst. Hätte ich dich bei mir gehabt, oder gewusst, dass du mir voraus seiest, so hätte es dir an nichts fehlen sollen; ja und ich hätte den Zorn meines Vaters noch weniger hoch angeschlagen, wenn ich nur von weitem gedacht hätte, ich könne dich zum Begleiter bekommen."

„Nun aber wäre es nicht ungeeignet, wenn wir wüssten, welchen Weg wir eigentlich zu gehen haben. Ich meines Teils weiß darüber gar nicht zu entscheiden, wenn uns nicht der günstige Zufall leitet. Für die nächste Woche nun haben wir Geld genug zu verprassen und in Zeit von sieben Tagen wird uns der Zufall doch einen Herrn zuführen, der uns bei sich behält. Das kann uns nicht fehlen."

In dem Augenblicke sahen sie einen kleinen jungen Damhirsch aus einem Gebüsche hervorspringen, und Marin forderte sogleich Louel auf, nach ihm zu schießen.

„Das soll nicht fehlen", antwortete er. Rodain, sein Schildknappe, reichte ihm einen Pfeil und den gespannten Bogen. Das Tier schien den Schuss zu erwarten, denn es weidete ruhig auf einem Haferfeld; Louel legte an und schoss ihm mitten in's Herz, so dass es mit einem Schrei niederfiel. Marin war sehr erfreut über diesen Schuss, der mit einem Male das Tier tot zu Boden gestreckt hatte; die Jünglinge jagten nach ihrem Wildbret hin, dass sie in eilendem Laufe bald erreichten, packten es auf eines der Rosse, saßen sodann selbst auf, und waren freundlich genug, Rodain abwechselnd hinter sich aufsitzen zu lassen. Louel unterhielt sich viel mit seinem Bogen in den Wäldern, die sie durchstreiften. Einmal kamen sie an eine Quelle klares frisches Wassers, der Wald umher war besonders schön, das Gras glänzte in goldnem Grün und die Quelle glitt als Bächlein über feine bunte Kiesel weg, wie eine Kette des reinsten Silbers. Daneben bemerkten sie eine ganz neu errichtete Hütte. Marin und Louel stiegen von ihren Pferden und traten in die Hütte, in welcher sie nur ein kleines Jagdhorn an einem Balken hängend bemerkten, und so viel Marin auch umhersuchte, konnte er doch nichts weiter entdecken. Da aber die Hütte mit Zweigen wohl verschlossen und gegen den Regen geschützt war und sie den Jünglingen samt der Umgebung gar wohl gefiel, sprach einer derselben: „Was hindert uns, diese Hütte hier zu unserer Wohnung zu nehmen? Rodain kennt das Land hier umher und kann uns aus einer nahen Stadt Brot, Salz und Feuer holen."

„Recht gerne", sagte dieser. „Dies ist eben der Weg, welcher zur Abtei führt, wo man mir gerne Brot, Salz und Wein reichen wird."

„So gehe denn! Und Gott lasse es dir gelingen!"

Rodain machte sich auf den Weg und ruhte nicht, bis er das Tor des Klosters erreicht hatte. Er brachte seine Bitte bei den Mönchen an und bekam eine reiche Ladung aus der wohlversorgten Speisekammer, einen Krug voll Wein, Feuer, um das Wildbret zu kochen, und Brot und Salz, so viel er in seinen Schoß nehmen konnte. Die Jünglinge zogen unterdessen das Tier ab und schnitten es eben in Stücke, als einer von ihnen Rodain herbeieilen sah, worauf sie ihm beide hoch erfreut entgegenliefen und ihn willkommen hießen. Mit großer Freude nahmen sie ihm ab, was er ihnen mitbrachte, den Wein, das Brot, das Salz und das Feuer; sie machten sich alsbald darüber her, wie brave Knechte und Köche und brieten ihr Wildbret am Feuer. Es gefiel ihnen hier so gut, dass sie lange in dem Walde zu verweilen gedachten; aber noch war ihr Essen nicht völlig bereitet, als ein Förster zu ihnen trat, der den Wald zu bewachen hatte, denn es durfte darin niemand jagen oder schießen, er mochte noch so reich und mächtig, er mochte einheimisch oder ein Fremder sein. Sobald der Förster in die ganz neue, von ihm verfertigte Hütte trat und die Jünglinge bemerkte, standen sie vor ihm auf; der Mann aber war im vollsten Grimm und Unwillen, sie hier zu sehen, erwiderte ihr Grüßen nicht, sondern rief ihnen zu: Ihr seid Kinder des Todes und zur unglücklichen Stunde angelangt. Bei Gott, ihr müsst mit mir vor den König, und der lässt euch den Daumen abhauen, die Augen ausstechen und dann lebendig aufhängen, denn ihr habt ihm sein Wild erlegt.

„Mein guter Freund", antwortete Louel, „da sei Gott vor! Wir haben, dünkt mich, nichts begangen, was des Hängens wert wäre."

„Lasst uns nur diese Nacht in Ruhe! Und morgen in aller Frühe wollen wir mit Euch gehen, wohin Ihr verlangt. Gewährt Ihr uns diese Frist, so geben wir Euch gerne alles, was wir haben, und das beträgt nicht weniger, als eine Mark Silber. Lasst Euch damit genügen, denn wir gäben gerne auch noch mehr, wenn wir irgend noch mehr besäßen."

„Da braucht es nicht viel Redens weiter", antwortete der Mann. „Es sei euch gewährt, was ihr verlangt! Aber gebt mir das Geld alsbald zur Hand!"

So war denn der Friede unter ihnen geschlossen. Rodain, der die Börse in Verwahrung hatte, band sie vom Gürtel, langte alle Münze heraus, die sich darin vorfand, und der Mann nahm sie mit allem Vergnügen hin; er ließ ihnen sofort Freiheit und kümmerte sich weiter nicht um sie. Die Jünglinge aber ließen es sich die Nacht über wohl sein, sie scherzten, schmausten und tranken und legten sich sodann auf ihre Kleider zur Ruhe nieder, da es an Stroh oder an einem andern Lager in der Hütte gebrach. Sobald der Förster den Tag heraufdämmern sah, weckte er sie, Rodain sattelte ihre Pferde und so machten sich alle auf den Weg durch allerlei verborgene Pfade, die aber der Förster aus langer Gewohnheit gar gut konnte. Am späten Abend gelangten sie endlich vor den König von Catanaise, beugten sich vor ihm tief und der Förster brachte seine Sache vor.

„Herr", sprach er, „diese Jünglinge sind durch den Wald gezogen und haben einen Hirsch aus Eurem Forst erlegt; darum bringe ich sie vor Euch, damit Ihr Gerechtigkeit und Strafe über sie ergehen lasset, falls es Euch gut dünkt. Freilich sollte man solche Kinder niemals hart bestrafen; auch hätte ich sie nimmermehr festgehalten, wäre ich nicht damit an Euch zum Verräter geworden und hätte meinen Eid und Pflicht verletzt. Nur dies konnte mich bewegen, sie Euch herzuführen."

„Genug der Reden!" ‚fiel ihm der König ins Wort. „Du hast wohl daran getan, deiner Pflicht nachzukommen. Die Jungen aber sind so schön und wohlgebildet, dass ich sie an meinem Hofe behalten und mit der Zeit zu Gut und Ehren befördern will, wenn sie sich brav und höflich aufführen."

Louel antwortete darauf: „Lieber Herr und König, nichts anderes ist es, worauf unser Dichten und Trachten geht. Wir danken Euch sehr dafür, wenn Ihr uns aufnehmt."

„Mein Kind", sprach der König, „ja sei mir willkommen, du und dein Bruder mit dir! Denn Brüder seid ihr doch, wie mich dünkt."

„Gnädiger Herr", antwortete Louel, „es tut mir leid, Euch zu widersprechen; aber er wird Euch selbst sagen, dass wir weder Brüder noch Verwandte sind."

„Schweigt mir doch!" ‚sagte der König; „das ist nicht möglich. Nie hat man zwei Kinder einander in allem so ähnlich gesehen. Ihr seid gewiss Brüder und wagt nur nicht, es zu sagen. Doch was macht das, ob ihr Brüder seid oder nicht? Aber sagt mir, wie ihr heißt!"

„Herr", sprach er, „das will ich Euch nicht verhalten. Louel heißt man mich und meinen lieben Genossen Marin."

Damit war ihr Gespräch mit dem König zu Ende. Dieser aber befahl einem seiner Diener, dass er für die Jünglinge Sorge trage, sie mit Hunden und Vögeln umzugehen lehre und sie in den Wald und in den Fluss führe. Dies wurde denn auch nicht versäumt und der König gewann sie wegen ihres wackern und verständigen Betragens so lieb, dass sie am Hofe Geld und Ausstattung erhielten, so viel sie verlangten; er ließ ihnen Pferde geben, Kleider verfertigen, kurz, es fehlte ihnen an nichts. Oft gingen sie mit ihm in den Wald, ritten zur Lust darin umher, jagten und birschten, schossen Hirsche und Rehe und anderes Wild und konnten sich dieser Freude nicht ersättigen.

Doch kehren wir nun zum Könige zurück, den der Bürger in langem Dienste so vielfältig als einen redlichen Mann erprobt hatte, dass er ihn ganz an sein Haus fesselte!

Über nichts, was der König darin vornahm oder verbrauchte, zog er ihn zur Rechenschaft, denn er setzte in seine Rechtschaffenheit das vollste Vertrauen. Eines Tags aber rief er ihn allein zu sich in sein Gemach und sprach: „Wil, wenn es dir recht ist, leihe ich dir eine Summe von meinem baaren Vermögen. Gehe du damit nach Flandern und England, in die Provence und die Gascogne und in alle größeren Städte, nach Bar, Provins und Troyes und mache dort mit dem Gelde Geschäfte! Ich will von dem Gewinn nichts für mich haben, nur mein Hauptgut gib mir wieder zurück! Armut ist eine große Pein und mit dieser Pein bist du belastet. Mache, dass du etwas erwirbst! Und wenn du auch zweihundert Mark Silber gewännest, so wollte ich doch nichts davon haben."

Der König antwortete: „Ich danke Euch und will gerne tun, was Ihr verlangt und mir ratet. Rüstet mir das Geld zusammen! Ich will damit ausziehen und keinen Markt versäumen, wo etwas zu gewinnen ist. Ich verstehe mich auf allerlei Geräte und Waren und will nicht eher heimkehren, bis ich genug gesammelt habe."

Der Bürger hatte das Geld schon bereit liegen, er gab es ihm sogleich und der König rüstete sich, Feste und Jahrmärkte zu besuchen. Er kaufte von seinem Gelde helles und dunkles Pelzwerk ein und zog damit so lange umher, bis er weit mehr erworben, als der Bürger ihm geliehen hatte, denn er war auch glücklicher und es ging ihm besser, als allen andern Kaufleuten. Als er nun von seinem Handelszuge zurückkehrte, war der Bürger sehr verwundert, wie er so viel gewinnen konnte, und er hielt ihn von da an nur noch viel höher, weil er sich so geschickt in seinem Handel benommen hatte, ja er schätzte und ehrte ihn mehr, als er aussprach. Eines Tags äußerte er den Entschluss, ihn seinen beiden Söhnen zum Begleiter zu geben; sie sollten mit einander ausziehen und die Jungen ihn bedienen. Er wolle ihnen sein Schiff geben, dasselbe mit Waren im Werte von mehreren tausend Mark beladen; sie sollten sogleich nach Puy und Saint – Gille gehen und sofort nach England überfahren, denn in Bistot sollte in der nächsten Woche ein hohes Fest sein, bei dem sie nicht fehlen dürften. Wirklich übergab er ihm sein Schiff und seine beiden Söhne und gab ihnen auf, sich ihm ganz anzuvertrauen, ihm in nichts zu widersprechen und seinen Befehlen pünktlich Folge zu leisten. So zog denn der König mit den zwei Söhnen des Bürgers aus gen Bistot, ihr Schiff war reich beladen, und da das Meer ruhig und friedlich war, gingen sie frohes Mutes unter Segel. Sie hatten einen geschickten Steuermann, der nicht nur das Rudern selbst gut verstand, sondern auch die Strömungen des Meeres und die Sterne kannte. Von heftigem Winde gejagt durchschnitt ihr Schiff die Wogen, so dass sie in kurzem das andere Ufer erreicht hatten. Da ließ der König alle ihre Hubseligkeiten aus dem Schiffe tragen und die Zelter und Rosse aller Art, die er bei sich hatte, herausführen. Ein ganzer Tag ging mit dem Ausladen hin und erst den folgenden Tag gelangten sie nach Bistot. Um dieselbige Zeit beherrschte das Land ein junger Neffe des Königs Wilhelm; ihm hatte man Krone und Königreich übertragen und ihn feierlich eingesetzt, weil der König einen nähern Erben nicht hinterlassen hatte, der Thron und Reich ansprechen konnte. Der junge König war gerade einen Tag vor dem rechten Könige Wilhelm mit großem Geleite von Edlen in die Stadt gekommen. Darum verkaufte dieser seine Waren sehr gut und zu hohem Preis. Auch bot er sie immer nur solchen an, von denen er wusste, dass sie kaufen konnten, und machte nicht viel Redens. Während er einmal so auf seinen Handel ausging, sah er einen Knappen mit einem Horn in der Hand. Er rief ihn zu sich her und der Knappe kam auf das erste Wort. Der König war begierig, etwas Näheres über das Horn zu erfahren, und fragte ihn, was er damit wolle. Dieser erklärte sogleich, er möchte es gerne verkaufen.

„So verkauf es an mich!" ,sagte der König.

„Gerne", antwortete der Jüngling.

„Was willst du dafür?"

„Fünf Sols."

„Fünf Sols? Nun, die sollst du haben; aber dann musst du mir auch noch sagen, wie du zu dem Horn gekommen bist."

„Wenn Euch daran liegt, Herr, dies zu wissen, so will ich Euch wohl sagen, wie ich es bekommen habe. Als der König Wilhelm, mein wackerer Herr, verloren ging mitsamt seiner gütigen Frau, so dass gar niemand wusste, wo sie nur hingekommen seien, da machten sich die Diener über ihr ganzes Haus her, nahmen, was sie fanden, plünderten den ganzen Saal. Ich wuchs in des Königs Hause auf und war damals noch ganz klein, als dies geschah; niemand achtete auf mich, ich lief im Hause umher, ohne dass mich jemand gehen noch bleiben hieß; da suchte ich denn auch überall, wie die großen Leute, und sah dieses Horn aus einer Bank liegen, ich nahm es, ich weiß nicht, ob ich daran Unrecht tat; kurz, ich habe es seither behalten. Nun will ich eine fromme Pilgerfahrt machen nach Saint – Gille und den Armen dieser Stadt das Geld geben, das ich für das Horn löse, denn andere Schätze will ich mir nicht sammeln."

„Daran tust du wohl", antwortete der König. „Du hast dafür doch die Hoffnung. Mancher kann dir vielleicht nochmals nützlich werden, auf den du jetzt noch gar nicht achtest."

Damit befahl der König einem Diener, ihm die fünf Sols richtig auszuzahlen, und wurde von diesem über seinen seltsamen Handel unverhohlen getadelt. Der Knappe ging nun auf dem Markt umher und verteilte all sein Geld, wo er glaubte, es möchte am notwendigsten sein. Die Leute aber, als sie ihren alten Herrn sahen, den sie ja von früherer Zeit her, wo sie ihn täglich vor Augen hatten, noch so gut kannten, stellten sich, wenn sie an ihm vorübergingen, verwundert hin, und rotteten sich zusammen, ja den ganzen Tag war ein Zusammenlaufen vor seiner Wohnung, um seiner ansichtig zu werden. Da gingen auch einige zum König und berichteten ihm, dass ein Kaufmann in der Stadt angekommen sei, der dem König Wilhelm so sehr gleiche, dass man in großem Zweifel sein müsse, ob er es wirklich sei oder nicht. „Wie heißt er?" ‚fragte der König. „Habt ihr schon nachgeforscht, wer er ist und aus welchem Lande?"

„Nein, Herr, wir wissen's nicht, und wir haben ihn um nichts befragt."

„So will ich selbst hingehen", sprach er, „und mit dem Kaufmann reden; und wenn er meinem Oheim gleicht, so wollen wir uns nie mehr voneinander scheiden, ich will ihn bitten bei mir zu bleiben, dass ich mich meines Oheims erinnere, so oft ich ihn ansehe. Nun lasst uns gehen! Ich will ihn über seine Angelegenheiten und sein Herkommen befragen. Ich kann kaum erwarten, hinzukommen und ihn zu sehen."

Darauf machte sich der König aus den Weg, ein großes kastilisches Ross reitend, und ihm folgte eine große Schar, denn alle wollten den König sehen, den sie sonst so sehr geliebt hatten, und doch konnte sich keiner erklären, wie dies zugehen möchte, denn schon volle acht und zwanzig Jahre war er nun in der Fremde gewesen und niemand wollte etwas von ihm wissen; hätten sie nun darüber sichern Aufschluss erhalten, so hätte ihnen dies große Freude bereitet. Der König ritt eilends der Schar voraus, die hinter ihm her lief, bis er vor den König, seinen Oheim, kam. Als er ihn ansichtig wurde, stieg er vom Pferde, fiel ihm um den Hals, grüßte und umarmte ihn und sprach: „Mein lieber Freund, bei Sankt Niclas, ich wünschte nichts so sehnlich, als Euch ansichtig zu werden. Nun müsst Ihr Euch zu mir setzen, denn ich will mit Euch klüglich Rat halten."

Der König, der ihn gar wohl kannte, sprach zu ihm: „Das geschehe nach Eurem Belieben! Aber neben Euch setzen werde ich mich nicht; zu Euren Füßen will sich sitzen, denn Ihr scheint mir ein allzu vornehmer Mann zu sein."

„Fürchtet und scheuet Euch nicht! Setzt Euch getrost neben mich! Ich bin der König, und Ihr seid oder sehet wenigstens so aus, als ob Ihr mein Oheim wäret, denn Ihr gleicht ihm wie ein Rubin dem Karfunkel, oder wie die Blüte des Rosenstrauchs der Rose, oder wie ein Ding demselben Ding. Wisset auch, dass ich Euch um seinetwillen so herzlich liebe, dass es mich schwer ankommt, Euch nicht Oheim, Herr, ja König selbst zu nennen! Tag meines Lebens sah ich nichts so Wunderbares und werde es nie mehr sehen. Nun aber, mein Freund, Leute, die Korn und Wachs und Gewürze verlaufen, gibt es genug; und warum ich eigentlich hergekommen bin, das ist, um Euch zu sagen, dass Ihr an meinem Hofe bleiben sollt."

„Bisher seid Ihr ein niedriger Mann gewesen; aber so lange ich lebe, sollt Ihr Gewalt haben, denn wenn Ihr es genehmigt, mache ich Euch zu meinem Seneschall."

„Seneschall, wahrlich, gnädiger Herr, das möchte ich nicht werden. Da würde ich ja auf einmal so hoch steigen, dass man mich alle die Stufen wieder hinabsteigen lassen könnte, ja man könnte mich am Ende auch ebenso mit einem Sprunge wieder zurückwerfen, wie ich mit einem Sprunge hinauf gediehen bin, und da könnte ich von dem Falle umkommen. Man hat schon gar viele aus gemeinem Stande hoch steigen sehen, die bald wieder in ihre alte Lage zurückkehrten: darum mag ich mich auf solche Dinge nicht einlassen. Übergebt einem andern dieses Amt! Und ich will bei meinem Geschäfte bleiben. Es könnte mir schlimm gehen, wenn der verlorene König zurück käme; da müsste ich in jedem Falle mein hohes Amt verlassen und wieder Kaufmann werden. Aber Ihr selbst, der Ihr nun König seid, sagt mir, da Ihr Euch so gnädig gegen mich erweist! Was würdet Ihr anfangen, wenn der König wieder käme?"

„Wahrlich, es könnte mich nichts mehr erfreuen, und so gewiss ich wünsche, dass Gott meiner Seele gnädig sein möge, würde ich ihm Krone und Reich, die ich für ihn aufbewahre, zurückgeben und keinen andern Rat annehmen, denn ich bin jetzt nichts anders als sein Statthalter, Vogt, Schöppe oder Schultheiß, und um seinetwillen wünsche ich und bitte Euch, dass wir beide gute Freunde sein mögen, dass Ihr Euch nie mehr von mir trennt, und täglich an meinem Hofe speist; für alle Leute, die Ihr mit Euch führt, und für ihre Rosse sollt ihr Nahrung und Futter am Hofe bekommen, und wenn sie gehen, sollen sie Lohn für ihre Dienste erhalten. Die Zölle aber und Abgaben, welche die andern Kaufleute für das, was sie kaufen und verkaufen, entrichten, sollen Euch in meinem ganzen Reiche erlassen sein. Nun möge es Euch aber auch gefallen, mir Eure Herkunft und Euren Namen zu sagen! Es soll Euch nicht zum Schaden gereichen."

„Herr, ich heiße Wil von Gavaide. Dort habe ich viel Gewürze und Färbekräuter, durch die ich mir mein Auskommen verschaffe."

Damit trennte sich der König von seinem Oheim und war sehr von dieser Zusammenkunft befriedigt; er erwies ihm auch manchen Dienst und schätzte und ehrte ihn sehr, so lang er in der Stadt blieb; und auch die andern Leute liebten ihn so und erwiesen sich ihm so gefällig, dass er wohl merken konnte, wenn er darauf Acht hatte, dass er leicht das ganze Königreich England wieder unter seine Gewalt bekommen könne, ohne darob Streit oder Krieg anzufangen. So gut er aber dies auch einsah, wollte er doch nicht in der Stadt bleiben; er gab sich niemanden zu erkennen und nahm auch von seinem Neffen nicht Abschied, als er wegging. Eines Morgens früh hatte der Steuermann das Schiff gerüstet, und es war mit den besten Waren beladen, die man finden konnte; aber kaum war das Schiff aus dem Hafen ausgelaufen, als ein mächtiger Sturm sich zu erheben begann und das Meer aufwühlte. Das Schiffsvolk schrie, die Wogen türmten sich auf, stießen und drängten das Schiff und fielen von beiden Seiten darüber her, so dass sie die Bretter zu zerschellen drohten. Das Meer, das eben noch spiegelglatt gewesen, war nun voll von Bergen und Tälern und die Wellen gingen so hoch, die Abgrunde senkten sich so tief, dass die im Schiffe sich nicht halten konnten, sondern mit den Wellen bald hoch oben, bald in der tiefsten Tiefe sich befanden. Der Himmel verdunkelte sich, es stürmte und brauste, dicke Wolken lagerten sich oben über, das Meer schien bald zu wachsen, bald sich zurückzuziehen. Der Steuermann erbebte, da er alle vier Winde zugleich losbrechen und Luft und Meer in Aufruhr setzen sah. Dabei blitzte es und donnerte so heftig, dass der ganze Himmel in Feuer stand. Der Steuermann musste das Schiff ganz der Gewalt der Wogen überlassen, die es wie einen Ball umherschaukelten, es bald bis zu den Wolken emporschlenderten, bald auf den Grund des Meeres hinabstürzten. Die Wut der widerstrebenden Winde zerbrach und zerriss endlich alle Taue und Segel, das Tuch flog in tausend Stücken umher, der Mast zerbrach und im Schiffe herrschte unbeschreibliche Angst und Not. Sie riefen mit lauter Stimme zu Gott und dem Gekreuzigten und flehten Sankt Niclas um Beistand an.

„Bittet für uns", schrien sie, „dass der Allmächtige mit uns Erbarmen habe und Friede stifte unter diesen feindseligen Winden, die ganz umsonst sich befehden und uns dadurch den Tod bringen. Diese Winde, wie wir wohl sehen, sind die Herren des Meeres, sie selbst haben keinen Schaden von ihrer Zwietracht, uns aber bereitet das, was ihnen Vergnügen macht, Verderben und Untergang. Mit diesen Kriegen der Winde ist es nicht anders, als mit den Kriegen der Herren der Erde unter einander; durch das, was ihnen Vergnügen macht, gehen Schlösser und Burgen in Flammen auf oder sinken in Trümmer, und die gemeinen Leute haben unter den Kriegen der hohen Barone zu dulden, wie wir unter den Kriegen der hohen Fürsten, der Winde."

So riefen sie alle zu Gott um Hilfe, und schwankten und schaukelten beständig umher, denn drei Tage lang dauerte der Sturm mit solcher Heftigkeit fort, dass sie gar nicht mehr wussten, wo sie waren, und während der ganzen Zeit weder Speise noch Trank zu sich nehmen konnten. Am vierten Tag aber am Morgen hellte sich der Himmel auf, das Meer wurde ruhiger, die Winde schlossen Friede und nur ein sanfter Lufthauch kräuselte die See. Nun konnte der Steuermann sich umsehen und kundschaften, in welche Gegend das grausenvolle Ereignis ihr Schiff verschlagen habe, denn sie befanden sich in der Nähe eines ihnen unbekannten Landes. Da fragte der König den Steuermann: „Wo sind wir, Meister? Kennt Ihr diese Stadt?"

„Ja wohl, Herr, kenne ich sie, erwiderte er, und ich will Euch nichts verschweigen. Wollt Ihr hier in den Hafen einlaufen, so wird Euch dies teuer zu stehen kommen, denn sie werden Euch das Schiff durchsuchen wollen, zuerst der Herr und dann die Frau, und die köstlichsten Steine und Kleinode werden sie Euch behalten, wenn es einem von beiden gefällt."

Da sagte der König, sie wollen doch in den Hafen einlaufen und wegen ihrer Habseligkeit ihr Leben nicht weiter auf das Spiel sehen. Er befahl sodann den Schiffsleuten, an das Land zu gehen und das Schiff in den Hafen zu ziehen. Während sie sich damit bemühten, kamen sie an dem Schlosse vorüber, und sobald die droben das Schiff bemerkten, schickten sie jemand ab, um zu erforschen, ob dies ein Kaufmannsschiff sei. Der Abgesandte ging eilig hin und fragte, was es für Leute seien, und woher sie kommen. Der König selbst antwortete ihm: „Wir sind Kaufleute von Gavaide."

Weiter verlangte er nichts zu wissen, kehrte auf das Schloss zurück und sagte: „Auf, zaudert nicht! Es sind Kaufleute im Hafen."

Ohne weiteres Bedenken erhob sich um nach der Sitte das Schiff zu durchsuchen, die Gebieterin des Landes, denn einen Herrn gab es nicht; hinter ihr ritt ihr Seneschall, den sie stets in den Hafen mitzunehmen pflegte. Als der König die Frau kommen sah, ging er ihr sogleich entgegen; aber es missfiel ihm sehr, dass er ihr nicht offen in's Gesicht sehen konnte, denn sie war ganz verhüllt. Dessen ungeachtet grüßte er sie und sprach: „Seid mir willkommen, meine teure Gebieterin! Steiget ab! Ich kenne die Sitte im Hafen wohl, dass von den reichsten Gütern, die ein Kaufmann in den Hafen bringt, der Gebieter dieses Landes sich das Schönste wählen kann nach seinem Gefallen."

„Ja, mein Freund, ich muss alles, was ihr mitbringt, sehen, Stück für Stück; und wenn ich alles betrachtet habe, will ich mir das Beste auswählen."

Damit trat die Frau in das Schiff und ihr Herz klopfte unruhig im Busen, denn es sagte ihr, dass sie den König, den sie hier vor sich hatte, schon anderswo gesehen habe. Er ließ ihr die köstlichsten und besten Dinge, die er besaß, vorzeigen, Teppiche, Tücher, Stickereien, Pelzwerk, Federn, silberne Schachbretter mit goldenen Figuren, aber sie heftete ihre Blicke auf das Horn, welches am Maste des Schiffes hing, und wenn sie das Horn ansah, so war es ihr als möchte sie von all den Kostbarkeiten nichts so gern als das Horn, denn es leitete sie auf eine eigentümliche Entdeckung. Von dem Horne schweiften ihre Blicke über auf den König und von dem Könige wieder auf das Horn, so dass sie endlich ans den Mast zuschritt. Nichts ging ihr über diesen Wunsch; sie nahm das Horn, küsste es und äußerte auf jede Weise ihre Freude darüber. Und als sie es lange Zeit betrachtet hatte, legte sie es schweigend zurück und wandte sich zu dem Könige. Es war ein schöner heller Tag; da setzte sie sich neben ihm auf dem Schiffe nieder und bemerkte alsbald an seinem Mittelfinger einen Ring, den er von seiner Frau bekommen hatte und den er ihr zuliebe noch trug; an dem Tage, da er freiwillig in die Verbannung ging, hatte er den Ring an einer seidenen Schnur am Kleide hängen. Als die Frau den Ring erblickte, erkannte sie ihn alsbald wieder, und sprach: „Lieber Herr, von allem, was Ihr mir Schönes gezeigt habt, will ich nichts anderes haben, als diesen Ring, den Ihr am Finger traget; damit soll Euch alles andere erlassen sein."

„Ha, Frau", erwiderte der König, „sprecht mir nichts davon! Mit etwas so geringem will ich mich nicht loskaufen; in diesem Schiffe sind Waren für wohl hundert Mark. Nehmet alle, wenn ihr wollt! Nur lasst mir meinen Ring! Alles Gold, was daran ist, hat nicht mehr als ein Loth im Wert und doch ist er mir bei meiner Treue lieber; mein ganzes Leben ruht in meinem Finger; nehmt Ihr mir den Ring, den ich anhabe, so bringt Ihr mich um."

„Ei, Herr Kaufmann, schweiget! Ihr haltet doch gar zu viel auf diesen Ring! Und wollte ich darauf dringen, so könntet Ihr mir ihn erst nicht verweigern. Ich verlange von Euch ja keine Reichtümer und ich begehe wahrlich eine Torheit, dass ich so wenig von Euch nehme, denn dieses Schloss ist sehr arm. Aber trotz dem, dass jene Sitte hier ist, dass Ihr mir nichts abschlagen könnt, will ich doch nichts von Eurer Habe sonst nehmen und mich mit dem einen begnügen."

„Nun, so sollt Ihr den Ring haben! Nehmt ihn! Aber ich habe Euch ein großes Geschenk damit gemacht. Mit Widerwillen habe ich ihn aus meinem Herzen gezogen, denn da stak er, nicht an meinem Finger. Mein Leben habe ich Euch gegeben. Lasse Gott Euch und mich dafür seiner Gnade genießen!" Die Frau hörte diese Rede gerne, dankte ihm, nahm den Ring, steckte ihn an den Finger und sprach: „Mein Freund, zum Lohn für diesen Ring sollt Ihr in meinem Schlosse und nirgend anders wohnen, Ihr und Eure Gesellen. Herberget diese Nacht bei mir! Kommt alle mit mir! Ich will es und bitte Euch darum."

Der König antwortete: „Ich danke Euch."

Die aber, die mit der Frau gekommen waren, hielten es für große Torheit, dass sie den Ring genommen hatte, da sie Waren von hundert Mark im Wert hätte nehmen können, wenn sie klug gewesen wäre. Der Seneschall aber ließ von seinem Recht und Anspruch nicht ein Haar nach und nahm, was er bekommen konnte, das Beste was sich vorfand. Die Frau aber zog sich zurück und führte den König, dem sie alle Ehre antun wollte, mit sich zum Essen und seine Begleiter alle. Der König hatte große Lust, sie im Gesicht zu sehen, und dieser Wunsch wurde ihm bald erfüllt. Sie befahl, die Tische zu decken, und eine Menge Diener war bereit, ihre Befehle zu vollziehen. Darauf schlug sie den Schleier zurück und zeigte ein frisches gesundes Gesicht. Man bot ihr Wasser, worin sie ihre schönen weißen Hände wusch, und der König trat herzu, um ihr die Tücher zu halten; aber sie sagte lächelnd: „Das ist ein gar zu reicher Kaufmann, um einer so armen Frau zu dienen; ich weiß ja nicht einmal, wie ich nur das Anerbieten, das Ihr mir gemacht, belohnen soll. Nun waschet Euch, Herr Kaufmann, und äußert all Euer Begehr so ungescheut, wie wenn Ihr an einen Ort gekommen wäret, an dem man Euch sehnlichst zu sehen wünschte!"

Nachdem sie die Hände gewaschen, setzte sie sich zu Tische und die Frau setzte ihren Gast ganz neben sie an der Tafel. So aßen sie zusammen und sahen einander an, bis es dem König zu Sinne kam, es sei dies seine Frau, die hier neben ihm zu Tische sitze. Auch sie hatte den König erkannt, aber sie verhehlten es sich gegenseitig und sprachen von verschiedenen Dingen, bis endlich nach dem Essen Hunde in den Saal geführt wurden. Da begann der König sich daran zu erinnern, wie er in früherer Zeit die Jagd geliebt, und wie ihm nichts über die Wonne gegangen, im Walde den Hirsch zu verfolgen und zu birschen. Er vertiefte sich so sehr in diese Gedanken, dass er wachend zu träumen anfing und es ihm war, als ritte er durch einen Fluss mitten im Wald hinter einem Hirsch von sechszehn Enden; auf einmal brach er laut in den Jagdruf aus und schrie mit heller Stimme: „Wohlauf, ihr Gesellen! Der Hirsch entkommt."

Darüber spotteten alle und lachten, und sagten zu einander: „Dieser Kaufmann ist nicht bei Sinnen. Seht, wie er auffährt! „

Die Frau aber, welche tiefer blickte, zog ihn an sich heran und er schütterte auf, als ob er vom Schlafe erwachte. Da nannte ihn die Frau mit den süßesten Namen Herr und Freund, schlang ihm, wie ihrem Liebsten, ihre beiden Arme um seinen Hals und bat ihn, ihr zu sagen, warum er so heftig geschrien habe. „Ich habe es nicht vergessen, meine Gebieterin, und da Ihr mich darum fragt, will ich es Euch sagen. Meine Gedanken führten mich an einen andern Ort; mir deuchte, ich sei auf der Jagd und habe einen großen Hirsch so weit verfolgt, dass die Hunde eben imstande waren, ihn zu fassen. Aber nun sehe ich wohl, dass ich geschlafen oder wachend geträumt habe."

Die Frau war einsichtig und verständig und kehrte die Sache nicht, wie die andern, zum Spotte, sie merkte wohl was ihr Gebieter im Sinne habe, und dass es von seiner alten Freude an der Jagd herrühre. Als sie aber anfing ihn zu umarmen, hielten ihre Leute sie für verrückt, denn sie wussten nicht, was das heiße. Die Frau, welche gern dem Begehren ihres Gemahls entgegenkommen wollte, sprach: „Herr, Ihr müsst nun sogleich in den Wald gehen; und wenn es Euch recht ist, gehe ich auch dahin."

„Ob es mir recht ist? Ganz gewiss! In der Tat ist mir nichts so erwünscht als dieses. Seit vier und zwanzig Jahren habe ich Ungemach genug erduldet und solche Freude nie genossen."

„Herr, da will ich Euch bei Sankt Paul und bei den Armen, die ich um Euch schlinge, versichern, dass, ehe es Abend wird, Euer Traum in Erfüllung gehen soll."

Sogleich gab die Frau Befehl, die Hunde an die Koppel zu legen, die Jagdpferde zu satteln, und den Jägern, sich bereit zu halten. Bald war alles in Ordnung, alle hatten ihre Hörner und ihr Geräte bereit und ruhten nicht, bis sie einem Hirsch mit sechzehn Enden auf der Spur waren. Da machten sich alsbald die Hunde hinter ihm her, der Hirsch entfloh in großen Sprüngen, die Jäger hetzten, die Hunde bellten, so dass der ganze Wald von dem Lärm ertönte. Da redete die Frau den König an, erzählte ihm all ihr Ergehen, und er ihr das seinige, und beide weinten vor Freude, Mitleid und Liebe. Und wer sie hätte hören können, wie eines dem andern erzählte von seinem Umherirren und von seinen Widerwärtigkeiten, der hätte ihre Freude und ihre Wehmut teilen müssen. Die Königin begann eins um das andere zu erzählen, wie Gleolais sie zum Weibe nahm, welche Übereinkunft er mit ihr abschloss, wie er in Jahresfrist gestorben und Land und Hafen ihr ohne Widerrede übergeben worden.

„Dann", fuhr sie fort, „wollte ein benachbarter König mich heiraten und ließ mir zugleich erklären, wenn ich nicht einwillige, so werde er mich mit Krieg überziehen. Dieser Wald liegt zwischen ihm und mir, und darum will ich Euch warnen und aufmerksam machen auf ein Gewässer, das diesen Wald in zwei Teile teilt. Liefe der Hirsch dorthin und schwämme durch das Wasser, so rate ich Euch und bitte, zurückzukehren und nicht über den Fluss zu setzen, denn jenseits sind unsere Feinde."

Der König aber erwiderte, wenn er ihn nicht gefangen habe, ehe der Fluss komme, so wolle er ihrer Warnung gedenken und alsbald zurückkehren.

„Lieber Herr", sagte die Frau, „auf dies hin nehme ich von Euch Abschied; Ihr jagt den Hirschen nach und ich will langsames Schrittes hinter Euch herkommen."

Damit schied der König von ihr; er hatte das Horn um den Hals hängen und eilte dem Gebell der Hunde nach, das er hörte. Sie waren dem Hirsch auf der Spur und verfolgten ihn so heftig, dass er vor Furcht hoch aufatmete und vor Schweiß troff. Darum schlug er seinen

Weg nach dem Flusse ein und sogleich blieben alle Jäger zurück, die Hunde jagten das Tier in das Wasser und der König hetzte sie hinter ihm her. Er selbst scheute sich nicht, in das Wasser hinein zu gehen, und als er den Hirsch hinübereilen und alle Hunde ihm nachschwimmen sah, vergaß er die Bitte und Warnung der Königin, welche ihn um alles ersucht hatte, den Fluss nicht zu überschreiten Er schlug ihre Worte in den Wind und rannte gerades Weges dem Hirsche nach, der auch nicht sobald das andere Ufer erreicht hatte, als die Hunde hinter ihm herkamen, ihn an den Füßen festhielten, und zu Boden rissen. Als der König den Hirsch gefallen sah, begann er alsbald den Sieg auf seinem Horn zu verkünden. Drei Mal stieß er darein und sein Schall ging so weit, dass zwei Ritter ihn hörten, welche in dem Walde waren, um die Frau zu bekriegen. Sobald sie den Schall vernommen hatten, eilten sie auf denselben zu, so schnell ihre Pferde sie tragen konnten. Beide waren kriegerisch gerüstet, mit Panzern und Waffenröcken angetan und mit Speeren, Schwertern und Schildern versehen, und kamen von demselben Vorsatze getrieben herbei, den Mann zu töten oder gefangen zu nehmen und ihrem Herrn zu überliefern. Als nun der König sie kommen sah, erinnerte er sich erst allmählich, dass er das Verbot überschritten, das ihm die Königin gegeben. Der eine kam heran mit gezücktem Schwert, der andere mit dem Schilde am Arme, sie riefen ihn drohend an und sprachen: „Geselle, wer hat dir geraten oder erlaubt, in diesem Walde zu jagen?"

Als der König sich so bedrohen hörte, stieg er vom Pferde und floh eilends hinter eine Eiche, die ihm zum Schilde dienen musste.

Du hast am längsten gelebt, riefen sie, wenn du nicht auf der Stelle dich ergibst und dich irgend gegen uns zur Wehre setzest. Im Augenblick musst du hier sterben oder dich unserer Gnade ergeben.

Der König, welcher sah, dass er sich in die Länge nicht verteidigen konnte, sprach zu ihnen: Ihr Herren, ich will keines von beiden. Ich bitte euch um Gnade, aber ich will mich nicht euch ergeben. Das aber sage ich euch, wenn ihr mich jetzt umbrächtet, so möchte es euch schlimm ergehen.

„Wie? was? Ist das Drohung und Bitte zugleich? Wer droht, der bringt eine Bitte nicht schicklich vor."

Da sprach einer zum andern: „Was sollen wir ihn schonen? Wenn er mir nach seinem Tode droht, so will ich mir's gefallen lassen, was er mir auch Böses antun will."

Damit fielen beide über ihn her, der König deckte sich mit der Eiche und seinem Pferde, so gut er konnte, rief aber in seiner Bedrängnis: Ihr Herren, ihr würdet ein schlechtes Geschäft machen, wenn ihr mich umbrächtet, denn wisst, ihr würdet einen König ermorden.

„Einen König? Wahrhaftig? Und von wo?"

„Von England."

„Und was seid Ihr denn hierher gekommen zu suchen? Welch ein Abenteuer führte Euch herbei?"

Der König erzählte ihnen nun seine Verbannung und sein Leiden alles von Anbeginn, die Ritter aber stiegen, um besser zuzuhören, von ihren Rossen. Er berichtete sofort, wie er sein Land verlassen und wie seine Frau und seine beiden Söhne ihm in kurzem geraubt wurden, so dass die beiden zu seufzen und zu weinen anfingen.

Zuerst erzählte er von der Königin, wie die Kaufleute sie ihm entführten, und von der Bedrängnis, die sie ihr antaten. Noch mehr aber weinten sie, als er ihnen mitteilte, wie er seine Kinder verloren, wie er seine Rockschöße abgeschnitten, um sie darein zu wickeln, wie er eines derselben in das Boot trug, und als er das andere holen wollte, es von einem Wolf wegtragen sah, wie er diesen so lange verfolgte, bis er vor Müdigkeit nicht mehr konnte und genötigt war, sich niederzusetzen, und einschlief, und wie er, als er an das Boot zurückkam, auch das andere Kind nicht mehr fand.

Auch vergaß er nicht, ihnen zu erzählen von der Börse und dem Gelde, das ihm der Kaufmann zuwarf, und dem Adler, der es ihm raubte und ihn zu Boden warf. Da geschah auf einmal ein Wunder, und aus den Wolken fiel die Börse mit dem Gelde herab, als schickte es ihm Gott zum Geschenk. Darüber waren sie alle sehr bestürzt, als sie den Beutel zwischen sich niederfallen sahen. Der König beugte sich nieder, um ihn aufzunehmen, und einer der Ritter sprach zu ihm: „Herr, verzeiht! Gott hat uns selbst hier deutlich gezeigt durch seine Gnade und Güte, dass Ihr uns wahr berichtet habt."

Darauf sprach der eine von den zweien: „Lieber, guter Herr! Bei Gott, ich habe meinen Vater nie gekannt, aber Ihr seid mein Vater und ich bin Euer Sohn, denn der Mann, der mich aufgezogen, hat mir erzählt, dass er mich einem Wolfe abgenommen habe. Auch gab er mir einstmals im Zorn den Lappen Tuch, in den er mich gewickelt fand. Ich habe ihn noch aufbewahrt und ich will ihn Euch zeigen, um Euch zu erweisen, ob ich wirklich Euer Sohn bin oder nicht. Mein Name ist aber Louel. So nannten sie mich wegen des Wolfs. Mehr brauche ich nicht zu sagen, denn die Wahrheit wird sich bald kundgeben."

Der andere aber war über alles, was er da hörte, hoch erfreut. Er fuhr auf und sagte: „Wahrlich, ein solches Wunder ist noch keinem Menschen auf Erden widerfahren. Gott selbst hat mich hierhergeführt, denn hier erfahre ich, was ich noch nicht wusste, dass ich stets mit meinem Bruder zusammen gelebt habe, ohne ihn zu kennen. Lange Zeit sind wir gute Gesellen mit einander gewesen: nun hört aber und erfahrt, dass wir ebenso gut Brüder als Freunde sind! Und Ihr, lieber Herr, seid unser Vater; denn ich bin in dem Boote gefunden worden, und ich kann die Wahrheit dadurch erweisen, dass ich Euch den Lappen zeige, den ich noch zu Hause finden werde, denn ich habe ihn stets wohl verwahrt."

„Ihr Herren, das ist Gottes Fügung", sprach der König, „dass ich euch gefunden habe. Aber die Lappen, die ich von meinem Rocke geschnitten, muss ich beide bekommen und sehen, wenn ihr wollt, dass ich euch glaube."

„So kommt denn mit uns! Und Ihr sollt sie sehen, sonst denkt Ihr wohl gar übel von uns."

„Es sei", sprach der König, „aber lasst uns nun erst unsern Hirsch zerteilen!"

„Wohl gesprochen!"

Nachdem es geschehen war, machten sie sich nach ihrer Herberge auf und ließen niemand etwas von dem Vorgefallenen merken, bis der König die Lappen gesehen und erkannt hatte.

„Wahrlich, sprach er, diese sind's!"

Da freuten sich denn seine beiden Söhne, sie fielen ihm um den Hals und küssten ihn und auch der König hatte an ihnen große Freude und Wohlgefallen und er überhäufte sie mit Liebkosungen. Die Freude der dreie war so laut, dass ihr Wirt sagte, es fei nicht anders, als hätten sie einen Beutel mit Geld gefunden.

„Das ist es auch in der Tat", sagte Louel. „Es ist ein neuer Gast mit uns in's Haus gekommen, den wir mit vollstem Rechte in Ehren halten und über den wir uns freuen müssen, und, wenn Ihr weiter von ihm wissen wollt, es ist der Herr und König von England. Und darum bitte ich Euch nun, dass Ihr Euren und meinen Gebieter hierherkommen lasst. Es wird Euch nicht gereuen und er wird über seine Bekanntschaft, wenn er hierherkommt, sehr erfreut sein."

Dieser verzog keinen Augenblick, ging zum König und brachte ihm die Botschaft. Der König stieg zu Pferde und ritt eilends zu der Herberge, wo die andern ihm entgegen kamen, ihren Vater bei der Hand führend, und ihm alles ganz ausführlich erzählten. Auch entging dem König von Catanasse kein Wort, sie zeigten ihm die beiden Lappen vor, über deren Beweiskraft der König sehr erfreut war, und er sprach: „Das ist eine ausgemachte Sache. Wahrlich, ihr habt ein schönes Abenteuer bestanden und ihr habt wohl Ursache, euch darüber zu freuen. Und auch darüber könnt ihr euch freuen, dass ich, ehe ich etwas wissen konnte von eurer Abkunft und so edler Verwandtschaft, aus reinem Vertrauen euch zu Rittern machte. Ihr habt es freilich wohl verdient, denn ihr habt mir manchen kräftigen Dienst geleistet in meinem Kriege, ihr habt oft die stolze Frau erzürnt, die wahrlich, so lange ich lebe, von mir kein Land haben soll, wenn sie es nicht nimmt oder wenn sie mir ihr Land selbst zu eigen gibt. Sie soll fliehen, sie soll gehen ..."

„Ohne Anstand", antwortete der König, „das will ich Euch in die Hand versprechen, dass sie Euch es morgen übergeben soll, und nie soll sich weiter Streit darum erheben! Wenn meine zwei Söhne Euch geholfen haben, so mussten sie es tun, weil Ihr sie aufgenommen habt. Aber wisst, sie hätten es nicht tun dürfen, wenn sie die Frau gekannt hätten; denn schwere Sünde und Missetat ist es, zu den Waffen greifen gegen seine Mutter. Es ist ein grausamer, bitterer Krieg, wenn Söhne ihre Mutter bekriegen, und Gott und Welt ist ihnen feind. Aber mancher sündigt und weiß es nicht. So habt auch ihr gesündigt, ohne es zu wissen, und darum habt ihr Recht getan, denn ihr habt eure Mutter nicht gekannt und eurem Herrn treulich gedient. Ihr Herren, es ist eure Mutter, jene Frau, die ihr mit Feuer und Schwert verfolgt habt, und darum habt ihr zu gleicher Zeit edel und verbrecherisch gehandelt. Ich spende euch weder Lob noch Tadel. Ich überlasse beides euch selbst."

Marin und Louel waren sehr bestürzt über das, was sie hörten. Tränen stürzten ihnen aus den Augen. Sie weinten vor Schmerz und Freude. „Gott", sprachen sie, „wann kommt denn der Tag? Wir können das morgen nicht erwarten. Morgen soll sie uns beide sehen und wir wollen sie demütig um Verzeihung anflehen. Aber die Kaufleute dürfen wir nicht vergessen, die uns aufgezogen haben und die uns mehr Gutes getan, als sie verpflichtet waren, denn sie waren uns ja gar nichts schuldig. Es ist billig, dass wir sie vorher nochmals besuchen und dass sie erfahren, wer es ist, den sie aufgenommen haben. Denn sie haben sich brav gegen uns benommen."

Mit solchen Reden, die sie unter einander führten, hielten sie den König von Catanasse die ganze Nacht zurück, wo sie, ehe sie sich zur Ruhe legten, Köche und Diener zur Bereitung der Mahlzeit in Bewegung setzten.

Die Königin aber war indes tief betrübt und war nahe daran, vor Schmerz umzukommen.

„Ach ich Unglückliche", sprach sie, „wie kurz hat die große Freude über das Widerfinden meines Gemahls gedauert! Aber die neue Freude macht meinen Schmerz nur umso größer. Was ich so sehr liebte, habe ich nun wieder verloren. Jesus Christ hatte mir ihn wieder geschenkt, und nun er ihn von neuem mir entrissen, ist mein Schmerz nur umso heftiger. Nun muss ich mich allein abmühen, den Krieg gegen meine Feinde zu führen, die meinen Herrn getötet oder gefangen genommen haben. Wohlauf, ihr Herren, rief sie, wohlauf! Morgen ziehen wir gegen sie in den Krieg. Macht es bekannt allenthalben, dass euer Heer versammelt sei und weder auf den Bergen noch in den Tälern ein Mann zurückbleibe, zu Pferd oder zu Fuß, der Bogen oder Speer tragen kann, und dass ich morgen alle an der Furt finde."

Sogleich ward allenthalben der Heerbann ausgeboten, dass, so sehr ihm sein Leben lieb sei, weder Eigener noch Freier zurückbleiben und vor der ersten Tagesstunde die Furt, welche die Grenze bilde, überschreiten solle. Wirklich versammelten sie sich daselbst des andern Tags und die Königin kam selbst dahin, ohne sich irgend abreden zu lassen. Bald aber ereignete sich ein Fall, den sie nicht vermuteten. Die zwei Könige nämlich und die Leute mit ihnen kamen ihnen entgegen und sie gelangten so nahe zusammen, dass sie sich bald erkannten. Als die Königin den König erblickte, war sie sehr erstaunt und ihr Grimm war schnell besänftigt. Der König aber konnte nicht mehr an sich halten, er ließ seine Leute weit hinter sich zurück und rief ihr freudig entgegen: „Seid willkommen, liebe Frau!"

„Und Ihr seid mir willkommen, mein Gebieter! Wie habt Ihr Euch in diesem Lande aufhalten können? Sagt mir das! Seid Ihr gefangen oder frei? Wenn sie Lösegeld von Euch verlangen, so seid darob nicht in Sorge! Denn ich bin gekommen, ihnen Entschädigung zu bieten, wenn ihr Volk das meinige zu erwarten wagt."

Der König lächelte über ihre Rede und zugleich kamen seine beiden Söhne und der König, der sie erzogen hatte, heran.

„Kennt Ihr die Männer", sprach er, „die ich Euch hier herführe? Ihr wisst nicht, meine süße Freundin, dass ich unterwegs Eure und meine Freude gefunden habe, und zwar gerade auf diesem Platze. Zur guten Stunde sind wir ausgegangen, den Hirsch zu sagen, glücklich wurde er gefunden, glücklich gehetzt, glücklich erreicht, gefangen und getötet, denn ich habe Eure Feinde gewonnen und all' ihr Volk mit ihnen. Hier kommen sie nun, Euch um Gnade anzuflehen; und wisst Ihr, dass diese beide es sind, über die Ihr so viel zu klagen hattet?"

„Wohl weiß ich es, mein Gebieter! Wehe, dass sie je geboren wurden! Sie haben mir alle meine Leute erschlagen, sie haben mich tödlich beschimpft, sie haben mich so ausgeplündert, dass sie außerhalb der Mauern und des Parks mir auch nicht sechs Sols im Wert zurückgelassen haben, sie waren die ersten Boten, welche die Heirat zwischen mir und ihrem Herrn aussannen, sie waren die Unglückseligen, die meine Leute gefangen genommen, kurz sie sind es, die den ganzen Krieg geführt haben, sie sind die Schlimmsten des ganzen Landes, sie haben so viel Zorn und Galle über mich ergossen, dass ich gewiss bin: sie sind meine größten Todfeinde."

„Vielmehr sind sie Eure natürlichen Freunde."

„Freunde? Wie das?"

„Es sind Eure Söhne."

„Gott!' ‚antwortete die Frau; „ist das möglich?"

„Ja, gewiss."

Dann kamen sie beide heran und erzählten der Königin die wunderbare Geschichte. Diese nahm sie alsbald in die Arme und drückte sie an ihr Herz. Vor Wonne vermochte sie nicht zu sprechen und sie vermochte nichts, als beide zu umarmen und zu küssen. Die Brüder aber fielen ihr zu Füßen; auch sie waren durchdrungen von Freude und sie sprachen beide zu ihr: „Vergebt uns, wenn Ihr mögt, unsere Missetaten, edle Frau, wie wir sie beide, an Euch geübt! Nun wissen wir erst, wie Unrecht wir daran getan haben; vorher aber haben wir dies nicht gewusst, sondern wir dachten volles Recht zu haben. So sündigten wir aus Unwissenheit; wer aber aus Unwissenheit sündigt, der setzt sich keiner großen Strafe aus."

„Es ist genug getan, dass ich euch verzeihen kann. Ihr wolltet mir ja größere Ehre verleihen, als ich hatte, und ich lohnte euch dafür mit Undank."

Nun trat auch der König von Catanasse zur Königin und sprach zu ihr: „Edle Frau, ich weiß gewiss, dass ich Euch nichts zu Leide getan habe, denn das zeugt doch nicht von Hass, dass ich Euch zur Königin machen wollte; darum aber war ich aufgebracht, weil man mir sagte und ich der Meinung war, Ihr seiet eine Frau von ganz niedriger Abkunft; und ich dachte nicht, dass Ihr meine Gebieterin seiet; deshalb komme ich, Eure Vergebung mir zu erbitten. „

„Und ich, mein Herr und König, versetzte sie, danke Euch für meine beiden Söhne laut und aufrichtig, und mit diesem meinem ersten Dank habt Ihr das von mir gewonnen, was ich lange als Eigentum beherrscht habe, vorausgesetzt jedoch, dass mein königlicher Herr es genehmigt."

„Ich genehmige es, teure Gebieterin, ja ich will es so, und fast scheint es mir noch zu wenig."

„Herr", sprach sie, „ich trete das Regiment ab."

Damit setzte sie ihn wieder in den Besitz der Landschaft ein, er übernahm sie und ohne weiteres Zögern verließen sie alle diese Stelle, wo sie so viel Freude empfunden hatten. Die Königin führte einige Scharen mit sich; nichts, was ihr Freude machte, wurde ihr verwehrt; niemand verfolgte sie, sondern sie ließen sie ganz gewähren und begleiteten sie bis nach Sorlinc in voller Freude. Hier wollten nun Marin und Louel ihre beiden Kaufleute kommen lassen. Sie bestellten also Boten, die nach ihnen suchten, bis sie sie gefunden. Sie redeten ihnen so lange und freundlich zu, bis sie freudig sich aufmachten und Tag und Nacht fortzogen, immer auf dem geradesten Wege, bis sie an das Schloss Sorlinc kamen, wo der Hof versammelt war. Der Aufenthalt gefiel ihnen nicht sehr, denn viel lieber wären sie in London oder Wincestre, in Wiric oder zu Nicole gewesen. Sobald die Kaufleute an den Hof kamen, eilte Marin ihnen entgegen; Louel aber war sinnig darauf bedacht, dass auch andere ihre Freude teilten, er führte sie daher gerade vor die Könige, gab sich alle Mühe, sie hoch auszuzeichnen und sprach im Angesicht aller folgendermaßen ungescheut: „Ihr Herren, diesen wackeren Männern verdanken wir es, dass ihr uns hier gesund und wohlbehalten erblickt, denn dieser hat mich einem grausamen Wolf entrissen und in seinem Hause aufgezogen, dieser dort fand Marin in einem Kahn und verpflegte ihn gut. Sie haben uns beide gut gehalten, hatten uns nichts verschlossen, sondern überließen uns alles frei. Nun sollen sie aber auch den Lohn dafür erhalten. Und wisst, dass, wer sie nicht liebt, nicht mein guter Freund ist! „

„Als die Königin diese Worte hörte, grüßte sie ohne Zögern die Kaufleute, nahm sie aus dem Gedränge weg auf die Seite und ließ, da sie sie noch nicht genug geehrt glaubte, ihnen köstliche Mäntel und Pelzwerk geben, wodurch sie sich hoch belohnt glaubten und sehr erfreut waren. Sie sagten auch, sie wollen diese Kleider verkaufen und hoffen viel Geld dafür zu lösen, worüber die Königin lachte und zu den Kaufleuten sagte: Seid unbesorgt, ihr Herren! Diese Röcke sollt ihr selbst behalten und sie anziehen; ihr sollt ebenso gute bekommen, wenn die, die ihr jetzt habt, zerrissen sind. Es soll euch nie an etwas mangeln; seid darum unbekümmert! Und dabei sollt ihr nie in eurem Leben mehr auf Festen oder Märkten umherziehen.

Ich will euch und eure Nachkommen reich machen; an Samt und Purpur und Seide und kostbarem Pelzwerk soll es euch, Herr Gosselin und Herr Foukier, nicht fehlen, denn ich habe euch beide gar lieb.“

„Gnädige Frau, haltet uns nicht für Narren! Wenn diese Röcke unser wären, so ließen wir uns gewiss aus dem Zeug von einem einzigen vierzehn Paare starke Stiefel, mit Leinwand gefüttert, machen. Schweigt doch, gnädige Frau, um Gottes willen! Wir mögen Eure Kleider nicht nehmen, denn wir könnten sie Euch ja nicht zurückgeben.“

Die Königin war artig genug, sich um diese Worte nicht viel zu kümmern und nur heimlich über die Blödigkeit der beiden gemeinen Männer zu lachen. Sie ließ beiden eine volle Kleidung geben; aber ehe sie sie anzogen, kam sie auf den Gedanken, sie ihnen abzukaufen und dann erst wieder zu geben.

„Ihr Herren", sprach sie, „so verkauft diese Kleider erst an mich und dann nehmt sie von mir zurück! Doch mache ich dabei die Bedingung, dass ihr sie dann traget."

Sie waren mit Vergnügen einverstanden.

„Ich gebe euch dafür dreißig Mark", fuhr die Königin fort, „und damit werdet ihr euch befriedigen."

„Gerne", antwortete sie, „und wir wollen Euch acht oder vierzehn Tage borgen."

Darauf kleideten sie sich in die schönen und kostbaren Gewänder und nahmen sich so spaßhaft darin aus, wussten sich auch so wenig mit der Kleidung zu befreunden, dass es aussah, als hätten sie fremde Kleider geliehen.

Acht Tage blieben die beiden Könige, der von England und der von Catanasse, in Sorlinc unter großen Festlichkeiten beisammen, worauf dann diesem seine Lande zurückgegeben wurden. Am neunten Tage wurden die Schiffe im Hafen gerüstet; alle ihre Sehnsucht war, in ihre Heimat zu kommen, und sie bestiegen die Schiffe, als sich ein günstiger Wind zur Abfahrt zeigte. Doch hatte der König den Mann nicht vergessen, bei dem er sich so lange aufgehalten hatte. Er lud ihn ein, zu ihm nach England zu kommen, und nahm seine Söhne mit sich, die er königlich zu beschenken und mit Schlössern und Burgen zu belehnen versprach. So fuhren sie, ohne vom Sturme oder einem andern Unfall geplagt zu werden, gerade über das Meer.

„Nun kommt bald die Freude", rief der König. „Ach, seit ich nicht hier war, wie viel Kummer und Ungemach habe ich erduldet! Aber nun folgt das Lachen auf die Tränen."

Er wandte sich nun dem Felsen zu, und mit ihm Louel und Marin, Foukier und Gosselin und die Söhne des Bürgers, welchen der König und die Königin unterwegs am meisten Auszeichnung widerfahren ließen. Als der König an den Felsen kam, nahm er den König von Catanasse bei der Hand und sprach zu ihm: „Seht, hier ist das Bett und das Gemach (ach, ich werde es nie vergessen), wo die Königin in den Wehen lag und von diesen zwei Söhnen entbunden wurde. Hier ist es, wo der Wolf vorbeilief, dem ich so lange nacheilte, bis ich müde war, während hinten Marin in dem Schiffe lag. Ach, die Stelle ist mir jetzt so hold und teuer, da das große Ungemach, das hier begann, sich in Freude verkehrt hat, dass ich Lust habe, nicht sobald von hier wieder zu scheiden und keine Stadt oder Burg zu besuchen, bis dass mein Neffe hierhergekommen, welcher dermalen für Englands König gehalten wird."

Demnach ließen sie sich an dem Felsen nieder und schnell verbreitete sich die Kunde davon durch das ganze Land. Des Königs Neffe kam heran und gab ihm die Krone und mit ihr das ganze Reich zurück. Er zog sodann mit großem Pomp in London ein, allwo er mit großer Freude und Jubel empfangen wurde. In London blieb der König, bis der Bürger angekommen war, den der König eingeladen hatte. Er befahl sodann seinen Leuten, ihm zu dienen und ihm ehrerbietig und freundlich zu begegnen. Der König selbst wandte ihm alle Liebe und Vertrauen zu und er wurde sein oberster Rat; seine Söhne aber schlug er zu Rittern und vermählte sie mit den Töchtern zweier reichen und mächtigen Grafen, welche schöne Burgen zur Mitgift bekamen. Den Jungen, dem er an dem Feste zu Bristot sein Horn abgekauft und der das Geld den Armen gegeben hatte, machte er zu seinem Kämmerer und gab ihm eine reiche Frau zur Ehe. Den zwei Kaufleuten wies er eine jährliche Rente von tausend Mark Sterling zu, so dass jeder in seiner Weise befriedigt sein konnte.

Sankt Brandan

Brandan war ein heiliger Mann, ein Sohn des Synlocha, Enkel Altydes, aus dem Geschlechte des Eogene, und war geboren in dem Bezirk Scamle in der Mumensier Lande. Dieser Brandan war ein Mann von großer Enthaltsamkeit und edlen Tugenden und war der geistliche Vater von dreitausend Mönchen. Als er einst im Gebete begriffen war, an dem Orte, welcher jetzt der Hain der Tugenden Brandans heißt, geschah es, dass ein Abt zu ihm eintrat um Abendzeit, genannt Barintes, der Neffe Neils. Als der Heilige Vater ihn über sein Begehr ausfragte, begann Barintes zu weinen, fiel auf die Erde nieder und verharrte lange Zeit im Gebete, aber Sankt Brandan nahm ihn vom Boden auf und küsste ihn.

„Lieber Vater", sprach er, „warum wird uns Traurigkeit durch dein Kommen? Kamst du nicht zu unserem Troste? Du solltest lieber uns ergötzen, als uns Unluft verursachen. Zeige uns das Wort Gottes und erheitere unsere Seelen durch die verschiedenen Wunder, die du aus dem Wege gesehen hast!"

Darauf begann Sankt Barintes dem heiligen Brandan von einer Insel zu erzählen und sprach: „Mein Sohn Mernoe, der Versorger der Armen Jesu Christi, trennte sich von mir und wollte einsam leben. Er fand eine Insel in der Nähe des großen Felsen und diese Insel hieß die Köstliche. Nach langer Zeit wurde mir gemeldet, er habe mehrere Mönche bei sich und Gott habe viele Wunder durch ihn kundgetan. Demzufolge ging ich zu ihm, um meinen lieben Sohn zu besuchen, und als ich auf drei Tagereisen zu ihm vorrückte, kam er mir mit seinen Brüdern entgegen, denn unser Herr hatte ihm meine Ankunft geoffenbart. Als wir sodann auf der vorbesagten Insel anlangten, kamen die Brüder uns aus verschiedenen Häuschen und Zellen entgegen, wie ein Schwarm von Bienen; denn sie wohnten zerstreut, aber dessen ungeachtet war ein beständiger Verkehr in Glauben, Liebe und Hoffnung unter ihnen begründet. Ihre Erholung war, Gott zu dienen in einer Kirche. Von Fleisch wurde ihnen nichts zu essen gegeben, sondern ihre Speise war Obst, Nüsse, Wurzeln und Kräuter aller Art. Nach dem Abendgebet zog sich jeder Bruder in seine Zelle zurück und verharrte daselbst bis zum Hahnenschrei oder bis die Glocke rief. Als ich aber mit meinem Sohne eines Tags auf der ganzen Insel umher ging, führte er mich an das Meeresufer, gegen Abend hin, wo ein Schifflein stand, und sagte zu mir: „Mein lieber Vater, treten wir in dieses Fahrzeug und schiffen gegen Abend und nach der Insel, welche heißt das Land der Verheißung der Heiligen, welches Gott unsern Nachfolgern in der jüngsten Zeit geben wird."

So begannen wir denn zu schiffen und Wolken bedeckten uns rings umher, so dass wir kaum das Vorderteil oder das Hinterteil unseres Schiffes sehen konnten. Als wir so eine gute Weile gefahren waren, umleuchtete uns auf einmal eine große Helle, und es zeigte sich ein schönes grünes und mit Früchten reich begabtes Land. Sobald unser Schiff dasselbe erreicht hatte, stiegen wir aus, gingen umher und trieben uns so wohl vierzehn Tage hin, ohne das Ende der Insel finden zu können. Nirgends sahen wir dort ein Kraut ohne Blüte, noch einen Baum ohne Frucht; alle Steine dieser Insel aber gehören zu der edlen Art. Am fünfzehnten Tage endlich fanden wir einen Fluss, der von Morgen nach Abend lief. Wir betrachteten alles umher und wussten nicht, was wir anfangen sollten. Endlich entschlossen wir uns, über den Fluss zu setzen, aber wir wollten zuvor den Rat Gottes abwarten. Sobald wir dies unter einander verabredet hatten, erschien plötzlich vor uns ein Mann in hellem Glanze, der uns einzeln beim Namen nannte, grüßte und zu uns sprach: „Liebe Brüder, unser Herr hat euch dieses Land gezeigt, das er den Seinigen geben will. Die Hälfte dieser Insel geht bis zu diesem Fluss: er erlaubt euch nicht, darüber hinaus zu gehen. Kehret zurück, von wo ihr gekommen seid!"

Als er das gesagt hatte, fragte ihn mein Begleiter, woher er sei und wie er heiße. Er antwortete: „Warum fragst du mich, woher ich sei und wie ich heiße? Warum fragst du nicht eher nach dieser Insel? Wie du sie jetzt siehst, ist sie von Anfang an gewesen. Brauchst du eine Speise, oder zu trinken oder ein Kleid? Du bist nun ein Jahr auf dieser Insel gewesen und hast keine Speise noch Trank gekostet. Auch dachtest du nicht an den Schlaf und keine Nacht ist über dich gekommen; denn hier ist ewiger Tag und keine Finsternis verdunkelt ihn. Unser Herr ist das Licht dieser Insel, und hätten die Menschen nicht gesündigt, so wären sie stets in diesem glücklichen Zustand geblieben."

Nachdem der Mann seine Rede beendigt hatte, brachen wir in Tränen aus, machten uns aber alsbald auf den Weg und der vorbesagte Mann ging vor uns her bis an das Ufer, wo unser Schifflein stand. Sobald wir aber hineingestiegen waren, verschwand der Mann vor unsern Blicken. Wir kamen durch die vorbesagte Finsternis nach der köstlichen Insel zurück, und als unsere Brüder uns erblickten, waren sie hocherfreut über unsere Ankunft, denn sie hatten unsere Abwesenheit lange Zeit beklagt und sprachen: „O Väter, warum habt ihre eure Schafe ohne Hirten in diesem Walde umherirren lassen? Wir wissen wohl, dass sich unser Abt zuweilen an einen uns unbekannten Ort entfernt und daselbst manchmal zwei Wochen, manchmal eine oder mehr oder weniger verweilt."

Als sie so sprachen, begann ich sie zu trösten und sagte: „Liebe Brüder, wollet dabei nie etwas anderes denken als Gutes! Eure Grenze ist an der Pforte des Paradieses. Hier nahe bei ist die Insel, welche das Land der Verheißung der Heiligen genannt wird.

Dort gibt es keine Nacht und der Tag endet nie. Dahin geht Mernoc und die Engel Gottes behüten ihn. Erkennet ihr nicht an dem Geruch unserer Kleider, dass wir im Paradiese Gottes gewesen sind?"

Da antworteten die Brüder und sprachen: „Herr Abt, wir wussten wohl, dass Ihr im Paradiese Gottes gewesen, denn wir haben oft den Duft der Kleider des Abts geschmeckt, welcher sich bei vierzig Tagen um ihn verbreitete."

Ich blieb noch daselbst zwei Wochen bei meinem Sohne, ohne zu essen oder zu trinken, denn wir waren auch leiblich von jener Herrlichkeit noch so gesättigt, als ob wir voll süßen Mostes gewesen wären. Nach vierzehn Tagen kehrte ich, von dem Segen unserer Brüder und des Abts begleitet, mit meinen Genossen zurück nach meiner Insel, welche ich nun morgen zu erreichen hoffe."

Als Barintes geendet hatte, kniete Brandan und seine Genossenschaft nieder, priesen Gott und sprachen: „Unser Herr ist groß in allen seinen Wegen und heilig in allen seinen Werken, der da offenbaret seinen Dienern solche und so große Wunder; und gesegnet sei, der uns heute erquickt hat mit solcher geistlichen Speise!" Darauf sprach Sankt Brandan: „Gehen wir, unsern Leib zu erquicken, und folgen dem neuen Gesetze!"

Als die Nacht vorüber war, schied Barintes, mit dem Segen der Brüder versehen, von hinnen und begab sich in seine Heimat. Nachher wählte Brandan sieben von den Brüdern seines Ordens aus, er trat mit ihnen in ein Bettgemach und sprach zu ihnen also: „Meine Brüder und Freunde, ich bitte euch um die Unterstützung eures Rates, denn mein Herz und Sinn ist in einen Wunsch zusammen gedrängt, und dieser Wunsch scheint mir der Wille Gottes. Ich habe nämlich bei mir den Entschluss gefasst, das gelobte Land der Heiligen zu suchen, von welchem der Abt Barintes sprach. Was scheint euch nun davon? Und welchen Rat wollt ihr mir geben?"

Sobald diese den Willen des frommen Vaters erkannt hatten, antworteten sie alle mit einer Stimme: „Herr, Euer Wille ist auch der unsere. Wir haben unsere Väter und Mütter verlassen und unser Hab und Gut weggeworfen und unsern Leib in Eure Hände gegeben. Darum sind wir bereit, mit dir zu gehen, sei es zum Tode oder zum Leben, und wir trachten nur nach einem, nämlich den Willen Gottes."

Daraus beschloss Sankt Brandan und alle, die bei ihm waren, vierzig Tage lang je drei Mal in der Woche zu fasten und dann ihre Reise anzutreten. Als die vierzig Tage um waren, verabschiedeten sie sich von den Brüdern und gaben dem Probste der Abtei, welcher nun Brandans Stelle zu vertreten hatte, die nötigen Weisungen, und Brandan fuhr mit vierzehn Brüdern gegen Westen zu an die Insel eines heiligen Mönchs mit Namen Aende. Daselbst blieb er drei Tage und drei Nächte, empfing sodann den Segen des Heiligen Vaters und aller Mönche, die bei ihm waren, und ging nach dem entferntesten Teile seines Landes, wo seine Eltern wohnten; aber er wollte sie nicht sehen, sondern schlug auf der Höhe eines Berges, der sich weit in das Meer hinein ausdehnt, an der Stelle, welche man fortan Brandans Sitz nannte, sein Zelt auf, und daselbst war auch ein Landungsplatz für ein Schiff. Sankt Brandan und die mit ihm waren, nahmen Werkzeuge und bauten ein sehr leichtes Schiff, mit Säulen außen, wie es in jenen Gegenden Sitte ist, und bedeckten es mit Ochsenfellen, die in Eichenrinde gerötet waren, beschmierten die Fugen der Felle mit Fett, und legten sodann in das Schiff andere Ledervorräte, Lebensmittel für vierzig Tage und Fett, um die Felle, welche zur Bedeckung des Schiffes dienen sollten, zu beschmieren, sowie allerlei andere Dinge, welche zum menschlichen Leben erforderlich sind. Sankt Brandan hieß hierauf seine Brüder in das Schiff treten im Namen des Vaters, des Sohnes und des heiligen Geistes. Als sie in das Schiff getreten waren und Sankt Brandan am Ufer stand und den Hafen gesegnet hatte, kamen drei Brüder von seinem Kloster ihm nach, fielen dem Heiligen Vater zu Füßen und sprachen: „Lieber Vater, lass uns mit dir gehen, wohin du gehest! Wo nicht, so sterben wir hier vor Hunger. Wir haben uns vorgenommen, eine Pilgerfahrt anzustellen aus unser ganzes Leben."

Als der Mann Gottes die Bedrängnis der Leute sah, hieß er sie in sein Schiff treten und sprach: „Meine Söhne, euer Wille geschehe!"

Aber er fügte hinzu: „Ich weiß, wie ihr herkommet. Dieser Bruder hat ein gutes Werk getan und unser Herr hat ihm eine gute Stätte bereitet, euch aber bereitet er ein grausames Gericht."

Sankt Brandan trat in das Schiff und sie begannen mit schwellendem Segel gegen Mittag zu fahren. Sie hatten guten Wind und brauchten, um von der Stelle zu kommen, nur das Segel zu halten. Nach vierzehn Tagen aber legte sich der Wind und sie ruderten nun, bis sie nicht mehr konnten. Da begann Sankt Brandan sie zu trösten und zu ermutigen und sprach: „Liebe Brüder, seid nicht bange! Denn Gott ist unser Helfer, Führer und Steuermann. Lasset euer Rudern und das Steuern, nur das Segel bleibe ausgespannt, und Gott tue mit seinen Dienern und mit seinem Schiffe, wie ihm gefällt!"

Sie arbeiteten jedoch bis gegen Abend und hatten einige Mal Wind; aber sie wussten nicht, woher er kam, noch wohin ihr Schiff getrieben wurde. Als die vierzig Tage vorüber waren und sie alle Lebensmittel verzehrt hatten, zeigte sich ihnen gegen Mitternacht eine hohe felsige Insel. Wie sie an das Ufer dieser Insel kamen, bemerkten sie, dass dasselbe sehr steil war, wie eine Mauer, und verschiedene Bäche stürzten von den Felsen herab und ergossen sich in das Meer. Aber sie fanden keine Stelle, wo das Schiff anhalten konnte, und dabei waren die Brüder sehr gequält von Hunger und

Durst, darum suchten einige von ihnen von dem Wasser etwas auf-
zufangen, welches in das Meer stürzte. Sankt Brandan aber sprach,
als er dies sah: „Tut das nicht! Ihr begeht eine Torheit, etwas erzwin-
gen zu wollen, wenn Gott uns keinen Hafen zeigen will, in den wir
einlaufen können. Unser Herr Jesus Christ wird in drei Tagen seinen
Jüngern einen Hafen und Landungsplatz zeigen und unser Leib wird
gute Pflege erhalten.

Nachdem sie fast drei Tage um die Insel hergefahren waren, fanden sie wirklich am dritten Tag um die neunte Stunde eine Bucht, wo
ein Landungsplatz war; Brandan erhob sich sogleich und segnete den
Eingang. Zu beiden Seiten derselben stand ein behauener Stein von
ungeheurer Größe, wie eine Mauer. Als sie aus dem Schiffe stiegen
und an das Land traten, befahl ihnen Sankt Brandan, von dem Geräte
des Schiffes mit wegzunehmen; aber während sie an den Ufern des
Meeres hingingen, begegnete ihnen auf einem Fußpfade ein Hund,
legte sich vor Sankt Brandan nieder, wie Hunde schmeichelnd sich
ihren Herrn zu Füßen legen, und Sankt Brandan sprach zu seinen
Brüdern: „Schaut, was uns Gott für einen guten Boten entgegensen-
det! Lasst uns sehen, wohin er uns führt!"

Damit folgten sie dem Hunde bis an das Schloss. Sie traten hinein und bemerkten einen großen Saal mit Ruhebetten und Sitzen
und davor stand ein Wasserbecken, um die Füße zu waschen. Sobald
sie sich gesetzt hatten, befahl Sankt Brandan seinen Genossen und
sprach: „Hütet euch, liebe Brüder, dass der Teufel euch nicht in Versuchung führe! Ich bemerke, wie er einen von den drei Brüdern unseres
Klosters, die uns nachgeeilt sind, zu einem schändlichen Raube verleiten möchte. Bittet für seine Seele! Denn sein Fleisch ist der Gewalt
des bösen Feindes verfallen."

Das Haus, in welchem sie sich aufhielten, war allenthalben
geschmückt mit allerlei Geräte, das umherhing, von verschiedenen
Erzen, mit Pferdegeschirr und mit Jagdhörnern, welche stark mit Silber beschlagen waren. Da sprach Sankt Brandan zu seinem Diener,
welcher den Brüdern das Brot vorzusetzen pflegte: „Bringt das Essen,
welches Gott uns beschert hat!

Er erhob sich und fand alsbald eine gedeckte Tafel und aus dem
Tuche lag weißes Brot und Fische. Als alles herbeigetragen war, seg-

nete Sankt Brandan das Essen und sprach zu den Brüdern: „Erinnert euch dabei Gottes, welcher Speise gibt allem, was das lebet!"

Die Brüder setzten sich, priesen Gott und aßen und tranken so viel ihnen beliebte. Als das Essen zu Ende und das Gebet gesprochen war, sagte Sankt Brandan: „Nun begebt euch zur Ruhe! Seht, es sind hier wohlbereitete Betten und ihr bedürft der Erholung auf die langen Mühen der Seefahrt."

Sobald die Brüder entschlafen waren, bemerkte Sankt Brandan das Werk des Teufels. Er sah nämlich einen Mohren mit einem schönen Zügel in der Hand, mit welchem er vor dem eben besagten Bruder spielte. Alsbald erhob sich Sankt Brandan und begann zu beten und hielt an im Gebete bis an den Morgen. In der Frühe, als die Brüder zum Gottesdienste geeilt und nun im Begriffe waren, wieder nach dem Schiffe zu gehen, da erschien ihnen ein gedeckter und besetzter Tisch, wie den Tag zuvor, und auf gleiche Weise bereitete der Herr drei Tage und drei Nächte seinen Dienern ihre Speise. Darauf rüstete sich Sankt Brandan und die Brüder zur Weiterreise und er sprach zu ihnen: „Hütet euch, dass keiner von dieser Insel etwas mit sich wegtrage!"

Sie aber sprachen: „Das sei ferne von uns, dass einer unsere Reise durch einen Diebstahl schände!"

Sankt Brandan erwiderte: „Seht hier den Bruder, von dem ich euch sagte! Er hat in seinem Busen einen silbernen Zügel versteckt, welchen ihm der Teufel heute Nacht gegeben hat."

Als der besagte Bruder diese Worte hörte, warf er den Zügel aus seinem Busen, fiel dem heiligen Manne zu Füßen und sprach: „Lieber Vater, ich habe gesündigt; verzeih es mir und bitte für meine Seele, damit sie nicht umkomme!"

Sobald er das gesprochen, fielen sie alle zur Erde nieder und beteten für die Seele ihres Bruders. Als sie aber ausgestanden waren und der Heilige Vater den Bruder erhoben hatte, sahen sie einen kleinen Mohren aus seinem Busen hervorhüpfen, welcher laut heulte und sprach: „O du Mann Gottes, warum vertreibst du mich aus meiner Wohnung, in der ich sieben Jahre gewohnt habe, und bringst mich um mein Erbteil?"

Darauf antwortete Sankt Brandan: „Ich befehle dir im Namen unseres Herrn Jesu Christi, dass du niemand mehr Unrecht tuest bis zum Tage des Gerichts!"

Darauf trat er zu dem Bruder und sprach: „Empfange den Leib und das Blut unsers Herrn! Denn deine Seele wird sich von deinem Leibe scheiden und du wirst all hier eine Begräbnisstätte erhalten. Ach, dein Bruder, der mit dir aus dem Kloster gegangen ist, wird seine Begräbnisstätte in der Hölle haben."

Nachdem er den Leib des Herrn genossen hatte, schied seine Seele von dem Körper und ward aufgehoben von den Engeln vor den Augen der Brüder; der Leib aber wurde auf derselbigen Stelle zur Erde bestattet. Darauf gingen die Brüder mit Sankt Brandan an das Ufer der Insel, wo ihr Schiff lag. Sie bestiegen dasselbige und ein Jüngling trat zu ihnen mit einem Korbe voll Brot und einem Krug Wasser und sprach: „Nehmet den Segen aus den Händen eures Knechts! Denn ihr habt eine lange Reise zu tun bis dahin, wo ihr Trost findet. Jedoch wird es euch nie an Speise und Trank fehlen bis zu Ostern."

Als sie seinen Segen empfangen hatten, begannen sie in das hohe Meer hinauszufahren und erlabten sich je nach zwei Tagen mit Trank und Speise; ihr Schiff aber wurde nach verschiedenen Gegenden hin getragen. Eines Tages kamen sie in die Nähe einer kleinen Insel, und sobald sie darauf zuzusteuern gedachten, erhob sich ihnen ein günstiger Wind, so dass sie sich nicht über ihre Kräfte abmühen mussten. Als das Schiff im Hafen anhielt, befahl der heilige Mann allen, auf das Land zu steigen, und verließ selbst das Fahrzeug zuletzt. Sie gingen ausf der Insel umher und sahen aus verschiedenen Quellen große Gewässer hervorströmen, welche von Fischen wimmelten, und Sankt Brandan sprach zu seinen Brüdern: Verrichten wir hier ein Werk Gottes und opfern dem Herrn ein weißes Lamm! Denn heute ist die Zeit des heiligen Mahles.

So blieben sie hier bis zum heiligen Sonnabend vor Ostern. Sie fanden verschiedene Herden Schafe von einer Farbe, nämlich von weißer, so dicht, dass man den Boden nicht sehen konnte vor der Menge der Schafe. Da rief Sankt Brandan den Brüdern und sprach: „Nehmet aus der Herde dasjenige, welches geeignet ist zum festlichen Tage!"

Sie nahmen ein Schaf aus der Herde, und sobald sie es bei den Hörnern gebunden hatten, folgte es der Spur dessen, der es führte, als wäre es längst an ihn gewöhnt. Sankt Brandan sprach: „Nehmt ein unbeflecktes Lamm!" Sobald sie den Befehl des Mannes Gottes vollzogen hatten, bereiteten sie alles auf den morgigen Tag und es erschien ihnen ein Mann, der trug einen Korb voll in der Asche gebackenes Brotes und andere zum Leben notwendige Dinge. Er setzte ihn vor dem Manne Gottes nieder, fiel drei Mal ihm zu Füßen aus sein Angesicht und sprach: „O Perle Gottes, woher kommt mir das Verdienst, dass du in diesen heiligen Tagen von der Arbeit meiner Hände essen willst?"

Sankt Brandan hob ihn vom Boden auf, küsste ihn und sprach: „Lieber Sohn, unser Herr Jesus Christus hat uns eine Stätte bereitet, wo wir seine heilige Auferstehung feiern können."

Der Mann entgegnete: „Lieber Vater, die möget ihr hier feiern, denn schon ist der heilige Sonnabend, und die Vigilie und Messe wird auf dieser Insel gehalten werden. Gott hat gesorgt, dass wir seine heilige Auferstehung feiern können."

Sobald er das gesprochen, begannen die Diener sich zum Amte zu rüsten und alles zu bereiten, was zur Feier des Festes nötig war. Als eine Menge von Sachen in das Schiff gebracht war, sagte der Mann zu Sankt Brandan: „Euer Schiff kann nicht weiter tragen, ich schicke euch in acht Tagen, was ihr zu Speise und Trank bedürft bis Pfingsten."

Sankt Brandan sprach: „Woher weißt du, wo wir in acht Tagen sein werden?"

„Heute Nacht", erwiderte jener, „werdet ihr auf dieser Insel hier sein und auch noch morgen bis zum Mittag. Sodann werdet ihr auf jene Insel fahren, welche nicht weit von hier gegen Abend liegt und das Paradies der Bügel heißt, und werdet daselbst bleiben bis zur Pfingstwoche."

Sankt Brandan fragte ihn auch, wie es komme, dass die Schafe hier so groß seien, denn sie waren größer als Ochsen. Er erhielt zur Antwort: „Niemand nimmt von diesen Schafen die Milch, noch plagt sie ein Winter, sondern sie bleiben immerdar auf der Weide und darum sind sie größer, als in eurem Lande."

Sie stiegen in ihr Schiff und begannen zu rudern, nachdem sie einander den Segen gegeben hatten. Als sie in die Nähe jener Insel kamen, hielt das Schiff vor derselben stille und sie konnten den Hafen nicht gewinnen. Der heilige Mann aber befahl den Brüdern, in das Wasser zu steigen und das Schiff an Tauen in den Hafen zu ziehen. Diese Insel war sehr gefährlich; nur wenige Bäume standen darauf und am

Ufer lag kein Sand. Während die Brüder im Gebete begriffen waren, entfernte sich der Mann Gottes von ihnen und betete auch, denn er wusste wohl, wie diese Insel beschaffen war, aber er wollte es den Brüdern nicht mitteilen, um sie nicht zu erschrecken. Als der Morgen herankam, befahl er den Priestern, dass jeder eine Messe singe, und es geschah also. Nachdem Sankt Brandan die Messe im Schiffe gehalten hatte, brachten die Brüder das Fleisch aus dem Schiffe, um es zu salzen, und die Fische, welche sie von der andern Insel mitgenommen hatten, und setzten einen Kessel über das Feuer. Sobald sie ein Stück von dem Lamme an das Feuer gebracht hatten und der Kessel sich zu erhitzen anfing, begann die Insel sich zu bewegen, als wäre sie Wasser. Die Brüder liefen nach dem Schiffe und suchten Hilfe bei dem Heiligen Vater. Dieser zog sie in das Schiff herein, sie ließen auf der Insel zurück, was sie dahin gebracht hatten, und banden das Schiff los, um weiter zu steuern; die Insel aber versank in das Meer, und das Feuer, so sie darauf angezündet hatten, konnten sie noch aus zwei Meilen in die Ferne erblicken. Da begann Sankt Brandan seinen Brüdern die Sache zu deuten und sprach: „Ihr wundert euch, liebe Brüder, was mit dieser Insel geworden ist."

„Ja", sprachen sie, „wir wundern uns und waren in großer Furcht."

„Meine Söhne", entgegnete er ihnen, „fürchtet euch nicht! Denn unser Herr hat mir das Geheimnis dieser Sache geoffenbart. Es war keine Insel, auf der wir gewesen sind, sondern ein Fisch, der erste aller Fische, welche im Meere schwimmen, und der sich immer bemüht, seinen Schwanz mit seinem Kopfe zusammenzubringen, aber es gelingt ihm nicht ob seiner großen Länge, und sein Name heißt Jasconius."

Als sie nun an der Insel vorüberfuhren, wo sie drei Tage zuvor gewesen waren, und auf die Spitze derselben kamen, bemerkten sie gegen Abend eine andere Insel voll Wald und Gebüsch, in geringer Entfernung. Sie suchten daher den Hafen dieser Insel, und während sie an der Mittagseite hinsteuerten, sahen sie einen Fluss, der sich in das Meer ergoss, und dahin lenkten sie ihre Fahrt. Sie gingen aus dem Schiffe und der heilige Mann befahl ihnen, dasselbe an Tauen in das Bett des Flusses zu ziehen. Der Fluss war gerade so breit, als das Schiff, und sie zogen dasselbe eine Meile weit empor bis sie an die Quelle dieses Flusses kamen, vor welcher ein heiliger Mann saß. Sankt Brandan, als er ihn erblickte, sprach: „Seht, unser Herr Jesus Christus hat uns eine Stätte bereitet, wo wir weilen und seine heilige Auferstehung feiern können. Und hätten wir auch keine andere Lebensmittel, fuhr er fort, so würde diese Quelle, wie mich dünkt, uns hinreichen für Speise und Trank."

Über der Quelle stand ein Baum, der sich wunderbar weit ausbreitete, aber nicht sehr hoch war, und dieser Baum war bedeckt von so vielen weißen Vögeln, dass man die Zweige und Blätter davor nicht sehen konnte. Sobald der Mann Gottes dies bemerkt hatte, begann er bei sich zu denken, was doch das sein möge, dass eine so große Menge von Vögeln beisammen sei. Und diese Sache bekümmerte den Mann Gottes so, dass er den Herrn unter Tränen bat und sprach: „Herr Gott, der du alle verborgene Dinge kennst, und offenbarest, was geheim ist, du weist die Bekümmernis meines Herzens. Darum bitte ich dich um deiner großen Barmherzigkeit willen, dass du mich Sünder würdigest, mir dein Geheimnis zu offenbaren, das ich jetzt vor mir sehe, und zwar nicht um meines Verdienstes willen, sondern durch deine Gnade."

Sobald er dies gesprochen, flog einer der Vögel vom Baume und schlug mit seinen Flügeln an das Schiff, wo der Herr saß, dass es ertönte, wie Glocken. Als er sich auf dem Vorderteil des Schiffes niedergelassen hatte, begann er wie zum Zeichen der Freude seine Flügel auszubreiten und den Heiligen Vater freundlich anzusehen. Da merkte der Mann Gottes, dass der Herr sein Gebet erhört hatte, und sprach zu dem Vogel: Wenn du ein Bote Gottes bist, so sag mir, woher diese Vögel kommen und warum hier eine so große Menge versammelt ist!

Der Vogel antwortete sogleich: „Wir gehören zum Falle des alten bösen Feindes; aber wir sündigten nicht selbst, sondern gaben bloß seiner Sünde unsere Beistimmung. Als nun der Feind fiel, da traf auch uns der Fall mit allen seinen Dienern. Gewiss unser Herr ist getreu und gerecht, der uns durch sein Urteil an diesen Ort gesandt hat. Wir leiden keine Qual, aber wir können die Gegenwart Gottes nicht sehen; so sehr hat er uns getrennt von der Gesellschaft derer, welche nicht gefallen sind. Wir schweifen durch verschiedene Teile der Welt, in der Luft und auf der Erde, wie andere Geister, die da ausgesandt sind; aber an den Festen und an Sonntagen nehmen wir die Leiber an, welche du hier siehst, und wohnen hier und loben unsern Schöpfer. Du wirst mit deinen Brüdern sieben Jahre lang umherirren; ein Jahr ist vorüber und so bleiben dir noch sechs; und wo du heute Ostern gefeiert hast, da wirst du es jedes Jahr feiern; danach aber wirst du dasjenige finden, was du suchest, nämlich das Land der Verheißung der Heiligen."

Als der Vogel dies gesprochen, erhob er sich von dem Schiffe und kehrte zu den andern zurück. Als aber der Abend herannahte, begannen sie wie mit einer Stimme zu singen, schlugen ihre Flügel und sprachen: „Herr Gott, dir gebührt Lob und Preis in Zion und dir bringt man Gelübde in Jerusalem."

Sodann haben sie diese Worte immer wieder von neuem an wohl eine Stunde lang und es ertönte der Gesang und der Flügelschlag wie das lieblichste Lied. Da sprach Sankt Brandan zu seinen Brüdern: „Erquicket nun eure Leiber mit menschlicher Nahrung, denn unsere Seelen sind gesättigt von göttlicher Speise."

Als das Essen zu Ende und das Dankgebet zu Gott gesprochen war, legte sich der Mann Gottes und die mit ihm waren, zur Ruhe bis Mitternacht. Da erwachte der heilige Mann mit seinen Brüdern und sprach: „Herr, du öffnest meine Lippen."

Als der Mann Gottes diesen Spruch geendet hatte, schlugen die Vögel ihre Flügel zusammen, riefen und sprachen: „Alle ihr Engel Gottes, lobet euren Schöpfer und seine große Herrlichkeit!"

So sangen sie fort wohl eine Stunde lang, und als es Tag geworden, begannen sie zu singen: „Die Herrlichkeit unsers Herrn leuchte über uns!"

Und sie sangen eben so laut und eben so lang als um Mitternacht. Um die dritte Stunde riefen sie: „Singet, singet unserem Gott, singet unserem König mit Freudigkeit!"

Um Mittag sangen sie: „Herr, erleuchte dein Angesicht über uns und sei uns gnädig!"

Um die neunte Stunde sangen sie: „Siehe, wie fein und lieblich ist es, wenn Brüder einträchtig bei einander wohnen!"

Auf diese Weise lobten sie den Herrn Tag und Nacht, und Sankt Brandan erfreute damit seine Brüder die ganze Osterwoche. Als die festlichen Tage so dahin gegangen waren, sprach er: „Nehmen wir aus dieser Quelle, was wir bedürfen! Denn bis jetzt brauchten wir nichts, als unsere Hände und Füße zu waschen."

Als er dies gesprochen, trat der früher besagte Mann zu ihnen, mit welchem sie drei Tage vor Ostern beisammen gewesen waren, und welcher ihnen das Osteressen gegeben hatte. Sein Schiff war mit Speise und Trank gefüllt. Man brachte die Sachen heraus vor den Heiligen Vater, und der Mann sprach zu ihm: „Lieber Bruder, ihr habt hier genug bis zum heiligen Pfingstfeste; aber trinket nichts von dem Wasser dieser Quelle, denn es ist nicht zu trinken und also beschaffen, dass, wer davon genießt, alsbald einschläft und erst nach vierundzwanzig Stunden wieder erwacht; sobald aber das Wasser sich etwas von der Quelle entfernt hat, bekommt es den Geschmack und die Beschaffenheit des andern Wassers."

Nach diesen Worten empfing er den Segen des Heiligen Vaters und kehrte an seinen Ort zurück. Sankt Brandan aber blieb daselbst bis Pfingsten und der Gesang der Vögel war seine Freude. Am Pfingsttage sodann, während der heilige Mann und die Brüder die Messe sangen, kam ihr Versorger und brachte ihnen alles, was sie zu dem Feste brauchten. Der Mann setzte sich mit ihnen zum Essen, hub an und sprach: „Ihr habt noch einen großen Weg zu machen; darum füllet alle eure Gefäße mit diesem Wasser und mit diesem Zwieback, den ihr bis in das nächste Jahr aufheben könnt!"

Ich will euch davon geben, so viel euer Schiff tragen kann.

Als dies geschehen war, empfing er ihren Segen und kehrte zurück, woher er gekommen war. Sankt Brandan ließ acht Tage darauf sein Schiff mit alle dem, was der bemeldete Mann ihnen gegeben hatte, beladen und alle seine Gefäße mit diesem Wasser füllen. Als alles auf den Strand gebracht war, flog der Vogel vor ihnen allen her und setzte sich vorn aus das Schiff. Da hielt der heilige Mann inne, denn er merkte wohl, dass er ihm etwas anzuzeigen hatte. Auch sprach der Vogel mit menschlicher Stimme also: „Ihr habt mit uns das heilige Osterfest gefeiert, und wenn es wiederkehrt, werdet ihr es abermals mit uns feiern. Ebenso werdet ihr in der Nacht des Abendmahls wieder dort sein, wo ihr dieses Jahr in derselben Nacht gewesen seid, und es wieder daselbst feiern, nämlich auf dem Rücken des Jasconius. Sodann nach acht Tagen werdet ihr eine andere Insel finden, welche die Familie des Alibius heißt, und daselbst die Geburt des Heilandes feiern."

186

Als der Vogel so gesprochen, kehrte er an seinen Ort zurück; die Brüder aber spannten ihre Segel aus und schifften in die hohe See und die Vögel sangen hinter ihnen her wie mit einer Stimme: „Herr Gott, der du unser Retter und unsere Hoffnung bist an den Marken der Erde und aus dem Meer, erhöre uns!"

Der heilige Mann und seine Genossen wurden nun auf dem hohen Meere da und dorthin getrieben und sahen drei Monate lang nichts als Wasser und Himmel und erquickten sich je nach zwei oder drei Tagen mit Speise und Trank. Eines Tags zeigte sich ihnen eine nicht sehr große Insel. Sobald sie sich derselben etwas genähert hatten, trieb sie der Wind auf die Seite, und so mussten sie vierzig Tage um die Insel her schiffen, ohne einen Hafen finden zu können. Da baten die Brüder Gott, dass er ihnen Hilfe verleihe, denn ihre Kräfte waren durch die großen Anstrengungen fast ganz erschöpft. Nachdem sie drei Tage mit Fasten und Beten zugebracht hatten, zeigte sich ihnen ein enger Hafen, in welchen nur ein einziges Schiff einlaufen konnte, und daneben zwei Quellen, die eine vom Winde getrübt, eine andere aber mit klarem Wasser. Als die Brüder eilends von dem Wasser schöpfen wollten, sprach der Mann Gottes zu ihnen: „Liebe Söhne, tut nichts, was ihr nicht tun dürft, und nehmet nichts ohne die Erlaubnis eures Herrn! Denn man wird euch bereitwillig von selbst geben, was ihr hier räuberisch zu nehmen trachtet."

Darauf stiegen die Brüder wieder in ihr Schiff und warteten, wohin sie gehen sollten. Da kam ein sehr alter greiser Mann zu ihnen mit weißen Haaren und glänzendem Gesicht; der warf sich dreimal zur Erde, ehe er den Mann Gottes küsste. Dieser aber und die mit ihm waren, hoben ihn vom Boden auf und küssten ihn. Der Greis nahm den heiligen Mann an der Hand und ging mit ihm wohl eine Meile weit bis zu einem Kloster. Vor der Pforte des Klosters hielt Sankt Brandan inne und sprach zu dem alten Manne: „Wessen ist dieses Kloster? Und wer sind seine Vorsteher? Und wo sind die, so darin wohnen?"

Also befragte der Heilige Vater den alten Mann; aber er konnte keine Antwort von ihm erhalten, sondern er deutete nur mit der Hand in großer Freundlichkeit und hieß ihn schweigen. Sobald der heilige Mann das Geheimnis dieses Ortes merkte, ermahnte er seine Brüder und sprach: „Hütet euch zu reden, auf dass nicht diese Brüder beleidigt werden durch unsere Worte!"

Kaum hatte er dies gesprochen, als elf Brüder ihnen entgegenkamen in Mänteln mit Kreuzen; die sangen und sprachen also: „Stehet auf, ihr Heiligen, ans euren Wohnungen und gehet der Wahrheit entgegen! Weihet den Ort, segnet das Volk und schauet gnädig auf uns, eure Diener!"

Als der Gesang zu Ende war, küsste der Vater dieses Klosters Sankt Brandan und seine Begleiter nach der Reihe, und auch seine Diener küssten die Genossen des heiligen Mannes. Als die gegenseitigen Begrüßungen vorüber waren, führten sie sie in ihr Kloster und taten, wie es Sitte ist in jenen Ländern gegen Abend. Darauf begann der Abt des Klosters und seine Mönche, ihren Gästen die Füße zu waschen und zu singen, und als dies geschehen war, versank alles wieder in tiefe Stille. Nun läutete die Glocke zum Essen, sie wuschen sich die Hände und setzten sich rings um den Tisch. Die Glocke läutete wieder, und einer der Brüder des Klosters trug Brot auf die Tafel von bewundernswürdiger Weiße und Wurzeln vom lieblichsten Geschmacke. Die Brüder saßen an der Tafel untermischt mit den Gästen und je zwischen zwei Brüdern lag ein ganzes Brot. Nochmals ertönte die Glocke und ein Diener brachte den Brüdern zu trinken. Der Abt ermahnte die Brüder zu Heiterkeit und sprach: „Aus der Quelle, von der ihr heute unerlaubterweise zu schöpfen gedachtet, mögt ihr euch nun in Freudigkeit und in der Furcht Gottes erquicken; aus der andern trüben Quelle, die ihr saht, hat man euch die Füße gewaschen, denn sie ist zu jeder Zeit warm. Von dem Brote, das ihr sehet, wissen wir nicht, wer es bereitet und wer es in unsere Vorratskammern bringt; aber wir wissen, dass es uns um Gottes Barmherzigkeit willen von einem seiner Geschöpfe gereicht wird. Wir sind vierundzwanzig Brüder und haben hier zwölf Brote zu unserer Speise, an Festen und Sonntagen aber reicht Gott einem jeden ein ganzes Brot, damit wir etwas aufbehalten zum Abendessen. Nun da ihr gekommen seid, ist unsere Nahrung verdoppelt, und so hat uns unser Herr erhalten seit den Zeiten des Sankt Patricius und Sankt Alibius, achtzig Jahre bis auf den heutigen Tag, und wir fühlen dabei weder Alter noch Schwäche in unsern Gliedern; auch fehlte es uns auf dieser Insel nie an Speise, die am Feuer bereitet wird; weder Kälte noch Hitze quält uns je. Wenn die Zeit kommt, da wir Messe oder Vigilie halten sollen, werden Lichter in unserer Kirche angezündet, die wir nach göttlicher Fügung aus unserem Lande mitgebracht haben, und sie brennen Tag und Nacht ohne sich zu verzehren."

Nachdem sie drei Mal getrunken hatten, läutete der Abt die Glocke nach gewohnter Weise, die Brüder erhoben sich alle zugleich in großer Stille und Ernst vom Tische und gingen mit den heiligen Vätern zur Kirche. Sankt Brandan und der Abt des Klosters kam zuletzt. In der Kirche tretend erblickten sie ihnen gegenüber zwölf andere Brüder, welche ihre Knie beugten in tiefer Andacht. Sankt Brandan sprach zu dem Abte: „Warum haben diese nicht mit uns gegessen?"

„Das geschah um euretwillen", antwortete der Abt; „denn sie konnten an unserem Tische nichts zu essen bekommen; jetzt aber werden sie speisen und es wird ihnen an nichts fehlen. Wir treten jetzt in die Kirche und singen die Vesper, und wenn diese gegessen haben, können sie auch Vesper halten."

Als die Vesper zu Ende war, betrachtete Sankt Brandan, wie diese Kirche erbaut war. Sie war viereckig, so lang als breit, und sieben brennende Kerzen waren darin folgendermaßen aufgestellt: drei standen vor dem Altar in der Mitte und je zwei vor zwei andern Altären. Die Altäre waren viereckig, aus Kristall, und die Altargefäße waren gleichfalls aus Kristall, nämlich die Schalen und Kelche und die Töpfe und alles andere Geräte, das zum Altar gehörte, und die vierundzwanzig Stühle, welche in der Kirche umherstanden. Der Ort, wo der Abt saß, befand sich zwischen den zwei Chören. In keinem derselben wagte jemand aufzustehen vor dem Abte; ebenso hörte man kein Geräusch oder eine Stimme in dem Kloster, sondern wenn einer der Brüder etwas nötig hatte, ging er vor den Abt, ließ sich auf die Knie nieder und verlangte, was er bedurfte; der Abt aber nahm einen Griffel, er schrieb auf eine Tafel, was ihm Gott offenbarte, und gab dieselbe dem Bruder, welcher Rat von ihm verlangte. Als Sankt Brandan dies im Stillen bemerkt hatte, sagte der Abt zu ihm: „Mein Herr und Vater, es ist nun Zeit, dass wir in das Refent zurückkehren, damit alles beizeiten geschehe."

Sie taten also und alles wurde ausgerichtet nach der Ordnung des Tages. Alle beeilten sich zur Complet zu gehen, und als der Abt den

Vers vollendet hatte *„Deus in adjutorium meum"* und der Preis der Dreieinigkeit gesprochen war, riefen sie: *„Injuste egimus, iniquitatem fecimus*. Herr, der du unser Vater bist, erbarme dich unser, aus dass ich im Frieden ruhe und schlafe!"

Darauf sangen sie die Messe, wie sie zu dieser Stunde passte, und als das Amt zu Ende war, gingen die Brüder in ihre Zellen und nahmen ihre Gäste mit sich. Der Abt aber blieb mit Sankt Brandan in der Kirche, bis der Tag anbrach. Da befragte ihn Sankt Brandan über das Stillschweigen der Brüder und wie eine solche Sitte gehalten werden könne bei der Schwäche des menschlichen Fleisches. Darauf antwortete ihm der Heilige Vater in großer Ehrerbietung und Demut: „Mein Herr und Abt, ich sage vor Gott meinem Heiland, dass ich vor achtzig Jahren auf diese Insel gekommen bin, und nie hörten wir eine menschliche Stimme, außer wenn wir Gott lobsingen. Wir vierundzwanzig sprechen unter uns nur durch Zeichen mit den Fingern oder mit den Augen. Keiner von uns litt je, seit wir hierhergekommen sind, an einer Krankheit des Leibes oder der Seele, wie solche das Menschengeschlecht heimsuchen."

Sankt Brandan sprach: „Sagt mir (ich bitte euch), ob es uns erlaubt ist, hier zu bleiben oder nicht!"

Er sprach: „Es ist euch nicht erlaubt, hier zu bleiben, denn es ist nicht der Wille Gottes. Aber, Herr, warum fragst du mich das?"

Hat dir nicht Gott geoffenbart, was du zu tun hast, ehe du zu uns gekommen bist? Du musst heimkehren an deinen Ort zu deinen vierundzwanzig Brüdern, und dort hat dir Gott die Stätte deiner Begräbnis bereitet. Von den zweien aber, welche nicht zurückkehren, wird der eine als Pilger auf die Insel kommen, welche die Einsiedlerinsel heißt, der andere aber wird zu einem schmählichen Tode in der Hölle verdammt."

Während sie diese Dinge unter sich besprachen, fuhr ein feuriger Pfeil durch das Fenster herein und zündete alle Lichter an, welche vor dem Altar standen, und durch dasselbe Fenster kehrte der Pfeil wieder zurück, sobald die Lampen brannten. Da fragte Sankt Brandan weiter, von wem dann die Lampen am Morgen ausgelöscht werden. „Komm herbei", sprach der Heilige Vater, „und betrachte das heilige Geheimnis dieser Sache! Sieh! Hier sind brennende Kerzen mitten in dem

Gefäße und nichts verzehrt sich an ihnen, aber am Morgen ist keine Flamme mehr übrig, denn das Licht ist geistiger Art."

„Wie kann", sagte Sankt Brandan, „an körperlicher Schöpfung unkörperliches Licht körperlich brennen?"

Der Greis antwortete: „Hast du nicht gelesen, wie der Busch am Berg Sinai brannte? Und doch ward der Busch vom Feuer nicht verzehret."

Als sie bis zum Morgen gewacht hatten, bat Sankt Brandan um Urlaub, damit er seine Pilgerfahrt fortsetze. Der Vater aber sprach: „Nein, denn du sollst mit uns die Geburt unseres Heilandes feiern und bei uns bleiben bis zur Woche der Erscheinung."

So blieb der Heilige Vater und seine Genossen auf der Insel des Alibius bis zu der besagten Zeit. Als die Feste vorüber waren, empfing er von den heiligen Männern den Segen, sie nahmen die nötigen Lebensmittel mit sich und hängten ihre Segel in das Meer und so trieb ihr Schiff ohne Steuer und Segel in verschiedenen Richtungen umher bis zum Eintritt der Fasten. Eines Tags kamen sie in die Nähe der Insel und fingen, sobald sie sie erblickt hatten, kräftig zu rudern an, denn schon waren sie vom Hunger und Durst gequält, weil ihnen seit drei Tagen die Lebensmittel ausgegangen waren. Aber Sankt Brandan sprach den Segen über den Hafen, die Brüder traten alle aus dem Schiff und fanden eine klare Quelle und verschiedene Kräuter und Wurzeln um die Quelle her, und in dem Bett des Flusses, der in das Meer sich ergoss, schwammen allerlei Fische. Sankt Brandan sprach zu seinen Brüdern: „Gott hat uns Trost gegeben nach der Mühsal. Nehmt von den Fischen so viel ihr zum Essen braucht und bratet sie über dem Feuer! Sammelt auch Kräuter und Wurzeln, wie sie der Herr seinen Dienern bereitet hat!"

Wie sie das Wasser beim Trinken vergossen, sprach der heilige Mann zu ihnen: „Hütet euch, dass ihr nichts unnötig von diesem Wasser vergeudet, damit euch nicht eine schwerere Plage zuteilwerde!"

Aber keiner von den Brüdern achtete auf den Befehl des Mannes Gottes, denn die einen tranken von dem Wasser einen vollen Krug, die andern zwei, die andern drei; und die, welche drei Krüge getrunken hatten, schliefen drei Tage und drei Nächte, die andern zwei Tage und zwei Nächte und die andern einen Tag und eine Nacht.

Als der Heilige Vater dies bemerkte, betete er unablässig zu Gott für seine Brüder, darum dass ihnen aus Unwissenheit eine solche Gefahr zugestoßen war. Als diese drei Tage auf solche Weise vorübergegangen waren, sprach der Heilige Vater zu seinen Genossen: „Liebe Brüder, lasst uns fliehen vor diesem Tod, damit uns nichts Schlimmeres widerfahre! Gott hat uns unsere Nahrung gegeben, aber ihr habt Missbrauch damit getrieben. Verlasset diese Insel und nehmt von den Fischen mit, so viel wir auf drei Tage brauchen bis zu dem Abendmahl unseres Herrn, dazu von dem Wasser einen Krug voll für jeden Bruder auf jeden der drei Tage und von den Wurzeln desgleichen!"

Sie beluden das Schiff mit allem, was ihnen der Mann Gottes befohlen hatte, und steuerten in das Meer gegen Mitternacht; aber nach drei Tagen und drei Nächten legte sich der Wind und das Meer wurde so ruhig, als wäre es ganz stille. Da sprach der heilige Vater: „Leget die Ruder in das Schiff und spannt die Segel aus! Gott wird uns führen, wohin es ihm beliebt."

Da verlieh ihnen der Herr günstigen Wind, der ihre Segel schwellte, und sie fuhren von Abend gegen Morgen und nahmen immer nach drei Tagen Speise. Eines Tags zeigte sich ihnen eine Insel in der Ferne, welche aussah wie eine Wolke.

„Meine Söhne", sprach Sanct Brandan, „kennt ihr diese Insel?"

„Nein", antworteten sie.

„Aber ich kenne sie", fuhr er fort. „Es ist dieselbe, auf welcher wir voriges Jahr gewesen sind am Abendmahl unseres Herrn und wo unser guter Versorger wohnt."

Als die Brüder dies hörten, boten sie vor Freude alle ihre Kräfte auf und ruderten eilends auf die Insel zu. Der Mann Gottes aber sagte, als er dies sah: „Ermüdet nicht törichterweise eure Arme! Der allmächtige Gott ist der Steuermann eures Schiffes; lasst ihn machen! Er wird unsern Weg leiten, wohin es ihm beliebt."

Als sie nahe an das Ufer der vorbesagten Insel gekommen waren, fuhr ihr Versorger ihnen entgegen in einem Schiffe und führte sie in den Hafen, wo sie das vorige Jahr Gott lobsingend ausgestiegen waren, küsste allen die Füße und sprach: „Unser Herr führet seine Heiligen wunderbar."

Nachdem alles aus dem Schiffe gebracht war, schlug er ein Zelt auf und bereitete ein Bad. Es war gerade das Fest des Abendmahls, darum kleidete er alle Brüder in neue Kleider und diente ihnen drei Tage lang. Die Brüder feierten hier das Leiden unseres Herrn mit großer Andacht bis zum heiligen Sonnabend. Als die Gebete des Tags vollendet, die geistlichen Opfer dargebracht und das Essen vorüber war, sprach ihr Versorger zu ihnen: „Steiget in euer Schiff und reiset von hinnen, damit ihr die Nacht der Auferstehung unseres Herrn und den Ostermorgen bis zum Mittag da feiert, wo ihr es das letzte Jahr getan habt! Sodann geht ihr nach der Insel, welche das Paradies der Vögel heißt, wo ihr das vorige Jahr von Ostern bis zur Pfingstwoche gewesen seid. Nehmt alles mit euch, was ihr bedürft für Speise und Trank! Und ich will euch den Sonntag darauf besuchen."

Sie taten also, erhielten seinen Segen und Sankt Brandan trat mit den Seinen in das Schiff und fuhr nach jener Insel über. Als sie dem Orte nahe kamen, wo sie aus dem Schiffe steigen sollten, da zeigte sich ihnen der Kessel, welchen sie das vorige Jahr hier zurückgelassen hatten. Sankt Brandan stieg aus und sang das Lied der drei Knaben im Feuerofen von Anfang bis zu Ende, ermahnte darauf seine Brüder und sprach: „O meine lieben Söhne, wachet und betet, aus dass ihr nicht in Anfechtung fallet! Sehet, wie Gott ein ungeheures Tier in unsere Gewalt gegeben hat!"

Die Brüder wachten zerstreut auf der Insel, bis der Morgen kam, darauf opferten die Priester Gott jeder eine Messe bis zur dritten Stunde. Sankt Brandan und seine Brüder stiegen nun in das Schiff und opferten Gott ein weißes Lamm und er sprach zu ihnen: „Das nächste Jahr will ich hier die Auferstehung unseres Herrn feiern und auch dieses Jahr will ich es tun."

Darauf gingen sie nach der Insel der Vögel, und als sie an den Hafen dieser Insel kamen, sangen alle Vögel mit einer Stimme und sprachen: „Preis sei unserem Gott und dem wahren Lamme! Unser Herrgott lasset sein Angesicht leuchten über uns. Feiert ihm ein Fest an den Hörnern des Altars!"

Und sie sangen so lange und schlugen mit ihren Flügeln, bis der Heilige Vater und seine Genossen mit allem, was in dem Schiffe war, sich in das Zelt verfügt hatte. Dort feierte der heilige Mann das Osterfest bis zur Pfingstwoche. Da kam der vorbesagte Versorger zu ihnen am Tage, den er ihnen versprochen hatte, und brachte mit sich, was sie zu ihrem Unterhalt bedurften. Als sie sich zu Tische gesetzt hatten, ließ sich der obbesagte Vogel auf dem Vorderteil des Schiffes nieder und schlug mit seinen Flügeln, dass es ertönte wie eine große Orgel. Der heilige Mann bemerkte, dass er ihm etwas sagen wollte, und der Vogel sprach: „„Gott hat euch vier Plätze für vier Zeiten bestimmt, bis dass die sieben Jahre eurer Pilgerschaft um sind; das Abendmahl unseres Herrn feiert ihr mit eurem Versorger, welcher hier gegenwärtig ist, die Osternacht haltet ihr auf dem Rücken des Wallfisches, von Ostern bis zur Pfingstwoche seid ihr bei uns, mit den Brüdern auf der Alibiusinsel feiert ihr die Geburt unseres Herrn, und wenn die sieben Jahre um sind und ihr viel Gefahr und Not überstanden habt, werdet ihr das Land der Verheißung der Heiligen finden, das ihr suchet, und daselbst vierzig Tage verweilen, darnach aber wird euch Gott zurückführen nach dem Lande eurer Heimat."

Als der Heilige Vater dieses gehöret, beugte er sich auf den Boden und die Brüder ebenso und sagten ihrem Schöpfer Lob und Dank, der Vogel aber kehrte an seinen Ort zurück. Als das Essen zu Ende war, sprach der Versorger: „Wenn es Gottes Wille ist, komme ich zu euch auf den Tag, da man die Ausgießung des heiligen Geistes über die Apostel feiert, und bringe euch alles, was ihr bedürft."

Sie verabschiedeten sich und der Mann kehrte an seinen Ort zurück, der Heilige Vater aber blieb an demselbigen Ort so lange es ihm bestimmt war. Nach den Festtagen befahl er seinen Brüdern, das Schiff auszurüsten und die Gefäße mit Wasser zu füllen, und als das Schiff schon im Meere war, kam der Mann und belud es mit Lebensmitteln. Nachdem alles in Ordnung gebracht war und er von allen Brüdern Abschied genommen hatte, kehrte er zurück von wo er gekommen war. Der heilige Mann und seine Genossen fuhren in das Meer und das Schiff trieb umher vierzig Tage lang. Eines Tages erblickten sie einen sehr großen Walfisch hinter ihnen her, der aus seiner Nase Wasser ausspie und die Wogen in schnellem Laufe zerteilte, als wollte er sie verschlingen. Sobald die Brüder ihn ansichtig wurden, riefen sie zu dem Herrn um Hilfe und sprachen: „Herr, hilf uns, dass dieser Walfisch uns nicht fresse!"

Der Heilige Vater aber tröstete sie und sprach: „Erschrecket nicht, ihr Kleingläubigen! Gott, der unser Verteidiger ist, wird uns befreien aus dem Schlunde dieses Ungetüms und aus allen andern Gefahren." Als er näher kam, gingen die Wogen in wunderbarer Höhe vor ihm her bis an das Schiff und der ehrwürdige Greis hub seine Hände gen Himmel und sprach: „Herr, befreie deine Diener, wie du David befreit hast aus der Hand des Riesen Goliath und wie du Jonas erlöst hast aus dem Bauche des großen Walfisches."

Nachdem er dies Gebet gesprochen hatte, kam ein großer Walfisch von Abend her dem andern entgegen, sprühte Feuer aus seinem Schlunde und begann mit diesem zu kämpfen. Da sprach der Greis zu seinen Brüdern: „Betrachtet die Wunderwerke unseres Heilandes und sehet, welchen Gehorsam sie üben gegen ihren Schöpfer! Lasst uns den Ausgang dieser Sache erwarten, denn dieser Kampf wird uns nichts schaden, sondern uns nur den Preis Gottes zeigen!"

Als er dies gesagt hatte, wurde das Tier, das die Diener des Herrn verfolgte, besiegt und vor ihren Augen in drei Stücke zerrissen, das andere Tier aber kehrte zurück, von wo es gekommen war. Des andern Tages sahen sie in der Ferne eine sehr schöne Insel voll mit Bäumen. An die Nähe des Ufers der Insel gelangt, bereiteten sie sich aus dem Schiffe zu steigen und erblickten den hinteren Teil des umgebrachten Tieres. Da sprach Sankt Brandan: „Seht hier das Tier, das euch fressen wollte! Nun sollt ihr es verzehren. Ihr werdet lange Zeit auf dieser Insel bleiben. Ziehet euer Schiff weit herauf auf den Stand und suchet einen geeigneten Platz für die Zelte!"

Hier bestimmte er ihnen einen Platz zum Aufenthalt, sie taten nach dem Befehle des Mannes Gottes und brachten alles Erforderliche in die Zelte. Da sprach er zu ihnen: „Nehmet euch Nahrung von diesem Walfisch, dass es hinreiche auf drei Monate! Denn in dieser Nacht wird das Aas von den wilden Tieren gefressen werden."

Da trugen sie von dem Fleische weg bis an den Abend, so viel sie brauchten, nach dem Befehle des Heiligen Vaters, und sprachen, als sie fertig waren: „Herr Abt, wie können wir aber hier leben ohne Wasser?" Der heilige Mann antwortete ihnen: „Ist es wohl für Gott schwerer, euch Wasser zu verschaffen, als Speise? Gehet nach der Mittagsseite dieser Insel! Da werdet ihr eine klare Quelle finden und dabei viel Kräuter und Wurzeln. Nehmt euch davon Vorräte mit, so viel ihr brauchet!"

Und sie fanden alles so, wie es ihnen der Mann Gottes zuvor gesagt hatte. Sankt Brandan blieb daselbst drei Monate lang, denn es ging ein großer Sturm auf dem Meere, und dabei fiel Hagel und Regen. Eines Tags gingen die Brüder zu sehen, ob an dem Tiere eingetroffen sei, was der Mann Gottes gesagt hatte, und als sie an den Ort kamen, wo das Aas gelegen war, fanden sie daselbst nichts als die Knochen. Da kamen sie zu dem Manne Gottes zurück und sagten: Herr Abt, wie du gesagt hast, so ist es geschehen.

Und er sprach zu ihnen: „Ich weiß wohl, liebe Söhne, dass ihr versuchen wolltet, ob ich wahr gesprochen habe. Ich will euch ein anderes Zeichen geben. Der Teil eines Fisches, den die Fischer verloren haben, wird zu uns herkommen. Daran mögt ihr euch morgen sättigen."

Des andern Tages gingen die Brüder an den Ort und fanden es, wie der Mann Gottes es ihnen gesagt hatte, und nahmen davon mit sich, so viel sie tragen konnten. Der Heilige Vater sprach zu ihnen: „Hebet alles sorgfältig aus und salzt es ein! Ihr werdet es nötig haben. Unser Herr wird den Himmel heute aufhellen, morgen und übermorgen wird es schön Wetter sein und die Unruhe in den Gewässern wird aufhören. Dann gehen wir von hinnen."

Als die drei Tage vorüber waren, befahl er seinen Brüdern das Schiff zu beladen, die Krüge und Gefäße zu füllen und Kräuter und Wurzeln für seinen Bedarf einzusammeln, denn seit er Priester war, genoss er nichts, was den Odem des Lebens in sich hatte. Nachdem so das Schiff mit allem beladen war, spannten sie ihre Segel aus und steuerten gegen Mitternacht. Eines Tages sahen sie in der Ferne eine Insel und Sankt Brandan sprach: „Seht ihr diese Insel?"

„Ja", antworteten sie, „wir sehen sie."

Da fuhr Sankt Brandan fort: „Drei Völker wohnen darauf, eines von Kindern, eines von Jünglingen und eines von Greisen. Einer der Brüder soll dahin gehen."

Die Brüder aber fragten, welcher, und waren darüber im Streite. Da sprach er, als er sie bekümmert sah, Derjenige, der hier bleiben wird.

Der Brüder, der hier bleiben sollte, war einer von den dreien, welche dem heiligen Manne aus dem Kloster später nachgefolgt waren und über deren Schicksal er sich schon geäußert hatte, als sie in der Heimat das Schiff bestiegen. Sie fuhren an die Insel heran, bis das Schiff am Ufer hielt. Diese Insel war wundersam platt, so dass sie fast dem Meere gleich stand, dabei ohne Bäume und ohne alles, was vom Winde bewegt werden konnte. Sie war aber sehr schön und von weißen und roten Muscheln bedeckt. Daselbst wohnten drei Geschlechter, wie der heilige Mann ihnen zuvor gesagt hatte, und eines war von dem andern getrennt durch den Raum von der Weite eines Schleuderwurfs und sie gingen immer hin und her und ein Geschlecht sang: „Die Heiligen gehen von Vollendung zu Vollendung, bis dass sie den Gott der Götter schauen auf seinem heiligen Berge."

Wenn ein Geschlecht diesen Spruch geendet hatte, begann das andere denselben von neuem, und so sangen sie fort ohne Aufhören. Das erste Geschlecht der Kinder hatte weiße Kleider, das zweite hyazinthne und das dritte rote aus dalmatischem Purpur. Es war um die vierte Stunde des Tages als sie den Hafen der Insel gewannen. Um Mittag begannen die drei Geschlechter mit einander zu singen und sangen den Psalm *Deus misereatur nostri* bis zu Ende und *Deus in adjutorium* und *Et credite propter quod* und das Gebet wie zuvor. Um die neunte Stunde sangen sie die drei andern Psalmen *De profundis* und *Ecce quam bonum* und *Lauda Jerusalem dominum*. Am Abend fangen sie *Te decet* und *Benedic anima mea dominum, Domine deus meus in te* und *Laudate pueri dominum*, und die fünfzehn Stufenpsalmen sangen sie sitzend. Sobald dieser Lobgesang zu Ende war, bedeckte eine Wolke die Insel mit wunderbarer Finsternis, so dass sie vor der Nacht nichts von alle dem sehen konnten, was sie zuvor gesehen hatten; aber dennoch hörten sie die Stimmen, welche das vorbesagte Lied sangen, ohne Aufhören bis zum Morgen. Da begannen sie zu singen *Laudate dominum de cœlis*, darauf *Cantate domino* und zuletzt *Laudate dominum in sanctis ejus*. Daran fangen sie zwölf Psalmen nach der Ordnung des Psalters. Als aber der Tag heran kam, verschwand die Wolke vor der Insel. Sogleich begannen sie zu singen *Miserere mei deus* und *Domino refugium* und endlich drei andere *Omnes gentes, Deus in nomine* und *Dilexi quoniam* samt dem Halleluja. Sodann opferten sie ein weißes Lamm, kamen zum heiligen Mahle und sprachen: „Dies ist der heilige Leib des Herrn und das Blut unseres Heilandes; esset euch davon das ewige Leben!"

Als das Opfer des Lammes auf diese Art vorüber war, trugen zwei von dem Geschlechte der Jünglinge einen Korb voll roter Muscheln heran, setzten sie auf dem Schiffe nieder und sprachen: „Nehmet von der Frucht der Insel der starken Männer, gebt uns unsern Bruder zurück und ziehet im Frieden!"

Da rief Sankt Brandan den oben besagten Bruder zu sich und sprach: „Küsse alle deine Brüder und gehe zu denen, welche dich rufen! Zu guter Stunde hat dich deine Mutter empfangen und du hast verdient, bei solchen Genossen zu weilen."

Dabei küsste ihn der heilige Mann und sprach: „Lieber Sohn, erinnere dich, wie großes Gut dir Gott verheißen hat in dieser Welt! Gehe hin und bete für uns!"

Damit begleitete er die zwei Jünglinge nach ihrer Schule, der Heilige Vater aber fuhr von hinnen. Als die Zeit des Essens gekommen war, hieß er die Brüder von jenen Früchten essen. Er nahm eine derselben in die Hand, verwunderte sich über ihre Größe und darüber, dass sie voll von einem Safte war, und sagte, er habe nie Früchte von dieser Größe und in solcher Menge gesehen. Sie waren aber von gleicher Gestalt, keilförmig gebaut; er nahm ein Gefäß, drückte eine derselben auf und bekam davon ein ganzes Pfund jenes Saftes. Dieses Pfund teilte er in zwölf Lothe und gab jedem davon ein Loth, so dass die Brüder zwölf Tage lang von jeder dieser Früchte lebten und davon immer einen honigsüßen Geschmack in ihrem Munde hatten. Als dies vorüber war, befahl ihnen der Heilige Vater, drei Mal an bestimmten Tagen zu fasten. Hernach kam ein sehr großer Vogel, der flog um das Schiff und hielt einen Baumzweig, den man nicht kannte, und der oberste Teil des Zweiges war wunderbar rot; den ließ er dem heiligen Manne in den Schoß fallen. Dieser rief seinen Brüdern und sprach: „Nehmt die Speise, welche Gott euch sendet!"

An diesem Zweige hingen nämlich Trauben in der Größe von Äpfeln; diese verteilte der Mann Gottes unter seine Brüder und so hatten sie zu leben auf vierzehn Tage. Darauf schrieb der heilige Mann den Brüdern das vorbesagte Fasten vor. Drei Tage darnach sahen sie nicht weit von ihnen eine Insel ganz dicht mit Bäumen bedeckt, welche die Frucht der obenbesagten Trauben in unglaublicher Fülle trugen, so dass alle Bäume ihre Äste bis auf die Erde senkten vor dem

Gewicht dieser Früchte. Alle hatten eine Farbe und kein Fruchtbaum anderer Art war auf der Insel zu finden. Die Brüder liefen in den Hafen ein, der Mann Gottes stieg aus dem Schiffe und begann auf der Insel umherzugehen. Der Duft, welcher darauf herrschte, war gerade wie der Duft in einem Gemache voll roter Äpfel. Die Brüder warteten in dem Schiffe, bis der heilige Mann zu ihnen zurückkomme; unterweilen aber wehte ihnen der süße Duft so lieblich entgegen, dass es war, als wolle er ihnen ihr Fasten erleichtern. Der Heilige Vater fand sechs reichliche Quellen, dazu Kräuter und allerlei Wurzeln. Hernach kam er zu seinen Brüdern zurück, brachte von den Früchten der Insel mit sich und sprach zu ihnen: „Steiget aus dem Schiffe, schlaget Zelte auf und erquickt euch an den guten Früchten dieses Landes, welche der Herr uns darbietet!"

So genossen sie von den Trauben, den Kräutern und den Wurzeln, stiegen nach kurzer Zeit wieder in ihr Schiff, reichlich mit Früchten versehen, und spannten die Segel aus, damit der Wind sie von hinnen führe. Nachdem sie einige Zeit gefahren waren, zeigte sich ihnen ein Vogel, den man Greif nennt, und flog ihnen entgegen. Als die Brüder ihn erblickten, sprachen sie zu dem Heiligen Vater: „Dieses Tier ist gekommen, um uns zu verschlingen."

„Fürchtet euch nicht!" entgegnete der Mann Gottes; „der Herr ist unsere Hilfe und unser Schutz und wird uns auch dieses Mal erretten."

Aber der Greif streckte seine Klauen aus, um die Diener Gottes zu erfassen. Da kam jener Vogel, welcher ihnen zuvor den Zweig mit den Früchten gebracht hatte, in grimmigem Fluge dem Greif entgegen und sie kämpften lange mit einander; endlich riss er dem Greif die Augen aus, besiegte ihn und das Aas fiel vor den Augen der Brüder in das Meer; der Vogel aber, welcher den andern besiegt hatte, kehrte an seinen Ort zurück. Auf der Insel feierten die Genossen des Alibius die Geburt unseres Herrn. Nachdem dies an den bestimmten Tagen geschehen war, empfing Sankt Brandan den Segen von dem Vater des Klosters und schweifte darauf lange Zeit im Meere umher. Die Geburt des Herrn aber und das Osterfest feierte er an den vorbesagten Orten. Eines Tags geschah es, als Sankt Brandan auf seinem Schiffe das Fest des heiligen Apostels Petrus feierte, dass das Meer so klar wurde, dass sie alles sehen konnten, was sich unter ihnen befand. Da erblickten sie verschiedene Arten von Tieren, welche unter dem Sande lagen. Es kam ihnen vor als könnten sie diese Tiere vom Grunde heraufnehmen, so hell war das Meer. Es sah aus, als lägen Herden von Tieren auf einer reichen Weide umher und sie legten sich im Kreise wie eine runde Stadt. Die Brüder baten den Heiligen Vater, die Messe stille zu lesen, damit nicht die Tiere durch das seltsame Getön aufgeweckt würden, um sie zu bekriegen. Sankt Brandan erwiderte lächelnd: „Ich wundere mich über eure Torheit. Warum fürchtet ihr diese Tiere und fürchtet den nicht, der alle diese Tiere verschlingt? Oftmals habt ihr auf seinem Rücken gesessen, Loblieder gesungen, Holz gespalten, Feuer angezündet und Fleisch gekocht. Warum fürchtet ihr also diese Tiere? Und ist nicht Gott der Herr von allen, der in seiner Gewalt hat alles, was da lebt?"

Nachdem er dies gesagt hatte, fing er an zu singen, so laut er konnte; die Brüder aber betrachteten noch immer die Tiere. Als diese den Gesang vernahmen, machten sie sich auf und schwammen um das Schiff her, so dass die Brüder nichts anderes sahen, als die Unzahl der schwimmenden Tiere. Sie kamen gar nicht an das Schiff heran, sondern hielten sich stets in einiger Entfernung, und als der heilige Mann seine Messe geendet hatte, kehrten sie heim, sie schwammen dahin, wie auf der Flucht nach verschiedenen Richtungen und verschwanden vor den Dienern Gottes. Diese aber konnten kaum in acht Tagen, während welcher ein günstiger Wind ihre Segel blähte, über das helle Meer hinwegkommen. Hernach geschah es, als sie die Messe sangen, erschien ihnen eine Säule auf dem Meere, und sie meinten, sie sei nicht weit von ihnen entfernt, aber doch konnten sie sie vor drei Tagen nicht erreichen. Als sie ihr näher kamen, schaute der Mann Gottes nach dem Gipfel der Säule; aber er konnte ihn nicht sehen um ihrer Höhe willen, denn die Säule war höher als die Luft. Die Säule war mit einem weit herabhängenden Teppich bekleidet, so dass das Schiff nicht unter demselben hinwegfahren konnte. Sie wussten nicht, ans welchem Stoffe dieser Teppich gefertigt war, die Farbe sah aus wie Silber, und er kam ihnen härter vor als Marmor, die Säule aber war von dem hellsten Kristall. Da sprach der Mann Gottes zu den Brüdern: „Leget die Ruder, den Mast und die Segel in das Schiff! Einige von euch aber sollen die Zipfel des Teppichs halten."

Der vorbesagte Teppich nahm den Raum einer Meile von der Säule an ein und breitete sich aus bis weit in die Tiefe des Meeres. Da sagte der Mann Gottes zu ihnen: „Treibet das Schiff hindurch an einer Öffnung, damit wir die Wunder unseres Schöpfers erblicken!" Als sie durch die Öffnung kamen und da und dort umherschauten, erschien ihnen das enthüllte Meer in solcher Klarheit, dass sie alle Dinge, welche darunter waren, sehen konnten. Auch den Grund der Säule konnten sie sehen und ihren Gipfel, denn die Hülle war gefallen. Das Licht der Sonne aber war innerhalb nicht geringer als außerhalb. Da maß Sankt Brandan die Säule; sie schifften den ganzen Tag an einer Seite derselben hin und ebenso lange an den drei andern Seiten, am vierten Tage aber fanden sie einen Kelch aus dem Stoffe des Teppichs und eine Schale von der Farbe der Säule nach der Windseite zu. Diese Gefäße nahm der Mann Gottes und sprach: Unser Herr Jesus Christ hat uns dieses Wunder gezeigt, und damit wir dies den andern glaubhaft machen, hat er mir diese zwei Geschenke gegeben.

Der heilige Mann befahl seinen Brüdern, den Gottesdienst zu halten und darauf sich mit Speise und Trank zu erfrischen; aber sie hatten keine Lust dazu, seit sie die Säule gesehen hatten. Als die Nacht vorüber war, begannen sie gegen Mitternacht zu schiffen. Sie fuhren durch eine Öffnung des Teppichs hindurch, und während die einen den Mast aufrichteten und die Segel ausspannten, hielten die andern die Zipfel des Teppichs in die Höhe, bis alles in Ordnung war. Als sie die Segel ausgespannt hatten, blies ihnen der Wind so lustig darein, dass sie nicht zu rudern, sondern nur die Tane zu halten brauchten, und so fuhren sie acht Tage lang gegen Norden. Nach Verfluss derselben erblickten sie eine hässliche und steinige Insel voll vom Schlamme des Meers, ohne Bäume und ohne Kraut, aber voll von Schmiedeessen. Der ehrwürdige Vater sprach da zu seinen Brüdern: „Wahrlich, liebe Brüder, ich fürchte mich vor dieser Insel. Ich wollte nicht zu ihr gehen, ja ihr nicht nahe kommen, aber der Wind hat uns dahin getrieben."

Sobald sie der Insel auf einen Steinwurf nahe kamen, hörten sie das Blasen der Blasbälge, welche dröhnten wie der Donner, und den Lärm der Hämmer, welche gegen das Eisen und die Ambosse schlugen. Sobald sie dies vernahmen, schützte sich der Heilige Vater mit dem

Siegeszeichen unseres Herrn an vier Seiten seines Leibes und sprach: „Herr Jesus Christ, befreie uns von dieser bösen Insel!"

Als der Mann Gottes dieses Wort gesprochen, trat einer der Bewohner dieser Insel heraus, wie um etwas zu verrichten; sein Ansehen war struppig, erhitzt und schwarz. Als er aber die Diener Gottes an die Insel herankommen sah, kehrte er in seine Werkstätte zurück. Der Mann Gottes bekreuzte sich nochmals und sprach zu seinen Brüdern: „Meine Söhne, spannt die Segel höher! Rudert, was ihr vermögt, und lasst uns von dieser Insel fliehen!"

Kaum hatte er das gesagt, als der vorbesagte Mann ihnen an das Ufer entgegenkam, eine Zange in der Hand mit einer ungeheuren Masse glühender Schlacken. Diese schleuderte er alsbald auf die Diener Gottes; doch schadete es ihnen nichts, denn es flog über sie hinweg und fiel in weiter Ferne von ihnen in's Meer; an der Stelle aber begann sich das Wasser zu erhitzen, wie in einem feuerspeienden Berge, und Rauch stieg aus dem Meere auf wie aus einem Feuerofen. Schon war der Mann Gottes eine Meile weit von jener Stelle entfernt, wo die glühende Masse niedergefallen war, als alle die, welche sich auf der Insel befanden, an das Ufer gelaufen kamen, und ein jeder brachte eine Ladung jener Schlacken mit sich. Die einen warfen dieselbe nach den Dienern Gottes in das Meer, die andern warfen sie über sich selbst her. Darauf kehrten sie zu ihren Werkstätten zurück und steckten sie in Brand, so dass die ganze Insel glühte wie ein Feuerklumpen, und das Meer erhitzte sich wie ein Fleischkessel, der gut mit Feuer bedient wird. Die Brüder aber hörten noch den ganzen Tag ein großes Geheul, und auch als sie die Insel nicht mehr sehen konnten, drang das Geheul der Inselbewohner noch bis zu ihren Ohren und ein hässlicher Gestank in ihre Nasen. Da tröstete der Heilige Vater die Mönche und sprach: „Wohlauf, ihr Ritter Gottes, kräftiget euch im wahren Glauben und mit geistlichen Waffen! Denn wir sind in der Nachbarschaft der Hölle; darum wachet und betragt euch männlich!"

Ein anderes Mal zeigte sich ihnen ein hoher Berg im Meere gegen Mitternacht, nicht weit von ihnen entfernt; aber er war wie in dünne Wolken gehüllt, die aus dem Gipfel dampften. Auf einmal zog sie ein Wind in die Nähe jener Insel, bis das Schiff nicht weit vom Lande still stand. Das Ufer der Insel war sehr hoch, so dass sie kaum den Gipfel derselben sehen konnten; es war von kohlschwarzer Farbe und steil wie eine Mauer. Der eine noch übrige von den drei Brüdern, welche Sankt Brandan aus dem Kloster nachgefolgt waren, sprang aus dem Schiffe, ging bis an das Ufer hin, rief und sprach: „Ach lieber Vater, wie weh tut es mir um euch, dass ich nicht zu euch kommen kann!"

Da führten die Brüder das Schiff alsbald rückwärts vom Lande, schrien zu Gott und sprachen: „Herr, erbarme dich unser!"

Der Heilige Vater aber sagte ihnen, wie dieser Unglückselige von einer Menge von Teufeln dahin geführt werde und wie er ihn im Feuer brennen sehe.

„Wehe dir", rief er aus, „dass dir ein solches Lebensende geworden ist!"

Sogleich fasste sie wieder ein günstiger Wind und führte sie rückwärts gegen Mittag. Als sie hinter sich sahen, bemerkten sie, dass der Berg jener Insel vom Rauche frei war. Die Flamme schlug hoch in die Luft und verbreitete sich über den ganzen Berg, so dass die Insel bis an das Meer hin einem ungeheuren brennenden Scheiterhaufen gleich sah. Nachdem sie sieben Tage lang gegen Mittag gefahren waren, erschien ihnen eine Gestalt wie die eines Mannes, der auf einem Felsen saß, und vor ihm war ein Tuch, das wie ein Sack an zwei eisernen Haken hing und das die Wogen hin und herwarfen wie ein Schiff im Sturme. Die einen hielten es für ein Fahrzeug, die andern aber meinten, es sei ein Vogel. Da sprach der Mann Gottes zu ihnen: „Meine Brüder, lasst diesen Streit und lenket euer Schiff nach der Stelle hin!"

Als sie derselben nahe kamen, bemerkten sie, dass das Wasser ringsum fest war wie ein Wall, und fanden aus dem Felsen einen struppigen garstigen Mann sitzen, und von allen Seiten brachen die Wellen auf ihn ein und schlugen ihm über dem Scheitel zusammen. Wenn sie aber weg waren, sah man, dass der Fels, auf welchem er saß, ganz kahl war, und das Tuch, welches vor ihm herabhing, schlug der Wind manchmal über ihn her und bedeckte ihm damit sein Gesicht. Da fragte ihn der heilige Mann, wer er sei und um welcher Ursache willen er hierher gesandt sei und eine solche Strafe verdient habe. Er sprach: „Ich bin der unglückliche Judas, der den schlimmen Handel gemacht hat. Ich habe diesen Ort nicht verdient, sondern durch die unendliche Barmherzigkeit Jesu Christi erhalten. Er ist mir nicht zur Strafe angewiesen, sondern durch die Gnade Gottes und zur Ehre der Auferstehung unseres Herrn; denn es ist heute Sonntag. Jetzt scheint es mir, als sitze ich mitten in der Wonne des Paradieses, gegenüber von den Qualen, in die ich auf den Abend zurückkehren muss. Dann brenne ich wie eine Masse geschmolzenes Bleies in einem Topfe Tag und Nacht auf dem Berge, den ihr gesehen habt. Dort haust der Teufel mit seinen Gesellen, und auch ich war daselbst, als er euren Bruder verschlang. Darum freute sich die Hölle und spie große Flammen aus, wie sie immer tut, wenn sie die Seelen der Missetäter verschlingt. Ich aber habe immer Kühlung an allen Sonntagen vom Morgen bis zum Abend, von der Geburt unseres Herrn bis zur Erscheinung, von Ostern bis Pfingsten, am Feste der Reinigung unserer lieben Frauen und an der Himmelfahrt. Alle andern Tage und Nächte bin ich in der Qual der Hölle mit Herodes und Pilatus, Annas und Kaiphas. Darum bitte ich euch bei dem Erlöser der Welt, dass ihr für mich bittet bei unserem Herrn Jesus Christ, dass er mich hier weilen lasse bis morgen früh, dass die Feinde mich nicht quälen, so lange ihr hier seid, und ein böses Erbe an mir erhalten."

Der heilige Mann erwiderte ihm: „Unsers Herrn Wille geschehe! Du sollst nicht von Teufeln geplagt werden bis morgen."

Da fragte ihn der Mann Gottes weiter und sprach: „Was bedeutet dieses Tuch?"

Er antwortete: „Ich gab dasselbe einem Miselsüchtigen, als ich Kämmerer meines Herrn war, aber weil es nicht mir gehörte, sondern ebenso gut unserem Herrn und den andern Brüdern, habe ich davon kein Verdienst, vielmehr Hindernis meiner Seligkeit. Die Haken, an welchen es hängt, gab ich den Priestern und sie halten nun den Kessel, in welchem ich brate. Ehe ich der Jünger unseres Herrn wurde, hatte ich sie in einer Grube an der Straße versteckt."

Als die Abendzeit das Antlitz der Thetis verhüllt hatte, kam eine Schar von bösen Geistern mit großem Lärm heran und sprach: „Du Mann Gottes, weiche von uns! Denn wir können unserem Gesellen nicht nahen, wenn du nicht von ihm weggehst; aber wir wagen auch nicht, unserem Fürsten vor die Augen zu treten, wenn wir ihm nicht seinen Freund zurückbringen. Du aber gib uns unsere Speise zurück und enthalte sie uns nicht vor in dieser Nacht!"

Der Mann Gottes sprach zu ihnen: „Nicht ich verbiete es euch, sondern unser Herr Jesus Christ hat ihm diese Nacht geschenkt, um hier zu bleiben."

Die Teufel antworteten ihm: „Wie rufst du den Namen unseres Herrn für ihn an, da er der Verräter unseres Herrn ist?"

Da sprach der Mann Gottes: „Ich befehle euch im Namen unseres Herrn Jesu Christi, dass ihr ihm kein Leid zufügt bis an den Morgen."

Als die Nacht auf diese Weise vorüber ging, kam am Morgen, während der Mann Gottes sich zur Weiterreise anschickte, eine große Menge von Teufeln und bedeckte die Oberfläche des Abgrundes. Sie erhoben ein grässliches Geschrei und sprachen: „O du Mann Gottes, verflucht sei dein Kommen und dein Gehen, denn unser Fürst hat uns diese Nacht grausam mit Ruten gepeitscht, weil wir ihm den Verdammten nicht gebracht haben."

Der Mann Gottes sprach zu ihnen: „Dieser Fluch wird nicht auf uns, sondern auf euch, fallen, denn der, dem ihr fluchet, ist gesegnet, und der, den ihr segnet, ist verflucht."

Da sprachen die Teufel weiter: „Der schlimme Judas soll doppelte Strafe leiden in diesen sechs Tagen, weil ihr sie ihm diese Nacht erspart habt!"

Der heilige Mann aber entgegnete den Teufeln: „Ihr werdet diese Gewalt nicht haben, noch auch euer Fürst, denn so ist es der Wille des Höchsten. Und er sprach weiter: Ich befehle euch im Namen unseres Herrn, euch und eurem Fürsten, dass ihr ihm keine größeren Qualen antut, als zuvor."

Sie antworteten: „Bist du unser Herr, dass wir deinen Worten gehorchen sollen?"

„Ich bin der Diener dessen", versetzte der Mann Gottes, „der Herr ist über alles, und was ich in seinem Namen befehle, das geschieht, und ich habe Gewalt, so weit er sie mir verleiht."

Sie verfolgten ihn aber mit Schmähungen, bis er von Judas abgelassen hatte. Darauf kehrten die Teufel zurück und nahmen die unglückliche geplagte Seele mit sich unter großem Jubel und Geheul. Der Mann Gottes fuhr gegen Mittag weiter und lobte den Herrn über alles, was ihm begegnet war. Drei Tage später sahen sie in der Ferne eine kleine Insel. Als sie sich beeilten darauf loszusteuern, sagte der heilige Mann zu ihnen: „Liebe Brüder, ermüdet euch nicht zu sehr! Auf nächste Ostern sind es sieben Jahre, seit wir von unserer Heimat geschieden sind. Nun werdet ihr auf dieser Insel den heiligen Paul sehen, der ohne körperliche Speise daselbst seit sechzig Jahren ein geistliches Leben führt, und dreißig Jahre vorher hat er zum letzten Mal vom Fleische eines Tieres genossen."

Als der heilige Mann und seine Brüder an das Ufer gelangten, konnten sie keinen Landungsplatz finden wegen seiner Höhe. Die Insel war sehr klein und rund, auf der Höhe derselben befand sich keine Erde, sondern sie sahen nur einen kahlen Stein nach Art eines Felsen, und derselbige war gleich lang, breit und hoch. Indem sie um die Insel herfuhren, bemerkten sie einen Hafen, der aber so eng war, dass das Schiff kaum mit dem Vorderteil hinein konnte. Da sprach der Mann Gottes zu den Brüdern: „Wartet hier, bis ich wieder zu euch komme! Denn es ist euch nicht erlaubt, hier hereinzufahren ohne die Erlaubnis des Mannes Gottes, der an diesem Orte wohnt."

Als der ehrwürdige Vater auf den Gipfel der Insel gelangte, bemerkte er zwei Höhlen, welche sich auf der Seite dieser Insel gegen Morgen zu nebeneinander befanden, und eine kleine runde Quelle, die aus dem Felsen hervorsprudelte, welcher die Öffnung der Höhle, in der der Ritter Jesu Christi wohnte, verdeckte. Kaum aber war die Quelle aus dem Felsen gedrungen, so verschwand sie auf der andern Seite wieder in dem Stein. Als Sankt Brandan an die Öffnung einer dieser Höhlen kam, trat aus der andern ihm ein Greis entgegen und sprach: „Siehe, wie fein und lieblich ist es, wenn Brüder einträchtig mit einander wohnen!"

Darauf befahl er Sankt Brandan, alle seine Brüder aus dem Schiffe herzuholen, und als sie da waren, küsste sie der Mann Gottes einen nach dem andern und nannte sie alle beim Namen. Als sie dies hörten, wunderten sie sich sehr über seinen prophetischen Geist, nicht weniger aber über seinen Aufzug, denn er war ganz und gar von den Haaren seines Hauptes und Bartes bedeckt und die Haare glänzten weiß wie der Schnee wegen seines hohen Alters. Eine andere Kleidung hatte er nicht als die Haare, die auf seinem Leibe wuchsen, und als Sankt Brandan dies bemerkte, erbarmte er sich und sprach: „Wehe mir, dass ich Mönchskleider trage und mir viele Menschen anvertraut sind im Namen dieses Ordens! Hier aber sehe ich einen Menschen vom Stande der Engel und noch ist an seinem menschlichen Leibe nichts verdorben durch die Fehler des Fleisches."

Der Mann Gottes versetzte: „O ehrwürdiger Vater, wie Vieles und Großes hat dir Gott gezeigt, was er noch keinem der heiligen Väter geoffenbart hat, und du sprichst in deinem Herzen, du seiest nicht würdig, das Mönchsgewand zu tragen! Ich sage dir, du bist größer als ein Mönch. Der Mönch lebt und kleidet sich von der Arbeit seiner Hände; Gott aber hat dich sieben Jahre lang durch ein Wunder ernährt und gekleidet und deine Genossen mit dir. Ich Elender sitze hier auf diesem Steine nackt wie ein Vogel und nur mit meinen eigenen Haaren bekleidet."

Da fragte ihn Sankt Brandan, wie er an diesen Ort gekommen, woher er stamme und wie lange er ein solches Leben geführt habe. Er antwortete: „Ich lebte im Kloster des heiligen Patricius fünfzig Jahre lang und hatte die Aufsicht über den Kirchhof der Brüder. Eines Tages geschah es, dass mein Vorgesetzter mir die Stelle eines Begräbnisses anwies, wo ein Toter beerdigt werden sollte. Da erschien mir ein Greis, welchen ich nicht kannte, und sprach: „Lieber Bruder, mache dieses Grab nicht hier, denn es ist das Grab eines andern!"

Ich sprach zu ihm: „Lieber Vater, wer bist du?"

Und er sprach: „Warum kennst du mich nicht? Bin ich nicht dein Abt?"

Ich antwortete ihm: „Sankt Patricius ist mein Abt."

Er aber sprach: „Ich bin Sankt Patricius. Gestern bin ich aus dieser Welt geschieden; dies ist die Stätte meines Begräbnisses."

Er bezeichnete mir den Ort und setzte hinzu: „Dort sollst du unsern Bruder beerdigen; aber sage niemand, was ich mit dir gesprochen habe! Gehe morgen an das Ufer des Meeres! Da wirst du ein Schiff finden und dieses wird dich an den Ort bringen, wo du den Tag deines Todes erwarten sollst."

Ich ging am Morgen dahin, wie mir der Heilige Vater geboten hatte, und fand es auch wie er mir verheißen. Nachdem ich das Schiff bestiegen hatte, fuhr ich drei Tage und drei Nächte in einem fort. Danach aber ließ ich mein Schiff gehen, wohin der Wind es führen wollte. Am siebenten Tage fand ich diesen Felsen, stieg darauf und gab meinem

Schiff einen Stoß mit dem Fuße, dass es zurückging, woher es gekommen war. Es durchschnitt rasch die Wellen und kam wieder in seine Heimat, ich aber bin seit der Zeit hier. Am ersten Tage nach meiner Ankunft brachte mir ein wildes Tier um die neunte Stunde einen Fisch zur Speise und hielt ein Bündel Reis, um Feuer zu machen, zwischen den Vorderfüßen, während es mit den Hinterfüßen einherging. Es legte den Fisch und den Reisbüschel vor mir nieder und kehrte zurück, von wo es gekommen war; ich aber schlug mir mit einem Eisen Feuer aus dem Felsen, zündete das Reisig an und machte nun das Fleisch des Fisches zurecht. Auf dieselbe Weise brachte mir dreißig Jahre lang dieser Diener dieselbe Kost, nämlich je nach drei Tagen brachte er einen Fisch, so dass es mir an nichts fehlte, was ich haben wollte, und am Sonntag quoll immer ein wenig Wasser aus diesem Stein, womit ich meinen Durst löschen und meine Hände waschen konnte. Nach dreißig Jahren fand ich diese zwei Höhlen und diese Quelle, und von dieser lebe ich nun seit sechzig Jahren, ohne eine andere Nahrung zu genießen. Über neunzig Jahre bin ich somit auf dieser Insel; dreißig Jahre lebte ich von Fischen und sechzig Jahre lang gewährte diese Quelle mir meine Nahrung; fünfzig Jahre aber lebte ich zuvor in meiner Heimat; mein ganzes Lebensalter beträgt somit jetzt hundert und vierzig Jahre und in diesem meinem Fleisch muss ich hier den Tag des Gerichts erwarten. Wenn ihr nun in eure Heimat zurückkehrt, so nehmt eure Gefäße voll des Wassers dieser Quelle mit euch! Ihr werdet es wohl nötig haben, denn ihr habt noch vierzig Tage lang einen weiten Weg zu tun bis zu dem Sonnabend vor Ostern. Diesen und das Osterfest und die übrigen heiligen Tage werdet ihr wieder da feiern, wo ihr sie in den letzten sechs Jahren gefeiert habt. Nachher, wenn ihr euch von dem Versorger verabschiedet habt, werdet ihr in das Land der Verheißung der Heiligen kommen und daselbst vierzig Tage verweilen und darauf wird euch Gott frisch und gesund in das Land eurer Heimat zurückführen."

Damit gab ihnen der Mann Gottes seinen Segen und sie fuhren während der Fastenzeit immer gegen Mittag. Das Schiff fuhr da und dorthin, und das Wasser, das sie auf der Insel von dem Manne Gottes mitgenommen hatten, diente ihnen zur Nahrung, so dass sie je drei Tage lang weder Speise noch Trank bedurften. Am heiligen

Sonnabend vor Ostern gelangten sie an die Insel ihres Versorgers. Er kam ihnen mit großer Freude entgegen und reichte einem nach dem andern die Hand, um ihn aus dem Schiffe zu heben. Als der Gottesdienst des heiligen Tages vorüber war, bereitete er ihnen den Tisch zum Abendessen, und darauf stiegen sie in das Schiff und der Mann mit ihnen. Sie fanden einen Walfisch an dem gewohnten Ort, sangen Gottes Preis die ganze Nacht und hielten am Morgen eine Messe. Als diese vorüber war, schwamm Jasconius von hinnen und alle Brüder schrien zum Herrn und sprachen: „Herr Gott, hilf uns!"

Sankt Brandan aber tröstete seine Brüder und sprach: „Seid unbekümmert! Es wird euch nichts Schlimmes widerfahren, sondern Gottes Obhut wird über eure Reise wachen."

Der Walfisch kam gerades Weges an das Ufer der Insel der Vögel, wo sie bis zur Pfingstwoche blieben. Als die Zeit der Festlichkeiten vorüber war, sprach der Versorger, welcher sie immer begleitete, zu Sankt Brandan: „Tretet in das Schiff und füllt zuvor eure Krüge aus dieser Quelle! Ich werde jetzt immer mit euch gehen und euch den Weg zeigen, denn ohne mich könnt ihr das Land der Verheißung der Heiligen nicht finden."

Darauf stiegen sie in das Schiff, und alle Vögel, die auf jener Insel waren, riefen einstimmig: „Herr unser Gott, wir bitten dich, du mögest ihnen glückliche Reise verleihen."

Sie kehrten darnach zur Insel ihres Versorgers zurück und er ging immer voran, ihnen den Weg zu zeigen. Als vierzig Tage um waren, kam gegen Abend eine so große Finsternis über sie, dass kaum einer den andern sehen konnte. Da sprach ihr Versorger: „Weißt du, was das für eine Finsternis ist?"

„Nein", sprach Sankt Brandan.

„Diese Finsternis", versetzte der Führer, „umgibt jene Insel, welche ihr seit sieben Jahren sucht."

Nach Verlauf einer Stunde umfloss sie ein helles Licht und das Schiff hielt am Ufer stille. Sie traten heraus und sahen ein großes Land voll von Obstbäumen mit reifen Früchten, als wäre man im Herbste. Sie gingen in dem Lande umher und hatten daselbst nie Nacht, sondern einen immerwährenden Tag. Sie genossen von den Früchten und tranken aus den Quellen des Landes, und gingen vierzig Tage darin umher, ohne ein Ende finden zu können. Eines Tags gelangten sie an einen großen Fluss, der mitten durch die Insel lief. Da sprach der heilige Mann zu den Brüdern: „Wir können nicht über diesen Fluss setzen, noch die Größe dieses Landes erfahren."

Während sie solches bei sich bedachten, kam ihnen ein Jüngling entgegen, küsste sie mit großer Freudigkeit, nannte jeden mit Namen und sprach: „Friede sei mit euch, und gesegnet sind, die da wohnen im Hause des Herrn und die ihn loben von Ewigkeit zu Ewigkeit!"

Darauf fuhr er gegen Sankt Brandan fort: „Sieh hier das Land, das du lange Zeit gesucht hast! Aber Gott hat es dich bisher nicht finden lassen, weil er dir zuvor die großen Wunder des Weltmeeres zeigen wollte. Kehre nun zurück in das Land, da du geboren bist, und nimm von diesen Früchten und dem edlen Gestein mit dir, so viel dein Schiff tragen kann; denn der Tag kommt heran, wo deine Pilgerschaft zu Ende geht, wo du versammelt wirst zu deinen Vätern. In später Zeit wird dieses Land deinen Nachkommen offenbart werden und sie sollen hier eine Zuflucht finden vor der Verfolgung der Heiden. Der Fluss, welchen du siehst, teilt diese Insel in zwei Hälften, und wie du sie jetzt siehst, so ist sie immerdar reichlich versorgt mit Früchten. Finsternis kennen wir nicht, denn der Glanz des Herrn umleuchtet uns."

Nachdem sie sich mit Früchten und verschiedenem Gestein dieser Insel reichlich versehen hatten, verabschiedeten sie sich von ihrem Versorger und dem Jüngling, stiegen in das Schiff und Sankt Brandan ruderte durch die Finsternis hin. Als sie durch dieselbe hindurch geschifft waren, gelangten sie zu der Insel, welche dar Land der Wonne heißt, blieben daselbst drei Tage und kehrten darauf in ihre Heimat zurück, woselbst Sankt Brandan sein Leben im Frieden beschloss.

Robert der Teufel

Vor alten Zeiten lebte in der Normandie ein Herzog aus edlem Geschlechte, welcher tapfer und ritterlich war und den die Barone seines Herzogtums, als er in seinen besten Jahren stand, aufforderten eine Frau zur Ehe zu nehmen. Der Herzog sagte ihnen dies zu und gab ihnen zugleich auf, sich auf den Weg zu machen und ihm eine solche zu suchen. Die Barone taten dies und führten ihm eine schöne und wohlgesittete Jungfrau, eines Grafen Tochter, herbei, welche er zu seinem ehelichen Gemahl annahm. Die Hochzeitfeier war sehr stattlich, Grafen und Fürsten in Menge fanden sich dabei ein und der Herzog verteilte an die Spielleute und anderes fahrendes Volk Geld in Menge. Der Herzog und die Herzogin lebten lange Zeit miteinander, ohne dass sie ein Kind bekam, und alle Gebete und Gelübde, welche sie Gott und dem Sankt Peter für diesen Zweck darbrachten, wollten nichts fruchten. Da geschah es eines Tags nach Pfingsten, dass der Herzog in den Wald auf die Jagd ging und die Hunde einen Hirsch erjagten. Die Herzogin hing indessen ihrem Schmerze nach, dass sie kein Kind bekam, und rief aus: „Ach Gott, warum hassest du mich so, dass du mir keine Leibesfrucht verleihen willst? So manchem gemeinem armem Weibe gibst du sogleich Kinder, und mich, die du sonst mit Macht und Reichtum gesegnet hast, lassest du keine haben. Mich dünkt: es geht über deine Gewalt, dass du so lange meine Bitten nicht erhörst. Darum rufe ich zu dir, Teufel, und bitte dich: Höre auf mein Wort! Wenn du mir ein Kind verleihst, so will ich von nun an zu dir beten."

Nach diesen Worten sank sie ohnmächtig auf das Bette und machte sich, als sie wieder zu sich kam, bittere Vorwürfe. Um dieselbe Zeit kam der Herzog von der Jagd zurück, stieg hinauf in den Saal, wo er seine Jagdkleider ablegte, und trat darauf in das goldgeschmückte Zimmer zu seiner Frau und ward von dem Anblick ihrer Schönheit so sehr entzündet, dass ihn die Lust ergriff, mit ihr zu liebkosen. Er trug sie daher auf sein Bette und scherzte lange mit ihr. Der Teufel aber war es, der ihn dazu verleitet hatte, und die Frau ward mit einem Kinde schwanger, worüber sie sich tief betrübte, denn sie gedachte wohl, dass Gott daran keinen Teil habe und dass das Kind nichts Gutes in der Welt vollführen werde. Indes ging die Zeit vorüber, während welcher sie das Kind mit großer Beschwerde zu tragen hatte. Jedermann wusste im ganzen Lande, dass sie schwanger war, und freute sich, weil sie dadurch verschiedenen Kriegen zu entgehen glaubten. Aber ach, sie entgingen ihnen darum nicht. Als nun das Stündlein der Herzogin kam, da sie entbunden werden sollte, befielen sie grässliche Qualen, und die Wehen dauerten eine ganze Woche, während welcher sie weder Schlaf noch Ruhe genoss, bis sie endlich eines Sohnes genas. Als das Kind geboren war, ließ der Herzog den Bischof zu sich bescheiden, welcher es taufte und ihm den Namen seines Vaters Robert beilegte. Nachdem das Kind die heilige Taufe mit Salz, Öl, Wasser und Weihe empfangen hatte, ließ man ihm Ammen kommen, um es zu säugen und zu nähren. Aber das Kind war so böser Art, dass es sich durchaus nicht zufrieden stellen ließ, sondern in einem fort heulte und schrie und mit den Füßen um sich stieß; so oft es aber die Amme säugen wollte, biss es sie in die Brust und weinte und schrie unaufhörlich, so dass die Ammen sich scheuten, ihm weiter die Brust zu reichen und ihm durch ein Hörnchen ihre Milch gaben. Auch wenn sie ihn aus dem Bette hoben, suchte er sie zu beißen und zu kratzen, und wenn er dies nicht konnte, stieß er sie mit den Füßen. So wollte der kleine Robert nie etwas Freundliches tun und sein ganzes Geschäft war schreien und brüllen. Dabei wuchs er in einem Tage mehr, als andere in sieben, und nahm auch an Schönheit so sehr zu, dass er in seinem vierzehnten Jahre der schönste Jüngling war, den es geben konnte. Bei all seiner Schönheit und seinem Verstande aber war er schon als Knabe so böse, dass er, sobald er an den Bänken umherklettern konnte, Bänke und Stühle nach seinen Ammen und nach dem Geräte, das in der Stube war, schleuderte; und als er im Hause umhergehen konnte, ging er an das Kamin, warf brennendes Stroh auf die Leute und beschmutzte sie mit Asche. Man wollte ihn lesen lehren, aber niemand brachte es dahin, ihm auch nur einige Buchstaben einzuprägen, so ernstlich man ihn auch mit Schlägen strafte. Als er sein fünfzehntes Jahr zurückgelegt hatte, war er schon in der ganzen Gegend berüchtigt, so dass niemand an den Hof zu kommen wagte, denn wenn er einen nur bei der Hand fasste, hatte er ihm gleich bis zu den Füßen herab die Kleider zerrissen, er fuhr den Leuten mit den Zähnen nach den Augen, oder tat ihnen sonst am Körper etwas zu Leide. Weder Laie noch Priester war so hoch, den nicht Robert, wenn er ihm begegnete, verhöhnte oder beleidigte; dem einen warf er etwas auf die Platte, den andern schlug er mit seinen Händen. Aber damit war er noch nicht zufrieden; wenn er in einer Kirche oder in einer Kapelle schöne Fensterscheiben erblickte, warf er mit Steinen darnach und war erfreut über das Geräusch, wenn sie zerbrachen. Schlimm ging es armen Leuten, die ihm in den Wurf kamen, er schlug sie zu Tode oder ließ sie schwer verwundet liegen. Täglich liefen Klagen über ihn ein bei seiner Mutter und bei dem Herzog, seinem Vater, und sie waren sehr betrübt über die schlimmen Wege, die sie ihr Kind gehen sahen. Robert wuchs und nahm zu an Kräften; diese Zunahme aber ward vielen Leuten zum Unheil, und es wäre besser gewesen, wenn seine Kräfte abgenommen hätten. In seinem zwanzigsten Jahre war Robert einen Kopf höher, als alles Volk, und ebenso kam ihm niemand an Stärke gleich, denn er konnte zwei der stärksten Männer weit wegtragen; dabei war er aus der Maßen schön von Gestalt und Antlitz, und jedermann verwunderte sich, dass er so viel Übles tat, da doch allen sein Aussehen so wohl gefiel. Selbst fromme Einsiedler und Mönche waren nicht vor ihm sicher, er schlug sie zu Tode, sobald er sie erblickte und da man dies wusste, flohen alle Leute vor ihm; wenn sie nur von ihm reden hörten; Mönche und Laienbrüder, alles lief davon, aus Furcht vor dem grässlichen Robert. Das war dem Heiligen Vater kein Scherz, er schleuderte seinen Bannfluch auf ihn und schloss ihn von der Gemeinde des Herrn aus, und der Herzog, sein Vater, als er sah, dass sein Sohn nur Böses tat, befahl ihm, sein Haus zu meiden und aus seinem Reiche sich zu entfernen; auch bedrohte er ihn, sich nicht in seinem Lande zu zeigen, da er ihn sonst alsbald umbringen lassen würde. Als Robert sah, dass alle Leute ihn hassten und ihm fluchten, machte er sich auf den Weg und ging in einen Wald bei Roem an der Saine und zog eine große Rotte Räuber an sich, denn solche Leute gefielen ihm. Nun konnte er Böses tun, so viel ihm beliebte, denn er hatte Leute, die zu ihm hielten, und er tat es gerne. So streifte er auf den Straßen und Fußpfaden umher, und wenn er einen Pilger oder Kaufmann oder sonst jemand auf dem Wege traf, ließ er ihn ergreifen und verbrennen oder aufhängen. So tat Robert viel Böses, und ehe ein Jahr um war, hatte er zwanzig Klöster in Brand gesteckt und ihre Bewohner verjagt. Traf er eine Frau oder ein Mägdlein, und sie war nur einigermaßen schön, so verlangte er, dass sie ihm zu Willen sei und ließ auf keine Weise davon ab. Seine Räubereien und Untaten waren so groß, dass man unablässig bei seinen Eltern Klage über ihn erhob, und sein Vater schwor bei dem allmächtigen Gott, er wolle seinen Sohn ersäufen, wenn er ihn habhaft werden könne. Die Herzogin aber sprach: „Verzeiht, o Herr! Wenn ihr wollt, könnt ihr diese Klagen auf einmal beschwichtigen, ohne ihn zu töten oder ihm ein Leides zu tun. Macht euren Sohn zum Ritter! Dann wird es sich bald zeigen, dass er seine Bosheit aufgibt, und seine Grausamkeit und Missetaten werden ein Ende haben, sobald er die Ritterweihe erhalten hat."

Dieser Rat gefiel dem Herzog wohl. Am Morgen, sobald er aufgestanden war, schickte er Leute aus, um Robert aufzusuchen. Sie fanden ihn im Walde, von welchem aus er seine Räubereien betrieb, und eröffneten ihm den Entschluss seines Vaters, ihn zum Ritter zu schlagen, sofern er zu ihm zurückkehren wolle. Robert war über diese Botschaft sehr erfreut, entließ alle seine Räuber und kehrte nach Roem in den Saal seines Vaters zurück. Dieser ermunterte ihn zur Besserung und sagte, er wolle ihn zum Ritter machen, wenn er sein böses Leben lassen wolle. Robert versprach ihm alles Gute und empfing darauf von seinem Vater den Ritterschlag. Es war dies die Nacht vor dem Pfingstfeste, da Robert ein Ritter wurde. Sein Vater gab ihm Waffen und Pferde und veranstaltete große Festlichkeiten, die Armen aber und das Gesinde erhielt reiche Gaben, und ehe die Versammlung sich trennte, hielt man ein großes Turnier auf dem Sankt Michelsberge in der Bretagne. Robert ging dahin mit großem Gefolge von Rittern und andern Leuten. Hier begann er gleich seine schlimme Ritterschaft und verwüstete mehrere Säle der Burg; er richtete sich in der Herberge ein und brachte die Nacht in wilder Freude zu. Am andern Morgen, als es Tag wurde, ging Robert zu dem Turnier, ohne dass er zuvor in der Kirche sein Gebet verrichten wollte. Seine Begleiter tadelten ihn deshalb, aber er kümmerte sich nicht darum, sondern ging gerades Weges auf den Kampfplatz. Nicht leicht sah jemand ein schöneres Turnier. Gleich zu Anfang machte Robert alle erzittern, denn seine Schläge waren kein leerer Scherz. Die Ritter, denen er begegnete, warf er sämtlich vom Pferde, und mit einer Gewalt, als wäre es ein Kampf auf Leben und Tod. Waren sie gefallen, so trat er auf sie hin und wollte jedem den Kopf abschneiden. Auch war keiner bei dem ganzen Kampfspiel, den er nicht aus dem Sattel gehoben und zu Boden geworfen hätte, so dass er das ganze Turnier in Unordnung und Verwirrung brachte. Alle Ritter, welche darauf waren, schwuren deshalb bei Gott, dass sie nimmermehr zu einem Turnier gehen wollen, was man ihnen auch verspreche, und wie dringend man sie bitten möge, sobald sie Robert dabei wissen, denn er war ihnen über alles verhasst, und dabei fürchteten sie ihn, weil er sie alle beschämt und mit Schmach bedeckt entlassen hatte. Robert ritt darauf durch die Bretagne, durch Frankreich und Lotharingen und nirgends konnte ein rechtes Turnier stattfinden, was die Leute sehr verdross, denn wenn Robert auf der einen Seite stand, waren auf der andern nichts als Feiglinge. Als die Turniere vorüber waren, kehrte Robert nach Vollbringung mancher schlimmen Tat in die Normandie zurück und in allen Orten, wo er sich aufhielt, tat er so viel Böses, dass es gar nicht zu sagen ist. Den Klosterleuten und den Geistlichen tat er besonders viel Schimpf und Schande an, und dies alles durch die Gewalt des Teufels, so dass, wo er war, niemand bleiben mochte und sich nicht zu fliehen schämte. Ja selbst seine Diener und Knappen wagten kaum, ihm nahe zu kommen. Da geschah es eines Tags, als er in dem Schlosse von Arces sich aufhielt, wohin auch der Herzog und die Herzogin gekommen waren, um Hof zu halten, dass Robert eine besondere Missetat aussann. Er kam mit seinen Baronen und seinem Gesinde in ein Kloster, in welchem sich sechzig Nonnen aufhielten. Davon tötete Robert fünfzig der schönsten mit eigener Hand, stieß ihnen das Schwert in die Brust und mordete sie aus die grausamste Weise hin. Zuletzt aber steckte er den Schlafsaal und die Bettstellen in Brand, so dass, ehe er von hinnen schied, manche treffliche Frau durch sein teuflisches Benehmen den Tod fand. Darauf bestieg er sein Ross, welches so laut wieherte, dass der ganze Platz davon widerhallte. Als er aber um sich schaute, sah er weder rechts noch links einen Menschen. Er rief seinen Knappen beim Namen, dass sie kommen und ihm sein Pferd abnehmen, aber er konnte lange warten, denn niemand wagte zu ihm zu treten, so sehr fürchtete man seine Nähe. Da verfiel Robert in tiefes Nachsinnen und verwunderte sich sehr, was doch das sei und woher es komme, dass ihn die Leute so sehr fürchten. Da kam ihm der Gedanke, warum er denn immer Böses tue, und er bemerkte, dass, so oft er seinen Sinn auf das Gute richte, ihm alsbald ein anderer Gedanke durch den Kopf fahre, der ihn von dem guten Wege ableite und ihn Gott und seine heilige Kirche wie aus Antrieb des Teufels hassen mache. Da fiel ihm ein, dass dieser Übelstand ihm angeboren sei und die Schuld an seiner Mutter liegen müsse, welche auch gegen ihn nie freundlich war, weil sie die Ursache und die Schuld seiner Sündhaftigkeit wohl wusste.

Da hub er sein Haupt gen Himmel und der Heilige Geist gab ihm den Gedanken ein, dass er doch auch dereinst noch Gottes Freund werden möge. Da tat Robert einen großen Schwur bei den Nägeln, dem Kreuze, dem Tode und der Geburt Jesu Christi, der die Welt geschaffen und erlöst hat, dass er nie Freude haben werde bis zu der Stunde, da er erfahre, warum er ein so böser Mensch geworden sei. Augenblicklich ging er in das Gemach seiner Mutter und zückte gegen sie sein blinkendes Schwert. Sie kam ihm entgegen und fiel ihm wie ohnmächtig zu Füßen, denn sie fürchtete, sie müsse sterben.

„Mein Sohn", rief sie, „was willst du tun? Aus welchem Grunde, um welches Verbrechens willen trachtest du mir nach dem Leben?"

Robert versetzte: „Sagt mir alsbald (oder ihr dürft nicht länger leben, wenn ihr es mir nicht sogleich offenbart), warum ich ein so verkehrter Mensch geworden bin und so voll schlechtes Sinnes, dass ich kein Geschöpf Gottes sehen kann, ohne ihm Übel zuzufügen!" „Mein Sohn", antwortete die Mutter, „verhüte Gott, dass ich dir den wahren Grund davon sage! Denn in deinem Schmerz und deiner Beschämung würdest du mich, wenn du es erführest, sicherlich umbringen und kein Erbarmen mit mir haben."

Robert aber erwiderte: „Hütet euch, da ihr den Hergang der Sache wisst, ihn mir nicht gleich zu erzählen! Und wenn ihr eine Lüge redet, so soll dieses blanke scharfe Schwert das Blut eures Hirns trinken."

Darüber war seine Mutter so erschreckt, dass sie ihm in ihrer Angst den ganzen Hergang seiner Geburt erzählte und ihm alles von Anfang bis zu Ende offenbarte, wie sie lange Zeit umsonst Gott um Hilfe angefleht und endlich den Teufel gebeten habe, dass er ihr zu einem Kinde verhelfe. Und so kam es denn, dass er selbst ihr ein Kind verlieh, sobald sie sich an ihn gewandt hatte, und das Kind konnte nichts Gutes tun, weil Gott keinen Teil an ihm hatte, denn er kam aus der Hölle, wo die Bösen sind, und die Bösen, die dort herkommen, werden auch wieder dahin gehen.

„Dies ist alles, lieber Sohn", sprach sie, „was ich dir zu sagen habe."

Als Robert dies hörte, war er tief bewegt über die Worte seiner Mutter, in großer Bekümmernis und Scham; er weinte bitterlich und das Wasser rann ihm in Strömen über das Gesicht.

„Mutter", sprach er, „nun ist die Zeit, dass ich von euch scheiden muss. Wahrlich, wenn es Gottes Wille ist, so soll der Teufel an mir weiter keinen Teil haben; ich will seinen Dienst verlassen und ihn um einen Knecht ärmer machen. Ich gehe alsbald und ohne Zaudern zu dem Heiligen Vater gen Rom, um eine schwere Buße auf mich zu nehmen für die Missetaten und Sünden, mit denen ich mich so vielfältig befleckt habe."

Damit ergriff er sein Schwert und schleuderte es weit von sich, und schnitt sich seine Haare ab mit einer Schere, die er sich reichen ließ. Darauf setzte er sich an eine Säule, um seine Schuhe anzuziehen, und ging unverweilt in eine kleine Kammer, wo er einen alten Hut aufsetzte; der Hut aber wurde an seinen Rock angefügt. Nun wollte er sich nicht einen Augenblick länger aufhalten und er verabschiedete sich unter vielen Tränen von seiner Mutter, welche vor Schmerz fast von Sinnen kam. Robert aber verweilte sich nirgends in keinem Schlosse, Burg oder Stadt, bis er nach Saint – Gille und Saint – Jaque kam; von dort ging er nach Rom, um bei dem heiligen Statthalter Christi zu beichten; aber er konnte es nicht dahin bringen, dass er vor ihn gelangte, denn es waren daselbst so viele Leute, Groß und Klein, und aus allen Orten, um zu beichten und Klage zu führen, und das Gedränge vor der Türe war so groß, dass niemand Einlass fand, wenn er nicht große Geschenke und reiche Gaben mitbrachte. Als Robert keine Gelegenheit fand, sein Begehren zu eröffnen, war er sehr betrübt und sann nach, wie er es anzugehen habe, um mit dem heiligen Apostel zusammenzutreffen. Da erfuhr er, dass der Heilige Vater jeden Tag allein in der Kapelle des heiligen Johannes eine Messe sang; um keinen Preis aber und um kein Versprechen durfte ein Fremder die Messe mit anhören, denn er ließ sich von vielen Leuten bewachen, welche jedermann den Eingang versagten, bis der Papst wieder zu Hause war, und auch dann durfte niemand zu ihm, den er nicht beschied. Als Robert solches erfuhr, machte er sich eines Abends, als es dunkel wurde, in die Nähe der Kapelle, und als der Küster die Kirche schließen wollte und die Lampe ausgelöscht hatte, schlich sich Robert heimlich hinein, versteckte sich unter einem schönen Bilde an dem Altar der Kapelle, wo der Papst zu sitzen pflegte, und hielt sich ganz stille, damit ihn nicht jemand entdecke. Als der Küster die Türe geschlossen hatte, ging er weg und kam nicht mehr bis gegen Morgen, wo er die Kapelle rüstete, weil der Papst wie gewöhnlich kommen sollte, um die Messe zu halten. Er kam auch wirklich mit zwei alten greisen Priestern und außerdem nur noch von den Dienern begleitet, welche die Türe zu hüten hatten. Der heilige Mann zögerte nicht lange, tat seine priesterlichen Kleider an und brachte Gott sein Opfer dar. Als er die Messe geendet hatte, machte sich Robert aus seinem Versteck hervor und ging alsbald auf den Papst zu, warf sich vor ihm auf den Boden, umfasste seine Füße und presste sie so fest an sich, dass er sich nicht mehr von der Stelle bewegen konnte, und bat ihn unter vielen Tränen um Gnade. Da liefen die Diener einer um den andern herbei, schlugen und stießen ihn; aber was sie auch anfangen mochten, er ließ von dem Heiligen Vater nicht ab, und die Diener hätten ihn eher auf dem Platze tot geschlagen, wenn es ihnen der Heilige Vater nicht verboten hätte, welcher laut rief: „Es soll keiner ihn anrühren!"

Da wichen sie zurück und ließen den Sündigen zu den Füßen des Apostels, wo er sein Leben verwünschte und wehe darüber rief, dass ihn sein Vater gezeugt und seine Mutter unter dem Herzen getragen. Da sprach der Apostel: „Mein Freund, wer seid Ihr? und wer hat Euch in solche Trauer versetzt, wie Ihr sie hier zeigt? Sagt es Uns, wenn Ihr es wisst!"

„Herr", sprach er, „ich will Euch die große Trauer und Bekümmernis meines Herzens erzählen. Ich bin der sündigste Mensch dieser Welt und habe ein so ausschweifendes und lasterhaftes Leben geführt, dass ich nie den himmlischen König lieb hatte. Nun will ich Euch aber von meiner Herkunft erzählen. Der Normannen Herzog ist mein Vater und die Herzogin ist meine Mutter. Lange Jahre waren sie beisammen, ehe sie mich gezeugt, und so sehr sie auch Gott bitten mochten, schenkte er ihnen doch lange kein Kind, bis dass sie so sehr betrübt wurden, dass sie alles Vertrauen und alle Hoffnung zu Gott aufgaben. Meine Mutter bat den Teufel um einen Erben und er gab ihr mich durch seine Gewalt. Darum aber, weil ich durch ihn auf die Welt gekommen bin, wurde ich ein Feind Gottes und er wird meine Seele aus meinem Körper nehmen und ohne Buße abrufen, wenn Ihr nicht mit mir Erbarmen habt."

Darauf erzählte er ihm von Anfang an alle seine Missetaten und Sünden und verhehlte ihm kein Wort. Vor großer Scham aber hielt er während des Beichtens sein Haupt gesenkt und weinte bitterlich. Als der Papst seine Erzählung hörte, erkannte er ihn gleich, denn er hatte schon früher von seinem Dasein und seiner Sinnesweise gehört. Er erschrak und wusste nicht, was zu tun sei, denn bei der Menge der Sünden und Übertretungen war nicht leicht zu raten, was er anfangen solle. Robert aber, dessen Gesicht in ganz aufrichtigen Reuetränen gebadet war, rief vielmals zu ihm um Gnade und um Vergebung der Sünden, die er in seinem früheren wilden Leben begangen hatte. Der Heilige Vater erbarmte sich über ihn und über seine tiefe Reue; aber er wusste nicht, welche Buße er ihm auflegen sollte, und sprach also zu ihm: „Mein lieber Robert, weißt du, was du tun sollst? Bleib heute Nacht bei mir und zögere nicht! Am Morgen aber, wenn du den Tag kommen siehst, will ich dir ein Merkzeichen geben; dann gehst du nach den Bergen in den weiten Wald, welcher Gottes Stein heißt. Schlag den geradesten Weg ein, und wenn du an eine schöne Quelle kommst in einem verborgenen Tale, so geh rechts am Flusse hin! Und du wirst eine schöne Behausung mit einer Kapelle finden und an der Pforte einen Hammer, denn es ist dort nicht Sitte, den Leuten im Hause zu rufen. Poche drei Mal an und nicht öfter! So wird mit gesenktem Haupt der wackere Alte zu dir kommen, der das Haus bewohnt. Es gibt keinen frommeren Einsiedler auf dem Berge und kein Tag geht vorüber, wo nicht Gott in seiner Wohnung ein Wunder tue um seinetwillen, weshalb denn die Leute in großen Massen sich zu ihm drängen. Geh drei Mal des Jahres zu ihm zur Beichte! Denn dieser fromme Mann hat schon manchem Sünder geholfen. Vermelde ihm meinen Gruß und gib ihm das Merkzeichen, das ich dir ausfertigen will, und den Brief, in welchem ich ihn von deinem ganzen Namen und deiner Sache unterrichten will! Er wird dir durch Gottes Gnade sogleich die Buße anzeigen, welche du um deiner Sünden willen zu tun hast. Dessen sei versichert!"

Als Robert diese Antwort des heiligen Statthalters Christi vernommen hatte, war er sehr erfreut und küsste ihm unter Tränen die Füße. Der Papst nahm ihn sodann mit sich in sein Gemach und schrieb selbst den Brief, den er dem heiligen Einsiedler übergeben sollte, und siegelte ihn, als er damit fertig war. Am Morgen rief er Robert, übergab ihm den Brief und hieß ihn in den Wald gehen, in welchem der Einsiedler wohnte. Robert machte sich auf den Weg und der barmherzige Gott war sein Führer, der ihn zu ihm und seiner holden Mutter leitete. Robert beeilte sich sehr auf dem Wege, denn ihn trieb die Lust, zu Gott zu kommen, müsste es auch durch Mühe und Arbeit geschehen. Er gelangte endlich an den Wald und ging so lang darin umher, bis er an die Einsiedelei kam, wo er den Hammer an der Tür fand und drei Schläge damit an das Gitter tat. Da trat alsbald der Einsiedler zu ihm, er war ein Mann von heiligem Ansehen mit langem weißem Barte. Er unterstützte seine Schritte mit einem Stab, den er in der Hand hielt, und sein Kopf war mit einem weißen Tuche bedeckt. Er öffnete das Pförtchen und rief ihm den Segensgruß entgegen. Sobald Robert ihn erblickte, bat er ihn aus Barmherzigkeit um Herberge in seinem Hause und der Einsiedler versprach, ihm zu genügen, soweit es ihm möglich sei. Damit trat der edle Mann in die Türe, neigte sich und bot dem heiligen Manne den Gruß von dem Statthalter Christi in Rom, der ihm sein Siegel als Merkzeichen mitgegeben hatte, und ehe der Einsiedler den Brief las, wusste er schon, was er ihm sagen wollte; als er ihn aber gelesen hatte, setzte er sich nieder und fing an, bitterlich zu weinen.

„Mein Bruder", sprach er, „zu böser Stunde seid Ihr auf die Welt gekommen, und ich weiß, dass Ihr mich besucht, um mich nach der Buße für Eure Sünden zu fragen, mit welchen Ihr befleckt seid. Aber kein Mensch tut so viel um Gottes willen, als Ihr zu Eurer Buße tun müsst. Doch ich kann es nicht verhindern und ich will Euch versprechen, mein Möglichstes dabei zu tun. Morgen früh will ich bei dem großen Amte, das ich unserem Herrn halte, ihn demütig bitten, dass er mir Zeichen und Weisung zukommen lasse, um Euch eine Buße aufzulegen; denn wenn Gott Erbarmen mit Euch haben will, wird er mir die Last Eurer Buße wohl offenbaren und Euch die Sünden vergeben, die Euch so schwer darnieder drücken."

Als Robert solches hörte, seufzte er tief auf, fing an, selbst an seiner Erlösung zu zweifeln, und weinte und schrie wie ein Wahnsinniger. Sein Aussehen wurde bleich und mager, so dass, wäre er jetzt in die Normandie zurückgekommen, man ihn nicht mehr würde erkannt haben. Der heilige Mann brachte ihn in sein Gemach, speiste ihn mit Brot und Wasser und herbergte ihn die Nacht über so gut, als wäre Sankt Julian sein Pfleger gewesen. Er brachte ihm weiches Gras zur Lagerstätte und Robert streckte sich darauf nieder; aber trotz des guten Bettes fand er die Nacht über keine Ruhe, sondern weinte und klagte an einem fort über seine Sünden und war in großer Besorgnis, er möchte das Paradies des Herrn verscherzen und ein Erbteil des Teufels sein. Sobald der Morgen dämmerte, erhob sich der Einsiedler von seinem Lager, steckte die Kerze in seiner Laterne an und trat zu Robert, um ihn aufzuwecken und ihm zu sagen, dass er mit ihm in die Kapelle komme. Er sprang auf, als er ihm rief, und ging mit dem Einsiedler in die Kirche, um den Gottesdienst mit anzuhören, und sobald er in das Gotteshaus getreten war, fiel er mit seinem ganzen Leibe zu Boden und blieb so ausgestreckt im Gebete liegen; und so innig kann kein Gefangener im Kerker um die Freiheit bitten, wie Robert zu Gott betete, dass er ihn von der Hölle erlösen möge; der Platz aber, auf dem er lag, war ganz feucht von den Tränen, die er in großer Menge vergoss, so dass man ihm wünschen mochte, dass ihm Gott seinen Willen tue und sein heißes Begehren erfülle. Der fromme Einsiedler beeilte sich, seinen Gottesdienst zu vollenden. Als er seine Frühmesse vollendet hatte, zog er schnell die einfachen Kleider wieder an, die er sonst zu tragen pflegte. Darauf begann er einfach die heilige Messe zu singen von Gott und der glorreichen Jungfrau, und als er an das Sakrament des heiligen Leibes kam, bat er Gott in einfältigem Herzen und mit Tränen in den Augen, dass er barmherzig sein und ihm Rat verleihen möge, damit er Robert nach seiner Reue eine Buße auflege. Da sah er, wie ihm eine ausgereckte Hand einen Brief darbot. Er nahm ihn und las, was er daran geschrieben fand, von Anfang bis zu Ende. Als er es gelesen hatte, war er darüber so erfreut, als wenn er die Füße des Höchsten umfasste. Als die Messe zu Ende war, beeilte er sich, Robert die Buße aufzulegen, welche er zu übernehmen hatte; und der fromme Eremit rief ihm freudig entgegen: „Höret, mein Freund, eine frohe Kunde! Gott will, dass Ihr gerettet werdet; darum erschrecket nicht über das, was ich Euch zu sagen habe! Denn in kurzem werde ich Euch absolvieren; nur zweifle ich sehr, ob Ihr werdet die Buße aushalten, welche Gott Euch auferlegt."

„Herr", sprach Robert, „wisst, dass es nichts in der Welt gibt, das ich nicht täte, um dadurch meine Seele zu erretten und dem Teufel zu entziehen, der darauf Anspruch macht!" Darauf entgegnete der Einsiedler: „Gottes Huld ist mit Euch, indem er Euch so gut beraten hat. So höret denn, mein lieber Freund, und vernehmt Eure Buße, wie sie mir Gott vorgeschrieben hat! Vor allem müsst ihr nach Gottes Willen Euch ganz närrisch stellen und Euch alle Schmach gefallen lassen. Ja, in Fällen, wo Ihr sonst das Schwert gezückt hättet, müsst Ihr es erdulden, dass man Euch mit Prügeln und Stöcken durch die Gassen treibt. Nirgends, wo Ihr auch seid, dürft Ihr jemand etwas Leides zufügen, und Ihr dürft nicht so aussehen, dass man erschreckt vor Euch davonläuft, denn die törichten Leute, die nichts von Euch wissen, werden Euch große Schmach antun. Lasst keinen Tag vorüber gehen, da Ihr nicht hinter Euch her das Volk der Stadt versammelt! Sie mögen zu Tausenden Euch nachlaufen, Euch auszischen und mit Schlägen, Stößen und Stichen verfolgen! Dies, mein Freund, ist die erste Buße, und schon diese ist hart und grausam genug. Noch schwerer aber und herber ist die zweite. Hütet Euch, sobald Ihr von mir geschieden seid, wo immer Ihr Euch befinden mögt, aus keiner Veranlassung ein Wort zu sprechen, sondern bleibet stumm immerdar! Denn sobald ein Wort aus Eurem Munde geht, sei es aus einem vernünftigen oder einem törichten Grunde, so fallet Ihr sicherlich gleich wieder dem Teufel anheim. Wenn Ihr aber meiner Vorschrift gehorchet, so könnt Ihr hernachmals, ohne zu sündigen oder ein Unrecht zu begehen, von Euren Angelegenheiten sprechen. Darum bemeistert Euch fürerst! Und nun, mein Freund Robert, höret den dritten Befehl, dessen Befolgung Euch nicht weniger sauer ankommen und Euer Aussehen missgestaltet und mager machen wird! Hütet Euch, dass Ihr keine Speise kostet, mag Euch der Hunger auch noch so sehr bedrängen, und mag Euch widerfahren, was da will, es sei denn, dass Ihr dieselbige den Hunden entrissen habet! Dies, mein Freund, sind die drei Gebote, welche Euch Gott auferlegt hat."

Robert war darüber sehr erfreut und versprach, alles pünktlich zu erfüllen und nicht ein Haar breit von der Vorschrift abzuweichen, müsste er auch ein Leben von tausend Jahren so zubringen. Der Einsiedler blickte nochmals in sein Buch und fand darin noch einen Punkt, den er Robert einschärfte.

„Mein Freund", sagte der heilige Priester, „noch etwas muss ich Euch mitteilen. Wenn ein Mann oder ein Bote zu Euch kommt und Euch im Namen Gottes etwas zu tun befiehlt, mag es Euch weise oder töricht vorkommen, so tut es pünktlich, wenn er Euch die drei seltsamen Bußen namhaft macht, welche ich Euch im Namen Gottes auferlegt habe! So seid denn standhaft, weise und besonnen, und weil Euch unser Herr seine Gnade offenbart hat, so werft Euch alsbald auf die Erde und sagt ihm Dank!"

Er warf sich auf den Boden, empfahl sich dem Herrn und entsagte dem Teufel. Der Einsiedler aber absolvierte ihn, wie er so auf dem Boden lag, von seinen Sünden, so dass er nicht weiter davon befleckt war und der Teufel keinen Teil mehr an ihm hatte. Darauf verabschiedete er sich von dem heiligen Manne und ging seiner Wege. Er kam bei guter Tageszeit nach Rom, hielt einen großen Stock in seiner Hand und fing an, sobald er in das Tor getreten war, dermaßen zu schlagen, zu laufen, zu springen und zu schreien, dass alle Bürger auf die Gasse heraustraten, um das wunderliche Begegnis zu sehen. Dadurch machte er sich in kurzem in der ganzen Stadt bekannt. Jedermann hielt ihn für einen Verrückten und große Haufen Volks liefen immer hinter ihm her und warfen ihn mit Kot, mit Lumpen, verdorbenen Äpfeln und altem Plunder, wie denn das müßige Volk an solchen Dingen seine Freude hat. Er unterdrückte dabei all' seinen Stolz, wendete sich aber zuweilen nach ihnen um und tat, als wollte er sie alle umbringen, so dass sie davon liefen und flohen. Doch tat er nie jemand etwas zuleide; darum glaubten alle ganz sicher, er sei so töricht, dass er sich um all das Schlimme nicht bekümmere, das man ihm antue. Auch taten ihm die bösen Leute so viel Schimpf und Unbill an, dass ihnen kein Stein zu hart war, den sie ihm nicht nachgeschleudert hätten. Fast konnte es Robert nicht länger aushalten und doch wehrte er sich gegen keinen Schimpf, denn das gemeine Volk schlug ihn so heftig, dass sein ganzer Leib blau von Striemen aussah und an manchen Stellen blutete. Er konnte nicht länger verweilen unter dem Volke, denn von allen Seiten her warfen und schlugen sie ihn, so dass er am ganzen Leibe schwitzte und Kraft und Atem ihm ausging; darum floh er eilends von hinnen, gerades Weges nach dem obersten Turm zu, welcher mitten in der Stadt lag gegen den Palast hin, wo damals der Kaiser wohnte. Der Kaiser war der höflichste und tapferste Ritter von der Welt, sehr gewaltig und von großer Milde; aber es ging ihm übel, denn täglich wurde er angegriffen von seinem Seneschall, welcher sein Land durch Krieg verwüstete in großem Unrecht und Treulosigkeit. Derselbige Kaiser hatte eine Tochter und diese war so schön, dass niemand auf der Welt ein Weib von gleicher Schönheit gesehen hatte. Aber (man wusste nicht, um welcher Ungerechtigkeit oder Sünde willen) das Mägdlein war stumm, und obwohl sie alles hörte, was man zu ihr sprach, Kluges und Törichtes, so konnte sie doch aus ihrem Munde kein Wort hervorbringen, sondern redete mit den Leuten durch Gebärden. Darum nun, weil das Fräulein so schön und züchtig war, liebte sie der Seneschall so sehr, dass er mit ihr barfuß durch die Welt gelaufen wäre, wenn er die schöne blonde Jungfrau bekommen hätte. Er verlangte sie vom Kaiser und hätte sie gerne zur Ehe genommen; aber ihr Vater liebte sie so sehr, dass er nicht von ihr lassen mochte und den Seneschall mit harten Worten abwies und ihm erwiderte, er habe sonst keinen Erben als diese Tochter, auch sei sie noch zu jung zur Ehe, und ihm würde er sie gewiss nicht geben. Als der Seneschall merkte, dass er seine Geliebte nicht bekomme, war er sehr betrübt und erzürnt, denn er war von hohem Geschlechte, reich und mächtig, er besaß zwanzig Burgen, dreißig Schlösser und vier Städte in der Lombardi. Dabei kannte niemand einen kühneren Mann und einen mächtigeren oder geachteteren Ritter. Dieser erhob Krieg gegen den Kaiser, weil er seine Tochter nicht bekommen konnte, verheerte und verwüstete sein Land bis hart in die Nähe von Rom, so dass man weithin keinen Acker noch

Wiese mehr erblickte. Darauf belagerte er die Stadt mit seiner guten Ritterschaft, und kein Mann war darin so kühn, dass er aus dem Tore gehen mochte. Alles wurde verheert und getötet, und die Streitmacht des Kaisers hatte solche Furcht vor dem Seneschall, dass niemand gegen die Lombardi hin zu gehen wagte. Dies geschah gerade um die Zeit, da Robert wie ein Verrückter dahin kam und in der Irre nach dem Palaste hinlief, wo der Kaiser auf einem hohen Stuhle am Essen saß. Robert flüchtete sich zu ihm, aber der Türsteher des Hofs verbot ihm mit seinem Stabe den Eintritt, und doch konnte Robert sich nicht aufhalten, denn die, so hinter ihm herkamen, schlugen ihn und trieben ihn in den Saal hinein, so dass er kühnlich und mit großer Kraft die Türsteher überwältigte, zur Pforte hineinlief und keuchend bis zu den Füßen des Kaisers gelangte. Dort setzte er sich nieder und blieb eine gute Weile ruhig. Die Türsteher aber liefen ihm nach und gaben ihm mit den dicken Stäben, welche sie in der Hand hielten, heftige Schläge; dennoch aber wollte er darum nicht aufstehen, und so heftig sie auch zu vieren auf ihn eindringen mochten, konnten sie ihn doch nicht von der Stelle bringen. Als aber der Kaiser den Narren Robert erkannte, rief er den Türstehern mit lauter Stimme zu, keiner solle ihn ferner schlagen noch anrühren, denn da er zu ihm gekommen sei, habe er sich in den besten Schutz begeben, und er befahl, ihm Speise zu reichen. Sein Befehl wurde sogleich erfüllt. Man brachte ihm ein weißes Brot, einen großen Becher voll Wein und eine Schüssel mit Fleisch und stellte es vor ihn hin auf das frische Gras, womit der Boden bestreut war, aber sie wussten gar nicht, was das heißen solle, dass Robert alles zu Boden warf und sich nicht weiter darum kümmerte. Da sprach der Kaiser, er scheint so sehr wahnsinnig zu sein, dass seine Narrheit ihn nährt.

Er befahl aber allen, ihn gehen zu lassen und zuzuwarten, ob ihn der Hunger nicht zum Essen zwinge. Da ließen sie Robert ruhig an der Erde sitzen, niemand tat ihm etwas zu leide und keiner redete ihn an, so wenig als er mit jemand ein Wort sprach, denn alle waren mit dem Essen beschäftigt. Der Kaiser aß und trank auf seinem hohen Stuhle und man brachte ihm den Knochen eines Hirsches, in welchem noch das Mark befindlich war. Er setzte ihn an den Mund, schlürfte ihn aus und ließ ihn als etwas Entbehrliches unter den Tisch fallen. Unter seinem Stuhle aber lag ein Hund, welcher schon ein und zwanzig Jahre alt war und darum, weil er dem Kaiser sonst mehr, als alle seine andern Hunde, treu gedient hatte, nun immer im Saale und unter seinem Stuhle geduldet wurde, ohne ein böses Wort zu bekommen. Als dieser Hund den Knochen herabfallen sah, eine Speise, die er sehr liebte, packte er sie mit den Zähnen, hatte sich aber derselben nicht sehr zu erfreuen, denn Robert ging auf ihn zu, riss ihm den Knochen aus dem Maule und benagte ihn rings mit den Zähnen, welche ihm der Hunger schärfte. Der Kaiser fing an zu lachen und sprach: „Wunderlicheres habe ich Tag meines Lebens nicht gesehen, als diesen Verrückten, dem es Freude macht, das gute Essen auszuschlagen, und der einen dürren Knochen, an welchem nichts ist, einem Hunde aus dem Rachen reißt und so wütend darüber herfällt. Wahrlich das ist das Betragen eines Narren."

Dann befahl er von neuem denen, die ihm aufwarteten, Fleisch herbeizubringen, so dass sich der Verrückte von dem Hunger erholen könne, der ihn plage, um zu sehen, ob er nichts genieße, was er nicht den Hunden entrissen habe. Sie brachten ohne Zaudern Brot und Fleisch in Menge herbei und Robert stand es frei davon zu genießen, und er tat, als sei er darüber sehr erfreut. Auf den Befehl des Kaisers kamen nun die Jäger herbei, um die Hunde zu füttern; man gab ihnen weißes Brot in Menge; aber sobald sie es berührten, sprang Robert unter sie hinein, entriss ihnen das Brot und verzehrte es so begierig, als nur ein Holzhacker tun kann oder ein Bauer, der eben vom Felde heimkehrt. Er verschlang es in großen Stücken, und der Kaiser und die in dem Saale waren, ergötzten sich darüber sehr, lachten und versicherten, dass sie nie einen so lustigen Narren gesehen haben, und einen so guten Gesellen dürfe man nicht schlagen. Die Jäger verteilten nun an die Hunde ebenso reichlich Fleisch und diese fuhren darauf los und hätten es gerne verzehrt, wenn man es ihnen gelassen hätte; aber Robert riss es ihnen aus den Zähnen und verspeiste seinen Teil zu seinem Brote. Das Ganze aber war so spaßhaft anzusehen, dass, wer auch noch so sehr im Zorn gewesen wäre, darob hätte lachen müssen. Der Kaiser besonders war sehr darüber erfreut und schwur bei seinem Barte und bei seinem Haupt, wenn ihn jemand beleidige, denselben hart zu strafen; so lange er an seinem Hofe sei, möge sich jedermann wohl hüten, ihn zu verletzen, bei einer Strafe von hundert Mark in Golde. Er sei sehr erfreut, dass er zu ihm gekommen sei, und man solle ihn festzuhalten suchen, dabei jedoch ihm gestatten, frei aus – und einzugehen, im Palaste und in der Stadt. Als Robert genug gegessen und seinen Hunger gestillt hatte, nahm er von den Brotbrocken, welche umher lagen, in den Mund, kaute sie und ging zu dem Hunde hin, welcher so freundlich gegen ihn gewesen war, und gab sie demselben in den Mund und der alte Hund wurde dadurch so gut gespeist, wie noch nie, seit er hierhergekommen war. Robert war über dieses ganze Begegnis wohl zufrieden, und als er sich gesättigt hatte, ging er unter die Treppe und legte sich daselbst nieder. Er hatte großes Verlangen nach Schlaf und Ruhe, denn er war den ganzen Tag über viel geplagt und geschlagen worden und seine Wunden schmerzten ihn heftig. Darum legte sich Robert neben den Hund hin, welcher unter einer Wölbung der schönen Kapelle des Kaisers sein Lager hatte. Robert war darüber sehr erfreut, denn er konnte jeden Tag, wenn er sich hier niederwarf, drei bis vier Mal die Messe mit anhören. Der Kaiser ging zu ihm hin und setzte sich ihm gegenüber, um zu sehen, was er beginnen würde; da aber Robert alsbald einschlief, wollte er ihn nicht stören, sondern ließ ihn ruhig schlafen, kehrte in seinen Palast zurück und verordnete, dass niemand seinem Narren etwas zu leide tue; er befahl auch, ihm einen Haufen Stroh unter das Gewölbe zu bringen und ihm neben den Hunden ein Lager zu bereiten, und sein Befehl wurde vollzogen. Nun hatte Robert kein Bedürfnis weiter, da er ganz nach Wunsch ein Bett besaß und da ein Herr sich seiner annahm und ihm für Speise sorgte. Er dehnte und bedeckte sich nach Herzenslust in seinem Stroh. Als er aber genug geschlafen, sich bekreuzt und aufgerichtet hatte, fühlte er sich sehr vom Durste gequält, er wünschte Wasser zu bekommen, darum lief er im Hofe hin und her und trat endlich in einen schönen Garten, in dem viele Bäume, Kräuter und essbare Wurzeln zum Gebrauch für den Bedarf der Küche gepflanzt waren. In dem Garten fand er eine schöne helle und frische Quelle, wie er noch nie eine gesehen hatte, und die Quelle floss mitten durch das Gemach der jungen Tochter des Kaisers. Die sinnige Jungfrau hatte sich rechts über dem Garten ein Fenster machen lassen, welches so beschaffen war, dass niemand als sie dazu gelangen konnte, um hinauszusehen. Sie selbst aber schaute oft aus demselben, um sich zu erquicken; denn man sah dadurch weit über das Land hin nach dem Meere, welches in der Ferne rauschte. Robert ging nach der besagten Quelle zu, welche die einzige in dem Garten war, und erlabte sich an derselben. Nachdem sein Durst gestillt war, kehrte er unter sein Gewölbe zurück und legte sich neben den Hunden auf dem Stroh schlafen, bis ihn der Morgen erweckte. Mit Tagesanbruch erhob sich der Kaiser, um nach seiner Gewohnheit die Messe zu hören, und wohnte dem Gottesdienst in seiner Kapelle mit großer Andacht bei. Robert hörte ebenfalls aufmerksam zu und beweinte unter seiner Freitreppe im Stillen seine Sünden, sprach in Gedanken sein Gebet zu Jesu Christ und flehte ihn an um Erlösung und um seine Barmherzigkeit und Gnade. Die Messe war schon lange vorüber, als er noch immer fortfuhr zu weinen und zu beten. Darauf aber lief er nach Narren Weise durch die Hauptstraßen von Rom, hüpfte und sprang, brüllte, schrie und heulte, um seine Verrücktheit allen kundzutun. Da liefen die Jungen hinter ihm her, beschimpften ihn auf alle Weise, schlugen und stießen ihn und warfen ihn oftmals über den Haufen. Nachdem er sich aber solchen Unbillen solange ausgesetzt hatte, dass er es nicht mehr länger aushalten konnte, floh er in eilendem Laufe, dass ihm fast der Atem ausging, unter seine Treppe und blieb daselbst so lange ruhig und unangefochten, bis der Kaiser zur Mahlzeit ging. Sobald er gewiss zu sein glaubte, dass man die ersten Gerichte aufgetragen habe, ging er dahin und setzte sich, ohne zu zaudern, neben den alten Hund nieder und die Türsteher legten ihm nichts in den Weg, wohin er immer gehen mochte; sein Platz war überall bereit, denn er suchte nach keinem Tischtuch. Der Kaiser trug einem eigenen Diener auf, Robert zu essen zu geben, und was dem Hunde hingelegt wurde, das entriss ihm Robert alsbald und verzehrte es begierig. Darüber lachte der Kaiser und alle Anwesenden und hatten großen Spaß und Ergötzlichkeit mit ihm. Auf diese Art lebte Robert zehn Jahre in der Nähe des Kaisers, lief jeden Morgen durch die Stadt, um Buße zu tun, und wenn er Schimpf und Schande ertragen hatte, legte er sich unter das Gewölbe neben den Hund, der ihn bald so gut kannte, dass er sich nie mehr von ihm trennte. Wenn Robert zum Essen ging, folgte ihm der Hund, und wenn man diesem zuerst Speise reichte, ging er zu Robert und hielt sie ihm so lange hin, bis er sie genommen hatte; worauf dann dieser wieder den Hund fütterte. So tat Robert alle Tage seine Buße und versteckte sich, wenn es vorbei war, so gut, dass ihn niemand entdeckte. Auch kam zehn Jahre lang kein Wort aus seinem Munde, weder ein kluges noch ein törichtes, so dass jedermann dachte, er müsse von Geburt stumm sein, und niemand wusste weder seinen Namen, noch aus welchem Lande er gekommen sei; jedermann war der Meinung, er müsse von sehr niedriger Herkunft sein, weil er eine solche Lebensart führte. Während er aber seine Buße so genau vollzog, war der Kaiser immer absonderlich für ihn besorgt, denn seine Narrheit und seine sonderbare Betrübnis machten ihm viel Freude, er ließ ihm täglich einen guten Rock anziehen mit einer weit herabfallenden Kappe. So kannte ihn in ganz Rom jedermänniglich und er kam in die Häuser der Leute, ja in die Gemächer der Frauen und Jungfrauen und der Tochter des Kaisers selbst, wo man seinen Spaß mit ihm hatte. Gar vieles wäre davon zu erzählen, wie er die Leute ergötzte und lachen machte. Die ganze Zeit über, da er seine Buße übte, verging auch kein Tag, an welchem er nicht in den Garten zu der Quelle gegangen wäre, welche unter dem Fenster des Mägdleins entsprang, und jeden Tag sah sie ihn dahin kommen und seinen Trunk einnehmen. Um dieselbe Zeit war es, dass der mächtige Seneschall in seinem Stolze Krieg gegen seinen Herrn und Kaiser begann und Rom in solchen Schrecken setzte, dass man gerne den Frieden von ihm erkauft hätte. Aber der Seneschall schwur bei Gott und dem Kreuze und bei dem heiligen Grabe, in welches der wahre Erlöser gelegt worden, dass der Kaiser keinen Frieden haben solle, er gebe ihm denn seine Tochter und lasse ihn Krone tragen. Der Kaiser aber beharrte anderseits darauf, dass er seine schöne, weise und freie Tochter nicht so sehr erniedrigen werde und sich lieber an den nächsten Baum aufhängen, ersäufen oder das Haupt abschlagen lassen wolle. So standen die Sachen, und der Seneschall, welcher nur an die Liebe des schönen Mägdleins dachte, führte den Krieg ununterbrochen fort. Die Römer aber wussten ihm nicht weiter beizukommen und beschränkten sich darauf, sich zu verteidigen, ihre Mauern neu aufzubauen und sorgfältig zu bewachen. Die Kunde davon drang weit in die Ferne, und es war kein Land auf der Welt, da man nicht von diesem Kriege sprach und erzählte, dass Rom so tief erniedrigt und gedemütigt sei, dass die Römer wie Gefangene eingeschlossen und nur noch auf zwei Jahre mit Lebensmitteln versehen seien. Und da die

Türken in Romeinien, Coroscane und Alenie solches erfuhren, versammelten sich ihre Fürsten und Könige, hielten einen Rat und boten große Heere auf; denn sie gedachten, wenn sie nach Rom kämen, würden sie die Leute überwältigen und ihnen die geraubten Reichtümer wieder abnehmen. Sie steckten ihre Fahnen auf, wetzten ihre Schwerter und machten sich in aller Stille auf den Weg. Im Hafen rüsteten sie ihre Schiffe, beluden sie mit Vorräten und liefen eilends aus. Auf dem Meere kämpften sie mutig mit den Stürmen, und der Vorsatz, Rom einzunehmen und zu zerstören, machte sie kühn, die Masten waren aufgerichtet, die Segel geschwellt und die Ruder kamen nicht außer Tätigkeit, bis sie den Hafen von Rom erreicht hatten. Dort schifften sie sich aus und schlugen auf dem Strande ihre Gezelte auf. Auf zwei Meilen und weiter hin erstreckte sich ihr Lager und es schimmerte von Schilden, Helmen, Bannern und Feldzeichen aller Art. Die Scharen der Feinde Roms breiteten sich über die ganze Landschaft aus, stellten Streifzüge an über das Flachland, raubten, erschlugen die Leute, steckten Städte in Brand, rissen Klöster nieder, so dass in Rom der größte Jammer und Not herrschte. Sie vernahmen den Lärm und das Geschrei von draußen und wussten nicht, was das zu bedeuten habe. Als sie aber ihre hohen Türme erstiegen und nach dem Flachlande ausschauten, sahen sie die Umgegend in Flammen und alles Wimmeln von Helmen und großen fremdartigen Feldzeichen. Auf dem Meere erblickten sie das feindliche Herr, welches in kurzer Zeit die ganze Küste überschwemmte. Da wussten sie, dass es nicht mehr der Seneschall war, der um seine Liebste kämpfte, und auch die Weisesten waren in großer Furcht. Da kam ein Bote heran durch die Straße gelaufen und drängte sich durch das Volk, welches zitternd und weinend umherging.

„Ei", sprach er, „ihr törichten Leute, ihr wisst nicht, woran ihr seid; es sind die Türken von Romeinien, von Coroscane und von weit dort hinten in diesen Hafen gekommen. Rüstet euch! Denn ihr seid alle des Todes, wenn ihr euch nicht verteidigen und ihnen eine Schlacht liefern könnt. Gelingt es ihnen, euch zu belagern, so seid ihr alle verloren."

Als die Römer die Botschaft hörten, waren sie alle sehr erschreckt und wollten in der dunkeln Nacht fliehen. Der gute Kaiser war in großer Not und sein ganzes Leben war ihm entgleitet, als er die Kunde von der Ankunft der Türken erhielt, welche seine Mauern zu stürmen im Begriffe waren. In seiner Bekümmernis berief er die Senatoren, die Rechtskundigen und die Barone von Rom und bat alle um ihren Rat. Die einen schlugen vor, man solle hinausziehen und mit den Türken Mann gegen Mann kämpfen. Gott, der so manches Wunder schon seinem auserwählten Volke zu liebe vollbracht hat, glaubten sie, werde auch in diesem Kampfe mit ihnen sein und ihnen den Sieg verschaffen. Die andern, als sie diesen Rat hörten, waren nicht für eine offene Feldschlacht, denn, um den Türken entgegenzugehen, hatten sie kein Heer, welches zahlreich, wehrhaft und mutig genug gewesen wäre.

„Aber", sprachen sie, „wenn man die Ritter aus der Lombardi herbeiziehen und einen Frieden mit dem Seneschall dahin abschließen könnte, dass er sie herführte und Euch zu Hilfe käme, so würden wir sicher eine Schlacht gegen die Türken bestehen können."

Bei diesem Rate blieben alle, Jung und Alt. Man sandte zu dem Seneschall zwei Barone ab, welche ihm befreundet waren, und diese gingen gerades Wegs dahin, wo sie wussten, dass der Seneschall sich eben aufhielt. Sobald sie konnten, gingen sie zu ihm in sein Haus, brachten ihr Gewerbe vor und erzählten alles ausführlich, was zu ihrer Sendung gehörte, wie sie vom Kaiser geschickt seien und welche Angst vor den angekommenen Türken sich der ganzen Stadt Rom bemächtigt habe.

„Sie wagen durchaus nicht", setzten sie hinzu, „Mann gegen Mann in offener Feldschlacht gegen sie zu kämpfen, es sei denn, dass Ihr mit Eurer Streitmacht ihnen zu Hilfe kommt. So sehr ist ihr Mut gesunken."

Der Seneschall antwortete nichts darauf, sondern ließ die Heiltümer hervortragen, um die Römer vollends zu entmutigen und den Kaiser in Furcht und Schrecken zu setzen, damit er ihm umso gewisser seine Tochter gebe, ehe er in die Schlacht rücke. Dann schwur er im Beisein der zwei Barone und beteuerte ihnen bei den Heiltümern, welche vor ihnen standen, er werde sich eher auf die Seite der Feinde des Kaisers schlagen und ihnen sein Land zerstören helfen, als ihm in irgend einer Weise behilflich sein, es sei denn, dass der Kaiser ihm seine Tochter gebe und als Freund ihm beilege. Mit dieser stolzen Antwort schickte er sie zu ihrem Herrn zurück und der Kaiser wurde dadurch bekümmerter als je. Er bot alle seine Leute auf, über welche er irgendetwas vermochte, aber nur wenige leisteten seinem Aufgebot Folge. Da hielt der Kaiser nochmals einen Rat mit den frommen Priester von Rom; dazu wurden auch die vornehmen Leute beschieden, die Ritter und Ältesten der Stadt, und berieten sich zusammen über ihre Angelegenheit. Die Weisesten waren der Meinung, man solle eine Schlacht gegen die Türken nur in dem Falle wagen, wenn sie einen Sturm auf die Mauern der Stadt versuchen würden. Da solle man sich mit aller Macht verteidigen und gegen eine vollständige Belagerung und Einschließung wehren. Der Kaiser lobte diesen Rat und der Statthalter Christi befahl den Leuten, zu wachen und zu beichten und sich zum männlichen Kampfe zu rüsten. Er flößte ihnen Kraft und Kühnheit ein durch die Predigten, die er an sie hielt, und durch die trefflichen Worte, die er ihnen ausspendete. Er befahl dem Volke, zu fasten und nur einmal des Tages Speise zu sich zu nehmen, damit ihnen Gott Schutz verleihe gegen die heidnischen Türken, welche die Küste besetzt hatten. Diese Kunde verbreitete sich durch ganz Rom, und Frauen und Jungfrauen weinten und schrien in großer Bekümmernis und Angst um ihre Freunde, Brüder, Verwandte und Väter, welche sich rüsteten, den Türken eine Schlacht zu liefern. Der Kaiser in seinem Saale war so bestürzt, dass ihm Scherzen und Singen vergangen war. Robert, welcher unter der Treppe hauste, war betrübter und besorgter, als zu sagen ist, um den gütigen Kaiser, den er unter seinen Leuten so bekümmert sah, weil das Heer der ungläubigen, von Gott abgefallenen Türken so in der Nähe von Rom die Küste besetzt hatte. Robert war gerade sieben volle Jahre in der Stadt, als eines Dienstags die Türken ihr Heer rüsteten, um das große Werk der Belagerung der Stadt zu beginnen. Alle ihre Leute wurden in Scharen gestellt und voran ritten die großen Straßen daher die Edelsten und Schönsten. Man rechnete sie auf Hunderttausende. Als die Römer sie von der Stadt aus herankommen sahen, lief auf Befehl des Kaisers in großer Bestürzung alles zu den Waffen, aber es waren nicht zwanzigtausend in wehrhaftem Stande. Ach, hätten sie Robert gekannt, wie eilig hätten sie ihm eine Rüstung gebracht und ihn gegen das Heer der Sarazenen hinausgeführt, das gegen sie heranzog! Aber diesmal sollte es nicht sein. Der Kaiser waffnete sich in seinem Gemache im Palaste und ließ alle seine Leute kommen, um sie in Scharen zu ordnen, denn er wollte mit Umsicht die Schlacht gegen die Türken beginnen. Als alle, Mächtige und Geringe, vor ihm versammelt waren, gerüstet, zu kämpfen und den Stolz der Türken zu demütigen, bildete er zehn Scharen, wovon jede aus zweitausend Mann bestand. Dem Statthalter Christi übergab er die eine, welche man für besonders ergeben hielt, damit sie die königliche Fahne bewachte. Darauf befahl der Kaiser vor seinem Saale den Römern unter Tränen, nicht mehr zu zaudern und den Türken entgegenzugehen, welche auf die Stadt herankamen. Sie gehorchten ohne Verzug seinem Befehle, rückten in großer Furcht in das Feld und ordneten ihre Scharen. Unter Tränen verabschiedete sich der Kaiser von seiner schönen rosigen Tochter, die er über alles liebte. Er empfahl die Frauen und Jungfrauen Gott und alle weinten, weil sie ihn so sehr liebten, und flehten zu dem Herrn, dass er ihm Kraft verleihe und ihn vor Schaden bewahre. Als Robert sie ausziehen sah, liefen ihm die hellen Tränen über das Gesicht. Gerne wäre er mit ihnen gezogen, wenn er sich nicht vor dem gefürchtet hätte, um dessen willen er Buße tat, denn etwas anderes fürchtete er nicht; er ging aber unter seine Treppe, hing daselbst im Stillen seiner Trauer nach und sprach in Gedanken, ohne ein Wort über seine Lippen kommen zu lassen, mit dem Blicke gen Himmel gerichtet, zu dem Herrn: „O Gott, der du so manche Seele gerettet von den Knechten des Teufels durch die Kraft deines Geistes, wie gerne eilte ich dein Kaiser zu Hilfe und kämpfte für ihn gegen die stolzen Türken! Ich wollte sie alle zu Boden schlagen, so dass sich keiner mehr von der Stelle rührte. Aber es sei ferne von mir, wenn es nicht dein Wille ist, mich in einen Kampf einzulassen! Wolltest du es aber, so müsste den Sarazenen meine Anwesenheit übel bekommen. Hätte ich ein blankes Schwert, so sollten mich alle ihre Geschosse nicht abschrecken; und wären ihrer auch tausendmaltausend, ich wollte ihnen doch damit die Eingeweide zerschneiden."

Seufzend stand er auf und ging mit Tränen in den Augen nach dem Garten zu der schönen klaren Quelle und setzte sich an den Weg hin, um seiner Betrübnis nachzuhängen, ohne dass ihn jemand dabei belauschte. Er dachte an nichts als an Gott, zu dem er in Gedanken seine Gebete emporschickte, und flehte ihn an, dass er dem Kaiser in der Schlacht mit seinem Erbarmen und seiner Gnade beistehe. Da kam die schöne Jungfrau zu der Quelle und ließ sich ganz allein im Schatten an derselben nieder. Als sie sich umsah, erblickte sie Robert, welcher seine Hände im Gebet zu Gott emporhob. Darüber verwunderte sie sich sehr, als sie bedachte, dass auch Narren so beschaffen seien, denn sie vermeinte, wer solches tue, der sei nicht verrückt. Sie sah ihm lange zu und schaute darauf gegen das Meer hin, von wo die Türken herankamen, um Rom zu zerstören. Die Römer kamen ihnen entgegen und waren denselben schon so nahe, dass die vordersten Schützen ihre Bogen spannten, losdrückten und viele auf beiden Seiten tot niederfielen. Während die Jungfrau das Zusammentreffen der Vorhut beobachtete, trat plötzlich an die Quelle, wo Robert seiner Trauer nachhing, ein schmucker, schöner Ritter, mit einem schneeweißen Halsberg angetan und von Kopf bis zu Fuß gerüstet. Sein Schild und alle seine Waffen waren weißer als die Lilien, so dass er gar schön anzuschauen war. Ein großes Schwert hing an seiner Hüfte, dessen Klinge weißer als frischgefallener Schnee war, und das Ross, auf dem er saß, war heller als eine eben aufgeblühte Lilie, und über die Rüstung hatte er einen weißen Mantel geschlagen. So stieg er vor Robert ab, schlug ein Kreuz und sprach also zu ihm: „Mein Freund Robert, Gott befiehlt Euch und sendet mich eben deshalb zu Euch, dass Ihr in die Schlacht gehet. Und wollt Ihr mir nicht glauben, so werde ich mein Wort bekräftigen. Ich weiß, dass Ihr auf das Gebirge in den Wald gegangen seid, um Buße zu suchen bei dem heiligsten Manne des Landes, und dieser hat euch solche Lebensweise zur Buße auferlegt."

Als Robert diese Worte hörte, war er so erfreut in seinem Sinne, dass er sich, das Gesicht gegen Morgen gekehrt, auf den Boden warf und seinem Schöpfer dankte. Dann nahm er die Waffen und die Kleider und legte sie an. Die Jungfrau aber, welche den ganzen Hergang mit angesehen, verwunderte sich sehr, als sie ihn sich waffnen sah, und weinte vor Teilnahme aus ihren schönen Augen. Robert beeilte sich, seine Rüstung anzulegen, gürtete das Schwert um, schnallte den Helm, und sprang dann ganz bewaffnet auf das Schlachtross, von Kampfbegier erfüllt. Als er die Rüstung anhatte, ergriff er geschickt den Schild, so dass man den Waffengeübten gleich hätte erkennen müssen, zog ihn an und fasste den starken geraden Speer, mit dem er vor Nachmittag manchen Sarazenen in den kalten Tod niederzustrecken gedachte. Darauf schied er schnell von dem Boten, dem er allen Segen wünschte, und ritt dahin, ein so schön gewaffneter und stark gerüsteter Mann, wie man nur einen sehen konnte. Der Schild, der ihm zum Schutz diente, stand so vortrefflich an seinem Halse, als wäre er ihm angepasst. Als er weg ritt, bäumte sich sein Ross hoch und stattlich. Hei, wer ihm nun von den Feinden begegnete, wie hart musste es dem ergehen! Der Kaiser sollte nun bald erfahren, wen er so gütig ernährt und verpflegt hatte. Das Mägdlein ließ kein Auge von ihm und es deuchte ihr, sie habe in ihrem Leben nie einen Mann gesehen, selbst aus den edelsten Geschlechtern, der so trefflich seine Waffen trug; und hätte sie alle seine Tüchtigkeit gekannt, wie viel mehr hätte sie sich noch darüber erfreut! Robert eilte von hinnen und unter lustigen Sprüngen verließ sein Pferd den Garten. Ohne ein Wort zu sprechen, ritt er nach dem Schlachtfelde hin, von wo er den Lärm und das Getöse vernahm, welches die Sarazenen mit ihren Hörnern, Trompeten und Pauken machten. Bald hatte er die Römer erreicht, sprengte an ihnen vorüber bis vor die ersten Reihen, und alle, die ihn ansahen, waren verwundert und sprachen, sie haben Tag ihres Lebens keinen solchen Ritter gesehen, der so schön geschmückt sei. Der Kaiser stand in der Vorhut, um die Schlacht zu leiten und den Feigen Mut zu machen. Als Robert an ihm vorüber ritt und sich in das größte Gedränge der Schlacht stürzte, fasste ihn der Kaiser in's Auge. Der Sperber, der die Wachteln verfolgt, geht nicht mit größerer Hast auf seine Beute los, als Robert auf die Sarazenen. Wo er sie am dichtesten stehen sah, griff er sie an, hob den ersten aus dem Sattel, warf zwei Widerspenstige rücklings nieder und schlug drei andere zu Boden. Gleich beim ersten Angriff hauste er dermaßen unter den Türken, dass er Große und Kleine, Alte und Junge schonungslos darnieder streckte. In Kurzem hatte er dreißig erschlagen, so dass es ihnen auf immer verging, sich zu erheben und die Römer zu belästigen. Unermüdet hieb er auf die Türken ein und jagte die dichtesten Haufen auseinander. Die Türken entsetzten sich auch so sehr über ihn, dass ihm keiner zu begegnen wagte, und wenn er zu den Seinen zurückritt, machten ihm auch die Kühnsten Bahn, und in Kurzem hatte er die Sarazenen so sehr in Furcht gejagt, dass keiner neben ihm bleiben mochte. Aber sie konnten ihm nicht entwischen, denn sein Pferd war das schnellste im ganzen Heere und hatte jeden bald eingeholt. Manchmal wich er ihnen aus und kehrte zurück, wenn er eine Anzahl blutend und tot niedergestreckt hatte; da schleuderten sodann die Türken ihre Keulen nach ihm und es war zu verwundern, dass sie ihn nicht zerschmetterten mit den Schlägen, die sie ihm versetzten; aber sie konnten ihm nichts anhaben, denn er schien härter, als geschmiedetes Eisen. Bald mussten ihm die ersten das Feld räumen und er machte sich zu einer andern Schar. Der Kaiser war über die Rittertaten, welche Robert vor ihm vollbrachte, sehr erfreut und rief den Seinigen zu: „Vorwärts, vorwärts! Habt Acht, dass keiner verschont werde! Die Türken sind alle des Todes, da die Stärksten besiegt sind; denn der, der so mutig voran reitet, hat sie alle erschlagen. Seht, wie er sie in's Gedränge bringt und zu Boden wirft, wo er sie findet! Wer ist doch der, der sich so tapfer erweist? Nie habe ich einen so wacker fechten sehen. Eilt ihm nach, dass es ihm nicht an Hilfe gebreche, wenn er deren bedarf!"

Da spornten alle ihre Pferde, legten kühnlich ihre Lanzen ein und sprengten nach dem Orte hin, wo Robert war. Schon hatte er sein Schwert in das Blut eines Königs von Coroscane getaucht und weder Apoll noch Diana, weder Mahomet noch der Gewaltigste ihrer Götzen konnte ihm vom Tode helfen. Robert führte gewaltige Schläge mit seinem Schwert und tummelte sich in dem Gedränge der Türken. Manchem hieb er den Kopf ab, dass er auf einen Streich vom Leibe flog; die Türken flohen vor ihm und liefen davon, aber die Römer verfolgten sie mit Robert und gingen ihm allenthalben nach; um ihretwillen wären freilich die Türken nicht geflohen, wäre nicht Robert bei ihnen gewesen, der sie alle auseinander jagte. Er erschlug, warf zu Boden, überrannte und tötete, was er mit seinem blanken, scharfen Schwert erreichen konnte.

„Ihm nach, ihr Römer!"; rief der Kaiser. „Wer so kühn ist und wacker, wie der, wird sie alle erschlagen."

Da erhob sich von neuem das Kriegsgeschrei und ward immer lauter und heftiger. Die Vordersten waren in die Flucht gejagt und so garstig heimgeschickt, dass sie auf der Flucht wie Weiber sich nicht umzusehen wagten. Das Feld war besäet von Toten und das grüne Gras war gerötet von Blut; aber was Leben hatte, floh davon, so dass die Römer nicht einen einzigen gefangen nehmen konnten, von welchem sie hernachmals Lösegeld erhalten hätten. Die Christen liefen in die Wette hinter Robert her, die Türken zu vertreiben und zu erschlagen. Bis an das Meer hin erstreckte sich die Jagd und die Heiden achteten nicht mehr ihrer Zelte, denn sie hatten Wichtigeres im Sinne. Alle ihre Habe ließen sie im Stich und machten sich auf die See und sie durften ihren Pferden großen Dank wissen, welche sie auf die Schiffe brachten. Diejenigen aber, die nicht schwimmen konnten, waren übel daran, denn die Römer zerschlugen ihnen ihre Glieder und verspritzten ihr Blut. Zwanzigtausend Tote blieben am Strande liegen, welche nicht im Stande gewesen waren, schwimmend die Schiffe zu erreichen. Als Robert bemerkte, dass die Feldschlacht zu Ende war und alles dem Strande zueilte, wollte er sie nicht ganz bis dahin begleiten, sondern stahl sich von hinnen, so dass niemand wusste, was aus ihm geworden war, und eilte zu dem Boten Gottes, der ihn an der Quelle erwartete. Seine Rüstung und sein Schild waren gräulich zerschlagen und auf das Nasenband hatte er einen so heftigen Hieb erhalten, dass das ganze Gesicht ihm von Blute troff; die Maschen seines Halsbergs waren ihm in das Fleisch eingedrückt von den unzähligen Streichen und Stößen. An dem Bache im Schatten stieg er vom Pferde, entwaffnete sich in aller Eile und zog seine frühere Kleidung an; der Engel aber kehrte unverweilt von dannen und nahm die Rüstung mit sich, durch die er Robert solchen Trost bereitet hatte. Darauf trat Robert zur Quelle, um sich das Blut aus dem Gesichte und den Wunden zu waschen, und dieselben schmerzten ihn heftig. Als er sich gewaschen hatte, ging er an den Platz, wo er auszuruhen pflegte, unter den Stufen der Kapelle, häufte sich Stroh zur Lagerstätte zusammen, überdachte in seinem Sinne die heilige Tat, die er hatte vollbringen dürfen, und schlief ein. Die Jungfrau aber hatte am Fenster den ganzen Hergang und Auszug Roberts mit angesehen, wie er sodann die Türken überwältigt, wie er vom Kampf an die kühle Quelle unter dem Schatten des Baumes zurückkehrte, seine Waffen dem Engel übergab und sein blutiges Gesicht in der Quelle wusch, und sie war verwundert und erfreut über das große Werk, das er vollbracht hatte.

Die Römer richteten unterdessen am Meeresufer unter den Türken großen Schaden an und erschlagen von denselben ein Drittel, außer den Admiralen, welche sie gefangen nahmen; dabei machten sie große Beute im Lager an Gold und Silber, Pferden und Maultieren, sowie an köstlichem Geräte aller Art. Dies alles gaben sie dem Kaiser und baten und hießen ihn damit anzufangen, was ihm gut dünke; vornehmlich aber möge er davon dem Ritter mit den weißen Waffen in Fülle geben, als welcher ihnen Bahn gemacht mit seines Schwertes Stahl und allein die Verjagung der Türken veranlasst habe. Da sprach der Kaiser: „Er soll alles haben und er soll sich kein so reiches Gut wünschen, das ich ihm nicht gewährte, denn er hat uns durch seine Kraft und seinen Mut aus unserer Not geholfen. Ich füge mich ganz seinem Willen und will ihm in nichts widersprechen; darum lasst ihn alsbald zu mir kommen!"

Da sandte man aus nach dem Ritter, suchte und fragte nach ihm allenthalben, und doch konnte man von ihm keine Kunde erhalten, wie man es so sehnlich wünschte. Sie hinterbrachten dies dem Kaiser, welcher sehr unwillig war, dass er ihn nicht gesehen und nicht erkannt hatte. Weil sie aber keine Spur von ihm fanden, hielten sie die ganze Sache für wunderbar und gedachten, es müsse irgendein Freund Gottes sein, der ihnen das Feld behauptet habe, um die Ehre Roms zu erhalten; denn kein gewöhnlicher Mensch könne einen solchen Kampf ausfechten, wie er getan. So hielten sie ihn denn für einen Ritter Jesu Christi, der nun wieder dahin zurückgekehrt sei, von wo er gekommen war. Alles überließ sich nun der Freude über das große Wunder, durch das Rom gerettet worden war, der Kaiser weinte vor Entzücken und niemand hatte ihn je so glücklich gesehen. Er bestieg einen grauen Renner und fühlte sich gedrungen, seine Huld und Milde allen kundzutun; darum ging er zu den edelsten seiner Barone und bat sie dringend, ihm den Gefallen zu erweisen, heute zu ihm zu Tische zu kommen. Sie versprachen es ohne Widerrede. Auf gleiche Weise bat er auch den Statthalter Christi, diesmal bei ihm zu speisen, und auch dieser weigerte sich nicht. Da liefen nun die Hofdiener aus den Befehl des Kaisers, Speise zu schaffen; denn er versprach, gleich hinter ihnen her zu kommen, sobald er die Beute unter seinen Mannen verteilt habe, von welcher er indes den besten Teil zurückhielt. Nun kam in Rom bei den Frauen und Jungfrauen des kaiserlichen Palastes, welche in großer Angst schwebten, die Nachricht an, dass die Türken besiegt und zwar durch die Tapferkeit eines einzigen Ritters aus dem Felde gejagt seien, und dieser sei mit einer Rüstung angetan gewesen, weißer als Schnee, der auf die Bäume fällt.

Alle waren der Meinung, es sei gar wohl möglich, dass dieser Ritter, der so große Kühnheit verrichtet, vom Himmel komme. Da erhob sich denn großer Jubel und Freude in der ganzen Stadt Rom und man läutete mit allen Glocken, so dass alles davon ertönte. Nun hielten die Römer ihren Einzug in die Stadt unter großem Lärm und Jubel. Der Kaiser und seine Edlen und mit ihnen der heilige Bischof stiegen am Palaste ab. Darauf nahm jeder seinen Halsberg ab, in dem er so viele Mühsal erduldet, und zog sich anders an in reiche, schöne Gewänder. Unterdessen kam die Botschaft, dass das Essen vollständig bereit sei. Der Kaiser verlangte Wasser, doch ließ er den Bischof zuerst sich waschen, wie er auch erst nach diesem zu Tische saß. Darauf ließ er seine schöne Tochter holen, welche seine Freude neu belebte, und hieß sie sich neben ihn setzen auf den schönsten Platz. Zuletzt ließen sich die Edelleute nieder, lauter von gutem, gräflichem Geschlechte, und kein Gemeiner war daselbst an der Tafel zu finden. Die jungen Ritter aber setzten sich auf den Boden und alle wurden reichlich bedient, denn es waren daselbst Gerichte in Menge, gute schmackhafte Weine und gutes reifes Obst. Um diese Zeit erwachte Robert, sein Herz war tief betrübt und er richtete sein zerfleischtes Gesicht gen Himmel. Sodann stand er auf und ging nach dem Saale, aber nicht in dem eiligen Laufe, wie er sonst gewohnt war, denn seine große Müdigkeit ließ es ihm nicht zu, und er ging langsam auf den Kaiser zu. Sobald die Jungfrau ihn erblickte, erhob sie sich und neigte sich tief vor ihm im Angesicht aller Anwesenden. Nachdem sie dies getan hatte, setzte sie sich züchtiglich neben ihren Vater an die Tafel. Der Kaiser aber schämte sich dessen, denn er wusste nicht, warum sie solches getan hatte, noch mochte er sie jetzt darüber zu Rede stellen; denn im Saale war alles ganz erstaunt über den garstigen Narren und die Jungfrau, die man nicht minder für verrückt hielt, weil sie jenem solche Ehre erwiesen. Robert hatte sich unterweilen an seinen gewohnten Platz gesetzt; der Kaiser aber bemerkte, als er ihm in's Gesicht sah, die Striemen, welche ihm der Halsberg darauf eingedrückt hatte, er sah seine Augenlieder aufgeschwollen und die Nase bis aus den Knochen zerschlagen und wund. Darüber war er sehr erzürnt und sprach unwillig: „Es ist doch gar viel Schlechtigkeit und Bosheit in dieser Stadt, die Gott verdamme, dass sie mir heute meinen Narren halb totgeschlagen haben. Er sieht ja aus, als hätten sie ihm, so lange wir im Kampfe waren, einen Halsberg angezogen und die Maschen hätten sich ihm in das Gesicht blutig eingedrückt."

Die Anwesenden aber suchten ihn davon abzubringen und sagten: „Lasst es Euch nicht sehr kümmern! Er ist nun einmal heute auch in der Schlacht gewesen und hat seinen heißen Tag gehabt wie wir."

„Nein", sprach der Kaiser, „es liegt mir sehr am Herzen, dass ihm niemand etwas zuleide tut; denn er ist ein so lustiger Geselle, dass, wenn Ihr seine artigen Narrenteidungen sähet, Ihr genug lachen müsstet."

„So lasst doch, gnädiger Herr", sprach der Bischof, „ihn nun preisgeben!"

Da gab der Kaiser dem Seneschall, welcher in seiner Nähe stand, einen Wink, dass man dem Hund in Gegenwart des Narren Fleisch verwerfe. Der Befehl wurde sogleich vollstreckt; man gab dem Hund die Stücke, an denen er sich übrigens nicht viel sättigen konnte, denn Robert machte sich in seine Nähe, zog sie aus seinem Rachen und verzehrte sie darauf arglos und demütig. Darüber lachte denn Groß und Klein, Jung und Alt, was in dem Saale war, und viele sagten, sie haben Tag ihres Lebens keinen so spaßhaften Narren gesehen. Die Jungfrau, welche das alles mit ansah, war betrübt und aufgebracht in ihrem Sinn; aber sie wusste nicht, was hier zu tun sei. Als nun die Tafeltücher entfernt und die Tische beiseite gerückt waren, begann der Kaiser, ohne es zu wissen, desselben Mannes Kühnheit und Tapferkeit zu preisen, denn er sprach als ein edler, offener Mann von dem weißen Ritter, der heute solche Wunder verrichtet hatte.

„Wie ein Wolf unter die Schafe", sprach er, „brach er unter die Türken ein und sie fürchteten ihn auch gerade wie die Schafe den Wolf. Er traf keine so dichte Schar, die er nicht in kurzer Zeit durchbrochen hätte. So sehr ich wünsche, dass Gott einst meiner Seele gnädig sein möge, so sehr möchte ich, dass er mir diesen Mann herführte; ich würde ihn zum Herzog oder Grafen machen, denn er hat mich vor Schande bewahrt und vor Schaden, und darum möchte ich ihm nach seinem Verdienst vergelten, wenn er an meinen Hof käme."

Nun konnte sich die Jungfrau nicht länger mehr enthalten, ihm ein Zeichen zu geben, dass der besagte Ritter, der sich in der Schlacht so ausgezeichnet, vor ihm stehe. Mit zitternder Stimme stammelte die Schöne, wie Stumme tun, ihrem Vater etwas vor, was er aber nicht verstand. Deshalb zeigte die Jungfrau tief bewegt mit dem Finger nach dem Narren; der Kaiser war darüber sehr ärgerlich, ließ es sich aber nicht anmerken, da er sie früher nicht so gesehen hatte, rief einen Diener beim Namen zu sich und ließ durch denselben ihre Frauen holen und fragte sie, als sie gekommen waren, über die Zeichen, welche seine Tochter machte, und wollte wissen, was sie damit anzudeuten suche.

„Gar gerne", sprachen sie, „gnädiger Herr."

Darauf fragten sie die Jungfrau mit Zeichen und hießen sie die früheren Zeichen widerholen. Sie war sehr gehorsam und eröffnete ihnen alsbald durch Zeichen alle ihre Gedanken. Eine der Frauen lachte darüber und sprach zu dem Kaiser: „Herr, Eure Tochter hat mich so eben in großes Staunen versetzt, denn sie schätzt diesen Narren hier höher, als alle Anwesenden."

„Meiner Treu", fiel ihr die andere in's Wort, „ja sie sagt noch viel mehr. Heute früh, als Ihr über die Ebene wegrittet mit flatternden Fahnen, setzte sich Eure Tochter, um Euch nachzusehen, an das Fenster über dem Brunnen. Da sah sie nun unter dem Baume am Brunnen diesen Narren seine Hände zu Gott erheben, worauf alsbald ein gewappneter Mann heranritt und vom Pferde stieg. Sie hörte seine Worte wohl; er befahl diesem Narren, sich zu waffnen, und als alles fertig war und der Schild am Halse hing, sah sie ihn in die Schlacht reiten. Dies war zuverlässig derselbe, der die Türken so vollständig besiegt hat; dieser Narr ist der tapfere Ritter. Dies sagt Eure schöne Tochter und sie weiß noch mehr. Als die Schlacht zu Ende war, kam er wieder zum Tore herein, ganz gewappnet, auf seinem weißen Pferd, stieg an der Quelle ab und gab jenem die Waffen zurück; der Mann ging sogleich wieder weg und nahm die Rüstung mit sich, welche schneeweiß war. Darauf wusch er sich das Blut von dem Gesichte, das ganz damit bedeckt war. Dies alles sah die Jungfrau mit offenen Augen, das bedeutete sie Euch und erzählt uns durch Zeichen."

„Das ist ja ein Wunder", rief der Kaiser, „wie ich nie eines gehört habe. Ich dachte stets, meine schöne Tochter sei die höflichste, sittsamste und verständigste Jungfrau, die auf der Welt nicht ihresgleichen gefunden habe; dafür ist sie nun so verrückt und hat so hässliches

Zeug im Kopfe, dass ich lieber wünschte, sie wäre tot. Ich merke wohl, weshalb sie eine besondere Zuneigung für ihn hat; weil der Narr nicht spricht, liebt ihn meine närrische Tochter, welche ebenfalls stumm ist. Die gemeinen Leute haben ein wahres Sprichwort, das auf uns passt: „Gleich und Gleich gesellt sich gern." Nehmt das Mädchen fort! Sie ist voll süßen Weins. Bringt sie in ihr Gemach, bestraft sie und bedeutet ihr, dass sie hinfort nicht mehr solche törichte Reden vor dem Narren führe! Denn sie hat mich sehr betrübt; schon als sie ihm entgegen ging, merkte ich die Narrheit und sah wohl, dass sie mit Herz und Sinn ihm zugewandt ist."

Die Frauen führten das Mädchen weg und suchten sie zurechtzuweisen; anderseits beurlaubte sich auch der Bischof, der Hof ging auseinander und Robert begab sich auf sein Strohlager, um neben den Hunden auszuruhen. Die Türken, welche aus der Schlacht davongekommen waren, fuhren traurig, aber mit gutem Winde von dannen und gelangten bald in ihre Heimat, wo sie auseinandergingen und jeder in seiner Sippschaft die Verwandten beklagte, welche von den Römern waren erschlagen worden. Die Klage ertönte durch das ganze Land und die Heiden wandten sich mit ihrer Beschwer an die Fürsten, dass sie ihnen Rache schafften für den Tod ihrer Angehörigen. Sobald diese vernommen hatten, wie große Schmach den Ihrigen in Rom widerfahren war, verbanden sie sich untereinander mit Gelübden und Eidschwüren, dass sie gen Rom ziehen wollten, um selbige zu rächen. Dabei drohten sie, den Römern ihren Sieg teuer zu bezahlen, und überboten einer den andern in Schmähungen auf das Volk, das sie am meisten hassten auf der Welt. Sie schickten Boten aus an ihre Magen und Mannen, dass sie schwüren, Blutrache zu nehmen, und müssten sie auch Leib und Leben daran sehen. Darauf wurden die Schiffe ausgerüstet und neue gebaut, große und kleine, von allen Arten und mit vielen Kosten; auch übten sie ihre Scharen im Kampf und ihr Heer war noch so stark als das erste Mal. Von allen Seiten strömten sie in das Lager zusammen, brachten Lebensmittel auf die Schiffe und fuhren bei Tag und Nacht mit vollen Segeln dahin, bis sie in dem römischen Hafen anlangten und auf dem Strande ihr Lager aufschlugen, Araber, Komanier und Türken von Coroscane und Nievaire. Alsbald erhielt man in Rom Kunde, dass die Türken wiedergekommen seien zu offener Feldschlacht mit zahllosen Scharen und dass sie sich an der Meeresküste niedergelassen haben. Auch bedrohten sie die Römer mit großem Grimm; nicht zu eitlem Fechterspiel seien sie gekommen, sondern ihre Verwandten zu rächen, deren Tod sie tief betrübt habe. Darüber geriet man in Rom in große Verwirrung. Auf Befehl des Kaisers wandte man sich an den Seneschall und versprach ihm großes Gut, wenn er ohne Verzug der Stadt zu Hilfe komme gegen die Türken, welche sie zu zerstören drohen. Er aber antwortete, er wolle sich eher auf die Seite der Türken schlagen, wenn man ihm das Mägdlein nicht gebe, von welcher sein Herz entzündet sei. Mit dieser widersetzlichen Botschaft gingen die Abgesandten zu ihrem Herrn zurück und meldeten dem Kaiser, dass der Seneschall seine Tochter zum Weibe wolle. Dieser aber schwur, so lange er lebe, seine Tochter keinem Manne zu geben, denn ein solcher würde Rom zu sehr erniedrigen.

„Gott verhüte, dass dies je geschehe! Und wer davon redet, soll es mir teuer bezahlen."

Darauf berief er einen Rat in seinem Palaste von allen hohen Fürsten, welche ihm lehenspflichtig waren. Nach langer Beratung stimmten sie seinem Plane bei, denn sie verhofften, dass der getreue Gott ihnen in der Schlacht beistehen und den Seinen Trost und Hilfe senden werde. Wäre dies nicht, so hätten sie freilich alle umkommen müssen; aber sie dachten, er werde ihnen ihren Freund schicken, der alle Ungläubigen mit seiner gewaltigen Lanze besiegte. So brachten sie ihre Ratsversammlung zu Ende und bestimmten den Tag der Schlacht gegen die Türken, welche bereits die ganze Gegend verwüsteten und verheerten. Darüber verbreitete sich in Rom große Betrübnis; Groß und Klein, Mann und Weib fastete, betete und tat Gelübde. Die Priester beteten zu Gott in den Messen und unter hellen Tränen, dass er ihnen den Helden mit den weißen Waffen zum Beistand sende, wie er zuvor getan. Eines Montags, als der Tag graute, rückten die Türken in tiefer Bekümmernis, dass sie ihre Rache noch nicht vollzogen, ganz in Schlachtordnung gegen Rom vor. Zuvorderst gingen die am meisten Gekränkten und Kühnsten, welche die Römer, wenn sie sie in der Schlacht trafen, nicht zu schonen im Sinne hatten. In Rom eilte alles zu den Waffen; der Kaiser zuerst rüstete sich mit bekümmertem Herzen und der Schweiß troff ihm vom Gesicht. Zu Pferde gestiegen schnallte er seinen Helm fest, teilte und ordnete seine Scharen und bezeichnete ihre Stellung, damit sie von den Sarazenen nicht hintergangen werden. So geordnet zogen sie aus dem Tore in das offene Feld, die Pferde wieherten und die langen Hörner ertönten. Die blanken Schilde schimmerten blendend in der Sonne und die Helmbüsche flatterten im Winde. Dabei weinten Frauen und Mägdlein heftig um ihre Freunde, welche der Todesgefahr entgegen zogen, und baten den allmächtigen Gott im Himmel, dass er an diesem Tage den Ritter mit den weißen Waffen ihnen zum Beistand sende. Der Kaiser hatte, als er von seiner Tochter Abschied nahm, sie mit weinenden Augen zärtlich geküsst.

„Sei getrost!" sprach er; „Gott wird uns gewiss helfen und uns beistehen in der Schlacht."

Damit verließ er sie eilig, die Jungfrau aber seufzte und weinte und ging ohne Verzug hinauf in ihre Kammer, um aus dem Fenster nach der Ebene hinzusehen. Robert ward unterdessen von dem heftigsten Gram verzehrt, da er den Kaiser so bekümmert von Rom ausziehen sah und ihm so gerne geholfen hätte, wenn Gott es ihm vergönnte. Er wusste gar nicht, was er anfangen sollte; Tränen liefen ihm aus den Augen, Seufzer rangen sich aus seiner Brust und seinem Schmerze nachhängend trat er in den Garten, ganz allein, ohne dass es jemand bemerkte, und setzte sich an dem Brunnen nieder. Hier gab er sich denn seiner Betrübnis hin, rief in seinem Herzen, jedoch ohne ein Wort zu sprechen, zu Gott um Gnade und hub, das Gesicht gegen Morgen gekehrt, seine Hände zum Himmel. Da erschien auf einmal der Bote des Herrn, ganz angetan mit seinen weißen Waffen, unter dem weitästigen Baume auf dem Grase. Die Jungfrau war darüber sehr erfreut, denn sie wusste nun gewiss, dass jetzt der in die Schlacht eilen werde, der vor allen ein Held war.

„Mein Freund Robert", sprach der freundliche Bote, „wappnet euch schnell! Gott befiehlt es euch."

Robert tat, was ihm geheißen war, und ritt, als er gerüstet war, auf seinem Rosse durch die Tür hinaus und nach dem Kampfplatze zu, und sein weißer Helmbusch flatterte lustiglich im Winde. Schon hatten die Türken die Römer eine gute Strecke weit zurückgetrieben und in Verwirrung gebracht; sobald diese aber Robert von weitem kommen sahen, hielten sie wieder Stand, denn sie vertrauten auf seine Hilfe in der großen Not. Ihr Mut belebte sich von neuem und der Kaiser und der Bischof waren hoch erfreut. Die Türken aber erkannten Robert an den weißen Waffen, und als sie ihn kommen sahen, befiel auch die Kühnsten ein heftiger Schrecken, denn oft hatten sie sagen hören, dass er es gewesen sei, der unter den Ihrigen so große Verheerung angerichtet. Schon war es ihnen um Köpfe und Füße bang, und sie gedachten, Sankt Georg selbst fechte auf Seite ihrer Feinde. Robert fand das römische Heer der völligen Auflösung nahe, aber bald hatte er sie bloß durch seinen Anblick zur Ordnung zurückgeführt. Wie ein brausender Sturmwind fuhr er auf die Türken los und trieb sein Pferd mitten in die heißeste Schlacht, wo er den obersten Anführer erspäht hatte. Keine Waffe hielt ihn auf, er trieb die Feinde auseinander, bis er den Herrn erreichte mit der Spitze seines Schwerts und es ihm mitten durch den Leib stach, so dass er tot niedersiel vor allen seinen Gesellen. Darauf wandte er sich bald rechts, bald links, zerschlug ihnen die Köpfe und durchbohrte sie mit seiner Lanze, so dass sich die Türken vor ihm gar entsetzten; die Römer aber waren nicht müßig; sie fielen, wenn Robert sie anführte, über die Türken her und machten sich an die, welche Robert zu Boden geworfen hatte. Diese Nachlese war groß, denn Robert führte keinen Streich, der nicht einen niederstreckte. Die Türken konnten auf diese Weise das Feld nicht behaupten, ein unbeschreiblicher Schrecken hatte sich aller bemächtigt und keiner wagte den gefürchteten Robert zu erwarten. Sie mussten ihm das Feld räumen, verwirrt ließ er alle von dannen und verfolgte sie, und kein Sarazene, weder Admiral noch Hofbeamter, dachte an anderes, denn an die Flucht. Bis an's Meer setzten sie dieselbe fort, stürzten sich in die brausende Flut, und gedachten an ihre Weiber und Kinder, die sie nimmermehr sehen zu dürfen vermeinten. Da gelüstete es niemand, die Zelte abzuschlagen oder von ihrer Habe etwas mitzunehmen. Nicht die Hälfte von ihnen kam davon; entweder wurden sie erschlagen oder ertranken sie im Meere. Während nun die Römer damit beschäftigt waren, den Türken die Köpfe abzuschlagen und sich mit den Reichtümern zu beladen, die sie in den Zeiten fanden; schlich sich Robert hinweg, damit ihn keiner belästige. Viele sahen ihn weggehen und an dem Gehölz hinreiten, das ziemlich weit von Rom entfernt lag. Er kam wieder in den Garten unter den Baum, wo der klare Brunne quoll und fand daselbst den Boten sitzen, der ihn bat, sich schnell zu entwaffnen, ehe es jemand gewahr werde. Robert wollte nicht bemerkt werden, legte unverweilt die Rüstung von sich und gab alle Waffen außer der Lanze dem Boten zurück, welcher sich sogleich aufmachte und Robert in dem Garten allein ließ. Dieser hatte im Kampf viele Hiebe bekommen, so dass er im ganzen Gesicht blutete; darum ging er an die Quelle, um sich rein zu waschen, und legte sich darauf an der Kapelle zur Ruhe. Alles das bemerkte die Jungfrau gar wohl von dem Fenster aus, an welchem sie saß, und aus Mitleid lief ihr das klare Wasser aus den Augen über das Gesicht. Sie trat vom Fenster und stieg hinab in den Saal, um sich daselbst zu ergehen. Als aber der Kaiser das Feld behauptet und die Türken so heftig gezüchtigt hatte, machte er einen Befehl bekannt, wie er ihm gerade aus seinem erfreuten Herzen hervorkam, und sprach: „Der, der mich verbunden und geheilt, verteidigt und gerettet und mir meine Gewalt zurückgegeben hat, komme alsbald zu mir! Denn ich will ihn zu meinem Freunde machen."

Dieser Befehl wurde alsbald weiter verbreitet und man suchte nach dem Manne; aber weder Bekannte noch Fremde wussten etwas von ihm zu melden; alle sagten, sie seien getäuscht und haben ihn nicht gesehen. Darüber war der Kaiser sehr betrübt und mit ihm der Bischof und die Rechtsgelehrten.

Er ist nicht im Fluge weggegangen, sagten einige, die dabei standen und ihn wohl sahen, wie er nach der Stadt hin ritt, an dem Gehölz vorüber, wie ein anderer Mensch von Fleisch und Bein dahin reitet. Aber sie wussten nicht, wo er sich aufhielt, noch wohin er sich gewandt hatte nach der Schlacht.

Da sprach der Kaiser: „Er ist fort und wir kommen so nicht dazu, ihn zu sehen; was man verloren hat, kann man nicht mehr behalten, und dabei müssen wir vorerst bleiben. Jeder gehe nun nach Hause! Die Barone aber und die kühnen edlen Ritter will ich alle bei meinem Essen haben, damit sie sich beständig an diesen Tag des Siegs erinnern, und der Herr Bischof wird auch dabei sein."

Alle sagten zu ohne Widerrede und so machte man sich denn auf den Weg. Mit großem Jubel kehrten sie in die Stadt zurück, sagten Sankt Peter Dank für den Sieg und begaben sich dann zum Essen bei dem Kaiser. Im Saale fanden sie Spielleute, welche sangen und bliesen, und die Köche besetzten die Tische mit reichlicher Speisung. Der Bischof empfing das Wasser zum Händewaschen und setzte sich dann an den ersten Platz an die Tafel. Der Kaiser war sehr erfreut; er schickte nach seiner Tochter, sie nahm ihren Schleier vom Gesicht, stieg die Stufen zu dem erhabenen Sitze ihres Vaters empor und ließ sich neben ihm nieder. Nach ihr setzten sich die Herzoge und Grafen und die römischen Barone. Ganz unten war der Saal gefüllt von den wackeren Rittern des Landes, welche niemals ohne Krieg waren; sie setzten sich in den Palast in Ordnung und man stritt sich nicht um die Bänke. Als man die Gerichte hereinbrachte, gebot der Kaiser ein wenig Stille, dieweil der Lärm zu groß geworden war. Um dieselbe Zeit erst erwachte Robert unter seiner Treppe, denn er war sehr ermüdet und zerschlagen von den Türken und ging nun in langsamem Schritte zum Essen nach dem Palast. Sobald der Kaiser ihn erblickte, rief er ihm mit heller Stimme entgegen: „Ei, seid mir willkommen, weiser und hochgelehrter Herr! Kommt heran und setzt Euch auf den besten Platz, den Ihr findet! Denn Ihr wisst ja doch, dass Wir um Euretwillen eigentlich heute ein großes Fest halten."

Robert ließ sich zu seinen Füßen nieder. Was tat nun aber die Jungfrau? Sie stand vom Sitze auf, neigte sich aus Achtung seiner Kühnheit und Tapferkeit vor ihm und setzte sich wieder nieder, als wäre nichts geschehen. Der Kaiser war darüber tief beschämt; doch wollte er um der Leute willen, die er bewirtete, kein Aufsehen machen und redete von etwas anderem. Bald bemerkte er, dass sein Narr gar übel zugerichtet sei, und sprach: „Ei Gott, wie haben heut die Leute meinem Narren mitgespielt! Sein Gesicht ist ja ganz in Stücke zerrissen."

Da befahl er seinem Gesinde, ihm Speise in Menge zu bringen, und da sie seinen Willen kannten, legten sie sie zuerst dem Hunde vor und Robert empfing sie von diesem, wogegen er, als er satt war, seine Brocken dem Hunde hinstreckte. Über dieses Schauspiel waren Junge und Alte wieder sehr erfreut, und alle, die daselbst waren, bekannten, nie einen so ergötzlichen Narren gesehen zu haben. Als das Essen vorüber war, nahmen die dazu bestellten Diener die Tischtücher weg und rückten die Tische auf die Seite. Die jungen Ritter stellten sich nun in großen Haufen zusammen vor den Augen des Kaisers und sprachen laut aus, dass er und alle Römer durch einen einzigen Mann gerettet worden seien, dass jener allein die Heidenschaft vertrieben habe, nämlich der Mann mit den weißen Waffen.

Der Kaiser sprach: „Ihr redet wahr. Der ganze Sieg ist sein Verdienst, und wenn er sich zeigen und es verlangen möchte, so würde ich ihm gern einen großen Teil meines Landes und meines Vermögens geben; aber mir scheint, es sei ihm nicht darum zu tun. Ich weiß nicht, durch welchen glücklichen Zufall er jedes Jahr uns zu Hilfe kommt, und doch mag er nicht mit uns reden. Tausend Mark feines Goldes wollte ich ihm geben und darüber, wenn ich ihn einmal in meiner Gegenwart sehen könnte."

Sobald seine Tochter dies hörte, zeigte sie mit dem Finger auf Robert und machte eine seltsame Gebärde, welche der Kaiser nicht verstand. Er befahl daher ihre Hüterinnen zu rufen, welche ihre Zeichen gut kannten und denen seine Tochter nichts verhehlte. Man holte sie herbei und die weisen alten Frauen deuteten sogleich ihre Rede.

„Mein Herr und Kaiser", sprach die eine, „was Eure Tochter uns mitteilt, besagt nichts. Sie meint, dieser alberne Narr habe das ganze Land von den Türken befreit und sie vertrieben. Er, sagt sie, ist der Ritter mit den weißen Waffen und hat dieselbigen angelegt unter dem Baume, der meinen Brunnen beschattet. Ihr mögt es daran wahrnehmen, dass sein Gesicht zerschlagen und verwundet ist von dem harten Kampfe, den er bestanden."

„Gehet hin, meine Gäste," fiel ihnen der Kaiser in's Wort, „und sucht euch andere Ergötzlichkeit!"

Zu den Frauen aber sprach er: „Kümmert euch nicht um die sinnlose Rede! Meine Tochter ist verrückt und in diesen Menschen vernarrt, weil er, wie sie, nicht reden kann. Darum habt besser auf sie Acht als bisher! Denn es bekümmert mich tief, dass sie so törichte Gedanken hegt."

Ohne Widerrede führten die Frauen das verständige Mägdlein hinweg, die Barone aber verabschiedeten sich von dem Kaiser und gingen heim, jeder in sein Haus, wie sich's gebührte. Die Türken fuhren unterdessen eilends von hinnen, und weinten heiße Tränen um ihre Freunde, welche vor Rom geblieben waren, und wurden fast wahnsinnig vor Betrübnis. Nachdem sie lange gefahren waren, langten sie in einer großen Stadt in Rumänien an und beklagten sich bei ihren Freunden über den großen Schaden, den sie erlitten hatten. Als die Türken dieses Unglück erfuhren, da erhob sich in dem ganzen wilden Heidenland in Babylonien und Makedonien alles Volk der Türken, griff zu den Waffen und gelobten sich weder bei Tag noch bei Nacht zu ruhen, bis dass sie die Schmach gerächt hätten, mit der sie sich besudelt. Die von Arabien und Syrien, von Alexandrien, Aumarie, Russandre, Camoile und Damas kamen alle heran, um die Türken von Alenie, Cohais und Coroscane zu rächen, und hielten einen Rat, um die Römer zu unterdrücken. Mit großen Kosten wurden die Schiffe ausgebessert und ein Heer auf die Beine gebracht, wie kein Mensch je eines gesehen. Dabei schwuren sie bei ihren Göttern und ihrem Glauben, dass, sofern es ihnen gelänge, den römischen Hafen zu erreichen, der ganze römische Stamm ausgerottet werden sollte; auch werde dem mit den weißen Waffen kein Zauber helfen, und wenn er ihnen in offenem Felde begegne, so wollten sie ihm die Seele aus dem Leibe schlagen. Den ganzen Winter über rüsteten sich die Türken zu diesem Zuge, beschickten ihre Freunde bis in die weiteste Ferne und baten sie, ihnen wohlbewaffnete und gut ausgerüstete Scharen zuzuführen. Sobald nun die Wiesen sich begrünten und die Bäume Knospen trieben, vertrauten sich die Heiden der brausenden See und fuhren so lange, bis sie an den verhängnisvollen Hafen gelangten, wo so viele ihrer Freunde den Tod gefunden hatten. Von da rückten sie bis auf acht Meilen vor Rom, ließen ihre Schiffe abladen und schlugen ihre Zelte auf.

Alsbald verbreitete sich in Rom die Kunde, dass unversehens die Türken gelandet seien und zwar in so großer Anzahl, dass die beiden andern zuvor besiegten Heere sich damit lange nicht messen können. Darüber gerieten die Römer in neuen und größeren Schrecken als zuvor; und der Kaiser ließ auf diese Botschaft sein ganzes Reich aufbieten gegen die Türken, welche die Stadt berennen wollten. Nochmals besandte er den Seneschall und beschwur ihn, mit ihm in die Schlacht zu rücken gegen die schändlichen Türken von Rumänien, und bat ihn um Gottes willen, er möchte ihn diesmal nicht verlassen. Der Seneschall aber kümmerte sich darum nicht und tat einen großen Eid bei Gott und seiner Mutter, dass er ihm nicht zu Hilfe kommen wolle, so lange er ihm nicht seine Tochter zum Weibe zu geben verspreche. Der Kaiser aber hieß dies ein törichtes Verlangen und sagte, lieber wolle er alle Römer zugrunde gehen und die Mauern der Stadt zerbrechen lassen. Der Seneschall zog sich daher zurück und wurde darob von vielen geschmäht. Der Kaiser aber versammelte sein Heer, und die Römer stellten Gebete und Fasten an, auf dass Gott sie in ihrer Not berate. Die Frauen baten zu dem Herrn zu allermeist, dass er ihnen den Ritter mit dem weißen Schilde zu Hilfe sende, als welcher sie bisher am Leben erhalten und ohne den sie längst des Todes wären, wenn er nicht ihre Tore bewacht hätte. Der Kaiser rüstete sich so gut er konnte, und nahm sich vor, die Türken nicht feige zu erwarten, sondern ihnen zum Kampfe entgegen zu gehen. Eines Mittwochs in der Frühe setzten sich die Sarazenen in Bewegung, um mit den Römern zu kämpfen. In die vorderste Reihe stellten sie die Pichenaren und die Commanen und so jegliches Volk an seinen Ort. Im Ganzen hatten die Feinde vierundzwanzig Scharen und jede war zehntausend Mann stark. So sah man von den Mauerzinnen der Stadt aus sie herankommen und vernahm den großen Schall ihrer Posaunen und Hörner. Da lief der Kaiser zu dem obersten Bischof, führte ihn mit sich in den Saal, welcher voll war von den mächtigen Baronen des Landes, und hielt mit allen Rat, was in solcher Not zu tun sein. Sie verabredeten, was jeglicher in der Schlacht zu tun habe und wie sie das Feld behaupten können gegen die Türken, die so gewaltig gegen sie anrückten. Nach langem Ratschlagen ergriff der Kaiser das Wort und sprach: „Ihr Herren, der allmächtige Gott, unser Vater, hat uns zwei Mal einen Ritter zugesandt, der uns gewaltiglich gegen die Türken verteidigt hat, und schon lange hätten sie Rom zerstört, wenn nicht seine Kraft und der Glanz seiner weißen Waffen uns geschützt hätte. Nun höret, was ich in meinem Herzen denke! Der, der mir zwei Mal so gut geholfen, hat großen Lohn von mir verdient, wenn er ihn nur annehmen wollte. Kommt er uns nun wieder zu Hilfe, so will ich ihn festnehmen lassen, damit der Redliche den Lohn seiner Dienste von mir empfange. Ist es ein Mann, den Gott uns zuschickt, so haben wir uns über nichts zu beklagen und wir werden sein nicht habhaft werden können; ist er aber von dieser Welt, so soll uns nichts hindern ihn festzuhalten, ehe er weggeht, sofern er nur in die Schlacht kommt. Denn sobald ich bewaffnet bin, will ich dreißig gute Ritter in dem Gehölz in Hinterhalt legen, woselbst er, nach dem Berichte aller, wenn die Schlacht zu Ende ist, vorbeikommt. Dort sollen sie über ihn herfallen und ihn festnehmen, sobald ihn Gott dahin führt."

Alle lobten diesen Plan sehr und liefen sodann zu den Waffen; den meisten rannen die hellen Tränen aus den Augen und weinend legten sie die Rüstung an, mit der sie Leib und Leben zu verteidigen gedachten. Als sie nun völlig gewappnet dastanden, seufzten sie sehr und jeder rief zu Gott, seinem Schöpfer, dass er ihn heil und unverletzt zurückkehren lasse und dass seine Trauer über die gottlosen Heiden in Freude verkehret werde. Vorsichtig und bedächtig ordnete der Kaiser seine Scharen und befahl, als alles geschehen war, seinen Baronen, auszuziehen im Namen des glorreichen Heilandes, welcher um unserer Sünde willen Schmach getragen. So zogen sie unter dem Schall der Posaunen und Hörner aus der Stadt. Auch der Bischof begleitete sie mit einer großen Schar hinter seiner Fahne und gab den zitternden Römern seinen Segen. Unter Tränen hatte der Kaiser von seiner schönen Tochter Abschied genommen und unter trüben Gedanken sein finsteres Gesicht abgewandt, da er zu einer zweifelhaften Schlacht gegen die Türken anrückte. Als Robert sie alle den Türken entgegenziehen sah, ergriff ihn heftiger Schmerz, dass er sie nicht begleiten durfte, denn er gedachte großen Schaden unter ihnen anzurichten, wiewohl sie mit großer Wut andrangen und bereits alle Wachen überwältigt hatten. Der Kaiser ordnete seine Schlacht und stellte dreißig bewährte Ritter hinter den Bäumen in Hinterhalt. Sie stiegen eilends von ihren Pferden und begaben sich in ihr Versteck unter die Bäume, in der Absicht, wenn der mit den weißen Waffen erscheine, um den Römern den Sieg zu erfechten, ihn bei seiner Rückkehr festzuhalten, wie der Kaiser befohlen hatte. Er selbst aber eilte in die Schlacht gegen die Türken, welche mutig und hartnäckig gegen sie kämpften. Robert ging unterdessen an den Brunnen, um zu sehen, ob etwa das heilige Wesen mit den Waffen herankomme, wie es sonst zu tun pflegte. Er setzte sich unter den süßduftenden Baum nieder, weinte bitterlich und betete, das Gesicht gegen Morgen gewandt, inbrünstig zu unserem Herrn, dass er ihm seinen Boten sende. Bald darauf sah er denselben mit seiner weißen Rüstung herankommen. Darüber war Robert sehr getröstet und nicht minder die edle Jungfrau, welche auf den Knien für die Römer und ihren Vater betete, dass ihnen in so herber Schlacht geholfen werde. Der Bote Gottes kam schnell auf Robert zu und übergab ihm die weißen Waffen, welche dieser anlegte, und er stand darauf in wunderbarer Schönheit da. Er bestieg das gute Ross und schied unverweilt von dem Boten Gottes, der ihm seinen Segen mit auf den Weg gab. Er ritt über die Ebene hin und an dem Gehölz vorüber, wo ihn die dreißig Ritter in dem Versteck erwarteten, aber ohne Geräusch weiter ziehen ließen, denn erst, wenn er zurückkäme, wollten sie ihn ergreifen und wo möglich festhalten. Robert zog ohne Aufenthalt an ihnen vorbei, rechts hin, wo er das Volk zur Schlacht versammelt sah. Schon hatten die Türken die Oberhand gewonnen, die Römer waren darnieder geworfen und im Begriff zu fliehen, als sie von ferne den Ritter mit den weißen Waffen kommen sahen, der mit verhängtem Zügel auf sie zusprengte. Da huben sie dankend ihre Hände zu Gott empor, dass er ihnen Hilfe sende in der Not. Der Kaiser aber weinte vor Freude, denn nun fürchtete er nicht mehr, dass sein Volk zurückgeschlagen werde, da er den wackeren Ritter kommen sah, der sonst seine Streitkraft aufrecht gehalten hatte. Die Türken dagegen waren hierüber nicht sehr erfreut, denn sie hatten viel von ihm und seiner Kraft reden gehört. Jeder bemühte sich nach bestem Vermögen, seinen Leib zu schützen und zu verteidigen und die Schläge Roberts zu decken, der im Fluge auf sie einstürmte. Er glühte von Begierde, mit den Heiden in's Gemenge zu kommen und den Ungläubigen Köpfe und Füße abzuschlagen und ihre Herzen zu durchbohren. Ein Wolf, den es nach Beute gelüstet, läuft nicht gieriger auf eine Herde Schafe zu, als Robert mit gesenktem Speer auf die Türken losrannte. Gleich warf er einen rücklings nieder, dass er entseelt zu Boden fiel, und schlug ihm das bärtige Haupt ab. Darauf mengte er sich in ihre Scharen, spornte heftig sein rasches Ross, stach nieder und besudelte mit Blut, was ihm in den Weg kam, bis sein triefender Speer in Stücke ging. Da griff er zum Schwert und hatte in einem Augenblick mehr denn zwanzig Türken erschlagen. Bald fasste er einen in's Auge, der den Römern besonders heftig zusetzte; er trieb sein Pferd nach dieser Richtung hin, machte sich Bahn durch das Gedränge bis zum König hin und senkte ihm sein blutiges Schwert mitten in's Herz, so dass er über den Rücken seines Pferdes tot herabtaumelte, wobei aber Robert das Heft seines Schwerts zerbrach. Darum griff er nach seinem Degen und hieb rechts und links um sich, so dass rings das Feld voll lag von Toten und dasselbe im Blute schwamm. Die hinterlistigen Türken machten ihm auch allenthalben, wo er hinging, Platz und ließen ihn vorn eindringen, wo er wollte; hinterrücks aber fielen sie mit Lanzen und Streitäxten etliche auch mit Schwertern, auf ihn ein. Dadurch ließ sich jedoch Robert nicht zum Rückzug bewegen; er ruhte und zögerte nicht, sondern spornte sein Pferd furchtlos immer vorwärts. Den Römern wuchs dadurch auch der Mut von neuem und sie ertrugen williglich die Hitze der Schlacht, da Robert so lustig zuschlug. Die stolzen Türken verwünschten sie und waren ganz entsetzt über ihn, der keinen Haufen so dicht fand, dass er ihn nicht zersprengt und sich mitten hindurch Bahn gemacht hätte. Er richtete die Vorhut der Türken so übel zu, dass selbige die Flucht ergriffen. Die Römer jagten ihnen nach und die Türken waren sehr betrübt über den großen Verlust, den sie erlitten, denn die Leute des Kaisers setzten ihnen heftig zu. Sie gelangten zu einer andern Schar, die sie gleich bei ihrer Ankunft sprengten; die Türken konnten sich keinen Augenblick halten vor den grimmig anstürmenden Römern. Robert sprengte ihnen voran und jagte die Feinde von hinnen, eine Schar um die andere. Die Römer trafen keinen noch so mächtigen Admiral, dem sie nicht den Tod gegeben hätten. Wo noch eine Türkenfahne wehte, da ging Robert auf sie zu und ließ sich von nichts zurückhalten. Mitten im größten Gedränge der Türken schlug er ihre Fahnen nieder. So viele sanken unter der Wucht seiner Hiebe nieder, dass alles ihm aus dem Wege ging und den nacheilenden Römern zerstreut in die Hände lief, welche dann nicht schonend mit ihnen verfuhren. Endlich begann mit ihrer Kraft auch ihre Kühnheit zu sinken, denn Robert hatte einen unbeschreiblichen Schrecken unter ihnen verbreitet. Sie räumten das Feld und liefen mutlos und gänzlich besiegt von dannen. So kam sie ihr Stolz und Hohn teuer zu stehen und ward mit Schande und Schaden bezahlt. Nun begann die allgemeine Verfolgung und das Siegesgeschrei vonseiten der Römer, das den Heiden gar unlieblich in die Ohren klang. Sie waren so sehr gedemütigt, dass auch die Kühnsten ihre Vetter und Brüder, Freunde, Herren und Väter im Stiche ließen und um die Wette davon liefen, denn sie wussten wohl, dass an eine Lösung nicht zu denken sei, wenn sie sich einmal hätten erreichen lassen; darum war das Beste, zu fliehen, und Jung und Alt hielt sich dazu. Schon waren sie lange gelaufen und geritten und hatten noch ihre Zelte nicht erreicht, die Römer aber dachten an nichts anderes, als sie niederzuwerfen oder in das Meer hineinzujagen. Da waren nun die Türken übel daran, denn ihre Pferde waren ganz ermattet, dieweil sie schon bei der großen Eilfertigkeit, mit der die Türken auf Rom zurannten, sich erschöpft hatten. Von der Hitze, der Eile und der Last, die sie zu tragen hatten, überwältigt, sanken die meisten wie tot nieder, und die Römer erschlugen und zerfleischten alle, die zurückblieben. Nicht die Hälfte der Türken erreichte den Hafen; die meisten kamen auf dem Schlachtfeld um, denn Robert ward nicht müde, ihnen zu begegnen und sie niederzuschlagen. Er verfolgte sie bis an's Ufer, und kein Löwe oder hungriger Wolf richtet solchen Schaden an unter einer Herde, wie Robert auf seinem Wege unter den Türken. Sein Schweiß troff von Blut und am Ufer selbst häufte er Tote auf Tote. Die Römer setzten den Heiden so sehr zu, dass diese sich nicht einfallen ließen, ihre Zelte zu verteidigen. Robert trieb in das Meer hinein, wen er zu Lande nicht erreichen konnte; und auch dort war für sie noch nicht viel gewonnen, denn es erhob sich ein grässlicher Sturm, der Woge auf Woge türmte und der das Meer mit silberweißem Schaum bedeckte. Die Türken, welche sich in das Meer geflüchtet hatten, waren daher in einer schlimmeren Lage, denn sie wurden hin und her getrieben, konnten ihre Schiffe nicht erreichen und wurden vom Meere verschlungen. Manche gelangten an's Ufer zurück, aber von diesen blieb auch nicht einer am Leben, denn die Römer empfingen sie mit ihren Schwertern und zerschlugen ihnen die Köpfe. Kurz es blieb von allen kein einziger übrig, denn Robert und die Römer hatten alle erschlagen und nirgends fanden sie Hilfe. Als sie die Türken auf diese Weise vernichtet hatten, eilten sie nach ihren Zelten, um Beute zu machen, aber ihr getreuer Gefährte Robert mochte nicht dabei sein und hatte anderes im Sinne. Er wusste sich so heimlich vom Schlachtfelde wegzuschleichen, dass ihn niemand bemerkte. Er kam auf dem Rückwege in die Nähe des Gehölzes, wo die dreißig Ritter unter den Bäumen seiner harrten; schon von weitem hatten sie gesehen, wie er sich vom Heere trennte und aus den Wald zukam. Sie wollten aber noch nicht hervorbrechen, um ihn zu ergreifen, bis er mehr in ihrer Nähe wäre; dann sollten alle auf ihn losstürzen, und sie glaubten zuversichtlich, auf diese Weise seiner habhaft zu werden, denn wenn es ihnen nicht gelänge, ihn an seinem Zügel zurückzuhalten, so wollten sie ihm sein Pferd unter dem Leibe umbringen, so dass er ihnen nicht mehr entwischen könnte; gelänge es aber nicht, ihn festzuhalten, so wäre ihnen das große Schande. Damit bestiegen sie ihre Pferde und ritten bis zum Ausgang des Waldes vor an die Stelle, wo der Weg sich hart am Gehölz hinzog. Sobald Robert daselbst vorüberkam, brach der Hinterhalt hervor und alle riefen: Ritter, Ihr seid gefangen. Freude und Jubel soll heute Rom erfüllen um Euretwillen, wenn es Gottes Wille ist!

Er aber sprach kein Wort, sondern sah die Ritter schweigend an, um die er sich wenig zu kümmern schien; doch war er bekümmert und wusste nicht, was er tun solle. Er scheute sich, ihnen sich zu widersetzen, denn er merkte wohl, dass der Kaiser sie hierher bestellt hatte, um ihn zu belohnen und mit Gütern nach Wunsch und Willen zu überhäufen; aber das alles lag ihm nicht am Herzen; denn er wusste wohl, dass, wenn er festgenommen würde, alles verraten wäre, dass man sein Geheimnis erführe und er nicht mehr bleiben könnte. Darum flehte er in Gedanken zu Gott dem Herrn, dass er ihn schütze und dass keiner der Ritter ihn fangen möge. Zugleich gab er seinem Rosse die Sporen mit großer Heftigkeit und rannte eilends von dannen; hinter ihm aber erhob sich eine Staubwolke. Die, die ihn verfolgten, legten oft ihre Lanzen ein gegen sein Pferd, um es zu Boden zu strecken; aber ihre eigenen Pferde wurden der langen Verfolgung müde und blieben endlich ganz erschöpft stehen. Nur einem von den dreißigen gelang es, durch einen Seitenpfad mehr in Roberts Nähe zu kommen. Er wollte eben seinem Pferde in die Zügel fallen, als der siegreiche Ritter durch eine gewandte Schwenkung ihm dies unmöglich machte; der Verfolger aber drohte, sofern er nicht stille halte, ihm sein Pferd unter dem Leibe zu erstechen. Damit legte er die Lanze ein und rannte auf das Pferd los, das er gerade am Gürtel zu treffen suchte, um es mit einem Stoß zu Boden zu werfen. Statt jedoch das Pferd zu treffen, stach er Robert selbst in den Schenkel und brachte ihm eine tiefe Wunde bei. Robert war über diesen Vorfall zwar sehr betrübt, doch hielt er darum nicht stille, sondern drückte die Wunde so gut er konnte, mit der Hand zu, damit nicht das hervorquellende Blut auf der Erde seine Spur verrate, und ritt, der Schmerzen nicht achtend, eilends von dannen. Der, der ihn verwundet hatte, verfolgte ihn nun nicht weiter und besah die blutende und zerbrochene Lanze; aber er fand, dass ein großes Stück fehlte, welches Robert im Schenkel stecken geblieben war. In großer Bedrängnis ritt dieser dahin, denn das Eisen verursachte ihm heftige Schmerzen, und er wusste nicht, was er damit beginnen sollte. Endlich langte er an der gewohnten Stelle an, stieg vom Pferde und gab seine Kleider und Rüstung dem Boten, der sich von ihm verabschiedete und in kurzem verschwunden war. Robert trat zu der Quelle in heftigen Schmerzen und großer Betrübnis und voll Sorge, er möchte entdeckt werden. Darum machte er sich so gut er konnte heraus; sein Gesicht war von Blut und Schlägen bedeckt, die er in der Schlacht erhalten hatte; er wusch nun zunächst dieses ab, darauf aber auch das Blut, das um seine Wunde her hervorgetreten war. Dies verursachte ihm nicht geringe Schmerzen und er schrie erst laut wegen des Eisens, das noch in der Wunde stak und das er nur mit großer Beschwerde herauszuziehen imstande war. Er suchte darauf nach einem Verband für seine Wunde, fand aber nichts anderes, als ein wenig Moos von einem dürren Baume, womit er den Eiter austrocknete und die Wunde verstopfte. Das Eisen, das er herausgezogen, versteckte er neben der Quelle unter der Erde, so dass es niemand finden konnte. Sobald dies geschehen war, machte er sich auf den Weg nach der Kapelle, seinem gewöhnlichen Ruheplatz, den er diesmal besonders nötig hatte wegen der großen Ermattung vom Kampfe. Die Jungfrau aber hatte von ihrem Fenster aus alles mit angesehen und weinte heftig. Sie hatte deutlich beobachtet, wie der Hinterhalt aus dem Gehölz hervorbrach, wie sie Robert überfielen, aber nicht festhalten konnten, wie er dann seine Rüstung im Schatten des Baumes dem Boten des Herrn zurückgab; sie sah die Wunde, wie er sie ausdrückte, mit Moos verstopfte und das Eisen aus ihr hervorzog. Das ging dem Mägdlein sehr zu Herzen, dass er so schlimm davongekommen und verwundet worden war. Nicht minder aber war der Ritter bekümmert, welcher Robert verwundet hatte, denn er glaubte in allem Ernste, er habe Gottes und der Christenheit Gnade auf immer damit verscherzt. Er seufzte und klagte laut, und maß sich selbst große Schuld bei, dass er den guten Ritter getötet habe, der Rom so kräftig verteidigt.

Hatte er ihm nicht gelohnt, wie ein Hund demjenigen, der ihn aus dem Wasser zieht, und den er, hat er ihn an's Ufer gerettet, anbellt und beißen will! Gerade so, warf er sich vor, habe er an Robert gehandelt, ja noch schlimmer. Unterdessen kamen seine Genossen hinter ihm her und fragten ihn aus, wie es ihm bei dem Unternehmen ergangen sei.

„Ihr Herren", sprach er, „ich bin sehr betrübt; ich gedachte, dem wackeren Ritter sein Pferd umzubringen, um ihn festzuhalten; aber ich traf den Ritter selbst und ein gutes Stück meines Speeres blieb ihm in Fuße stecken. Ich Unglücklicher weiß gar nicht, was ich anfangen soll. Einen Teil meines Speers trägt er mit sich, und was ich noch davon habe, ist mit Blut bedeckt und verbogen. Muss ich nicht tief bedauern und beklagen, dass ich den Mann verraten und verletzt habe, dem man alle Ehre antun sollte, wie dem Leibe eines Heiligen! So aber hat er für seine schöne Tat Schaden geerntet und ist schlimm gewitzigt worden."

Auf diese Rede waren alle beschämt und sie verstummten, denn alle waren sehr betrübt, dass es ihnen nicht gelungen war, ihn zurückzuhalten. Der Kaiser indessen war am Ufer so sehr erfreut in seinem Sinn, dass ihm das Herz hüpfte, denn die Erbfeinde, die Sarazenen, waren in glücklichem Kampfe erschlagen. Es wurde nun sogleich das Los geworfen über die Beute, der Kaiser verteilte und verschenkte allen Gewinn an seine Leute und behielt für sich auch nicht eines Eies Wert. Dabei ließ er auch den weißen Ritter vor sich bescheiden; aber trotz aller Bemühungen war er nicht imstande über ihn Kunde einzuziehen. Der Kaiser berief nun den Bischof und alle Barone und viele von den Kriegern zu sich und bat sie, heute allesamt mit ihm ein großes Fest zu begehen, und tat ihnen die Ehre an, dass er sie zu sich zum Essen einlud. Die Barone schlugen solches nicht aus, sondern erwiderten, dass sie sehr gerne wollen daran teilnehmen und in allen Dingen seinen Wünschen zu entsprechen willig sein. So kehrten sie voll Freude heim; nur das missfiel ihnen, dass sie ihren Retter nicht unter sich sahen, noch ihn kennengelernt hatten. Der Kaiser aber sprach: „Darum seid unbesorgt, denn so wie er von der Straße abgelenkt hat und an dem Gehölz ist vorübergeritten, haben ihn meine Leute angehalten, die ich daselbst in Hinterhalt gelegt, damit sie ihn ergriffen und vor mich führten."

Indem diese Worte gesprochen wurden, sahen sie die Männer des Hinterhalts herankommen, mit gesenkten Häuptern, höchst nachdenklich und bekümmert. Der Kaiser sprengte ihnen entgegen und fragte sie, was sie Neues bringen; vor allem aber erkundigte er sich nach dem weißen Ritter, ob sie ihn gefangen genommen und wer von ihnen ihn ergriffen habe.

„Herr", antworteten sie, „wir haben ihn nicht; wir alle sind ihm in größter Behändigkeit nachgesetzt; aber es half alles nichts, wir konnten ihn nicht erreichen, außer diesem Ritter, der die blutige Lanze hält. Dieser kam ihm nahe, das können wir Euch sagen; er gedachte sein Pferd unter ihm umzubringen; aber wie das Missgeschick manchen Mann zu Fall bringt, geschah es, dass er das Ross verfehlte und den Ritter mit den weißen Waffen selbst traf, den er auch im Schenkel schwer verwundete. Gebe Gott, dass er wider davon komme! Denn das Eisen blieb in der Wunde stecken. Der Ritter war sehr betroffen darüber, dass er den Retter verwundet hatte. Aber seht nur hier sein blutendes Schwert!"

„Das ist ein böser Unfall", sprach der Kaiser; „jedoch ist er ihm nicht zuzurechnen, denn er hat es ja nicht mit Wissen und Willen getan."

Als die Römer die Kunde erfuhren, waren sie darüber sehr missvergnügt; es erhob sich ein allgemeines Klagen und Weinen; der Kaiser selbst brach in helle Tränen aus vor Kummer, noch ehe er in die Stadt zurückkam. Schon war auch ganz Rom mit Trauer erfüllt; keine Bürgerliche noch Gemeine war, die nicht herzlich geweint hätte um den, der zu so hohem Preise alle Bürger Roms gerettet hatte; so war er nun verwundet und beschimpft, seine Wohltat war ihm zum Schaden und sein Verdienst zur Schmach geworden. Man rief: „Wehe über Rom und über die, die an des Ritters Unheil Schuld waren. Gott muss euch wahrlich schwer strafen und demütigen, die Erde wird sich auftun unter euch und euch verschlingen, da ihr so wider Recht und Billigkeit den wackeren Ritter umgebracht habt, der euch selbst befreit und vom Tode errettet hat. Ist nicht er es, der euch die großen Schätze Rumäniens geschenkt hat, von welchen jetzt ganz Rom überschwemmt wird? Er hat uns zu diesem Gewinn verholfen, und der Lohn, den er dafür davongetragen, ist eine tödliche Wunde."

Unterdessen zogen die Römer zum Tore ein, halb trauernd, halb jubelnd. Der Kaiser aber nahm seinen Weg nach seinem reichen hohen Saal und führte den obersten Bischof mit sich und seine

Barone von der Stadt. An einer der alten Freitreppen am Tore des Palastes stiegen sie von den Rossen und übergaben ihre Waffen den Knappen. Man schritt nun zur Mahlzeit. Als sie sich gewaschen hatten, setzten sie sich an die Tafel, sämtliche hohe Behörden von Rom, und neben den heiligen Mann, den Bischof, setzte sich der Kaiser. Durch die Dienerschaft seines Haushofmeisters beschied er auch seine edle Tochter, um ihr seine Freude mitzuteilen. Er hieß sie an seiner Seite niedersitzen und neben ihm speisen, denn er hatte sie über alles lieb. Um sie her, aber etwas tiefer, saßen die Ritter, die hochgemuten, die minniglichen, die milden und wohlgetanen, die aller Ehren pflagen, die treuen Lehensträger des Landes, gut im Frieden und im Krieg, die erhielten, was sie begehrten, in größter Fülle, Fleisch und guten Wein, und wurden ganz nach Wunsche bedient. Robert kannte die Stunde des Essens wohl und wollte nicht unterlassen, dahin zu gehen, wie er sonst zu tun pflegte. Freilich wollte fast seine Wunde ihm heute verbieten, diesen Gang zu machen; aber er konnte doch keinen Weg und keine List ersinnen, um es zu vermeiden, ohne zugleich zu befahren, dass er sich verrate. Blass und entstellt kam er durch den Saal gehinkt und ging auf den Kaiser zu, denn er konnte auf das verwundete Bein nicht stehen und musste sich ärmlich forthelfen. Sobald ihn aber die schöne weiße Jungfrau erblickte, erhob sie sich von ihrem Sitze, keine Rücksicht konnte sie abhalten, sie neigte ihr schönes Haupt tief vor dem Narren und faltete die Hände einfältiglich, wie zum Gebet, und setzte sich darauf wieder an ihren Platz in aller Sitte. Dem Kaiser aber ging es durch's Herz, dass sie vor einem Narren aufstand, der noch dazu stumm war, und er hielt darum seine Tochter gleichfalls für verrückt. Als er jedoch seinen Narren hinken sah, schüttelte er sein Haupt und sprach unwillig: „Gottes Strafe treffe dieses müßiggängerische und bösartige Volk, diese Römer! Und auch ich will sie verfolgen, da sie in ihrer Raserei mir selbst Unbill und Schaden zufügen; denn offenbar haben sie meinen Narren geschlagen und schmählich verwundet, dass er den einen Fuß mühsam nachschleppt und das bloße Fleisch gräulich zerquetscht und zerfetzt hervorsieht. Herr Gott, wie übel haben sie ihm diesmal mitgespielt! Der hat heute ein böses Turnier mitgemacht, ist auch ganz nachdenklich und abgemagert."

Damit schwieg der Kaiser, ließ jedoch Fleisch herbeibringen und solches dem Hunde vor Roberts Angesicht verwerfen. Robert nahm davon nichts, außer ein paar kleine Bissen, die er ohne große Anstrengung dem Hunde entriss; doch tat er es vorsätzlich, da er sonst nicht zu essen begehrt hätte. Der Kaiser war indessen sehr erbost, dass es dem Narren so übel ergangen war, dass er fast keine Speise berühren mochte. Darauf befahl der Seneschall den Dienern, die Tischtücher abzunehmen, dieweil er sah, dass die Ritter nicht mehr essen wollten. So wie dies geschehen war, erhoben sich unter den Rittern und den jungen Männern die Reden über ihre Taten am heutigen Tage; jeder wusste seine Kühnheit und seine Stärke zu rühmen, und von Furcht und Missgeschick wollte keiner sprechen. So unterhielten sie sich unter einander; aber der Hauptgegenstand ihres Gesprächs war der weiße Ritter und wie er vor ihren Augen die Türken geworfen, in die Flucht gejagt und so ganz und gar besiegt hatte, dass auch nicht einer übrig blieb, den er nicht zurückgedrängt, gefangen, ersäuft oder erschlagen hätte. An der Tafel, wo die Grafen saßen, hielt der Kaiser gleichfalls einen langen Bericht über den Ritter mit dem weißen Schilde und wie er die Türken besiegt habe. Nachdem er dies ausführlich erzählt hatte, setzte er hinzu: „Nie hat ein Ritter solches getan, noch wird wohl je einer solche Großtaten verüben, so lange Menschen auf Erden leben.

Drei Mal hat er Rom gerettet, drei Mal hat er uns unser Land zurückgegeben, drei Mal hat er unsere Ehre erhöhet, und doch will er sich keinem zu erkennen geben, der vom Weibe geboren ist. Ich weiß nicht, ist es ein König, oder ein Kaiser, ein Graf oder ein Mann von hoher Sippschaft; ich weiß niemand, der mir über ihn Aufschluss geben könnte; wohl aber weiß ich, dass er Großes getan hat, indem er sich so sehr verbirgt, denn ich kenne keinen Mann in diesem Lande, der, wenn er uns in diesem Krieg mit seinen Waffen nur entfernt solche Dienste geleistet und sich solches Lohnes wert gemacht hätte, nicht gekommen wäre und seinen Lohn in Empfang genommen hätte; dieser jedoch kommt nicht und rührt sich nicht, und darum halte ich ihn umso mehr für etwas Hohes. Sehr wehe tut es mir, dass er verwundet ist; doch kommt er herbei, so soll der Schaden wieder gut gemacht werden, den wir ihm angetan haben, denn ich will alsbald und ohne Verzug ihm meine Tochter zur Ehe geben. So wird er sich nicht mehr beklagen können, denn nach meinem Tode erbt er das Reich. Kommt er heran, so soll er Herr werden und meine schöne Tochter heiraten."

Sobald die Jungfrau diese Worte hörte, zeigte sie mit der Hand nach dem Narren, um ihm durch ihre Gebärden zu bedeuten, dass er derjenige sei, von dem er sprach. Der Kaiser hielt dies für bloße Torheit; aber die Schöne ließ darum nicht ab, eifrig mit dem Finger auf den Narren zu deuten und durch Gebärden bemerklich zu machen, dass er diesen über alle hochschätzen sollte. Der Kaiser war darüber endlich ganz betroffen und befahl seinem Kämmerling, ihre Hüterinnen kommen zu lassen. Er wollte durch sie näher herausbringen, was denn seine Tochter ihm eigentlich zu sagen begehre, denn sie betrug sich so keck und dreist, dass sie sich vor ihm selber gar nicht in Acht nahm und alle Scheu verloren zu haben schien. Der Kämmerling ließ die Hüterinnen, Hausfrauen und Mägde kommen und führte sie vor den Kaiser, den seine Tochter so ganz außer Fassung gebracht hatte.

„Ihr Frauen", sprach der Kaiser zu ihnen, „meine Tochter hat mir so eben allerlei Zeichen gemacht; berichtet mir, was sie zu mir sagen will!"

Das Mägdlein, welches ganz zornig war, dass man ihr nicht glauben und ihr Zeugnis nicht für wahr halten wollte, machte nochmals von vorne alle Zeichen und bedeutete, dass der Narr würdig sei, das Reich zu besitzen und Krone zu tragen, und sprach ihm vor allen Männern den Preis zu. Diese, welche die Zeichen verstanden, gaben dem Kaiser Rechenschaft über das, was das Fräulein sagen wollte.

„Herr", sagte eine alte Magd, „Eure Tochter spricht Torheiten und betrübte Kindereien, denn sie versicherte zuversichtlich, dass der Narr hier die Schlacht gewonnen habe, und wenn er eine Verwundung an sich trage, so sei er es gewiss, den man so hoch schätze, denn sie habe sein ganzes Tun und Treiben beobachtet aus ihrem geheimen Fenster. So erzählte sie in ihrer Sprache, dass sie ihn heute früh sich habe antun sehen mit reichen weißen Waffen unter dem Baum an der Quelle. Darauf habe sie gesehen, wie er in den Kampf zog, die Türken schlug und niedermachte, wie er sie zurückjagte und bis an's Meer verfolgte und wie er zurückkam und in dem Getümmel verschwand, wie er durch das Gehölz ritt, in dessen Bäumen der Hinterhalt versteckt war, wie die Ritter hervorbrachen, ihn aber nicht erhaschen konnten, einer aber den andern voraneilte, ihn festhalten wollte, aber in den Schenkel verwundete, wie er sodann glücklich aber schwer verwundet unter dem Baum an der Quelle ankam, wo er unter heftigen Schmerzen das Eisen, das in der Wunde stecken geblieben war, herauszog, wie er endlich sich das Blut abwusch, die Wunde mit Moos verstopfte, das er von einem Baum abschälte, und das Eisen in die Erde vergrub. Mehr können wir nicht aus ihr herausbringen und sonst erzählte sie uns nichts; aber sie sagt, dass sie sehr beschämt sei darüber, dass man ihr keinen Glauben beimessen wolle. Sie wisse sich gegen niemand deshalb zu beklagen, als gegen Gott, den sie flehentlich bitte, sie es erleben zu lassen, dass die Wahrheit zu tage komme."

„Herr Gott", sprach der Kaiser, „wie hat sie das alles zusammen ersonnen? Wer hat ihr das in den Kopf gesetzt, dass sie uns solche Dinge meldet von einem unsinnigen, von Gott verlassenen Menschen, der weder Gedächtnis hat noch Überlegung und der den Mund nicht öffnet, so übel man auch mit ihm verfährt? Und an solchem kann meine edle Tochter Gefallen finden, sie hat ihr Auge auf diesen Narren geworfen, der nicht einmal je ein Wort mit ihr gesprochen hat! Darum sind sie auch aus einer Schule, aus einer Zucht und gleicher Natur, und so meint sie, es gebe auf der Welt nichts klügeres, als diesen Narren. Ihr Weiber", fuhr der Kaiser fort, „ich schwöre euch bei meines Vaters Seele, wenn ihr meiner Tochter nicht bessere Unterweisung erteilt, so zieht ihr euch meine höchste Ungnade und Zorn zu und ich lasse euch alle umbringen."

Da waren die Mägde sehr in Angst, führten auf diesen Bescheid das schöne Fräulein mit sich in ihre Gemächer und hielten strenge Hut über sie. Robert aber, der Verwundete, ging zurück unter die Halle, legte sich schlafen auf das Stroh und hatte indes große Schmerzen an seiner Wunde. Der Kaiser stand mitten im Saal, aber nicht in Freude und Tanzen, sondern er berief seine Barone zu einem Rat. Sie gingen miteinander in die Kapelle, ratschlagten daselbst und sprachen so lange von dem weißen Ritter, der sich so beharrlich verborgen halte und uns doch in der Stunde der Not unbeschickt und unaufgefordert so hilfreich erscheine. Als die weisen Männer genug beraten hatten, fasste der Kaiser alles zusammen, was sie in Rede und Gegenrede vorgebracht, und sprach sodann: „Ihr Herren, was können wir tun? Wie können wir den weißen Ritter, der verwundet ist, zu uns heranlocken?"

Da sprach der Weisen einer: „Ihr werdet ihn nie bekommen, wenn Ihr nicht zuvor bei Gott und allen Heiligen geschworen, dass Ihr ihm ohne Fehl Eure jungfräuliche Tochter geben wollt, sofern er sie zur Ehe zu nehmen begehrt, und dass er Euer Reich erhalten wird nach Eurem Hinscheiden. Auch sollt Ihr solches tun, denn einen besseren Mann findet Ihr nimmermehr und Ihr könnt sie nirgend besser unterbringen. Sodann lasst auf offenem Markt ausrufen, dass jedermänniglich von diesem Reiche sich einfinde zu einer Versammlung, und am dritten Tag werdet Ihr auch daselbst sein und Eure Tochter vor vielen reichen und mächtigen Leuten unter Krone gehen lassen! Der aber mit den weißen Waffen soll gleichfalls erscheinen und kein Grund soll ihn zurückhalten; er komme an dem nämlichen Tage ohne Verzug, und Ihr wollet ihm sofort Eure Tochter zum Gemahl geben, vorausgesetzt, dass er sich völlig ausweise und das Eisen, den verletzten Schenkel und die Wunde zeige! Durch dieses Mittel, auf diesem Wege allein könnt Ihr den Ritter bekommen; kommt er nicht, so habt Ihr das Eure getan, denn kein Mann, so groß und mächtig er sei, von hier bis Conpostele, wird es nicht für hinreichenden Lohn ansehen, wenn er Eure Tochter erhält."

Der Kaiser und die übrigen Barone hießen diesen Rat gut und lobten ihn und der Kaiser schwur und beteuerte, wenn der weiße Ritter ihm so viel vertraue, dass er an den Hof komme, solle er seine Tochter erhalten, sofern er sie zur Frau nehmen wolle. Darauf beschieden sie die Ausrufer und die Unterrichter und teilten ihnen mit, was sie bekannt machen sollen. Der Rat ging jetzt aus einander und die Ausrufer verkündigten die Bekanntmachung des Kaisers, welche sie sorgfältigst und ohne Entstellung mitteilten. Die Kunde davon verbreitete sich schnell und man erfuhr es bald in allen Landen; Groß und Klein, Geistliche und Laien und alles suchte wegzukommen, um am dritten Tag am Hofe zu sein und das große Wunder mit anzusehen. Als aber der Seneschall die Kunde von dieser Ratsversammlung erhielt, wusste er nicht was er sagen noch was er tun solle; er dachte hin und her auf eine List, um das Jungfräulein für sich zu gewinnen, das er über alle lebende Menschen lieb hatte. Mancher Plan ward in seinem Sinne gebildet und wieder verworfen; er dachte sich, der weiße Ritter, der die großen Taten in der Schlacht verübt, von denen alle Welt erzähle, werde sicherlich nicht kommen, um das Mägdlein zu erwerben. Denn er schloss aus seinem ganzen Benehmen, dass es kein Mann von Fleisch und Bein sein könne und er von diesem nichts könne zu befürchten haben; er nahm sich also vor, in ähnlichem Aufzug am dritten Tag in Rom bei der Versammlung zu erscheinen und sich vor Männern und Weibern in weißen Waffen zu zeigen und gerade so, wie der weiße Ritter erschienen war, über dessen Auftreten er sorgfältige Erkundigungen eingezogen hatte. Er gab sich viele Mühe, für denselben erkannt zu werden, und war sehr besorgt, das zierliche schöne Mägdlein zum Weibe zu erhalten. Darum waren alle seine Gedanken auf diesen Gegenstand gerichtet und er zögerte nicht mit der Ausführung seines Planes. In größter Eile ließ er sich einen weißen gespaltenen Schild bereiten und schöne Waffen, weiß, reich und neu, ganz so wie der sie trug, der den Römern Trost und Hilfe zu bringen pflegte. Dann fragte er so lange in Berg und Tal, bis er ein ganz weißes Ross gefunden hatte; er ließ es noch dazu schön putzen und herausfüttern und bepanzerte es ganz so, wie er von jenem Ritter hatte sagen hören, der den Türken im Kampf die letzte Pein bereitet, und so ging er nun auf die Seite, ganz allein. Es war gerade an dem Tag, wo er erscheinen sollte; und noch war ihm eines übrig: er begab sich in einen Schlupfwinkel, wo er von niemand gefunden zu werden vermutete, nahm ein großes Bruchstück einer Lanzenspitze und schlug sich das scharfe Eisen mit einem Hammer in den Schenkel, so dass es ihm nicht geringe Schmerzen verursachte; darauf verband er die Wunde fest und pünktlich, damit das Eisenstück nicht wieder herausfalle; und es wäre ihm bitter leid gewesen, wenn es schnell wieder geheilt wäre, denn er hoffte große Dinge durch diese Wunde zu gewinnen. Sobald er mit dieser Verrichtung fertig war, ließ er sich seine weiße Rüstung bringen und waffnete sich in einem Baumgarten unter dem Dunkel der Zweige ganz heimlich und unbemerkt und hatte sehr Acht, dass ihn niemand belausche. Sobald er schmuck und zierlich gewaffnet war, stieg er, von niemand bemerkt und unter heftigen Schmerzen, zu Pferde. Der Tor! Er hängte seine weiße Tartsche um den Hals und ritt von dannen ohne Zögern. Er zog so mit großem Gepränge nach Rom, wo der Kaiser und alle seine Mannen in großem Rate versammelt waren. Alle hohe Barone des Reichs waren anwesend, Grafen, Herzoge, Fürsten und Barone, die edlen, die sich nie mit Räuberei befassten, und alle Mannen aus vornehmer Sippe, so dass man nie so viel edles Volk beisammen sah. Auch der oberste Bischof war zugegen, der glorreiche Heilige Vater und mit ihm die gesamte Geistlichkeit, Äbte und Mönche, geweihte Priester, Weltgeistliche und Domherren, Erzbischöfe, Bischöfe und Einsiedler, ja selbst der heilige Eremit, der sonst fern vom Getümmel der Welt im Walde wohnte und einst Roberts Beichte gehört hatte. Denn der heilige Statthalter des Herrn hatte ihn beschieden und ihm zu der Versammlung zu kommen befohlen, damit auch er seine Fürbitte zu Gott bringe, dass er an jenem Tage den weißen Ritter senden möge, dass er hervortrete und kein Hemmnis ihm in den Weg komme. Er hatte ihn an seine Seite auf eine Bank niedersitzen heißen. Der Kaiser aber, so erzählt die Geschichte, saß auf einem Gerüste aus Elfenbein und neben ihm seine schöne Tochter und er hatte ihr aus Liebe einen glänzenden Goldreif auf das Haupt gesetzt. Die Jungfrau war gar lieblich anzuschauen, frisch und anmutig und einfältig und rot wie eine Rose und weiß wie eine Lilienblume; sie anzuschauen war eine große Augenweide. Ihre Kleidung war reich und kostbar; sie hatte ein Gewand von braunem glänzendem Samt, kunstreich verbrämt und gestickt. Schon waren alle Leute beisammen und waren in gespannter Erwartung bis um die neunte Stunde, denn sie fürchteten fast, den weißen Ritter abermals nicht sehen zu dürfen. Alle aber waren der Meinung, dass sie doch schlimm daran wären, wenn er in der Versammlung nicht erschiene und die Krone anzunehmen verschmähte. Die Betroffenheit und Bestürzung der versammelten Menge wuchs mit jedem Augenblicke und schon wollten sie fast von Sinnen kommen, als der Seneschall zum Tore hereinritt, ganz allein, von niemand wahrgenommen. Er hielt seinen weißen Speer in der Hand, die weiße Fahne flatterte im Winde und hing herab bis zum Sattelbogen. Am Halse hing die weiße Tartsche, stark, blendend weiß und breit, und mit seinen weißen Waffen angetan ritt er auf dem weißen Rosse durch die Straßen heran. Sobald er aber in der Stadt gesehen und bemerkt wurde, lief alles an die Läden und an die

Fenster, um ihn zu schauen, und auf den Gassen, durch die er zog, äußerten alle die größte Freude und Jubel, so dass von dem Lärm und Geschrei die ganze Stadt erdröhnte. Kinder und Weiber und Jungfrauen, Mädchen und Fräulein, Bürger und Städter, Hofleute und Gemeine zogen ihm entgegen, um ihn zu begrüßen, breiteten vor ihm in den Straßen Mäntel, Teppiche und bunte Decken und alle neigten sich vor ihm ehrerbietig mit gefalteten Händen. Wie er durch die Hauptstraße kam, drängte sich das Volk dicht um ihn, als wäre es hier sicher vor der Furcht, die es ohne ihn in der Stadt hatte, Männer und Weiber, und das Getümmel war so groß, dass der Kaiser, welcher es vernahm und noch nicht wusste, was es zu bedeuten hatte, ganz betroffen ward. Ebenso ging es allen, welche um ihn waren, und sie verwunderten sich sehr über den Lärm. Doch blieb die neue Mähre nicht lange aus, denn die Leute liefen nach der Versammlung, wo der Kaiser Hof hielt, und riefen alle: „Er kommt, er kommt, der in den weißen Waffen! Wir wissen's gewiss, er kommt zum Gericht, denn wir haben ihn gesehen."

Da musste man sehen, wie die Leute vor Erwartung zitterten, die Barone weinten und seufzten aus Rührung und Freude! Alle huben ihre Hände auf zu Gott, um ihm Ehre und Lob zu bringen herzinniglich. Der Kaiser selbst äußerte seine aufrichtige Freude, aber seine schöne glänzende Tochter tat nicht desgleichen und ließ nichts von Vergnügen merken, sondern ihr Herz schlug hoch auf und pochte, denn sie besorgte sehr, ja sie wusste gewiss, dass es Lüge war, dass es nicht der rechte Ritter sein konnte, über welchen die Leute solchen Lärm machten, nicht er, der den schweren Kampf bestanden, denn dieser lag unter der Kapelle, verwundet, armselig, zerlumpt. Indes erschien der Seneschall, und alle, Männer und Weiber, erblickten ihn, die Reihen bebten vor Entzücken; sobald sie ihn ansichtig wurden, konnte keiner sich der Tränen mehr enthalten, so sehr war ihr Herz gerührt vor Freude, dass der Retter sich nun zeige; ja hätten sie unsern Herrn und Heiland selber mit Augen gesehen, ihre Freude hätte nicht wohl größer sein können. Der Kaiser war so erfreut, als hätte er dem Heiland die Füße küssen dürfen.

Die Ritter aber erstaunten, bedachten sich und äußerten einander ihre Vermutungen, dass der gegenwärtige doch nicht ganz dem weißen Ritter gleiche, welchen sie in der Schlacht gesehen und der mit so großer Gewalt die Türken besiegt habe.

„Schaut hin!" sprachen sie, „war er denn so unansehnlich und so klein?"

Und je mehr er näher herzukam, desto unangenehmer fiel ihnen sein Äußeres in die Augen. Manche waren, die ihm nicht Glauben schenken wollten; die meisten aber widersprachen diesen; man berief sich auf die Wunde, die sich am Fuße finden müsse. Indessen führte man ihn zum Kaiser heran. Dieser hieß den Lärm aufhören, er befahl einem öffentlichen Ausrufer, auf einen Stuhl zu steigen und zu verkünden, dass keiner den Mund öffne noch sich rühre und alle sich ruhig niedersetzen, so lieb ihnen ihre Freiheit sei. Damit war der Streit beschwichtigt, das Getümmel hatte ein Ende und der Seneschall kam heran wie ein Verwundeter. Alle Edelleute standen auf vor ihm ganz ehrerbietig, als er herankam, sie neigten sich alle tief vor ihm, verließen aber nicht ihre Plätze, außer denen, so hinzuliefen, ihm den Steigbügel zu halten. Der Seneschall besann sich lange, ob er absteigen wolle, und befahl, säuberlich mit ihm zu fahren wegen seiner Wunde, die ihn heftig schmerze. Man tat, wie er geboten hatte, hob ihn sänftiglich herab, und mehrere beeiferten sich, ihn im Gehen zu unterstützen, denn er konnte sich nicht selbst auf den Füßen halten, und mochte nur einen von beiden auf den Boden bringen. Mit großer Beschwerde gelangte er zum Kaiser und verlangte von ihm die Erfüllung seines Versprechens. Er ließ sich den Helm losschnallen, der funkelte wie ein Spiegel, und nahm ihn ab, denn er wollte ihn nicht weiter tragen; unter demselben aber trug er eine weiße Mütze, glänzender als Schnee, der auf den Zweigen lastet. Darauf sprach er mit lauter heller Stimme also: „Gerechter Kaiser, ich bin an Euern Hof gekommen, von dem ich mich lange habe entfernt gehalten, denn ich komme nicht her ohne Veranlassung; aber diesmal muss ich erscheinen. Ich bin derjenige, der Euch im Kampfe treu gedient und der dadurch den verheißenen Lohn verdient hat, nämlich Eure Tochter und Euer Reich zu erhalten. Ich komme, solches von Euch zu begehren. Gebt es mir sogleich und zaudert nicht lange! Denn ich werde bald von hinnen heimkehren. Lasst Eure Tochter bräutlich schmücken, die ich durch meine Waffen gewonnen habe, damit sie mir angetraut werde in der Kirche!"

Da sprach der Kaiser: „Ihr sollt sie haben, aber zuvor wollen wir die Stelle sehen, an welcher Ihr verwundet seid, und die Wunde selbst und das Eisen, ob das Wahrzeichen zutrifft. Wer Ihr auch sein mögt, Ihr sollt nicht eher meine Tochter erhalten, als bis das Wahrzeichen vor aller Augen von uns erkannt ist."

„Herr", sprach jener, „ich verlange sie auch nicht anders; kann ich das Wahrzeichen nicht aufweisen, so will ich auch mit Recht sie verloren haben."

Er ließ sich nun fest halten, damit er nicht falle, während er sich aufdecke, öffnete mit beiden Händen seine Wunde mit großer Mühsal und unter heftigen Schmerzen, zog das Eisen heraus und zeigte es dem Kaiser hin. Er war dabei ganz entsetzt und sah aus, als wäre er im Begriff, den Geist aufzugeben vor Bedrängnis, indem er das Eisen herauszog. Sehr betrübt und ärgerlich waren darüber auch die Barone, welche sein Gesicht anschauten und die Wunde, worüber sie heftig sich entsetzten, denn sie sah scheußlich und schwarz aus.

„Dies lässt denn keinen Zweifel weiter aufkommen", sagte Groß und Klein; „er verdient die Ehre."

Der Kaiser bezeugte es gleichermaßen und sagte, er stehe nun nicht mehr länger an zu glauben, dass dieser es sei, von dem man sage, dass er den Heiden so große Schmach angetan habe. Seine Freude war indes nun um ein gut Teil geringer. Um es aber noch näher zu erfahren und die Wahrheit der Sache umso sicherer zu ergründen, ließ er den Ritter vortreten, der den edlen Weißgewappneten verwundet hatte.

„Er komme herbei", rief er, „und scheue sich nicht! Es soll ihm Alles vergeben sein, wenn auch mein Sohn Krone tragen wird!"

Der Ritter war in großer Angst und trat vor den Kaiser, der ihm das vielschneidige Eisen darreichte.

„Mein Freund", sprach er, „nun habt wohl Acht und denkt an Euer Leben und Euern gesunden Leib, auf dass Ihr mir keine Lüge saget! Denn dem Tode würdet Ihr nicht entgehen. Ich verlange, dass Ihr mir kundtut, ob dies das Eisen Eurer Lanze ist, derselben, die Ihr trugt, als Ihr dem weißen Ritter nachsetztet und ihn in den Schenkel stacht."

Nun wusste er nicht, was er sagen sollte, denn er erkannte das Eisen nicht, und er musste bekennen, ob ihm wohl oder übel ergehe. Er besann sich hin und her, was er reden sollte, denn er wusste ganz gewiss, dass dieses Eisen niemals an seiner Lanze gewesen war, sein eigenes Eisen aber würde er wohl kennen ohne allen Anstand, sobald er es zu Gesicht bekäme, dieses jedoch erkannte er nicht. Was sollte er jetzt tun? Was sollte er sagen? Denn wenn er dieses Eisen nicht anerkennen würde, dachte er, könnte er doch seinem Worte keinen Glauben verschaffen und alle würden schreien, es sei eine Lüge. Sofern er aber es für recht und wahr erklärte, so würde er seinen Herrn verraten. In solcher Not bat der Ritter Gott, dass er ihm besseren Rat eingebe, als er selber vor Augen sehe, damit er aus dieser Bedrängnis sich rette; denn, erkenne er das Eisen für sein Eigentum, so würde man dem Ritter allzu hohen Preis und Lohn erteilen, als welcher die Jungfrau verlange, wofern nur durch ihn der Streit beendet werde. Da sagte der Seneschall zu ihm, er verziehe allzu lang, er solle sogleich sagen, ob er das Eisen erkenne, und da er es so lang angesehen habe, solle er nicht zaudern, sein Bekenntnis zu machen, denn er verzeihe ihm hier vor aller Angesicht seinen bösen Willen und zu großen Hass, den er gegen ihn ausgelassen.

Dieser dankte ihm dafür, verneigte sich und sprach sodann zum Kaiser: „Herr, seid nicht in Sorge! Darüber ist kein Zweifel, dass er es ist, der Euer ganzes Volk gerettet hat und Euer Land verteidiget. Er hat Euch Eure Ehre widergegeben, denn seht, hier ist ganz meine Lanzenspitze, die er aus seinem Schenkel gezogen hat, dieselbe, womit ich ihn getroffen und verwundet habe. Nun sehet zu, dass er seinen Lohn erhalte!"

„Das soll geschehen", sprach der Kaiser; „denn meine schöne Tochter will ich ihm zum Weibe geben ohne Fehl, und noch ehe er hier von uns scheidet, will ich ihn Krone tragen lassen."

Darauf trat er vor und redete ihn also an vor der ganzen ritterlichen Versammlung. Nun höret das teuflische Beginnen des Seneschalls und was er auf des Kaisers Rede erwiderte! Der Kaiser sprach: „Lieber, holder Herr, der Ihr das Reich und die Herrschaft von Rom haben wollt, nur will ich von Euch hören in kurzen Worten, wer Ihr seid, und Ihr sollt mir nichts verhalten, auch was Euer Name ist. Ich will alles wissen und erfahren, woher Ihr seid und aus welchem Lande derjenige kommt, der mir so große Dienste getan hat durch die Feinde, die er mir getötet."

Darauf entgegnete der Seneschall und sprach: „Herr, ich bin Euch nicht so fremd, als Ihr denket; ich habe Euch seit lange meine Dienste geweiht und mir Eure Liebe zu erwerben gesucht. Ich bin Euer Seneschall; ich habe den Verlust und Schaden ersetzt, den Rom erlitten. Wenn Ihr gegen mich eingenommen waret und mich streng behandeltet, so achtete ich darauf nicht."

Der Kaiser fasste ihn nun erst genauer in's Auge, besann sich und erinnerte sich nun seines Gesichtes, welches glatt, frisch und hochgerötet aussah.

„Wie?" ‚sprach der Kaiser. „Seid Ihr der Seneschall?"

„Der bin ich, Herr!" ;erwiderte dieser.

„Herr Gott", fuhr der Kaiser fort, „nie ist mir doch solches Wunder zu Ohren gekommen! Nun weiß ich sicher, dass Gott mein Rat ist und dass er mich erhöhet und zu Ehren bringt."

Mit diesen Worten eilte er auf ihn zu, die Stimme versagte ihm, er umfasste ihn mit beiden Armen und gab ihm unzählige Küsse.

„Gott", sprach er endlich, „wie wohl ist mir nun! Worüber sollte ich ferner bekümmert sein, da ich in allem meinen Wunsch erfüllt sehe! Hier ist der Mann, der solchen Kampf für mich ausgefochten, mir drei Jahre nach einander mein Land befreit hat und mit mir an meiner Seite stritt, und sich nie von der Stelle rührte, wäre er auch der größten Pein ausgesetzt gewesen. Nun aber hat der Herr im Himmel es so gefügt, dass er Herr von Rom werden soll. Schon früher wollten meine Mannen mich dazu bewegen, oft kamen sie, um mir deshalb Vorstellungen zu machen, aber meines Herzens Härtigkeit hat mir nie zugelassen, dass ich ihm, wie er wünschte, meine schöne Tochter zur Ehe gab. Nun aber ist es so, es ist Gottes eigener Wille, die Römer wollen es und so will ich es denn auch, und soll an nichts fehlen; er soll alles erhalten, dieweil Gott selbst es ihm verleiht, meine Tochter, mein Reich und meine Krone."

Als der Seneschall solches hörte, war er darüber so heftig erfreut, dass er ihm mit einem Jubelruf zu Füßen fiel. Der Kaiser aber hob ihn zu sich empor und führte ihn zu dem Mägdlein hin, welches so tief bekümmert war, dass wenig fehlte, sie hätte den Verstand verloren. Sie betete in Gedanken inbrünstig zu dem Herrn, dass er sie auf den rechten Weg leite und ihnen einen Rat sende, so dass man die Falschheit des Seneschalls erkenne, der durch List und Betrug sie alle zu hintergehen gedachte. Sie bat Gott, dass er ihr eher den Tod sende, dass er sie plötzlich hinwegraffe, ehe sie, des Betrügers Weib und Eigentum würde.

„Fräulein", sagten die Grafen, „warum weint Ihr? Schämt Euch! Ihr zeiget wenig Witz. Jetzt solltet Ihr große Freude bezeigen, da ein so wackerer Mann Euch zum Weibe nehmen und auf Eure Minne bedacht sein will. Ihr solltet Gott dafür anbeten und Ihr tut nichts als weinen."

Als diejenigen, so in dem Rate waren, mit aller Gewissheit sagen hörten, dass der, welcher ihnen so sehr geholfen hatte und durch den sie waren gerettet worden, der Seneschall des Landes sei, der zum Kaiser gekommen, um seinen Lohn zu empfangen, erhob sich ein solcher Jubel, dass man den heftigsten Donner überhört hätte. Der Kaiser kam also zu seiner Tochter und hielt den Seneschall an der Hand.

„Meine Tochter", sprach er, „seid artig, höflich und wohlgemut! Denn ich führe Euch hier Euren Herrn her, den ich Euch zur Ehe gebe. Nehmet ihn an mit gutem willigen Herzen! Es ist der Seneschall meines Landes, der um Euretwillen mir einen großen Krieg zu Ende gebracht hat. Es ist ein guter, wackerer Ritter, es ist der kühne Kämpe, der schöne Held mit dem weißen Schilde, durch den wir neues Leben erhalten haben. Er ist unser Retter und Arzt, durch ihn sind die Türken ihres Trostes beraubt worden. Er war Euch drei Mal ein so guter Helfer und Verteidiger, dass die Türken Euch nichts Böses zufügen konnten, er hat Schmach, Schande und Widerwärtigkeit von Euch abgewendet und die Türken mussten zitternd entweichen. Meine Tochter, macht ihm ein freundlich Gesicht! Empfangt ihn wohl! Zögert nicht und lasst mir das Weinen unterwege! Denn das weiß Gott, der höchste König, dass dies der rechte Ritter ist, der sich im Streit so gut gehalten hat."

„Lieber Vater", sprach jetzt die Jungfrau, „wisst, dass er es nicht ist!"

„Meine Tochter", fuhr der Kaiser fort, „wie redet Ihr denn? Waret Ihr es, deren Worte ich eben vernahm und die zu sprechen begann?"

„Lieber, süßer Vater", sagte die Jungfrau, „ich bin immerfort stumm gewesen bis heute, bis auf diese Stunde, wo Ihr auf mich eindranget, dass ich den Seneschall heiraten und ihn zu meinem Trauten nehmen soll. Gott aber will nicht, dass ich ihn erhalte, denn er erhielt die Wunde nicht damals, als er sich aus der Schlacht entfernte. Was er auch sagen mag, es ist alles falsch; wir wissen einen andern viel bessern, wir haben den ganz in unserer Nähe, der die Türken besiegt und entkräftigt hat und es endlich so teuer bezahlen musste, da man ihn verletzte und schwer verwundete. Gott, der hierüber schwer ergrimmt war, hat um deswillen ein solches Wunder getan, dass man immer davon reden wird, denn er hat mir die Sprache geschenkt."

Sobald ihr Vater solches vernommen, lief er auf seine Tochter zu, umarmte und küsste sie und war hoch erfreut und alles mit ihm: ja es war niemand hier, der nicht vor Freude geweint hätte. Auch erhob sich alsbald großer Lärm, Getümmel und Gedränge unter dem Volk und wollten alle herbei, um das große Wunder zu sehen und zu hören, wie das Mägdlein spreche. Der Seneschall dachte wohl in seinem Sinn, dass Gott es sicherlich getan habe, um ihn zu beschämen, und mit Recht musste es ihm übel ergehen, da er seinen Herrn verraten wollte. Während nun das Getümmel immer größer wurde und einer sich an den andern drängte und jeder nur darauf achtete, vorwärts zu kommen, nahm der Seneschall den Augenblick wahr, durch das Gewimmel sich einen Weg zu bahnen und zu entweichen. Mit Schmach des Verräters bedeckt entfloh er auch zu seinem raschen Pferd, niemand hinderte ihn daran, noch hielt ihn zurück; er achtete nicht seines lahmen Beins noch seiner Wunde. Er war auf's Höchste bestürzt über das, was er sah; er lief zu seinem Rosse hin, stieg in den Bügel, schwang sich auf den Sattel, stieß seinem Tier die Sporen in die Seite und kehrte so schnell von dannen, dass er in seiner schimpflichen Flucht, die ihm nie mehr abgewaschen worden, manches seiner Waffenstücke vergaß und zurückließ. Unterdessen war zu Rom in der großen Versammlung große Freude bei Mann und Weib, Jung und Alt, und jedermann vergaß allen Kummer. Die gelehrtesten Barone drängten sich um die Jungfrau, um das große Wunder anzustaunen, und weinten vor Freude und Entzücken. Der edle Kaiser redete mit Tränen in den Augen zu seiner Tochter und schloss sie in seine Arme.

„Meine Tochter", sprach er, „ich bin nun ganz geheilt und gerettet; aber noch bin ich völlig verwirrt über das, was ich Euch habe sagen hören, dass der Mann in unserer Nähe sei, der würdig wäre, mein Land zu besitzen, er, der meinen Krieg zu Ende gebracht hat. Da Ihr so viel davon gesprochen habt, sagt es uns, wenn Ihr es wisst, wo wir ihn finden können, denn durch ihn selbst werden wir nie Kunde von ihm erhalten, da er nicht kommt, um Eure Hand in Empfang zu nehmen und die Herrschaft über Rom nach meinem Ableben zu führen."

„Mein Vater", sagte das Fräulein, „ich kann Euch wohl Kunde geben von dem edlen wackeren Ritter, der zehn Jahre in dieser Stadt gewesen ist, ohne dass Ihr ihn gekannt habt und ohne dass Ihr seinen Namen wusstet und ihn bei demselben nennen konntet. Jetzt aber will Gott es nicht mehr geheim halten, er will ihn durch mich erhöhen und auch mich aus Liebe zu ihm, dem ruhmwürdigen, unsträflichen Manne, der Rom drei Mal gerettet hat; um seinetwillen hat Gott mir die Sprache geschenkt und dieses große Wunder vollbracht. Seht Ihr den, der dort unten liegt unter dem Gewölbe der Kapelle? Er ist es, den man einen Narren nennt; er ist es, der immer mit den Hunden seine Speise empfängt. Ich sage es Euch, er ist keineswegs ein Narr, sondern ein weiser, wackerer Ritter und von edlem Geschlechte, und wisset, dass er ans erlauchtem Stamme ist! Aber zur Buße verbirgt er sich unter dieser Gestalt, wie Ihr ihn bei der Mahlzeit sehen könnt. Oftmals habt Ihr mich geschmäht und getadelt mit Euren Worten, weil ich Euch durch Zeichen bedeutete, dass er würdig sei, große Ehre zu genießen, und dass er es sei, von dem alles sprach, den alle priesen; aber Ihr wolltet mir nicht glauben und hieltet alles für Lüge, Verwirrung und Narrheit, für törichten Scherz oder albernen Trübsinn und ließet mich entfernen von Eurem Tische. Vater, nun will Gott, dass mein Wort bestehe, das ich zu Euch sprach, von dem Ritter, welchen ich gepriesen und der jetzt zerlumpt auf der Treppe liegt."

Doch was war nun aus dem Seneschall geworden? Auf einmal riefen alle zusammen, er sei entflohen. Er war aus einmal verstummt, und dieser und jener wollte ihn gesehen haben, wie er sich durch das Gedränge Bahn gemacht. Sobald aber der Kaiser und die hohen Barone die Kunde vernahmen, dass sie den verräterischen Schurken nicht mehr in ihrem Bereich haben, der betrügerischer Weise zu ihnen zu kommen gewagt hatte, waren sie sehr betrübt, ihn nicht festzuhalten; umso mehr aber waren sie erfreut über die andere Nachricht, die das Mägdlein ihnen brachte, über den, welchen sie für einen Narren gehalten und der doch in Wahrheit der gute wackere Ritter war, der die Türken allesamt gedemütigt hatte. Sie waren ganz betroffen über das wunderbarliche Ereignis und weinten aus Erbarmen, welches sie um ihn fühlten, Jünglinge und Greise.

„Was ist", sprachen sie, „jemals in irgendeinem Reiche geschehen, das so wunderbar sich gefügt hätte, als diese seltsame Begebenheit? Dank sei dir, Herr im Himmel! Wer dir nicht glaubt, der ist nicht weise. Hielten wir doch noch vor kurzem diesen Mann für einen Toren und einen Verrückten, ihn, der mit uns gekommen ist, für uns so wacker und kühnlich zu streiten, dass er ganz allein durch seines Leibes Stärke uns die Schlacht gewonnen und das heidnische Gesindel um's Leben gebracht hat."

„Ihr Herren", begann jetzt das Mägdlein von neuem, „ich muss Euch noch etwas anderes mitteilen, was ich ganz gewiss weiß und was ich beweisen will. Ich halte den nicht für weise, der jetzt die Lanzenspitze hat, die der Seneschall herbrachte und um deren willen er Euch in Eurem Irrtum bestärkte. Aber er hat schlecht für sich gesorgt. Er sagt, das Eisen sei das seinige gewesen und er habe mit demselben den weißen Ritter bei dem Gehölze verwundet. Aber Gott verdamme ihn! Denn er hat es Euch in seinen Hals hinein gelogen. Falsch war sein Zeugnis, betrügerisch die Bürgschaft. Ich aber weiß, wo das wahre Eisen liegt, denn ich habe es jenen Mann daselbst niederlegen sehen, dieweil er keinen Lohn dafür begehren wollte. Ich kann mich nicht länger enthalten, selbst hinzugehen und es Euch zu holen."

Die edle Jungfrau zögerte nicht und ließ sich nicht schwach noch unwahr erfinden. Sie legte ihren Mantel ab und machte sich ganz einfach gekleidet Bahn durch das Getümmel. Sie ging in den Garten zu der Quelle und fand unter dem Rasen nahe am Sande das Eisen in der Erde verborgen, ohne dass sie lange zu suchen brauchte. Damit eilte sie denn zurück zu ihrem Vater, ganz hoch erfreut und mit leuchtendem Angesicht. Sie gab ihm die Lanzenspitze in die Hand vor dem Angesicht der mächtigen Helden, damit er sie beschaue und aufbewahre. Er ließ nun den Ritter selbst zu seinem Throne herankommen, dem das Eisen gehört oder gehören sollte. Er gab ihm dasselbe und beschwor ihn, sich jetzt alles Lügens zu enthalten und zu sagen, ob die Lanzenspitze die seinige sei; und sie war schön, hart und scharf. Sobald dieser sie sah, war er ganz bestürzt und fiel dem Kaiser zu Füßen.

„Herr", sprach er, „bei dem lebendigen Gott, ich brachte das Eisen mit von Pavia, wo ich es kaufte und zurecht machen ließ. Es gibt kein besseres von hier bis Cäsarea. Es war wohl in meinem Besitz sieben Jahre außer diesem Sommer und mit diesem habe ich den Mann verwundet, worüber alle Römer trauern und bekümmert sind."

Seine Begleiter bestätigten dieses Zeugnis.

„Ritter", sprach der Kaiser weiter, „sagt nun bei Eures Vaters Seele und Seligkeit! Warum habt Ihr denn so eben gelogen wegen des Eisens, das Ihr in der Hand hattet?"

„Herr", sprach er, „das will ich Euch sagen und will Euch kein Wort von der Wahrheit verhalten. Ich sah den Seneschall vor Euch stehen, ich bemerkte, wie er Euer ganzes Herz bereits in Besitz genommen und wie Ihr nicht erwarten konntet, dass ihm die höchste Ehre und Belohnung zuteilwerde und er Eure Tochter zum Weibe nehme. Ich sah, dass es mit dieser Ehe doch nicht mehr anders geworden wäre, wenn ich auch die Lanzenspitze verleugnet hätte, und dazu wäre ich von allen gehasst worden. Darum wenn ich Euch verraten habe, so vergebt mir diesmal, Ihr sollt ferner niemals wieder dazu Veranlassung haben!"

Der Kaiser sprach ihn auch los, weil seine Tochter, die er so sehr lieb hatte, ihn inständig darum bat; er gab die Verzeihung aufrichtig wegen des Wunders und wegen der Freude. Nun aber konnte er nicht mehr länger erwarten, den zu sehen, der verwundet an der Kapelle lag. Er berief seiner höchsten Barone zehn von den besten, die er in der Versammlung finden konnte.

„Ihr Herren," sprach er, „macht Euch auf von hier und seid bedacht darauf, dass Ihr nirgend verweilet! Führet mir den Ritter herbei, der unter dem Gewölbe des Söllers liegt! Wir wollen sehen, was er uns offenbaren wird."

Diese durften ihm nicht widersprechen, sie gingen weg, wo sie den Ritter zu finden gedachten; unter das Gewölbe der Kapelle, wo dieser über seine Wunden jammerte, die ihm sein Ansehen ganz verunstaltet hatten. Sie trafen ihn seufzend und klagend und baten ihn, sich zu erheben. Robert weigerte sich dessen nicht, machte sich auf unter großen Schmerzen und tat, warum sie ihn baten. Der Arme wusste nichts von dem, was geschehen war; er war aber so abgemagert und kraftlos, dass sie sich genötigt sahen, ihn zu unterstützen. Sie nahmen ihn mit Gewalt in ihre Arme und schleppten ihn vor die Halle heraus. Seine Wunde schmerzte ihn so sehr, dass der ritterliche Mann in seiner Bedrängnis heftig jammerte, und, er gedachte den Tod darüber zu finden. Die Barone aber führten ihn hinweg und brachten ihn in die Versammlung vor den Kaiser von Rom und den obersten Bischof und die heiligen Männer und alle andern, so daselbst beisammen waren; diese empfingen ihn mit großem Jubel, erhoben sich vor ihm von ihren Sitzen, gleicher Weise tat auch das Fräulein und neigte sich vor allen andern gegen ihn. Darauf setzten sie Robert trotz seines Widerstrebens auf einen Stuhl aus gediegenem Golde, gerade gegenüber von dem Kaiser. Er war jetzt in großer Angst, er sei gewiss erkannt worden, wovor er sich so sehr zu hüten und zu beschützen suchte. Die Römer hatten mit ihm das größte Erbarmen und ehrten ihn auf alle Art und weinten heiße Tränen um seinen Schmerz und sein Ungemach. Sobald aber der Lärm sich etwas gelegt hatte, redete ihn der Kaiser an.

„Lieber Sohn", sprach er, „lieber Freund, wer seid Ihr? Verhehlt es mir nicht! Wie heißt Ihr? Wir wissen wohl, was Ihr getan habt. Warum aber verbergt Ihr Euch vor uns? Ihr seid jetzt leidend. Nehmt es nicht als eine Unbill, wenn Wir Euch nach Euern Umständen fragen! Wir befehlen Euch im Namen Gottes, es uns nicht länger zu verbergen, sondern Eure Angelegenheiten uns zu eröffnen."

Robert wollte ihm jedoch nicht antworten. Tränen stürzten aus seinen Augen, Seufzer entrangen sich seiner Brust; er war ganz bestürzt, die Menge Volks so aufmerksam auf ihn zu sehen, denn er gedachte wohl, er sei verraten.

„Ritter", sprach das Fräulein, „ich bin immerdar stumm gewesen bis zum heutigen Tage; aber Euch zuliebe wahrhaftig hat mir Gott die Redefähigkeit geschenkt heute um die neunte Stunde, denn er will, dass Ihr Herr sein sollt über die Krone und das Reich.

Ich beschwöre Euch bei dem himmlischen König, dass Ihr Euer ganzes Wesen erzählt, wer Ihr seid und wo Ihr herkamt, als Ihr bei uns zu weilen anfinget."

Aber auch ihr wollte Robert kein Wort erwiderte, trotz ihrer eindringlichen Rede. Indes weinte er vor Rührung und dankte Gott in seinem Herzen, dass er ihr die Rede geschenkt hatte, wie er soeben von ihr vernommen. Als das edle Mädchen bemerkte, dass sie Robert durchaus nicht dahin bringen konnte, ein Wort zu sprechen, fing sie an bitterlich zu weinen. Sie bat nun den obersten Bischof und sprach: „Herr, bei dem allmächtigen Gott, der die Welt erschaffen hat, beschwöre ich Euch, macht, dass er mit Euch rede, da er mit uns nicht reden will, so lange er auch in unserem Hause ist!"

Da redete ihn der Bischof an und sprach: „Bruder, seid nicht böse über das, was ich Euch sagen will! Ich beschwöre Euch bei dem König der Ehren, dass Ihr, so gut Ihr es im Gedächtnis habt, uns Euer Leben erzählet, und ob Ihr uns wirklich so große Huld erwiesen."

Robert sagte kein Wort, sondern schwieg, so wenig ihm auch gefiel, was er hörte. Als der Heilige Vater dieses sah, dass er auch ihm zuliebe nicht antworten wollte, so gedachte er, er werde niemandes Bitte nachgeben, wenn nicht etwa der Aufforderung des heiligen Einsiedlers, der in dem großen Walde wohnte. Er bat ihn daher sehr freundlich und der Einsiedler redete gar artig seinen früheren Gast an.

„Mein Freund", sprach der fromme Eremit, „ich bitte Euch im Namen Gottes, dass Ihr mir saget, wer Ihr seid. Ich will es wissen, wenn Euch an meiner Huld und meinem Segen etwas liegt."

Robert war dadurch nicht beängstigt, als er dies hörte, sondern höchlich erfreut, denn er hatte bisher immer auf diesen Befehl gewartet.

Diesem gegenüber brauchte er sich nun nicht länger zu verstellen.

„Herr", sprach er, „ich will es Euch sagen und Euch nichts verhalten, da Ihr mir zu reden befehlt. Alles, worüber Ihr mich fraget, will ich Euch der reinen Wahrheit gemäß beantworten; Euch darf ich meine Handlungsweise nicht verhehlen, Euch muss ich berichten billicherweise nach der Wahrheit. Herr, ich bin geboren in der Normandie; der Herzog des Landes war mein Vater und die Herzogin meine Mutter und der Graf von Poitiers, lieber Herr, der war mein Großvater, ich kann's versichern. Aber ich bin widernatürlich erzeuget; durch ein böses Geschick erbat mich meine Mutter vom Teufel, der in mir viel Böses und manch schlimmes Jugendwerk anzurichten begann. Dafür habe ich hier Buße getan, wie Ihr solche mir auferlegt habt. Hiermit habe ich Euch mein ganzes Tun und Lassen gesagt, und ich kann Euch auch noch meinen Namen nennen; Robert hieß man mich bei der Taufe."

Nun waren auch in die Versammlung desselbigen Tages vier Barone gekommen, welches vornehme Männer aus der Normandie waren. Sie hatten sich lange Zeit in Rom aufgehalten, um Nachrichten von Robert einzuziehen, den sie schon in vielen Landen gesucht hatten, und sie hatten weder Krieg noch Ungemach gescheut. Sobald sie ihn daher sprechen hörten, erfreuten sie sich innig, sie drängten sich alle vier zu ihm hin und stürzten vor aller Angesicht ihm zu Füßen, die Tränen flossen in Strömen aus ihren Augen und weinend baten sie ihn um seine Gnade.

„Edler Herr", sprachen die Barone, „Eure Mannen alle rufen nach Euch um Eure Gnade. Alle Welt stürmt auf sie los. Kommt doch ihnen zu Hilfe! Herr, haltet Euch nicht länger auf, weder um Freund noch um Freundin und springt ihnen bei! Denn schnöder Weise wollen die Leute Eures Geschlechts sie unterdrücken; täglich fügen sie den Mannen Eures Landes großen Schaden zu und vertreiben sie in offenem Krieg. Herr, der Herzog, Euer Vater, ist gestorben und die Herzogin, Eure Mutter, auch Euer Ahn, der reiche Graf, der die Seinen so sehr geliebt hatte. Ihre Würden sind auf Euch übergegangen; es ist kein Mann im Lande, der zwei Erdbeeren wert wäre für die Herrschaft. Ihr müsst sie einnehmen. Aber Eure Verwandten betrügen Euch; sie gedenken Euch hinauszuweisen aus Eurem Lande. Lasst Euch Euer Erbe nicht rauben, Herr! Damit habt Ihr genug vernommen."

Als der Kaiser die Worte Roberts und der Fremden gehört und erfahren, wer er war, freute er sich über die Maßen, denn die Nachrichten, die sie erzählten, erhoben sein Gemüt wegen der Macht, des Geschlechts und des Reichtums des edlen Ritters. Er ging auf ihn zu vor den Augen der ganzen Versammlung und begann freundlich mit ihm zu reden.

„Freund Robert", sprach der Kaiser, „wenn der Herzog, Euer Vater, gestorben ist, der in seinen Tagen ein so gewaltiger Mann war, so lasst Euch das nicht grämen! Denn ich will Euch ein guter Vater sein. Ich will Euch meine Tochter zum Weibe geben und mein ganzes Reich. Ich will, dass Ihr statt meiner Herr und Meister, Richter und Kaiser sein sollet."

„Kaiser", sprachen die Boten, „wir hielten ihn nicht für weise, wenn er, um Eure Tochter zu heiraten, die Verteidigung seines Landes verabsäumte, das zerstört und verwüstet werden würde, wenn er nicht eilends zu Hilfe käme."

Darauf sprach Robert: „Ihr Herren, höret! Ich bitte euch um Gottes Liebe willen, dass ihr ruhig seid! Gehet zurück in euer Land! Denn ich werde nie, so lange ich lebe, mehr in die Welt gehen, sondern meine arme Seele behüten, damit nicht der böse Feind sie gewinne und sie nicht horche mehr auf die Eitelkeit dieser Zeit, womit ich die ewige Seligkeit verscherzen könnte. Ihr habt genug gehört in früheren Jahren, was für ein Mensch ich war und wie beschaffen mein Tun und Lassen. Ich werde nicht widerkehren auf den gefahrvollen Pfad des Bösen. Erseht euch unter meiner Verwandtschaft einen wackeren und verständigen Mann, dass er meine Ehre und meine Rechte handhabe! Diesen zu suchen ist eure Pflicht, und ich befehle es euch zu tun ohne Widerrede. Ich selbst werde diesmal nicht zurückkehren."

Da sprach der Kaiser: „Lieber Freund, die Gabe, die ich Euch versprochen habe, nehmt sie doch! Ich bitte Euch."

Robert aber versetzte: „Herr, um Eure Wünsche zu befriedigen, werde ich, so wahr Gott lebt, der Jungfrau Sohn, nicht meine Seele, die ich durch große Not und Mühe gerettet habe, wider dem Verderben nahe bringen. Ich lasse Euch all Euer Besitztum und Eure schöne Tochter. Niemals, wenn es Gottes Wille ist, soll ihr jungfräulicher Leib von mir entweiht werden, nicht geküsst, noch umarmt; mich reizt keine Wollust der Welt, vielmehr werde ich hingehen mit dem Einsiedler, der in dem großen Walde wohnt. Niemals will ich mich von ihm scheiden und will bei ihm dem großen Zeugen dienen, der für uns Marter und Pein erlitten und durch seinen Tod den Satan betrogen hat. Aber darum bitte ich Euch um Eurer Huld willen, dass Ihr zum Lohne für meine Dienste mich nach dem Walde bringen lasst zu der Einsiedelei, wo ich meines Leibes Notdurft besorgen kann. Ich will meine Wunde heilen lassen, damit meine Schmerzen ein Ende nehmen. Zu dem Einsiedler habe ich so große Vorliebe gefasst, dass ich nie von ihm lassen kann und nie von seiner Seite weichen will. Da Ihr nun alle wisst, wie es um mich steht, will ich weggehen und nicht länger warten, denn wer mir auch die ganze weite Welt schenkte, mit allen, die darauf wohnen, und mit allem, was an Reichtum und Schätzen sich daselbst findet, er würde mich doch nicht aufhalten noch bewegen, nur einen Tag in der Welt zu bleiben. Darum zeigt mir nur Eure Huld darin, dass Ihr mich von hinnen tragen lasst! Meine Wunde schmerzt mich heftig und mich verlangt nach der Einsamkeit im Walde."

Darauf versetzte der Kaiser: „Da denn weder Land noch Geld und Gold Euch hier zu bleiben bewegen kann, so will ich Euch hinbringen lassen zu der Behausung des frommen Einsiedlers, welcher hier in unserer Mitte ist. Aber keiner ist unter den Anwesenden, der nicht unsern Schmerz teilt darüber, dass Ihr von uns scheidet. Mein Herr und Kaiser, sprach der Einsiedler, da Robert unsern Herrn Gott den himmlischen König zu seinem Vater erwählt hat und mit mir in der Einsamkeit leben will, so lasst ihn denn mit mir kommen, denn Ihr werdet ihn nicht zurückhalten! Da er sich ganz Jesu Christ ergeben hat, will er alle Gefahr vermeiden, dem bösen Feind, dem Teufel, wieder anheim zu fallen; er will, dass sein Herz beständig bleibe im Dienste Jesu Christs, der die Welt erschaffen und erlöset hat."

Der Kaiser sprach: „So sei es! Da ihn keiner zurückhalten kann, so will ich ihn gerne hintragen lassen."

Darauf befahl er den Zimmerleuten, eine Tragbahre zu verfertigen und zierlich zu arbeiten, und ließ sodann Robert darauf setzen, der nun nicht länger bei ihm verweilte. Kinder, Frauen, Jungfrauen, Mägdlein und Fräulein, der Kaiser und alle seine Mannen begleiteten eine gute Meile vor Rom hinaus die Tragbahre. Aller Aussehen war sehr betrübt, als sie endlich von ihm Abschied nahmen und ihn unserm Herrn Gott befahlen. So nahm der Einsiedler, der um Gottes willen allerlei Plage auf sich legte, Robert mit in den Wald. Robert genas und erholte sich von seiner Wunde und die Zeit kam, da der fromme Einsiedler abschied, um Gott die Verdienste vorzulegen, die er durch selbstgewählte Pein erworben hatte. Er begrub den heiligen Mann in der Kapelle und beklagte ihn aufrichtig. Robert lebte nachher noch lange und diente Gott in des Einsiedlers Behausung mit frommem Herzen. Auch verrichtete Gott um seinetwillen mancherlei Wunder in dieser Welt, ehe denn er sein Leben beschloss, und die, die zu ihm kamen, hielten ihn für den frommen Einsiedler. Am Ende starb er auch in dem Walde in der Einsiedelei. Als die Römer dies erfuhren, kamen sie in Festkleidern herbei in frommem feierlichem Aufzug. Sie brachten ihn heraus aus der Einsiedelei und nahmen den Leichnam mit gen

Rom, wo sie ihn bei Sankt Johann vom Lateran bestatteten; wenn man in die Kirche tritt, rechts ist sein Grabmal, wo er von den Pfaffen eingesegnet ward und noch zu finden ist auf den heutigen Tag. Sodann hielten sie in Rom eine große Versammlung, wozu Leute aus vielen Landen herbeikamen, und schlossen Friede über mehrere Kriege. Bei dieser Versammlung geschah es, dass auch ein reicher Mann aus Puy nach Rom kam; derselbe nahm heimlich aus Roberts Grabe, was er bekommen konnte, und größeres Gut wollte er nicht gewinnen. Mit diesem kam er in seine Heimat zurück und erbaute bei Puy an einem Flusse eine reiche Abtei zu Ehren Roberts. Er setzte daselbst einen Abt, Mönche und Priester ein, Gott im Himmelsthron zu preisen, und alle Welt kennt jetzt die schöne Abtei zum heiligen Robert.

Die lange Nacht

Es war einmal ein Priester, der lebte nicht, wie es für sein heilig Amt sich ziemte, sondern horchte auf die Stimme der Üppigkeit und Wollust, weswegen er von seinen Standesgenossen heftig getadelt wurde. Er war nämlich verliebt in eines ehrsamen Bürgers Weib. Der Mann wusste gar nicht, was er bei der Sache anfangen solle, noch bei wem er sich beschweren könne, und war deshalb sehr betrübt und manchmal fast von Sinnen, wie es Eifersüchtigen gemeiniglich zu gehen pflegt, denn die Eifersucht macht unzählige Narren in der Welt und Elend aller Art. In einer der langen Nächte vor Weihnachten nun gedachte der Bürger eines Abends seine Frau auf die Probe zu stellen und sagte zu ihr: „Morgen früh, mein liebes Weib, mache ich mich auf den Weg und will einen meiner Brüder besuchen, der weit von hier in einem fremden Lande wohnt. Es tut mir nur Leid um Euretwillen, dass ich Euch verlassen muss, denn ich werde nicht so bald wiederkommen."

„Daran sehe ich nun", entgegnete die Frau, „dass Ihr mich nicht im Geringsten lieb habt, da Ihr Euch so weit von mir entfernen könnt, und ich soll indessen mutterseelenallein zu Hause bleiben."

Das Weib aber war sehr verschlagen und listig und war ihr ganz anders zumute, als sie sprach.

„Liebe Base", sagte der Mann hierauf, „fürchtet Euch doch nicht! Ich will in einem halben Jahr wieder hier sein. Aber morgen will ich vor Tag weggehen, um ein gut Stück Wegs zurücklegen zu können."

„So seid nur stille, Herr, und schlaft! Denn Ihr werdet bald genug den Tag anblasen hören."

„Ihr habt Recht", sagte der Mann, war aber nicht so ungescheid, dass er nicht gemerkt hätte, wo das alles hinauswollte. Doch nahm er es geduldig hin, um mit der Zeit noch mehr zu erfahren. Als es nun an's Abschiednehmen kam, umarmte und küsste sie ihn vielmals, begleitete ihn auch bis vor die Tür; dort aber kehrte sie um und er tat, als ob er wegginge, schlug jedoch bald einen Seitenweg ein und kam auf demselben glücklich in sein Heimwesen zurück. Schon war Bourghes nach dem Pfaffen ausgegangen, mit welchem sie längst gut bekannt war, das Bad stand am Feuer und der Kapaun lag gerupft im Topfe. Der Pfaffe ließ zwar etwas auf sich warten, doch war nicht zu denken, dass er eine solche Einladung ausschlagen sollte. Der Ehemann, der sich vorgenommen hatte, alles zu beobachten, war daher bereits in seinem Versteck, als der Pfaffe in's Haus kam. Bourghes führte ihn in die Kammer.

„Wo kommt Ihr her, Nachbarin?" ‚sprach er.

„Lieber, süßer Herr, trauter Gesell, zieht Euch aus und steiget in das Bad!"

„Von Herzen gerne, holde Frau!"

Damit stieg er in das Bad und ließ es sich recht wohl sein. Bourghes war ihm, wie sie schon zu tun gewohnt war, dabei dienstlich, und die Frau eilte, ihm einen Kuchen zu backen, und lief in den Hof nach Eiern, um den Kuchen damit zu vergolden. Bourghes eilte indes in die Scheune, um Heu zu holen. Der Priester in seinem Bade versank unterweilen in allerlei Gedanken und Träumereien, bis er ganz sanft einschlummerte, ohne alle Sorge und ohne Ahnung, was ihn erwartete, denn er wusste nicht, dass der Ehemann auf der Lauer stand und auf Rache sann. Sobald dieser bemerkte, dass er eingeschlafen und sonst niemand zu Hause war, als sie beide, holte er einen Strick, warf ihm denselben um den Hals und zog daran mit beiden Händen so lange und so heftig, bis dass der Pfaffe ganz erdrosselt war. So hatte er sich an seinem Feinde gerächt, aus dem seine Frau einen Freund gemacht hatte. Sobald es aber geschehen war, nahm er ihm den Strick wieder vom Hals, damit es niemand bemerke. Darauf ging er an das vordere Tor und rief laut: „Macht auf! Macht auf!"

„Geschwind, Bourghes", sagte die Frau, „deckt das Bad zu!"

Und sie war nicht wenig böse, als sie bemerkte, dass ihr Gatte zurückkam. Bourghes aber verstand ihre Frau wohl, breitete ein Leintuch über die Wanne aus und sagte zu dem Geistlichen: „Rührt Euch nicht, lieber Herr! Denn wenn man Euch entdeckte, so würde ein schlechter Empfang Eurer warten." Der Priester erwiderte keine Silbe, sondern schwieg, aus guten Gründen. Indessen kam die Frau voll Zorn und Ärger an das Hoftor und ließ ihren Herrn ein, der nicht wenig erfreut tat über die Speisen, die er im Hause bereitfand.

„Schwester", sprach er, „diese Nacht habe ich kein besonderes Glück, des bin ich gewiss. Ich bleibe lieber daheim."

„Ja, Herr, ich habe auch davon geträumt, sobald Ihr von mir Abschied genommen hattet, und es war mir, als ob ich Euch bald wieder zurück haben würde, darum habe ich etwas für Euch gekocht."

„Daran habt Ihr gescheit getan und Gott schenke Euch Freude und Ehre dafür!"

„Seht! da ist das Essen ganz fertig."

„Und das will ich mir recht schmecken lassen, denn ich sterbe fast vor Hunger."

„Setzt Euch also auf diesen Bündel Stroh! Ich komme gleich wieder."

Sie brachte ihm den Kapaun, der auf dem Rost gebraten war; ihr Mann machte sich darüber her; dann nahm sie auch den Kuchen vom Feuer und setzte ihm die Hälfte vor. Sie beeilte ihr Geschäft, so sehr sie konnte, denn sie war in großer Angst. Von dem Wein genoss der Bürger nichts; er hatte dazu keine absonderliche Lust und dachte nur, es wäre ihm lieber, sein Weib los zu sein. Nachdem er, so viel ihm schmeckte, gegessen hatte, ging er zu Bett, seine Frau aber kam nicht an seine Seite, sondern eilte nach dem Pfaffen, an den sie immer mit Angst und Bangigkeit dachte, denn sie liebte ihn wirklich von Herzen und sehnte sich nach seiner Unterhaltung.

„Wie ist Euch; lieber guter Herr? Man hat Euch diesmal schlecht bedient. Wäre doch mein falscher Mann, den ich nicht ausstehen kann, lebendig geschunden, dass er so bald nach Hause kam!"

„Der leibhafte Satan hat ihn zurückgebracht. Ja, wir haben Euch schlecht gebettet, ich und Bourghes, meine Magd!"

Darauf legte sie ihre Hand an seine Brust und sah, dass er nicht antwortete.

„Herr Gott, was ist denn das? Kein Wort? Mein lieber Herr, mein holder Freund, seid Ihr wegen meines Außenbleibens so in Schwermut versunken, dass Ihr keinen Laut hervorbringt? Aber wahrhaftig, mein Mann hat mich auch recht kurz gehalten; Gott vergelt's ihm! Ich wagte nicht mehr, nach Euch zu sehen. Nichts desto weniger habe ich all meine Sachen so gerüstet und bereit, dass ich Euch dienen kann nach Eurem Begehr, denn Eure Liebe wohnt in mir. Warum sprecht Ihr denn nicht mit mir, lieber Herr, holder Freund? Warum antwortet Ihr nicht?"

So sprach sie noch eine Weile; aber der Priester gab keine Antwort; darum machte sie sich näher zu ihm, umhalste, kitzelte und stieß ihn, denn sie war gewiss, ihn auf diese Art wie sonst zur Heiterkeit zu erwecken. Diesmal jedoch schlug ihr Mittel fehl. Unterdessen kam auch Bourghes hinzu und sagte zu ihrer Frau: „Was wollt Ihr mit ihm anfangen? Sagt! Wollt Ihr Euch nicht in's Bad setzen zu diesem zierlichen Kaplan? Lasst Euren Mann schlafen! Der hat sich den Bauch weidlich angefüllt."

„Ach Bourghes, er verachtet mich, ich bin ihm zu schlecht, er mag mir nicht einmal antworten. Fast sterb' ich vor Kummer und vergehe vor Schmerz. Ich habe ihm doch meine Liebe geschenkt und er will mich nicht einmal ansehen."

Der Bürger, welcher getan hatte, als ob er schliefe, horchte und lauschte und schaute durch die Türe und bemerkte, wie sein Weib allmählich außer sich kam, sprach aber bei allein kein Wort. Auf alle mögliche Art redete die Frau den Priester, ihren Freund, an.

„Was ist denn das, Herr? Was ist der Grund? Könnt Ihr denn die Augen nicht aufmachen? Bourghes, so wahr mir Gott helfe, der Kaplan ist entweder schwer betrübt, oder ist er nicht recht bei Sinnen, dass er verschmäht, mir zu antworten. Es ist ja fast, als ob er die Sprache sich weggebadet hätte."

„Liebe Frau", sprach Bourghes, „glaubet mir, er träumt nicht und schläft nicht; vielmehr, wenn ich je einen toten Menschen gesehen habe, so muss ich sagen, dass er tot ist. Seht nur, wie sein Gesicht blass, entfärbt, entstellt aussieht! Die Augen in seinem Haupt sind ganz verloschen. Meint Ihr nicht, er würde antworten, wenn er etwas sähe oder hörte?"

Die Frau merkte wohl, dass jene Recht hatte, und war darüber so bestürzt, dass ihr der Atem stockte.

„Ich Unglückliche", rief sie, „was wollen wir mit dem Leichnam anfangen?"

Bourghes aber war verständig genug und sagte: „Das Trauern hilft hier nichts, liebe Frau! Lasst Euer Wehklagen gehen und lasst uns bedenken, was wir zu tun haben! Wisst Ihr, was das Beste wäre, um alles böse Gerede zu vermeiden? Wir haben draußen Haber zu dreschen; nehmen wir den Toten und legen ihn unter den Haufen hin, dass ihn Euer Gatte nicht bemerkt! Dort können wir ihn lassen, bis uns ein besserer Platz einfällt und können vor der Hand uns ruhig schlafen legen."

„Ihr habt ganz Recht, Bourghes! Das ist das Beste, erwiderte die Frau; ich bin ganz mit Euch einverstanden."

Sie führten es denn auch alsbald aus, bedeckten den Pfaffen sorgfältig mit Haber und verfügten sich sofort zur Ruhe. Die Frau war indes höchst verdrießlich, legte sich wie ein Klotz neben ihren Mann und auch dieser tat, als ob er schliefe, und ließ sich mit keiner Silbe anmerken, dass er ihr ganzes Tun und Treiben beobachtet hatte. Er wusste wohl, dass der Pfaffe unter dem Haber versteckt war, und darum sagte er, sobald sein Weib eine Weile neben ihm lag: „Liebes Weib, es liegt mir schwer auf dem Herzen, dass wir kein Geld haben, und doch sind wir unsern Nachbarn schuldig und es wäre hohe Zeit, dass wir's ihnen zurückgäben. Wir wollen deswegen morgen den Haber in unserer Scheune dreschen und verkaufen, denn ich will nun einmal das Haus leeren und Geld auftreiben; wenn man Geld entlehnt hat, so muss man auch mit dem Heimzahlen pünktlich sein."

„Ach lieber Mann, wir haben ja noch genug gedroschenen Haber auf unserem Speicher, aus dem können wir hinreichend Geld lösen; es sind wenigstens drei Malter, wo nicht vier; wozu wollt Ihr denn noch mehr dreschen lassen? Greift doch lieber Eure Vorräte an!"

„Liebe Schwester, ich hab' Euch von Herzen lieb und Ihr habt vollkommen Recht; aber morgen, so wahr ich lebe, lasse ich dennoch dreschen, denn es wäre doch bei Gott eine Schande, wenn ich mich durch Euch von etwas abbringen ließe. Darum schweigt nur und gebt Euch keine Mühe! Denn es geschieht deshalb nicht anders."

Die Frau wagte nicht mehr zu sagen und bedachte hin und her, was sie tun sollte.

„Ach Gott", rief sie jetzt, „ich muss gleich aufstehen; es ist mir, als müsste mein Herz mir zerspringen; ich halte es nicht länger aus im Bette."

„So steht auf, liebe Schwester, so wird es Euch wohl besser."

„Ja, Herr, Ihr habt ganz Recht. Ich will auch nach der Magd gehen und sie wecken."

Damit ging sie hinaus zu der Magd und erzählte ihr ausführlich, wie ihr Gatte mit ihr verfuhr und dass er morgen um alle Gewalt Haber dreschen lassen wolle.

„O dafür weiß ich schon Rat, liebe Frau, wenn Euch mein Rat gefällt. Damit werden wir leicht fertig und ich will Euch sagen wie. Nehmt den Leichnam aus dem ungedroschenen Haber weg und legt ihn in den Speicher, wo der gedroschene aufbewahrt wird! Etwas Besseres weiß ich nicht."

„Er gefällt mir nicht übel, Bourghes!"

Darauf zogen sie den Toten aus den Habergarben hervor und versteckten ihn auf dem Speicher, worauf sie sich wieder zu Bett legten. Der Bürger hatte wieder alles mit angehört und angesehen und sprach, sobald er seine Frau neben sich liegend bemerkte: „Liebe, gute Freundin, ich habe Euch erzürnt, aber es reut mich und ich habe mich jetzt eines Bessern besonnen; ich will Euern Wunsch und Willen erfüllen, denn ich sehe wohl, dass Ihr Recht habt. Wahrlich der, der mir Euch zur Frau gegeben, hat recht ehrlich und redlich für mich gesorgt. Ich will demnach morgen den Speicher ableeren lassen und daraus etwas Geld lösen. Den ungedroschenen Haber wollen wir dagegen behalten, da es Euch so besser gefällt."

„Ach nein, Herr, verkauft diesen und behaltet den gedroschenen! Kümmert Euch nicht um fremden Rat!"

„Nein, bei meinem Leben, liebes Weib, ich tue es nicht. Ich verkaufe den auf dem Speicher und dabei bleibt es."

„Noch ist es keine Stunde her, dass Ihr gesagt habt, Ihr wollet den ungedroschenen behalten und den andern verkaufen. Was soll nun das heißen? Wisst Ihr nicht auf Eurem Worte zu beharren?"

„Doch, doch, liebes Weib, das will ich dir zum Trotz. Ich sage, dass ich den Haber, der noch in Garben ist, nicht verkaufe; ich lasse ihn liegen und wenn er mir Monate lang da läge, bei meinem Bart! Das will ich tun alles Euch zu Gefallen. Unsern Speicher aber will ich leeren, wie es auch gehen mag."

„Denkt aber auch daran, Herr, dass jetzt eben der Hof ziemlich leer ist von Gras und Stroh! Würden wir morgen dreschen, so würden es sich nur unsere Tiere zunutze machen und sich toll und voll fressen."

„Ihr gebt Euch aber auch zu viel Mühe, schöne Schwester, mit Hin – und Hersinnen. Ich habe mir nun einmal in den Kopf gesetzt, Euren Wünschen nachzukommen, und Ihr werdet mich jetzt nicht wieder davon abbringen."

„In der Tat, Herr, Ihr betragt Euch gar widerwärtig gegen mich und ich weiß mir gar nicht zu erklären warum. Es setzt mir auch recht zu, und ist mir, als wäre mir das Herz aus dem Leibe gerissen. Wahrhaftig, lieber Herr, es ist mir so weh, dass ich gerne mit dem Pfaffen spräche, um ihm mein Leiden zu klagen."

„So steht eilends auf und geht wieder zu Bourghes! Sie soll Euer Übel untersuchen und nachsehen, ob es der Mühe wert ist."

„Wahrlich, Herr, Ihr wisst wohl, was mir gut ist. Gott vergelte es Euch! Ohne weiter viel Worte zu machen, stand sie auf, ging alsbald wieder zu Bourghes und hielt Rat mit ihr über alles, was sie gehört hatte. Bourghes war über diese Botschaft nicht sehr erfreut und hörte allem fleißig zu."

„Frau", sagte sie endlich, „da fällt mir etwas ein, was uns ganz aus dieser Verlegenheit reißen könnte. Unserem Hause gegenüber sah ich diesen Abend den Pfaffen zu einem Nachbar eintreten. Bringen wir ihn dorthin und lehnen ihn diesem an die Haustüre!"

„Ganz recht, liebe Freundin!" ‚sagte die Frau.

So holten sie ihn vom Speicher, zogen ihn am Arme fort, taten ihm seine Kleider an, wie er sie bei Lebzeiten zu tragen pflegte, und trugen ihn sodann an die Türe, an welcher sie ihn, ohne sich rechts oder links umzusehen, anlehnten. Der Tote plumpte hart an, die Weiber aber liefen was sie konnten nach Hause und krochen in ihre Betten. Der Nachbar fuhr über dem Gepolter an seiner Türe vom Schlaf auf, meinte, es wolle jemand herein, und stieg brummend über solche Störung aus dem Bette, ging, ohne sich lange mit Ankleiden zu verweilen, nach der Türe und öffnete sie. Wie erschrak er aber, als der Pfaffe mit seiner ganzen Last über ihn herfiel! Er rief in seiner Angst seinem Weibe und sprach: „Zünde schnell Licht an, liebe Schwester! Ich bin fast des Todes vor Schrecken, denn da fällt, ich weiß selbst nicht was für ein Herr ohne Umstände über mich her. Weiß Gott, wo der mag umhergefahren sein! Aber so viel scheint mir ausgemacht, es ist ein Geistlicher oder ein Mönch aus irgendeinem Kloster, oder hat er, um seine Schalkhaftigkeit zu verhüllen, diesen schwarzen Priestermantel irgendwo geborgt."

Die Frau kam mit brennendem Lichte herbei, und als man den Pfaffen auf dem Boden liegen sah, sagte der Mann: „Wer hat Euch bestellt, Herr Kaplan? Das sollt Ihr mir sagen. Ihr seid mir ein seiner Klosterbrüder. Was sucht Ihr doch hier um diese Stunde?"

„Ihr tätet besser, wenn Ihr des Nachts zu Hause bliebet. Wie? Was? Wollt Ihr uns nicht antworten? Sagt ohne Umstände, wer Ihr seid! Glaubt Ihr, wir seien so dumm, Euch jetzt entwischen zu lassen, da wir Euch einmal festhalten? Ihr seid wohl gar ein Dieb. „

„Herr", sagte das Weib, „mir scheint: er schläft."

„Eher halte ich ihn für tot, liebe Schwester, denn auch wie er hinfiel, hörte ich ihn nicht eine Silbe reden. Hätte er gelebt, so müsste er sich wenigstens beklagt haben, dass ihm irgendein Glied weh tue."

Die Frau aber trat jetzt näher hinzu, erkannte ihn am Gesicht und spracht: „Wir sind übel angeführt, lieber Herr, das sage ich Euch in Wahrheit; denn das ist unser Priester, der bei uns einzukehren und zu spielen pflegte; so hat er nun auch heute an unsere Türe gepocht, wie er sonst oft getan, und hat sich ungeschickter Weise mit dem ganzen Leib daran gelehnt. Glaubet mir, wenn unsere Feinde das merken, so geben sie uns die Schuld davon! Man kann doch nie unangefochten leben. Machen wir, dass wir dieser Sorge loswerden, so lange es noch möglich ist! Wie wäre es, wenn wir ihn vergrüben? Die Toten bestattet man ja zur Erde. Aber geschwind! Geschwind! Denn bei Gott, wenn wir bemerkt würden, es wäre ein gar schlimmer Handel; man würde sagen, so unwahr es auch wäre, wir haben ihn umgebracht seines Geldes wegen. Wie viel schlimme Nachreden muss man sich nicht gefallen lassen! Komm! Wir haben ja einen frisch umgebrochenen Acker! Wir wollen ihn dahin bringen und verscharren, so sind wir aller Schmach und Schande los."

Die Ermahnungen des Weibes wurden beachtet und der Mann trug den Leichnam hinaus auf das Feld zu dem Acker hin, auf welchem er eingescharrt werden sollte. Er kam an einem Graben vorüber und sah in demselben eine Stute weiden. Der Graben war nicht breit noch tief;

neben dem Pferde lag ein Bauer schlafend am Rande des Grabens, er hatte den Halfter seines Tieres um den Arm geschlungen, um sicher zu sein, dass es ihm nicht davon laufe. Der Mann, welcher den Pfaffen auf dem Rücken hatte, hielt bei dem Füllen stille, und da auch das Tier ganz ruhig war, setzte er den Leichnam hinauf, brachte die Füße geschickt in die Steigbügel und kehrte so schnell er konnte in aller Stille um nach Hause. Sobald jedoch das Tier seine Last fühlte, fing es an, sich zu bäumen; sein Wärter aber erwachte ganz verwundert, da er sich mit dem Halfter unsanft aufgerüttelt fühlte. Er schlug die Augen auf und erblickte jemand auf seinem Tiere sitzend, der ihm starr in's Gesicht sah, als ob er sich keineswegs vor ihm fürchtete. Der Bauer war deshalb der festen Überzeugung, er wolle ihm sein Füllen stehlen.

„Was soll das heißen?" rief er. „Nichts, Kamerad! Ihr sollt es mir nicht so ohne weiteres wegreiten. Meint Ihr, ich schlafe und Ihr dürft nur so mit meinem Pferde forttrotten? Sucht anderswo Euer Unterkommen! Hier findet Ihr es nicht. Und Ihr sollt mir Eure Frechheit zahlen, ehe Ihr von hinnen kommt." Indem er dieses sprach, ergriff er mit beiden Händen eine schwere Axt, holte aus und schlug den Reiter mit aller Macht an den Hals, so dass er zu Boden fiel und nicht einmal einen Schrei oder eine Klage laut werden lassen konnte. Darüber war der Bauer sehr betroffen, welcher zwar wohl dem Pfaffen einen tüchtigen Schlag versetzen wollte; dass er ihn aber so ruhig hinnahm, war ihm nicht wenig verwunderlich. Er schlug indes noch immer wacker aus ihn los, und als er des Prügelns müde war, trat er zu ihm heran, zog die Kapuze zurück und war sehr betrübt, als er ihn endlich erkannte.

„Ach Gott, rief er jetzt aus, was gäbe ich, wenn ich mein Unrecht wieder gut machen und meine Sünde abbüßen könnte! Und was wollte ich ausstehen! Warum habe ich doch den wackeren Priester nicht eher erkannt? Wie konnten meine Augen so falsch sehen! Wenn dieser Handel bekannt wird, so bin ich beschimpft vor aller Welt. Wer wird doch auch einen Mann gleich totschlagen, wenn er einem sein Tier besteigt! Gewiss, er hat das nur zum Scherz und ganz harmlos getan. Ach wäre ich doch befreit aus dieser Not! In keinem Fall aber darf ich ihn hier liegen lassen, denn der nächste Vorübergehende würde die Missetat anzeigen!" Er setzte daher den Priester wieder in den Sattel, stieg selbst hinter ihm auf und ritt nach einem Kirchhof zu. Das Pferd ging auch willig mit den zwei Reitern seinen Weg bis an die Türe des Gottesackers, in dessen Mitte eine alte Kirche stand. In der Nähe des Chors waren gerade Räuber versteckt, die sich oft an die Schätze des Gotteshauses wagten. Sie hatten eben ein großes Schwein irgendwo gestohlen und in einem Sack herbeigebracht. Als sie nun die beiden an der Türe gewahr wurden, meinten sie entdeckt und verraten zu sein und liefen davon über Hals und Kopf. Das Schwein aber ließen sie zurück, während sie sich hinter die Kirche flüchteten. Sobald sie weg waren, hob der Bauer den toten Pfaffen vom Pferde und freute sich, den Sack zu sehen; er untersuchte ihn, zog das Schwein daraus hervor und schob eilends an seiner Statt den toten Priester hinein, indem er dachte, es sei dies Begräbnis genug für ihn. Er band den Sack wieder zu, nahm das Schwein auf den Rücken und zog damit ruhig ab. Die Diebe waren nicht wenig erfreut, als sie sahen, dass man sie nicht verfolgte, kamen vorsichtig wieder heran und suchten den Sack auf, denn es wäre ihnen sehr leid gewesen um das Schwein. Einer von ihnen nahm auch gleich den Sack auf den Rücken und rühmte unablässig seinen Kameraden, wie schwer und kräftig ihre Beute sei. So kamen sie beide in großer Eile vor ein Wirtshaus, dessen Besitzer sie immer einen Teil von ihrem Gewinne gaben. Sobald sie die Türe erreicht hatten, ward ihnen aufgetan.

„Ihr Herren, sprach der Wirt, was bringt ihr Gutes?"

„Wenig Absonderliches, erwiderte der eine; nichts als ein gewaltiges Schwein. Nun richtet es zu, guter Kamerad, damit wir bald etwas zu essen bekommen! Wir sind Leute, die gut zahlen; ihr werdet an uns euern Schaden nicht haben."

„Seid unbesorgt, ihr Herren! Ihr findet bei mir scharfen Käse und frischen, klaren und reinen Wein; von dem Schweine aber, will ich euch, ehe der Tag anbricht, den besten Schinken vorsetzen."

„Recht, recht, lieber Wirt! Nur eilt euch, denn wir haben Hunger und wünschten, das Fleisch stünde schon vor uns."

Der Wirt ließ sich ein Messer geben, ging zu dem Sack hin, band ihn auf und steckte den Arm hinein, um das Tier herauszuziehen. Da er aber den Leichnam in die Hand bekam und einen Fuß hervorlangte, rief er: „Gott und Vater, hab' ich doch mein Lebtage kein Schwein mit Hosen gesehen! Der Herr sei uns gnädig! Wo habt ihr dieses Stück erbeutet? Sagt mir nur die reine Wahrheit! Ich sehe wohl, ihr habt euren Spott mit mir! Haltet ihr mich für einen dummen Jungen, dem man so mitspielen darf? Aber ich will euch ein Bad wärmen, dass ihr es in allen Rippen spüren sollt."

„Wie? Was?" ,sagte einer von den Dieben, „was wollt Ihr denn von uns, lieber Wirt? Wenn Ihr es so verlangt, mögt Ihr alles zusammen für Euch behalten; ich und mein Geselle, wir treten Euch gerne unsern Part ab. Aber das versichere ich Euch, dass unsere ganze Beute in diesem Sacke steckt. Einen andern Gewinn haben wir nicht gemacht."

„Ihr haltet mich für einen Narren, Ihr sauberer Ehrenmann! Wollt Ihr mir weiß machen, ein toter Mensch sei ein Schwein? Das war ein schlechter Spaß, einen Leichnam mir in's Haus schleppen. Aber es soll Euch übel bekommen, denn wenn Ihr mein Haus nicht sogleich wieder von diesem sauberen Gast befreit, so werde ich Euch morgen angeben. Meint Ihr, ich sei besoffen, dass Ihr mir eine Blase für eine Laterne verkaufen könnt? Diesmal habt Ihr Euch verrechnet."

„So sagt uns doch, lieber Wirt! Was habt Ihr gefunden? Ist es Scherz oder Ernst?"

„Bei meinem Hause, ich scherze nicht. Merkt ihr, was das ist?" Um seinen Worten Kraft zu geben, zog er jetzt einfach den Toten aus dem Sack.

„Herr Gott", sprachen die Diebe, „wie ist uns das begegnet? Die Teufel haben wahrhaftig ihr Gaukelspiel mit uns. Wir wissen nicht, wie wir zu dem Leichnam kommen, denn wir haben ein Schwein in den Sack gesteckt, das wir gestohlen haben. Woher aber dieser Mensch kommt, wissen wir nicht."

„Da käme ich gut an", entgegnete der Wirt, „wenn ich euch Glauben schenkte. Aber morgen gebe ich euch an, wenn ich bis dahin noch eine Zunge habe, und lege euch euer Handwerk nieder."

„Das mögt Ihr tun, lieber Wirt! Aber wir sind verraten, und wenn Ihr uns böse seid, so tut Ihr uns großes Unrecht. Ihr mögt uns auch fragen, so lange Ihr wollt, so können wir Euch nicht sagen, wer der Leichnam ist. Wir haben ihn aber noch nicht einmal recht angesehen, so sehr hat uns die Sache geärgert. Leuchtet doch ein wenig herzu!"

Sobald sie mit dem Lichte näher kamen und ihm genau in's Gesicht sahen, sagte der Wirt: „Nun meiner Treu, das ist noch schöner. Das ist niemand anders, als unser Priester; ich kenne ihn an dieser Schramme über dem Auge. Gebt Acht, wir kommen alle in den Bann der Kirche, wenn ihr mir ihn nicht bald aus dem Hause schafft! Und wisst ihr was? Hänge ihn gerade in denselben Schlot auf, in welchem ihr das Schwein gestohlen habt. Denn weiß Gott, wenn man euch erwischt, so werdet ihr gehängt."

„Ja, ja, so wollen wir es machen", antworteten sie, packten sogleich den Toten und liefen damit, so schnell sie konnten, nach dem Hause hin, wo sie das Schwein gestohlen hatten. Als sie aber an das Haus kamen, fanden sie es zu ihrem großen Leidwesen verschlossen. Da öffneten sie sogleich eine Mauer am Hause und machten ein Loch von der Größe, dass eine spanische Meerbarbe hindurch kann, wie das Sprichwort sagt. Durch dieses Loch schoben sie den Leichnam hinein, schlüpften selber in das Haus und hängten ihn ohne Umstände an denselben Haken auf, wo sie das Schwein abgenommen hatten. Dann kamen sie heraus und trösteten den Wirt, der außen wartete, mit der Nachricht, dass der Kaplan lustig baumle. In der Stadt, wo dieses alles vorging, befand sich in derselbigen Nacht ein Bischof. Die Mönche waren über seine Ankunft nicht sehr erfreut, denn sie wussten wohl, dass er mit seinem Haushalt großen Aufwand veranlassen werde und sie alle ihre Vorräte preisgeben müssen. Es wurde daher viel feiner Wein getrunken, und als der Tisch aufgehoben war, begab sich der Bischof zu Bette. Das war seine vornehmste Sorge für diesen Abend. Der Bischof hatte einen Kämmerer, der den Rücken eines gesalzenen Härings einem frischen Hecht vorzog, und zwar darum, weil es ihm den Durst heftig aufregte. Er holte in dem Keller der Mönche zwei gewaltige Krüge, nahm vier seiner Kameraden mit sich, die auch schon wacker getrunken hatten, aber noch nicht hinüber waren, weil sie den Becher zu führen verstanden, und so gingen sie zu fünf hinweg nach der Herberge, in welcher ihre Pferde standen. Es war dasselbe Haus, in welchem die Diebe den Priester statt des Schweins in den Rauch gehängt hatten. Sie fanden den Wirt zwar im Bett, er machte ihnen jedoch kein saures Gesicht, als sie ihn heraustrieben, und empfing sie freundlich. Da sprach der fünfe einer zu dem Wirt: „Geschwind die Würfel und einen Spieltisch! Da haben wir unsern Kämmerer, der uns etwas zum Besten geben will."

„Das freut mich", antwortete der Wirt. „Und kämet ihr zu vierzig oder mehr, so wollte ich jeden nach Wunsch bedienen, soweit es in meinen Kräften steht."

„Ich will auch nicht unterlassen", versetzte der Kämmerer, „es Euch zu lohnen, so wie ich kann. Aber wisst Ihr, was jetzt uns allen Not tut? Kocht uns gleich gutes Pökelfleisch, damit wir diesen Wein dazu trinken, und seht, dass es bald geschieht, wie einem rechten Wirte ziemt! Ich kann euch auch Rostbraten, Käse und frische Eier reichen, ihr Herren! Das ist sogleich bereit, sagte der Wirt."

„Vortrefflich, vortrefflich, guter Wirt!" ,riefen alle. „Das ist ein edler Bauch, der noch besseres verlangt. Ich sag' Euch: die besten Fische, gesalzen und frisch, sind mir nicht halb so lieb, ja es gibt auf der Welt nichts besseres, als solch ein Rostbraten von einem fetten Schwein."

„Das sollt ihr diesmal in Fülle genießen, ihr Herren! Ich will euch zu liebe gern ein ganzes Schwein anschneiden, das ich hier im Rauch hängen habe."

Der Wirt stieg sogleich hinauf, wo der Pfaffe hing, war aber nicht wenig erstaunt, als er das Chorhemd und die schwarze Kutte in die Hand kriegte, und rief: „Gott und Herr, das ist ja eine Pfaffenkutte, was ich in der Hand halte. Ist das Hexerei oder was sonst? Etwas ähnliches ist Tag meines Lebens nicht an diesem Haken gehangen; ein Schwein ist es wahrlich nicht; wer Teufel hätte es so angezogen? Das Ding hat Arme und Beine und Hosen daran. Herr Gott, ich komme schier von Sinnen über diesen Fund. Wo ist wohl der Kaplan her, der hier hängend Herberge gesucht hat? Solches Wunder ist nicht gehört worden im ganzen Lande. Es ist ein Mensch, mit Füßen, Armen, einem Leib! Aber er gibt keinen Laut von sich und wenn man ihn zu hundert packte."

Er stieg deswegen herab und sprach, ohne sich etwas merken zu lassen, zu seinen Gästen: „Ihr Herren, hört mich! Ich bin betrogen. Mein Weib hat da, weiß der Himmel, letzten Samstag das Schwein verkauft. Es tut mir in der Tat recht leid. Aber ich bin auf ein ganzes Jahr hinein versehen mit Hammelfleisch und Ochsenfleisch. Ich will euch davon Rostbraten bereiten; doch kann ich nicht dafür stehen, dass es euch das Schweinefleisch ersetze."

„Wir sind damit auch zufrieden", sagten sie, ließen es sich auftischen, aßen nach Herzenslust und darnach Käse und Eier und Früchte zur Genüge, und gingen darauf zur Ruhe in ihre Betten, die sie auf das beste bereitet fanden. Sobald der Wirt sie eingeschlafen sah, stieg er mit einem Lichte wieder hinauf, um zu untersuchen, was für eine wunderliche Gestalt in seinem Rauchfang hänge, und erkannte auf den ersten Blick den Priester.

„Weh der Stunde", rief er, „da ihr geboren seid, Herr Pfarrer! Ihr müsst wohl nicht recht klug sein, dass ihr auf solche Art zu mir kommt."

Er schnitt sogleich den Strick entzwei, mit welchem er um den Hals festgebunden war, und der Leib fiel hinab auf den harten Boden, da ihn niemand aufhielt. Er hob ihn auf und lief damit, so schnell er konnte, nach dem Ort, wo man die Toten begräbt, ganz in der Nähe des Klosters, in welchem der Bischof schlief. Als er dahin kam, fand er zufällig das Tor offen, und augenblicklich fiel ihm ein, er wolle einen kleinen Schalkstreich begehen. Er sah die Türe des Priors angelehnt, eine Lampe brannte in dem Gemach und zum Unglück für den letzteren wachte niemand dabei; denn der Wirt legte den toten Pfaffen in der Zelle des Priors nieder, drückte die Türe zu und ging heiter und frohen Mutes von dannen, denn er hatte sich einer gedoppelten Bürde entledigt. Als der Prior zurückkam, öffnete er seine Zelle, um irgend ein Tuch zu holen, aber das Blut stockte ihm in den Adern, als er den Priester daselbst fand, und siene Herzhaftigkeit bestand eine glänzende Probe, indem er vor Schrecken der Länge nach zu Boden stürzte. Doch machte er sich bald selbst Vorwürfe und sprach nach einer Weile zu sich selbst: „Ich bin doch ein rechter Feigling, dass ich in Ohnmacht falle über einen Menschen, der sich nicht rührt."

Er machte die Türe noch einmal auf, erkannte jetzt am Gesicht den gottlosen Priester und sprach zu ihm also: „Wie? Pflichtvergessener Priester! Ich wüsste Euch lieber in Vincestre oder im Grunde des roten Meeres, als hier , wohin der Teufel euch geführt hat; dem Pförtner soll es übel ergehen, der Euch hat hier eintreten lassen! Wie, könnt Ihr Eure Lippen nicht öffnen? Wenn Ihr mir von hier loskommt, so will ich Euch eine tüchtige Büßung mit auf den Weg geben. Ihr sollt mir Rechenschaft ablegen! Ihr kommt hierher, um unsere Wohnung auszukundschaften. Wo nicht, so gebt einen andern Grund an! Findet Ihr keinen andern Schlupfwinkel als meine Zelle? Wer sich so versteckt, von dem darf man nichts Gutes ahnen. Ich weiß keinen Grund anders mir zu denken, warum Ihr hergekommen seid, aber ich behalte Euch nun hier, bis Ihr mir Rede stehet. Oder seid Ihr etwa mondsüchtig und wandelt im Schlafe? Stellt Euch nicht, als wäret Ihr zu blöde, um zu antworten! Ich bin wohl schon dabei gewesen, wo Ihr Eurer Zunge weidlich den Lauf ließet. Warum könnt Ihr mir denn jetzt nicht antworten?"

Mit diesen Worten packte er ihn beim Arm und rief: „Nun ist meine Geduld zu Ende!"

Aber er fühlte, dass die Hand starr und kalt war, und wie er keinen Atem mehr in ihm bemerkte, sprach er „Bei Gott, nun wird aus Übel Ärger. Die Blässe seines Gesichts verrät mir, dass dieser Teufel tot ist. Nun wird man am Ende gar sagen, ich habe ihn umgebracht. Gott, hätte ich ihn nur wieder weg von hier! Hier behalten kann ich ihn einmal nicht und koste es mich auch, was es wolle. Denn bliebe er hier, so wäre Schmach und Schanden mein Teil; man würde mich wie einen Totschläger behandeln, und doch weiß ich gar nicht, wer ihm so mitgespielt hat. Aber mein Verstand steht mir ganz still und ich weiß gar nicht, wie ich mich des Menschen entledigen soll. Lasst doch sehen, ob ich denn gar keine List erfinden kann!"

Da nahm er mit beiden Händen einen großen buchenen Schlegel, der an einem Nagel an der Wand hing. Mit demselben ging er alsbald in seinem Ärger nach dem Zimmer, wo der Bischof schlief; er schnarchte noch tüchtig, denn der Wein vom letzten Abend her machte ihm gar viel zu schaffen. Der Prior geduldete sich deshalb und wartete, bis der Bischof erwachte, und begann darauf folgende Rede: „Der Herr, der alle Kreaturen das dasein gegeben, verleiht Euch durch seine armherzigkeit und Gnade ein günstiges Geschick. Es ist hier eine große Menge garstiger Hunde, Herr Bischof, die man des Nachts im Hofe umherlaufen lässt. Aber ich gebe Euch hier diesen gewaltigen Schlegel, mit dem Ihr Euren Unwillen auslassen und einige davon umbringen könnt. Ja viele kommen in die Betten zu den Leuten und das sind doch schlimme Schlafgesellen."

„Ja wohl", antwortete der Bischof; „solche liebe ich nicht, denn sie machen einem leicht eine Ungelegenheit."

„Ganz richtig, Herr Bischof, und darum bringe ich Euch diesen schweren Schlegel, damit sie Euch nicht im Schlafe stören oder Ihr Euch doch verteidigen könnt."

Um nun sein Spiel zu Ende zu führen, nahm der Prior den toten Priester auf den Rücken und brachte ihn gerades Weges an das Bett des Bischofs, der schon wieder eingeschlafen war. Hier legte er nun quer über das Bett den Leichnam ziemlich unsanft nieder, der auch zwei Mal so schwer hinfiel, als wäre er am Leben gewesen. Der Prior stellte sich nun gleich in eine Ecke, um zu belauschen, was der Bischof anfangen werde, wenn er erwache. Dies dauerte nicht lange. Er fuhr auf und schrie: „Heiliger Gott, was liegt doch so schwer auf mir? Wahrhaftig, der Prior hatte Recht; ich muss nur zu dem Schlegel greifen, denn der Schurke rührt weder Hand noch Fuß. Fort! Hebe dich hinweg von hier! Der lebendige Satan soll dich holen! Es soll dir schlimm ergehen, wenn du nicht entweichst! Denn du bist doch ein allzu lästiger Gast. Wenn ich den Tag erlebe, so hast du mich zum längsten geplagt! Aber wahrhaftig es ist ein Unsinn, dir so lange Gnade zu geben, da du einen ehrlichen Mann nicht schlafen lassen willst."

Indem er so sprach, stieß er mehrfach mit den Füßen um sich und war verwundert, dass der Hund sich weder bewegte, noch einen Laut von sich gab. Er stand daher auf, nahm den Schlegel, der ihm geschickt zur Hand lag, und hieb mit demselben auf den unholden Gast ein, der aber zu seinem Erstaunen auch jetzt nichts von sich vernehmen ließ. Er trat deshalb näher hinzu, betastete das vermeintliche Tier und rief: Ach Gott, was mag das sein? Das Ding ist nicht glatt und behaart wie ein Hund, es sieht eher aus wie ein Mann oder ein Weib. Wie schlimm, dass ich kein Licht habe! Wer hat es mir doch ausgelöscht?

Er rief laut, weckte seine Leute und befahl ihnen, sogleich das Licht anzuzünden. Der Prior, der ihn gerne der Tat eingeständig haben wollte, ging mit schnellen Schritten nach seinem Gemach und holte Licht und tröstete den armen Bischof über das Vorgefallene, so gut er konnte. Indessen versammelten sich der Abt und das ganze Kloster um den Bischof und waren alle ganz bestürzt über das, was sie mit Augen sahen. Man untersuchte den Leichnam und die einen sagten, sie haben ihn niemals gesehen, die andern jedoch behaupteten, er gleiche in Gestalt und im Gesichte dem, der er wirklich war. Dann sagte einer: „Er ist ja tot, seine Augen sind ganz erloschen!"

„Meiner Treu", rief jetzt der Prior, „das wäre eine schlimme Geschichte und das muss man gewiss wissen; untersuchte ihn sofort näher und fand, dass Puls und Atem stille stand."

Die Mönche waren darüber sehr bestürzt und hätten gern den Bischof mit Vorwürfen überhäuft, wenn sie ihm gegenüber es zu tun gewagt hätten. Aber es war ja ihr Herr und Oberhirte, der ihnen es sonst hätte gedenken und ihr Kloster zugrunde richten können; weshalb man es denn für das Beste hielt; die Sache geheim zu halten. Am Morgen hielt der Bischof selbst die Messe und der arme Priester ward feierlichst zur Erde bestattet. Auf diese Art waren alle von ihrer Not befreit, das Weib von ihrer Liebe geheilt, der Bauer hatte einen guten Schinken auf den Winter gewonnen und der arme Pfaffe, nun dem möge Gott seine Sünden vergeben!

Parthenopex von Blois

Als Troja von dem treulosen Anchises den Griechen überliefert, in einen Schutthaufen verwandelt und alle seine Einwohner erwürgt waren, entrannen von der hochberühmten und zahlreichen Familie des Priamus nur zwei Sprösslinge der Schärfe des Schwertes, Marcomeris, der noch in der Wiege lag, und sein älterer, aber unglücklicherer Bruder Helenus, der den Tod, dem er im Vaterlande entgangen war, auswärts fand. Marcomeris wurde durch eine Art Mitleid gerettet. Der Verräter Anchises brachte ihn auf ein Schiff, das er zu seiner Flucht zurüstete und bereits mit seinen Reichtümern beladen hatte. Er landete in Italien und erzog ihn mit seinem eigenen Sohn. Lange glaubte man, Marcomeris sei ebenfalls sein Kind; aber, als er ein gewisses Alter erreicht hatte und man an ihm die Eigenschaften der zwei berühmtesten unter seinen Brüdern, die Stärke Hektors und die Schönheit des Paris bemerkte, zweifelte man an seiner Abstammung. Man konnte nicht glauben, dass ein solcher Held dem Feigling, der sein Vaterland und seinen König verkauft hatte, das Leben verdanken sollte. Er selbst konnte die Schmach seines vermeintlichen Vaters nicht lange ertragen, er verließ ihn auf immer, stieg über die Alpen und ging nach Frankreich. Dieses Land hieß damals Gallien, war von Steppen und Wäldern bedeckt und fast ganz den wilden Tieren überlassen, kaum dass man hie und da einige zerstreute Familien erblickte. Kein König, kein Herzog oder Graf, um sie zu beherrschen, kein Wegaufseher oder Friedensrichter, um sie zur Gerechtigkeit zu zwingen; jeder war in seinem eigenen Hause König und Herzog· So lebten die Gallier, als der Sohn des Priamus unternahm, sie zu einer Gesellschaft zu vereinigen. In dieser Absicht versammelte er die angesehensten unter ihnen, hielt eine Rede an sie, setzte ihnen auseinander, dass man sich das Leben noch weit besser machen könne, lehrte sie, Flecken, Schlösser und starke Städte zu bauen; mit einem Wort er machte sie zu einem Volke. Dieses Volk war gegen ihn erkenntlich; zur Vergeltung der Wohltat, die es von seinem Gesetzgeber erhalten, unterwarf es sich ihm, erwählte ihn zu seinem Herrn und Meister und gab ihm dort das Recht, über sie zu richten und zu herrschen. Er behielt diese Macht, so lange er lebte. Nach seinem Tode erbte sie sein Sohn und dann in regelrechter Reihenfolge seine andern Abkömmlinge bis auf Pharamund, den ersten von allen, deren Name auf uns gekommen ist; endlich Clovis. Dieser letzte jagte eines Tages mit seinem Neffen Parthenopex im Ardennenwalde. Ein Sohn des Grafen von Angers und von Blois stand dieser noch im Frühling seiner Tage, versprach aber, einstens der tapferste Ritter von der Erde zu werden, wie er bereits der schönste Mann war; blonde Haare, helle lachende Augen, einen einladenden Mund, rosenfarbige Wangen, kurz er besaß alles, was die Natur ihren Lieblingen gibt. Die Augen konnten nicht müde werden, ihn anzublicken, und man empfand ein immer neues Vergnügen, wenn man ihn sah. So viele Schönheit war ihm nicht unnütz. Er besaß übrigens außer seiner Schönheit noch weit schätzenswertere Eigenschaften. Freundlich gegen jedermann, offen und freigebig wurde er von allen geliebt und selbst der König schätzte ihn mehr als seinen eigenen Sohn. Die Jäger waren einem Eber auf der Fährte, den sie den ganzen Tag umsonst verfolgt hatten. Endlich gegen Abend holte ihn Parthenopex ein, stieß ihm seinen Spieß in den Leib und streckte ihn tot zur Erde; sodann stieß er in sein Horn, um Jäger und Hunde herbeizulocken. Bald waren alle um ihn versammelt. Schon pries Clovis den Mut seines Neffen, schon verlangten die Hunde, um das Tier gedrängt, mit lautem Geschrei ihr Jägerrecht, als auf einmal ein zweiter Eber erschien und entfloh. Bei diesem Anblick vergaßen sie ihre Beute und eilten davon. Umsonst wollte man sie zurückrufen; eine neue Begierde, der sie nicht widerstehen konnten, riss sie fort; Parthenopex selbst konnte sich dieser unsichtbaren und geheimen Macht nicht erwehren, er schwang sich wieder auf sein Ross und vertiefte sich auf's Neue mit ihm in den Wald. Bereits fing die Dunkelheit an, düster zu werden, und bald gestattete sie ihm nicht mehr, weiter vorzudringen. In dem Augenblicke, da er verschwunden war, hatten sich aus Clovis Befehl alle Jäger zerstreut, um ihm nachzueilen. Auf allen Seiten widerhallte der Wald von ihren Jagdhörnern; aber dieselbe Macht, die ihn nicht finden ließ, hinderte ihn auch, sie zu hören. In der Unmöglichkeit, weiter zu gehen, stieg er ab und setzte sich unter eine Eiche. Der Jüngling hatte noch nie ein ähnliches Abenteuer bestanden. Er wusste noch nicht, was dulden und entbehren heißt, und auf einmal sollte er sich in dem Fall befinden, eine ganze Nacht mitten unter den wilden Tieren, übermannt von Mattigkeit und halb tot vor Hunger zuzubringen. Dieser traurige Gedanke entlockte ihm Tränen; gleichwohl waffnete er sich mit Mut und wartete geduldig, bis die Sonne wider aufstieg. Sobald der Tag graute, schwang er sich auf fsein Ross, empfahl sich dem Schutze Gottes und suchte einen Weg, der ihn aus dem Walde führen sollte; umsonst, eine unsichtbare Hand führte ihn immer mehr irre. Endlich, nachdem er den ganzen Tag ohne einen Schimmer von Hoffnung weiter gezogen war, langte er abends auf einem kleinen Hügel an, dessen Fuß von den Wogen des Meeres bespült wurde. Bei diesem Anblick ging ihm das Herz auf vor Freude und mit umso mehr Recht, als er am Ufer ein wunderschönes Schiff gewahrte, von welchem eine Brücke an das Land geworfen war. Parthenopex bestieg es in der festen Zuversicht, wenn er sich den Matrosen nennen würde, könnte er sie leicht bewegen, ihn an den Hof des Königs, seines Oheims, zurückzuführen. Wenigstens dachte er zu erfahren, in welche Gegenden er sich verirrt habe. Aber wie groß war sein Erstaunen, als er keine lebendige Seele auf dem Schiffe antraf und sich auf einmal in der offenen See sah, indem ein gewaltiger Wind alle Segel anschwellte! Kein Land, kein Wald mehr; so weit sein Blick dringen konnte, gewahrte er nichts als Himmel und Wasser. Ach! Jetzt erst glaubte er sich wahrhaft unglücklich, und er wünschte sich tausendmal, noch im Walde und unter seiner Eiche zu sein.

Die Gefahren auf dem Lande, sprach er bei sich selbst, lassen immer noch einen Ausweg, wenigstens eine Hoffnung übrig, aber bei denen des Meers kann man nichts erwarten als den Tod.

Gleichwohl empfand Parthenopex unter all diesen betrübenden Gedanken gegen seinen Willen eine Art Begeisterung. An welchem Orte des Schiffes seine Augen ruhen mochten, so wurden sie geblendet. Segel und Tauwerke, alles war von Seide. Die Teile des inneren Zierrats entsprachen allesamt dieser Pracht; er glaubte sich in eine wundervolle Feenwelt versetzt. Das Innere des Schiffes war von einem übernatürlichen strahlenden Glanze beleuchtet, der sich fernhin über die Oberfläche des Wassers ergoss und dem Auge ein zauberisches Schauspiel vorführte, das durch die Dunkelheit der Nacht noch entzückender gemacht wurde. In diesem Zustand durchschnitt das Schiff die Wellen, wie wenn es von dem geschicktesten Steuermann geleitet wäre. Endlich hielt es von selbst am Fuße eines Schlosses an, dessen wunderbar hohe Mauern von rotem und weißem Marmor und in Gestalt eines Schachbretts zierlich in Felder eingeteilt waren. Der Hafen war groß und tief, er hätte wohl tausend Schiffe fassen können. Rechts und links dehnte sich ein großer Sandplatz aus, ohne Haus noch Hütte. So sehr Parthenopex Ursache hatte, über sein Abenteuer unruhig zu werden, so sprachen ihm doch diese Wunder alle einigen Mut ein. Er stieg aus, führte sein Pferd am Saume und ging so auf das Schloss zu. Dieser Ort der Wonne führte den Namen Chefdoire. Er hatte eine ganze Meile im Umfang und enthielt in seinen Mauern Wälder, Mühlen, Fischteiche, Gärten, Baumstücke und noch mehrere andere kleinere Schlösser, die Wohnungen der Grafen und Barone, die von diesem Hauptsitze aus belehnt wurden. Der Eingang bestand aus einem Turm, so weiß wie Elfenbein, hundert vierzig Klafter hoch, gegen zweihundert breit und durch tiefe Gräben vor jedem Angriff und Überrumpelung gesichert. Eine gepflasterte Straße führte vom Turm nach dem Palast. Das Dach war von gemalten Ziegeln und von Blei; die Mauern bestanden aus grünem, blauem und schwarzem Marmor, und unter dem Schirmdach des Tores zeigte sich ein Mosaik in Gold, die Sonne, den Mond, die Elemente und verschiedene Heldentaten aus den alten Geschichten vorstellend. Je mehr Parthenopex diese Wunder sich anhäufen sah, umso größer wurde seine Unruhe. Er betrachtete dies alles als ein Blendwerk eines Zauberers, der ihn durch die Lockung eines augenblicklichen Wonnerausches in eine Falle führen wolle, worin er untergehen müsse. Nichts desto weniger trat er in den Palast, als sich seine beiden Flügel auf einmal vor ihm öffneten; er durchzog verschiedene Gemächer, bis er in eines kam, worin ein prachtvolles Mahl zubereitet dastand. Messer, Salzbüchsen, Löffel, Schalen, Becher und goldene und silberne Gefäße waren auf dem Tische zu sehen, aber nichts sonst, was ein Festmahl ankündigte, kein musikalisches Instrument, kein Sitz, kein Gast, nicht einmal ein

Diener, um aufzutragen. Im Übrigen waren die Gerichte sehr einladend. Sie reizten den Geruch und die Augen des Jünglings so sehr, und überdies war sein Hunger so groß, dass er beschloss, davon zu kosten. In dieser Absicht suchte er etwas, um die Hände zu waschen. Kaum hatte er dies gewünscht, so stellte sich ein goldenes Becken vor ihn; eine unsichtbare Hand schenkte ihm Wasser ein, eine andere bot ihm ein Handtuch; er ließ sich bedienen und setzte sich sodann an den Ehrenplatz; denn trotz der Gefahr, in der er schwebte, hatte er nicht vergessen, dass er aus königlichem Blute stammte; und wenn sein Tod beschlossen war, so wollte er wenigstens mit der ihm gebührenden Ehre sterben. Sobald er sich gesetzt hatte, stellte sich eine Schüssel vor ihn, sodann eine zweite, dann eine dritte und so eine unzählige Menge hinter einander; dreihundert Ritter hätten sich daran satt essen können. Ebenso war es mit den Weinen; das Beste, was die Erde in dieser Art erzeugt, wurde ihm in goldenem Gefäße vorgesetzt. Der, welchen er wählte, wurde ihm in eine goldene Schale von Saphir gegossen, deren Deckel aus einem funkelnden Rubin bestand. Nach dem Mahle gossen die unsichtbaren Geister, die den Auftrag hatten, ihn zu bedienen, abermals wohlriechende Wasser ein, damit er die Hände waschen konnte; endlich brachten sie ihm Met und Lautertrank. Zuletzt, als er genug getrunken hatte, gingen sechs brennende Fackeln vor ihm her und führten ihn in ein prächtiges Gemach, dessen Fußboden von Porphyr war; dort fand er ein Bett, das des Gemaches würdig war; die Decke bestand aus kostbarem Pelzwerk von Alexandrien, weißer als Schnee, und war mit einer schönen Stickerei eingefasst. Die Fußdecke war ein Gewirk von Phönixfedern. Neben dem Bett sah Parthenopex einen Lehnstuhl, dessen Füße von Gold waren. Er setzte sich, um sich zu entkleiden, und wollte vor allem seine Sporen losmachen; ehe er aber seine Hand senkte, waren sie ihm bereits abgenommen, desgleichen seine übrigen Kleidungsstücke. Endlich legte man ihn zu Bett, aber kaum befand er sich darin, so löschten sich die Lichter auf einmal alle aus und auf die strahlende Helle folgte plötzliche schreckliche Finsternis. Jetzt glaubte der Jüngling wirklich Ursache zur Angst zu haben, denn er zweifelte nicht, dass die höllischen Geister, die bis auf diesen Augenblick nur ihr Spiel mit ihm getrieben haben, endlich kommen und ihre Bosheit grausam an ihm üben werden. Seine Furcht schien umso besser begründet, als er einige Augenblicke nachher sehr deutlich Tritte im Zimmer hörte; wirklich lüpfte jemand die Decke und rückte an seine Seite. Es war die Feenkönigin und Beherrscherin dieses Zauberortes; das Bett, worin Parthenopex lag, war das ihrige, und sie wollte sich eben darein legen; als sich aber die Jungfrau ausstreckte und spürte, dass bereits ein anderer da lag, so zitterte sie und fragte in ängstlichem Tone, wer der Verwegene sei, der ohne ihre Erlaubnis sich erkühnt habe, ihr Reich zu betreten. Parthenopex erkannte am Klange der Stimme leicht, dass es eine weibliche war, auch schien ihm diese schüchterne Stimme so rührend und sanft, dass er den Mund, aus dem sie kam, hätte küssen mögen, wenn er nicht gefürchtet hätte, zu missfallen. Er erzählte ihr mit wenigen Worten, durch welche seltsame Reihe von Abenteuern er sich in ihrem Bette befinde, und beschwor sie, Mitleid mit seiner Lage zu haben, zumal in einem Augenblick und an einem Orte, wo er keine Zufluchtsstätte finden würde, wenn sie ihn verstieße.

Sie riet ihm zuerst, sich gutwillig zu entfernen und sich nicht unausbleiblicher Schmach auszusetzen, wenn er sie nötigte, Gewalt zu brauchen; hierauf, als der junge Graf auf's Neue bat, drohte sie ihm, die Ritter zu rufen, die unter ihrem Befehle stehen. Auf diese Worte erwiderte er mit einem herzergreifenden Tone: „Herrin, wenn ich darauf bestand, bei Euch zu bleiben, so wollte ich keineswegs die Ehrfurcht verletzen, die ich Euch schulde; ich schmeichelte mir nur, dass das Los eines unglücklichen, der seit zwei Tagen nicht gegessen noch geschlafen hat, Euch vielleicht rühren könnte; da aber Euer Herz sich meinen Bitten verschließt und Ihr meinen Tod wollt, so bedürft Ihr dazu keiner Ritter. Gebt ihn mir selbst! Ich überliefere mich Eurem Zorn und verzeihe Euch."

So sprechend brach der schöne Jüngling in Tränen aus und Schluchzen erstickte seine Stimme. Dieses Schluchzen drang der Jungfrau an's Herz; sie bereute es, einen so ehrerbietigen und liebenswürdigen jungen Mann so grausam betrübt zu haben; wenig fehlte, so hätte sie ihn um Verzeihung gebeten; ihre Seele war so ergriffen, dass sie mit ihm weinte. So ist das Herz der Frauen. Unter dem ganzen Himmel gibt es nichts Besseres zu lieben als diese, wenn Gott ihnen den Willen dazu eingeflößt hat. Die gerührte Jungfrau gab Parthenopex keine Antwort mehr und erlaubte ihm somit, bei ihr zu bleiben; nur kehrte sie ihm den Rücken zu, um ihn nicht zum Missbrauch ihrer Güte zu verleiten, und legte sich so weit wie möglich auf den Rand des Bettes. Er seinerseits blieb, um sie nicht noch mehr zu reizen, regungslos auf dem andern Rande, wohin er sich gleich anfangs zurückgezogen hatte; aber einige Zeit nachher, als er sie schlafend glaubte, rückte er ihr sachte näher und wagte es sogar, die Hand auf ihren süßen Leib zu legen. Sie begnügte sich, sie zurückzustoßen, indem sie mit sanftem Tone hinzusetzte (so sehr fürchtete ihr gerührtes Herz, ihn auf's neue zu betrüben), es sei nicht artig von ihm, dass er sie durch sein Benehmen vertreiben wolle, nachdem sie ihm erlaubt habe, zu bleiben.

Schüchtern, wie man in seinem Alter ist, errötete er über den Vorwurf; aber aus Besorgnis, das Fräulein möchte ihm entfliehen, schlang er die Arme um sie und zog sie zu sich.

„Lasst mich doch, lasst mich!" sagte sie und suchte aus dem Bett zu steigen. Vergeblich waren ihre schwachen Bemühungen, er drückte sie an sein Herz, indem er sie mit seinen Beinen und Armen umschlang. Man kann sich seine Freude denken, als er unter seiner Hand einen Leib fühlte, sanfter als Hermelin, und Reize, dergleichen der Himmel nie geschaffen hat. Bald verlor die junge Fee die Kraft, sich zu verteidigen, oder wenn sie sich beklagte, so tat sie es so leise, dass er sie nicht hören konnte, denn ihr Herz klopfte dermaßen, dass sie kaum ein Wort hervorbringen konnte. Beide waren unter dem Zauber einer ersten Liebe, der schöne Jüngling wurde kühner, er gab Blumen und nahm Blumen.

„Nun, seid Ihr jetzt befriedigt?" rief sie seufzend; „seht, zu welchem Grade von Schwachheit Ihr mich verleitet habt, mich, die ich Euch das Leben hätte nehmen sollen, wenn ich meine Pflicht erfüllt hätte! Es ist um mich geschehen; jetzt, da Eure Wünsche erfüllt sind, werdet Ihr mich verlassen!"

„Nein, edles Fräulein", antwortete er, nein;" ich schwöre es bei meiner Ehre, so lange ich lebe, werde ich Liebe und Dankbarkeit für Euch empfinden."

„Ach! erwiderte sie, so sprechen alle Männer und alle Männer sind Betrüger. Doch will ich mir schmeicheln, dass dieses Unglück mir nicht begegne und du mich meine allzu große Liebe nicht berennen lassen wirst. Übrigens, mein süßer Freund, darfst du keinen Grund zur Verachtung darin finden, wenn ich mich dir allzu leicht zu ergeben schien. Höre meine Gründe und wisse, dass meine Absicht war, dich mein ganzes Leben lang zu lieben und mein ganzes Leben lang dir anzugehören! Mein Name ist Melior, meine Macht magst du ermessen, wenn ich dir sage, dass ich Ritter sonder Zahl, Herzoge, Grafen, ja selbst Könige und hohe Herrscher unter meinen Lehenträgern habe. Da ich in ihren Augen noch zu jung bin, um sie zu beherrschen, so wollten sie mir einen Gatten geben und haben sich in dieser Absicht versammelt; da man mir aber einige Reize beilegt, so wollten sie wenigstens, dass dieser Gatte meiner würdig sei und die höchste Tapferkeit mit der größten Schönheit vereinigen sollte; denn bei den großen Staaten, deren Beherrscherin ich bin, ziemt es mir nicht, meine Gunstbezeugungen an einen Liebhaber zu verkaufen, der mir weiter nichts als ein neues Reich beibringen kann. Nach diesen Planen haben sie also beschlossen, in alle Königreiche der Welt, besonders aber nach Frankreich zu schicken, um den Jüngling auszuforschen, der durch Vereinigung der gedoppelten Eigenschaft, die sie forderten, meine Hand am meisten zu verdienen scheine. Nach einem Jahre kamen die Abgeordneten zurück und brachten jeder ein Verzeichnis der schönen und tapferen Männer, die sie in den verschiedenen Ländern, welche sie durchzogen, gefunden hatten. Am vergnügtesten über ihre Entdeckung aber waren die, welche von Euch sprachen; sie nannten Euren Namen nur mit Begeisterung und waren unerschöpflich in Lobpreisung Eurer Reize, Eurer Sinnesart und Eurer Tapferkeit. Kurz ihr Bericht reizte meine Neugierde dermaßen, dass ich in Liebe entbrannte und Euch kennen lernen wollte. Ich schiffte mich nach Frankreich ein und verweilte daselbst vierzehn Tage. Dort also, mein schöner Freund, sah ich Euch zum ersten Mal. Ich war Zeugin der Zärtlichkeit, welche der König und der ganze Hof gegen Euch hegte; bald aber schlug ein Herz, das Euch mehr liebte, als sie alle mit einander, und ich fasste den Entschluss, Euch auf immer an mich zu fesseln; ich gab durch Feenzauber dem König Clovis den Gedanken zu der Jagd ein, auf der Ihr verirrt seid, ich habe den Eber aufgeregt, den Ihr so vergeblich verfolgt habt, und das Zauberschiff an die Küste geschickt, auf dem Ihr hierhergekommen seid. Das übrige wisst Ihr und ich erröte darob; vernehmt aber, dass meine Absicht nicht war, Euch die Rechte eines Gemahls abzutreten, bevor ich Euch den Namen gegeben! Ich hatte mir vorgenommen, Euch den ersten Turm meines Palastes als Wohnung anzuweisen, bis ich Euch zu meinem Herrn und Gebieter erwählen und Euch die Reichtümer und Staaten, die ich besitze, anbieten könnte; ja ich hatte in dieser Absicht bereits einige der Geister, denen ich gebiete, ernannt, um Euch zu bedienen; aber man hat Euch, ich weiß nicht wie, bis in das Zimmer dringen lassen, das ich bewohne. Als ich in mein Bett stieg, war ich sehr überrascht, Euch da zu finden; vergeblich wollte ich Euch durch strengen Ton entfernen; eben dieser Ton hat mich zugrunde gerichtet, er hat Eure Tränen fließen gemacht und Eure Tränen haben mir die Besinnung geraubt. Ach, wer vermöchte den Tränen dessen zu widerstehen, den er liebt!"

Parthenopex antwortete auf diese zärtliche Anrede nur durch neue Versicherungen seiner Ergebenheit und Dankbarkeit. Je schneller und unerwarteter, sagte er, die Beweise von Liebe gekommen seien, die er erhalten habe, umso mehr müssen sie seine Anhänglichkeit fesseln. Er schwor, für seine Geliebte die ganze Erde zu vergessen, da er nunmehr ihres Herzens gewiss sei. Nur eines, sagte er, fehle noch zu seinem Glück; nachdem er die göttlichen Reize der schönen Melior genossen, bat er um Erlaubnis, sie auch bei Licht bewundern zu dürfen.

„Mein lieber und süßer Freund", antwortete die Fee, „ich schätze mich glücklich, wenn das, was ich Euch gestattete, zu Eurem Vergnügen beigetragen hat, und ich werde es jede Nacht, so oft Ihr verlangt, für meine Pflicht halten, hierher zu kommen, um Euch dieselbe Gunst zu bezeigen. Was aber Eure Bitte betrifft, so beschwöre ich Euch, davon abzustehen; ich darf mich nicht vor dritthalb Jahren vor Euch sehen lassen. Dies ist die Frist, die ich meinen Baronen zur Wahl meines Gatten festgestellt habe, weil Ihr erst bis dahin Ritter werden könnt und weil sie sich weigern würden, einen Knappen als ihren Herrn anzuerkennen. Inzwischen lernet hier als Herr gebieten! Dieses Schloss, die Stadt, die dazu gehört, alles, lieber Freund, ja Melior selbst, wird Euch untertänig sein. Wenn Ihr den Fischfang oder die Jagd liebet, meine Wälder und Flüsse stehen Euch zu Gebot. Kurz, Ihr mögt Euch zu Euerm Vergnügen ersinnen, was Ihr wollt, im selben Augenblicke, in dem Ihr es wünschet, wird es vor Euch stehen. Ihr müsst Euch aber entschließen, einzig und allein nur mit Eurer Geliebten zu sprechen.

Von Stund an ist es Euch verboten, irgend andere Personen außer ihr zu sehen. Ich will durchaus nicht, dass man Euch kennt. Wenn ich noch nicht kraft des Gesetzes Eure Gattin sein kann, so will ich es wenigstens kraft der Liebe sein; wir wollen uns lieben. Was fragen wir dann nach der ganzen Welt? O mein geliebter Parthenopex, welcher Ruhm, welche Wonne für mich, wenn der so ersehnte Augenblick endlich kommen wird! Wer von meinen Mannen wird es wagen, Euch seinen Gehorsam zu verweigern, wenn ich ihnen verkünden werde, dass Ihr der Gemahl seid, den mein Herz gewählt hat? Ja, gerade diese feste Zuversicht, dass sie meine Wahl billigen werden, flößt mir so große Liebe zu Euch ein; deswegen gebe ich so vertrauensvoll meine Macht, meine Ehre, ja die ganze Melior selbst in Eure Hände. Wenn Ihr mich liebt, so wird es Euch, das sehe ich wohl ein, schwer werden, meinen Anblick so lange Zeit entbehren zu müssen. Vielleicht werdet Ihr trotz meiner Bitten einen Versuch machen, diesen Euren Wunsch zu erfüllen. O mein süßer Freund, banne diesen unheilvollen Gedanken von dir! Ich beschwöre dich bei allem heiligen, was es auf der Welt gibt. Es ist mir nicht erlaubt, dir im Augenblick mehr darüber zu sagen, aber deine entehrte Geliebte würde gezwungen, ihr ganzes Leben zu verweinen, und du wirst gewiss nicht, um eine eitle Neugierde zu befriedigen, derjenigen, die alles für dich getan hat, mit dem Tode lohnen wollen."

„Welche Gründe Ihr auch zu diesem Verbote haben möget, ich achte sie und unterwerfe mich", antwortete Parthenopex; „da ich Eurer Liebe gewiss bin, was fehlt noch mehr zu meinem Glück?"

Nach einigen anderen ähnlichen Versicherungen schlief er ein. Melior, die sich auf dem Gipfel ihrer Wünsche sah, benutzte diese Zeit, um die Reize, mit denen er geschmückt war, mit Muße zu betrachten und ihn mit Küssen zu bedecken. Im Grunde ihres Herzens hätte sie jedoch gewünscht, dass er wachte, um sich seiner Liebkosungen noch einmal erfreuen zu dürfen; aber trotz der Liebe, von der sie erglühte, hatte sie doch Mitleid mit dem Zustand der Mattigkeit, worin er sich seit zwei Tagen befand, und begnügte sich, ihn die ganze Nacht hindurch mit zahllosen Küssen zu bedecken. Nur das Aufsteigen der Morgenröte vermochte sie, sich von ihm zu trennen. Nun entfernte sie sich, um nicht von ihm gesehen zu werden; aber sie entfernte sich seufzend. Bald weckten die Strahlen des Tags Parthenopex. Als sich seine Augen dem Tage erschlossen, waren sie geblendet von den neuen Wundern, die er in seinem Zimmer erblickte; nie, selbst in Clovis Palaste nicht, hatte er etwas gesehen, was diesem nahe gekommen wäre. Aber er suchte seine Geliebte und sah sie nicht. Rechts und links lagen eine Menge prachtvoller Kleider, die sie statt der seinigen herbeigeschafft hatte. Die unsichtbaren Geister, die ihn in der letzten Nacht bedient hatten, reichten ihm selbige. Desgleichen brachten sie ihm, wie am Abend, ein goldenes Gefäß, um sich zu waschen; bei Tisch bedienten sie ihn mit derselben Verschwendung, und als er gespeist hatte und einen Augenblick die frische Luft genießen wollte, traf er am Tore ein prachtvolles gesatteltes Pferd, das für ihn bereit stand. Als er vom Spazierritt zurückkam, hatte er die Neugierde, den Turm zu besteigen, um die Schönheit des Landes, das er beherrschen sollte, zu beschauen; der Turm war viereckig und jede seiner Seiten bot einen verschiedenen Anblick dar; gegen Mittag auf Weinberge, gegen Abend auf einen unermesslichen Strich Ackerfeld, gegen Mitternacht auf eine zwanzig Meilen lange und acht Meilen breite Trift; ein hoher und alter Wald begrenzte auf dieser Seite den Gesichtskreis, und durch eine dreiunddreißig Kloster breite Mündung ergoss sich ein Strom, der, nachdem er in seinem Laufe tausend Schlösser und Städte gesehen, über die Trift dahinzog, an die Füße des Turmes schlug und sich in den Hafen stürzte, um daselbst die Schiffe mit seinen Fluten zu bespülen: gegen Morgen erblickte man nichts als ein großes weites Meer. Von daher kamen nach dem Schlosse Chefdoire die reichen Stoffe und Rauchwerke Alexandriens, die Sperber, die Geier, die trefflichen Jagdpferde, die Wurfgeschütze, die Seidenzeuge und die köstlichen Gewürze, durch die wir von unsern Krankheiten geheilt werden, kurz alles, was die Erde wohltuendes und angenehmes hervorbringt. Bei diesem herrlichen Anblick war Parthenopex wie bezaubert. Seine Augen konnte sich nicht sattsehen und er verließ den Turm erst, als die Nacht ihn überfallen hatte. Als er in den Pallast trat, fand er einen Thronhimmel für ihn bereit und vor dem Feuer einen prächtig geschmückten Teppich mit einen Tragsessel, um darauf zu sitzen, wenn er sich wärmen wollte. Das Abendessen und Schlafengehen war ganz wie das erste Mal. Sobald er im Bette war, löschten sich die Lichter von selbst aus und in demselben Augenblick fand er seine Geliebte an der Seite. Wir schweigen davon, was zwischen ihnen vorging. Als ihre Hitze eine wenig gekühlt war, fragte Melior den Jüngling, wie er sich den Tag über vergnügt habe, und er ergoss sich in Lobpreisung der Schönheit des Landes, das er vom Turme herab gesehen hatte.

„Nur für Euch", sagte die Fee, „habe ich es so schön gemacht, für Euch habe ich dieses Schloss erbaut und diese Weinberge, diese Wälder, diese Wiesen wachsen lassen. Vom ersten Augenblicke an, da ich Euch sah und den Entschluss fasste, Euch zu gefallen und von Euch geliebt zu werden, suchte ich aus allen meinen Besitzungen einen Ort aus, welcher verdiente Eure Wohnung zu werden. Dieser hier schien mir der würdigste, ich habe ihn verschönert und Ihr werdet mich bereit finden, alle Eure Wünsche zu befriedigen oder ihnen zuvorzukommen. wenn meine Bemühungen mir gelingen, so ist der einzige Lohn, den ich dafür fordere, dass Ihr ohne Ungeduld den zu unserem Glück gestgesetzten Tag erwartet, vor allem aber, dass ih keine List anwendet, um mich zu sehen. Ich muss darauf noch bestehen; verzeiht es mir, geliebter Freund! Aber es handelt sich um Eure und meine Ehre."

„Ein einziges Wort kann euren Besorgnisssen darüber ein Ende machen, antwortete Parthenopex; wenn ich auch niederträchtig genug wäre, meine Freundin und Wohltäterin zu betrüben, so glaubt wenigstens, dass ich nicht so unsinnig bin, ohne Grund meinen Glück zu entsagen."

Auf diese Worte ward Melior etwas ruhiger und fragte den Jüngling, zu welchen Vergnügungen er den nächstfolgenden Tag bestimmt habe.

„Wenn Ihr am Ufer jagen wollt", sagte sie, „so werdet ihr im nächsten Zimmer Sperber, Habichte und Geierfalken finden. Wenn Ihr den Wald oder die Ebene vorzieht, so werde ich auf Euren Tisch ein wunderbares Horn legen. Ihr stoßt darein, wenn Ihr ausgeht, und alsbald werden Windhunde, Schweißhunde und Hunde aller Art vor Euch erscheinen, bereit, Euren Befehlen zu gehorchen."

Sobald der Tag graute, nahm Parthenopex das Horn. Kaum hatte er darein gestoßen, als er im Augenblick, wie Melior ihm vorausgesagt hatte, mehrere Kuppeln Hunde, sämtlich mit goldenen Halsbändern, aber ganz schwarz, vor sich erscheinen sah. Sie führten ihn von selbst auf einen nahen Hügel. Hier fing ein Schweißhund zu jagen an und trieb einen Eber von ungeheurer Größe auf. Parthenopex ließ die Hunde los und sprach ihnen Mut zu; sein Geschrei und ihr Gebell ertönten weit hin in der Ebene. Vergebens suchte das Tier in den Wald zurückzukehren, sie schnitten ihm den Weg ab; zwei von ihnen warfen es auf den Boden und hielten es auf diese Art fest, bis der schöne Jäger kam, der es niederstieß und ihnen ganz überließ. Als der Prinz wieder in den Pallast treten wollte, verließen ihn die Hunde bis auf zwei, die bei ihm blieben und auf tausend Arten ihre Freude zu erkennen gaben. Melior hatte sie dazu bestimmt, ihm die Langeweile zu vertreiben, wenn er allein sein würde. Sie leisteten ihm von diesem Augenblick an treulich Gesellschaft und verließen ihn nicht mehr, solange er in Chefdoire blieb. Kein Wunder, wenn er sich sehr glücklich schätzte. Den Tag über beeiferte sich alles, ihn zu ergötzen, und des Nachts kam eine vollendete Schönheit, um ihm Freuden zu bereiten. Oft erzählte sie ihm in den Zwischenräumen zwischen ihren minniglichen Unterhaltungen und dem Schlafe anmutige Geschichten der alten Zeit, um sein Herz zu erheben; in diesem Punkte war Meliors Gedächtnis unerschöpflich und auf der ganzen Welt hätte sich niemand gefunden, der nicht von ihr hätte lernen können. Bald sprach sie mit ihm über ernsthafte Gegenstände, bald schäkerte sie und gab lustige Geschichten preis; aber alles sagte sie mit einem so einschmeichelnden und zärtlichen Tone, dass Parthenopex vor Entzücken ganz außer sich war. Diese süße Stimme drang ihm in's Herz und nichts gefiel ihm besser an ihr, so großen Eindruck auch ihre Reize auf ihn machten. Auf diese Art verbrachte der glückliche Liebhaber ein ganzes Jahr in ungestörter Wonne, der keine Sorge etwas anhaben konnte. Dieses anhaltende Glück hatte ihn sein Vaterland, seine Freunde und Verwandte vergessen gemacht. Endlich aber schämte er sich seiner langen Abwesenheit und eines Nachts, als Melior bei ihm war, bat er sie um Erlaubnis, sich auf einige Monate von ihr zu verabschieden.

„Geht!" ;sagte die Fee zu ihm, „Frankreich bedarf in diesem Augenblick Eurer Tapferkeit; es geht dort alles drunter und drüber. Clovis ist tot, Euer Vater lebt nicht mehr und Blois, Euer Erbe, ist belagert.

Erwerbt Euch durch ruhmvolle Taten die Achtung der Franzosen! Noch mehr aber lasst Euch angelegen sein, durch Eure Tugenden ihre Liebe zu gewinnen. Seid aufrichtig, höflich, Eurem Worte getreu und vor allem seid freigebig! Lasst keinen achtungswerten Ritter im ganzen Heere sein, der sich nicht Eurer Wohltaten erfreute! Im Übrigen teilt immerhin Geschenke aus! Wie groß auch Eure Freigebigkeit sein mag, ich werde stets Sorge tragen, Euch reichlich zu versehen, und mich belohnt genug glauben, wenn Ihr nur die versprochene Treue haltet, wenn Ihr keine andere als mich liebt oder heiratet. Wenn Eure Feinde zum Frieden gezwungen sein werden, so eilt zu der, die Euch liebt, zurück! Aber ich beschwöre Euch, macht keinen Versuch, sie zu sehen, und glaubt, dass diejenigen, die Euch diesen Rat geben werden, nicht Eure wahren Freunde sind!"

„Diese weisen Lehren werden in mein Herz eingegraben bleiben", antwortete Parthenopex; „keine von ihnen soll vergessen werden, und ich will Euch ebenso treu gehorchen, als ich Euch treu liebe."

So sprechend umarmten sich die beiden Liebenden, um einander Lebewohl zu sagen, und ihre zärtlichen Liebkosungen schienen ihnen noch süßer als alle, die sie sich bis dahin gemacht hatten. Am andern Morgen traf der junge Graf im Hafen das Schiff, das ihn vor einem Jahre hierher gebracht hatte. Er bestieg es mit dem Pferd und den zwei Hunden, die ihm die Fee geschenkt hatte. Um ihm die Langeweile unterwegs zu ersparen, schläferte sie ihn ein, und während dieser Zeit entwickelten die unsichtbaren Matrosen, denen sie ihn anvertraut hatte, großen Eifer und Tätigkeit, so dass sie bald an der Mündung der Loire anlangten. Sie fuhren flussaufwärts bis nach Mons und setzten dort den Jüngling an's Land, der aus einmal erwachte und sehr überrascht war, sich auf dem Ufer zu befinden, ohne andere Gesellschaft als seine zwei Hunde und sein gesatteltes Pferd. Er sah das Schiff von selbst zurückkehren und dieser Anblick erinnerte ihn an Melior, von der er lange Zeit getrennt sein sollte. Doch schmeichelte er sich wenigstens, Gott werde ihn bald in den Stand sehen, sie wieder zu sehen und eilig zu ihr zurückzufliegen. Indes erkannte er in der Ferne die Türme von Blois und ritt schnell auf die Stadt zu. In einiger Entfernung erblickte er zwölf starke und sehr beladene Saumpferde, die sich ebenfalls dahin zu begeben schienen. Jedes von ihnen wurde von einem jungen in Seide gekleideten Knappen geführt und die Knappen hatten zum Herrn und Meister einen Ritter, dessen hohe Gestalt und mannhaftes Aussehen einen im Schlachtgewühl furchtbaren Mann ankündigten, obschon das Alter sein Haar gebleicht hatte. Der Ritter redete den Grafen an und sprach zu ihm: „Empfangt, edler Herr, den Gruß derjenigen, die Euch Ihr Herz geschenkt hat, und habt die Güte, mit der Versicherung ihrer unverbrüchlichen Treue, das Gold anzunehmen, womit sie diese zwölf Pferde für Euch beladen hat! Ihr könnt außerdem über alles verfügen, was sie noch besitzt; sie bietet es Euch an. Die einzige Gunst, die sie dagegen verlangt, ist, dass Ihr sie nicht vergessen möget, und ich, Herr, als ihr Abgesandter, wage es auch, Euch darum dringend zu bitten."

„Möge mich der Himmel mit all seinen Blitzen zerschmettern, wenn ich aufhören werde, sie zu lieben, wie sie verdient!" ;antwortete Parthenopex.

„Wenn Ihr sie noch mehr verpflichten wollt", fuhr der Greis fort, „so brecht, so lange Ihr noch Knappe seid, keine Lanze in einem Turnier! Sie will selbst die Freude haben, Euch das Schwert der Ritterschaft umzugürten; aber bis zu diesem Augenblick, den sie mit solcher Ungeduld erwartet, verzichtet um Gottes willen darauf, sie zu sehen, und stürzt nicht ohne Grund die zärtlichste aller Frauen in unausbleibliches Elend!"

So sprechend brach der Greis in Tränen aus, verschwand aber im Augenblick samt den zwölf Knappen, und Parthenopex blieb allein, in die tiefste Schwermut versunken. Da jedoch die Pferde von selbst ihren Weg nach Blois nahmen, so war er genötigt, ihnen zu folgen. Man denke sich die Freude des Torhüters, als er diese unerwartete Hilfe ankommen sah; aber noch weit größer war sein Vergnügen, als er seinen Herrn und Gebieter erkannte. Er empfing ihn mit Entzücken und eilte, der Gräfin die Ankunft ihres Sohnes zu verkünden. Seit er sich auf der Jagd verirrt hatte und man ihn für tot hielt, hatte diese gute Mutter unaufhörlich geweint; auf die Nachricht von seiner Rückkehr flog sie ihm wiederum weinend entgegen; aber sie war so ergriffen, dass sie nicht die Kraft hatte, mit ihm zu sprechen, und ihn nur tausendmal an ihr Herz drücken und umarmen konnte. Erst als er sie auf ihr Zimmer zurückgeführt hatte, erhielt sie ihre Sprache wieder. Sie stellte mehrere Fragen an ihn wegen seiner Gesundheit, über die Orte, wo er gelebt, und die Ereignisse, die ihm seit dem unglücklichen Tage in den Ardennen zugestoßen; sodann erzählte sie ihm, ohne seine Antwort abzuwarten, von ihrem eigenen Unglück, vom Tod des Grafen, ihres Gatten, von der Not, in welche sie durch mächtige Nachbarn versetzt sei, die sich eines Teils ihrer Staaten bemächtigt haben und Blois in diesem Augenblick vermittelst drei fester Schlösser, die sie in der Gegend erbaut, belagerten und aushungerten. „Ich komme, Euch zu befreien", antwortete Parthenopex; „bringt indessen die Schätze in Sicherheit, womit diese zwölf Pferde beladen sind, und bietet rings umher alle braven Ritter, die unsere Gegend ernährt, zu Eurem Beistande auf!"

Von den Waffentaten des Helden wäre gar viel zu erzählen. Parthenopex verjagte mit Hilfe der Ritter, die er in seinen Sold nahm, die Feinde, die sich seiner Staaten bemächtigt hatten. Hierauf zog er dem jungen König, seinem Vetter, dem Sohn und Nachfolger des Clovis, zu Hilfe. Ein Heer von hunderttausend Normannen drohte Frankreich zu überziehen. Sie hatten ihr Lager in Gisors. Der König, der sich hinter der Oise verschanzt hatte, vermochte ihnen nur fünftausend Mann entgegenzustellen, denn alle seine Lehensleute hatten ihn verlassen. Parthenopex mit den Truppen, die er ins Lager führte, und denen, welche sein Name und seine Freigebigkeit an sich lockte, trieb die Feinde zurück. Er selbst besiegte im Zweikampf ihren Anführer, der dem Könige huldigte und sich dann zurückzog. Der König war nach der Unterwerfung seiner Feinde in den Palast zurückgekehrt und aus Höflichkeit hatte ihn Parthenopex mit seiner Mutter begleitet; aber bald langweilte sich der Held, weil er fern von seiner Geliebten war. Dieser Gedanke verfolgte ihn überall und machte ihn traurig und nachdenklich. Oft sah man ihn mit gesenktem Kopfe und starren Augen in tiefe Träumerei versunken, oft weigerte er sich sogar zu trinken und zu essen. Seine Mutter war darüber bekümmert, sie nahm ihn bei Seite und sprach also zu ihm: „Lieber Sohn, du weißt, dass an allen Neigungen, die das Herz der Menschen hier unten auf der Erde empfinden kann, keine einzige der Neigung einer Mutter gegen ihr Kind gleich kommt; ein Sohn mag hingehen, in welche Gegend der Welt er will, er wird wahrhaftig nirgends ein Herz finden, das an seinen

Freuden und Leiden so innigen Anteil nimmt. Deshalb soll er ihr seine Leiden auch nicht verbergen, sondern im Gegenteil freundschaftlich anvertrauen, denn er weiß, dass sie ihr sicherlich so nahe gehen werden, als ihm selbst. Seit einigen Tagen sehe ich dich in Schwermut versunken, du gleichst einem, der sein ganzes Herz einer Freundin geschenkt hat; wenn dies dein Leiden ist, geliebter Sohn, wenn die Minne dich betrübt, so gestehe es deiner Mutter! Sie beschwört dich bei der Freundschaft, die du ihr schuldig bist; vielleicht kann sie dich auch mit irgendeinem nützlichen Rate unterstützen."

„Liebe Mutter", antwortete der Graf, „Eure Zärtlichkeit gegen mich ist mir so bekannt, dass ich es für Pflicht halte, sie durch Bezeugung der meinigen zu erwidern. Ihr fragt mich, ob ich eine Freundin habe; nun ja, weil Ihr es durchaus wissen wollt, ich habe freilich eine, und zwar eine ebenso süße und liebenswürdige als mächtige und großmütige Freundin. Aus ihrer Hand habe ich die Schätze empfangen, mit denen wir unsere Herrschaft wieder erworben und Frankreich befreit haben; sie besitzt mein ganzes Herz und meine ganze Seele; sie ist meine Freude, mein Leben, meine Beherrscherin und meine Gebieterin; so lange ich atme, werde ich nur sie lieben."

„Möge der Himmel sie dir erhalten, mein Sohn! Diese Schätze beweisen mir in der Tat, dass deine Liebe auf keinen würdigeren Gegenstand hätte fallen können; aber sage mir! Ist sie auch eben so schön als reich?"

„Was ihre Schönheit betrifft, so kann ich Euch leider nichts davon erzählen, weil sie mir selbst nicht bekannt ist."

„Wie? Du hast sie nicht gesehen und weist nicht, ob sie schön ist?"

„Nein, ich habe noch nicht das Glück gehabt, sie zu sehen; sie ist nur im Dunkel der Nacht zu mir gekommen und will sich noch eine gewisse Zeit lang eben so vor mir verbergen; aber was auch Meliors Wille sein mag, ich werde ihn stets verehren; ich will ihr in nichts missfallen und werde unterwürfig den Augenblick erwarten, wo es ihr belieben wird, sich meinen Augen anders zu zeigen."

„Du hast Recht, lieber Sohn, und ich lobe dich darob; diene deiner Freundin, wie sie es verlangt! Da sie reich, tugendhaft und achtungswürdig ist, da ihre Liebe dich ehrt, so wende, um sie zu erhalten, alle Mittel an, die du für tauglich erachtest, und hüte dich wohl, jemals

Handlungen zu begehen, wodurch du sie verlieren könntest! Die Gräfin fragte ihn hierauf, wann er zu seiner Geliebten zurückzukehren gedenke."

„Morgen", antwortete er, „nach dem Mittagessen habe ich im Sinn, mich allein zu ihr zu begeben; ich werde niemanden, wer es auch sein mag, mit mir nehmen, und bitte Euch, meinen Beschluss hierüber nicht zu bekämpfen."

Als die Gräfin von dieser Abreise hörte, ward sie bestürzt; gleichwohl stellte sie sich, als billigte sie den Plan und verließ ihren Sohn, indem sie ihm recht viele Klugheit und Verschwiegenheit wegen seines glücklichen Abenteuers empfahl und ihn zugleich von ihrer Seite des tiefsten Geheimnisses versicherte. Aber, ach! Wie weit waren diese Worte von ihrem Herzen entfernt, als sie so sprach! Sie hielt sich durch diese neue Entfernung für die unglücklichste aller Mütter und ging ganz außer sich zum Könige. Lange war es ihr unmöglich, sich auszudrücken, so sehr hatten Schmerz und Tränen sie übermannt; endlich aber erzählte sie alles, was sie soeben gehört hatte.

„Es bleibt mir nur ein einziges Mittel übrig", sagte sie, „und ich bitte Euch, Herr, wendet es an, wenn Euch mein Leben nicht gleichgültig ist. Ihr habt eine schöne, tugendhafte und wohlerzogene Nichte; gebt sie meinem Sohne zur Gemahlin! Dieses neue Band wird ihn an uns fesseln und ihn von dem Teufel abwendig machen, der ihn in Gestalt einer Frau verführt hat. Seine Einwilligung zu dieser Heirat zu erlangen, nehme ich auf mich, kraft eines Zaubers, den ich zu bereiten verstehe, und den ich ihm in den Wein werfen werde, welchen wir ihm bei Tische vorsetzen wollen. Wir beide, Herr, Ihr und ich, werden uns stellen, als ob wir das Getränke kosteten; Eure Nichte soll ihn zum Trinken auffordern und ich hafte für die Veränderung; übrigens ist es schon genug, wenn er nur einen einzigen Tropfen trinkt; der Zauber wird seine Wirkung hervorbringen."

Der König willigte in alles, nur um Parthenopex bei sich zu behalten. Man unterrichtete die Nichte von der Rolle, die sie zu spielen hatte, und diese Rolle musste ihr umso mehr gefallen, als sie dadurch die Gattin des schönsten aller Männer werden sollte. Während des Abendessens wandte sie ihre ganze Geschicklichkeit an, um den Jüngling aufzuheitern. Sie gab ihm den bezauberten Wein zu trinken; aber, o Wunder! Kaum hatte er ihn verschluckt, als sich seine Vernunft verfinsterte und verirrte, seine Reden waren die eines Unsinnigen, er blickte die Jungfrau zärtlich an und sprach mit ihr von Liebe; ja er ging in seiner Narrheit so weit, dass er von ihr den Beweis ihrer Gegenliebe verlangte. Umsonst antwortete diese, dass sie noch nicht seine Gemahlin sei; er schlug ihr vor, sie zu heiraten; der König gab seine Einwilligung und die Gräfin nahm die Hände der beiden Verlobten und fügte sie in einander; hierauf ging sie mit dem König hinaus und ließ sie beisammen. Parthenopex hielt in der Trunkenheit, worein ihn der Trank versetzt hatte, heftige Reden an seine mutmaßliche Verlobte. Sie selbst war über ihre Eroberung so entzückt, dass sie ihn in ihre Arme schloss und ausrief: „O mein schöner Freund, wie freue ich mich dieses Zaubers! Ich werde Euch also auf immer besitzen und Ihr seid fortan der Macht dieser höllischen Melior entzogen!"

Aber bei dem Namen Melior geschah plötzlich ein neues Wunder; der Zauber hörte auf, die Täuschung verschwand und Parthenopex, der die Augen öffnete, schauderte bei dem Anblick der Jungfrau zurück, wie wenn er auf einmal einen Abgrund vor seinen Füßen sich hätte öffnen sehen. Zum Saale hinausstürzen, sich auf sein Pferd schwingen, aus dem Palaste entfliehen und nach Blois zurückjagen war für ihn das Werk eines Augenblicks. Unterwegs seufzte und weinte er über seinen Fehler und so langte er im Schlosse an. Hier war sein erstes, dass er sich auf sein Zimmer verschloss und sich auf ein Bett warf, um die verabscheuungswürdige List zu verfluchen, wodurch man ihn zu diesem Verrate verleitet hatte. Die Gräfin erfuhr die Flucht ihres Sohnes bald. Sie eilte ihm sogleich nach, um ihn nach dem Palaste zurück zu bringen; aber so stark sie auch an seiner Türe pochte, so inständig sie ihn auch bat, er möge öffnen und Mitleid mit ihr haben, er antwortete in seinem Zorn: „Nein, es ist auf immer aus zwischen uns beiden; Ihr habt mein Unglück gemacht, Ihr werdet mich nie wieder sehen."

Umsonst drang die Mutter auf's neue in ihn, ihre Tränen und Bitten waren vergeblich und sie musste unverrichteter Dinge wieder abziehen. Er aber sah wohl, dass er, wenn er nur einen Tag länger in Blois bliebe, sich den aufdringlichen Zusprüchen des Königs und des ganzen Hofes aussetzen würde. Um dem zuvorzukommen, beschloss er, zu Melior zurückzukehren.

„Alles genau betrachtet", sagte er bei sich selbst, „bin ich ihr nicht ungehorsam gewesen, ich habe sie nicht besucht, aber ich bin ihr treu geblieben; wird sie meine Reue verschmähen können?"

In dieser süßen Hoffnung bestieg er am andern Morgen in aller Frühe sein Ross und mit umbundenem Kopfe, wie wenn er unpass wäre, ritt er allein zum Tore hinaus, unter dem Vorwand, frische Luft zu schöpfen, und begab sich nach dem Ufer der Loire. Der Ritter mit den zwölf Pferden erwartete ihn dort.

„Kommt!" sagte er zu ihm, „der Wind ist günstig und man verlangt schon lange nach Euch."

Zugleich zeigte er ihm das segelfertige Schiff. Kaum hatte der Graf es betreten, als die Ruder sich von selbst in Bewegung setzten und er sein Pferd samt dem Ritter verschwinden sah. In Chefdoire angelangt, traf er wie das erste Mal ein prachtvolles Mahl an, aber er sehnte sich sehr nach dem Bette, um zu erfahren, ob er die Gewogenheit der Fee verloren habe oder nicht; als er sich niedergelegt hatte, löschten sich die Lichter wie gewöhnlich aus und man kann sich denken, in welcher Unruhe er jetzt war. Er wartete eine Zeit lang und lauschte sehr aufmerksam; da er aber keine Tritte vernahm, glaubte er sich verlassen und fing schon an zu verzweifeln.

Dennoch kam Melior endlich und fragte ihn um die Ursache seiner Tränen. Er erzählte alles treuherzig.

„Euer Fehler ist unbedeutend", antwortete die Fee, „und er reizt meinen Zorn nicht nur nicht, sondern zwingt mich im Gegenteil, Euch noch mehr zu lieben, da er nur beweist, wie teuer ich Euch bin. Wenn der König, wenn Eure Mutter sich gegen mich verfehlen, was liegt mir daran, mein süßer Freund? Du allein könntest mich beleidigen."

Mit diesen Worten umarmte sie ihn freundlich und der Friede wurde alsbald mit den zärtlichsten Liebkosungen besiegelt. Parthenopex blieb noch sechs Monate bei der Fee. Gleichwohl konnte er nicht umhin, an die Tränen zu denken, die seine Abwesenheit seiner Mutter verursachte; denn trotz des augenblicklichen Zorns, den er ihr gezeigt hatte, trotz des Schwures, der seinen Lippen entfahren war, dass er sie nie wieder sehen wollte, liebte er sie, wie es sich für einen braven Sohn geziemt. Dennoch vergingen mehrere Tage, ohne dass er es wagte, Melior seinen Entschluss kundzutun. Endlich gestand er ihn.

„Freund", antwortete darauf die Fee seufzend, „jetzt habe ich Ursache, eine Treulosigkeit von Euch zu befürchten. Eure Mutter wird Euch verführen; ich bin darauf gefasst und weiß, was sie vermag. Um Euch an sich zu fesseln, wird sie Euch vorschwatzen, ich sei ein böser Geist, der sich in die Gestalt ihres Geschlechts vermummt habe; sie wird List und Liebkosungen anwenden, um Euch zu veranlassen, dass Ihr mich sehen sollt, und Ihr werdet Euch dazu bestimmen lassen. Aber, mein Freund, bedenket wohl, dass ich diese grausame Behandlung nicht verdient habe! Wenn meine Liebe keine Reize mehr für Euch hat, so verlässt mich, ohne mich zu entehren, und macht mir das Leben nicht tausendmal bitterer, als selbst den Tod! Denn wenn ich auch den Tod heraufbeschwören werde, er wird mein Geschrei nicht erhören. Dann wird keine Hoffnung, kein Trost mehr für mich sein; jeder Augenblick wird meine Schmerzen erneuen, verdammt zu Seufzern und zu Tränen werde ich meine Tage und meine Nächte verweinen. Immer zu leiden und zu verzweifeln, immer um Gnade zu flehen und sie nicht zu erlangen, das wird die Strafe derjenigen sein, die Euch zu sehr geliebt haben wird."

„Nein, geliebte Freundin", antwortete Parthenopex, „nein; Ihr werdet nie Ursache haben, Eure Liebe zu bereuen. Sollte auch die ganze Welt sich verbinden, um mir die Niederträchtigkeit anzuraten, die Ihr befürchtet, der ganzen Welt sollte es nicht gelingen. Ich wiederhole es: müsste ich nicht der elendeste aller Menschen sein, wenn ich zum Dank für so viele Wohltaten Euch die Ehre rauben wollte? Wenn dieses Unglück geschehen sollte, so glaubt, dass ich die Vernunft verloren habe, oder glaubt vielmehr, dass es keine wahre Liebe mehr auf Erden gibt!"

Unter solchen Gesprächen brachten sie die Nacht zu; ihr Herz war so betrübt, dass sie beide bis zur Dämmerung wachten, ohne an Vergnügungen zu denken. Indes waren die Winde ungünstig und Parthenopex musste seine Abreise verschieben. Melior verwandte die Nächte, die sie noch bei ihm zubrachte, ganz allein dazu, dass sie ihn beschwor, die festgesetzte Frist abzuwarten, um sie zu sehen. Er seinerseits versprach und schwor, zu gehorchen. Endlich gestatteten ihm die Winde, abzusegeln, und er kam in Blois an. Sobald seine Rückkehr ruchbar wurde, erschienen alle Große des Reichs, die Grafen, die Barone, ja der König selbst, um ihn zu besuchen. Er entließ sie alle bezaubert durch seine Höflichkeit und mit reichen Geschenken. Wenn man sich wunderte, ihn ohne Gefolg und Reisegerätschaften ankommen zu sehen, so erstaunte man noch weit mehr über die Prachtliebe, womit er Gold, Perlen und Edelsteine austeilte. Da man weder die Quelle kannte, der diese Reichtümer entströmten, noch die Art, wie er reiste, so machte sich jeder tausend Vermutungen darüber, immer eine abgeschmackter als die andere. Die Gräfin hatte während der Abwesenheit ihres Sohnes Tag und Nacht auf Mittel gesonnen, ihn der Macht der Fee zu entreißen. Sie fragte darüber den Bischof von Paris um Rat, der nun den jungen Grafen beiseite nahm, sein Gewissen wegen dieses strafbaren Umgangs erschreckte und ihn ermahnte, durchaus seine Geliebte zu sehen, um sich zu versichern, ob sie nicht ein vermummter böser Geist sei; die Mutter, die auch etwas von Zauberkunst verstand, sagte, sie besitze ein Mittel, ihn das Fräulein sehen zu lassen, ohne dass sie es weder erfahren noch hindern könne, nämlich eine durch Zauberkunst gemachte Laterne, die so eingerichtet sei, dass nichts sie zu löschen vermöge. Parthenopex ging in die Falle, nahm das unglückselige Geschenk an und begab sich nach Chefdoire. Schon war die Nacht vorgeschritten, als der Graf ankam. Er ging sogleich in den Palast, aber er verbarg seine Laterne und schritt gar leise dahin, gleich einem Dieb, der kommt, um ein Verbrechen zu begehen, und entdeckt zu werden fürchtet. Wie gewöhnlich stand ein großes Mahl bereitet, aber er lief durch das Speisezimmer, ohne sich aufzuhalten, und legte sich voll Lüsternheit in's Bett, so sehr brannte er vor Ungeduld, Melior zu sehen. Die Wachskerzen löschten sich aus, sie kam und legte sich an seine Seite. Er hatte seine Laterne unter die Decke versteckt; auf einmal aber zog er sie hervor, hielt sie der Fee vor's Gesicht und erblickte ihre unverhüllten Reize. Nie hatte sich etwas so vollkommenes seinen Augen gezeigt; aber er bemerkte, dass sie ohne Bewusstsein war, und jetzt erst sah er ein, dass er einen Fehler gemacht hatte. Voll Wut warf er seine Laterne weg, dass sie in Stücke zerfuhr, und verfluchte den Tag, da er sie erhalten. In diesem Augenblick fühlte er, wie sehr man ihn betrogen, da die Frau, die man ihm als einen hässlichen Teufel geschildert hatte, das schönste aller Geschöpfe war.

„Ach!" ‚rief er voll Schmerz aus, „wenn ich mich nur wenigstens über sie zu beklagen hätte!"

Gerne hätte er sich zu ihren Füßen geworfen, um ihre Gnade zu erflehen, aber sie sah nichts, sie hörte nichts. Eine schreckliche Blässe bedeckte ihr Gesicht. Ohne lange Seufzer, die sie von Zeit zu Zeit ausstieß, ohne einige Tränen, die sich aus ihren Augen stahlen, hätte er sie leicht für tot halten können. Endlich kam sie wieder zu sich und rief mit einem herzzerschneidenden Tone, indem sie in einen Strom von Tränen ausbrach: „So bin ich denn entehrt! Ach, Parthenopex, Parthenopex, was hatte ich Euch getan, dass Ihr mich so behandelt?"

Bei diesen Worten fiel sie von neuem in Ohnmacht. Endlich, als sie wieder zum Bewusstsein kam, sprach sie folgendermaßen: „So hat Euch also nichts zurückhalten können, weder meine vielfachen flehentlichen Bitten, noch Eure Schwüre. Das ist der Lohn, den Ihr so großer Liebe bestimmtet. Nun gut, Ihr könnt zufrieden sein, ich bin jetzt auf mein ganzes Leben lang unglücklich. Ich habe übrigens kein Recht, mich zu beklagen; schon lange sah ich mein Unglück voraus, alles kündigte es mir an; aber die Liebe hatte mich verblendet und ich glaubte, Euer Herz gleiche dem meinigen. Trotz meiner Bitten habt Ihr es dahin gebracht, dass Ihr mich sahet. So vernehmt denn jetzt meine Geburt und Eurer Neugierde soll nichts mehr zu wünschen übrig bleiben. Mein Vater war Kaiser von Konstantinopel; ich habe durch seinen Tod dieses schöne und große Reich geerbt, das meine Zärtlichkeit bald Euch anbieten zu können hoffte, und das Land, auf dem Ihr jetzt atmet, gehört ebenfalls zu meinen Staaten. Um mich des Ranges, zu dem ich bestimmt war, würdig zu machen, fand mein Vater sein Vergnügen darin, mit großer Sorgfalt meine Kindheit zu erziehen. Er gab mir Lehrer in allen Wissenschaften. So lernte ich die sieben Künste, die Kraft der Pflanzen, die Heilung der Krankheiten und die Wissenschaft der Zauberei. Mit fünfzehn Jahren hatte ich meine Lehrer in der schwarzen Kunst bereits übertroffen und es gab keinen Menschen in der Welt, der sich in diesem Punkt mit mir hätte messen können; aber ausgenommen in einigen Augenblicken, wo ich den Kaiser ergötzen wollte, wandte ich die Geheimnisse meiner Kunst nur an, um Euch hierher zu locken, Euch vor meinen Untertanen zu verbergen und Euch glücklich zu machen. In diesem Augenblick ist sie durch den Fehler, den Ihr soeben begangen habt, zunichte geworden. Ich habe keine Zaubermacht mehr und werde fortan, so lange ich lebe, kein einziges Wunder mehr verrichten können. Ihr selbst werdet des Zeuge sein und leider werdet Ihr, wie ich, das Opfer werden. Mit dem Tag wird meine Schmach beginnen. Dann wird mein Hof, meine Schwester und die Frauen meines Gefolges in dieses Zimmer kommen; man wird mich mit Euch in diesem Bette sehen; noch einmal: ich kann es nicht hindern und ich werde nicht einmal sterben dürfen, um mich der Schmach und Verzweiflung zu entziehen."

Welches Eisenherz wäre durch so sanfte Vorwürfe nicht erweicht worden! Parthenopex war ganz zerknirscht; aber er fühlte sich so schuldig, dass er es nicht einmal wagte, um Verzeihung zu bitten.

„O wie töricht ist die Frau, die den Versprechungen eines Liebhabers traut!" fuhr die Unglückliche fort. „Sobald wir ihnen zu ihren Freuden nicht mehr notwendig sind, lassen sie uns im Stich und alle gleichen einander. Ihr habt dieses Beispiel der Verdorbenheit befolgt, mein lieber Parthenopex! Ja, Ihr liebt eine andere, der Ihr mich verraten habt. Aber seid wohl auf Eurer Hut! Unter den Rittern, die mein Hof in diesem Augenblicke verbirgt, sind mehrere, die mir zu gefallen suchten; denkt Euch, wie groß Ihr Mut sein wird, wenn sie erfahren, dass ihr mein Bette geteilt, und was Ihr von ihnen zu befürchten habt, wenn ich Euch nicht verteidige! Und, mein schöner Freund, weder Ihr Zorn, noch selbst meine Schmach so groß sie auch sein mag, betrübt mich so sehr, als das Unglück, Euch verloren zu haben. Du warst mein Vergnügen und meine Freude, mein Stolz, meine Hoffnung und alles, was ich für mein ganzes Leben an Glück auf der Welt wünschte; fortan wirst du mir nichts mehr sein, als Tränen, Schmerz, Kummer und ewige Trauer. Man kann sich über den Verlust von Reichtum trösten, dieser lässt sich wieder ersetzen; aber wenn man die Ehre und den Geliebten auf einmal verloren hat, dann darf man nur noch leben, um zu weinen."

So sprechend brach die unglückliche Kaiserin in Tränen aus. Parthenopex seinerseits raufte sich die Haare und verwünschte die Gräfin und den Bischof.

„Ich verdiene den Tod", sprach er, „ich habe Euch verraten, ich habe Euch entehrt und mein Verbrechen ist unverzeihlich; aber dieser schwarze Plan wurde nicht von mir selbst entworfen. Mein Herz, dem Ihr so teuer seid, hätte ihn nie gefasst. Es ist wahr, ich hätte ihn mit

Abscheu verwerfen sollen und ich muss mein Verbrechen gestehen. Ich verlange aber auch nicht, dass Ihr mir verzeihen sollt. Statt mich zu verteidigen, überlasst mich vielmehr der Strafe Eurer Ritter, damit sich mich umbringen! Ich will es, ja ich will es, der Tod wird wenigstens meinen Qualen ein Ende machen."

Während er so sprach, begann der Tag zu grauen. Jetzt traten die Frauen und Jungfrauen, welche die Kaiserin bedienten, nebst den Königs – und Fürstentöchtern, die ihre Gesellschaft bildeten, in ihr Gemach. Ihr Erstaunen war außerordentlich, als sie einen Mann bei ihr sahen, und trotz ihrer Ehrerbietung tadelten sie die Kaiserin, dass sie ohne Scham einem Unbekannten preisgebe, wonach gekrönte Fürsten sich so feurig sehnen. Man kann sich denken, in welch schrecklicher Lage Parthenopex bei diesen Vorwürfen war; er wünschte sich in diesem Augenblick in die tiefsten Tiefen der Hölle. Da es indes immer heller wurde und die Frauen den begünstigten Liebhaber besser sehen konnten, so gerieten sie in Verwunderung über seine Reize. Eine nach der anderen trat heran, um den schönen Jüngling zu betrachten; ja selbst die stolzesten, diejenigen, die am meisten Zorn gegen ihn gezeigt hatten, konnten sich dessen nicht erwehren. Ihre Augen strahlten von milderem Feuer und keine einzige hatte, sobald sie ihn gesehen, Kraft genug, ihm einen Vorwurf zu machen. Inzwischen trat Urrake, die Schwester der Kaiserin, in's Zimmer. Man hatte sie geweckt, um ihr das unselige Abenteuer ihrer Schwester zu erzählen, und sie war alsbald nur halbgekleidet herbeigelaufen. Als sie erschien, zogen sich die Frauen alle zurück. Urrake war schön und ausnehmend wohlgestaltet: man hätte sie im ganzen Kaiserreich bewundert, wenn Melior nicht gewesen wäre; besonders aber besaß sie einen kostbaren Vorzug, nämlich ein zärtliches Herz, und obschon dieses Herz noch nicht geliebt hatte, so hatte es doch Mitgefühl für die Schwachheiten der Liebe. Da sie die Neigung ihrer Schwester seit einiger Zeit von Melior selbst wusste, so waren ihre ersten Worte, dass sie um Gnade für Parthenopex bat.

„Ihr habt ihn geliebt", sagte sie, „und sicherlich konntet Ihr keinen Eurer würdigeren Liebhaber wählen. Ich habe selbst auf den Gesichtern derjenigen, die Euch zu tadeln wagten, gelesen, dass sie Euer Glück beneiden. Er ist strafbar, das gebe ich zu; aber man hat seine

Jugend und Unerfahrenheit irregeführt. Er bereut seinen Fehler nur zu sehr und jeder Fehler ist verzeihlich."

„Ach!", antwortete Melior, „wie leicht ist es Euch, von Liebe zu sprechen, während Ihr selbst nichts davon empfindet, und ein verzweifeltes Herz zu trösten, während Ihr glücklich seid! Es ist aus und vorbei, es gibt kein Heilmittel mehr für meine Leiden und ich kann ihm nicht mehr verzeihen."

„Ich weiß, liebe Schwester", versetzte Urrake, „welche Ursache Ihr zum Kummer habt; aber wenn man jung, schön und im Besitz eines großen Reiches ist, kann man sich da unglücklich nennen? Folget mir! Vergesst ein Unrecht, das noch gut gemacht werden kann! Und die Gnade, die Ihr schenkt, möge das Pfand einer neuen Liebe sein!"

„Großer Gott, wie könnte ich denjenigen lieben: der mich ohne Grund verraten, denjenigen, der mich mit Schmach überhäuft hat und um dessen willen ich nicht mehr wage, meine Augen über die Erde zu erheben! Nein, ich kann es nicht. Ich hatte bereits seinen ersten Fehler entschuldigt und das war unklug; wenn ich auch diesen entschuldigen wollte, so würde ich bald noch anderes zu verzeihen haben, oder vielmehr ich müsste in ewiger Angst und ewigem Kummer leben. Möge er seine Tage im Frieden hinbringen! Ich wünsche es; aber jedes Band zwischen uns ist auf immer zerrissen."

„Ja, meine liebe Melior, noch einmal: Ihr habt Gründe, Euch zu beklagen, und umso gewichtigere Gründe, da Eure Gefälligkeiten gegen ihn öffentlich geworden sind; aber gerade diese Öffentlichkeit kann Euch zur Entschuldigung dienen. Schon lange dringen Eure Barone in Euch, dass Ihr Euch einen Gemahl wählen sollt; erklärt ihnen nun, dass dieser Gemahl Parthenopex ist! Er hat die beiden Eigenschaften, die sie verlangen, Tapferkeit und Schönheit. Wie könnten sie sich weigern, den Helden Frankreichs als ihren Herrn anzuerkennen?"

„Nein", erklärte Melior, „nein, ich werde niemals denjenigen zu meinem Herrn machen, der mich entehrt hat. Meine liebe Urrake, oh! Ich wiederhole es: Ihr kennet die Liebe und ihre Schmerzen noch nicht. Die Verdrießlichkeiten, die ein Geliebter verursacht, sind schrecklich; es gibt keine Qualen, die ihnen gleichkommen. Vermehrt die meinigen nicht durch Eure Reden! Ich beschwöre Euch darum, und zum letzten Mal: sprecht mir nie mehr von ihm!"

Urrake betrübte sich sehr über diese Antwort, denn sie war Parthenopex von Herzen zugetan; sie wagte es jedoch nicht, noch mehr zu seinen Gunsten zu sprechen, und fügte bloß hinzu: „Es ist wahr, ich wusste nicht, was Liebe ist; aber da sie so viel Unglück verursacht, da ihr Zorn so furchtbar ist, so will ich sie auch nicht kennen lernen."

Während dieser Zeit weinte Parthenopex und härmte sich ab, ohne auch nur zu hören, was man für oder gegen ihn sagte, so sehr war er niedergeschlagen; endlich stand er auf. Jetzt kamen die Frauen zurück, um ihm seine Kleider zu bringen, und alle in die Wette stritten sich um das Glück, ihn zu bedienen; aber es waren nicht mehr jene prachtvollen Kleider, die ihm seine Freundin zu seinem Schmucke gegeben hatte, sondern die nämlichen Kleider, die er trug als sie ihn im Ardennenwald irre führte, seine einfachen Sporen ohne Gold noch Silber, seine Hosen, welche die Zeit zu kurz gemacht hatte, sein Gürtel aus irländischem Leder, mit den Jagdgerätschaften versehen, mit einem Worte sein ganzer Jagdanzug. Als er angezogen war, gab ihm Urrake sein elfenbeinernes Horn, das er um den Hals hängte, und legte ihm selbst seinen grüntuchenen Mantel mit grünem Futter um die Schultern; er knüpfte ihn fest und ging dann hinaus, ohne ein einziges Wort zu sprechen. Die Frauen verfolgten ihn mit den Augen, so lange sie konnten; ja ohne die Anwesenheit der Kaiserin und die tiefe Traurigkeit , in die sie versunken schien, hätten sie vielleicht Versuche gemacht, ihn zurückzuhalten; alle aber bedauerten seine Abreise und alle weinten. Selbst die zwei Hunde, die Melior ihm zur Gesellschaft gegeben hatte, schienen Mitgefühl für sein Unglück zu haben; aber sie liebkosten ihn nicht mehr und hörten auf, ihm zu folgen. Die gute Urrake war die einzige, die den von allen Verlassenen nicht verließ; sie wollte ihn aus Freundschaft zum Palaste hinaus geleiten und das war klug von ihr, denn ohne sie wäre er verloren gewesen. Alle die Grafen, Herren und Ritter, die Melior zugetan waren, sei es nun aus bloßem Diensteifer oder aus Hoffnung, ihre Hand zu erhalten, lauerten ihm auf dem Wege auf, um sich zu rächen. Die Ehrfurcht, die sie Urraken schuldeten, hielt sie in Schranken; gleichwohl zogen sie mit Schmähreden gegen ihn los, ja mehrere ließen sich sogar solche gegen ihre Gebieterin entfahren. Als Parthenopex den Palast verließ, traf er sein altes Pferd mit seinem alten Geschirr und seinem Jagdsattel. Ein segelfertiges Schiff wartete sein am Hafen, Urrake hieß ihn es besteigen; aber in dem Augenblick, wo sie ihm Lebewohl sagen wollte, wurde sie von dem Zustand der Verzweiflung, in dem er abreiste, gerührt. Sie konnte sich nicht entschließen, ihn so sich selbst zu überlassen, und beschloss daher, sich mit ihm einzuschiffen, um ihn bis nach Blois zu geleiten. In der Tat schien mir nie ein Mann von so bitterem Schmerz verzehrt. Seine Traurigkeit blieb sich während der vierzehn Tage, welche die Reise dauerte, gleich. In Nantes angelangt, schiffte er die Loire aufwärts; endlich, als er nahe bei Blois war, setzte ihn die Prinzessin mit seinem Pferde auf das Ufer aus; sie ermahnte ihn, sich zu trösten, und kehrte dann zu ihrer Schwester zurück. Jetzt erst fühlte er die ganze Bitterkeit seines Schicksals; dieses Ufer war dasselbe, auf dem ihn in den glücklichsten Zeiten, in denen er von Melior geliebt wurde, das Zauberschiff zwei Mal abgesetzt und abgeholt hatte. Wie schrecklich dagegen war jetzt seine Lage! Bei diesem Gedanken wollte sich ihm das Herz zerspalten, ein allgemeines Schaudern befiel ihn und er sank bewusstlos auf den Sand. Zwanzig Mal hintereinander kam er wieder zum Bewusstsein, um es auf's Neue wieder zu verlieren; endlich rief er: „Warum bin ich geboren, da ich zu diesem schauderhaften Schicksal bestimmt war! Warum bin ich nicht wenigstens gestorben, ehe ich die Schönheit kennen lernte, die ich verraten habe! Ach! Sie hatte mir ihr Herz und ihr Leben geschenkt, und ich Unglücklicher, ich habe sie mit Schmach bedeckt." Indem er sich diesen traurigen Betrachtungen überließ, blieb Parthenopex den ganzen Tag unbeweglich am Ufer sitzen. Endlich, als die Nacht ihn vertrieb, bestieg er sein Pferd und ritt im Trab zur Stadt hinein. Der Pförtner, der ihn erkannte, beeilte sich, ihm zu öffnen; als er ihn aber in alten Kleidern, blass, traurig und weinend sah, so weinte der gute Diener ebenfalls. Der Graf war so ganz außer sich, dass er, ohne zu bedenken, was er tat, in seinen Saal hinein ritt. Seine Ritter halfen ihm absteigen; aber umsonst begrüßten sie ihn, umsonst suchten sie ihn durch ihre Reden aufzuheitern; er antwortete ihnen nichts und verschloss sich alsbald in einem andern Zimmer. Die Gräfin, seine Mutter, kam sogleich herbeigelaufen, klopfte an die Türe und rief ihn bei seinem Namen.

„Ihr habt mich betrogen", antwortete er; „durch Eure treulosen Räte und Euer fluchwürdiges Geschenk habe ich mich verleiten lassen, die

Gebieterin meines Herzens zu verraten. Lebt wohl auf immer, sucht Euch einen andern Sohn! Denn fortan bin ich nicht mehr der Eure!"

Bei diesen Worten zerschlug sich die alte Frau ihre Brust, sie bat ihren Sohn um Verzeihung und beteuerte, sie habe gewiss nicht sein Unglück gewollt, sondern im Gegenteil ihm einen Dienst zu erweisen gesucht.

„Der König wird sogleich hierher kommen", setzte sie hinzu, „er wird mit dir von seiner Nichte sprechen; wirst du es wohl noch länger wagen, die Gemahlin, die dir dein Herr gegeben hat, auszuschlagen? Und ist es nicht weit besser, im Schoß seiner Familie geehrt und hochgeschätzt zu leben, als sich in einem fremden Lande bei einer unbekannten Frau in Dunkelheit zu begraben? Wenn du übrigens nichts als eine Freundin willst, für die eine, die du verloren hast, kannst du leicht tausend andere finden. Wo wäre in Frankreich die Frau, die sich nicht schmeicheln würde, von Parthenopex geliebt zu werden? Lieber Sohn, habe Mitleid mit uns! Deine Ritter erwarten dich; komm und verbreite Fröhlichkeit unter diesen braven Leuten, die dich lieben, und die dein Kummer untröstlich macht! Betrübe nicht die Franzosen, die entzückt herbeieilen, um ihren Retter wieder zu sehen! Wenn irgendjemand strafbar ist, so bin ich's; wende deinen Zorn gegen mich allein! Aber strafe nicht deine Freunde und Diener für ein Verbrechen, das sie nicht begangen haben!"

Diese Worte machten einigen Eindruck auf Parthenopex; bei der Stimme seiner Mutter wurde sein Inneres einen Augenblick gerührt, besonders ging ihm nahe, was sie über seine Ritter sagte, denn die Anhänglichkeit dieser treuen Waffengenossen hatte ihm geschmeichelt, und er machte sich Vorwürfe, dass er sie so schnell erwidert habe. Aber sein Schmerz war so stark, dass er alles andere überwog; er öffnete nicht und brachte die ganze Nacht unter Tränen zu. Seine Ritter waren indes beinahe ebenso traurig, wie er; keiner von ihnen wollte sich zur Ruhe begeben. Sie kamen jeden Augenblick einer nach dem andern, um an seiner Türe zu lauschen, ob er noch schluchze, und entfernten sich dann tiefbetrübt. Bald verbreitete sich die Nachricht von seiner Ankunft und seinem Kummer.

Der König schickte ihm, um ihn zu trösten, diejenigen von seinen Bischöfen, Erzbischöfen oder Geistlichen, die am besten schöne Worte machen konnten. Sie hielten lange Reden an ihn, auf die er keine Silbe antwortete, und mussten weinend wieder abziehen. Endlich kamen seine Anverwandten und Freunde selbst, brachten aber ebenso wenig zustande. Entschlossen zu sterben, aß er nur noch vier Mal in der Woche und zwar nichts als Gersten – oder Haberbrot, sein Getränk bestand aus Wasser; er ließ sich Nägel und Haare wachsen, wusch sein Gesicht nicht mehr, legte seine Kleider nicht ab und führte so ein ganzes Jahr lang das Leben eines Büßenden. Er war nicht mehr jener blühende schöne Jüngling, an dem sich die Augen nicht satt sehen konnten, sondern blass und mager, so dass man ihn kaum mehr erkannte. Bereits hatte er nicht mehr Kraft genug, allein das Bett zu verlassen; wenn er gehen wollte, so musste man ihn stützen. Was übrigens seine Kräfte am meisten schwächte, war weniger dieses strenge Fasten, zu dem er sich verdammt hatte, als die verzehrenden Gedanken, denen er sich mit schmerzlichem Vergnügen hingab. Tag und Nacht seufzte er, Tag und Nacht schwebte der Name Melior auf seinen Lippen. Endlich wurde er es müde, den Tod zu langsam für seine Wünsche herannahen zu sehen, und er beschloss, ihn zu beschleunigen; aber der Tod, den er sich zu geben gedachte, war ein schrecklicher. Er fasste den Entschluss, sich in den Ardennenwald zu verfügen und dort den wilden Tieren preiszugeben, um von ihnen gefressen zu werden.

„Auf diese Art", sagte er, „muss derjenige sterben, der seine Geliebte betrogen hat."

Die Ausführung des Planes, den Parthenopex gefasst hatte, war nicht leicht, denn man hatte ihm alle seine Waffen weggenommen und beobachtete ihn sehr sorgfältig. Er konnte sie nur durch eine Art List wieder erlangen und griff die Sache folgendermaßen an. Er hatte in seinen Diensten einen jungen Knappen, namens Guillemot, den Sohn eines sarazenischen Königs, den sein Vater nach Frankreich geschickt hatte, um die Sprache dieses Landes zu erlernen und die Sitten seiner Einwohner sich anzueignen. Guillemot liebte seinen Herrn Parthenopex zärtlich. Der Graf liebte ihn gleichfalls sehr; ja er war der einzige, dessen Dienste er bisher angenommen, und der einzige, den er beauftragt hatte, ihm alle zwei Tage das Wasser und das rauhe Brot zu bringen, wovon er sich nährte. Eines Abends, als der Knappe mit dieser elenden Kost hereintrat, sprach Parthenopex zu ihm: Mein lieber

Guillemot, ich muss gestehen, dass mein Betragen bisher gar zu unverständig war; ich sehe mein Unrecht ein und will endlich die Stimme der Vernunft hören. Ich wende mich an dich, du kannst mir helfen.

Man kann sich denken, wie groß das Entzücken des treuen Knappen war, als er diese Worte hörte. Freudentränen stürzten aus seinen Augen. Er warf sich seinem guten Herrn zu Füßen und schwor, ihm in allem zu dienen, und müsste er auch sein Leben opfern.

„Geh, sattle mein Pferd"!, versetzte Parthenopex, und führe es mir her, wenn alles zu Bette ist! Wir wollen zusammen ausreiten und ich gedenke mich im Freien zu zerstreuen. Vor allem aber nimm dich wohl in Acht, dass man dich nicht sieht!" Guillemot gehorchte, ohne im Mindesten zu argwöhnen, dass er betrogen wurde. Er führte zwei Pferde her, schnallte dem Grafen die Sporen um, half ihm auf sein Pferd steigen und ritt voll Freude mit ihm zur Stadt hinaus. Am Ufer der Loire angelangt, schlug er ihm vor, sich zu baden, um die glückliche Veränderung, die er versprochen hatte, mit seinem Äußeren zu beginnen.

„Mein Freund", antwortete Parthenopex mit matter Stimme, „weder dieser Grund, noch der Wunsch, spazieren zu reiten, hat mich bestimmt, Blois zu verlassen, sondern ich bin müde, so lange zu dulden, und will endlich unter den Zähnen der Ungeheuer in den Ardennen meine Schmerzen endigen."

Als Guillemot diese Worte hörte, überkam ihn ein solcher Schmerz, dass ihm die Stimme versagte, um zu antworten. Endlich bat er schluchzend um Erlaubnis, seinem Herrn bis in den Wald zu folgen, um dort mit ihm zu sterben.

„Nein", antwortete der Graf, „ich muss sterben, weil ich meine Geliebte verraten habe. Du aber, der du keinen Grund hast, das Tageslicht zu hassen, lebe, mein Freund! Kehre in deine Heimat zurück, um das Glück deines Vaters zu machen, und möge der Himmel euch beiden lange Jahre ohne Kummer schenken!"

„Lieber Herr", antwortete der junge Sarazene, „sprecht mir nicht von Vaterland, noch von Glück! Ich habe Euch mein Leben gewidmet, als ich in Euren Dienst trat; ich verlasse Euch nicht mehr und nur der Tod soll mich von Euch trennen."

So sprechend drohte er, sich selbst das Leben zu nehmen, wenn die erbetene Erlaubnis ihm verweigert würde. Parthenopex konnte einer so zärtlichen Anhänglichkeit nicht widerstehen. Überdies erlaubte ihm seine Schwäche nicht, weder allein auf – noch abzusteigen und ein Knappe wurde ihm notwendig. Er gestattete daher Guillemot, ihm zu folgen, nahm sich aber fest vor, sich von ihm zu trennen, sobald er in der Nähe des Waldes angelangt wäre. Guillemot war sehr erfreut, trocknete seine Tränen und folgte nach. So ritten sie beide fort, bis es Tag wurde. Dann hielten sie an, um nicht erkannt zu werden, und so lange sie auf französischem Gebiete waren, zogen sie nur bei Nacht weiter. Erst als sie die Grenzen überschritten hatten, ließen sie diese Vorsicht aus den Augen; aber nun trennte sich auch Parthenopex von Guillemot. Zuvor aber trat er mit ihm in eine Kirche und ließ ihn daselbst taufen. Der Graf selbst war sein Pate und er erhielt den Namen Anselet. So gab ihm Parthenopex gleichsam zum Abschiede die Wohltat des Christentums und führte darauf seinen Entschluss aus, sich von ihm zu trennen. Er benutzte hierzu die Zeit, wo dieser schlief, und ritt allein weiter. Zwar sah er voraus, dass er durch diese Flucht das Herz des guten Jünglings schmerzlich betrüben würde, aber auf die andere Art hätte er ihn in's Verderben gestürzt, und sicherlich war es noch besser, ihn auf einige Augenblicke in Trauer zu versetzen, als einem gewissen Tode entgegen zu führen! Mit Tagesanbruch wachte Anselet auf und kleidete sich sogleich an, um seinen Herrn zu bedienen. Aber wie groß war sein Schmerz, als er ihn nicht mehr sah! Er rief ihn mehrere Male, er suchte ihn überall und rief endlich aus: „Ach, Herr! Ihr habt mich betrogen; aber obschon Ihr von mir geflohen seid, so werde ich Euch doch bis zum Tode begleiten."

Zugleich sattelte er sein Pferd und ritt auf's Geratewohl hinter dem Grafen drein. Auf diese Art zog er den ganzen Tag weiter, fragte alle, denen er begegnete, nach Parthenopex, suchte ihn in der Ferne mit den Augen, rief ihn aus Leibeskräften und änderte zwanzig Mal hintereinander seinen Weg, um ihn aufzufinden. Die Nacht überfiel ihn während dieser vergeblichen Nachforschungen. Jetzt war er genötigt, anzuhalten, und er härmte sich sehr ab. Indes war der Graf schon seit mehreren Stunden in den Ardennen angelangt. Er hatte sein Pferd schon an die gefährlichste Stelle des Waldes getrieben. Hier befanden sich in der Tat Löwen, Leoparden, schreckliche Schlangen und wilde Tiere aller Art. Er hörte sie zu seinen Seiten zischen und brüllen und schmeichelte sich, dass sie über ihn herstürzen werden; aber kraft der Beständigkeit des Missgeschicks, das die Unglücklichen immer verfolgt, verschonten sie ihn; denn so groß ist oft die Widerwärtigkeit hienieden: wer leben will, der stirbt, und der Unglückliche, der zu sterben begehrt, lebt wider seinen Willen. Parthenopex meinte im Anfange, die Tiere fürchten sich, heran zu nahen, weil sie von seinem Pferde erschreckt seien. In diesem Glauben stieg er ab, überließ es sich selbst und setzte sich einige Schritte von da auf einen spitzigen Felsen. Im Augenblick erschien ein ungeheurer Löwe, aber er stürzte sich auf das Pferd los und biss es grausam. Das verwundete Tier entledigte sich aber seiner und entfloh atemlos durch den Wald bis an's Ufer des Meeres. Hier begann es, gleich als wollte es um Hilfe rufen, so stark und so lange zu wiehern, dass das Gestade fernhin ertönte. In diesem Augenblick kam ein Schiff vorbei, worauf eine Königstochter fuhr, die nach ihrem Schlosse reiste. Die Jungfrau hörte das Wiehern und machte ihren Lotsen Maruk darauf aufmerksam.

„Edles Fräulein", antwortete dieser, „ich habe es wie ihr gehört, aber es kommt aus der Öde des Ardennenwaldes. Ohne Zweifel gehört dieses Pferd einem Unglücklichen, der an dieser Küste Schiffbruch gelitten und sich im Walde verloren haben wird. Vermutlich wird er daselbst umkommen. Übrigens, wenn Ihr es erlaubtet, so wollen wir, meine Kameraden und ich, an's Land steigen, um ihn zu suchen. Vielleicht würde es uns gelingen, ihn zu finden, denn der Mond scheint hell und der Himmel ist sehr klar, und in diesem Fall hätten wir das Glück, eine Seele gerettet zu haben."

„Möge der Himmel ihn erhalten! Ich wünsche es von ganzem Herzen", versetzte das Fräulein; „aber um sein Leben zu retten, wollen wir wahrhaftig das unsrige nicht in Gefahr setzen."

„Das werden wir auch nicht, edles Fräulein! Ich weiß ein Zaubermittel, das diese wilden Tiere in den Ardennen alle miteinander bezaubern kann und kraft dessen wir ohne Gefahr in den Wald dringen werden."

Maruk war ein weiser und geschickter Greis, der während seines Lebens viel gesehen und viel gelernt hatte. Seine Erfahrung war so bekannt und er gab sein Versprechen mit solcher Zuversichtlichkeit, dass die edle Jungfrau selbst an's Land zu steigen beschloss, um an der guten Handlung, die er vorgeschlagen hatte, teilzunehmen. Man setzte also einen Nachen aus und landete. Nachdem Maruk seine Zauberformel gesprochen, drang er in den Wald. Bei seiner Erscheinung flohen die Schlangen, die Drachen und die Tiger voll Entsetzen, oder drückten sie sich auf die Erde, gleich als wollten sie seine Blicke vermeiden. Bald bemerkte er Blut; es war dasselbe, welches das Pferd durch seine Wunde verloren hatte. Er verfolgte die Spur und gelangte an den Ort, wo Parthenopex saß. Als dieser sich durch diese Schar entdeckt sah, stieß er einen tiefen Seufzer aus. Bei dem Geräusch, das er machte, drehte die Jungfrau den Kopf und bemerkte einen Mann, dessen Äußeres die größte Verzweiflung ankündigte. Seine Kleider waren zerrissen, seine Haare wild verworren, seine Lippen trocken, seine Augen rot, seine Wangen endlich blass und von Tränen gefurcht. Gerührt von Mitleid bei diesem Anblick näherte sie sich ihm, um ihn zu begrüßen.

Er hörte im Anfang nichts, so sehr war er in seinen Schmerz versunken. Als sie aber mit lauterem Tone den Wunsch wiederholte, ihn glücklicher zu sehen, antwortete er: „Möge der Himmel Euch glücklich machen, edle Frau! Ich verzichte darauf."

Sofort bat sie ihn, zu sagen, durch welches seltsame Abenteuer er sich in diesem Walde verlassen und in dem unglücklichen Zustande, den er andeutete, befinde. Er ersuchte sie dagegen, ihn nicht weiter durch unnütze Fragen zu belästigen und sich zu entfernen, um ihn sterben zu lassen. Der Ton, womit er dieses aussprach, rührte das Fräulein bis zu Tränen. Sie stieg von ihrem Maultier ab und beschwor den Unglücklichen von neuem, ihr zu sagen, ob sie seinen Kummer nicht auf irgendeine Art lindern könne.

„Meine Leiden sind zu groß", antwortete er, „sie gestatten kein Heilmittel. Übrigens will ich sie auch nicht heilen, sondern komme hierher, um sie zu endigen, und bitte Euch noch einmal, Eures Weges zu ziehen und Euch dem Glück, das ich erwarte, nicht zu widersetzen."

„Nein, Herr, so sehr Ihr auch bitten möget, so wird mich doch nichts von hier entfernen, außer wenn Ihr die Gefälligkeit haben werdet, mir Euern Namen und Eure Heimat zu sagen."

„Ich weiß, edle Frau, welche Ehrfurcht ich dem Range, den Eure Kleider ankündigen, und vor allem eurem Geschlechte schuldig bin.

Aber ihr erniedrigt Euch, den verächtlichsten und ruchlosesten der Menschen zu bitten. Ich bin ein Elender, der die schwärzeste aller Verrätereien begangen hat. Dies ist mein Name, da ihr ihn wissen wollt, ich habe keinen andern und darf keinen andern mehr haben."

„Und ich, Herr, will Euch den meinigen sagen, und wäre es auch nur, um Euch zu zeigen, dass ich von Eurer Seite vielleicht einige Rücksichten verdiene. Ich bin die Tochter eines Kaisers, meine Schwester ist Kaiserin und ich bin im Begriff, Königin zu werden. Seht, das ist diejenige, gegen die Ihr einige Gefälligkeit zu zeigen verschmähtet, obschon sie sich Eures Unglücks erbarmt hat; mit einem Wort, ich heiße Urrake."

Bei dem Namen Urrake errötete Parthenopex vor Scham und schlug die Augen nieder; aber dieser Name, der ihm sein Verbrechen und seine Liebe zurückrief, ergriff ihn mit so schmerzlicher Gewalt, dass er das Bewusstsein verlor. Urrake schloss ihn in ihre Arme, um ihn wieder zu sich zu bringen; und jetzt erst erkannte sie ihn wieder. Ihre Augen konnten die seltsame Veränderung, welche die Traurigkeit an ihm hervorgebracht hatte, nicht genugsam betrachten, und was aus diesem Jüngling, vormals dem schönsten aus der ganzen Erde, geworden war. Sie beschloss, ihn aus dem Walde zu führen und mit sich auf ihr Schiff zu nehmen; aber um seine Einwilligung hierzu zu erhalten, musste sie ihn täuschen. Sie stellte sich daher, als habe sie ihm eine frohe Botschaft zu verkünden, und sprach zu ihm: „Herr, ich danke Gott, dass er Euch hier in meinen Weg geführt hat und mir eine unnötige Reise nach Frankreich erspart ist, wo ich Euch auf Befehl meiner Schwester aufsuchen wollte. Nachdem sie Euch einige Zeit in bitterem Kummer gelassen, hat sie endlich Eure Rechtschaffenheit anerkannt und Eurer Liebe Gerechtigkeit angetan; wenn Ihr sie beleidigt habt, so hat ein Jahr der Tränen Euren Fehler wohl getilgt. Kommt, Herr, empfangt eine Verzeihung, die ich Euch selbst mit Vergnügen überbringen wollte! Melior schenkt Euch ihr Herz wieder, sie will Eure Gemahlin werden; trocknet also Eure Tränen, da das Glück Euch auf's Neue lächeln wird! Kommt mit mir! Wir wollen einige Zeit zusammen auf meinem Schlosse Salence zubringen; sobald ihr dann die Frische und Blüte der Gesundheit wieder erlangt habt, die Euch vormals schmückten, so wollen wir miteinander zu derjenigen fliehen, die Euch liebt."

Diese süßen Worte gaben Parthenopex das Leben wider.

„Urrake", rief er, „teuerste Urrake, täuschet ihr mich nicht? Ist es auch wahr, dass meine Frau mir verzeiht und dass sie sich der Leiden erbarmt, die mein Verbrechen nur zu sehr verdient hatte? Wie? Ich sollte in ihrem Herzen noch Liebe finden, und Melior, die ich so schändlich verraten habe, könnte sich entschließen, mich auf's neue ihren Freund zu nennen?"

„Ja, mein lieber Parthenopex, und ich flöße Euch keine falsche Hoffnung ein; übrigens müsst Ihr diejenige kennen, von der ich spreche, und Ihr wisst, dass ihr Herz zu zärtlich ist, als dass sie lange leben könnte, ohne Euch zu lieben."

„Ach ja! Das ist meine Melior; auf der ganzen Erde ist keine Frau, die ihr gliche, und wohl erkenne ich sie an diesen Zügen. Urrake, von diesem Augenblick mache ich mich zu Eurem Knecht; führt mich, wohin Euch beliebt! Ich folge Euch ohne Sträuben und werde nie vergessen, welche Wohltat Ihr mir erzeigt habt. Ach, als ich nach meiner Schandtat von ihr verjagt wurde, da waret Ihr freundlich genug, mich zu entschuldigen; Ihr wandtet alles an, wozu Euch der Name Schwester berechtigte, um mir ihre Güte wieder zuzuwenden. Dieser neue Dienst ist der zweite, den ich Euch verdanke."

Parthenopex verließ wirklich seine Einsamkeit und ging mit Urrake und Parsewis, ihrer Muhme, auf ihr Schloss Salence, wo er lange Zeit bei den Frauen lebte. Vom Morgen bis zum Mittag waren die beiden Frauen nur beschäftigt, ihn von seinem Kummer abzulenken und ihn durch ihre Gespräche, durch verschiedene Spiele ihrer Erfindung und durch immer neue Vergnügungen aufzuheitern. Zuweilen gaben sie ihm, um seine Hoffnung zu nähren und seine Heiterkeit dadurch zu erhöhen, falsche Briefe von Melior, die voll Liebe waren. Dies war zwar eine Lüge, aber wer möchte sie darum tadeln? Diese Lüge machte ihn glücklich. Wirklich erhielt er in kurzer Zeit seine Reize und ursprüngliche Schönheit wider und zwar zum Unglück seiner Trösterinnen. Alle beide entbrannten in Liebe gegen ihn, und ach! Großer Gott, wo ist die Frau, die sich nicht in ihn verliebt hätte? Wie oft beneidete nicht Urrake jeden Tag das Glück Meliors! Gleichwohl schätzte sie immer in ihm den Geliebten ihrer Schwester und beschränkte sich auf eine zärtliche Freundschaft, die fast ebenso lebhaft war, wie die Liebe. Was Parsewis anbelangt, so verbrachte sie ihre Tage mit Seufzen und mit Klagen. Ihr einziges Vergnügen war, diesen so vollendeten Mann zu betrachten, diesen herrlichen Wuchs, diese zauberischen Augen, dieses vollkommene Gesicht; und nie konnte sie ihn ansehen, ohne dass ihr Leiden sich dadurch vermehrt hätte. Dennoch trug sie Sorge, ihren Schmerz unter einer erkünstelten Freude zu verbergen. Überrascht durch die lange Abwesenheit ihrer Schwester schrieb die Kaiserin ihr einen Brief voll Freundlichkeit, worin sie sich beklagte, dass sie von ihr so verlassen worden sei. Urrake wagte es nach so zärtlichen Vorwürfen nicht, länger in Salence zu bleiben, so gern sie auch dort war; sie reiste ab zur großen Zufriedenheit der Parsewis, die sich nun mit Parthenopex allein befinden sollte. Dieser aber betrübte sich über die Abreise seiner treuen Freundin und bat sie, bald zurück zu kommen. Acht! Sie war noch weit betrübter als er, dass sie ihn verlassen musste; aber sie ging, um für sein Bestes zu wirken. In Chefdoire angelangt wurde sie mit allen erdenklichen Liebkosungen empfangen. Melior, die es drängte, ihr Herz gegen sie auszuschütten, führte sie in ihren Obstgarten und setzte sich daselbst in's Gras unter dem Schatten eines Apfelbaumes. Der Baum stand in der Blüte, denn es war Frühling; in einer andern Gemütsverfassung hätten der Anblick dieser anmutig gestreiften Blüten und der Wohlgeruch, den sie verbreiteten, ihr vielleicht gefallen. Jetzt aber konnte sie im Anfang nur weinen, denn sie wagte und vermochte es nicht, ein einziges Wort vorzubringen; endlich jedoch rief sie seufzend: „Ach! Wie unglücklich bin ich, dass ich geliebt habe!“

Dann setzte sie nach einem Augenblicke Stillschweigens hinzu: „Doch, lasst uns von etwas anderem sprechen!“

„Niemals“, anwortete Urrake, „habe ich ein so seltsames Betragen gesehen, wie das Eurige; seit Euer Geliebter abgereist ist, habt Ihr ihn unaufhörlich beweint; jeden Tag unterhieltet Ihr Euch von ihm und heute verbietet Ihr mir, über ihn zu sprechen. Aber, entweder täusche ich mich, oder Euer Herz liebt ihn immer noch. Warum Euch vor mir verstellen? Ach, meine Schwester, ist dies der Lohn für die Freundschaft, die ich Euch schon so lange gewidmet habe?“

„Ihr und Freundschaft?“ rief Melior; „nein, Ihr habt keine mehr für mich; wenn Ihr mich geliebt hättet, so hättet Ihr mich nicht so verlassen.“

„Nun gut", erwiderte Urrake; „ich will es nur gestehen, dass ich beleidigt war, und ich hatte auch Ursache, es zu sein. Wie! Mehrere Monate lang dringe ich in Euch um Verzeihung für Euern Liebhaber, ich wende Tränen und Bitten an, sie zu erlangen, und erhalte nichts als abschlägige Antworten und abstoßende Reden! Ich gebe es zu, dieses Betragen hat mich erzürnt, und ich beschloss, mich von einer Schwester zu entfernen, die so wenig Rücksichten für mich hatte. Dies ist der Grund meiner Abwesenheit, da Ihr ihn zu erfahren verlangt; wisst aber auch, dass ich bitter dafür bestraft wurde, denn während dieser Zeit habe ich diejenige Nachricht vernommen, die mich am meisten betrüben konnte! Dieser Jüngling, dessen Unvorsichtigkeit Ihr so hartnäckig gezüchtigt, ist ob Eurer Härte in Verzweiflung geraten, seine Vernunft hat sich verwirrt und man wartet ihm auf den Tod. Es steht Euch jetzt frei, einen andern Freund auszuwählen und ihn ebenso zu behandeln. Aber bringt auch diesen zur Verzweiflung, tötet ihn wie den ersten! Ich werde Euer Betragen mit Gleichgültigkeit ansehen und Euch nicht mehr bitten."

Dieser falsche Bericht von der Gefahr, worin Parthenopexs Leben schwebe, war sehr zweckgemäß im Munde Urrakes. Auch machte er einen so lebhaften Eindruck auf die junge Kaiserin, dass sie beinahe in Ohnmacht fiel; umsonst wollte sie die Bewegung ihres Innern verbergen, ihre Blässe verriet sie; endlich antwortete sie also: „Ich glaube wohl, dass er sich seines Verbrechens schämen und es lange bereuen musste. Im Übrigen könnte man ihm diese Vernunft, die er verloren hat, noch zurückgeben. Unter den Geheimnissen, die ich in früheren Zeiten erlernt habe, gibt es solche, die ihn unfehlbar heilen würden, und ich selbst würde mir ein Vergnügen daraus machen, sie mitzuteilen, wenn ich ihn noch liebte; aber er hat mich verlassen, er hat sich von mir entfernt; Ihr jedoch, liebe Schwester, die Ihr Freundschaft für ihn habt, Ihr mögt diese gute Handlung tun; ich werde Euch die Mittel lehren, die Ihr hierzu anwenden müsset; ich bin bereit, zu Euren Gunsten meine eigene Kränkung zu vergessen."

„Es ist Eure Sache, das Übel wiedergutzumachen, da ihr es verursacht habt", antwortete Urrake. „Parthenopex war glücklich, als es Euch beliebte, ihn zu lieben und zu Euch zu locken. Er erfreute sich in seinem Vaterlande all der Vorteile, die eine hohe Geburt und eine ansehnliche Macht mit sich führen. Um ihn für so viele Verluste zu entschädigen, habt ihr ihn hier beinahe zwei ganze Jahre lang allein, ohne Gesellschaft, abgeschieden von der ganzen Welt, leben lassen; und darnach klagt Ihr ihn der Verräterei an, weil er; durch arglistige Ratschläge verführt, einen Versuch gemacht tat, Euch zu sehen. Er könnte vielmehr Euch Vorwürfe machen, er, der seit dem Tage jener unseligen Unvorsichtigkeit keinen Augenblick mehr die Ruhe gekannt und sich durch Wachen, Fasten und Tränen abgemagert hat, während Ihr vielleicht nicht einmal eine ganze Stunde von Eurem Schlaf eingebüßt habt. Wer von Euch beiden hat Unrecht? Wahrlich nie konnte sich eine Frau eines Liebhabers rühmen, der dem Eurigen an Schönheit, Mut und Höflichkeit gleichkäme, und dennoch habt Ihr ihn verlassen; ja sogar jetzt, da er in Folge Eurer Unbeugsamkeit im Begriff ist, zu sterben, verlangt Ihr, dass ich ihn heilen soll; nein, das werde ich gewiss nicht tun. Gebt ihm seine Gesundheit zurück, wenn Euer Mitleid sich so weit erstreckt! Aber mag auch geschehen, was da will, ich werde ihn immer beklagen, dass er Euch geliebt hat."

Also sprach die schlaue Urrake, und ihre Reden vermochten Melior wirklich zu überzeugen, dass sie ihren Geliebten getötet habe.

„Schwester, liebe Schwester", antwortete die traurige Kaiserin, „mein Herz ist nicht so gefühllos, wie Ihr glaubet; aber wisst, dass ich in diesem Augenblick mehr als eine Ursache zu Tränen habe. Kaum hattet ihr Chefdoire verlassen, als meine Barone sich auf's Neue versammelten und mich zwingen wollten, endlich einen Gemahl zu wählen. Drei furchtbare Bewerber sind aufgetreten: der Kaiser von Deutschland, der von Spanien und der junge König von Frankreich. Ihre Nebenbuhlereien haben sogar so große Unruhen in der Versammlung erregt, dass ein alter Ritter, namens Hernold, berühmt durch seine Klugheit sowohl als durch seine schönen Waffentaten, sich auf einmal erhob und den Vorschlag machte, man solle die Wahl mir selbst überlassen, da sie hauptsächlich mich angehe. Nur verlangte er, dass der Gemahl, dem ich meine Hand schenken würde, untadelhaft sein solle in Beziehung auf Weisheit und Tapferkeit.

Auf nächste Pfingsten, fügte er hinzu, möge die edle Frau einen Jahrmarkt ausschreiben! Zugleich wollen wir auf diese Zeit in der ganzen Christenheit ein Turnier ankündigen, wozu die braven Ritter aller Länder eingeladen sein sollen. Man ernenne feierlich die sechs oder sieben, dir sich dabei am meisten auszeichnen werden, oder wenn diese Zahl nicht hinreicht, so ernenne man ihrer zehn, und stelle es der edlen Frau frei, denjenigen unter ihnen auszuwählen, der ihr am meisten gefallen wird!"

„Dieser Rat des alten Hernold", fuhr Melior fort, „wurde einstimmig angenommen; man hat bereits das Turnier verkündet, und eben das macht meine Tränen fließen; denn mit einem Wort, wenn ich es dir gestehen soll, ich fühle, dass es mir unmöglich ist, einen andern zu lieben, als denjenigen, der mir gefallen hat, und dass er unter allen Männern, die da leben, der einzige ist, den ich mir zum Gemahl wünschte."

„Euer Herz ist ein unerklärbares Ding", versetzte Urrake boshaft; „nachdem Ihr Parthenopex leidenschaftlich geliebt hattet, habt Ihr ihn auf einmal gehasst, und jetzt nachdem Ihr ihn gehasst und vertrieben habt, liebt Ihr ihn von neuem!"

Statt aller Antwort weinte Melior. Nur bat sie ihre Schwester, sie möge ihren Kummer nicht noch durch Vorwürfe vermehren, die sie nicht verdiene, und fragte, was sie in den verdrießlichen Umständen, in denen sie sich befinde, tun solle. Urrake, die immer noch dieselbe Gleichgültigkeit und dieselbe Strenge erkünstelte, antwortete: „Wozu bedürft Ihr eines Rats? Alles lacht Euch entgegen. Das Turnier wird Euch Liebhaber die Hülle und Fülle vorführen; man sorgt für die Wahl und Ihr habt dann bloß noch zu lieben."

„Lasst eure Spöttereien, Gefühllose! Zu einer Lage, wie die meinige, ist es Grausamkeit von Euch, mich noch mehr zu betrüben, und es ist immer eine Grausamkeit, eine unglücklich Liebende zu kränken."

„Ei! Ich bitte doch, wie soll ich diejenige Liebende nennen, die aus bloßer mutwilliger Laune einen verliebten und treuen Ritter in den Tod stürzt? Ist diese wohl grausam oder sanft?"

„Möge Gott Liebe in Eurem Herzen erwecken! Dann, meine Schwester, werdet Ihr Mitgefühl lernen."

„Ich bin's zufrieden, auch ich werde lieben, so bald Gott befehlen wird, dass meine Stunde kommt, aber gewiss wird man mich nie meinen Freund verlassen oder in Verzweiflung stürzen sehen. Was Euch betrifft, meine Schwester, so gestehe ich, dass Eure Lage mir rettungslos erscheint und ich sehe kein anderes Mittel für Euch, als den Sieger im Turnier zum Gemahl anzunehmen, da ihr Euch geweigert habt, Parthenopex für solchen zu erklären, als ich Euch den Rat gab und es noch Zeit war."

Urrake hatte ihre Absichten, so zu sprechen. Wirklich verließ sie Melior sogleich und kehrte nach Salence zurück, um Parthenopex von dem, was sie in Erfahrung gebracht, in Kenntnis zu sehen.

Euer Schicksal liegt jetzt in Eurer eigenen Hand, sagte sie zu ihm. Melior wird der Preis des Turniers werden; ich frage Euch nicht, ob Ihr hingehen werdet, um diesen Preis zu kämpfen, aber ich erkläre Euch, dass Melior es erwartet.

Man kann sich leicht denken, wie groß die Freude des Helden bei dieser Nachricht war. Die Jungfrau gab ihm Pferd und Waffen und reiste mit ihm und Parsewis sogleich nach Chefdoire ab. Als sie im Hafen waren, gingen die beiden Frauen nach dem Palaste; er aber blieb auf dem Schiffe und wartete, bis der zur Eröffnung des Lanzenbrechens festgesetzte Tag erschien. Sobald Urrake sich mit der Kaiserin allein befinden konnte, fragte sie dieselbe über das Turnier aus.

„Ach, es wird sich demnächst eröffnen zu meinem Unglück", antwortete Melior. Aber wer auch der Sieger sein mag, ich erkläre zum Voraus, dass er mir verhasst ist und dass ich nötigenfalls den Tod meinem Gemahl vorziehen werde, welchen zu lieben mir immer unmöglich sein wird. Ach liebe Schwester, wie Unrecht hatte ich, Euren Rat zu verwerfen, und wie grausam muss ich für meinen Stolz büßen! Es stand bei mir, den zärtlichsten und schönsten aller Liebenden zum Gemahl zu haben. Ich war unempfindlich für seine Tränen, ich habe seinen Tod verursacht und nun bin ich durch eigene Schuld unglücklicher als er selbst."

Während dieser und ähnlicher Reden seufzte und schluchzte Melior aus dem tiefsten Herzen, dass Urrake gerührt wurde und schon im Begriff stand, sich zu entdecken und die Wahrheit zu gestehen.

Gleichwohl hielt sie noch an sich, ja, um ihren Freund Parthenopex wegen der Qualen zu rächen, die ihre Schwester ihn hatte erdulden lassen, fragte sie diese im Tone der Verwunderung, wer denn der glückliche Liebhaber sei, nach dem sie sich so feurig zurücksehne.

„Ihr seht mich in Verzweiflung", antwortete die Kaiserin, „und Ihr spottet meiner noch; es ist um mich geschehen, ich muss sterben, ich habe keinen Trost mehr zu erwarten."

Trotz dieser kleinen Rache wollte Urrake dennoch ihre Schwester nicht zur Verzweiflung bringen. Sie sprach ihr in unbestimmten Ausdrücken zu, sich zu trösten, von der Zukunft auch einiges zu hoffen und ihr mit Geduld entgegen zu sehen. Vergebens sagte Melior zu ihr, dass es keine Hoffnung mehr für sie gebe, da derjenige, den sie liebe, nicht mehr sei. Das Fräulein stellte sich, als ob sie es nicht hörte, und fragte sie über das Turnier, über die Richter, die den Vorsitz dabei führen sollen, und über die Ritter, die sie vorher mit ihrer eigenen Hand bewaffnen werde. Die Kaiserin nahm ihre Kräfte zusammen und nannte dann, nachdem sie einen Augenblick geschwiegen, die Kaiser, Könige, Herzoge und die großen Herren und Ritter sowohl in Europa als in Asien, die bei diesem furchtbaren Wettstreit kämpfen sollten. Zuletzt nannte sie auch den König von Frankreich und andere französische Herren, die mit ihm gekommen waren. Unter diesen letzten befand sich ein Ritter, der ein Namensbruder und Verwandter von Parthenopex war. Als Melior diesen nennen sollte, fehlte es ihr an Kraft dazu. Mehrere Mal sprach ihre zitternde Stimme Parthe, Parthe, ohne vollenden zu können; endlich entschlüpfte das unglückselige Wort ganz über ihre Lippen, aber Schluchzen erstickte es und sie musste sich das Gesicht mit den Händen bedecken, um ihren Schmerz zu verhehlen. Bald jedoch tat sie sich selbst Gewalt an und erhielt die Sprache wieder. Sie nannte die Knappen, die sie zuvor mit dem Ritterschlag zu beehren gedachte, und die Könige, die bei ihr im Turme sitzen sollten, um die Streiter zu prüfen und über sie zu richten. Als nun Urrake alles erfahren hatte, was sie wissen wollte, kehrte sie abends mit Parsewis auf ihr Schiff zurück, um ihrem Freunde die nötigen Anweisungen zu geben. Sie hieß ihn seine Waffen nehmen, führte ihn sodann heimlich nach dem Palast und verschloss ihn in einem Zimmer, das nicht bewacht wurde. Mit Tagesanbruch traten die jungen Knappen, die aus den Händen der Kaiserin den Ritterschlag empfangen wollten, um im Turnier mitkämpfen zu können, in Masse in den Palast. Alle hatten einen Helm auf dem Kopfe und den Degen am Halse hängen, wie es damals Brauch war. Urrake holte sogleich Parthenopex und ließ ihn sich bewaffnen, wie die andern. Er mischte sich unter den Haufen und trat mit ihnen vor die Kaiserin. Sie erwartete dieselben auf einem elfenbeinernen Throne sitzend. Ihr Rock von türkischem Purpur war am Hals und an den Ärmeln mit Goldstoffen und Perlen verbrämt. Die Knöpfe waren Rubine, desgleichen der Spangenhaken, den sie unter dem Kinn trug. Ihre Arme waren mit goldenen Ringen und Bändern geschmückt. Endlich auf den Schultern trug sie einen Purpurmantel mit Gold verbrämt und mit Hermelin gefüttert. Unter diesem prachtvollen Schmuck hätte schon eine gewöhnliche Schönheit blenden können. Meliors Reize wurden dadurch nicht erhöht; ja, sie hätte in einem grauen wollenen Überrock ebenso gut für die schönste aller Frauen gegolten. Kein Wunder, dass Parthenopex bei ihrem Anblick in Entzücken geriet; es war dies dieselbe Frau, die ihn beinahe zwei Jahre lang mit Gunstbezeugungen und Freude überhäuft hatte. Er verschlang sie mit seinen Augen, er drang durch die Menge, um ihr zu nahen, und in seiner Verwirrung geriet er zwanzig Mal in Versuchung, sich ihr zu Füßen zu werfen, um ihre Verzeihung zu erflehen. Urrake, die ihn außer sich sah, suchte ihn umsonst zur Vernunft zurück zu bringen; bald hustete sie, bald sprach sie leise mit ihm, aber er sah, er hörte nichts, und verriet seine Leidenschaft durch so viel Zeichen, dass jedermann aufmerksam wurde. Die Kaiserin selbst gewahrte es und sah sich genötigt, die Augen niederzuschlagen. Um weitere Ausbrüche seiner unsinnigen Aufregung zu verhüten, trat sie auf den jungen Unbekannten zu, nahm den Degen, den er am Hals hängen hatte, gürtete ihn ihm zur Seite und machte ihn, ohne ihn zu kennen, zuerst vor allen andern zum Ritter. Während dieser Zeit seufzte er und Tränen rollten aus seinen Augen. Obgleich sein Gesicht vom Helme bedeckt war, sah sie dennoch durch das Visier hindurch die Tränen fließen; aber sie stellte sich, als merke sie nichts, und einen Augenblick darauf näherte sie sich wieder ihrer Schwester und sagte ganz leise zu ihr, der junge Mann, den sie soeben bewaffnet habe, sei ihr durch seine bezaubernden Augen und seine heldenmütige Gestalt aufgefallen. So sprechend warf sie abermals die Augen auf ihn, um ihn auf's Neue zu bewundern. Diese schönen Augen, dieser edle Anstand erinnerten sie an Parthenopex. Bei diesem Gedanken zitterten ihre Knie, sie fühlte, dass ihre Kräfte schwanden. Großer Gott, was wäre erst gewesen, wenn man ihr gesagt hätte, dass derjenige, der sie so anzog, derselbe Parthenopex war, den sie tot glaubte! Mit welchem Verlangen hätte sie ihn nicht zu Hilfe gerufen, und mit welcher Inbrunst wäre dieser treue Liebhaber ihr nicht entgegengeflogen! Parthenopex war so entzückt, dass die Gebieterin seines Herzens ihn, wie sie ihm vormals versprochen, zum Ritter erhoben hatte, dass er sogleich den Saal verließ und sich auf sein Zimmer verschloss, um sein ganzes Glück mit Muße zu genießen. Seine Einbildungskraft erhitzte sich immer mehr und er dachte an nichts als an Lanzenbrechen und Kämpfe. Wann wird sich das Turnier eröffnen? Wann wird er Melior allen Tapferen der Erde abkämpfen können?

„Ja ich werde sie erhalten", sagte er bei sich selbst; „wer dürfte es wagen, mir zu widerstehen? Habe ich nicht mein Verbrechen und meine Liebe zum Sporne?"

Indessen hatte es Melior so gewaltige Anstrengung gekostet, ihren Schmerz zu bezähmen und zu verhehlen, dass sie nicht länger widerstehen konnte. Sie fühlte sich unwohl und verschob die Feierlichkeit auf den nächsten Tag. Es war dies wirklich keine eitle Ausflucht von ihrer Seite. Obschon sie zufällig, ohne es zu wollen oder zu wissen, nur den einzigen Parthenopex mit der Ritterwürde beehrt hatte, so fehlte es ihr doch wirklich an Kräften. Urrake blieb den ganzen Tag bei ihr; am Abend aber holte das Fräulein mit Parsewis den Grafen ab und kehrte mit ihm auf ihrem Schiffe nach Salence zurück, um da den Tag der Eröffnung des Turniers abzuwarten. Parsewis spielte bei diesem allem eine nicht sehr angenehme Rolle. Sie liebte Parthenopex leidenschaftlich und sah ihn so ganz für eine andere entbrannt, dass sie sich nicht einmal mit der Hoffnung schmeicheln konnte, ihm vielleicht später zu gefallen. Umsonst hatte sie während der Zeit, da sie in Salence allein miteinander waren, zu seinem Herzen zu sprechen versucht, dieses Herz war für sie taub. Gleichwohl liebte die Unsinnige, obschon ohne alle Hoffnung, immer noch, und ihr einziges Vergnügen war, bei ihm zu sein. Urrakes Absicht war, als sie Parthenopex von Chefdoire entfernte, den Jüngling vor Unklugheiten zu bewahren, die seine maßlose Liebe nur zu sehr fürchten ließ. Aber eben diese Vorsichtsmaßregeln, wodurch sie die Gefahr von ihm abzuwenden gedachte, beschleunigten dieselbe. Der Anblick seiner Geliebten hatte ihn so außer aller Fassung gebracht, dass er an nichts mehr dachte, als an sie; alles, was die beiden Frauen ersannen, um ihn zu zerstreuen und zu ergötzen, war ihm zur Last. Endlich eines Tages, als die große Hitze beide eingeschläfert hatte, konnte der unsinnige Jüngling seiner Ungeduld nicht länger widerstehen und entwischte, während sie schliefen. Er eilte an den Hafen, warf sich in ein zweiruderiges Fahrzeug und segelte in's Meer. Kaum aber hatte er das Ufer aus den Augen verloren, als ein Sturm sich erhob und ihn auf eine benachbarte Küste warf. Der Beherrscher dieser Küste nannte sich Armant. Es war dies ein wilder und grausamer Mann, dabei außerordentlich stark und sehr geübt in den Waffen; sein ganzes Vergnügen bestand darin, unaufhörlich Lanzen zu brechen, weil er manchmal die Freude hatte, einen Ritter zu töten. Wenn sein Gegner nun überwunden war, so warf er ihn in seine Gefängnisse und ließ ihn dort durch schlechte Behandlung verkümmern, ohne jemals eine Bürgschaft oder Lösegeld annehmen zu wollen. Man führte Parthenopex zu ihm, er bat um ein Obdach, aber statt aller Antwort winkte der Bösewicht, und der Unglückliche ward in einen Kerker geworfen. Als die Frauen erwachten und sahen, dass er aus Salence verschwunden war, so gerieten sie in große Bestürzung; ihr Schmerz wurde noch durch einen Brief vermehrt, der in demselben Augenblick von Chefdoire ankam; die Kaiserin lud sie darin zu einer allgemeinen Hofversammlung ein, die sie bei der Eröffnung des Turniers zu halten genötigt war. Was tun in diesen Umständen? Wozu sich entschließen? Da jedoch die Vermutung nahe lag, dass Parthenopex in seiner Ungeduld ihnen vorausgeeilt sein werde, so beschlossen sie, sich ebenfalls dahin zu verfügen, aber bald verschwanden ihre Hoffnungen und jetzt erst mussten sie ihn beweinen. Ach, er härmte sich noch ganz anders ab, als sie, denn in welch eine Lage sah er sich versetzt! In wenigen Tagen sollte sich das Turnier eröffnen, dessen Preis seine Geliebte war, und er lag während dieser Zeit im Kerker. Der Unmensch, der ihn hier festhielt, ermangelte nicht, nach seiner Gewohnheit zum Lanzenbrechen abzureisen. Seine Absicht war nicht, um den Besitz der schönen Kaiserin zu streiten, denn er hatte bereits eine Gemahlin; aber er hoffte, im Kampfe irgendjemand töten zu können, und seine Bosheit wünschte sich zum Voraus Glück dazu. Vor seiner Abreise beauftragte er seine Frau, Parthenopex zu bewachen. Diese, ebenso sanft und mitfühlend, als er grausam, eignete sich nicht gut zu einem solchen Geschäfte; ihre erste Sorge war, als sie ihren Gemahl abgereist sah, in das Gefängnis hinabzusteigen und dem Gefangenen einige Worte des Trostes und der Hoffnung zu sagen.

„Es gibt keinen Trost mehr für mich", antwortete der Graf, „da ich dem Turnier nicht anwohnen kann."

Dabei brach er in Tränen aus. Der Schmerz eines so schönen Ritters rührte die Frau; sie fragte ihn, ob er für den Fall, dass sie Vertrauen genug auf seine Ehre setzte, ihm das Gefängnis zu öffnen, sich fähig fühlen würde, nach dem Turnier von selbst zurückzukommen und sich aus sein Wort einsperren zu lassen.

„Ich schwöre Euch bei allen Heiligen im Himmel und aus Erden", antwortete der bebende Jüngling, „wenn Ihr mir diese Gnade gewähret, die mir lieber ist als mein Leben, so werde ich mich auf den Tag und auf die Stunde, die Ihr mir vorzuschreiben belieben werdet, wieder in Eurem Gefängnisse einstellen. Übrigens habe ich in diesem Augenblick keine andere Bürgschaft zu bieten, als einzig und allein mein Wort; aber ich besitze bedeutende Herrschaften, ich mache sie Euch zum Geschenk und verpflichte mich von Stund an, mein Leben lang Euer Lehensmann zu werden."

So sprechend warf sich der Ritter der Frau zu Füßen; sie beeilte sich, ihn aufzuheben, umarmte ihn zärtlich und fügte dann hinzu: „Nein, mein schöner Freund! Ich verlange weder Geschenke noch Eide von Euch; Eure Reden und Eure Gestalt haben mein Vertrauen gewonnen. Seid frei! Euer Wort genügt mir. Alles, was ich von Euch verlange, ist, dass ihr vor dem Ende des Lanzenbrechens zurückkommt; Ihr kennt Armant; es wäre um mich geschehen, wenn er Euch bei seiner Rückkehr nicht wieder in seinem Gefängnisse träfe. Ach, vielleicht habe ich dasselbe Los zu fürchten, wenn das Schicksal Euch im Turnier umkommen lässt. Teurer Freund, bedenkt die Gefahren, denen ich mich durch diese Gefälligkeit gegen Euch aussetze, und zwingt mich nicht, sie zu bereuen!"

Parthenopex konnte auf diese Reden nur mit Versicherungen unveränderlicher Anhänglichkeit und Dankbarkeit antworten. Die edle Frau gab ihm ein Pferd, Waffen, einen silbernen Schild, ein Schiff zur Abreise und er machte sich auf den Weg. Indes konnte er nur in einiger Entfernung von Chefdoire landen und war genötigt, einen Teil des Weges zulande durch den Wald hindurch zu machen. Dieser Wald kostete ihn noch manchen Seufzer; jeder Schritt, den er darin tat, erinnerte ihn an die vielfachen Vergnügungen, die er vormals in den glücklichen Tagen seiner Liebe hier genossen hatte; aber er hatte in diesem Augenblick wenigstens die Hoffnung sie auf's Neue verdienen zu können. Während er sich mit diesem Gedanken beschäftigte, wurde er von einem spanischen Ritter eingeholt, da gleichfalls nach Chefdoire reiste. Er hieß Gaudin, der Blonde, und war von seinen Verwandten im Stich gelassen, weil er den christlichen Glauben angenommen hatte; darum sah er sich genötigt, vom Solde zu leben und sich durch Herumziehen auf den Turnieren seinen Unterhalt zu verschaffen. Sein Gefolge bestand aus fünf Knechten, von denen jeder eine grünbemalte und mit einem taftenen Banner geschmückte Lanze vor ihm her trug, und ebenso vielen Schildknappen, die hinter ihm ritten und deren jeder einen roten Schild trug, der ihnen am Halse hing. Sobald Gaudin Parthenopex bemerkte, gab er seinen Leuten ein Zeichen, anzuhalten; er ritt auf ihn zu, um ihn zu begrüßen, und bat ihn, ihm zu sagen, wohin er gehe. Nachdem Parthenopex seine Frage beantwortet hatte, sagte ihm Gaudin ebenfalls seinen Namen, sein Vaterland und den Grund seiner Reise.

„Da wir auf dasselbe Ziel losgehen", sagte er hinzu, „so erlaubt mir, Herr, Euch zu begleiten! Und wenn Ihr in Chefdoire niemand findet, so erbiete ich mich, die mir bestimmte Wohnung mit Euch zu teilen; ich verlange dagegen nichts, als dass ihr mein Waffengenosse seid."

„Ich bin's zufrieden", antwortete Parthenopex; „befehlt nur! Ich werde Euch überall hin folgen."

Sie langten abends in Chefdoire an und man wies ihnen als Wohnung ein großes prachtvolles Zelt zu, das längs der Wiese aufgepflanzt war und worin sich schöne Kammern für sie, Ställe für ihre Pferde und Diener zu ihrer Versorgung befanden. Das Turnier sollte am andern Morgen eröffnet werden. Mit Tagesanbruch standen die beiden Kämpfer auf, hörten die Messe, nahmen ihre Waffen, ließen ihre Lanzen und Kampfzeichen durch ihre Diener auf den Wahlplatz tragen und verfügten sich selbst dahin. Der Kampf sollte sich auf beiden Seiten des Flusses ausbreiten und durch die Brücke in zwei

Teile geteilt werden; die Kämpfenden mussten sich daher gleichfalls in zwei Truppen teilen, und die einen diesseits, die andern jenseits der Brücke ihren Posten einnehmen. Bald kamen sie in Masse an, gleich Wolken von kleinen Fliegen, die man Sommers auf dem Felde herumflattern sieht, und jeder von ihnen stellte sich nach Belieben zu demjenigen der beiden Haufen, der ihm am besten gefiel: Parthenopex und sein Waffengefährte blieben außerhalb auf der Seite der Wiese; sie wollten sich aber nicht in den Haufen mischen und stellten sich in einiger Entfernung gegenüber von dem Turme auf, auf dem die Kaiserin mit Urrake, Parsewis und den sechs Kampfrichtern saß. Bald lenkte der edle Anstand dieser beiden Kämpfer und die Gewandtheit, womit sie ihre Waffen und Pferde handhabten, aller Augen auf sie. Der Mut, den ihr Vorhaben ankündigte, setzte einen der Richterkönige in Erstaunen; er äußerte seine Bewunderung gegen Melior und bat sie, fragen zu lassen, was der Name und das Vaterland dieser Ritter sei. Während er noch sprach, stürzten beide Abteilungen auf einmal aufeinander los und griffen sich an. Da aber die äußere an Anzahl weit schwächer war, so konnte sie fast keinen Widerstand leisten; sie musste weichen und verlor viel Boden. Auf einmal spornten aber die zwei Tapferen ihre Pferde, sprengten auf die Ringer los, warfen jeder einen von den vordersten zu Boden, trieben die nachfolgenden zurück, drängten sie auf die Seite und hoben sie aus dem Sattel; und durch diesen leichten Sieg machten sie den Überwundenen neuen Mut und verschafften ihnen Zeit, sich wieder zu sammeln. Dies war nur der Anfang der tapfersten Waffentaten, welche Parthenopex und sein Genosse an diesem und den folgenden Tagen verübte und wodurch er den größten Ruhm erntete. Am zweiten und dritten Tage drang der Held nach manchem Strauß bis an den Fuß des Turmes; er wandte sich zu Melior und sprach: „O Ihr, die ich zu meinem Unglück zu sehen suchte, würdigt mich, mein Pfand anzunehmen!"

Zu gleicher Zeit reichte er ihr seine mit einem Banner geschmückte Lanze hinauf. Die Schöne nahm sie lächelnd und behielt sie, ohne im Mindesten den Grund oder den Namen des höflichen Ritters zu vermuten, der also sprach. Aber diese unschuldige Gunstbezeugung wurde falsch ausgelegt; man glaubte, der, den sie berührte, sei ein begünstigter Liebhaber, und im Augenblick griffen ihn alle, die um ihn waren, in Masse an. Die Kaiserin wollte, als sie die Lanze nahm, gewiss nur eine Handlung der Höflichkeit begehen, aber man rechnete es ihr als Verbrechen an. Freilich, wenn sie gewusst hätte, dass diese Lanze Parthenopex angehörte, so hätte sie dieselbe mit großem Vergnügen in die Hand genommen; ja, wenn sie in diesem Augenblick mit ihm allein gewesen wäre, so hätte sie ihm sonder Zweifel noch andere Beweise ihres Wohlwollens gegeben. Melior hatte nicht erraten können, wer mit ihr sprach, weil sie nach allem, was man ihr gesagt hatte, Parthenopex tot glaubte. Urrake und Parsewis aber, die ihn lebend wussten, glaubten ihn zu erkennen. Beide erblassten, und wie verabredetermaßen zogen sie sich in's Innere des Turmes zurück, um einander ihre Mutmaßungen mitzuteilen. Dieses plötzliche Weggehen, besonders aber die Änderung, die auf ihrem Gesichte vorgegangen war, machte Melior aufmerksam und nachdenklich. Sie erinnerte sich der Worte des Ritters, und da ihre Einbildungskraft in der größten Tätigkeit war, verließ sie gleichfalls das Fenster und suchte Urrake auf. Sobald Parsewis sie bemerkte, entfernte sie sich, ging an ihren Platz zurück und wusste nichts mehr zu tun, als ihre Blicke über die Menge schweifen zu lassen, um denjenigen ausfindig zu machen, den sie liebte. Unbeschreiblich war ihre Freude, als sie ihn zu bemerken glaubte; nur diejenigen vermögen sie zu würdigen, die lieben oder geliebt haben; und gleichwohl konnte sich die Unglückliche nicht verhehlen, dass sie vergebens liebte. Die Kaiserin aber fasste Urrakes Hand und sprach im liebevollsten Tone also zu ihr: „Ihr habt also meinen Tod beschlossen, liebe Schwester! Umsonst vertraut Euch mein Herz seine innersten Geheimnisse an. Dass Eure bleibt immer gleichgültig und mir verschlossen. Habe ich es irgendwie an der Freundschaft fehlen lassen, die ich Euch schulde, so verlangt eine Genugtuung! Wie sie auch sein mag, ich nehme sie an und gebe Euch hierfür mein Pfand."

Mit diesen Worten zog sie ihren Handschuh aus und bot ihn ihrer Schwester, indem sie sehr weinte.

„Ich will Euer Pfand nicht", antwortete Urrake, „ebenfalls bis zu Tränen gerührt; Ihr habt mich nicht beleidigt und ich habe ebenso wenig Gründe, es anzunehmen, als Ihr, es anzubieten; aber was sollen diese Worte besagen? Ohne Zweifel habt Ihr einige neue Fragen an mich zu richten; sprecht vertrauensvoll! Ihr sollt jetzt sehen, ob ich Euch wahrhaft zugetan bin."

„Nun gut, meine teure Urrake", versetzte Melior, „das, was so eben geschehen ist, hat mich, ich gestehe es, bestürzt gemacht; du hast, wie ich, diese rührende Stimme gehört, die zu mir sagte: Ich habe Euch zu meinem Unglück gesehen."

„Ach! Sie erinnert mich an Parthenopex; es ist seine Stimme, er ist es selbst; es scheint, als sei er dem Grabe entstiegen, um mir wieder Grausamkeiten vorzuwerfen; ja es ist so, er will mich zu sich hinabziehen."

Das Schluchzen, womit Melior diese Worte vorbrachte, entwaffnete Urrake endlich. Sie konnte der Verzweiflung ihrer Schwester nicht länger widerstehen, und nachdem sie um Verzeihung gebeten hatte wegen des Kummers, worin sie sie so lange gelassen, erzählte sie ihr das ganze Abenteuer mit Parthenopex von dem Tage an, da sie ihn in den Ardennen im Begriff zu sterben getroffen hatte, bis zu dem, da er heimlich aus Salence entflohen war. Nichts wurde vergessen, weder der schreckliche Zustand, in welchen ihn sein Gram versetzt, noch die trügerischen Hoffnungen, die sie hatte anwenden müssen, um ihn dem Leben wieder zu schenken, noch sein Entzücken, als er durch die Hände seiner Geliebten bewehrt worden war.

„Es war ihm unmöglich, ohne Euch zu leben und dies hat ihn uns so schnell entrissen", fügte Urrake hinzu; „ich habe ihn verloren geglaubt, und schon beweinten Parsewis und ich seinen Tod; aber nach dem, was wir beide soeben gehört haben, müssen wir hoffen, dass er noch lebt und unser Vergnügen sich bald durch die Freude vermehren wird, ihn als Sieger zurückkehren zu sehen."

„Ja, er ist's!" ‚rief Melior entzückt! „Er ist es selbst, ich kann nicht länger daran zweifeln. Wie? Hätte ich ihn nicht schon an seiner Tapferkeit erkennen sollen? Antworte mir offen, meine liebe Urrake! Kennst du auf der ganzen Erde einen Mann, der sich mit Parthenopex vergleichen ließe? Und konnte sich jemals eine Frau rühmen, einen so vollendeten Liebhaber zu besitzen, wie der meinige? Ach! Er ist mit Gefahr seines Lebens gekommen, mir seine Lanze zu überreichen und mir Genugtuung anzubieten, während ich ihn um Gnade anflehen sollte. Lass uns zurückkehren, liebe Schwester, um ihn kämpfen und seinen Ruhm genießen zu sehen!"

So sprechend trocknete Melior ihre schönen Augen und ging dann auf ihren Platz am Fenster zurück. Ihre ersten Worte waren, dass sie sich nach den Begebenheiten des Turniers erkundigte.

„Herrin", antwortete einer der sechs Richterkönige, „alle Blicke sind auf den Ritter mit dem silbernen Schilde gerichtet. Von dem Augenblick an, da ihr seine Lanze genommen habt, scheinen die Kämpfer nur noch mit ihm allein anbinden zu wollen; aber er verteidigt sich mit Erfolg und hat sich schon wieder beinahe ganz aus dem Gewühl herausgearbeitet. Seht nur, wie man überall, wohin er schlägt, vor ihm ausweicht!"

Einige der Richterkönige baten die Kaiserin, auch gewissen andern Streitern, die sie ihr zeigten, ihre Aufmerksamkeit zuzuwenden; aber sie war ganz und gar von Parthenopex gefesselt; ihre Augen sahen nur ihn und verloren ihn keinen Augenblick. Wenn man ihm einen Streich versetzte, erhob sie sich rasch, gleich als wollte sie ihn mit dem eigenen Körper auffangen. Umsonst fasste Urrake sie von Zeit zu Zeit am Arme, dass sie ruhig auf ihrem Platze sitzen sollte; wenn sie Parthenopex von den Streitern gedrängt vorrücken oder zurückweichen sah, so rückte auch sie unwillkürlich auf ihrem Sitze vor oder zurück. Ach, wenn es in ihrer Macht gestanden wäre, das Ende des Turniers zu befehlen und den Sieger zu ernennen, der schöne Ritter hätte nicht mehr lange auf die Krone warten müssen. In diesem Augenblick sprengte der König von Frankreich herbei, in der Hoffnung, irgendeine Heldentat zu verrichten, welche die Aufmerksamkeit der Richter auf sich ziehen könnte. Der Kaiser von Deutschland, der ihn bemerkte, wollte sich mit ihm messen; aber als sie die erste Lanze miteinander wechselten, stürzten die Deutschen insgesamt auf den französischen Herrscher los und warfen ihn mit seinem Pferde zu Boden. Schon machte sich der Kaiser bereit, ihn zu ergreifen; Parthenopex sah die Gefahr seines königlichen Vetters, mit dem Ruf Monjoie sprengte er auf den Kaiser los und hob ihn aus dem Sattel. Im Augenblick wurde er von der ganzen deutschen Schar angegriffen; die Friesen und Sachsen schlugen sich zu denselben; aber auf der andern Seite waren auch die Franzosen, die Normannen und die Bretagner herbeigeflogen, um ihrem

Könige zu helfen. Das Handgemenge wurde schrecklich, man schlug sich mit Erbitterung; indes gelang es den Franzosen, die von Parthenopex und seinem wackeren Gefährten Gaudin unterstützt waren, den König wieder auf sein Pferd zu setzen und aus dem Gewühle zu retten. Dieser erklärte laut, dass er dem Ritter sein Leben verdanke und bezeugte ihm hierfür seine Erkenntlichkeit. Die Franzosen überschütteten ihn mit Lobeserhebungen; er aber, der nicht von ihnen erkannt werden wollte, antwortete griechisch, wie wenn er ihre Sprache nicht verstünde, und ohne längeres Zögern stürzte er sich von neuem in's Gedränge. Melior war von allem diesem nichts entgangen. Derjenige Richterkönig, der, nach der Tapferkeit, die Parthenopex von Anfang der Turniers entwickelte, ihn liebgewonnen hatte, fragte die andern Richter, seine Amtsbrüder, was sie von seinem Helden denken. Alle sprachen wie er, und konnten auch nicht anders sprechen. Da man in allen Sachen dieser Art einen Günstling, einen Liebling hat, dem man besonders zugetan ist, so fügten einige hinzu, es sei noch nicht ganz entschieden, ob der Ritter mit dem silbernen Schild der Beste im Turnier sei. Bei dieser Rede hatte die Kaiserin Mühe, an sich zu halten. Es wäre in diesem Augenblick sehr süß für sie gewesen, die Sache ihres Freundes zu verfechten; aber sie fürchtete, sich zu verraten, wenn sie seine Verteidigung übernähme, und begnügte sich, bescheiden und mit niedergeschlagenen Augen zu sagen: „Ihr lieben Herrn, es steht mir nicht zu, über die schönen Waffentaten vor euch meine Meinung zu sagen; aber was den Ritter betrifft, von dem ihr sprechet, so scheint es mir, dass, wenn er auch nicht der tapferste im ganzen Turnier ist, viele es weit weniger sind, als er."

Während dieser Zeit hatten die Deutschen, wütend, ihre Beute sich entrissen zu sehen, ihre Reihen auf's Neue geschlossen, und unter der Anführung Armants, Herzogs von Bayern und Neffen des Kaisers, waren sie zurückgekommen, um die Franzosen zum zweiten Mal anzugreifen. Diese waren in Unordnung überrascht und genötigt worden, sich bis an die Straße vor dem Schloss zurückzuziehen. Parthenopex aber sprengte zum zweiten Mal zu ihrer Hilfe herbei. Mit seinem ersten Lanzenwurf warf er Armant aus der Ferne auf den Sand. Gaudin, der ihm folgte, hob ebenfalls einen Ihrer Anführer aus dem Sattel. Plötzlich aber wurde der spanische Ritter von einem

Trupp Sarazenen angegriffen und mit einem Keulenschlag unter ihre Pferde geworfen. Nie glich eine Wut derjenigen, die Parthenopex in diesem Augenblick empfand. Er stürzte auf den Sarazenen, der seinen Freund niedergeworfen, los, stieß ihm seine Lanze in die Achselhöhle und bohrte ihn durch und durch; sodann zog er sein Schwert, schlug rechts und links drauf los, spaltete Köpfe bis auf die Zähne, jagte alle davon und gab Gaudin Zeit, wieder auf sein Pferd zu steigen. Um ihn herum wurden ebenfalls fürchterliche Streiche geführt. Die Herzoge von Sachsen, von Flandern, von Laon, von Bourges und der Normandie, die Könige von Sizilien; von Achaja, von Syrien, von Valencia und von England kämpften auf Tod und Leben. Parthenopex gestattete seine Liebe nicht, auf eine gewöhnliche Art zu kämpfen. Sein einziger Ehrgeiz war, für sich allein die Taten aller andern zu verdunkeln; im Übrigen lag ihm wenig daran, zu sterben, wenn er nicht als Sieger des Turniers erklärt wurde. In diesem Augenblick führte der König von Frankreich seine Ritter auf's Neue zum Angriffe heran, um seine Rache an den Deutschen zu nehmen. Er erkannte Parthenopex und machte ihm den Vorschlag, mit ihm an der Spitze seiner Schar anzugreifen; der Held nahm es an. Alle beide legten die Lanze ein. Jetzt rief der König aus Leibeskräften Monjoie. Die Franzosen wiederholten das Geschrei mit gleicher Begeisterung und stürzten nun auf die feindliche Schar los. Gleich beim ersten Anfall wurde diese genötigt, sich auf Pfeilschussweite zurückzuziehen. Umsonst suchte sie ihren ersten Vorteil wieder zu gewinnen, sie verlor immer mehr und mehr Boden, und man kann nicht wissen, was geschehen wäre, wenn die Nacht nicht ein Ende gemacht hätte. Das Dunkel trennte die Kämpfenden. Alle zogen sich zurück, Parthenopex aber und Gaudin verließen die Schranken erst als die letzten von allen und dann sprengten sie im Gallop, den Schild in der Faust und mit eingelegter Lanze, davon. Ihr Betragen wurde bemerkt und die Richter erklärten, dass die beiden Kämpfer, nachdem sie gut angefangen, nicht minder gut endigen werden. Anders war es mit gewissen Leuten, die Ursache hatten, auf sie eifersüchtig zu sein. Diese sahen sie nur mit Neid herbeikommen; aber alle, welche schöne Taten und tapfere Männer liebten, bewunderten sie und riefen ihnen Beifall zu. Es ist unmöglich zu beschreiben, was Melior bei diesem allem empfand. Wer vermöchte den Schmerz zu schildern, der sich ihrer bemächtigte, als sie ihren Freund sich entfernen sah, ohne dass es ihr erlaubt gewesen wäre, ihn zu grüßen oder ihm irgendein Zeichen von Liebe zu geben? Sie folgte ihm lange mit den Augen; endlich, als er verschwand, wurde sie auf einmal traurig und nachdenklich und hatte große Mühe, ihre Tränen zurückzuhalten. Erst als die Richter weg waren, konnte sie ihr Herz erleichtern. Was hätte sie nicht gegeben, wenn sie ihm in sein Zelt hätte folgen dürfen! Aber, ach! Ihr Rang, ihre Würde, ihr Geschlecht, alles machte dies untunlich. Doch hatte sie wenigstens den Trost, mit Urrake von ihm zu sprechen, und kaum war die Sonne aufgetaucht, so begab sie sich wieder nach dem Turm, in der Hoffnung, ihn bald ankommen zu sehen. Die Anstrengungen des Tags hatten ihn bald eingeschläfert; Gaudin musste ihn wecken. Beide langten als die ersten auf dem Wahlplatz an, und auch dies entging den Richterkönigen nicht; Melior aber hatte es schon vor ihnen bemerkt. Einzig damit beschäftigt, ihren Geliebten aufzusuchen, hatten ihre aufmerksamen Augen ihn ohne Mühe erkannt und nun klopfte ihr Herz, gleich als wollte es dem Jüngling entgegen hüpfen. Mittlerweile öffneten sich die Tore des Schlosses und diejenigen von den Rittern, die man hier beherbergt hatte, zogen in Masse hinaus, um sich zu dem Turnier zu begeben. Unter ihnen war ein gewisser Armand, wegen seiner Hässlichkeit der Garstige genannt. Dieser wollte vor ihnen auf dem Kampfplatz ankommen, spornte daher sein Pferd und sprengte im Galopp heran. Parthenopex, der ihn nahen sah, jagte mit eingelegter Lanze ihm entgegen; er hob ihn aus dem Sattel und warf ihn zehn Schritte weit auf den Sand; hierauf nahm er sein Pferd und führte es mit sich fort. Mit dieser Heldentat, die er unter den Augen seiner Herzgeliebten verrichtete, wollte er das Tagewerk beginnen. Gleichwohl hätte er sie beinahe bereuen müssen, denn die nachfolgenden Ritter stürzten auf ihn los, um Armand zu rächen; aber Gaudin stellte sich ihnen entgegen, hielt sie auf und begünstigte den Rückzug seines Freundes. Wenn Parthenopex Sieg Melior erfreut hatte, so machte die Gefahr, in der er schwebte, sie erblassen. Inzwischen erschienen alle Teilnehmer am Turnier in den Schranken. Als sie dieselbe betreten hatten und Parthenopex bemerkten, zeigten sie ihn einander mit allen Zeichen der Bewunderung. Der Graf fühlte sich durch diesen

Beweis von Hochachtung unendlich geschmeichelt und er flößte ihm neuen Mut ein. Überdies sprach Gaudin, um ihn noch mehr anzufeuern, unaufhörlich mit ihm von Melior. Seit der Eröffnung des Turniers hatte dieser getreue Waffenbruder nur den Ruhm seines Freundes vor Augen gehabt, und so sehr ihm auch daran gelegen war, selbst den Preis zu erhalten, so schien er doch nur gekämpft zu haben, um ihn ihm zu verschaffen. Am Ende aber konnte der Richterkönige einer nicht umhin, über die Tapferkeit des Parthenopex zu äußern: Wenn Gott dem Ritter mit dem silbernen Schilde das Leben erhält, so wird er nach meiner Ansicht den Kranz verdienen.

Bei diesen Worten bebte Melior vor Vergnügen. Doch hatte sie Selbstbeherrschung genug, nichts zu antworten; aber im Grund ihres Herzens richtete sie ein Gebet an Gott, dass er den Ritter mit dem silbernen Schild vor Wunden beschützen möge. Der letzte Kampf des Helden war gegen den Sultan von Persien. Dieser war einer der feurigsten Liebhaber Meliors, und einer von denen, die sich am meisten Mühe gegeben hatten, sie durch ihren Mut zu verdienen. Am letzten Tage übertraf er sich noch; er glich dem Donner und Blitz. Überall, wohin er sich wandte, wich man ihm aus, oder man wurde zu Boden geworfen. Parthenopex suchte ihn auf, um sich wo möglich eines so furchtbaren Gegners zu entledigen. Sie kämpften mit all der Wut, von der zwei eifersüchtige Nebenbuhler entbrennen müssen. Lange blieb der Sieg schwankend, endlich aber unterlag der Sultan und ward aus dem Sattel gehoben. Die heranbrechende Nacht machte dem Turnier ein Ende, die Herolde stießen in's Horn und alle zogen sich zurück. Indes befahl die Kaiserin, unter dem Vorwand, den Rückzug der Ritter zu begünstigen, dass Fackeln angezündet wurden; ihre wahre Absicht aber war nicht die, welche sie angab; sie wollte sich bloß noch einige Augenblicke des Anblicks ihres Parthenopex erfreuen und man konnte ihn wirklich an seinem silbernen Schilde erkennen, obschon dieser Schild durch die vielen Schwertstreiche ganz zerhackt war. Ehe er die Schranken verließ, erschien er unter dem Fenster der Kaiserin und warf sich ihr zu Füßen, als eine Huldigung seiner Ehrerbietung, so wie als Zeugnis dessen, was er ihretwegen getan hatte. Von da begab er sich in sein Zelt zurück; aber die ganze Nacht konnte er nicht ruhen. Die Richter mussten ihn übermorgen als Sieger des Turniers erklären und er sah sich während dieser Zeit genötigt, in sein Gefängnis zurückzukehren. Überdies beunruhigte ihn die Ungewissheit dieses Urteils; er rief sich die verschiedenen Heldentaten seiner Nebenbuhler und besonders die des Sultans von Persien in's Gedächtnis zurück. Schon stellten ihm seine erschreckten Sinne diesen glücklichen Herrscher vor, wie er von den Richtern gekrönt, zu Meliors Gemahl erhoben und von ihr geliebkost wurde. Der Sultan seinerseits war in Verzweiflung und weinte vor Wut, wenn er bedachte, dass Parthenopex ihn überwunden hatte. Ebenso die andern Fürsten, Grafen oder Ritter, die nach Chefdoire gekommen waren, in der Hoffnung, Melior zu verdienen. Alle brachten die Nacht in Aufregung, Ärger und Verdruss zu. Melior selbst war ebenso wenig ruhig; kurz, von allen Seiten wurde geseufzt. Mit Tagesanbruch wollte sich Parthenopex von Gaudin verabschieden und kündigte ihm an, dass er ihn verlassen werde, um in die Gefängnisse Armants zurückzukehren.

„Nein, Ihr sollt mich nicht verlassen", antwortete Gaudin; „ich habe Euch unaufhörliche Freundschaft gelobt, ich will Euch zu dem Räuber begleiten, ihn zum Kampfe herausfordern und Euch nötigenfalls mit dem Preis meines Lebens die Freiheit wieder erkaufen."

Sofort ließ er sein Pferd satteln. Die beiden Freunde reisten miteinander ab; sie wurden von der Gemahlin Armants mit Achtung und Freundschaft empfangen, und die Frau, die soeben erfahren hatte, dass ihr Gemahl im Turnier getötet worden war, gab dem Grafen sein Wort zurück und erklärte ihm, dass er frei sei. Nach den Danksagungen, die ein solches Betragen verdiente, kehrte Parthenopex mit Gaudin sogleich wieder um und kam noch am Abend desselben Tages nach Chefdoire zurück, um am nächsten Morgen dem Urteil anzuwohnen. Noch war die Morgenröte nicht angebrochen, als der Ritter voll Ungeduld, auf dem Versammlungsplatze zu erscheinen, seinen Gefährten weckte. Diese Eile machte Gaudin lachen.

„Während des Turniers musste ich Euch aufwecken, heute ist es nicht mehr nötig, die Liebe wird für alles sorgen. Glaubt mir! Lasst uns noch ein wenig schlafen! Es hat keine Eile; im Gegenteil wird man uns bemerken, wenn wir spät ankommen. Wollt ihr übrigens noch mehr Aufsehen erregen, so dürfen wir nur im Galopp heransprengen, mit hocherhobener Lanze und entfaltetem Panier, wie wir am Tag des Kampfes in die Schranken eilten. Ja, ich bin auch der Meinung, dass wir, ehe wir aufbrechen, noch ein Mahl zu uns nehmen sollen; Speise und Schlaf stellen die Kräfte wieder her: beide erhöhen die Schönheit, und Ihr müsst Euch gefasst machen, wie ich, mit bloßem Haupte und ohne Rüstung zu erscheinen."

Parthenopex befolgte diesen Rat. Die beiden Ritter schliefen und nahmen sodann ein Mahl ein. Hierauf ließen sie ihre Pferde mit seidenen Decken schmücken, die sie auf dem Boden schleppten, und begaben sich mit dem Schilde am Arm und eingelegter Lanze, gleich als kämen sie, um zu kämpfen, auf den Versammlungsplatz. Indes waren die Decken der beiden Pferde einander nicht gleich. Gaudin hatte eine hochrote, Parthenopex eine weiße; dies geschah, damit man an die Farbe der Waffen denken sollte, welche die beiden Kämpfer während des Turniers getragen hatten. Der zu dieser wichtigen Entscheidung bestimmte Ort war dieselbe Wiese, wo man gekämpft hatte. Hier war ein abgegrenzter Raum, worauf die Stühle standen, welche die sechs Richterkönige einnehmen sollten; außerhalb desselben und damit zusammenhängend war ein zweiter abgegrenzter Ort. Ringsherum endlich, doch in einer ansehnlichen Entfernung, stand die unermessliche Menge Adels und Volks, welche die Festlichkeit herbeigelockt hatte. Vor allem wurden durch einen ersten Urteilspruch diejenigen Ritter genannt, die sich im Turnier am meisten ausgezeichnet hatten. Aus dieser Zahl sollte der Sieger gewählt werden. Sie hießen dieselben in den zweiten Raum treten und ließen sodann der Kaiserin melden, dass man nur noch ihre Anwesenheit erwarte, um das Urteil zu sprechen. Melior war im Turme und stand die schreckliche Todesangst eines Unglücklichen aus, der sein Todesurteil oder Begnadigung erwartet. Obschon Urrake und Parsewis sie zu beruhigen suchten, so waren doch auch sie nicht ohne Bangigkeit. Endlich kam sie ganz zitternd an; der Himmel war rein und wolkenlos, aber beim Anblick dieser ausgezeichneten Schönheit war es, als ob die Sonne, um sie noch blendender zu machen, mit größerem Glanz strahlte, als gewöhnlich. Ihre Gestalt, ihr himmlisches Gesicht blendete alle Augen. Und in der Tat, man konnte an ihren Reizen nichts aussetzen, als ihr trauriges Aussehen und etwas Blässe. Niemand aber wusste die Ursache dieses leichten Fehlers. Gaudin war der einzige, der sie nicht bewunderte; seine getäuschten Augen fanden Urrake schöner. Sobald Melior sich gesetzt hatte, erhob sich Anfort, der älteste so wie der beredteste der Richter, um zu sprechen. Nachdem er der Kaiserin einige Artigkeiten gesagt hatte über ihre Schönheit, die ein so prachtvolles Turnier und so glänzende Heldentaten veranlasst, versicherte er, dass bei der ersten Abstimmung, die seine Gefährten und er soeben wegen der tapfersten Ritter gehalten, die strengste Unparteilichkeit stattgefunden habe.

Dennoch erklärte er, unter dieser Zahl befinden sich sechs Helden, die man vor allen andern noch auszeichnen müsse. Drei Christen, nämlich der König von Frankreich, Gaudin und der Ritter mit dem silbernen Schild, und drei Sarazenen, der König von Syrien, der von Nubien, und Margaris, Sultan von Persien. Anfort lobte hierauf jeden von ihnen, bemerkte aber, da der König von Frankreich und Gaudin sich zurückgezogen haben, um mit dem Ritter mit dem silbernen Schilde nicht zusammenzutreffen, so bleiben nur noch vier Bewerber übrig, unter denen man wählen könne. Er für seine Person, setzte er hinzu, finde die Wahl höchst schwierig und ohne auf irgendeine Weise ein Urteil wegen des Siegers geben zu wollen, überlasse er sich hierin gänzlich der Entscheidung seiner königlichen Mitbrüder. Diese Behutsamkeit machte offenbar Eindruck auf die andern Richter, denn sie beobachteten alle ein tiefes Stillschweigen, gleich als ob jeder sich gescheut hatte, seine Meinung zu sagen. Endlich ergriff Clarins, der weniger schüchtern war, das Wort, und erklärte sich für Margaris. Ihm zufolge konnte die Kaiserin keine bessere Wahl treffen und zwar umso mehr, als der Sultan bedeutende Staaten als Morgengabe mitbrachte und versprach, sich mit allen seinen Untertanen taufen zu lassen. Sei es nun, dass die Richter nicht wagten, Clarins zu widersprechen, oder dass sie wirklich seine Absicht teilten, keiner von ihnen gab eine Antwort und ihr Schweigen glich einer Billigung. Corfol war der einzige, der die Partei des Parthenopex ergriff. Schon war man im Begriff, dem Heiden den Preis zuzuerkennen und der Kaiserin ihr Todesurteil zu verkünden, als der alte Hernold sich erhob. Hernold war derselbe, der gleich anfangs, als die Nebenbuhlerschaft der Freier Meliors Unruhen im Reiche erweckte, ein Turnier vorgeschlagen hatte, um denselben ein Ende zu machen. Auch hatten es sich die Barone aus Rücksicht auf seine Weisheit und seine Tugenden zum Gesetz gemacht, ihn den Richterkönigen beizugeben, obschon er nur ein einfacher Ritter war. Hernold hatte sich im Laufe seines Lebens keine einzige Ungerechtigkeit vorzuwerfen, und nichts in der Welt, weder Versprechungen noch Drohungen, weder Macht noch Ansehen vermochten ihn zu einem Urteil zu bestimmen, das wider sein Gewissen war. Er sprach über die vier Bewerber und ließ jedem von ihnen die schuldige Gerechtigkeit widerfahren; als er aber an den Ritter mit dem silbernen Schilde kam, da war er unerschöpflich in Lobpreisung dieses Helden, der durch seine Schönheit und durch bisher beispiellose Taten so anziehend war.

„Man wendet uns ein", fügte Hernold hinzu, „dass der Sultan unserer Herrin große Staaten zubringe; ei, ihr Herren, wenn der Ritter ihr Gemahl ist, wird er dann nicht Staaten genug haben? Wird es bei so hohem Mute nicht in seiner Macht stehen, andere Staaten zu erobern, wenn er nur will? Und wenn wir unserem heiligen Glauben anhängen, so sollten wir doch fürchten, ihr Herren, einen fremden Glauben bei uns einzuführen. Der Sultan, sagt man, verspricht, Christ zu werden; aber wer bürgt uns dafür, dass er nicht, wenn er einmal unser Herr ist, List und Gewalt anwenden wird, um uns seinen Glauben aufzudrängen? Da ist ein Franzose, ein Christ, der alle Eigenschaften in sich vereinigt, die wir nur wünschen können; welche bessere Wahl könnten wir treffen? Zwar weiß ich, indem ich so spreche, nicht, ob ich der Kaiserin missfalle oder ob ich ihr angenehm bin; ihre Ansichten über den Gemahl, den sie wünscht, sind mir ganz und gar unbekannt; aber ich glaube, meine Pflicht zu erfüllen, indem ich der Wahrheit die Ehre gebe, und ich fordere jeden, wer es auch sein mag, auf, mir ein Wort nachzuweisen, das Schmeichelei oder Lüge verriete."

Diese kühne und verständige Rede brachte die Richter so außer Fassung, dass keiner von ihnen sich unterstand, darauf zu antworten. Melior, der er gewissermaßen das Leben wieder gegeben hatte, benutzte diesen Umstand geschickt.

„Ritter", sprach sie zu Hernold, „Ihr entsprecht Eurem Ruf von Unbescholtenheit und Gerechtigkeit, den Ihr so vollkommen verdient habt, und was mich betrifft, so sehe ich mich genötigt, Euren Reden sowohl als Eurem Betragen meinen Beifall zu zollen. Aber, wenn es sich darum handelt, sich für das Leben einen Herrn zu geben, so darf eine Frau nur zitternd sich entscheiden. Ihr habt viel Rühmens gemacht von der Schönheit des französischen Ritters; ich, die ich ihn nur in seiner Rüstung gesehen habe, kenne ihn als tapfer, und dieser Vorzug ist weit größer in meinen Augen. Clarins, der den Sultan zu meinem Gemahl bestimmt hat, kann mich durch seine Wahl nur unendlich ehren. Ich sehe, dass ihr beide gleicherweise auf meine Ehre geachtet habt; aber wen wählen von den zwei Nebenbuhlern? Ihr, Corsol, an dem ich bis daher so viele Anhänglichkeit erprobt habe, sagt mir, warum Ihr jetzt Stillschweigen beobachtet, während Ihr in diesem Augenblick meinen Geist erleuchten und meine Wahl bestimmen könntet!"

Durch diese erkünstelte Unentschlossenheit und Gleichgültigkeit streute Melior ihren Richtern Sand in die Augen; und indem sie sich stellte, als ob sie Corsol um einen Rat befragte, wandte sich die schlaue Fürstin an denjenigen unter ihnen, der Parthenopex am meisten zugetan war und allein zu seinen Gunsten gestimmt hatte. Corsol antwortete ungefähr so, wie sie voraus gesehen hatte. Doch schlug er noch einen Ausweg vor.

„Wenn wir Männer", sagte er, „uns eine Gemahlin wählen wollen, so ist es gewöhnlich die Schönheit, was den Ausschlag gibt; warum sollte das Geschlecht der Königin sich nicht der Vorrechte des unsrigen erfreuen dürfen? Und da die beiden Liebhaber, die man der edlen Frau vorschlägt, an Verdiensten gleich sind, warum sollte man ihr nicht die Freiheit lassen, denjenigen unter ihnen zu wählen, dessen Äußeres und Gestalt ihr am besten gefällt? Ich schlage vor, dass beide ihre Waffen ablegen und in ihren einfachen Kleidern vor ihr erscheinen sollen, damit sie ihren Ausspruch tue."

Corsols Rat wurde angenommen. Die Ritter des Sultans nahmen ihm seine Rüstung ab, und da er mit der ganzen Pracht der königlichen Würde zum Turnier gekommen war, so erschien er bald wieder in prachtvollen Kleidern, die seinen hohen Wuchs und sein stolzes Äußere noch mehr hervorhoben. Parthenopex dagegen, der aus den Gefängnissen Armants kam, hatte weder seine Kleidung zu wechseln, noch Edelknaben, um ihn zu bedienen. Gaudin musste ihm sich entwaffnen helfen und dieser gute Freund tat es nur weinend, so sehr fürchtete er, Gunst möchte den Sieg über das Verdienst davon tragen. Endlich nahte der Graf, aber mit furchtsamem Schritt, die Augen gesenkt und rot vor Scham, denn er wagte es nicht, seinen Blick auf diejenige zu werfen, die er verraten hatte. Seine Kleider waren dieselben, die er unter seinen Waffen getragen hatte, nämlich scharlachrote Hosen, ein seidener Gürtel mit goldenen Fransen und ein einfaches Hemd, dessen Kragen eine Seidenstickerei von derselben Farbe war, wie die Hosen. Durch den Kragen hindurch bemerkte man noch trotz des Bades Spuren vom Druck des Panzerhemdes, und auf einer Haut, heller als Weißdorn, schienen sie ihren Glanz noch zu erhöhen. Parthenopex war so schön, dass die entzückten Zuschauer einstimmig riefen, ein solcher Gemahl allein sei Meliors würdig und Melior sei seiner würdig. Bei diesem allgemeinen Zuruf fragte Hernold die Richter, ob sie anderer Ansicht seien, als die Versammlung. Sie antworteten, sie haben dieselbe Meinung, vorausgesetzt, dass auch die Kaiserin damit einverstanden sei. Als man nun diese befragte, erwiderte sie mit derselben Gleichgültigkeit, die sie am Anfang erheuchelt hatte: „Ich hatte mir geschmeichelt, ihr Herren, dass ich aus Euren Händen den Sultan zum Gemahl erhalten werde, und ich will es nur gestehen, dass er es ist, dem ich mich bestimmt glaubte. Ihr habt anders gefügt, ich gehorche ohne Murren und unterwerfe mich Euren Gesetzen. Euch, Hernold, verdanke ich den Herrn, den ich haben werde.“

Hernold, der ihre wahre Absicht nicht erriet, entschuldigte sich, so gut er konnte, und sprach vom Wohl des Reichs, wodurch er sich habe leiten lassen. Der Sultan aber zog sich, trotz der angeblichen Liebe, die man gegen ihn bezeugte, beschämt und verzweifelnd zurück, aber in seiner Seele schwor er, zu sterben oder sich zu rächen. Die Überraschung und Freude hatten Parthenopex dermaßen übermannt, dass er sich kaum aufrecht halten konnte. Corsol nahm ihn bei der Hand und führte ihn zur Kaiserin. Nach so vielen Leiden sah endlich diese treue Liebende die freudige Gewissheit, ihn auf immer zu besitzen. In ihrem Entzücken vergaß sie sich selbst und umarmte ihn zärtlich, indem sie ihn mit aller Kraft in ihre Arme drückte, gleich als fürchtete sie, ihn abermals zu verlieren. Eine unermessliche Menge hatte die Augen auf sie geheftet, die ihrigen sahen nur Parthenopex. Klugheit, Vernunft, menschliche Rücksichten, alles schwieg in diesem

Augenblick, nur die Liebe allein sprach, sie allein wurde beachtet. Melior führte ihren neuen Gemahl in den Palast, um daselbst die Kleider und den Schmuck anzulegen, der seiner Würde ziemte, und von da begaben sich beide in die Kirche, wo der Patriarch sie vermählte und krönte. Unendlich viel wäre von der Pracht zu sagen, womit die Hochzeit gefeiert wurde, von der zahllosen Menge Fürsten und Ritter, die dabei waren, von den Spielen der Musikanten, den Tiergefechten, den merkwürdigen Taten der Zauberer, kurz von all den Vergnügungen und Ergötzlichkeiten, womit sie begleitet war. Die Kosten, die sie verursachten, und die zahllosen Geschenke, welche die Neuvermählten machten, waren bedeutend genug, um den Schatz der Kaiserin zu erschöpfen. Der König von Frankreich konnte keine Worte für seine Freude finden, als er seinen Freund, seinen Vetter Parthenopex zu so hohen Ehren gelangen sah. Er schied von ihm nur mit bitterem Leidwesen, aber er musste nach seinem Reiche zurückkehren. Alles, was von Adel da war, zog sich gleichfalls zurück, und der neue Kaiser blieb allein mit der Geliebten seines Herzens. Er sah seine Wünsche erfüllt; diejenige, die er mehr liebte, als sich selbst, war seine Gattin geworden und seine früheren Leiden waren verschwunden wie ein Traum. Und doch, es gibt kein vollkommenes Glück, ausgenommen das, welches Gott beschert hat seinen Auserwählten.